동아시아 민족주의와 근대소설

이광수·나쓰메 소세키·루쉰 소설 비교연구

국립중앙도서관 출판시도서목록(CIP)

동아시아 민족주의와 근대소설 : 이광수·나쓰메 소세키·루쉰 소설
비교연구 / 노종상 지음. -- 서울 : 국학자료원, 2003
    p. ;   cm

ISBN   89-541-0114-3 93800 : ₩19000

809.3-KDC4
809.3-DDC21   CIP2003001201

동아시아 민족주의와 근대소설

이광수·나쓰메 소세키·루쉰 소설 비교연구

노종상

국학자료원

책 머리에

　개인적인 넋두리지만, 문단 언저리에 이름을 걸어놓고 한 20년 동안 먹고 살기 바빴던 시절이 조금 지나가고 늦깎이로 공부 좀 하겠다고 했을 때 문단 대선배님이시고, 뒤에 지도교수가 돼 주신 소설가 송하춘 선생님은 소설이나 쓰지 무얼, 했습니다. 지내놓고 보니까 선생님 말씀이 가끔씩 생각날 때가 있습니다. 공부한답시고 시작한 이후 소설 한 편 쓰지 못했으니까요 이제 나이 생각도 좀 들고, 몇날 며칠 새하얗게 밤을 새워가며 미친 듯이 써갈겼던 열정도 좀 식어진 것 같아 개인적으로는 좀 아쉬울 때도 있습니다. 죽으나 사나 제 본령은 소설쟁이입니다. 좀 과장한다면, 아버지가 돋보기알 속으로 더듬더듬 읽었던 『구운몽』, 『유충렬전』, 『홍루몽』, 『삼국지』 등의 얘기를 들으며 문자라는 것을 터득할 때부터 그런 이야기 하나 지어내는 소설쟁이가 되고 싶었고, 소설쟁이가 됐고, 소설쟁이로 그런 대로 살았습니다. 그랬는데, 돌이켜 보면, 아직 변변한 작품 하나 남기지 못한 것이 좀 조급해질 때가 있습니다. 이젠 맘 먹고, 작지만 좀 똘똘한 놈 하나 만들고 싶습니다. 지금, 불암산 기슭 한 켠에서 송하춘 선생님 말씀이 생각나는 이유입니다.

　동아시아에 관심을 갖게 된 것은 저 20세기 말부터 부쩍 유행했던 동아시아 담론 때문만은 아니었습니다. 골육적인 얘기지만, 제 아버지는 일제 때

징용에 끌려가 규슈(九州) 어딘가 탄광에서 어지간히 고달픈 시절을 보냈던 것 같습니다. 제가 귓구멍이 열렸을 때부터 아버지는 늘 콜록거리며 기침을 해대셨습니다. 징용 가서 골병 들었다는 것이 그 이유였습니다. 두더쥐 고아 잡수시면 좋다고 해서 가끔씩 논두렁이나 두엄더미를 헤치며 한두 마리 잡아 드렸던 기억도 새롭습니다. 아버지가 방바닥을 짚고 피를 토할 듯 기침하시는 모습을 옆에서 지켜 보았던 아직 어린 저는 '왜놈'소리만 들으면 치를 떨곤 했습니다. 제 어린 시절은 반공이 국시이던 시절이라 어른들 가르침 잘 받들었던 친구들이 공산당 때려 잡자고 노래하듯 떠벌리고 다녔을 때 저는 솔방울만한 주먹 불끈 쥐고 왜놈 때려잡자고 외쳐댔습니다. 이상한 것이 이웃 '왜놈'들 미워하니까 같은 이웃의 '되놈'들도 미워졌다는 것입니다. 나중에 이유를 갖다 붙였습니다. 멀리 갈 것도 없이 저 조선시대 때 매년 조공 받아먹었던 일 말입니다. 저희들은 군주 나라고 우리는 신하 나라고, 사사건건 간섭했으니 미워할만 하다는 것입니다. 그뿐입니까. 때론 으름장을 놓고, 때론 쳐들어 와서 인민들을 특히 부녀자들을 끌고가 성의 노리개를 삼지 않았습니까. 말하자면 이 책은 다원주의 시대를 맞이하여 증오가 애정으로 바뀐 저의 개인적인 소산이라는 의미도 없지 않습니다.

이 책은 저의 박사학위 논문입니다. 동아시아 근대소설을 비교하는 논문을 쓰려고 했을 때, 원래 제가 구상했던 것은 제국주의와의 상관성이었습니다. 한국학술진흥재단(학진)에 신진연구장려금 신청할 때 제목도 「한·중·일 근대소설 형성과 제국주의」였습니다. 기왕지사 미워하는 놈들, 그 놈들 입장이 돼서 우리를 한번 돌아보자, 하는 의도였습니다. 마침 학진에서 돈도 대주었습니다. 그러고 보면 이 논문은 퍽 팔자 좋게 태어난 놈입니다. 그랬는데 지도교수님이, 좀 죄송하지만, 딴지를 거셨습니다. 제국주의, 하지 말라는 것도 아니고, 찾아뵐 때마다 제국주의, 제국주의, 하시면서 고개를 갸우뚱, 하시는 겁니다. 그럼 민족주의로 바꾸겠습니다, 하니까, 그래. 그게 좋겠어, 이 말씀 한 마디에 민족주의로 바뀌어졌습니다. 동아시아 근대소설 비교는 달라진 것이 없지만, 들여다 보는 구멍이 백팔십도 달라진 것입니다. 그렇기는 하지만, 제국주의와 민족주의는 동전의 양면같은 거니까, 어떤 의미에서는 그게 그것이었습니다. 순수한 민족감정을 그대로 갖고 있을 때는 '민족주의'이지만, 그것이 타락하고 침략적이 되면 제국주의가 된다는 논리 말입니다.

민족주의는 한물 간 것 같지만, 주위를 돌아보면 늘 현재진행형입니다. 저는 이 책에서 민족주의 개념을 선행연구들이 지향하고 있는 서구의 그것을 뒷전으로 하고 '우리식' 민족주의라는 잣대를 들이대고자 했습니다. 이

점에 대해서는 지금도 자신하고 있습니다. 동아시아 역사는 서구의 그것과는 다릅니다. 전근대/근대 전환의 시기도, 환경도 다릅니다. 동아시아 민족주의 역시 지극히 원초적이라는 공통점이 있습니다.

원래 욕심이 좀 많은 편인 저는 낚시 도구는 물론이지만, 노렸던 것도 당초 '월척'이었습니다. 전자가 민족주의라면, 이만큼 큰 '낚시 도구'가 어딧습니까. 후자도 마찬가지입니다. 이광수, 나쓰메 소세키(夏目漱石), 루쉰(魯迅)! 불행하게도 이광수의 경우에는 부정하는 논자도 있겠으나 3인 작가들은 동아시아 각 국에서 아직도 '최고' 자리를 지키고 있습니다. 이 세 작가의 작품과 민족주의를 제대로만 탐구한다면, 좀 만용을 부린다면, 나머지는 통째로, 저절로 잡히지 않을까, 생각한 것입니다. 지금도 저의 선택에 대해 후회하지 않습니다.

책을 내면서 아쉬운 것이 있다면, 이광수 소설에 등장하는 '박영채'형, 나쓰메 소세기의 '산시로(三四郞)'형, 루쉰의 '아이(孩子)'형 민족주의가 제외됐다는 점입니다. 사실 어떤 면에서 이들이야말로 3인 작가들이 지향했던 '민족주의'의 전범이요, 동아시아 민족주의의 한 전형이라고 할 수 있을 것 같습니다. 그럼에도 불구하고 이들 민족주의가 제외된 것은 이 논문이 기본적으로 문학연구이며 형성기의 근대 소설, 그리고 근대 민족주의에 초점을 두었기 때문입니다. 만약 민족주의 자체에 초점을 두었다면 앞의 '박영채·신시로·아이'형이야말로 동아시아 민족주의에서 유력한 주인공이 되었을 것입니다. 물론 이들 '민족주의'형도 결국에는 근대 민족주의로 발전됩니다. 말하자면 전근대/근대 민족주의의 발전과정을 그대로 보여주고 있습니다. 기회가 닿으면 다시 논의하겠습니다.

내침 김에 아버지 얘기 한 번 더 하겠습니다. 제가 중학교 1학년 때 아버지는 회갑년이었습니다. 저는 좀 장난기 섞어 회갑날 닭 한 마리 잡아바치겠다고 큰소리 떵떵 쳤습니다. 아버지께서는 퍽 기뻐하셨습니다. 5남2녀 중에 막내아들놈이, 그것도 열댓 살밖에 안먹은 중학생놈이 닭 한 마리 잡아바치겠다고 했으니 좀 기뻤을 것입니다. 사실 저는 어디서 달걀 하나 구해다가 드릴 참이었습니다. 달걀이 깨고 나오면 닭이 되니까 그게 그거라는 식이지요. 막상 아버지 회갑날이 왔을 때, 그만 약속했던 달걀 하나를 사 드리지 못했습니다. 아버지는 이듬해 돌아가셨습니다. 얼마 뒤에 어머니께서도 뒤따라 가셨습니다. 부모님께 그때 드리지 못한 달걀 대신 박사학위논문이었던 이 책을 드린다면 불효가 조금 만회될 수 있을는지 모르겠습니다. 달걀 하나가 나중에는 황소가 되는 이솝 우화가 생각납니다.

이 책이 나오기까지 많은 분들의 도움을 받았습니다. 송하춘 지도교수님과 서연호, 김인환, 한승옥, 신춘호 교수님, 이정숙 교수님께 감사드립니다. 국학자료원 정찬용 사장님을 비롯한 임직원 여러분, 김종욱 선생님께도 감사드립니다. 그리고 대학때까지 뒷바라지해 주신 형님·형수 내외분들께도 이 기회에 다시 감사드립니다. 앞으로 소설쓰기는 물론이지만 우리 근대소설, 특히 동아시아 근대소설에 대한 비교연구에 더욱 매진하겠습니다.

2003. 7. 17.

노종상

국문요약

　동아시아 근대소설은 대외적으로 침략적 제국주의가 전성기를 이루었고, 대내적으로 봉건주의가 말기적 증후를 보이는 한편 침략적 제국주의에 대응하기 위해 근대 민족주의가 형성되었던 19세기말 20세기 초에 형성되었다. 이 논문은 최근 유행하고 있는 동아시아 거대담론에 참여함과 아울러 다원주의 시대에 부응하기 위하여 형성기의 동아시아 초기 근대소설－한국 근대소설의 효시를 이룬 이광수, 일본 '근대문학의 아버지' 혹은 '국민작가'로 일컬어지는 나쓰메 소세키(夏目漱石), 그리고 중국 근대소설이 효시를 이룬 루쉰(魯迅) 소설에 반영된 민족주의 양상을 밝히는 비교연구이다. 즉, 동아시아 근대소설 형성기에 있어서 민족주의 양상을 탐구하는 비교연구이다.

　동아시아 근대소설 형성기－또한 근대 민족주의 형성기였다－의 대표적인 작가 이광수·나쓰메 소세키·루쉰은 시기적으로 전근대/근대 전환기에서 활동하였던 작가들이다. 그들이 활동하던 시간적 배경은 비슷했으나 공간적 배경은 달랐다. 이광수는 완전식민지가 된 망국민의 처지에서 작가활동을 했고, 나쓰메 소세키는 침략적 제국주의 국가에서, 그리고 루쉰은 반식민지 국가에서 작가활동을 하였다. 3인 작가들이 처했던 민족과 국가가 달랐으므로 그들이 추구했던 이데올로기로서의 민족주의는 달랐고, 다를 수밖에 없었다. 그럼에도 불구하고 그들의 소설에서는 민족주의라는 공통분모를 발견할 수 있고, 그것은 동아시아 '민족주의'라는 이름으로 유기적인 관계로 연구될 수 있다.

　전통적인 비교문학적 관점에서 나쓰메 소세키와 이광수·루쉰은 영향과 수용의 관계에 있었으나 이 연구에서는 전통적인 비교문학이 아닌 진보적인 비교문학적 관점, 즉 대비연구를 지향하고 있다. 효과적인 연구수행을 위해 제Ⅱ편에서는 문학사상으로 '민족주의'를 이해하기 위해서 민족주의이론의 중심을 이루어 온 서구 민족주의이론을 비판적으로 검토한 결과, 동아시아 민족주의는 서구이론이 적용되지 않는 특수성을 인정해야 한다는 결론을 얻었다. 굳이 서구이론을 도입하려고 할 때, '민족' 개념에 대한 도구론(Instrumentalism)적 민족주의보다 원초론(Primordialism)적 민족주의일 수밖에 없는 특수성이 인정된다. 따라서 이 연구는 서구의 민족주의이론을 지양하고 민족운동사적 관점에서 논의를 전개하였다. 즉, 동아시아 민족주의 역시 그 특성에 주목하여 전근대적(고전적)/근대적 민족주의로 구분하고 후자에 중점을 두어 논의하는 것이 편리하다.

　이광수·나쓰메 소세키·루쉰 소설과 민족주의 사상의 문학적 전개과정을 분석하는 제Ⅲ편에서 본격적인 논의를 하기 전에 3인의 작가들이 소속된 각 민족, 국가의 민족주의 특성을 분석하였다. 한국과 중국의 경우 민족주의

를 부르주아적 민족주의와 민중적 민족주의 두 경향이 존재하였음을 밝혔다. 일본 민족주의의 경우 그 특수성에 주목하면서 가족국가사상에 기초한 천황제 민족주의임을 밝혔다. 작가의 전지적 사실에 있어서도 이광수의 민족주의사상은 문명개화에 입각한 부르주아적 민족주의, 나쓰메 소세키는 가족국가사상에 기초한 제국주의, 그리고 혁명적 민족주의사상을 계승한 루쉰은 종족적 민족주의에 기초한 계몽주의적 민족주의를 계승하고 있다. 3인 작가의 이와 같은 민족주의적 첫 번째 결과물(소설)이 「無情」과 「나는 고양이로소이다(吾輩は猫である)」, 그리고 「狂人日記」였다.

본격적인 작품분석에 있어서는 구조적 전체성—전형적 또는 반복적으로 나타나는 이미지에 주목하여 각 작가의 작품에서 작중인물을 중심으로 민족주의의 원형을 축출하고, 그 '원형'적 민족주의가 어떻게 변형하였는가를 구조주의(Structuralist Criticism)와 원형비평(Archetypal Criticism)의 관점에 기대어 분석하였다. 이광수 소설의 경우 민족주의 원형은 「無情」의 '이형식' 형과 '김병욱'형, 나쓰메 소세키 소설은 「나는 고양이로소이다」의 '구샤미(苦沙彌)'형과 고양이화자 '와가하이'형, 그리고 루쉰 소설은 「狂人日記」의 '광인'형과 「阿Q正傳」의 阿Q형이다. 이광수·나쓰메 소세키·루쉰의 문학작품에서 전개되는 민족주의 양상을 분석한 결과, 몇 가지 공통점과 차이점이

드러났다. 가장 먼저 제기될 수 있는 공통점은 이광수·나쓰메 소세키·루쉰 소설이 계몽주의적 민족주의에 위치하고 있다는 점이다. 2인 작가의 공통점과 1인 작가의 차이점도 있다. 이광수와 나쓰메 소세키 소설은 부르주아적 민족주의로 일관한다는 공통점이 있다. 부르주아적 민족주의와 민중적 민족주의 두 경향이 골고루 분포되어 있는 루쉰 소설과 차이점이다. 그러나 나쓰메 소세키 소설의 경우, 부르주아적 민족주의의 경향을 띠고 있음에도 불구하고 비판적 자세를 견지함으로써 비교적 객관성을 유지하려고 한 반면, 이광수 소설은 설교적(주입식) 민족주의에 치우침으로써 민족개량주의라는 주관성으로 흐르고 있다. 이광수와 루쉰 소설의 경우 '민족개조', '국민성 개조'사상이라는 공통점과 소세키 소설의 문명비판은 차이점이다. 그러나 이광수는 '위에서 밑으로'의 '민족주의 교사적' 계몽주의를 결과한 반면, 루쉰의 경우 처음부터 끝까지 '국민성 개조'로 일관했음에도 불구하고 서사의 초점을 민중적 민족주의에 둠으로써 차이점을 보여주고 있다. 이광수·루쉰소설이 반봉건적 민족주의를 시종한 공통점이 있고, 소세키 소설이 제국주의로 나아간 것은 차이점이다. 이와 같은 결과는 그들이 소속된 민족적 상황과 무관하지 않다.

작가의 전기적 사실과 관련하였을 때, 당시 완전식민지 내지 반식민지

'국민'으로서, 혹은 작가로서 이광수와 루쉰이 추구해야 했던 민족주의는 나라 찾기, 즉 반제투쟁이 일차적 과제였다고 할 수 있다. 그러나 두 작가의 소설에서 반봉건적 민족주의로 일관했다는 것은 한계로 지적될 수 있다. 나쓰메 소세키 역시 당대의 지식인 – 교수·작가로서 가족국가사상에 기초한 제국주의를 보다 객관적으로 직시하고 '제방'을 흘러넘치는 민족주의 – 침략적 제국주의의 '제방'틀어막기가 일차적 과제였다고 할 수 있다. 그러나 그의 소설 역시 제국주의에 동조했다는 한계가 지적된다. 이광수·나쓰메 소세키·루쉰의 이와 같은 한계는 물론 그들이 소속된 민족, 국가의 한계이기도 하였다. 이와 같은 연구결과는 21세기 다원주의 시대를 맞이하여 동아시아 거대담론이 나아갈 방향에 대한 하나의 지침을 제공해 줄 수 있을 것이다.

차례

서 론 **I**

1. 연구의 목적

21세기를 앞둔 1990년대부터 우리 사회에는 '동아시아(담)론'[1]이 본격적으로 형성되기 시작하였다. 동아시아담론의 출현에 대해 한 연구자는 문명사적 관점에서 18세기 중반경 유럽에서 출발한 근대산업문명을 기초로 해서 발전해 나온 현대문명이 1960년 말 구조주의의 후기구조주의에로의 전환을 계기로 또 하나의 단계로 발전해 나왔고, 그 중심무대가 고대의 에게해 연안, 근세·근대의 대서양 연안(서유럽과 미국의 동부지역), 현대의 태평양 연안

---

1) 동아시아담론에 대해서는 '동아시아' 개념규정에 대한 이해가 선행되어야 한다. 동아시아(담)론에서 제시하는 '동아시아'는 일반적으로 한국·중국·일본을 가리키며 지리적으로 동북아시아를 지칭하는 한계를 지니고 있다. 최원식은 "한·중·일을 중심으로 하는 현단계 한국의 동아시아론은 우리의 한계라고 해도 무방하다. 그 한계를 겸허히 인정하되 경험적 한계에 충실함으로써 무언가 돌파구를 찾는 역전의 가능성을 묻어두고 싶다. (⋯) 한반도를 풀면 동아시아가 풀리게 되고 세계가 풀릴 지도 모른다. 한국 지식계가 최근 동아시아론에 몰두하는 것은 이러한 기대의 표출일 터"라고 지적했다. 중국중심주의의 '중화(中華)'와 일본 중심주의의 '동양(東洋)'을 넘어 새로운 대안을 찾는 탐구의 발진점으로서 동아시아를 인정하자는 것이다. 최원식, 「한국발(發) 또는 동아시아발(發) 대안? - 한국과 동아시아」, 『발견으로서의 동아시아』, 정문길·최원식·백영서·전형준 엮음(서울: 문학과 지성사, 2000), pp. 43-44. 여기서는 최원식의 주장에 동의하는 입장에 있다.

(미국의 서부지역과 동아시아지역)으로 이동했다고 분석한다.[2] 21세기에는 미국중심에서 한·중·일을 중핵으로 한 동아시아로 진행될 것이라는 주장이다.

동아시아담론이 출현한 국내적 배경에 대해 연구자들은 다음과 같이 개괄하고 있다. 경제·사회적 배경으로 1) 사회주의권 몰락과 냉전종식, 2) 한국의 정치·경제적 발전, 3) 북방정책의 결과, 주변지역에 대한 관심, 4) 글로벌리즘의 확장으로 국민국가 역할의 약화 등이다. 지적·사상적 배경으로 1) 동아시아의 경제성장을 중시하는 발전국가론(유교자본주의론), 2) 마르크스주의 약화로 진보진영의 전망상실, 3) 포스트모더니즘, 4) 1990년대 민족주의에 대한 비판론 등이 그것이다.[3] 여기에 덧붙인다면 서구의 제3세계 담론이 한 몫을 담당했을 것이고,[4] 무엇보다도 동아시아—특히 한국인들의 희망적인 견해도 한몫을 차지한다는 것도 일부는 부인할 수 없을 것이다.[5]

---

2) "1990년대 초의 걸프전 이래 세계는 미국중심으로 재편되어 나아가고 있고, 그러한 추세는 아마도 금후 20여 년간은 지속될 것으로 예상된다. 그러나 아마도 2020년대로 들어가서는 중국의 부상과 함께 한·중·일을 중핵으로 한 동아시아는 그야말로 전지구상에서의 중심적 역할을 행해 갈 것으로 예상되고 있다. 21세기가 동아시아시대라고 하는 말은 바로 이러한 역사적 전개양상들에 대한 고려를 통해서 나온 말이다." 金采洙,『동아시아의 文化와 文學』I(서울: 보고사, 2001), pp. i-ii.

3) 동아시아담론의 출현 및 의의에 대해서는 다음 논문을 참고할 것. 김광억,「동아시아담론의 실체: 분석과 해석」,『상상』통권16호(서울: 살림, 1997. 여름호) ; 조병한,「90년대 동아시아 담론의 개관」, 위의 책. ; 전형준,「같은 것과 다른 것 - 방법으로서의 아시아」,『동아시아인의 '동양'인식: 18-20세기』(서울: 문학과 지성사, 1997). ; 김은실,「'동아시아 담론'의 문화정체성에 대한 문제제기」,『발견으로서의 동아시아』, 정문길·최원식·백영서·전형준 엮음(서울: 문학과 지성사, 2000). ; 홍석준,「한국에서의 '동아시아' 담론의 역사적 형성과 문화적 의미: '동아시아' 문화론에 대한 비판적 고찰」, 목포대학교 아시아 문화연구소 포럼 발표문, 2000. 4. 17.

4) 서구의 제3세계 담론에 대해서는 고부응,「서구의 제3세계담론: 제이미슨, 아마드, 스피박」,『문학과 사회』36(1996. 겨울호), pp. 1773-1793을 참고할 것.

5)「아시아포럼 2005」제1차 회의에서 한·중·일 3국이 공동으로 "동양문명이 脫근대

동아시아담론이 한국을 비롯한 동아시아 지역에서 제기되기 이전에 이미 서구에서 시작되었다는 것은 주목된다. 근대문명의 이행단계(그 이전까지를 포함해서)에서 왜곡되어 온 "동양(East) - 오리엔탈리즘(Orientalism)"6)과는 또 다른 언설(discours)7)로서 1960년대 이후 서양의 지성들은 21세기에는 동아시아 중심의 세계가 도래할 것이라고 전망했던 것이다. 노먼 베일리는 세계경제의 무게중심이 빠르게 태평양유역으로 이동하고 있다고 분석하였고, 역사가 아놀드 토인비(Anold Toynbee)는 "21세기가 인류역사의 동아시아 시대가 될 것임은 놀라운 일이 아니다"8)고 전망했다. 이밖에도 일부 서양

(post-modern)의 21세기를 주도할 새로운 시대정신을 제공할 수 있는가? 그것을 성취하기 위해서는 무엇을 해야 하는가?"라는 주제를 가지고 연구한 결과, 한·중·일의 젊은 지식인들은 3국을 연결하는 동양문명이 장래에 대해 대체로 긍정적인 것으로 나타났다. 이 조사는 한백연구재단(한국)·덴츠종합연구소(일본)·중국미래연구회(중국)가 각국에서 30-45세 지식인 3백 명을 대상으로 조사한「델파이공동연구」결과를 기초로 하고 있다. 조사에서 "동양 문명적 패러다임이 탈근대세계의 보편사상으로 발전할 수 있다고 생각하십니까?"라는 질문에 대한 응답은 한·중·일 지식인간에 상당한 차이를 보였다. 한국측은 "긍정적이다"가 90%, "부정적이다"가 10%였던 데 비해 중국측은 "가능하다"가 16%, "불가능하다"가 78%, 일본은 "발전할 수 있다"와 "발전할 수 없다"가 각각 37.5%로 같은 비율이었다. 델파리리서치/한중일공동연구결과,「동아시아문명진단 - 한·중·일 공동연구결과비교」,『포럼 21』제14호(한백연구재단, 1995. 가을·겨울호), pp. 92-98.

6) '동양'은 유럽을 중심으로 하는 세계의 동쪽을 일컫는 의미로서, 그곳은 처음부터 서양인의 흥미주의 내지 상업주의, 침략주의 차원에서만 인식되었던 것이다. 곧 진귀한 물건을 사고파는 무역과 착취, 지배의 대상으로서 인식되었다. '오리엔탈리즘'은 동양에 대한 서양인의 사고방식이며 지배방식이다. 서양의 지리적 확장과 식민지주의, 인종차별주의, 자민족중심주의와 결부되어 지배의 양식으로 대두한 것이다. Edward W. Said,『오리엔탈리즘』, 박홍규 역(서울: 교보문고, 1991), p. 11, 13.

7) '언설(discourse)'이란 푸코의 사상에서 가장 중요한 개념 중 하나로서 글 또는 언어의 연대에 의해 표현된 내용을 갖는 언어표현이라고 이해할 수 있다. 그 언어적 기원은 그리스어의 로고스(logos)에 있으며 직접적이고 직관적인 표현이 아니라 개념작용과 관념적인 이야기라는 점에 유의할 필요가 있다. 미셸 푸코,『감시와 처벌 - 감옥의 역사(Surveiller et Punir)』, 오생근 역(서울: 나남출판, 1994). 미셸 푸코,『지식의 고고학』, 이정우 옮김(서울: 민음사, 2000.

8) 아놀드 토인비,『세계의 절반 : 중국과 일본의 문화와 역사』(London: Thames & Hudson,

학자들이 동아시아 시대의 출현을 전망해 왔다.9)

　어떤 한 문화 혹은 문화권이란 어떤 한 국가 혹은 민족, 혹은 어떤 한 시대를 통해서만 이루어지지 않는다. 문화와 문화권은 우선 그것이 형성되는 풍토와 깊게 관련되어 있고, 인접문화권과 끊임없는 인적, 물적 교류를 통해서 형성되고 변형되어 나왔다. 문화나 문화권은 서로 다른 민족들이나 국민들이 독자적으로 길러온 민족성들의 교류·교환들을 통해서 이루어지는 것이다.10) 동아시아지역 역시 하나의 문화권으로서 장구한 역사를 통해 교류·교환을 통해 이루어졌음은 자명하다. 물론 문학에 있어서도 예외가 아니었다. 비교문학적 관점에서 전근대 문학은 중국이 영향을 주는 입장이었고, 한국과 일본은 수용하는 입장이었다. 혹은 중국의 영향을 받은 한국이 매개자 역할로서 일본에 영향을 주는 경우도 있었다. 이와 같은 영향과 수용관계가 역전된 것은 19세기 말 20세기 초 근대 전환기였다. 즉, 近代文學이 형성되면서 일본은 서구문학의 매개자 역할로서 영향을 주는 쪽이었고 한국과 중국은 수용하는 입장으로 상황이 바뀌었다. 동아시아 초기 근대소설에서 이와 같은 영향과 수용관계를 극명하게 보여주는 대표적인 소설가들이 이광수·나쓰메 소세키(夏目漱石)·루쉰(魯迅)이었다.

　20세기 후반부 정치·경제·사회·문화의 저변에 흐르는 공통된 흐름은 자유화, 다원화, 탈중심주의 등 이전 모던(modern)사회의 합리주의와 중심주

　　1973), p. 11. 존 J. 다니, 「동아시아 문학연구의 방법과 의의」, 『동아시아의 文化와 文學 Ⅱ』 부록(서울: 보고사, 2001) p. 21, 각주, 재인용.

　9) 다음 연구를 참고할 것. 프리초프 카프라, 『현대물리학과 동양사상』, 이성범·김용정 옮김 (서울: 범양사출판부, 1979), pp. 18-19. ; Henry A. Kissinger, *Diplomacy*(Mew York: Simon & Schuster), pp. 23-24. ; 새뮤얼 헌팅턴, 『문명의 충돌』, 이희재 옮김(서울: 김영사, 1997), p. 21.

　10) 金采洙, 앞의 책, pp. 14-15.

의에 대한 반발이었다. 이 시대를 이끈 사상과 문화는 흔히 세 가지 용어로 대표된다. 포스트모더니즘(postmodernism), 후기 구조주의(혹은 해체), 탈식민주의(post-colonialism)가 그것이다. 탈중심주의가 문화와 예술양식으로 표현된 것이 포스트모더니즘이라면 철학이나 비평이론에서는 후기 구조주의, 그리고 나라와 나라 사이, 즉 제3세계의 문제로 확장된 것이 탈식민주의라고 볼 수 있다.[11] 후기 구조주의, 특히 해체주의 창설에 핵심적 역할을 한 데리다(Jacques Derrida)는 "중심은 중심이 아니다"고 선언함으로써 기존의 중심개념을 거부하고 새로운 의미의 빈 공간이자 간격으로서의 중심개념을 제안한다.[12] 데리다의 이와 같은 사유체계는 국제비교문학계에도 많은 영향을 주었다.[13] 우리 사회에 동아시아 담론이 형성되고 유행하는 것은 이와 같은 후기 구조주의, 포스트모더니즘, 탈식민주의의 영향을 무시할 수 없을 것이다.[14] 여기서 탈중심화 현상이 곧 탈근대적 현상이라고 할 때, 탈근대를 논의하기 위해서는 근대를 주목하지 않을 수 없고, 근대를 논의하기 위해서는 근대 형성기를 주목하지 않을 수 없을 것이다. 동아시아 초기 근대소설 즉, 근대소설 형성기를 주목하는 이유는 여기에 있다.

동아시아 초기 근대소설의 대표적 작가들 이광수·나쓰메 소세키·루쉰 소

---

11) 권택영, 「탈식민주의와 문화비평─이론과 실천─」, 『계간 현대시사상』, 26(서울: 고려원, 1996.3), p. 73.

12) Jacques Derrida, Structure, Sign, and Play in the Discourse of the Human Sciences, *Contemporary Literary Criticism: Modernism through Post-Structuralism*, ed. Robert Con Davis(New York: Longman, 1986), p. 48.

13) 1991년 일본 도쿄 아오야마대학교에서 개최되었던 「제13차 국제비교문학회 (International Comparative Literature Association), '91 도쿄대회(8. 22-8. 28), 1994년 캐나다 앨버타에서 열린 제14차 국제비교문학회의에서 논의한 탈중심화 논의 등이 그것이다.

14) 윤호병, 『비교문학』(민음사, 1994), p.15-17.

설의 민족주의 양상을 분석하고자 하는 이 논문은 기본적으로 비교문학의 입장에 있다. 비교문학은 민족주의로부터 출발하였다. 비교문학이 제도적으로 형성한 시기는 이광수·나쓰메 소세키·루쉰이 활동하였던 시기와 거의 일치한다. 즉, 비교문학이 독립된 학문체계로서의 의의를 지니면서 대학에서 학문영역이 된 것은 19세기 말이었다. 1871년 미국에서 최초로 비교문학과가 설치되었을 때, 당시 초대학장이었던 조지 에드워드 우드베리(George Edward Woodberry)는 "현재는 경쟁과 갈등을 일으켰던 상태를 벗어나서 인종, 국가, 민족간의 교류를 이루고 이를 바탕으로 전 세계가 하나의 시민이 되는 시대이며, 이러한 시대의 정신적 상태에 호응하고 이 상태를 진작시키는 학문이 비교문학"이라고 주장했다.[15] 우드베리의 화려한 수사술 배후에는 비교문학이 제국주의의 필요에 의해 출현하였다는 사실을 시사하고 있다.[16] 19세기 말의 '넓어진 세상'을, 따라서 '세계의 모든 부분이 가까워

---

15) "세계의 모든 부분이 가까워지고 있으며 이와 함께 각 분야의 지식도 정치적 영역을 넘어서 법정이나 의회 같은 제도적 장치 없이도 마침내 세계 결속의 진정한 끈이 될 하나의 지성적 상태로 점차 결합되고 있다. 현대의 학자는 다른 시대인들보다 더욱 더 이 시대의 특징인 확대와 상호교류, 엄청난 범위의 팽창과 집중, 또한 무한한 확장과 각 민족간의 그리고 과거와의 긴밀한 결합에 따른 이익을 공유한다. 이들의 일상경험에는 선구자들의 경우보다 더 많은 인종적 경험과 인종적 상상력이 포함되어 있으며, 시대 전후를 보는 전망의 지평선 역시 더욱 확대되었다. 인류는 보다 넓은 세상에 살고 있으며 (…) 국경도, 인종도, 권력도 없는 오직 인간 이성이 최고 정점을 이루는 그런 국가의 새로운 시민권을 얻기 위해 태어난다. 비교문학이라고 알려진 새로운 학문의 출현과 성장은 더욱 커진 세상의 도래와 학자들의 관여에 따른 것이다. 이 연구는 제 길을 갈 것이고, 다른 수렴요소들과 함께 과학, 예술, 사랑의 정신적인 통일체에서 발견되는 일류결합이라는 목표에 이를 것이다" George Edward Woodberry, Editorial, *In Comparative Literature : The Early Years, An Anthology of Essays*, eds. Hans Joachim Schulz and Phillip K. Rein(Chapel Hill: University of Carolina Press, 1973), p. 211. Harry Levin, *Grounds for Comparison*(Cambridge, Mass. : Harvard University Press, 1972), pp. 57-130 ; Claudio Guillérn, *Enter lo uno y lo diverso : Introducción a la Literatura vomparada*(Barcelona : Editorial Critica, 1985), pp. 54-121 ; 에드워드 사이드, 『문화와 제국주의』, 김성곤·정정호 옮김(서울: 창, 1995), pp. 107-108 등을 참고할 것.

지도록' 강제한 것은 침략적 제국주의였기 때문이다.[17] 또한 우드베리가 19

---

16) 제국주의(imperialism)는 민족주의(Nationalism) 등은 동전의 양면과 같은 관계에 있다. 이밖에 그리고 식민주의(colonialism) 국제주의(internationalism) 등의 유사어가 있다. 여기서는 이와 같은 정치적 개념들을 정의할 입장에 있지 않지만, 민족주의는 물론 본고의 논의대상인 나쓰메 소세키가 소속된 민족이 일본 제국주의였으므로 그 개념에 대한 이해는 필요할 것이다. 오늘날 흔히 사용되는 용어이지만 제국주의의 개념을 한 마디로 정의하기란 쉽지 않다. 제국주의를 연구하는 학자들로부터 흔히 "근대 제국주의 이론은 사실상 홉슨의 펜에서 시작되었다고 말해도 좋다"는 평가를 받는 J. A. 홉슨(John Atkinson Hobson)조차도 "(제국)주의의 의미를 정의에 의해 확정짓고 한계를 정하기 위해 그것을 정확하게 집어낸다는 것은 불가능한 것으로 생각된다"고 고충을 토로할 정도이다. "제국주의와 같은 말의 정의에 접근하는 가장 가까운 길은 그것이 그와 유사한 다른 말들과의 관계에서 갖는 어떤 폭넓은 일치점을 찾아내는 것이다. 민족주의·국제주의·식민주의는 제국주의에 가장 가까운 유사어로서, 이 역시 똑같이 포착키 어렵고 꼭 같이 의미가 변화해 간다. 그러므로 이 네 가지 말의 변화 많은 중첩성은 근대정치를 연구하는 사람들에게 면밀한 경계를 요구한다." J. A. 홉슨, 『帝國主義論』, 신홍범·김종철 옮김(서울: 창작과 비평사, 1982), p. 5. 비교문학자 에드워드 사이드(Edward W. Said)는 '제국주의'라는 용어를 머나먼 영토를 지배하는 제국의 중심태도와 이로노가 실천의 의미로 사용한다. 제국주의의 필연적 산물인 식민주의는 머나먼 영토에 정착하는 것을 의미한다. "가장 단순한 수준에서 이야기하면, 제국주의라는 것은 자신의 소유가 아닌, 다른 사람들이 소유하고 살고 있는 머나먼 땅을 조종하고 정착하고 생각하는 것을 의미한다. 많은 이유로 해서 그것은 어떤 사람들을 유혹했고 다른 사람들을 불행에 빠뜨렸다. (…) 제국주의도 식민주의도 단순히 부를 얻거나 축적하는 행위는 아니다. 둘 다 어떤 지역과 사람들은 '지배를 받아야만 한다'는 생각을 포함하는 이념적 형성에 의해 그리고 지배와 연관되는 지식의 형태에 의해 추진된 것이다." 에드워드 사이드, 앞의 책, pp. 52-56. "제국주의란, 한 나라가 다른 나라에 대해 효과적인 정치적 주권을 행사하는 공식적 및 비공식적 관계를 의미한다. 그와 같은 관계는 무력에 의해서, 정치적 협상에 의해서 또는 경제적·사회적·문화적 의존에 의해서 이루어진다. 제국주의란 제국을 세우고 유지하는 정책이나 그 과정이다." Michael W. Doyle, *Empires*(Ithaca: Cornell University Press, 1986), p. 45. 이밖에 제국주의 개념에 대해서는 박지향, 『제국주의 신화와 현실』(서울: 서울대학교 출판부, 2000), pp. 13-22를 참고할 것.

17) "금세기는 '서구의 발흥'으로 그 극에 달했으며, 서구의 힘은 제국주의의 중심들로 하여금 놀랄만한 규모의 영토와 신민들을 축적하도록 허용했다. 1880년까지 서구 열강들은 지구의 (…) 35%를 갖고 있었다. 그것이 1987년이 되면 일년에 83,000평방마일씩 늘어나 67%로 확장된다. 1914년까지는 일 년에 240,000 평방마일로 늘어나, 유럽은 지구의 85%를 식민지, 보호령, 식탁통치, 지배지, 연방으로 소유하게 되었다." Harry Magdoff, Imperialism : *From the Colonial Age to the Present*(New York: Monthly Review, 1978),

세기 말의 시대적 특징으로 '확대와 상호교류, 엄청난 범위의 팽창과 집중, 또한 무한한 확장과 각 민족간의 그리고 과거와의 긴밀한 결합에 따른 이익을 공유한다'고 했을 때, 그것은 곧 제국주의 개념을 설명한 것과 크게 다르지 않았다. 결국 우드베리가 전망하는 바와 같이 제국주의에 의해 가까워지고 더욱 커진 세상의 도래와 학자들의 관여에 의해 '세계결속의 진정한 끈이 될 하나의 지성적 상태로 점점 결합'되기 위해 비교문학이라는 새로운 학문이 출현한 것이다. 또한 비교문학의 연구가 '다른 수렴요소들과 함께 인류결합이라는 목표에 이를 것'이라고 했을 때, 적어도 당대적 입장에서 그 목표는 제국주의의 목표와 일치하는 것이었다.[18]

제도권에 진입하기 전의 비교문학의 역사도 예외가 아니었다. 비교문학은 세계 문학간의 상호작용을 연구하는 학문이지만, 인식론적 측면에서 볼 때 태생적으로 유럽과 라틴 기독계 문학을 논의의 중심이자 최정점으로 보는 일련의 위계질서체계로 조직되어 있었다.[19] 즉, 비교문학은 유럽 중심주의의 산물이었다. 유럽에서 민족문학에 대한 관심은 19세기 제국주의 시대에 자국의 배타적 우월성을 주장하기 위한 교육과 연구의 그것이었다. 비교문학의 역사, 의의를 논의할 때 흔히 보편문학으로 거론되는 괴테(J. W. von Goethe)의 '세계문학'은 진정한 의미에서 세계문학은 아니었다.[20] 그것은

---

pp. 29 & 35. 이밖에 J. A. 홉슨, 앞의 책, pp. 16-27 ; 에드워드 사이드, 앞의 책, pp. 47-69 ; 박지향, 앞의 책, pp. 53-84. 등을 참고할 것.

18) 물론 제국주의적 인식에 의해 출발하였다고 하여 비교문학을 폄하하려는 것은 아니다. 19세기 말이라는 현재적 범위를 벗어나면 비교문학에 대한 우드베리의 주장은 크게 틀리지 않았다. 특히 '이 연구는 제 길을 갈 것이고, 다른 수렴요소들과 함께 과학, 예술, 사랑의 정신적인 통일체에서 발견되는 일류결합이라는 목표에 이를 것이다'라고 했을 때, 비교문학이 지향하는 바를 설득력 있게 표현한 것이었다.

19) 에드워드 사이드, 앞의 책, p. 107.

20) 1827년 괴테는 자신의 「타소」가 프랑스어로 번안된 데 대한 논평에서 '세계문학'이라는

개별언어로 구성된 민족문학의 한계를 극복한다는 의미에서 사실상 유럽문학을 세계문학과 동일시하는 의도였고, 세계문학에서 '우리 독일인은 그 영광된 역할을 담당하게 되었다'는 언표에서 드러나는 바와 같이 자국의 배타적 우월성을 강조한 것에 다름 아니었다. 즉, 라틴(그리스 로마)문학으로부터 출발하는 유럽문학의 보편성을 지칭하는 것이며 아시아, 아프리카문학 등을 포함한 개념은 아니었다. 우드베리가 주장한 비교문학은 19세기 말 미국이 제국주의 시대의 중심이 되고 있던 시기에 서양문화의 중심이 미국으로 옮겨왔다는 정서적 배경에서 나온 것이며 이는 유럽의 인본주의적 문화정통이 미국에서 보편성을 획득한다는 19세기 말 미국 중심의 제국주의적 정서에서 나온 주장이었던 것이다. 미국 비교문학에서 선구적 역할을 담당한 르네 웰렉(René Wellek)이 비교문학이란 결국 문학적 "가치와 질에 관심을 갖는 진정한 비평이 되어야 한다"[21]고 주장했을 때, '문학적 가치와 질'은 서구문학 전통의 중심이 된 문학의 그것이며 같은 의미에서 서구문학이란 여타 집단의 문학을 소수의 문학이나 주변 문학으로 규정하는 방식이었다.[22]

비교문학의 제국주의적 인식은 과거에서 끝난 것이 아니라 현재도 여전히 유효한 현상이다. 현재 세계비교문학을 주도하고 있는 미국비교문학회

용어를 처음 사용하였다. "이제 전반적인 의미에서의 세계문학이 형성되게 되었으며, 우리 독일인은 그 영광된 역할을 담당하게 되었다." J. W. von Goethe, Über Kunst ind Altertum, *J. W. von Goethe Werke 12*(München: Deutscher Tuschenbuch Verlag GmbH & Co., 1982), p. 361.

21) René Wellek, Name and Nature of Comparative Literature, *Discriminations: Further Concepts of Criticism*((New Haven: Yele University Press, 1971), p. 36.

22) 고부응, 「초민족 시대의 민족 정체성과 비교문학 연구」, 『比較文學』 24(韓國比較文學會, 1999), pp. 26-27. "비교문학에서 이루어진 학문적 작업은 유럽과 미국 모두의 정치적인 입지에서 뿐 아니라, 자국의 문학이 가장 연구 가치가 높다는 이유 때문에도 자신들이 세상의 중심이라는 생각을 펼치도록 해주었다." 에드워드 사이드, 앞의 책, p. 109.

(American Comparative Literature Association)가 비교문학이 확고한 학문체제로서 자리 잡기 위해 최소한의 기준을 제시한다는 목적으로 10년에 한번씩 제출하도록 한 '기준 보고서(Report on Syanards)' 가운데 주목되는 것은 가장 최근의 「번하이머 보고서(The Bernheimer Report, 1993)」이다.[23] 이 보고서는 1970년대 이후 주도적 흐름을 형성하고 있는 후기 구조주의의 이론적 영향을 받은 결과이다.[24] 이 보고서가 다문화주의(Multiculturalism) 시대의 비교문학이 지향해야 할 방향으로 제안하는 8가지 조항 가운데 제5항은 "비교문학과들은 앵글로-아메리칸, 유럽 중심적 시각을 다문화적으로 재문맥화(recontextualization)하는데 앞장서야 한다"[25]는 것이었다. 이 보고

---

23) 첫 보고서는 1965년 당시 비교문학계를 주도적으로 이끌었던 하버드학파 해리 레빈 (Harry Levin)의 주관 아래 작성되었고, 두 번째 보고서는 1975년 토마스 그린(Thomas Greene)을 위원장으로 작성되었다. 1984년 보고서는 학회에 제출되지 않았으므로 1993 년 보고서가 세 번째가 된다. 이들 보고서는 당시 보고서 작성의 임무를 맡았던 위원회 의 위원장의 이름을 따라 각각 「레빈 보고서(Harry Levin Report, 1965)」, 「그린 보고서 (Greene Report, 1975)」, 「번하이머 보고서」라고 부른다. 다음 보고서를 참고할 것. *Comparative Literature in the Age of Multiculturalism*, Ed. Charles Bernheimer(Baltimore & London: The John Hopkins University Press, 1995).

24) 데리다, 푸코 등 프랑스 철학자들에 의해 시작된 후기구조주의가 미국에서 본격적으로 수용된 것은 프랑스어를 직접 읽고 문학과 철학 등을 문학이론이라는 이름으로 논의하 고 있는 비교문학과였다. 1970, 80년대 미국에서 이론적 흐름을 주도하고 있던 예일대 비교문학과는 데리다가 교수로 있었고 이후에도 미국에서 진행되는 문학이론의 주류는 비교문학과, 또는 비교문학과의 다른 이름은 인문학 프로그램(캘리포니아 어바인 캠퍼 스), 문학학과(듀크) 등에 의해 주도되고 있었다. 현대 미국의 주요 이론가들-데리다, 드만, 밀러, 컬러, 사이드, 제이미슨, 스피박, 바바, 헤이트 화이트, 베네딕트 앤더슨 등 대부분이 비교문학 프로그램에 직접 속해 있거나 비교문학적 관심을 학문적 성과로 발표하고 있는 동향을 볼 때, 미국의 인문학이 비교문학에 의해 주도되고 형성, 변화되 고 있음을 알 수 있다. 이렇게 비교문학과에서 주도되고 있던 인문학의 새로운 흐름은 전통적 문학연구방법에 근본적인 도전을 하고 있었으며 이러한 도전적 흐흠이 「번하이 머 보고서」에 반영된 것이다. 고부웅, 앞의 논문, p. 29.

25) The Bernheimer Report 1993: Comparative Literature at the Turn of the century, in Charles Bernheimer, ed. *Comparative Literature in the Age Multiculturalism*(Baltimore:

서가 제출된 이후 비교문학은 국가/민족/문화의 모든 경계를 넘어서 이루어지는 문화 교류적, 다국가적, 다학문적, 즉 다문화주의의 흐름속에 놓여있다. 중심문화/주변문화의 경계를 나누는 편견에서 벗어나야 한다고 주장하는 열린 사고의 다문화주의는 고무적인 현상이라고 할 수 있지만, 주변문화쪽에서 보면 그것은 주변문화를 더욱 '주변적'인 것으로 밀어낼 위험이 배후에 작용하고 있다는 사실도 직시되어야 한다.26)

같은 맥락에서 「번하이머 보고서」에서 반영하지 못한 중요한 현상중의 하나는 민족문제이다. 미국의 비교문학이 미국이라는 사회를 민족 단위로, 미국에서 진행되는 문화현상을 민족 단위의 문화현상으로 파악하지 않고 있다는 사실은 미국의 비교문학자들이 여전히 미국을 일반적 보편적 세계인, 일종의 제국으로 인식하고 있음을 보여주는 한 반증이며, 미국사회의 구성과 그 문화를 다른 민족 단위와 그 문화와 구별하여 논의할 필요성을 의식하지 못하고 있다는 사실은 미국이 여전히 제국주의적 지식을 생산하고 있음을 보여주고 있는 것이다.27) 민족 문제는 초민족, 탈민족시대로 일컬어지는 시대의 흐름에서 더욱 중요한 몫이 되고 있다. 「번하이머 보고서」가 강조하는 다문화주의가 중심문화/주변문화의 경계를 무너뜨려야 한다고 했을 때, 그 배후에는 지배와 피지배를 강제하는 제국주의적 발상이 작용하고 있기 때문이다.28) 오늘날 19세기 고전적 제국주의는 사라졌다. 그러나 사이

Johns Hopkins UP, 1995), p. 42.

26) 조성원, 「다문화주의와 (한국)비교문학」, 『比較文學』 24(韓國比較文學會, 1999), pp. 1-21을 참고할 것.

27) 고부응, 앞의 논문, p. 31.

28) "제국의 지속은 지배자와 머나먼 곳의 피지배자의 두 가지 측면에서 이루어진다. 그리고 그 둘은 서로의 공통된 역사를, 저마다 스스로의 시각과 역사인식과 감정과 전통에 입각해 바라보는 해석방식을 갖고 있다." 에드워드 사이드, 앞의 책, p. 59.

드가 지적한 바와 같이 이른바 서구 또는 제국의 중심세계에 살고 있는 각종 사람들과 제3세계나 과거 식민지에 살고 있는 사람들은, 2차 대전 이후에 거대한 식민 구조가 무너지면서 종식을 고한 고전적 제국주의가 현대에는 대단한 문화적 영향력을 행사하고 있다는 데 의견의 일치를 보이고 있다.29) 19세기 말 20세기 초 제국주의 시대에 세계는 전례 없이 하나로 연합되었고,30) 제국에 의해 영향 받지 않은 것은 아무 것도 없었다. 오늘날 직접적인 제국주의는 거의 종말을 고했다고 해도 제국주의는 문화적인 측면에서, 정치적·이념적·경제적·사회적 실천에서 언제나 있던 바로 그 자리에 여전히 남아 있다.31)

다문화주의가 지배하고 있는 오늘날, 세계 도처에서 초민족, 탈민족 현상이 일어나고 있다. 첨단문명과 고도화된 교통·통신수단을 통한 인적, 물적, 그리고 지식의 교류확대, 그리고 사이버 공간을 통한 새로운 시공간의 형성으로 민족들 간의 교류는 더욱 확산되고 있다. 세계가 하나로 통합되는 오늘의 현상은 (겉으로 드러나는 성격은 다르다고 해도) 19세기 말 20세기 초의 제국주의적 통합을 방불케 하고 있다. 이와 같은 세계적 통합을 주도하고 있는 것이 미국을 비롯한 이른바 서구 선진국이라고 할 때, 그것은 제국주의의 현재진행형이라고 할 수 있다. 굳이 명명한다면 문화적 제국주의 현상이라고 할 수 있을 것이다. 사이드가 제국주의 과거의 의미는 그 시대에만

---

29) 위의 책, p. 55.

30) William, H, McNeill, The Pursuit of Power : Technology, Armed *Forces and Society Since 1000 A.D.*(Chicago: University of Chicago Press, 1983), pp. 260-261.

31) "현대의 제국주의는 역사의 매 시대를 통해 추적할 수 있는 각기 다른 요소들의 축적이다. 아마도 그것의 궁극적인 원인은 마치 전쟁의 목적처럼 가시적인 물질적 필요에 의해서라기보다는 인간의 마음속에 왜곡된 모습으로 반영되어 나타나는, 계급의 구분에 의해 왜곡된 사회의 불안한 긴장에서 찾아볼 수 있을 것이다." V. G. Kiernan, *Marxism and Imperiaialism*(New York: st. Martin's Press, 1974), p. 111.

국한된 것이 아니라, 지금도 수백만의 현실 속으로 파고들어 대단히 상충적인 문화와 이념과 정책으로서, 공유하는 기억으로서 아직도 지대한 힘을 행사하고 있다고 경고했을 때[32], 그것은 곧 약소민족의 민족의식에 대한 경각심을 일깨우는 충고일 수 있다.

과거에 대한 연구는 현재를 해석하는 데 있어서 가장 보편적인 전략중의 하나이다. 과거에 대한 연구를 생동감 있게 해주는 것은, 과거가 무엇이었는가와 과거에 무슨 일이 일어났는가에 대한 의견을 불일치뿐만 아니라 과거가 정말로 끝나고 지나갔으며 결론지어졌는지, 아니면 비록 형태는 다르지만 아직도 계속되고 있는지에 대한 불확실성이다.[33] 엘리엇이 "그 어느 시인도, 그 어느 예술가도 혼자서는 완전한 의미를 가질 수 없다"[34]고 지적한 바와 같이 과거는 현재와 연결되어 있고, 서로에 대해 암시하고 있다. 현재의 문화적 제국주의 현상을 눈앞에 두고, 과거의 제국주의 시대를 돌아보는 것은 무엇보다도 필요한 연구자세일 것이다.

이광수·나쓰메 소세키·루쉰이 활동했던 19세기 말 20세기 초는 세계적으로 제국(주의)의 시대였다.[35] 바꾸어 말하면 민족주의의 시대였다. 후발 근대국가에서 고전적(전근대적) 민족주의는 자생적이었지만, 근대적 민족주의는 침략적 제국주의에 대한 대응적으로 발생한 측면이 있다.[36] J. A. 홉슨이

---

32) 에드워드 사이드, 앞의 책, p. 59.

33) 위의 책. p. 47.

34) T. S. Eliot, *Critical Essays*(Londen: Faber & Faber, 1932), p. 15.

35) 마르크스주의 역사가 에릭 홉스봄(Eric John Hobsbawm, 1917~)의 시대구분에 따른 것이다. 홉스봄은 1789~1848년을 '혁명의 시대', 1848~1875년을 '자본의 시대', 1875~1914년을 '제국의 시대'로 구분한다. 홉스봄, 『혁명의 시대(The Age of Revolution 1789~1848)』, 정도영·차명수 옮김(서울: 한길사, 1998) ; 『자본의 시대(The Age of Capital 1848~1875)』, 정도영 옮김(서울: 한길사, 1998) ; 『제국의 시대(The Age of Empire 1875~1914)』, 김동택 옮김(서울: 한길사, 1998).

분석한 바와 같이 처음의 순수했던 민족주의가 제방을 넘쳐흘러 넘쳐 타락하면 제국주의가 되고, 그 제국주의가 침략적이 되면, 거기에 대응하는 민족주의를 낳는다[37])고 할 때, 이와 같은 길항관계적 제국주의와 민족주의를 극명하게 보여주고 있는 텍스트중의 하나는 이광수·나쓰메 소세키·루쉰이 활동하고 있었던 19세기말 20세기 초 동아시아였다. 근대적 민족주의 의미에서 후발 민족국가였던 동아시아는 순수한 민족적 열정과 타락한 민족주의를 적나라하게 보여주는 전시장과 같았다. 한국은 식민지, 중국은 반식민지 국가로서 반제국주의적 민족주의가 눈앞에 닥친 과제였고, 일본은 비유럽국가로서는 유일한 제국주의 국가였기 때문이다. 따라서 당시 동아시아에서 살고 있는 사람들은 어떤 식으로든 민족주의(와 동전의 양면관계에 있는 제국주의)에서 자유로울 수는 없었다. 19세기 말 20세기 초는 물론 이후까지 동아시아에서 민족주의는 그 누구도 피해갈 수 없었던 푸코적 '권력의 담론'[38])이었다.

---

36) 민족주의, 古典的(前近代的) 민족주의, 近代的 민족주의 등의 용어에 대한 개념은 뒤에서 구체적으로 논의할 것이다.

37) "민족주의가 한편으론 허구적 식민주의, 다른 한편으론 제국주의로 이행되는 것은 민족주의가 그 자연적인 제방(制防)을 넘쳐흘러서 가까운 곳이든 먼 곳이든 병합되기를 원치 않을 뿐만 아니라 동화될 수도 없는 국민들의 영토를 병합하려고 기도함으로써 순수한 민족주의가 타락하는 것에 해당한다. (…) 침략적 제국주의는 흡수되기에는 너무나도 이질적이고 영구적으로 분쇄되기에는 너무나도 조밀한 주민들 사이에서 민족주의를 인위적으로 자극시키는 것이 된다." J. A. 홉슨, 앞의 책, pp. 7-12.

38) 푸코의 '담론(discourse)'은 오늘날 일반적인 문학적 용어로서의 그것과는 다른 개념으로서 지식과 진리를 구체화하는, 역사적으로 다양한 방식이다. '권력(pouvoir)' 역시 사회과학이나 사회철학에서 논하는 그것과 다르며 흔히 이야기되는 정권이나 대권, 제도, 구조, 특정한 권세, 또는 '예속적 양태'라기 보다는 가정이나 일터 등 모든 위상의 사회에서 '복잡한 전략적 상황에 부여되는 이름'이다. 육체와 삶을 관심과 통제의 대상으로 삼고 그것들을 최대로 이용하려는, 극히 치밀한 경제체계가 스며든 생산적 성질의 것이다. 푸코의 권력과 담론에 대해 더욱 상세한 논의는 다음 연구를 참고할 것. Michel Foecault, Two Lecture, ed., Colin Gordon, *Power/Knowledge: Selected Interviews and Other*

물론 19세기 말 20세기 초의 민족주의가 거기서 끝난 것은 아니다. 한국의 경우 세계에서 유일한 분단국가 현실은 바로 그때의 제국주의 산물에 다름 아니었다. 이후 한국사회의 담론체계에서 민족 내지 민족주의는 숙명이라고 할 정도로 이념적으로나 실천적으로 항상 그 중심위치를 차지해 왔다. 지난 20세기 100년 동안 한반도의 역사 속에서 전개된 삶과 죽음, 노동과 문화, 사상과 느낌은 물론 심지어 개인적 고통과 사랑까지도 민족에 대한 거대한 담론체계속에 흡입되어야 했다. 한반도에서 태어나 한국인의 자각을 갖고 한국인으로 성장한다는 것은 (긍정적인 의미든 부정적인 의미든) 곧 민족주의자가 된다는 것을 의미했다. 계급과 성, 지식의 유무, 연령에 상관없이 그것은 역사와 시대의 명령이었고, 사회적 규범이었다. 민족주의의 명분은 그 누구도 뿌리칠 수 없는 역사적 권력이었던 것이다. 중요한 것은 이데올로기의 사회적 내용이 아니라 그것이 민족적인 것인가의 여부였다. 한반도에서 반민족적이라는 낙인은 곧 그 이데올로기의 역사적 생명에 마침표를 찍는 것—이광수가 그 대표적인 경우였다—이었으므로 민족주의의 명분에 대한 집착은 그만큼 필사적이었다. 당연한 결과로서 민족에 대한 우리 사회의 논의는 규범적 인식의 틀에서 벗어나지 못했다. 민족에 대한 당위적 주장이 경험적 인식을 압도했던 것이다. 이 점에서 민족주의는 단순히 한국사회를 지탱해 온 이념적, 윤리적 질서라기보다 차라리 총체적 사회현상이었다.[39]

Writings 1972-1977 by Michel Foecault(Londen: Harvester Wheatsheaf, 1980), p. 93. ; Michel Foecault, *The History of Sexuality, vol. I: An Introduction*(London, Penguin, 1984), p. 100. ; C. 라마자노글루 外, 『푸코와 페미니즘 그 갈등과 긴장』, 최영 외 옮김(서울: 동문선, 1998), pp. 32-33. ; Michel Foecault, Pawer and Sex, in L. Knizman ed., *Michel Foecault: Politics, Philosophy, Culture: Interviews and other Writings 1977-1984*(London: Routhedge, 1988), p. 118. ; 콜린 고든, 『권력과 지식: 미셸 푸코와의 대담』, 홍성민 옮김(서울: 나남, 1993), p. 125.

민족(주의)의 세기라고 지칭해도 크게 틀리지 않을 20세기가 가고 21세기를 맞이한 지금, 그럼에도 불구하고 지난 세기 한국사회에서 민족주의 현상은 피상적이 아니었는지, 특히 문학현상으로서 민족주의가 얼마나 실천적이었는지 객관적으로 돌아보고 반성할 때에 이르렀다. 19세기 말 20세기 초 근대적 민족주의와 근대소설의 형성기가 맞물려 있다고 할 때, 민족의 운명을 좌우했던 전자를 이해하지 않고 후자를 이해하려고 한다는 것은 문학을 오독하는 결과를 초래할 것이다. 공시적으로 볼 때 그렇지만, 통시적으로 볼 때도 예외가 아니다. 문학이 역사, 사회와 단절될 수 없듯이 근대적 민족주의 형성기의 소설에 대한 이해 또한 역사, 문화와 단절될 수 없다. 예술작품이 독자적으로 존재한다는 생각은, 예술작품을 현실로부터 괴리시킴으로써 작품에 의도하지 않았던 한계를 부여한다.40) 초민족, 탈민족으로 지칭되는 오늘날의 문화적 제국주의 현상 앞에서 당시(19세기 말 20세기 초) 침략적 제국주의앞에 대응적으로 형성되었던 민족주의를 돌아보고, 당시의 뜨거웠던 민족적 열정이 살아 숨쉬는 문학을 이해하는 것은 무엇보다도 우선적 과제가 아닐 수 없다. 근대소설 전체를 이해하는 하나의 지침을 제공하게 될 것이기 때문이다. 말하자면 형성기의 근대소설과 민족주의의 상관성에 관한 연구는 근대소설 전체를 한 눈에 관찰할 수 있는 망원경과 같다고 할 수 있다. 한국을 포함한 동아시아 근대소설이 여기에서 크게 벗어나지 않는다.

민족과 민족문학은 불과분의 관계에 있음을 새삼 강조할 것이 되지 않는다. 주목하는 것은 민족문학과 세계문학 역시 불과분의 관계에 있다는 점이

---

39) 임지현, 『민족주의는 반역이다 - 신화와 허무의 민족주의 담론을 넘어서』(서울: 소나무, 1999), pp. 52-53.

40) 에드워드 사이드, 앞의 책, p. 63.

다. 초민족, 탈민족(주의)으로 나아가는 길이 민족(주의)이 바로 정립된 이후에 가능하다는 것은 과거 역사가 교훈하는 바와 같다. 만약 민족(주의)이 바로 정립되지 않은 가운데 초민족, 탈민족(주의)으로 나아간다면 곧 19세기말 20세기 초 침략적 제국주의앞에 무릎을 꿇고 그 기나긴 세월동한 지배를 당했던 결과를 초래하지 않는다고 장담할 수는 없다. 그것은 문학현실에서도 예외가 아니다. 다문화주의는 20세기의 끝부분에서 시작되었으나 21세기의 시작과 함께 지구공동체적 문화를 이끌어갈 초석이며 세계의 모든 민족/문화를 향하여 열려 있는 문화적 사고(Cultural thinking)이다. 그러나 중심 문화/주변 문화의 경계를 무너뜨린다는 전자측의 시혜적 다문화주의앞에 현혹되어 무비판적으로 동참한다면, 경계가 무너지는 현상을 넘어 주변(민족)문화 자체마저 말살당하는 결과를 초래할 수도 있다. 결국 오늘날 비교문학의 세계적 추세는 한국의 비교문학에게 민족문학 자체의 발전과 함께 다문화주의에 부응하여 세계문학으로 발돋움해야 한다는 이중적 과제를 부여하고 있는 것이다. 즉, 한국비교문학은 전 지구적 서구지배에 맞서 한국인의 정체성은 물론, 이러한 정체성에 근거한 한국문학과 문화적 정체성을 구축해야 한다.[41] 지금까지 주변으로 밀려있던 한국문학이 세계의 중심으로 나아갈 수 있는 길은 바로 이러한 '자국문학의 융성'을 바탕으로 한 다문화주의속에 있는 것이다. 이러한 '자국적 다문화주의'를 한국적 상황에 알맞게 개발하여 정착시키는 일, 그것이 바로 21세기의 다문화주의 시대를 준비하는 한국의 비교문학자들이 할 일이다. "다문화시대를 맞아 한국비교문학이 가장 먼저 신경써야 할 것은 하루빨리 동양문화권에서조차 한국문학이 주변문화로 밀려나는 서러움에서 벗어나는 문제이다. 한국의 비교문학자는

---

41) 고부응. 위의 논문, pp.31-34.

중국비교문학, 일본비교문학과의 관계를 개선하는 데에도 노력을 기울여야 한다. 다문화주의라는 이름 아래 동양문화권이 새로이 각광받고 있지만, 이 속에서 한국이 차지하는 위치가 얼마나 미미한 것인가를 늘 기억해야 한다."42) 한국의 자국문학 융성을 위해 일차적으로 동아시아 문학을 포괄적으로 연구해야 할 시기에 이르렀다는 것은 많은 연구자들이 동의하고 있다.43)

이 연구는 적어도 민족주의적 관점에서 볼 때 한 세기라는 시간적 거리를 두고 있는, 문학 내지 문화적으로 현재적 과거요, 과거적 현재라고 할 수 있는 19세기말 20세기 초 동아시아 근대소설(뿐만 아니라 근대 민족주의)의 형성기에 있어서 선구적인 활동을 하였고, 각자 큰 문학적 업적을 남긴 이광수·나쓰메 소세키·루쉰 소설을 푸코적 '권력의 중심'이라고 할 수 있는 민족주의 관점에서 분석함으로써 3인 작가들의 문학적 이해를 통해 동아시아 초기 근대소설은 물론 근대소설 자체를 유기적으로 이해함으로써 자국문학의 융성을 지향하고, 그것을 바탕으로 초민족, 탈민족(주의)의 문화적 제국주의 현실을 직시하는 한편, 다문화주의에 부응하여 중심문학으로 나아가는 길잡이 역할을 지향한다. 즉, 가장 최근의 세계적 사조인 탈중심화 내지 탈근대적 요구, 나아가 21세기 비교문학 논의에서 빠질 수 없는 주요한 논제인

---

42) 조성원, 「다문화주의와 (韓國)비교문학」, 『비교문학』, 24(한국비교문학회, 1999), pp. 3-5.

43) "국민문학과 같은 한 민족이나 국민적 차원에서의 문학연구란 그 한계성이 드러나지 않을 수 없음을 우리는 확연히 알 수 있다. 그렇다면 민족이나 국민문학 차원의 문학연구는 어떻게 극복될 수 있는가? 그것은 문화권을 단위로 해서 문학을 연구함으로써 그 한계성을 극복할 수 있다. 따라서 현재 우리에게는 한국·중국·일본 등의 민족이나 국가를 단위로 해서 연구해 가는 국문학 차원의 문학연구를 지양하고 전 지상레벨에서 동아시아와 같은 한 문화권을 단위로 해서 문학을 연구해 가야한다는 입장이 절실히 요청된다. (…) 시기적으로 보아서도 현재 동아시아인은 동아시아 문화문학을 정립해야 할 기점에 처해 있다. 그 이유는 앞으로의 21세기는 동아시아를 주축으로 해서 전지상의 인간문화가 형성되어 나올 것으로 기대되기 때문이다." 金采洙, 앞의 책, p. 16.

다문화주의에 부응하고, 민족적·문화적 관점에서 미래 인류의 재편과정에서 주목받고 있는 동아시아 거대담론에 참여할 뿐만 아니라 열린 사회 속에서 지금까지 주변으로 밀려있던 한국문학이 세계의 중심으로 나아갈 수 있는 길을 좀더 미래지향적 모색하고자 하는 것이다.

2. 연구사 개관

이광수·나쓰메 소세키·루쉰에 대한 개별적인 연구는 한·중·일 각국에서 다른 어떤 작가들보다 많은 축적을 이루어 왔다. 이광수의 경우 한국문학사에서 때로는 신화적 巨塁으로 받들어지기도 하고, 혹은 반민족적 이단자요, 통속소설가라고 지탄받기도 하면서 한국근대문학에 관심이 있는 연구자라면 누구나 거쳐 가야 하는 문학의 산맥으로서 근대문학의 서장을 이루었고, 그에 대한 연구는 비평, 작품해설을 합쳐 300편이 넘고 있다.[44] 나쓰메 소세키와 루쉰의 경우는 더욱 화려하다. 일본 '근대문학의 문호' 혹은 '국민작가'로 불려지고 있는 소세키의 경우 일본인들이 가장 많이 사용하는 1,000엔 (円)권 일본지폐에 그의 초상화가 등장할 정도로 현재까지 큰 명성을 누리고 있으며 제2차 세계대전 패전 이후 수차례 '소세키 붐'이 일어나고 있을 정도이다.[45] 현재까지 소세키 전집은 무려 30여 종이 간행되어 일본은 물론 세계

---

44) 丘仁煥, 『이광수小説研究』(서울: 三英社, 1983), p. 12. 2002년 11월 현재 국회도서관 자료목록에 의하면 이광수 관련 박사학위논문 27편, 석사학위논문 123편, 국내학술잡지에 게재된 논문 62편, 단행본 10여 권에 이를 정도로 활발한 연구가 진행되어 왔다.

45) 小森陽一, 『夏目漱石』(東京: 岩波書店, 1994), p. 2. "금년(2001년·인용자주) 6월 29일치 일본의 아사히(朝日)신문에는 지난 100년간의 일본 문학자에 대한 인기투표를 실시한 결과가 보도되어 흥미를 끌었다. 그것을 보면 총투표 20,569표 중에서 나쓰메 소세키

적으로도 유례가 없을 정도이고, 연구서도 매년 30권 이상이 출판46)된 뿐만 아니라 1백 편 이상의 연구논문이 일본 국내외에서 발표47)되고 있다. 1993 년 10월에는 소세키에 대한 전문학술지『漱石研究』(편집자 小森陽一·石原 千秋)48)가 창간되어 이미 12집까지 간행되었으며 소세키 연구자 히라오카 도시오(平岡敏夫)에 의해『夏目漱石研究資料集成』(전10권, 1992)이 발간 되었으나 미처 수록하지 못한 자료가 훨씬 많을 정도로 이른바 일본에서는 '소세키 신화'를 이루고 있다.49) 루쉰도 예외는 아니다. 중국 근·현대사 및 근·현대문학사에서 최고의 지성으로 평가되고 있는 루쉰에 대한 연구는 이 미 '魯迅學'50)이라는 학문체계가 성립될 정도로 날이 갈수록 광범화, 전문 화, 세분화되고 있을 뿐만 아니라 중국현대문학사 자체가 루쉰 중심으로 이루어져 왔다. 즉, 중국의 루쉰연구자들에 의해 '루쉰 신화'라고 할 정도로 거의 우상화되다시피 하여 온 것이다. '루쉰 신화'를 만드는 데 결정적인

가 3,516표를 얻어 1위를 차지했다." 유상희,『나쓰메 소세키(夏目漱石)연구』(서울: 보 고사, 2001), p. 3.

46) 위의 책, p. 3.

47) 權赫建,『나쓰메 소세키 文學世界』(대구: 학사원, 1998), pp. 7-8.

48) 藝術新聞社 編,『墨コレクシヨン』第一號(東京: 藝術新聞社, 1994. 7), p. 124.

49) 유상희, 앞의 책, p. 12. 나쓰메 소세키의 인터넷 전문 사이트「ウェブ上の夏目漱石(暫 定版)」에는 1989년부터 2002년 현재까지의 소세키「연구논문」목록이 실려 있는데, 매 달 평균 15편 정도의 연구논문이 발표되고 있다. http://www.mitene.or.jp/~takalin/ souseki.htm 검색일; 2002. 12. 7.

50) '魯迅學'이라는 용어를 최초로 창안, 제기한 연구자는 彭定安이었다. 루쉰연구가 곧 중국사회, 중국혁명, 중국문화를 연구하는 것이며, 나아가 세계혁명, 국제문화발전사와 상관관계를 맺고 있는 것이므로 '魯迅學'의 창립이 요구된다고 주장한 彭定安은 또한 60여년에 달하는 루쉰연구의 성과와 분야의 다양화 및 세분화가 '魯迅學'창립의 조건 을 구비하고 있다고 강조하였다. 彭定安,『魯迅思想論稿』(杭州: 浙江文藝出版社, 1983), pp. 230-234. 嚴英旭,「魯迅文學의 現實主義 研究」(광주: 全南大 大學院, 박사 학위논문, 1993), p. 3.

역할을 한 대표적인 인물은 1949년 중화인민공화국 수립 이후 1970년대 중반까지 중국의 최고 통치자였던 마오쩌뚱(毛澤東)이었다. 1937년 마오쩌뚱은 산뻬이(陝北)公學에서 열린 루쉰 서거 1주년 기념대회 강연에서 "루쉰이 중국에서 지니는 가치를 두고 판단할 때, 나는 그를 중국 최고의 聖人으로 꼽아야 한다고 생각한다. 공쯔(孔子)는 봉건사회의 성인이었고, 루쉰은 신중국의 성인이다"[51]고 높이 찬양하였고, 옌안(延安)문예좌담회의 '講話'에서 "모든 공산당원, 모든 혁명가, 모든 혁명적 문예공작자는 루쉰의 모범을 배워야 한다"[52]고 강조하였다. 1940년 마오쩌뚱은 저 유명한「新民主主義論」을 발표하면서 많은 부분을 할애하여 루쉰을 논하였는데, 이는 훗날 루쉰연구에 가장 큰 영향을 미쳤다.

> 루쉰은 중국문화혁명의 主將이며 위대한 문학가일 뿐만 아니라 위대한 사상가, 위대한 혁명가이다. 루쉰의 기질은 가장 꿋꿋하고, 노예 같은 비굴함이 털끝만큼도 없었으니, 이는 植民地, 半植民地 인민의 가장 고귀한 성격이다. 루쉰은 문화전선에서 전 민족 대다수를 대표하며 (…) 가장 정확하고, 가장 용감하고, 가장 堅決하며, 가장 충실하고, 가장 열정적인 (…) 루쉰의 방향, 그것이 바로 중화민족 신문화의 방향이다.[53]

---

51) 毛澤東,「魯迅論」,『匯編』제2권, pp. 889-890. ; 왕부인,『중국의 노신연구』, 김현정 옮김(부산: 세종출판사, 1997), p. 57, 재인용. "모택동의 눈에 비친 노신은 후대 연구자들의 가슴속에 자리한 노신과는 달랐다. 모택동사상은 5·4신문화운동의 모유를 먹고 자라났고, 노신은 청년 모택동의 가슴속에 스승이자 권위자였다. 5·4신문화운동이 없었다면 모택동은 당시 정치혁명의 길을 걸어갔을 리 없었다. 그는 5·4신문화운동으로 환기된 구국구민의 열정을 안고 혁명으로 뛰어 들었다." 위의 책, p. 60.

52) 毛澤東,「延安文藝座談會上的講話」,『毛澤東選集』第3卷(北京: 人民出版社, 1969), p. 877.

53) 毛澤東,「新民主主義論」, 위의 책, 第2卷, p. 658.

루쉰에 대한 마오쩌뚱의 이러한 평가 이후, 중국현대문학사연구에서는 광범위하게 '루쉰 신화'가 만들어졌다.[54] 일본과 중국의 이와 같은 연구영향으로 한국에서도 나쓰메 소세키와 루쉰에 대한 연구는 중·일의 다른 어떤 작가들보다 활발하게 진행되고 있다. 물론 그동안 나쓰메 소세키·루쉰에 대한 국내연구는 몇 가지 한계가 있었다. 루쉰의 경우 정치체제가 다른 사회주의 국가의 작가였으므로 그에 대한 연구가 제대로 이루어질 수 없었으며 소세키 역시 오랫동안 일본문화 수입금지조치라는 정치적 이유 때문에 연구 활동이 묶여 있었다. 그러나 중국과 국교가 수립되고, 일본문화 수입금지조치가 해제된 이후 두 작가에 대한 연구는 날이 갈수록 증가하고 있다. 2001년

---

54) 1978년 11기 3중대회에서 改革開放政策이 선포된 후, 중국의 학술계와 문화예술계에도 이른바 '雙百方針'이 장려되었다. 루쉰연구도 옌안문예강화, 사회주의, 현실주의, 혁명적 리얼리즘과 혁명적 로맨티시즘의 결합 등과 같은 기준틀에 입각한 연구와 비평틀을 반성·재해석하고, 새로운 관점과 연구 분야를 개척하는 분위기가 확산되기에 이르렀다. 1980년대 이후 중국학자들 사이에 '루쉰 신화'가 해체되기 시작하였다. "우선 루쉰에게로 돌아가자. 루쉰과 그 자신의 주도적인 창작의도를 이해하고 설명하자"(王富仁), "官 주도적인 루신사업의 최종산물은 실재의 루쉰보다 과장된 캐리커처일 뿐이다. 루쉰에 대한 신격화를 없애고자 한다면, 먼저 그의 내적 역설과 모순을 인식해야 한다."(Leo Ou-fan Lee), "(…) '魯迅은 사람이지 神이 아니다'는 관점의 확립이다. 본래 이 문제가 최초로 제출된 것은 특정한 역사적 배경과 의도를 지칭하는 것이다. 그것은 文革시기에 널리 퍼졌던 魯迅연구계의 우상화·神秘化 분위기를 정화하기 위한 것이었다. (…) '魯迅 자신에게 돌아가자.' ―左傾 교조주의의 영향과 역사적 한계로 인해 이전의 魯迅硏究에는 현재 확립되어 있는 철학·정치·역사·문예이론의 일반적 원칙과 연구 결론을 점차 형성해 왔고, 魯迅 분석모델과 연구습관을 억지로 짜 맞추어 왔다."(趙存茂) 등과 같은 반성이 제기될 정도로 현재 중국에서 루쉰연구동향은 비교적 객관적 입장을 견지하려고 노력하고 있는 것으로 평가된다. 金河林, 「魯迅文學思想의 形成과 轉變硏究」(서울: 高麗大學校 大學院, 박사, 1992), ; pp. 11-12. 王富仁, 『中國反封建思想革命的一面鏡子 -『吶喊』『彷徨』綜論』(北京: 中國社會科學出版社, 1986), p. 9. ; Leo Ou-fan Lee(李歐梵), Introduction, Lu Xun and His Legacy(Berkeley/Los Angeles/Londen: University of California Press, 1985), p. ii. : 趙存茂, 「1980-1985年魯迅硏究述評」, 『中國現代文藝硏究』, 王瑤 外(北京: 中國社會科學出版社, 1989), pp. 63-65.

현재 소세키의 경우 1980년대 이후 학위논문 74편, 논문 265편, 단행본 5권에 이르고[55] 전문학술연구지 『나쓰메 소세키(夏目漱石)文學硏究』 (2001) 창간호가 간행되었다.[56] 루쉰의 경우 역시 중국의 다른 어느 작가보다 활발하게 연구되고 있다. 2002년 12월 현재 국회도서관에 접수된 1970년대까지 석사학위논문이 단 3편에 지나지 않았으나 80년대 이후 박사학위 논문 10편, 석사학위논문 49편, 단행본 8권, 70년대까지 단 3편이었던 연구논문 역시 80년대 이후 83편에 이르고, 한 학회지에서는 3회에 걸쳐 특집으로 다룰 정도이다.[57] 결국 이광수·나쓰메 소세키·루쉰에 대한 개별연구사를 구체적으로 논의하기 위해서는 별도의 장이 마련되어야 할 정도로 방대한 양을 이루고 있다. 3인 작가의 비교연구인 이 논문에서는 개별연구에 대한 논의는 생략한다.

이광수와 루쉰이 활동했던 시기는 '啓蒙主義와 民族主義의 時代'였다.[58] 나쓰메 소세키는 좀 예외적이지만, 민족주의와 제국주의의 관계를 고려할 때 역설적인 의미에서 여기에 포함될 수 있다. 민족주의가 당시 푸코적 '권력의 담론'이었다고 할 때, 이광수·나쓰메 소세키·루쉰 소설에 민족주의

---

55) 권혁건, 「한국에 있어서 나쓰메 소세키(夏目漱石) 문학연구의 성과와 과제」, 『나쓰메 소세키(夏目漱石)文學硏究』 창간호, 權赫建 編輯(서울: 제이앤씨, 2001. 5), p. 105. 이후 간행된 소세키 관련 단행본 연구서는 다음과 같다. 조영석, 『나쓰메 소세키의 문학 세계』(서울: 보고사, 2001).

56) 權赫建 編輯, 『나쓰메 소세키(夏目漱石)文學硏究』 창간호.

57) 중국현대문학회에서는 제6호(1992), 제8호(1994), 제10호(1996) 등 3회에 걸쳐 루쉰을 특집으로 다루었다. 특히 제6호에서는 총 11편 가운데 1편을 제외한 나머지 논문이 모두 루쉰 관련 연구이다.

58) '啓蒙主義와 民族主義의 時代'는 金允植·김현의 입장을 인정한 것이다. 두 연구자가 지칭하는 '啓蒙主義와 民族主義의 時代'는 1880~1919년에 이르는, 개항에서 3·1운동에 이르는 시대를 일컫는다. 물론 한국의 경우를 가리킨다. 그러나 당시 중국도 크게 다르지 않았다. 金允植·김현, 『韓國文學史』(서울: 민음사, 1973), p. 21.

—소세키와 함께 민족주의를 언급할 때는 J. A. 홉슨이 지적한 '타락한 민족주의'라는 개념으로 제국주의를 포함하는 포괄적 의미이다—가 반영되었음은 필연이었다고 할 수 있다.59) 즉, 19세기말 20세기 초 서구 제국주의의 침략 하에서 이광수·나쓰메 소세키·루쉰은 계몽(주의)이라는 수단으로 근대 문명개화를 주장했지만, 그들이 가장 급박하게 추구했던 정신은 絶體絶命의 위기 앞에 놓여 있던 민족을 향해 있는 민족주의였음은 자명하다. 계몽주의는 16-17세기에 일어난 철학사조였다.60) 즉 16, 17세기 계몽주의가 근세의 업적을 신봉하고 인간의 삶에 적용시키려고 했던 사조였다면, 19세기말 20세기 초 이광수·나쓰메 소세키·루쉰의 그것은 近代의 업적을 신봉하고,

---

59) 에드워드 사이드는 앞의 책에서 19세기 제국주의에 공헌한 문학(소설)을 날카롭게 분석하고 있다. 사이드가 "우리는 제국에 대한 향수, 제국주의가 피지배자들에게 유발시킨 분노와 원한을 철저히 검증해야만 하며, 그러한 감정과 이성과 무엇보다도 제국의 상상력을 길러낸 문화를 주의 깊게 살펴보아야만 한다. 우리는 또한 19세기 말까지는 문화—그것의 괜찮은 부분은 오늘날에도 찬양되고 있는—속에 완전히 스며들어간 제국주의 이데올로기의 헤게모니를 파악하기 위해 노력해야만 한다. (…) 예를 들면, 우리가 유럽의 위대한 리얼리즘 소설들이 어떻게 제국주의의 주요한 목적중의 하나—해외 확장에 대한 사회의 동의 즉, J. A. 홉슨의 말에 의하면, 박애주의나 종교나 과학이나 예술 같은 '비영리적 운동의 보호막을 쓴 제국주의를 인도하는 이기적인 힘'—에 공헌했는가를 이해하지 못한다면, 우리는 그때나 지금이나 문화의 중요성과 제국 속에서 문화가 일으키는 반향을 오독하게 되는 것이다"라고 했을 때, 역설적으로 그것은 민족주의에도 해당되는 경고에 다름 아니다. 윌리엄 블레이크(William Blake)가 레이놀즈(Joshua Reynolds)의 『담론(Discourses)』을 위한 주석에서 "제국의 기초는 예술과 과학이다. 만일 그것들을 제외하거나 격을 낮추면 제국은 존재하지 않는다. 제국이 예술을 따르는 것이지, 영국인들이 생각하는 것처럼 예술이 제국을 따르는 것은 아니다"라고 했을 때, 그것도 같은 관점에서 민족(주의)에 해당될 수 있다. Northrop Frye ed. *Selected Poetry and Prose of blake*(New York: Random House, 1953), p. 447. 에드워드 사이드, 앞의 책, pp. 60-61.

60) "정신의 왕국 안에서 위대한 사람들이 행한 행동과 더불어 열리기 시작한 계몽시대는, 근세의 업적을 신봉하고 이 업적을 삶에다 적용하려고 하였으며, 이러한 신앙과 의지가 계몽주의의 특징이다." 요한네스 힐쉬베르거, 『서양철학사』 하권, 姜聲渭 譯(서울: 한국종교문화재단 부설 이문출판사, 1987). p. 365.

그것을 인간의 삶에 적용하려고 했던 것이다. 따라서 이광수·나쓰메 소세키·루쉰이 계몽(주의)작가라고 했을 때, 거기에는 누구에게 무엇을 계몽하는가? 라는 물음이 해명되어야 한다. 물론 그들은 독자(국민)에게 '근대'를 계몽하려고 했던 작가들이었다. 구체적으로 근대 문명개화를 계몽하려고 하였다. 더 나아가서 무엇을 혹은 누구를 위한 계몽인가? 라는 물음이 제기될 수 있다. 직접적으로는 독자(국민)를 위해, 넓게는 민족을 위해서 계몽하려고 했다. 결국 이광수·나쓰메 소세키·루쉰 문학은 민족주의를 배제하고서는 논의가 불가능하다고 할 수 있다.

그럼에도 불구하고 이광수·나쓰메 소세키·루쉰-특히 이광수의 경우에 그의 문학과 민족주의에 관한 연구는 생각보다 많지 않음은 주목된다.[61] 이와 같은 사정은 나쓰메 소세키·루쉰도 마찬가지였다. 논의과정에서 밝혀지겠으나 소세키는 비유럽국가로서는 유일하게 '타락한 민족주의' 즉, 제국주의 대열에서 일본이 대외확장을 추구하였던 시기에 활동한 작가였다. 소세키 역시 자국의 '타락한' 민족주의를 피해가지 않았다. 소세키는 제국주의

---

61) 물론 이와 같은 이유는 이광수 스스로 민족주의자로 자처함에도 불구하고 그의 친일경력이 장애로 작용하고 있을 것으로 추측된다. 김영민이 분석한 「춘원 이광수 관계연구 자료목록」(1916-1993)에서 민족주의를 주로 다룬 연구는 다음과 같다. 이기백, 「민족성과 민족개조론」, 『새교육』(1968. 1.) ; 염무웅, 「민족문학, 이 어둠 속의 행진」, 『월간중앙』(서울: 중앙일보사, 1972. 3), ; 양중해 외, 「민족주의적 측면에서 본 한국문학」, 『제주대논문집』 제5집(제주: 濟州大學校, 1973.) ; 배현기, 「민족주의문학의 역사적 고찰」 (경희대 교육대학원, 1973.) ; 신춘호, 「민족문학의 정통성-단재, 춘원소설을 중심으로」, 『국제어문』 1집(서울: 국제대, 1979.) ; 宋明姬, 「이광수의 文學批評研究-民族主義 文學思想을 중심으로-」(서울: 高麗大學校 大學院, 博士, 1985.) ; 안태정, 「1920년대 이광수의 민족운동론의 성격-논설을 중심으로-」(서울: 高麗大學校 大學院, 碩士, 1986.) ; 한상무, 「이광수의 민족주의와 소설형식」, 『어문학보』 12호(춘천: 江原大學校, 1989.) ; 이준형, 「이광수의 민족 문학적 특징과 똘스또이즘」, 『어문논집』 5호(釜山: 부산외대, 1989.) ; 金春變, 「이광수의 民族主義와 人道主義 文學思想研究」(서울: 高麗大學校 大學院, 博士, 1992.). 김영민, 「춘원 이광수 관계연구 자료목록」, 『춘원 이광수 문학연구』, 연세대 국학연구원 편저(서울: 국학자료원, 1994), pp. 237-255.

대열에 참여함으로써 순수한 민족주의를 잃어버리고 제국주의자가 되었다. 따라서 소세키문학 연구에서 민족주의에 대한 논의를 찾는 것은 쉽지 않다. 루쉰의 경우도 예외가 아니다. 그는 생애 후반기에 계급주의로 思想轉變과정을 거쳤고, 이후 사회주의국가였던 중국에서 민족주의가 터부시될 수밖에 없었으므로 루쉰문학에 대한 연구에서 민족주의에 대한 논의를 찾는다는 것은 당초 무망한 노릇이다.

논의를 개별 국가가 아닌 동아시아로 확장한다고 해도 사정은 마찬가지다. 우리 사회에서 동아시아 거대담론이 형성, 유행하고 있고 지금까지 동아시아 문학을 포괄적으로 논의한 몇몇 개별적인 연구는 있었으나 본격적인 동아시아문학 연구는 거의 찾아볼 수 없다. 이광수·나쓰메 소세키·루쉰에 대한 비교문학 연구도 예외가 아니다. 최근에 와서 3인 작가에 대한 비교연구가 간헐적으로 이루어지고 있지만 아직 많은 성과는 이루어지지 않았다. 일부 연구가 이루어졌다고 해도 이광수·나쓰메 소세키, 이광수·루쉰, 혹은 나쓰메 소세키·루쉰 비교연구에 머물렀고, 그것도 개별적인 작품비교에 머무르고 있는 실정이다.62) 물론 이광수·나쓰메 소세키·루쉰 3인 작가들을

---

62) 이광수·나쓰메 소세키, 이광수·루쉰에 대한 비교연구는 다음 논문을 참고할 것. 權赫律, 「춘원과 노신의 계몽적 성격에 관한 대비적 고찰」(仁川: 仁荷大 大學院, 碩士, 2000.) ; ─, 「춘원과 노신 소설의 계몽적 성격」, 『仁荷語文研究』5(仁川: 仁荷大學校文科大學國語國文學科仁荷語文研究會, 2001.5) pp. 33-58. 김규창, 「춘원과 소세키의 문학론 Paralleilisme」, 『서울: 서울敎大論文集』 제13집(서울: 서울교육대학, 1980). ; 金允植, 「近代文學에 있어서의 韓·中·日 三國의 關係檢討와 그 問題点」, 『韓國文學의 理論』(서울: 一志社, 1974.); 朴明愛, 「『흙』과『阿Q正傳』의 比較研究 : 革命性을 中心으로」, 『檀國大國文學論集』16(서울: 檀國大學校 國文學科, 1999. 8), pp. 423-445. ;嚴英旭, 「魯迅과 이광수 文學의 페미니즘 比較研究」, 『中國現代文學』14(한국·서울: 中國現代文學學會, 1998. 6). ; 劉麗鴉. 「魯迅과 春園의 比較研究」(서울: 서울대학교 大學院, 碩士, 1984.) ; 柳相熙, 「『Pride and Prejudice』와 『虞美人草』와 『無情』의 比較文學的 考察」, 『瑞松李榮九博士華甲紀念論叢』(瑞松李榮九博士華甲紀念論叢刊行委員會, 1991. 11.) ; ──, 「『傲慢과 偏見』과『虞美人草』와『無情』」, 『人文論

포괄적으로 비교한 연구는 아직 존재하지 않았다. 따라서 이광수·나쓰메 소세키·루쉰 소설을 동시에 비교하는 이 연구는 일종의 試論에 해당한다.

3. 연구방법

먼저 동아시아의 많은 작가들 중에 왜 이광수·나쓰메 소세키·루쉰소설을 비교하는가라는 물음이 제기될 수 있고, 여기에 대한 해명이 선행되어야 한다. 물론 이와 같은 물음은 앞선 논의에서 어느 정도 해명되었을 것이다. 동아시아 근대소설의 형성기는 근대 민족주의의 그것과 맞물려 있다. 푸코적 '권력의 담론' 관점에서 동아시아의 정치·경제·사회·문화를 포괄적으로 조망하면 근대 전환기는 물론 20세기를 통틀어 담론의 중심은 민족주의였다. 근대화에 성공한 일본은 민족(주의)을 초월한 脫아시아주의를, 사회주의 체제 국가인 중국은 계급주의를 주장함으로써 민족주의를 터부시했다고 해도, 그 배후에는 민족주의가 작용하고 있었다고 할 수 있다. 특히 19세기 말 20세기 초 근대 전환기에 있어서 민족주의가 담론의 중심일 수밖에 없었던 것은 서구 제국주의의 팽창앞에 각 민족의 존망이 달려 있었기 때문이었다. 결국 동아시아 초기 근대소설은 물론 근대소설 전체를 포괄적으로 이해

叢』22(全州: 全北大學校, 1992. 12.) ; 張南瑚, 「나츠메 소세키(夏目漱石)연구 : 『坊っちゃん(도련님)』과 이광수의 『무정』의 교를 중심으로」, 『인문학연구』제28권(大田: 忠南大學校人文科學研究所, 2001. 6), pp. 45-75 ; 히야마 히사오, 『루쉰과 소세키 동양적 근대의 창출』, 정선태 역(서울: 소명출판, 2000) ; 全光鏞, 「百年來 韓中文學交流考」, 『比較文學』5(서울: 韓國比較文學會, 1980.) ; 車相轅, 「韓·中 新文學運動의 比較研究」, 『中國學報』第5輯(1974.) ; 胡啓建, 「韓中兩國의 近代初期文學 比較研究」(서울: 서울대학교 大學院, 碩士, 1980).

하려고 할 때 민족주의를 벗어날 수는 없다. 즉, 동아시아 민족주의를 이해하지 않고 동아시아 근대소설을 이해하려고 하는 것은 돛을 잃어버린 배를 타고 넓은 바다를 항해하는 것과 마찬가지이며, 그 반대의 경우도 예외가 아니다. 역사—물론 문학사도 예외가 아니다—는 단절될 수 없다. 민족주의의 시대였던 20세기가 막을 내리고 초민족·탈민족이라는 다문화주의, 다원주의(pluralism)라는 얼굴을 들고 21세기가 다가 왔다고 하지만 전자가 없는 후자는 존재할 수 없다. 결국 동아시아 초기 근대소설에 있어서 대표적인 작가로서 각자 치열한 민족주의적 입장에서 문학 활동을 전개하였던 이광수·나쓰메 소세키·루쉰 소설에 반영된 민족주의를 논의하는 것은 그들의 문학에 대한 이해는 물론 동아시아 근대소설 전체를 포괄적으로 이해하는 하나의 키워드가 될 수 있을 것이다. 3인 작가의 작품을 비교연구하는 일차적인 이유는 여기에 있지만, 비교문학적 관점에서 그들의 전기적 사실에 유의할 때 공통점과 차이점에 주목하지 않을 수 없다.

가장 먼저 주목되는 공통점은 '아비'상실이다. 이광수는 11세 때 콜레라로 어머니와 함께 아버지를 잃어버렸고, 소세키는 태어난 즉시 탯자리에서 양자로 보내짐으로써 '아비'상실을 경험하였다. 아홉 살 때 친가로 돌아왔으나 아버지는 그를 장애물로 생각했을 뿐이었다. 루쉰 역시 열세 살에 아버지가 병으로 자리에 누운 뒤 장남으로서 가장노릇을 대신하였고, 아버지는 결국 일어나지 못한 채 16세 때 사망했다. 3인 작가들은 각자 유년시절의 '어둠의 세계'에서 뛰쳐나오기 위해 신학문을 배우는데 전념했고, 근대적 전환기에서 전근대적 봉건질서를 거부하고 문명개화를 추종했다. 그들은 일찍이 민족의식에 눈을 떴고, 서구 제국주의의 침략 앞에 흔들리고 있는 국가와 민족을 위해 민족주의를 추구했으며, 민중을 계몽하기 위해 문학을 택했다. 그들은 외국유학을 통해 제국주의 문명을 체험하였고, 유학경험이 곧 작가적 전환점이 되었다. 3인 작가들이 문학을 '餘技'로 시작했다는 것도 공통점이다. 그들은 첫 직업을 교사로 택했으며, 또한 교사로서 끝까지 가지 않고 중도 포기했다. 문자행위에 있어서도 소설이 주력이었으나 또한 사상가이기도 하였다. 또한 문학을 효용론적 입장-인생을 위한 문학, 민중계몽을 위한 문학을 추구했다는 점도 공통점이다. 3인 작가들이 모두 문학적 생애를 계몽주의로 시작한 것이다. 물론 그들의 계몽주의에는 민족주의가 기반하고 있다. 3인 작가들에게 있어서 민족주의와 계몽주의는 양자택일의 사항이 아니라 항상 병행되고 있었던 것이다. 이밖에도 3인 작가들이 첫 결혼에 실패했다는 공통점도 있다. 이 경우, 소세키는 좀 예외적이다. 이광수와 루쉰은 구식여성과의 첫 결혼에 실패한 뒤 신식여성과 재혼을 한 공통점이 있지만, 소세키는 첫 부인과 이혼하지 않았음에도 불구하고 불행한 부부생활을 함으로써 '실패한 결혼'과 마찬가지였다.[63)

두 작가에게는 공통점이고 한 작가와는 차이점이 되는 경우도 있다. '아비'상실에서 이광수와 루쉰은 소년시절에 아버지를 잃었으나 소세키의 경우 아버지가 있었음에도 불구하고 '상실'적이었다는 점이 달랐다. 소세키는 대학졸업자였으나 이광수와 루쉰은 대학 중퇴자였다. 문학적으로 이광수와 루쉰의 첫 소설은 그들 나라의 근대문학사의 첫 장을 여는 최초의 작품-이광수의 경우 논란의 여지가 있다-이었으나 소세키는 이미 문단이 형성된 뒤에 작가생활을 시작하였다. 소세키가 첫 소설 「나는 고양이로소이다(吾輩は猫である)」를 발표한 것은 38세(1905)였고, 루쉰 역시 첫 소설 「狂人日記」를 38세(1918)에 발표하였으나 이광수는 첫 소설 「放浪」을 16세(1907)때-「사랑인가(愛か)」는 18세 때(1908)-, 첫 장편소설 「無情」을 26세(1917년)

---

63) 소세키의 불행하였던 부부생활에 대해서는 그의 자전적 소설 「道草」에서 비교적 진솔하게 묘사되어 있다.

에 발표했다. 즉, 소세키·루쉰은 30대 후반이라는 장년의 나이에 첫 소설을 발표한 공통점이 있는 반면, 이광수는 아직 성숙되지 않은 10대에 문학 활동을 시작했다는 것이 차이점이다. '아비' 찾기의 관점에서 보면, 작가로서 아직 성숙하지 못한 이광수는 '아비'들—주로 島山 安昌浩思想을 차용한 것이었다—에 의존한 반면, 나쓰메 소세키와 루쉰은 '아비'가 된 다음에 문학 활동을 하였다고 할 수 있다. 그럼에도 불구하고 이광수·소세키는 그들의 첫 소설이 곧 출세작이 되었다는 공통점이 있는 반면, 루쉰의 경우는 중국현대문학의 최초의 소설이라는 문학사적 성과에도 불구하고 문단적 반응에 '실패'했다는 차이점도 있다.

비교문학 연구에서 공통점을 주목한다면 차이점 역시 주목되어야 한다. 이광수·나쓰메 소세키·루쉰의 차이점 가운데 가장 두드러진 것은 물론 그들이 소속된 민족, 국가가 달랐다는 점이다. 민족주의적 관점에서 주목되는 것은 소세키가 일본 제국주의의 臣民이었고, 루쉰은 반식민지 국민, 그리고 이광수는 완전식민지 '국민'이었다는 점이다. 전근대적 가족국가사상에 기초한 제국주의 국가의 臣民이었던 소세키는 '타락한' 민족주의—침략적 제국주의자였던 반면 이광수와 루쉰은 실천 여부와는 별개의 문제에서 '순수한' 민족주의자였다. 또한 근대 민족주의를 반제·반봉건으로 규정할 때 소세키는 제국주의자였고, 이광수는 반봉건주의자였고, 한때 친일행각을 자행함으로써 반민족주의자 즉, 제국주의 협력자[64]였던 반면 루쉰은 반제·반봉

---

64) 제국주의 협력이론은 소위 주변부 이론을 제기한 존 갤러거(John Gallagher)와 로널드 로빈슨(Ronald Robinson)에 의해 처음으로 제시되었다. 이들은 19세기 제국주의적 팽창을 설명하면서 유럽 국가들의 의도나 목표보다 주변부의 상황을 더욱 중요한 동인으로 인정하는 '주변부 이론'을 주장함으로써 제국주의 연구에 큰 자극을 주었다. 주변부 이론의 핵심은 협력이론이다. '협력(collaboration)'은 식민제국과 식민지 사회의 집단이나 계급간의 이해관계의 접근을 표현하는 용어로서 개인적 이익을 위해 공동체 전체의 희생을 감행하기도 하는 연관관계를 의미한다. 로빈슨은 1880년대 이후 신제국주의가

건적 민족주의자였다는 차이점도 있다.

이밖에도 3인 작가들이 많은 공통점과 함께 동아시아 근대 민족주의와 근대소설의 형성기에 대표적인 작가였다는 점, 그리고 3인 작가들의 민족주의와 함께 그들의 작품에 형상화된 민족주의를 분석함으로 형성기에 있었던 동아시아 민족주의 양상은 물론, 초기 근대소설의 의미도 함께 이해할 수 있는 지름길이 될 수 있기 때문이다. 그러나 3인 작가를 비교대상으로 삼게 된 배경은 비교문학적 이유 때문이다. 전통적인 의미에서 비교문학은 상이한 두 나라 문학이 지니고 있는 유사점과 차이점에 의해서 두 나라 문학의 관계가 무엇인지를 규명하는 연구 분야를 의미했다. 영향과 수용연구가 그것이다. 브뤼티에르(Ferdinand Brunetière), 텍스트(Joseph Texte), 발당스페르제(Fernand Baldensperger), 반 티겜(Van Tieghem), 장-마리 카레(Jean-Marie Carrè), 아자르(Paul Hazard) 및 귀야르(Guyard) 등에 의해 본격적으로 형성된 프랑스학파가 여기에 위치한다. 이들은 비교문학이라는 개념을 극히 제한적이고 협의적인 의미로 사용해 왔다.[65] 지금까지 한국과 중국,

---

확산된 계기는 주변부에서 벌어진 협력체제의 구조조정이었다고 결론을 내렸다. '협력이론'에 대해서는 다음 연구를 참고할 것. John Gallagher, The Decline, Rvival and Fall of the British Empire(Cambrige University Press, 1982) ; Ronald Robinson, Non-European Faundations of European Imperialism: sketch for a theory of collaboration, in Studies in the of Imperialism, des.(Owen & Sutcliff, Longman: 1972) ; _____, The Excentric Idea of Imperialism, with or without Empire, in Imperialism and After, eds.(W. Mommsen & J. Osterhammel, Allan & Unwin, 1986) ; John Gallagher & Ronald Robinson,The Imperialism of Free Trade, Economic History Review vi, 1(1953) ; _____, Africa and the Victorians(Doubleday, 1961) ; _____, The Partition of Africa, in The New Cambridge Modern History vol. xi.(Cambrige University Press, 1980) ; 박지향, 앞의 책.

65) "비교문학을 문학사의 한 분야로 간주하는 비교문학자인 반 티겜, 카레, 귀야르의 정의를 중심으로 프랑스학파의 비교문학의 특징을 정리하면 다음과 같다. 첫째, 국제간의 문학교류사를 전제로 한다. 둘째, 영향과 수용을 입증할 수 있는 분명한 자료를 바탕으

한국과 일본문학에 대한 비교연구는 이와 같은 프랑스학파적 관점에서 논의된 연구들이 대부분이었다. 주로 고전문학에서 이루어지고 있는 한·중문학의 비교연구, 그리고 19세기 후반 서구의 충격 이후 주로 일본을 통해 근대문학이 수입되었으며, 또한 일본 제국주의의 식민통치를 36년 동안이나 거쳤다는 점에서 한·일 비교문학의 경우 영향과 수용 연구에 치중되는 것은 이해할 수 없는 일도 아니었다.

이광수·나쓰메 소세키·루쉰소설을 비교대상으로 선택한 이유도 여기에서 크게 벗어나지 않는다. 나쓰메 소세키가 활발하게 작가활동하고 있을 때 이광수와 루쉰은 일본에서 유학하고 있었다. 이광수는 소세키 작품을 애독했던 한 사람이었다. 주목되는 것은 첫 장편소설 「無情」을 집필하는 동안에도 소세키 소설을 애독하고 있었다는 점이다.[66] 뿐만 아니라 「이광수가 추천하는 12권의 책」에서 소세키 소설 「도련님(坊っちゃん)」, 「나는 고양이로소이다(吾輩は猫である)」를 추천할 정도로 일정 부분 소세키로부터 영향을 받았다고 할 수 있다. 루쉰 역시 소세키 소설의 애독자였다. 루쉰은 「나는 어찌하여 소설을 쓰게 되었는가?(「我怎么做起小說來?」)라는 산문에서 문학에 입문하게 된 과정을 회상하면서, "그 무렵 가장 애독한 작가는 분명히 러시아의 고골리와 폴란드의 센케비치였다. 그리고 일본에 있을 때는 나쓰

로 한다. 셋째, 문학작품 자체의 비교를 강조한다. 넷째, 영향관계가 없는 문학간의 비교는 '비교'가 아니라 '대비'이다." 윤호병, 앞의 책, p. 47.

66) "내가 「無情」을 쓸 때에는 夏目漱石의 作品을 愛讀한 때이라고 記憶한다. 夏目漱石의 「吾輩は猫である」는 내 돈으로 샀으나, 「坊っちゃん」이니 「虞美人草」니 「三四郎」이니 『文學論』이니 하는 冊들은 다 碧初(洪命憙의 號-인용자주)君이 내게 준 것이다(그것은 中學에 다니던 時期였다). 夏目漱石에게 내가 배운 것이 무엇인지는 알 수 없으나 나는 國木田獨步의 短篇과 夏目漱石의 長篇들을 좋아하였다." 이광수, 「多難한 半生의 途程」, 『이광수全集』第十四卷(서울: 三中堂, 1966), p. 400. 이하 이광수의 글은 특별한 경우를 제외하면 이 全集(全20卷)을 인용하며 『이광수全集』으로 표기한다. 반복 인용되는 같은 제목의 글은 題目과 쪽수만 표기한다.

메 소세키와 모리 오가이(三鷗外)였다"[67]고 밝힌 바 있다. 이광수·루쉰의 이와 같은 언술에 기대면 나쓰메 소세키와 이광수, 나쓰메 소세키와 루쉰의 경우 영향과 수용관계에 있었음은 분명하다. 동아시아 전근대 문학에서 중국→한국→일본문학의 관계가 (서구→)일본→한국, (서구→)일본→중국의 관계로 역전된 동아시아 초기 근대문학에서 3인 작가들의 영향과 수용관계는 하나의 전범이 될 수 있다. 특히 이광수·루쉰 소설이 근대소설의 효시라고 할 때, 소세키→이광수, 소세키→루쉰 관계는 한·중 초기 근대소설의 근대적 성격을 이해할 수 있는 하나의 나침반이 된다고 할 수 있다.

그러나 이 연구는 프랑스학파의 비교문학 방법을 지양하고, 보다 진보적이라고 할 수 있는 미국학파의 이론을 지향한다. 르네 웰렉(René Wellek)[68],

---

67) 記得当時最愛看的作者, 是俄國的果戈理(N. Gogol)和波蘭的顯克沃(H. Sienkiewith), 日本的, 是夏目漱石和三鷗外.「我怎么做起小說來?」,『魯迅全集』第四卷(北京: 人民文學出版社, 1981), p. 511. 글 제목 뒤의 괄호 안은 당시 출판되었을 때의 책 제목이다. 전집에도 그대로 실려 있다. 이하 루쉰의 글은 특별한 경우를 제외하면 이 全集(全16卷)을 인용하며『魯迅全集』으로 표기한다. 반복 인용되는 같은 제목의 글은 題目과 쪽수만 표기한다. 같은 글이 실린 책 제목은 처음에 한하여 표기한다. 참고로 루쉰의 '全集'類에 해당하는 국내번역은 다음과 같다. 김정화 옮김,『魯迅文集』I, 竹內好 譯註(서울: 일월서각, 1985). ; 한무희 옮김,『魯迅文集』II-VI, 竹內好 譯註(서울: 일월서각, 1985). ; 김시준,『루쉰(魯迅)소설전집』(서울: 서울대학교 출판부, 1996). 국내에서 루쉰의 글 가운데 가장 많은 양을 담고 있는『魯迅文集』은 루쉰의 글 전체에 미치지 못한다.『루쉰(魯迅)소설선집』은 루쉰이 남긴 전체소설(전 3권 소설집)을 모두 담고 있다. 이밖에 많은 번역서가 나와 있으나 개별적인 소설집 내지 雜文集에 해당하는 책들이다.

68) 비교문학에서 미국학파가 형성하는데 선구적 역할을 한 르네 웰렉은 비교문학의 영역, 방법을 다음과 같이 선언했다. "비교문학은 문학내의 어떤 제한적인 구분에 의하기보다는 문학의 전망과 정신에 의해서 가장 잘 정의될 수 있다. 비교문학은 모든 문학적 창조와 경험에 대한 통일성을 의식함으로써 국제간의 전망을 바탕으로 모든 문학을 연구하게 될 것이다. (…) 비교문학이 하나의 단일한 방법에만 국한될 수 없다. 비교 이외에도 기술, 특징묘사, 해석, 서사, 설명, 평가 같은 방법을 활용해야 할 것이다. (…) 영향관계를 연구하는 것에 가치를 부여하는 것과 마찬가지로 역사적으로 무관한 언어나 장르 같은 현상을 비교하는 것에 대해서도 그만큼의 가치를 부여할 수 있어야 한다." 르네 웰렉, 앞의 책, p. 19.

해리 레빈(Harry Levin), 바이슈타인(Weinstein), 레마크(Remark), 그리고 최근의 비교문학자 프랑수아 조스트(Francois Jost), 프랭크 윈케(Frank J. Warnke), 해롤드 볼룸(harold Bloom), 라이오넬 트릴링(Lionel Trilling), 얀 카트(Jan Kott), 폴 드만(Paul de Man), 힐리스 밀러(J. Hillis Miller), 제프리 하트만(Geoffrey Hartman), 이합 합산(Ihab Hassan), 에드워드 사이드(Edward W. Said), 에이브럼스(M. H. Abrams), 노스럽 프라이(Northrop Frye), 랠프 프리드먼(Ralph Freedman). 래드 고지치(Wlad Godzich), 새무엘 웨버(Samuel Weber), 조나단 컬러(Jonathan Culler) 등에 의해 주도된 미국학파의 비교문학은 이른바 對比연구이다.[69] 즉, 이 연구는 소세키→이광수, 소세키→루쉰의 영향과 수용관계를 분명히 인식한다는 전제하에 對比연구라는 점을 미리 밝혀둔다.

　이 논문의 구체적인 논의방법은 다음과 같다. 제Ⅱ편에서는 문학사상으로 '민족주의'를 이해하기 위해서 그동안 민족주의연구의 중심을 이루어 온 서구 민족주의이론을 비판적으로 검토한다. 그리고 민족주의에 대한 주변이론을 끌어올려 보다 비전 있는 민족주의이론을 정립할 것이다. 근대 민족주

---

69) 비교문학에 있어서 프랑스학파와 미국학파를 레마크는 이렇게 구분하였다. 전자는 소르본대학의 지배적인 역할에 의해서 형성되었으며 프랑스 대학에서의 문학교육의 한 특징을 이룬다. 대부분의 유럽계 학자들과 몇몇 미국계 학자들은 이러한 역할과 특징을 일컬어 프랑스'학파'의 비교문학이라고 명명하였다. 여기서 '학파'라는 말은 상당히 제한적이며 협의적인 의미를 지닌다. 좀더 쉽게 말하면 그것은 상당히 포괄적이고 광범위한 의미를 지닌 미국학파의 비교문학에 대조된다. 미국학파의 비교문학은 괴테의 '세계문학'이나 반 티겜의 '일반문학'의 영역에 속한다. 미국에서의 비교문학이 이러한 입장을 표방하게 되기까지는 무엇보다도 르네 웰렉의 역할을 들 수 있다. Henry H. H. Remark, Comparative Literature: Its Definition and Function, *Comparative Literature: Method and Perspective*, des., Newton P. Stalknecht and Horst Frenz(Carbondale & Edwardsville, Ⅰll.: Southern Ⅰllionis University Press, 1971), p. 19. 윤호병, 앞의 책, p. 40 ; 47, 재인용.

이론 자체는 서구의 산물이지만, 역사와 지역적 특성을 고려하게 될 때, 서구이론이 동아시아 민족주의에 얼마나 정확하게 적용될 지는 회의적이다. 그럼에도 불구하고 이광수·나쓰메 소세키·루쉰, 특히 이광수에 관한 연구의 경우 대부분은 서구의 민족주의이론에 초점이 맞추어져 있었다. 이 논문에 서는 작가와 작품이 그 시대와 사회적 산물이라는 전제 아래 서구 민족주의 이론을 지양하고 동아시아 역사 및 사회적 여건을 고려하여 민족(주의)운동 사적 관점에서 논의를 전개한다.

본격적인 논의에서 이광수·나쓰메 소세키·루쉰의 '아비'상실에 대한 닮음을 '아비'찾기라는 용어로 묶어 그들의 전기적 사실은 물론 작품을 분석하는 데 하나의 코드로 활용할 것이다.[70] 구조주의학자 레비 스트로스(Claude Lévi Strauss), 자끄 라깡(Jacques Lancan), 미셸 푸코(Michel Foucault), 루이 알튀세르(Louis Althusser) 등의 구조주의적 사유방식은 '근세철학의 시조' 데카르트(René Descartes)의 '고기토(Cogito: 나는 존재한다)'라는 明證的

---

70) 이광수의 경우, 그의 孤兒意識에 주목, 전기적 사실을 분석한 이는 정신분석학자 李揆東이었고, 문학적 분석을 시도한 이는 金允植이었다. "그(이광수-인용자주)의 의식 속에는 이율배반적인 것이 늘 유동하였다. 따라서 그의 고아의식은 시대 및 한민족의 고아의식, 소위 국가상실에서 오는 또 하나의 고아의식에 닿을 때 비로소 완성되는 것이다. 그것이 그에게는 관념으로서의 민족이고, 어느 정도는 실체로서의 민족주의이기도 하였다." 김윤식, 『이광수와 그의 시대』 1(서울: 솔출판사, 1999), p. 51. 여기서는 이광수·나쓰메 소세키·루쉰의 '아비'상실이라는 공통점에 유의하면서 보다 적극적이고, 또한 고아에 대한 상대적인 의미에서 '아비'찾기라는 용어로 대신한다. '아비'찾기에 주목하는 것은 보다 근본적인 분석을 위한 라깡이론에 근거한다. 라깡에 기대면 아버지는 母兒사이의 상상적인 二者關係를 중재함으로써 정신병으로부터 아이를 보호하고 사회적 존재로서 진입을 가능케 해준다. 즉, 지금까지 알려진 것과는 달리 아버지는 어머니의 사랑을 사이에 두고 경쟁하는 그 이상의 존재이다. 아버지는 사회적 질서의 표상이고, 자아는 외디푸스 콤플렉스에서 아버지를 동일시함으로써 사회적 질서로 진입할 수 있게 된다. 따라서 아버지의 부재는 모든 정신병리구조의 病因論에서 중요한 요인이 된다. 李揆東, 「정신분석학적으로 본 이광수」, 『위대한 콤플렉스』(서울: 금조출판사, 1987), pp. 89-101. ; 딜런 에반스, 앞의 책, pp. 225-226.

제1원리를 출발점으로 하는 이성(자아)중심주의에 대한 거부로부터 시작된다. 레비 스트로스에 의하면 서양철학사에서 이른바 자아의 反'고기토'를 선언한 이는 루소(Jean-Jacques Rousseau)였다. 루소는 인문과학적 진리가 올바로 정초되기 위해서는 데카르트적 '고기토'의 원리를 출발점으로 취하는 것을 포기해야 한다고 역설하였다. 서구적 자아의 자신감과 확실성이 강렬하게 넘쳐흐르던 계몽주의 철학의 시대에 루소는 '생각하는 자아'의 철학에 회의를 품고 "나는 하나의 타인이다(Je est un autre)"[71]라고 진술하였다. '나'속에 생각되어지는 3인칭 단수 '그(il)'가 있다는 것이다. 루소의 이와 같은 사유방식은 구조주의자들에게 계승된다. 레비 스트로스가 "인간을 연구하기 위하여 자기 시선을 멀리 가져가는 것을 배워야 한다. 특성들을 발견하기 위하여 먼저 차이점들을 관찰해야 한다"고 주장하거나 라깡이 "내가 존재하지 않는 곳에 내가 생각하고, 내가 생각하지 않는 곳에 나는 존재한다"[72]라고 할 때, 그것은 反'고기토'적인 발언에 다름아니다. 라깡의 인식체계에 기대면 언어활동은 주체로서의 내가 말하는 것이 아니라 '누구'인가로부터 말해짐을 당한 결과이다. 즉, 내가 말하는 것이 아니라 '그것(Ca)'이 말하는 것이다.[73] 이와 같은 언술에 기대면 이광수·나쓰메 소세키·루쉰의

---

71) 문법적으로 "Je suis un autre"라고 해야 하지만 '나'를 3인칭 단수로 여기기 위해 루소는 의도적으로 "Je est un autre"라고 사용하였다. 김형효, 『구조주의의 사유체계와 사상』(고양: 인간사랑, 1989), p. 20. 각주 참조

72) Claude Lévi Strauss, *Anthropologie structurale*, p. 47. ; Jacques Lancan, *Écrits*(Paris: Seuil, 1966), p. 517. ; 김형효, 위의 책, pp. 19-20. 재인용. 라깡은 더욱 구체적으로 "'내가 인간이다'라는 말이 지닌 충분한 가치는 그 인간을 인간으로 인식함에 있어서 내가 나 자신을 그러한 것으로 인식함으로 정립하는 것과 '나'라는 것이 마찬가지라는 사실만을 뜻할 수 있다. (…) 여기서 '나는 생각한다, 고로 존재한다'가 자행한 지나친 남용에 대한 비판은 그만 두기로 하고, 단지 (…) 자아는 病的 症候에 대한 치료에서 모든 저항의 중심을 대변한다는 것만 상기하기로 하자"고 진술한다. 라깡, 위의 책, p. 118. ; 김형효, 위의 책, p. 21. 재인용.

언어활동은 주체의 산물이 아니라 '말해짐을 당한 결과'이다. 그들이 '말해짐을 당했다'고 했을 때, 말하도록 강제한 일차적인 존재는 '아버지'라는 존재이다. '아버지'는 二者關係에서 三者關係, 즉 상상계에서 상징계로 나아가는 '거울단계(mirror stage)'[74]를 무사히 통과하게 만드는 질서이며, 법이기 때문이다. 라깡에 기대면 아이는 가정과 사회가 포괄하고 있는 문화가 나타내는 기표가 만드는 존재다. 그 '기표'의 구성물 가운데 가장 권위 있는 존재가 아버지다. 아이가 그 문화적 '기표'를 거부할 때, 혹은 '기표'로부터 배제당할 때 정신적인 질병을 앓게 된다. 결국 3인 작가들의 '아비'상실은 자의든 타의든 기표를 거부했거나 기표로부터 배제당한 상태이다. 그들의 문자행위에는 '아비'상실에 대한 병적 증후가 나타나고 있는 것이다.[75]

제III편은 이광수·나쓰메 소세키·루쉰소설에 전개되고 있는 민족주의사상에 대한 본격적인 비교연구이다. 각 장에서는 개별적인 작품분석에 들어가기 전에 먼저 3인 작가들의 민족주의를 분석한 뒤 그들의 첫 작품을 주목한다. 첫 작품은 그들의 이후 작품의 원형이 된다는 점에서 주목하지 않을 수 없기 때문이다.[76] 두 번째로 3인의 작가들이 소속된 민족, 국가의 민족주

---

73) 위의 책, pp. 20-21. 참조

74) 라깡은 초기에 어린아이의 발달과정에서 시작(생후 6개월)과 끝(18개월)이 있는 특별한 시간대에 자아가 형성되는 '거울단계'를 위치시킬 수 있다고 상정하였으나 이후 시간대를 확장시켰다. 거울단계를 단순히 유아의 삶의 한 순간으로 간주하지 않고 주체성의 영원한 구조인 상상계의 패러다임을 나타내는 것으로 보았다. 거울속의 영상이 자기 것이라는 '동일화 경험'을 하게 되는 거울단계는 (유아가) 아직 말을 배우지 않았으므로 언어활동 이전이다. 딜런 에반스『라깡정신분석사전』, 김종주 외 옮김(경기: 인간사랑, 1998), pp. 45-46. 참조

75) "정상으로 보이는 사람이 매끈하게 이야기하는 합리적 진술에도 다소간 병적 '症候'가 숨어있고, 모든 자아는 그런 증후(le symptôme)로서 구조화된다. 모든 인간은 다 정신의 '병적 증후'를 지니고 괴로워한다. 단지 정도의 차이가 있을 뿐이다. (…) 언어활동은 무의식의 조건이다. 인간의 언어활동이 없다면, 무의식도 존재할 수 없다." 김형효, 앞의 책, pp. 228-229.

의 특성, 그리고 각 작가들의 문학적 출발전후 민족주의의 계승관계를 검토한다. 이것은 그들의 작품세계에 반영된 민족주의사상을 분석하기 위한 예비 작업이 될 것이다.

구조조의 문학이론가 롤랑 바르트(Roland Barthes)는 구조주의를 첫째, 모든 작품이 공유하는 일반 신화론, 즉 공통된 내용이나 그 형식을 발견하는 것, 둘째, 인간의 모든 창조행위를 분류하고 분배하기 위해서 계층화하고 정리하는 것이라고 주장했다.[77] 이 논문의 연구방법은 바르트의 이와 같은 주장에 동의하는 입장을 견지한다. 즉, 구조주의 비평(Structuralist Criticism)의 전체성문제, 이항대립, 그리고 변형관계를 작중인물을 중심으로 논의하게 될 것이다.[78] 각 작품에 반영된 민족주의는 주제, 플롯, 그리고 문체에 이르기까지 여러 가지 관점에서 분석할 수 있겠으나 가장 직접적으로 반영될 수 있는 것이 작중인물이기 때문이다. 여기서는 또한 일부 원형비평(Archetypal Criticism)의 방법론을 지향한다. 원형비평에서 '원형'은 전형적 또는 반복적으로 나타나는 이미지를 가리킨다. 즉, 문학에서 '전달이 가능한

---

76) 여기서 '원형'은 원형비평(Archetypal Criticism)에서 그 모티브를 빌려왔고, 일정부분 같은 의미로 사용한다.

77) Roland Barthes, *Science versue Literture, Introuction to Structuralism*, ed. Michael Lance(Basic Book, 1970, pp. 410-416.

78) 인류학적 구조주의자 레비 스트로스는 문화의 다양성을 강조한다. 문화적 산물들에는 동일한 유형의 구조들이 존재하고 있고, 구조주의 방법론은 여러 문화들을 대비함으로써 동일한 구조들의 존재를 밝혀낼 수 있기 때문에 통찰력을 제공한다는 것이 레비 스트로스의 견해이다. 레비 스트로스로부터 직접 영향을 받았다고 천명하는 구조주의적 인류학자 에드먼드 리치(Edmund Leach)는 그의 저서 『성서의 구조인류학(*Structuralist Interpretations of Biblical Myth*)』에서 "내가 여러분에게 바라고 싶은 것은 성서를 전체성을 지닌 하나의 총체로서 다루라는 것이다"고 권유한다. 즉, 구조주의 방법론에서 가장 먼저 제기되는 것은 전체성의 문제이다. 구조주의의 관심은 전체성에 있는 것이지 전체를 구성하는 개개의 구성요소에 있지 않다. 에드먼드 리치, 『성서의 구조인류학』, 신인철 옮김(서울: 한길사, 1996), p. 43. 61.

단위'이다.79) 원형비평에서 이와 같은 의미의 원형을 구조주의적 전체성과 동일한 의미로 사용할 때, 작중인물을 중심으로 (구조적 전체성을 띠고 있는, 원형비평의 관점에서 전형적 또는 반복적 이미지로서 나타나는) 민족주의의 원형을 추출한 뒤, 그것이 각 작가의 다른 작품에서 변형 내지 연결되는 양상을 분석하여 이광수·나쓰메 소세키·루쉰 소설의 상호 유기적인 민족주의적 의미망을 현재적 의미에서 재구성할 것이다.

---

79) '원형'에 대한 이와 같은 개념 정의는 노스럽 프라이의『비평의 해부』에서 인용한 것이 지만, 또 한편으로 원형비평의 이론은 융(C. G. Jung)의 심층심리학에서 유래하고 있다. 융은 원형(archetype)이라는 용어를 인류의 집단무의식(collective unconscious)속에 유전 되고, 문학작품은 물론 신화, 종교, 꿈, 그리고 개인의 몽상에서 표현된다고 주장한다. 즉, 인류의 옛 조상들의 삶 속에서 반복되던 경험의 유형들의 '원초적 이미지들 (primordial images)', '정신의 잔존물(psychic residue)'에 적용시켰다. 이 용어는 문학비 평에 많이 사용되어 왔다. 문학비평에서 '원형'이란 말은 신화, 꿈, 심지어 의식화된 사회적 행동양식에 있어서 뿐만 아니라 극히 다양한 문학작품 속에서도 식별될 수 있다 는 이야기 구조, 인물유형, 또는 이미지에 사용된다. 이 다양한 현상들 안에 존재하는 유사성은 일련의 보편적, 원시적, 근원적 구조들을 반영하고 있는 것으로 여겨졌고, 그 구조들이 어떤 작품에 효과적으로 형상화되면 독자에게 깊은 반응을 불러일으킨다는 것이다. 그러나 프라이는 이 이론을 "불필요한 가설"이며, "어떻게 존재하게 되었던지 간에" 반복하여 나타나는 원형적 구조들이 그냥 존재한다고 주장했다. "관습의 문제는 예술이 어떻게 전달될 수 있는가의 문제이다. 왜냐하면 문학은 논술적인 언어구조와 마찬가지로 전달의 기술(技術)이라는 것이 분명하기 때문이다. 전체적으로 볼 때 시는 이미 단순히 자연을 모방하는 인공물의 집합체가 아니라, 전체적으로 본 인공 활동의 하나이다. (…) 이 양상에서의 상징은 전달이 가능한 단위이며, 필자는 이것을 원형(原 型)이라고 이름 짓겠다. 말하자면 원형이란 전형적 또는 반복적인 이미지이다. 필자가 뜻하는 원형은 하나의 시를 다른 시와 연결하고, 그렇게 함으로써 우리의 문학경험을 통일하고 통합하는 상징이다. 그리고 원형은 전달이 가능한 상징이기 때문에 원형비평 은 주로 사회적 사실로서의 그리고 전달의 양식으로서의 문학에 관심을 가진다. 원형비 평은 관습과 장르 연구에 의해서 개개의 시를 전체의 집단에다 맞추어 넣으려고 한다." 노스럽 프라이,『비평의 해부』, 임철규 옮김(서울: 한길사, 2000), p. 209.

文學思想으로서의 '民族主義' 理解에 대한 批判的 검토 II

민족주의(Nationalism), 민족(Nation)[1]에 대한 담론은 그것이 누려온 화려한 '권력'만큼 쉽게 접근할 수 있는 주제는 아니다. 민족주의가 현대 세계에서 발휘하고 있는 지대한 영향과는 대조적으로 민족주의에 관한 이론이 눈에 띄게 빈약한 것도 이와 같은 사정을 반영하고 있다. 민족주의에 관한 가장 훌륭하고 포괄적인 영문교과서 저자인 휴 세튼-왓슨(Hugh Seton-

---

[1] '민족'이라는 어휘 자체가 종족(rece), 국가(nation), 민족성(Nationhood), 민족정신(nationality) 은 물론, 애국심(patriotism) 등에 이르기까지 다양한 의미의 선택적 또는 총괄적 개념으로 통용되고 있어 매우 유동적이다. 여기에 state, nation-state 등의 개념이 부가될 경우에는 혼란이 더욱 가중될 수 있다. (金春燮, 앞의 논문, p. 23.) 또한 영어나 불어의 'Nation' 은 흔히 '민족'이나 '국민'으로 번역되고 있지만 그 의미가 다르다. '민족'의 사전적 의미는 "같은 지역에 살고 같은 말을 하며 생활양식, 심리적 습관, 문화, 역사 등을 같이하는 인간집단. 역사적으로 형성된 것으로서 인간을 생물학적으로 분류한 것"인 반면, '국민' 은 "동일한 통치권 밑에 결합되어 국가를 조직한 인민"을 가리킨다. 전자를 문화적 개념이라고 한다면 후자는 정치적 개념이라고 할 수 있다. 'Nation'은 위의 두 의미를 포괄하고 있지만, 실제로 '국민/민족'의 개념은 연구자에 따라서 상이하며 심지어 상반되는 경우도 적지 않다. '민족'의 개념과 어휘적 의미 등에 대한 보다 광범위한 역사적 탐구는 E. J. 홉스봄의 다음 연구를 참고할 것. Eric John Hobsbawm, *Nations and nationalism since 1780*(Cambridge: The Press the University of Cambridge, 1990) ; E. J. 홉스봄, 『1780년 이후의 민족과 민족주의』, 강명세 옮김(서울: 창작과 비평사, 1994), pp. 30-67.

Watson)[2]은 "나는 민족에 대한 '과학적인 정의'를 할 방도가 없다는 결론에 몰린다. 그러나 민족이라는 현상은 존재했고 또한 존재한다."[3]라고 토로한다. 톰 나이른(Tom Nairn)은 민족주의에 대해 "개인에게 있는 신경병처럼 피할 수 없는 현대 발전이론의 병리학이다. 신경병처럼 본질적으로 모호하고 많은 사람들에게 떠맡겨진 무력감―사회적으로는 유아주의와 같은 상황에 바탕을 주고 여차하면 백치로 전락할 수 있는 잠재력을 갖고 있으며 대체로 고칠 수 없는―에 뿌리를 두고 있다"[4]고 지적한다.

　민족(주의)의 근대적 의미는 18세기 이후에야 생겨났다는 것이 일반적인 견해이다.[5] 민족주의가 프랑스혁명기간에 처음으로 크게 표명되었다는 것

---

2) Benedict Anderson, Imagined Communities: Reflections on the Origin and Spread of Nationalism(London: Verso, 1983) ; Benedict Anderson, 『민족주의의 기원과 전파』, 윤형숙 譯(서울: 사회비평사, 1991), p. 17.

3) Hugh Seton-Watson, Nations and States, An Enquiry into the Origins of Nations and the Politics of Nationalism(Boulder, Colo. : Westviview Press, 1977), p. 5.

4) Tom Nairn, The Break-up of Britain(London: New Left Books, 1997), p. 359.

5) 민족주의에 대한 문학적 연구를 위해서는 정치학, 역사학, 사회과학 등 여러 학문분야에서 논의되고 있는 연구 성과들을 포괄적으로 분석하여 원용하는 것이 필요할 것이다. 민족주의에 대한 학술적 연구는 제1차 세계대전 이후 헤이즈(Carleton B. Heyes)와 한스 콘(Hans Kohn)의 업적이 탁월하다. 이들은 민족주의 이론의 '양대 수립자'로서 흔히 '헤이즈-콘시대'로 불린다. 이들 2인의 민족주의 이론서 가운데 특히 다음의 저작이 후학들의 귀중한 역사자료를 담고 있는 것으로 평가된다. Carleton B. Heyes, The Historical Evolution of Modern Nationalism(New York, 1944), Hans Kohn, The Idea of Nationalism. A Study in its Origin and Background(New York: Manmillan, 1944) ; 이 책중의 제1장 (Introduction: The Nature of Nationalism)은 국내에 번역되어 있다. Hans Kohn, 「민족주의의 개념」, 『民族主義란 무엇인가』, 백낙청 편(서울: 창작과 비평사, 1981)을 참고할 것. 그러나 헤이즈-콘시대에 참고할만한 문헌은 많지 않고, 이후 몇 십년동안에도 연구문헌은 배증하였으나 학문적 성과면에서 큰 발전은 나타나지 않았다. 이 기간동안 민족형성에 상호소통의 역할을 강조한 칼 도이치(Karl Deutsvh)가 주요한 업적을 추가했다고 평가받고 있다. Karl W. Deutsvh, Nationalism and Social Communication. An Enquiry into the Foundations of Nationality (Cambridge MA, 1953)를 참고할 것. "민족 및 민족운동이 무엇인가 그리고 역사발전에서 그것은 어떠한 역할을 하는가. 라는 문제를 진정

은 많은 이론가들이 동의한다. "민족주의는 18세기 말 서로 멀리 떨어진 유럽 여러 나라들에서 거의 동시에 나타났다. 인류의 진화에서 민족주의의 시대가 도래하였던 것이다. 비록 프랑스혁명이 민족주의의 강화와 그 확산을 가져온 가장 강력한 한 요인이기는 했으나 그때가 민족주의의 출생시점은 아니었다."[6] 즉, 널리 알려진 바와 같이 민족(주의)은 근대의 산물이다. 민족의 단위와 국가의 단위를 일치시키려는 정치적, 역사적 산물인 민족과 국가는 각기 그 생성과정이 다양할 수밖에 없고, 민족주의에 대한 인식 역시 논자에 따라 다르며 민족주의의 개념 또한 다의적일 수밖에 없다.[7] 결국 민족주의에 대한 연구는 '민족'이라는 개념을 어떻게 설정하느냐에 따라 방향이 달라진다.

J. A. 홉슨이 제국주의 개념을 정의하기 위해 지적한 바와 같이 민족주의 개념에 접근하는 가장 가까운 길은 그것과 유사한 다른 개념을 갖고 있는 용어와의 관계에서 어떤 폭넓은 일치점을 찾아내는 것이라고 할 때, 제국주의·국제주의·식민주의 등은 민족주의와 가장 가까운 유사어에 해당된다. 민족주의는 물론 민족적 열정, 민족감정, 민족의식 등에서 비롯되었음은 물론이다. J. A. 홉슨은 민족의 진정한 성격과 그 한계에 대해 J. S. 밀(J. S. Mill)보다 더 적절하게 표현한 사람은 없다고 평가한다.

으로 밝히는 저술들은 1968~1988년 동안에 그 이전의 사십년 기간보다도 왕성하게 출간되었다."(홉스봄, 앞의 책, p. 18)

6) 한스 콘, 앞의 글, pp. 16-17. 대부분이 사가들은 민족주의의 근대적 기원에 대해 견해가 일치한다. "민족주의는 프랑스혁명의 산물이다." (G. P. Gooch, *Studies in Mordern History*, London: Longmans, 1931, p. 217.) "민족주의는 근대적인, 대단히 근대적인 것이다." (Carlton J. Hayes, *Essays on Nationalism*, New York: Macmillan, 1926, p. 29). 위의 글, p. 16, 각주.

7) 車基壁, 「전환기 맞는 90년대 韓國民族主義」, 『新東亞』(서울: 동아일보사, 1990. 1), p. 212.

인류의 일부가 그들과 他者 사이에는 존재하지 않는 공통의 공감에 의해 결속돼 있는 경우 이는 민족을 구성한다고 말해도 좋을 것이다. 이 민족감정은 여러 원인에 의해 생성되었을 수 있다. 때때로 그것은 인종과 혈통의 동일성의 결과이다. 언어의 공통성, 종교의 공통성이 여기에 크게 기여한다. 지리적인 경계도 그 원인중의 하나가 된다. 하지만 이모든 것 가운데 가장 강력한 것은 정치적 경험의 동일성과 민족의 역사의 공유이며, 또한 과거의 동일한 사건들과 관련하여 갖게 되는 회상과 집단적인 자부심과 굴욕과 기쁨과 悔恨의 공유이다.[8]

역사적으로 과거(19세기 중엽 이전)의 민족주의는 주로 내부적 감정이었다. 다른 민족의 성원이 느낄 수 있는 동일한 감정에 대해 과거의 민족주의가 갖고 있던 자연적인 관계는 공감을 결핍이라고 할 수 있는 공공연한 적대관계는 아니었다. 여러 민족이 어깨를 나란히 하여 성장하고 번영하는 것을 저해하는 본래부터의 적대감은 없었던 것이다. 이 같은 것이 대체로 19세기 초의 민족주의였다. "하지만 민족주의가 제국주의의 水路를 넘쳐흐름으로써 그러한 희망은 사라져버렸다. 서로 공존하는 민족들은 이해관계의 직접적인 대립 없이 서로 도울 수 있지만, 공존하는 제국들이란 영토적·산업적 확장의 제국주의적 발전을 추구하기 때문에 자연히, 그리고 필연적으로 서로 적이 될 수밖에 없다. (…) 침략적 제국주의가 가져오는 결과는 경쟁하는 제국들 간에 적의를 조성함으로써 국제주의에로의 운동을 좌절시키는 것만이 아니다. 약소민족 또는 열등인종의 자유와 생존에 대한 제국주의의 공격은 그들을 자극시켜 이에 대응하는 지나친 민족의식을 불러일으키는 것이다."[9]

8) J. A. Mill, *Representative Government*, Chap. ⅹⅵ. ; J. S. 홉슨, 앞의 책, p. 7, 재인용.

9) J. A. 홉슨, 앞의 책, pp. 12-13. 19세기 초를 '순수한 민족주의'로 규정하는 홉슨은 19세

민족(주의)의 성격과 개략적은 역사는 이상과 같지만 민족주의 연구에 대한 논의를 조금 더 구체적으로 논의, 정리하면 현재까지 '민족'의 개념에 대한 논의는 크게 두 갈래로 구분할 수 있다. 민족의 영속적 성격을 강조하는 '원초론(Primordialism)'과 민족을 근대화의 부산물로 간주하는 '도구론(Instrumentalism)'이 그것이다. 인종적 공동체의 연속성에 주목하는 전자는 종족, 조상, 종교, 언어, 영토 등과 같은 원초적 유대에 기초해 있다고 주장한다. 후자는 민족주의가 영원한 실체가 아니고 근대화와 도시화라는 특정한 역사적 상황 속에서 발현한 이데올로기라고 간주하며 그 역사성을 강조한다. 양자의 대립은 민족주의에 대한 근대적 연구가 시작된 이래 해묵은 논쟁인 주관주의적 관점과 객관주의적 관점 사이의 연장선상에 있다.

도구론(주관주의적 민족이론)은 '국가 민족'이라는 민족개념으로부터 출발한다. 민족공동체에 기꺼이 자신을 귀속시키고자 하는 민족성원의 주관적 의지가 민족을 만든다고 믿는 것이다. 민족공동체에 대한 인민들의 자발적 귀속의지를 불러일으킨 역사적 계기는 프랑스혁명이었다. 혁명의 주체였던 시민계급이 내세웠던 해방이념인 인민주권론이 세속주의 및 국민적 시장과 결합되면서 봉건사회의 왕조적 충성심에 질적 변화를 가져와 근대적 민족주의를 낳았다는 것이다. 한스 콘, 헤이즈, 케두리(Elie Kedourir) 등 영미학파가 여기에 위치하고 있다. E. J. 홉스봄(Eric John Hobsbawm)과, 그가 민족주의 연구에 공감을 표명하는 어니스트 겔너(Ernest Gellner), 베네딕트 앤더슨(Benedict Anderson) 등도 여기에 포함될 것이다. 원초론(객관적 민족이론)은 문화민족(Culturmation)이라는 민족개념으로부터 출발한다. 언어, 공통의 문화유산, 종교, 관습 등과 같은 객관적 기준을 민족의 기초로 강조하

기 중엽을 '민족주의의 부흥기', 그리고 19세기 말을 '타락한 민족주의' 즉, 제국주의 시대로 규정하고 있다. 위의 책, pp. 6-7.

는 객관주의적 민족이론에 기대면 민족은 국가에 선행하며 공통의 역사적 가치와 사회적 유대에 기초를 둔 실재이다. 즉, 민족적 유대감은 국가나 정치형태에 관계없이 존재하며, 민족주의라는 것도 이러한 원초적 유대감이 왕조적 충성심을 거쳐 양적으로 성장한 것에 불과하다는 것이다. 여기에는 마이케네(Friedrich Meinecke), 비트람(Reinhard Wittram), 노이만(Franz J. Neumann) 등 독일학파가 차지하고 있다.10) 헤르더(Johann Gottfried Herder), 슐라이어마허(Friedrich Ernst Daniel Schleiermacher), 피히테(Johann Gottlib Fichte), 마치니(giuseppe Mazzini) 등도 여기에 포함된다.

한스 콘은 민족주의란 사회의 역사적 발전의 산물이며, 그것은 씨족이나 부족 혹은 종족집단들 즉, 실질적이든 가상적이든 간에 공통적인 혈통이나 거주지에 의해 결합된 인간의 집단과는 다르다는 것을 분명히 했다.11) 민족주의는 국민주권사상의 발전, 즉 통치자와 피치자의 지위 및 계급과신분제도의 철저한 수정이 없이는 상상도 할 수 없으며, 18세기에 제3계급이 위세를 떨치게 되었던 나라들, 예컨대 영국·프랑스·미국에서는 민족주의가 주로 정치적·경제적 변동으로 나타났다는 것이다. "민족주의의 성장은 일반민중을 공통의 정치적 형식으로 통합하는 과정이다. 따라서 민족주의는 현실로서든 또는 하나의 이상으로서든 경계가 뚜렷하고 규모가 큰 영토를 가진

---

10) 임지현, 앞의 책, pp. 22-23. 李敏鎬는 근대 이전의 본능적인 원초적 요인이 민족주의로 발전된다는 원초론자(Primordialist)와 민족주의가 일정한 경제적, 사회적 환경의 산물이라는 구조관련자(Contextualist)로 분석하지만 내용은 크게 다르지 않다. 임지현은 논의의 초점이 '민족' 개념에, 李敏鎬는 '민족주의'에 향해 있다. 李敏鎬, 「우리에게 민족이란 무엇인가?」, 『서양에서의 민족과 민족주의』, 한국서양사학회 편(서울: 까치글방, 1999), p. 326.

11) "종족학적(ethnographic) 집단은 역사의 초창기부터 계속 존재해 왔으나 민족을 이룩하지 않았다. 그들은 특정한 환경이 주어지면 민족을 형성할 수도 있는 종족학적 자료(ethnographic material)일 뿐이다. 민족은 역사의 살아있는 힘의 산물이고 그렇게 때문에 항상 변동하는 것이며 결코 고정되어 있지 않다." 한스 콘, 앞의 논문, p. 29.

중앙집권적 정부형태의 존재를 전제로 한다. 민족주의는 근대국가가 출현하기 이전인 16세기에서 18세기 사이에는 생각할 수 없는 일이다."[12] 한스 콘은 민족주의가 사회의 역사적 발전의 산물로서 근대성과 불가분의 관계에 있음을 천명한 것이다.

먼저 도구론적 민족주의를 주목하면 케두리의 『민족주의론』이 민족주의에 대한 토론의 출발점을 제공한다. 케두리의 연구에 기대면 민족주의는 우연적(contingent)인 것, 즉 자연적인 속성을 가졌다거나 어떤 보편적 근거에서 나오는 것이 아니다. 이 책에서 "민족주의는 19세기 초에 유럽에서 발명된 학설이다"라는 첫 문장은 그의 태도를 단적으로 보여준다. 민족주의가 몇몇 사상가들의 우연한 발명이요 우리는 그것 없이 지내왔을 수도 있다는 것이다.[13] 겔너는 민족주의를 기본적으로 정치적·민족적 단위가 일치해야 한다는 원칙의 의미로 사용한다.[14] 민족형성에 개입된 가공, 발명, 그리고 사회공학 등의 요인을 강조하는 것이다.[15] 민족주의는 민족이 없는 곳에 민족을 발명해낸다. 민족들의 욕구가 민족주의를 창출하는 것이 아니라 민족주의가 민족을 창출한다는 것이다.[16] 홉스봄은 기본적으로 겔너의 연구에 동의하는 입장이다. 홉스봄은 『1780년 이후의 민족과 민족주의』에서 '민족문제'에 접근할 때, "'민족'이 지칭하는 실체보다는 '민족' 즉 '민족주의'의 개념에서 출발하는 것이 유익하다. 그 이유는 민족주의가 표상하는 '민족'은

---

12) 위의 글, pp. 17-18.

13) Ernest Gellner, *Thought and Change*(London: Weidenfeld and Nicholson, 1964), p. 133.

14) Ernest Gellner, *Nations and Nationalism*(Oxford, 1983), p. 1.

15) "민족을 인간을 분류하는 자연적 산법, 다시 말해 본래적 정치적 운명으로 보는 것은 신화이다. 민족주의는 때때로 이전의 문화를 취하여 민족으로 바꾸며, 어떤 때는 그러한 문화를 만들며, 종종 이전 문화를 말살한다. 바로 이것이 실체이다." 위의 책, pp. 48-49.

16) Ernest Gellner, *Thought and Change*, p. 169.

전망적 인식이 가능하지만, '민족'의 실체는 사후적으로만 인식되기 때문이다"[17]고 전제한 뒤, "대부분의 연구자들과 마찬가지로 필자는 '민족'을 원초적이거나 불변의 사회적 실체로 보지 않는다. 민족은 역사적으로 최근의 특정시기에만 나타난다. 그것은 특정한 종류의 근대적 영토국가, 즉 민족국가(Nation-state)에 관련될 때에 한해서만 사회적 실체이다. 따라서 민족(Nation, Nationality)을 민족국가와 관련시키지 않고 논의하는 것은 의미가 없다"[18]고 주장한다.

민족주의에 대해 기본적으로 도구론적 관점을 유지하는 베네딕트 앤더슨은 도구론과 원초론의 통합을 시도한다. 앤더슨이 민족을 '상상적 공동체(imagined community)'[19]라고 했을 때, 그와 같은 언술은 도구론에 위치하지만, 민족공동체의 성격을 역사적이기보다는 문화적 차원에서 탐색하는 입장은 원초론이다. 문화적 민족 공동체 현상을 사회경제적 조건과 동력으로 파악하는 것이다. 민족주의가 자본주의적 상황에 '우연히' 결부되어 있고, 이것이 바로 '민족적' 정체성의 근원으로 작용했다는 주장이다.[20]

유럽이 문화적 전통을 본질로 하는 유기체적 통일체로서의 민족을 발견한 것은 19세기 초 독일의 헤르더와 낭만파였다. 독일 민족주의의 본질을 이루

---

17) 홉스봄, 앞의 책, pp. 24-25.

18) 위의 책, pp. 25-26.

19) "인류학적 정신에서 다음과 같은 민족의 정의를 제안한다. 즉, 민족은 본래 제한되고 주권을 가진 것으로 상상되는 정치공동체이다. 민족은 가장 작은 민족의 성원들도 대부분의 자기 동료들을 알지 못하고 만나지 못하며 심지어 그들에 관한 이야기를 듣지도 못하였지만, 구성원 각자의 마음에 서로의 교통(communion)의 이미지가 살아있기 때문에 상상된 것이다. (…) 사실 얼굴을 마주할 수 없는 원초적 마을보다 큰 공동체(그리고 아마 이 마을조차도)는 상상의 산물이다. 공동체들은 그들이 거짓됨이나 참됨에 의해서가 아니라 사람들이 그것들을 상상하는 모양에 의해서 구별되어져야 한다." Benedict Anderson, 앞의 책, pp. 21-22.

20) 위의 책, p. 66, 참조

는 낭만파의 '민족관'은 對나폴레옹투쟁이라는 해방전쟁의 민족적 앙양 속에서 프랑스혁명과, 그 혁명이 낳은 근대적 시민사회 및 그 '문명'[21]에 대한 이념을 향한 적의에 찬 민족이데올로기를 창출했다. 서유럽식 민주주의에 반대하여 독일 문화를 옹호하는 논문집『비정치적 인간의 성찰(Betrachtungen eines Unpolitischen)』(1918)을 발표한 토마스 만(Thomas Mann)은 독일역사의 뿌리를 마틴 루터(Martin Luther)의 反유럽적인 '순수 배양된 독일성(Das Deutsche in Reinkultur)'에서 찾았다.[22] 이와 같은 민족관에 의하여 독일 민족주의의 역사는 유럽과 유럽문명에 대한 전투적으로 프로테스트하면서 '독일성'을 추구한 역사가 되었다.[23]

민족의 문화와 민족성을 형성하는 요인으로서 자연환경, 풍속, 관습 등을 주목한 헤르더는 문화적 현상 가운데 특히 언어야말로 한 민족을 다른 민족과 구별 짓고 민족의 통합성과 일체성을 창출하는 가장 중요한 근거가 된다고 주장하였다. 헤르더는 민족 언어가 없는 민족은 존재할 수 없다고 단언한다. 왜냐하면 한 민족(Volk)은 자신을 표현할 언어를 갖고 있지 않으면 정신을 가질 수 없고, 언어가 없는 순수한 이성은 유토피아에 지나지 않기 때문이다. 따라서 언어는 민족의 표현수단일 뿐만 아니라 민족의 표현형태, 즉

---

21) "프랑스의 문명관은 '프랑스 문명'이 아니라 '문명(civilization)' 그 자체를, 즉 유럽문명 및 인류문명을 의미했다. 이러한 보편적인 문명관은 이미 11세기 이래 싹텄으며 16세기 이후 국가통합의 과정에서도 변치 않아서 그것은 당시 태동된 국민의식과 융합되었다. 그러다가 1789년에 이르러서는 '인민주권'에 의해서 문명은 민족적 의미를 지니게 되었다. (…) 이렇듯 보편적인 '문명'이야말로 모든 계층, 모든 시대에 걸쳐서 종파와 이데올로기를 초월하여 뿌리를 내린 범 프랑스의 이념이요, 규범이었다. 프랑스의 지성으로서 특이하게 민족과 전통으로의 회귀를 주장한 바레스와 모라스도 문명의 관념만은 배제하지 않았다." 李光周, 「'민족'과 '민족문화'의 새로운 인식」,『서양에서의 민족과 민족주의』, 한국서양사학회 편(서울: 까치글방, 1999) pp. 43-44.

22) Thomas Mann, *Deutschland und die Deutschen*, 1947, ss. 22-23, ss. 17-18.

23) 위의 논문, p. 44.

문화의 용기이며 내용으로 인식한다. "모든 민족은 (자신의) 표지(zeichen)가 된 그러한 사상의 창고(vorratshaus)를 소유하고 있으며, 이것이 바로 그들의 민족 언어(nationalsprache)이다."[24] 민족주의에 대한 헤르더의 원초론적 이론은 슐라이어마허는 물론 '19세기 민족주의의 원조'라고 일컬어지는 마치니와 피히테 등 민족주의자들에게 많은 영향을 끼쳤다.[25]

슐라이어마허는 "어느 한 개인에게는 단 하나의 언어만이 뿌리 깊게 심어 넣어진다. 그가 후에 아무리 많은 언어를 배우더라도 그는 단 하나의 언어에만 완전히 소속된다. (…) 따라서 언어는 교회나 국가와 같이 어떤 특수한 삶의 표현이다. 즉, 그 안에 공통의 언어를 포함하며 서로의 삶을 통해서 이를 발전시키는 그러한 특수한 삶의 표현인 것이다."[26] 헤르더, 슐라이어마허의 이와 같은 주장에 기대면 언어는 한 민족을 다른 민족과 구분케 하는 차이점들의 외부적 표지가 된다. 즉, 언어는 한 민족의 존재와 독자적인 국가를 형성할 권리를 인정받는 가장 중요한 기준이 되는 것이다.

피히테는 헤르더, 슐라이어마허의 이와 같은 민족주의 이론에서 자신의 정치적 결론을 도출해 냈다. 피히테는 나폴레옹전쟁에서 패한 프로이센의 위기에 처하여 행한 「독일국민에게 고함」(1807~1808)이란 강연에서 "우리는 그 언어기관(言語器官)이 똑같은 외부적 조건에 의해 영향 받고, 함께 살고 있으며, 또 서로간의 계속되는 외부적 조건에 의해 영향 받고, 함께 살고 있으며, 또 서로간의 계속되는 의사소통을 통해 그들의 언어를 발전시키는 사람들에게 민족이라는 이름을 준다"[27]고 공언했다. 그는 또한 원초적

24) J. G. Herder, Spirable *als Werkzeug der Literature einer Nation, Fragment*, Wilhelm Dobbek Ausgabe/J. G. Herder, Werke in fünf Bänden, Bd. 2(Berlin/Weimar, 1964), p. 68.
25) 박호성, 『남북한 민족주의 비교연구』(서울: 당대, 1997), p. 53.
26) 엘리 케두리, 「민족자결론의 연원과 문제점」, 『民族主義란 무엇인가』, p. 75. 재인용.
27) 피히테, 「독일국민에게 고함」. 위의 논문, p. 77, 재인용.

·원시적 언어가 파생적이고 혼성된 언어보다 우월하다고 주장했다. 즉, 독일어는 원초적인 언어인 반면 프랑스어나 영어는 파생적이고 혼성된 언어라는 것이다. 그는 원초적 언어를 가진 민족들에 관해서 "사고하려는 생각만 가진 사람들에게는 누구에게나 언어 속에 담긴 영상이 명백히 전해진다. 진실로 사고하는 사람 누구에게나 그것은 살아있는 생생한 것이며 그들의 삶을 자극한다. (이것은) 그 첫소리가 그 민족들 사이에 발음되었을 때부터 (그 언어는) 이 민족의 실제 공동생활을 바탕으로 계속 발전해 왔고 (…) 이 민족이 실제로 경험한 관찰, 더욱이 같은 민족의 여타 관찰들과 광범위한 상호영향 관계에 있는 관찰을 표현하지 않는 요소는 결코 (그 언어 속에) 도입된 적이 없기 때문이다"[28]고 주장하였다. 원초적인 언어를 사용하는 사람들이 민족이고, 민족은 원초적 언어를 사용해야 한다는 것이다. 피히테의 이와 같은 주장에 따르면 독일인들은 원초적 언어를 사용하므로 독일만은 죽은 언어를 사용하는 사람들의 인공성과 볼모성을 피할 수 있다. 생명이 없는 기계적 조직에 말려들지 않은 원초적 인간인 독일인만이 "진실로 하나의 민족(Volk)을 가지고 하나의 민족에 기댈 수 있으며, 또 독일인만이 자기 나라와 민족(nation)에 대한 진정하고 합리적인 사랑을 가질 수 있다"[29]는 것이다.

언어적 민족주의는 언어사상 자체에만 머물러 있는 것이 아니다. 원초론에 비판적인 논의를 전개하고 있는 케두리는 언어적 민족주의가 다른 문화(종족, 종교 등)적 민족주의로 발전된다고 지적한다. "민족주의이론에서는 언어, 인종 또는 종족, 그리고 때로는 종교까지가 민족이라는 똑같은 원초적 실체의 다른 측면들을 형성한다."[30] 원래 민족주의 이론이 언어를 민족성의

---

28) 위의 논문, p. 79. 재인용.
29) 위의 논문, p. 78. 재인용.
30) 위의 논문, pp. 82-83.

표지로 강조한 것은 언어가 어떤 그룹의 주체성의 외적 징표이며 그 계속성을 보장하는 중요한 수단이었기 때문이다. 홉스봄 역시 언어와 민족이 (각각 어떻게 정의되든 간에) 일치하지 않았다는 사실에 주목한다.[31] 특히 헤르더의 언어사상을 통한 민족관에 대해 독일 베스트팔렌 지방의 농민의 정서를 대변하고 있으며 그(헤르더)가 민족문화와 민중문화를 동일시했다고 하더라도 그의 사고는 기층농민과는 관계가 없다고 지적하였다. "여러 변종 및 불안한 방언들을 초월해 존재하는 언어라는 일종의 형이상학적 관념을 민족과 신비롭게 동일시하는 것은 방언을 실제로 사용하는 기층민중이 아닌 민족주의적 지식인의 이데올로기적 건축물의 특성을 나타낸다. 헤르더는 이 경향의 효시였다. 그것은 문자해득층의 개념이지 실제적 개념이 아니다."[32]

지금까지 논의한 바와 같이 '민족'과 '민족주의' 개념에 대해 도구론과 원초론 양측의 논의는 합의점을 찾지 못하고 있다. 양측은 상대의 논의를 일부 긍정하는 부분도 없지 않지만, 크게는 서로 인정하지 않고 평행선을 달리고 있는 것이다. 결국 민족주의에 대한 연구는 그 연구주체가 속한 민족공동체의 역사적 경험에서 크게 벗어날 수 없다. 따라서 민족 개념이나 민족주의에 대한 이론은 지구상의 각 민족이 겪은 역사적 경험만큼 다양할 수밖에 없다. 각국의 개별 민족주의에 대한 사례연구가 꾸준히 축적되었음에도 불구하고 보편적 추상개념으로서의 민족주의에 대한 합의가 이루어지지 않

---

31) 홉스봄, 앞의 책, p. 84.

32) 위의 책, p. 71. p. 83. '국가의 언어(langue national)'라는 용어가 처음으로 나타나는 것은 프랑스혁명 때였다. "1789년의 혁명 내셔널리즘속에서 프랑스는 '하나이며 불가분의 공화국'임을 선언했다. 그리고 여러 계층 여러 지역으로 분열된 공화국의 통합을 위해서는 무엇보다도 하나의 공통된 언어의 존재가 절실히 요구되었다. 당시 프랑스에는 약 30종의 방언이 있었으며 그밖에도 외국어를 일상적으로 사용하는 지역도 있었다. 이와 같이 한 민족에도 언어는 다양하게 존재했다." 李光周, 앞의 논문, pp. 38-39.

는 것도 기본적으로는 이와 같은 이유 때문이다. 민족주의의 연구사가 겪는 어려움은 민족주의자체의 고유한 이념적 특수성으로 더욱 가중된다. 이데올로기로서 민족주의는 자기 완결적 논리구조를 갖추지 못한다. 그 자체로서 불완전한 민족주의는 흔히 다른 사회 이데올로기와 결합되어 나타난다. 민족주의의 이념적 가변성에 주목하고 그것을 2차적 이데올로기라고 부르는 이유도 여기에 있다. 그러므로 중요한 것은 민족주의가 언제, 왜, 그리고 어떻게 다른 사회 이데올로기들과 결합하느냐는 것이다. 그 양상은 물론 지역에 따라 다르며 또 같은 지역이라고 해도 시간에 따라 다르게 나타난다. 이는 민족주의가 특정한 사회적 교리를 고수하기보다는 역사적 변화에 열려 있는 이데올로기임을 의미한다.[33]

동아시아 민족주의와 관련하여 민족주의 연구사에서 주목되는 것은 원초론적 입장이 특히 독일 민족주의에서 집중적으로 발견할 수 있다는 점이다.[34] 동아시아 민족주의 담론의 중심축 역시 원초론 쪽으로 기울어져 있기 때문이다. 이유는 독일의 경우와 유사하다. 즉, 지역, 혈연, 언어 등 문화와 역사의 동질성 때문이라고 할 수 있다. 민족주의에 대한 원초론적 주장에 비판적인 논의를 전개하는 홉스봄은 특히 종족에 대한 논의 가운데 동아시아의 경우를 매우 독특한 현상으로 이해하고 있다. 이와 같은 이해는 아시아 국가 중 한국(남·북한)과 일본은 인구의 99%가 동질적이고, 중국은 94%가 한족이라는 근거에서 나온 것이다. 동아시아 국가는 종족과 정치적 충성이 실제로 연계될 수밖에 없는, 종족적인 면에서 거의 또는 완전히 동질적인

---

33) 임지현, 앞의 책, pp. 23-24.

34) 원초론적 독일 민족주의의 역사, 특성, 결과에 대해서는 다음 논문을 참고할 것. 문기상, 「독일민족주의와 국민국가(1871-1918)」, 『서양에서의 민족과 민족주의』, pp. 155-178. 김기봉, 「'정치종교'로서의 민족주의 - 독일 민족주의를 중심으로 - 」, 위의 책, pp. 179-215.

인구로 구성된 역사적 국가의 극히 희귀한 사례라는 사실을 그는 지적하고
있는 것이다.35)

한국학계의 민족주의에 대한 연구경향, 그리고 (이광수와 관련하여) 문학
에 있어서의 민족주의 연구경향에 대해 개략적인 언급을 한 뒤에 본격적인
논의에 들어간다.36) 한국 민족주의에 대한 연구는 민족문제와 연관된 사회
및 정치적 특정국면에 대한 개인적 관심도에 따라 민족(주의)에 대한 개념규
정을 달리하고 있다. 각 개념규정은 구체적이고 실증적 바탕에 근거를 둔
논리상의 특징을 명확하게 제시하고 있지 못하고 민족주의가 내포하는 특정
요소들 간의 상대적 비중을 다르게 강조하는 수준에서 크게 벗어나지 못하
고 있는 것이다.37) 특히 많은 연구들이 서구 민족주의이론 가운데 도구론을
출발점으로 삼아 원초론적으로 논의를 전개하는 것은 문제점으로 지적될
수 있다. 즉, 한국의 민족주의를 근대적 산물로 규정하면서도 그 기저와 연
원을 이론적으로 밝히려 할 때는 거의 예외 없이 한민족의 역사와 동일문화

---

35) 홉스봄, 『1780년 이후의 민족과 민족주의』, pp. 94-95.
36) 국내의 민족주의에 대한 저술은 다음과 같다. 崔文煥, 『민족주의의 展開過程』(서울:
    三英社, 1959), 李用熙 外, 『韓國의 民族主義』(서울: 韓國日報社, 1975), 陳德奎 外,
    『韓國의 民族主義』(서울: 現代思想社, 1976), 韓興壽, 『近代韓國민족주의研究』(서울:
    延世大學校 出版部, 1977), 宋建鎬, 『韓國民族主義의 探求』(서울: 한길사, 1977), 車
    基璧, 『韓國民族主義의 理論과 實態』(서울: 까치, 1978), 陳德奎, 『現代民族主義와
    理論構造』(서울: 知識産業社, 1981), 宋建鎬·姜萬吉, 『韓國民族主義論』 I·II(서울:
    創作과 批評社, 1982, 1983), 朴玄埰·鄭昌烈, 『韓國民族主義論』 III-IV(서울: 創作과
    批評社, 1985), 趙東杰, 『韓國民族主義의 成立과 獨立運動史研究』(서울: 知識産業
    社, 1989), 趙東杰, 『韓國民族主義의 發展과 獨立運動史研究』(서울: 知識産業社,
    1993), 김대환, 『통일을 위한 민족주의 이념』(서울: 을유문화사, 1993), 유병용, 『한국근
    대사와 민족주의』(서울: 집문당, 1997), 노태구, 『세계화를 위한 한국민족주의론』(서울:
    백산서당, 1995), 김동성, 『한국민족주의연구』(서울: 오름, 1995), 임지현, 『민족주의는
    반역이다 - 신화와 허무의 민족주의 담론을 넘어서 - 』(서울: 소나무, 1999).
37) 김동성, 앞의 책, p. 42. 한국학계의 민족주의 연구동향에 대해서는 이 책, p. 43-44를
    참고할 것.

를 공유해 온 단일민족이라는 종족적 특성으로부터 연유되는 민족적 단위의
식을 중시하는 것이다.[38] 이와 같은 문제점을 인식하면서 한국학계의 민족
주의에 대한 연구사 검토를 개관한다.

사회학자 愼鏞廈는 '민족'을 인간이 객관적으로 언어, 지역, 혈연, 문화,
정치, 경제, 역사를 공동으로 하여 공고히 결합되고 그 기초위에서 민족의식
이 형성됨으로써 더욱 공고하게 결합된 역사적 범주의 인간 공동체라고 정
의하였다. 그는 민족의 형성요소들로서 앞의 일곱 개 요소들의 공동과 민족
의식을 열거한다. 그는 또한 민족의식을 한 민족의 성원들이 다른 민족들로
부터 구별되는 통일적 공동체로서의 자기 민족의 독자성과 주체성을 집단적
으로 자각하는 것이라고 하여 민족형성의 주관적 요소라고 하고, 앞의 일곱
개 요소들을 객관적 요소라고 하였다.[39] 趙東杰은 "민족은 다수의 인간이
생활 공동체를 이루어 의식공동체로 성장한 인간집단이라고 이해하고 있다.
이 경우 생활공동체 형성의 요건은 語文과 국가(정치·경제공동체)와 종교라
고 생각하는데 그것이 모두 충족되어야 할 필수조건은 아니다. 어떻든 그러
한 요건에 의해서 생활공동체가 마련되어 그 공동체가 상당한 기간의 역사
를 경과하면서 운명공동체 또는 문화공동체 등으로 동질화하여 의식공동체
로 성장하면 그 집단이 민족인 것이다. 의식공동체의 내용인 동질화 정도는
생활공동체 형성의 요건인 어문과 국가와 종교 등의 구성상황과 그의 동질
적 발전의 역사상황에 의해서 결정되고 공동체로서 민족의 규모와 범위는
종족과 지리조건에 의해서 조정된다"[40]고 주장했다. 즉 '민족'은 "생활공동

---

38) 특히 역사학자들을 중심으로 한 견해로 홍순창, 최창규, 기전위, 이광린, 신용하, 최창열
    교수 등을 들 수 있다. 김동성, 위의 책, p. 96.

39) 愼鏞廈, 「民族形成의 理論」, 『民族理論』, 愼鏞廈 編(서울: 문학과 지성사, 1985), pp.
    18-39.

40) 趙東杰, 『韓國民族主義의 發展과 獨立運動史研究』, pp. 15-16.

체이며 문화공동체라라는 것이다. 그리고 그의 자각의식을 민족의식이라 하고, 그의 발전적 행동논리 또는 행동철학을 민족주의라고 규정한다."[41]

민족주의에 대한 비교적 최근의 논의들 가운데 도구론과 원초론의 중립 혹은 통합적 분석을 시도하고 있는 움직임은 주목된다. 그러나 이와 같은 논의들 역시 서구 민족주의 이론을 출발점으로 삼고 있는 것은 일정부분 문제점을 안고 있다. 申一澈은 "한국의 민족주의를 고찰하는데 먼저 그 중심개념인 '민족'의 다양성에서 오는 혼란"을 지적한다.[42] 그는 한국에서 관용되는 '민족'이 영어 'nation'이나 'race'와도 일치하지 않고, 오히려 독일어 'Volk', 특히 'Volkschaft'와 유사하다는 점에 유의한다. 이와 같은 '민족' 개념상의 차이는 민족주의의 유럽적인 전개에서 보는 바와 같은 다원적 인종이나 그밖에 여러 인간군이 'Nation'으로 정치적 통합과정을 거친 것과는 달리 한국은 역사적으로 단일민족으로서 인종적 공통성에 의한 인종적 의미가 짙은 '겨레' 혹은 '민족'의 용어법이 '네이션'과 혼동될 소지를 지니고 있다. 즉, 한국 민족주의는 루소적인 정치적 민족주의보다 헤르더적인 낭만적 민족주의에 가깝다고 볼 수 있는 것이다.[43] 車基壁은 민족주의를 "인류의 역사를 거리의 제거사라 볼 때, 지리적 거리는 급속도로 제거되고 있는데 사회적 거리는 좀처럼 제거되지 않는데서 생겨나는 것이 다름 아닌 민족주의"[44]라고 규정한다. 李相信은 "민족주의는 일반적인 의미에서는 한 민족이 다른 민족과의 대립 및 투쟁관계에서 자기 보호를 위하여 또는 압박과 예속관계를 극복하기 위하여 국민 구성원들을 여러 가지 공통성과 동질성을

---

41) 위의 책, pp. 7-8.

42) 申一澈, 「近代的 民族主義와 丹齋」, 『申采浩의 歷史思想研究』(서울: 고려대 출판부, 1981), p. 224.

43) 위의 논문, pp. 224-225.

44) 車基壁, 「전환기 맞는 韓國民族主義」, pp. 213-214.

근거로 통합시키는 원리로 이해되고 있다"[45]고 정의한다. 李光周의 연구에 기대면 '민족(ethnos)'[46]은 생물학적 개념에 속한 '종족(race)'과 국가의 성원으로서 정치적 개념인 '민족(Nation)'과는 구별되는, 문화적 공동체로 정의된다. 그러나 '민족'의 개념은 중층적이며 다원적 의미를 지니고 있다. 즉, 종족적 측면 및 국민적 측면과 중복될 뿐만 아니라 양자의 속성을 동시에 지니고 있을 수도 있다. 민족주의 및 민족 문제의 복잡성과 어려움은 바로 이 이중성에 있다.[47]

李光周는 '민족'의 종족적 특징이 생물적 차원인 신체의 그것에서 우선 드러난다는 기존의 논의를 인정하는 입장이다. 풍토와 깊이 관련된 신체적 특징은 신체의 기법으로 인한 감성, 생활양식, 習俗의 형성 즉, 민족의 집단적 심성=민족성(ethnicity)의 형성에 깊이 접목된다. 그런 의미에서 민족은 종족과 유사한 인간결합의 '기초적 집단'으로서 이해된다. 결국 민족을 특징짓는 민족성은 본질적으로 원초적, 비합리적, 생득적, 본능적인 성질로서

---

45) 李相信, 「민족주의 역사적 발전국면과 그 기능」, 『서양에서의 민족과 민족주의』, p. 7. 李相信의 이와 같은 결과는 책제목에서 보여주는 바와 같이 서양민족주의를 연구하는 과정에서 얻어진 결론이다.

46) 李光周는 '민족'을 'ethnos'로서, 그리고 '민족성'을 'ethnicity'로 사용한다. 그는 '민족'이 'Nation'으로 일반적 이해를 획득한 것은 대체로 단일민족의 테두리 내에서 형성한 유럽 역사의 발전과 그 발전을 통해서 성립된 '국민국가'를 이념화한 정치이론 및 정치사학 중심의 역사적 인식의 영향의 결과라고 지적하고, 단일민족국가로서 발전한 우리들의 역사적 체험도 그러한 인식과 이론을 소박하게 받아들이는데 일조했다고 지적한다. "'네이션'을 대신하여 보다 유효한 개념으로서의 '에토노스'라는 용어가 시민권을 얻게 된 것은 1960년대 말경부터이며 이 시기는 미국에서 흑인 '민족운동'=공민권획득운동이 격화된 시기와 일치한다. 이민국가인 미국의 상황을 반영하여 만들어진 에토노스의 개념이 세계사상 유례없는 민족대이동의 시대인 오늘날 민족문제를 인식하는 데 있어서 중요한 키워드이며 그리고 민족주의의 올바른 이해에 있어서 중요한 '문법'임을 강조하고자 한다." 李光周, 앞의 논문, p. 33, 각주.

47) 위의 논문, p. 33.

이해되며 '기초적 집단의 연대의식(basic group identity)'(아이작)에 의해서 규정된다. 언어, 종교, 문화 및 정치적 운명의 공동체 체험 등 '민족'개념의 불가결한 요소로서 일컬어지는 '민족공동체'의 구성요소도 이와 같은 민족의 원초성과 관련되어 인식되어 왔다는 것이다. 여기서 李光周는 민족성이 자생적이며 고정적이기보다는 역사적 상황과의 대응 속에서 후천적으로 획득된 관습적인 제 성향(habitus)인 것처럼 민족은 역사적 형성체이며 정치적 주체인 '국민'과의 관련에서 '에트니컬 네이션'으로 인식되어야 한다고 지적한다. 이러한 사실은 민족의 개념을 정치적 공동체로서 이해하게 할 뿐만 아니라 민족의 사회적 결합의 실체를 단지 원초적 정적인 연대나 일체감에 그치지 않고 보다 가변적인, 역사적이며 발전적인 것에서 찾게 한다는 것이다.[48]

李敏鎬는 민족주의를 "일반적으로 전통적 농업사회가 붕괴되고 산업사회로 이행하는 과정에서 전통적 종족, 종교, 신분의 유대에서 주민을 해방시켜 개인을 원자화하는 단계에서 새로운 충성의 표적으로서 민족이 각성된다고 본다. 그러므로 민족주의는 국경으로 구획된 일정한 영역(영토)에 주권을 갖춘 국가내의 주민들이 공통의 문화를 인식하고 민족적 아이덴티티를 자각하는 단계, 즉 정치공동체와 문화공동체가 일치되는 과정으로 풀이된다. (…) 민족주의는 근·현대에 이르러 자본주의 경제의 팽창으로 단일한 세계체제 속에 세계의 모든 지역이 편입되는 가운데 그에 대응하여 각 지역의 민중이 민족으로서의 아이덴티티를 충전하여 그 독자성을 표현하는 역동성을 지닌 정치적, 사회적, 이념적 운동"이며 "우리의 민족이라는 용어에는 일본이 자국을 통일할 뿐만 아니라 주변 국가를 침략하여 식민지화함으로써 '제국'을

---

48) 위의 논문, pp. 33-34.

팽창하는 과정에서 '국민'적 통합을 강행하는데 맞선 우리의 저항의식이 함축되어 있으며 이러한 근대적 민족의식은 식민지에 예속되었던 엘리트 지식인에 의해서 적극 고취되고 우리의 문화, 언어, 전통, 역사 등 집단적 기억을 회생시켜 결속시키려는 노력의 결과"라고 분석한다.[49]

민족주의에 대한 인접학문의 이와 같은 원초론·도구론의 통합노력과는 달리 문학연구―물론 여기서는 이광수문학 연구로 한정한다―에 있어서는 원초론에 한정되어 있다. 이광수의 민족주의 사상을 본격적으로 논의하고 있는 宋明姬는 민족주의의 개념을 첫째 혈연중심의 종족민족주의(Ethno-nationalism), 둘째 민족을 역사, 전통, 문화, 언어의 동질성에 의해 구성된 집단으로 보는 문화민족주의(Cultural Nationalism), 셋째 한스 콘의 이론에 기초하여 국가 제도적 관점과 역사적 맥락에서 민족을 인식하려는 견해, 루소의 이론에 연원을 둔 인도적 민족주의(Humanitian Nationalism), 그리고 헤르더, 마찌니 등 원초론자들의 견해를 적용하여 이광수의 민족주의사상을 종족민족주의, 언어적 민족주의, 인도주의적 민족주의, 문화민족주의 등으로 분석하고 있다.[50] 金春燮은 민족주의와 인도주의 문학사상을 구분하고, 민족주의를 문화적 민족주의와 정치적 민족주의(political Nationalism)로 나누어 이광수의 민족주의적 특질이 문화적 민족주의에 있다고 분석하였다.[51]

한국의 학계에서 민족주의에 대한 연구가 원초론으로 경사된 이유는 몇 가지로 분석된다.[52] 첫째, '텍스트' 자체―여기서는 연구대상을 포함한 개념

---

49) 李敏鎬, 앞의 논문, p. 322, 324, 325.

50) 宋明姬, 「이광수의 文學批評硏究 ―민족주의 文學思想을 中心으로―」, pp.17-25. ; 송명희, 『이광수의 민족주의와 페미니즘』, pp.17-23, 참조.

51) 金春燮, 앞의 논문, pp. 23-39, 참조.

52) 김동성은 1945년 해방 이후부터 1980년대 후반까지 한국 민족주의를 주제로 한 저술과

이다-가 원초론의 대상이기 때문이라고 할 수 있다. "민족주의는 외세의 압박에서 자신을 해방하기 위해 싸우는 후진·약소국가들의 이데올로기였다. 그리스와 라틴 아메리카의 독립전쟁에서 최근 아시아의 민족해방투쟁에 이르기까지 그것은 이런 의미에서 진보의 한 측면으로 드러난다."53) 김동성은 한국 민족주의의 행태적 특성을 낳는 신념체계로서 애족주의(ethnocentrism), 애국주의(patriotism), 집단의식(group consciousness), 이념주의(ideology/ideological orientatuion) 등 4개 범주를 상정하여 서울시내 3개 대학(남녀공학 2개 대학교 2개, 1개 여자대학교)에서 전 학년을 대상으로 실증조사를 한 결과에 대해서 "한국인들의 민족주의관은 민족주의를 특정시점에서 세속적 국가이익을 단편적으로 추구한다는 도구주의적으로 인식하기보다는 한민족의 실존근거로 여기는 목적론적 차원에서 인식하려는 성향이다소 강하다는 점을 알 수 있다. 따라서 민족주의의 이데올로기 지향성이 강하다고 할 수 있다"54)고 결론 맺고 있다. 한국인의 민족(주의)에 대한 의식구조가 도구론이 아닌 원초론의 입장이라는 결론이다.55)

학술논문, 학위논문, 그리고 1980년대에 등장한 주요 학생운동권 리더십에 관한 주장과 논리들을 문헌내용 분석방법(contextual analysis)을 통해 분석한 결과에 대해 "'민족'이란 개념에 대한 지식인들의 인식만은 서구의 경우와는 달리 동일인종·문화공동체라는 관점에 일차적으로 기반을 두고 있다"고 지적했다. 김동성, 앞의 책, p. 71.

53) 톰 네언, 「민족주의의 양면성」, 『民族主義란 무엇인가』, p. 224,

54) 위의 책, p. 389, 79, 99.

55) 박호성은 「'한반도민족주의'를 위하여」라는 부제가 붙은 『남북한 민족주의비교연구』에서 「우리나라에서의 민족 및 민족주의 그리고 헤르더」라는 제목으로 한 장을 논의한 뒤, "'단일민족론'이나 '백의민족론'은 혈통이나 문화 등 우리 민족의 객관적 공통성에 초점을 맞춘 특성공동체적 이해방식이라 할 수 있다. 주위강대국의 끝없는 침공과 그에 맞선 끈질긴 저항 그리고 그들의 압제로부터 벗어나려는 불굴의 해방투지 등에 대한 역설은 운명 공동체적 역사이해라 할 수 있다. 민족개념 유형론에 따른다면 '문화민족' 및 '저항민족'개념이 우리 민족에게 상당히 친근한 준거 틀이 될 수 있다는 말이 된다." (박호성, 앞의 책, p. 64)고 민족주의에 대한 원초론적 입장을 분명히 했다.

둘째, 연구자들의 현재적 욕망이 개입된 결과라고 할 수 있다. 앞에서 지적한 바와 같이 연구 주체가 속한 민족공동체의 역사적 경험에서 크게 벗어나지 않고 있는 것이다. 톰 네언이 "민족주의는 해당 사회의 어떤 내부적 요구에 상응하며 동시에 어떤 개인적·심리적 요구에도 상응하는 것이다. 그것은 집단들과 개인들에게 '정체(identity)'라는 중요한 상품을 공급한다. 이 모든 것에는 뚜렷하고 쉽사리 알아볼 수 있는 주관성이 따르고 있다. 우리는 민족주의에 관해 이야기할 때마다 보통은 얼마 안가서 '감정'이니 '본능', '소속'에의 욕망이나 욕구라는 것, 기타 등등에 관해 이야기하게 되기 마련이다. 이런 심리가 민족주의에 관한 중요한 사실임은 분명하다"[56]고 지적할 때, 이와 같은 사정을 반영한다고 할 수 있다.

셋째, 한국학계의 이와 같은 연구경향은 어느 면에서 식민지와 분단이라는 특수상황에서 민족적 정체성을 잃지 않으려는 노력의 부산물이었다. 한국 민족주의가 일본 제국주의와 분단 고착화에 맞서는 저항이데올로기로서 기능하는 한, 그것은 나름대로 의의를 인정받을 수 있는 것이었다. "그러나 민족구성의 객관적 측면을 강조하는 기왕의 민족주의는 이제 남과 북 모두에서 저항이데올로기로서의 건강성을 상실하고 체제 이데올로기로 변질되어 버렸다."[57] 특히 언어, 문화, 혈통 등 민족구성의 객관적 측면을 강조하는 언어적 종족적 민족주의는 19세기 후반 유럽의 우익운동에서 잘 드러나듯이 그 이데올로기적 보수성을 여실히 입증한 바 있다. 그것은 인민주권설이나 공민권 등의 사회 진보적 성격 대신에 민족의 유기적 성장 등의 낭만적 신화를 강조함으로써, 우익의 국수주의적이고 보수적인 민족주의로 변모하기 쉽다는 지적도 지나칠 수 없다.[58] 마지막으로 민족주의가 후진·약소국가의

---

56) 톰 네언, 앞의 논문, p. 226.
57) 임지현, 앞의 책, p. 83.

이데올로기라는 톰 네언의 분석—그와 같은 주장은 물론 원초론적 입장에 위치하고 있다—을 제기하게 될 때 독일의 나치즘(nazism)은 물론 이태리의 파시즘(fascism), 1930년대 일본의 군국주의(militarism), 아프리카의 이디 아민(Idi Amin) 정권, 중동의 팔레비(Pahlevi) 왕조 등에게도 특징적으로 해당된다는 점을 지적할 수 있다.[59]

현재까지의 민족주의에 대한 연구동향이 그러할진대, 우리 앞에 놓인 과제는 무엇인가. 톰 네언의 제언에 유의할 필요가 있다. "민족주의의 이론과 과제는 딜레마의 양단을 모두 포용하는 일이 아니면 안된다. '긍정적' 측면과 '부정적' 측면을 동시에 넘어서는 방식으로 현상 전부를 보아야 된다. 이렇게 함으로써만 우리는 민족주의에 대한 주로 도덕주의적 시각에서 벗어나— '과학적'이라는 말은 이데올로기적으로 너무나 많이 악용되어 왔으므로 이는 피하기로 하고—적어도 좀더 낫고 초연한 역사적 안목에 이를 수 있을 것이다. 그러기 위해서는 현상을 좀더 넓은 설명의 틀—그 모순들을 해명할 수 있는 그러한 틀—속에서 규명할 필요가 있다. 이러한 틀이 무엇인가라는 질문이 제기된다. 나는 여기서 정말로 쓸모가 있는 유일한 틀은 세계사 전체라고 믿는다. 민족주의 문제에 대한 논의의 대부분은 나라별로 접근함으로써 처음부터 그 성과가 훼손되고 있다. 인류사회는 본질적으로 수백 개의 각기 다르고 서로 떨어진 '민족'들로 구성되어 있고, 이들은 저마

---

58) M. Hroch, *Social Preconditions of Nationalism Revival in Europe*(Combridge, 1985), p. 4

59) 나치즘, 파시즘, 군구주의 등은 제국주의가 더욱 타락한 것으로 예외적인 경우가 되겠으나 J. A. 홉슨의 다음과 같은 주장은 민족주의가 독재자들에 의해 악용되는 사례에 대한 한 경고일 수 있다. "분노로 충만되고 자기 방어의 정열로 긴장돼 있는 민족주의는, 그 자연상태의 순수성으로부터 벗어나 있다는 점에서는 타민족에 대한 희생위에서의 탐욕과 자기 확장의 의도로 작열(灼熱)하고 있는 민족주의(=제국주의-인용자주)와 비교할 때 그 정도가 덜할 뿐이다." J. A. 홉슨, 앞의 책, p. 12.

다 독특한 민족혼을 가졌다고 (또는 가져야 옳다고) 말해주는 것이 민족주의라는 이데올로기인 것이다. (…) 다음으로 우리는, 전반적 역사발전의 어떤 특징들이 우리에게 민족주의에 관한 단서를 제시하는지를 물어 보아야 한다."60) 톰 네언이 예로 드는 것은 숲과 나무의 비유이다. 지금까지 서양학계에서는 숲으로 나무를 설명했고, 한국에서는 반대 입장에 있었다. 물론 어떤 나무들이 자라고 얼마나 울창하게, 어느 지점까지 자라느냐 등등을 결정한 것은 지리·지형·토양·기후 등의 전반적 조건들이다. 그러나 나무들에만 집착하면 숲을 볼 수 없고, 숲에 집착하면 나무를 볼 수 없다. 숲이 숲일 수 있는 비결이 나무들의 왕성한 자람에 있다고 할 때, 나무들이 잘 자랄 때 울창한 숲을 이루게 될 것이다. 다문화주의 시대를 맞이하여 동아시아 근대소설의 형성기의 대표적인 작가 이광수·나쓰메 소세키·루쉰소설을 통해 동아시아 민족주의를 유기적으로 논의하는 이유도 여기에 있다.61)

---

60) 톰 네언, 앞의 논문, pp. 224-225.

61) 이와 같은 연구는 다원주의의 시대적 추세와 맞물려 있다. 일본 교토에 있는 리쓰메이칸(立命館)대학의 국제언어문화연구소는 국민국가의 틀을 넘어서 민족과 문화의 공존을 추구한다. 이 연구소를 만드는 데 결정적인 역할을 한 니시카와 나가오 국제관계학부 특임교수가 한 기자와의 인터뷰에서 한 발언은 시사적이다. "민족은 근대세계의 모든 불행에 연결돼 있다. 지구를 피로 물들게 한 지배와 저항 모두 민족의 이름으로 이루어졌다. 민족에 대한 이성적인 논의와 토론은 불가능하다. 세계화의 흐름속에서 국민국가 체제가 흔들리고 있는 지금은 새로운 존재방식을 적극 모색해야 할 때이다. 다언어·다문화주의는 무너져가는 국민국가를 재구축하는 수단으로 사용될 수도 있고, 국민국가 자체를 비판하고 해체하는 방향으로 나아갈 수도 있다. 그리고 현대 두 가지 흐름이 뒤섞여 나타나는 것이 사실이다. 우리는 명백히 후자를 지향하고 있다." 李先敏, 「인류 共榮의 길은 多元주의뿐…민족갈등 해법 모색」,『조선일보』(서울: 조선일보사, 2002. 12. 6.) p. A16.

동아시아 初期 近代小說에 나타난 民族主義의 비교

III

1. 이광수의 민족주의와 「無情」 출현 전후의 비극성

이광수(1892~?)의 「무정」은 일본 제국주의가 한국을 식민통치한지 7년이 지난 1917년 1월 1일부터 『每日申報』에 연재하기 시작하여 1917년 6월 14일까지 126회에 걸쳐 발표된 장편소설이다. 이 작품은 작가 개인의 첫 장편일 뿐만 아니라 한국문학 최초의 장편소설이며, 작가 이광수의 文名을 단번에 날리게 한 그의 출세작이다.[1] 일찍이 李秉岐·白鐵은 "「無情」은 春園의 맨 첫 번 長篇小說일뿐더러 우리나라 現代文學史上 最初의 長篇小說이다. 이 小說에서 처음으로 우리나라 文學讀者는 近代的인 長篇小說의 모양이 어떤 것인가를 보게 된 셈이다. 따라서 우리나라 現代文學이 정말 近代的인 小說의 價値에서 새 출발했다는 것은 이 「無情」이 나온 1917년을 잡아야 하겠으며, 그 뜻에서 우선 「無情」의 文學史的 位置는 지극히 重大하다"고 「無情」에 대한 문학사적 자리매김을 한 바 있다.[2]

---

1) 金允植·김현, 앞의 책, p. 124,

2) 李秉岐·白鐵, 『國文學全史』(서울: 新丘文化社, 1960), p. 272. 이광수의 「無情」이 한국

이광수소설 「無情」이 작가의 내적 요인과 외적 요인에 의해 형성된다고 할 때, 내적 요인이 이광수의 사상, 문학의식, 집필동기와 같은 것이요, 외적 요인은 식민지하에서의 근대의식의 자각과 구질서의 붕괴상황이라고 할 때[3], 일찍이 이광수 자신이 밝힌 몇몇 글들은 구체적인 지침을 제공한다. 이광수는 「多難한 半生의 途程」에서 "나는 이 기회에 내가 소설을 쓰게 된 動機를 一言하려고 한다"면서 「無情」이 나오기까지의 과정을 비교적 상세하게 밝혔다. 이 글에 기대면 이광수는 어려서부터 문장은 餘技라는 교훈속에 자랐으므로 문사가 되리라는 생각은 없었으며 1차 일본유학을 갈 때는 學部大臣이나 總理大臣이 된다는 꿈을 가졌었지만, 乙巳條約이 체결된 이후 나라가 없어졌으므로 문장과 교육으로 동포를 깨우치자는 야심으로 방향이 바뀌었다. 즉, 이때부터 민족주의적 계몽주의로 기울었다는 주장이지만, 여기에는 몇 가지 문제점이 지적될 수 있다. 첫째, 이광수의 '민족주의적 계몽주의'라는 것이 그의 사상적 성숙에 의한 內發的인 것이 아니라 外發的인 것으로 순수성을 잃어버렸다는 점이다.[4] 둘째, '學部大臣, 總理大

근대문학사에 있어서 최초의 장편소설이라는 데는 그동안 많은 논란을 불러 일으켰다. 여기서는 "現代韓國小說의 起點을 1917년으로 잡는 이유는 이광수의 「無情」이 이 해에 발표되었기 때문이다. 崔南善의 시가 新詩로 지칭되었듯이 최초의 新小說로 通稱되는 李人稙의 「血의 淚」가 活字化된 지 10여년 후의 일이다. 春園은 같은 해에 「어린 벗에게」 「少年의 悲哀」 등의 短篇을 발표했다. 그러나 작품의성과는 「無情」에 미치지 못하고 있다. (…) 「無情」은 작가의 투철한 作家精神과 才質에 의해 문학적 성과가 획득됐다는데 보다 큰 意義가 있다. 이 점이 「無情」을 現代小說의 첫 章으로 삼는 이유가 된다"는 鄭漢淑 등의 주장에 동의하는 입장에 있다. 鄭漢淑, 『現代韓國文學史』(서울: 高麗大學校 出版部, 1982), pp. 7-8.

3) 丘仁煥, 앞의 책, p. 26.

4) 여기서 '外發的', '內發的'이라는 용어는 나쓰메 소세키가 정의한 개념을 따른 것이다. 소세키는 西洋의 開化는 내발적이고, 일본의 開化는 외발적이라고 지적하면서 전자는 저절로 봉우리가 터져서 꽃잎이 밖으로 향하듯이 자연스럽게 발전하는 것이고, 후자는 남의 힘에 의해 일종의 형식을 취한 것을 의미한다. 뒤에서 다시 논의하게 될 것이다.

臣을 꿈꾸었다는 것은 이광수가 봉건제하에서 신분상승에 대한 의지를 엿볼 수 있는 것으로 전근대적 의식을 갖고 있었다. 셋째, 나라가 없어졌으므로 방향을 선회했다는 것은 상황이 바뀌면 언제라도 같은 입장을 취할 수 있다는 극단적인 예를 스스로 진술하고 있는 셈이다. 넷째, 이광수의 민족주의가 문학으로 전개되는 시점부터 허구적 민족주의며, 친일적 성향을 보이고 있다는 점이다. 이미 나라를 빼앗기고 식민통치를 당한 지 7년이 지난 시점에서 문장과 교육으로 亡國民族을 깨우치려고 했다는 진술은 일본 제국주의의 식민통치라는 제도권을 인정하고 있다는 점이다. 다섯째, 그럼에도 불구하고 굳이 민족주의라고 한다면, 그것은 계몽주의적 민족주의라고 할 수 있다.

그러나 이광수가 '문장과 교육으로 동포를 깨우치자'는 방향선회를 한 뒤에도 문학을 염두에 둔 것은 아니었다. 그것은 곧 이어지는 저 유명한 '文學餘技論'에서도 드러난다.5) 즉, 그가 민족주의적 계몽의식을 가졌으되, 그것은 사상가·교육가가 되겠다는 야심이었지 역시 문학은 아니었다는 것이다. 추상적인 '아비' 찾기 관점에서 볼 때, 고아인 이광수에게 있어서 첫 번째 '아비'는 學部大臣·總理大臣이었고, 두 번째 '아비'는 사상가·교육가였다고 할 수 있다. 그럼에도 불구하고 이광수는 소설을 썼고, 그것도 '우리나라 현대문학사상 최초의 장편소설 「無情」'을 씀으로서 '역사적' 인물이 되었다.

夏目漱石, 「現代日本의 開化」, 『漱石全集』 第十一卷(東京: 岩波書店, 1966), p. 333.
5) "두 번째 東京에 가서 早稻田大學 哲學科에 든 것도 思想家, 敎育家가 되겠다는 野心에서였다. 문장을 한 무기로 하려고는 하였지마는 詩나 小說을 지으려는 생각은 조금도 없었다. 정직하게 말하면 詩나 小說은 내가 그리 존경하는 바가 아니었고 글을 쓰면 당당한 논문을 쓸 것이라고 자인한 것이었다. 이 생각은 지금도 마찬가지이다. 지금은 小說을 살 수 없어서 쓰는 副技로, 餘技라고 밖에 생각하고 싶지 않은 것이 나의 心情이다." 「多難한 半生의 途程」, 『이광수전집』第十四卷, p. 399.

그러면 왜 小說을 썼는가. 그것은 불쌍한 父母님의 일, 동생들의 일, 나 自身의 崎嶇한 어린 時代의 잊혀지지 않는 情다운 記憶을 그려보고 싶은 動機에서 나온 것이라 할 것이다. 「無情」도 그 첫 부분인 英彩의 어린 時代는 곧 나의 어린 시대의 정다운 또는 쓰라린 기억이었다. 이것이 내가 처음에 소설에 붓을 대게 된 動機이다.6)

이광수가 글을, 문학을, 소설을 쓰게 된 동기를 한 마디로 뭉뚱그려서 표현하면 그의 고아의식—바꿔 말하면 '아비' 찾기에서 비롯되었다. 작가 이광수에게 있어서 '불쌍한 父母님의 일, 동생들의 일, 나 自身의 崎嶇한 어린 時代의 잊혀지지 않는 情다운 記憶'은 곧 고아의식에서 비롯되었기 때문이다. 즉, 소설은 작가 이광수가 선택한 어쩔 수 없는 '아비'였다. 그것도 세번째 '아비'였다. 바로 여기에 「無情」 출현의 비극성이 있다. 작가 이광수의 비극성, 이광수 소설의 비극성, 그리고 그의 첫 장편소설 「無情」의 비극성은 출현 이전에 이미 예고된 것이었다고 할 수 있다. 좀 성급한 결론을 내린다면 「無情」의 이와 같은 비극은 곧 한국근대문학사의 그것이기도 하였다. 즉, 「無情」을 최초의 장편소설로 가질 수밖에 없었던 것은 한국근대문학사의 한 비극이 아닐 수 없다. 「無情」 출현 전후의 비극성도 그렇지만, 또한 '머리'를 장식한 작가의 전기적 생애가 비극으로 끝났고, 그것은 그 작가 하나로 끝나는 것이 아니라 한국근대문학사가 안고가야 할 멍에가 되는 까닭이다.

내가 「無情」을 쓸 때 의도로 한 것은 그 시대의 朝鮮靑年의 이상과 고민을 그리고, 아울러 조선청년의 진로에 한 暗示를 주자는 것이었다.

---

6) 「多難한 半生의 途程」, pp. 398-399.

이를테면 일종의 民族主義, 自由主義 이데올로기를 가지고 쓴 것이다. 그 自由主義란 속에서는 淸敎徒的 純潔에 對한 憧憬을 나 자신이 가지고 있기 때문에 그 순결도 多分으로 고조되었고 또 民族主義라 하지마는 基督敎的 博愛思想도 들어갔다고 믿는다. 그리고 내가 의식하는 한에서는, 또 내 力量이 미치는 限에서는 리얼리즘으로 하노라고 하였고, 또 심리묘사에도 힘을 써 보느라고 하였다.[7]

전체적인 언표는 「無情」이 민족주의적 계몽의식에서 집필되었다는 것이다. 개별적으로는 민족주의, 자유주의, 리얼리즘, 청교도적 순결, 그리고 기독교적 박애사상 등을 반영했다는 것이다. 여기서 주목하는 것은 물론 민족주의다. 이광수는 그의 최초의 장편소설 「無情」의 집필의도를 밝히는 머리에 민족주의 이데올로기를 가지고 썼다고 밝혔다. 이후 그는 줄곧 민족주의자를 자처했다. 그는 「余의 作家的 態度」에서 "내가 소설을 쓰는데 첫째가는 目標가 '이것이 朝鮮人에게 읽혀지어 利益을 주려'하는 것임은 물론이다", "내가 소설을 쓰는 根本動機도 여기 있다. 民族意識民族愛의 高潮, 만일 할 수만 있다면 煽動, 이것은 과거에만 나의 主義가 되었을 뿐이 아니라 아마도 나의 一生을 통할 것이라고 믿는다"[8]고 하였다. 「나의 告白」에서는 "무릇 내가 쓴 소설은 민족정신 밀수입의 포장으로 쓴 것이었다"[9]고 주장했다. 민족주의에 대한 이광수의 이와 같은 진술에 대해 평자들 역시 그의 민족주의를 의심하지 않았다.[10]

---

7) 「多難한 半生의 途程」, p. 399.
8) 「余의 作家的 態度」, p. 192. pp. 195-196.
9) 「나의 告白」, p. 278.
10) "春園은 이 나라 최초의 민족문학가였다. 그가 일제말기에 어떠한 길을 선택했던 간에 그의 작품 전체의 총결산은 9할이 민족의식으로 충만 되어 있다는 결론을 내려준다. 그리고 그 자신이 효자동 자택에서 마지막으로 자취를 감추게 되었을 때까지 그가 말하

이광수는 왜 그의 일생을 바쳐 민족주의자를 자처했을까? 내적 요인으로는 근대 전환기에서 푸코적 '권력의 담론'의 중심을 차지할 수밖에 없는 권위에 대한 추종이었다면, 외적 요인은 한때 「2·8獨立宣言書」를 썼고, 상하이(上海) 임시정부 요인으로 활동하였던 그가 일본 제국주의의 식민통치 하에서 자신의 친일적 성향을 은폐하고 민족주의를 '밀수입'하는 것이 최선의 선택이었다고 할 수 있다. 물론 근대 전환기에서 서구 제국주의적 문명개화에 감명을 받았고, 나라를 빼앗긴 망국민족에게 실력을 양성하여 독립을 이룩하자는 그의 진술도 전적으로 부정할 수만은 없을 것이다.[11]

이광수가 「無情」을 발표했던 시기, 광의적으로는 그가 살았던 시기 자체는 대외적으로는 제국주의 시대였고, 대내적으로는 일본 제국주의 식민통치의 시대였고, 거기에 대응하기 위한 민족주의의 시대였다.[12] 白鐵의 연구에

고 있던 모든 화제는 민족문제에서 출발하여 민족문제로 귀착되는 것이었다. 언제나 민족문제만을 염두에 두고 있던 그는 작품에서도 늘 민족의식을 고취해 나갔다." 金宇鍾, 「民族文學과 훼절」, 『이광수硏究 (上)』, 東國大學校 附設 韓國文學硏究所 編(서울: 太學社), p. 505.

11) 이광수의 민족주의 특징에 대해서는 宋明姬와 金春燮의 앞의 논문을 참고할 것. 宋明姬는 이광수의 민족주의를 종족민족주의, 언어적 민족주의, 인도주의적 민족주의, 文化민족주의 등으로 분석하였고, 金春燮은 이광수의 민족주의적 특질이 문화적 민족주의에 있다고 분석하였다는 것은 앞에서 지적한 바와 같다.

12) "新小說文學이 近代的인 轉換期를 背景하고 開化思想을 啓發해간 文學이라면 第一期의 新文學(필자는 崔南善·이광수 2인 시대를 '第一期의 新文學運動期'로 정의한다. 즉 『少年』지가 창간되었던 1908년부터 1919년 3·1운동 전후까지이다-인용자주)도 그 近代的 新思潮를 주제에 올렸으되 이 시기에 와서는 一層 明確한 統一된 時代意識을 背景할 것이었으니 그것은 民族主義였다. 康熙末年에서 一九一九年까지 이 十年間은 朝鮮의 民族主義가 生成된 時代였다. 그리고 第一期의 新文學은 生成하는 民族主義와 함께 發芽生成하게 된 것이다. 民族主義! 이것은 그 前期의 暴風과 같은 그러나 어덴지 漠然한 그 自主獨立의 情熱이 合邦이라는 日本帝國主義와 侵略的인 現實을 蓮하여 一層 明確한 民族意識의 形態로 生成한 過程인 同時에 그것은 하나의 世界的인 情勢와 呼應한 事實이었다." 白鐵, 『增補 新文學思潮史』(서1울: 民衆書館, 1953), p. 49-50.

기대면 이 시대의 문학의 主旨는 민족의식, 민족주의의 계몽이었다. 그리고 민족주의는 동시에 이상주의였다. "왜 그러냐하면 이 時期는 政治的 意識으로나 經濟的 條件으로나 이 땅에 近代的인 社會條件이 生産되는 段階로서, 國權을 회복하는 意識은 同時에 近代的인 모든 資本主義國家를 理想憧憬하는 精神과 通하였다. 여기에 이때의 文學이 理想主義的이었다는 것과 關聯되는 事實이 있는 것이다. (…) 그리하여 이 時代의 文學은 民族主義 卽 理想主義의 精神을 文學主旨로 삼았다. 그러나 그 文學이 理想主義的이었다고 하여도 그것은 魯慢主義文學과 같은 主觀文學이 아니고 말하자면 啓蒙期 文學의 特徵으로서 民族主義와 民族理念을 說敎啓蒙한 것이었다."[13] 당대의 지식인으로서 나라를 빼앗겼을 때, 국권회복이 아니라 나라가 없는 망국민족에게 '문장과 교육으로 깨우쳐 주겠다'는 계몽주의적 사명감에서 자신의 진로를 사상가·교육가로 바꾸었다는 이광수 자신의 언술에 비추어 볼 때, 그가 '아비' 찾기의 과정에서 동시대의 푸코적 권력의 중심이었던 민족주의를 추구한 것은 쉽게 생각할 수 있는 일이었다. 고아라는 주변적 인물인 이광수에게 있어서 민족주의라는 '아비'는 동시대 담론의 중심이었던 까닭이다.

이광수의 민족주의는 물론 「無情」한 작품에 머물지 않는다. 그의 모든 작품이 민족주의에 닿아 있는 것이다. 문학을 '餘技'로 생각하였던 그가 평생 동안 민족주의자임을 자처하고 민족의 가장 대표적인 지도자임을 자처하면서 '朝鮮魂'을 그 어리석음에서 깨우치려 했다는 것[14]은 바꾸어 말하면 문학이 그의 민족주의적 계몽의 수단으로서 위치하는 것이라고 할 수 있다.

---

13) 위의 책, p. 62.
14) 金宇鍾, 「이광수의 계몽의식」, 『崔南善과 이광수의 문학』, 金烈圭·申東旭 編(서울: 새문사, 1981), p. II-85.

따라서 그의 모든 문학작품이 '餘技'라는 울타리 안에, 또한 민족주의적 계몽주의안에 들어있는 것이다. 이광수는 「余의 作家的 態度」에서 다시 한번 저 유명한 '文學餘技'論을 피력하는 가운데 「無情」은 물론 이어지는 그의 소설 「開拓者」·「再生」·「革命家의 아내」 등도 마찬가지로 "文學的 作品을 쓴다는 意識으로 썼다는 것보다는 대개가 論文 代身"으로, 계몽의 방편으로 썼다고 진술했다.15) 그는 또한 "내가 小說을 쓰는데 첫째 가는 目標가 이것이 朝鮮人에게 읽혀지어 利益을 주려 하는 것임은 물론이다"16)고 효용론적 입장에서 민족주의를 명백하게 밝혔다. 뿐만 아니라 이광수는 소설을 쓰는 동기에 대해 피력하는 가운데 자신의 민족주의의 성격이 지극히 원초적인 종족적 민족주의임을 밝히기도 했다.

> 내가 소설을 쓰는 究竟의 動機는 (…)그것은 곧 '朝鮮과 朝鮮民族을 위하는 奉仕─義務의 履行'이다. 이것뿐이요, 또 이 밖에 아무 것도 없다. 내가 一生에 하는 일이 朝鮮과 朝鮮民族의 地位의 向上과 幸福의 增進에 毫末만큼이라도 寄與함이 되어지다 하는 것이 내 모든 行爲의 根本 動機다. (…) 누가 朝鮮人의 血統을 가지고 朝鮮語를 말하고 朝鮮人이로라는 聲言을 한다 하면 그는 朝鮮民族이라고 또 나는 明言하리라. 누구든지 朝鮮民族을 背叛하지 아니하는 限에서 그가 어떠한 主義,

---

15) "나는 일찍 文士로 自處하기를 즐겨한 일이 없었다. 내가 「無情」·「開拓者」를 쓴 것이나 「再生」·「革命家의 아내」를 쓴 것이나 文學의 作品을 쓴다는 意識으로 썼다는 것보다는 대개가 論文 代身으로 내가 보는 當時 中心階級의 實狀─그의 理想과 現實의 乖戾, 그의 모든 弱點을 如實하게 그려 내어서 讀者의 鑑戒나 感奮의 材料를 삼을 兼 朝鮮語文의 發達에 一刺戟을 주고 될 수 있으면 靑年의 文學慾에 不健全치 아니한 讀物을 提供하자─이를테면 이 政治 아래서 自由로 同胞에게 通情할 수 없는 心懷의 一部分을 말하는 方便으로 小說의 붓을 든 것이다. 그러므로 小說을 쓰는 것은 나의 一餘技다. 나는 지금도 文士는 아니다." 「余의 作家的 態度」, 『이광수全集』 第十六卷, p. 191.

16) 「余의 作家的 態度」, p. 192.

어떠한 階級에 屬한 것을 勿論하고 그는 朝鮮民族에 包容된다고…그러므로 새로운 世代가 와서 國境과 民族的 모든 差異 ─言語·生活態度·習俗 等─가 消滅되기까지는 민족的 結紐는 絶對的이다. (…) 내가 소설을 쓰는 根本動機도 여기에 있다. 民族意識·民族愛의 高潮, 民族運動의 記錄, 檢閱官이 許하는 限度의 民族運動의 讚美, 만일 할 수만 있다면 煽動, 이것은 過去에만 나의 主義가 되었을 뿐만 아니라 아마도 나의 一生을 通할 것이고 믿는다.[17)]

이광수가 '朝鮮人의 血統을 가지고 朝鮮語를 말하고 朝鮮人이로라는 聲言을 한다 하면 그는 朝鮮民族', '國境과 言語·生活態度·習俗 等'이 동일하면 朝鮮民族이라고 주장하는 것은 곧 원초론에 입각한 종족적 민족주의에 다름아니다. 따라서 「無情」은 물론 「開拓者」·「再生」·「革命家의 아내」 등 그의 前期 작품에는 종족적 민족주의가 반영되었다고 할 수 있다. 이광수는 또한 "現實 朝鮮으로 말하면 只今 바로 民族主義 結成時代다. 이로부터 正히 朝鮮에 實行的인 民族主義時代가 올 것이요, 따라서 民族主義의 文學이 擡頭할 것이다"[18)]고 천명했다. 이 글은 梁柱東과의 논쟁과정에서 1931년 4월 『東光』지에 발표된 글이므로 그의 後期에 쓰여진 글이다. 그러나 논쟁 자체가 이광수의 과거 문학적 행위에서 비롯되었고, 글 자체가 前期 소설을 텍스트로 하고 있다는 점에서 그의 전기소설은 물론 후기 소설에 반영된 민족주의를 이해하는 데 한 전거가 될 수 있다.

결국 이광수의 문학은 前·後期를 구분할 것도 없이 같은 「余의 作家的 態度」에서 "내가 抱懷하는 民族主義는 決코 梁柱東氏가 想像하는 種類의 無理論한 것이 아니다. 歷史的·社會的·政治的·經濟的 乃至 文化史的으

---

17) 「余의 作家的 態度」, pp. 195-196.
18) 「余의 作家的 態度」, p. 196.

로 보아서 朝鮮民族의 向上發展·幸福은 오직 民族主義적으로 解決할 一
途가 있을 뿐이라는 明確한 信念위에 선 것이다"[19]고 밝힌 바와 같이 민족
주의에 바탕을 두고 있으며, 소설은 민족정신 밀수입의 포장으로 쓴 것이었
다고 한 자신의 진술을 뒷받침하는 것이다. 결국 그의 계몽사상은 철학적
면에서 근대적 자아의 인식이요, 정치적으로는 민족주의를 바탕에 깔고 있
는 것이다. 그러나 '자아의 해방'이라는 것도 그의 주장에 기대면 결국 민족
을 위한 일이라는 것이므로 민족주의라는 대전제 속에 포괄될 수 있다.[20]

「無情」은 이광수 소설의 전체성을 띠고 있는 원형이 되는 작품이다.[21]
「無情」에서 서사구조적 차원의 전체성을 띠고 있는 작중인물은 李亨植/朴
英彩/金善馨으로서 그들은 이광수 소설 전체에서 삼각관계라는 서사의 원
형을 이룬다. 그러나 민족주의적 관점에서 「無情」은 물론 이광수소설의 구
조주의적 전체성을 띠고 표면에 드러나는 작중인물은 이형식/김병욱이다.
물론 「無情」의 작중인물을 대표하고 있는 박영채의 민족주의를 배제할 수
는 없다.[22] 그러나 영채의 민족주의는 고전적(전근대적)/근대 민족주의를 반

---

19) 「余의 作家的 態度」, p. 196.

20) 金宇鍾, 「이광수의 계몽의식」, p. Ⅱ-92.

21) "「무정」은 문학사적으로 현대 장편소설의 효시라고 평가받아 왔지만, 이광수 개인사적
으로도 그의 전체 장편소설에 있어서 원형에 해당하는 작품이다. 이광수는 「무정」을
집필한 후 끊임없이 방대한 양의 작품을 발표하는데, 그 원형, 곧 핵은 변하지 않는다.
여기서 말하는 핵이란 삼각관계, 곧 한 남자와 그를 중심으로 한 두 여자의 대립적
관계가 그것이다. 이광수는 이 원형에 그때그때 옷만 바꿔 입힌 것이다." 한승옥 편저,
「이광수소설의 의미와 구조」, 『이광수문학사전』(서울: 고려대학교 출판부, 2002), p.
572.

22) "그(이광수-인용자주)의 고아의식은 시대 및 한민족의 고아의식, 소위 국가상실에서 오
는 또 하나의 고아의식에 닿을 때 비로소 완성되는 것이다. 그것이 그에게는 관념으로서
민족이고, 어느 정도는 실체로서의 민족주의이기도 하였다. 그 개인으로서의 고아의식
과 박영채로 대표되는 한민족의 고아의식에 결합되었을 때 만민을 울린 그의 걸작이자
우리 근대소설의 대표적 장편 「무정無情」이 솟아올랐다. 그러기에 춘원에게 「무정」은

영하고 있고, 서사적 무게가 전자에 가 있다는 점에서 논의대상에서 제외한
다. 작가 이광수가 그의 소설을 민족주의적 계몽수단으로 창작했다고 할
때, 그가 표현하려고 한 메시지는 근대 민족주의임은 물론이다. 이형식/김병
욱은 이광수소설에 있어서 근대 민족주의적 성격의 원형이라고 할 수 있
다.23)

한 작가의 작품 전체에서 최초의 작품이 원형이라고 할 때, 「無情」은 이광
수소설의 원형은 아니다. 이광수는 「無情」 이전에 이미 11편의 단편소설과
시·수필·시론·논설 등 다양한 문자행위를 경험해 왔기 때문이다. 따라서 굳
이 민족주의의 '원형'을 분석한다면 그의 초기 단편소설에서 찾아야 할 것이
다.24) 한국근대문학사에서 실제적인 이광수의 처녀작이지만 일본어로 쓰였

창작이 아니고 사실 자체였다. 그 자신이었다." 김윤식, 『이광수와 그의 시대』 1, p.
51.

23) 앞으로 편의상 '이형식'형 민족주의/'김병욱'형 민족주의로 표기한다. 물론 이는 임시용
어이다.

24) 이광수의 초기 단편에 대해서는 아직도 명확하게 정리되지 않은 상태이다. 원인은 이광
수 자신의 불충분한 기억에 기인했다. 그는 「多難한 半生의 途程」에서 "내 記憶에
남은 첫 作品은 꼭 어느 것이라고 指目할 수 없으나 아마 소년회라는 우리 중학생
數十人이 會合의 기관지 『소년』에 실린 「放浪」이란 것인 듯합니다. (…) 그리고 내가
在學하던 明治學院의 동창회보인 『白金學報』에 '사랑인가(愛か)'라는 短篇을 실은 일
이 있었는데 이것은 『富の日本』이라는 雜誌에 轉載되어 신문에 이야기가 된 일이 있읍
니다. 그것은 少年의 동성애를 그린 것이었읍니다"(「多難한 半生의 途程」, p. 392)라고
자신의 처녀작이 단편 「放浪」(1907)이라고 했고, 「나의 文壇生活 三〇年」에서 「怨恨」
(1908), 「處女作 回顧談」에서는 「閨恨」이라고 했다. 작가의 이와 같은 기억혼란으로
연구들 역시 혼란을 겪었다. 이광수에 대한 최초의 作家論을 쓴 金東仁은 「春園研究」
에서 "이때에 春園의 「젊은 꿈」(당시의 原名은 「어린 벗에게」이었다)이 『靑春』誌上에
나타났다. 다른 問題는 다 둘째로 밀고 이 「젊은 꿈」의 한 편은 西洋文學의 영향을
받은 最初의 朝鮮作品이라는 點에서 特書할 가치를 가진 者다"고 썼다. 金東仁, 『春園
研究』(서울: 新丘文化社, 1956), p. 23. 이후 趙潤濟(『國文學史』, 서울: 東國文化社,
1953, p. 458.), 金思燁(『國文學史』, 서울: 正音社p, 1956. p. 522.), 白鐵(李秉岐·白鐵,
앞의 책, p. 261) 등이 역시 「어린 벗에게」(1915)를 이광수의 처녀작으로 보았다. 趙演鉉
은 이광수의 「多難한 半生의 途程」을 근거로 「少年의 悲哀」(1917)를(趙演鉉, 『韓國現

으므로 「사랑인가(愛か)」가 제외되는 것은 어쩔 수 없지만, 굳이 언어권을 구분하지 않는다면 이광수의 처녀작으로서 '원형'에 해당하는 작품은 「사랑인가」에서 찾아야 할 것이다.25) 그러나 이광수의 처녀작이 한국현대문학의 출발점이 되며 신소설에서 현대소설로 넘어오는 계기가 된다는 丘仁煥의 지적에 주목할 때, 이광수의 처녀작이 일본어로 쓰이고 발표되었다는 사실 역시 이광수 개인은 물론 우리 근대문학사가 그 출발점부터 안고 있는 비극성이다. 여기서 「사랑인가」를 주목하는 것은 작가의 '아비' 찾기에 관련되기 때문이다.26)

이광수 자신이 「사랑인가」에 대해서 밝힌 바와 같이 '少年의 동성애를 그린 것'이므로 우리의 목적과 부합되는 내용은 아니지만, 한 가지 주목하고자 하는 것은 주인공 문길이 작가 자신의 투영이라는 점이다. 이광수의 「日

代文學史』, 서울: 成文閣 , 1969, p. 129.), 노양환(「春園年譜」, 『이광수全集』 別卷, 1971년 판, p. 156)·宋敏鎬(宋敏鎬, 「春園의 初期作品攷」, 『이광수硏究(下)』, 東國大學校 附設 韓國文學硏究所 編, 서울: 太學社, 1984, p. 18.) 등은 「無情」(1917)을, 그리고 "그의 處女作은 韓國現代文學의 出發點이 되며 新小說에서 現代小說로 넘어오는 契機가 된다는 文學史的인 意義가 賦與되기 때문에 그의 處女作이 重要視된다고 할 때, 최근 現代文學의 流産을 정리한 몇몇 文學史의 力作에 文獻의 漏落과 批判의 過誤가 있음은 유감된 일이다"라고 지적하는 丘仁煥은 「어린 犧牲」(1910)이라고 주장했다. 丘仁煥, 「春園의 處女作攷」, 『이광수硏究(下)』, p. 28. 특기할 것은 이광수가 한글소설보다는 일본어로 먼저 창작활동을 시작했다는 점이다. 이와 같은 사실은 일생 동안 '민족주의자'를 자처했던 이광수에게서 주목하지 않을 수 없는 사항이다.

25) 「사랑인가」는 『이광수全集』에 빠져있다. 이광수 자신도 「愛か」, 「戀か」, 「戀」, 「사랑인가」 등으로 제목을 혼동하는 이 작품은 1981년 김윤식에 의해 번역되어 한 문예잡지에 실렸다. 김윤식 옮김, 「사랑인가」, 『문학사상』(서울: 문학사상사, 1981. 2.).

26) "춘원의 처녀작이 일본어로 쒸어졌다는 것은 우리 근대문명의 역사적 성격을 암시하는 것이기도 하며, 또한 춘원문학의 원점회귀적인 단위를 의미하는 것이기도 하다. 전자는 우리 근대문학이 알게 모르게, 많건 적건 일본적인 요소와 연결되었음에 관련되며 후자는 이 작품이 그의 사랑 기갈증의 근원을 이룬 고아의식에 관련됨을 뜻한다." 김윤식, 『이광수와 그의 시대』 1, p. 250.

記」에 기대면 「사랑인가」가 쓰여진 것은 1909(隆熙 3)년 11월중이었다. 11월 16일 「일기」에는 "밤에 「戀か」를 쓰다. 아름다운 少女를 사랑하여, 그를 안고 키스하는 꿈을 꾸다. 하하"라고 썼고, 11월 18일 「일기」에 "밤에 「戀か」를 完結하다. 日文으로 쓴 短篇小說. 내가 작품을 完結한 것은 이것이 처음이다"라고 썼다. 「사랑인가」는 이광수가 희망했던 대로 메이지학원의 교지 『白金學報』(제19호, 1909. 12)에 실렸다. 이광수는 12월 21일 「日記」에 "내 처녀작이라 할 만한 「사랑인가」가 『○○學報』에 났다. 기쁘다. 괜히 기쁘다. 부질없는 기쁨이다. 나는 사람들이 나를 칭찬해 주지 않는 것에 불만했다. ―아아, 결점이다"[27]라며 처녀작을 탈고하고, 그것이 활자화되는 기쁨을 솔직하게 기술해 놓았다.

> 문길은 열한 살 때 부모와 사별하고 홀몸으로 세상속의 쓰라림을 맛보았다. 그는 친척이 없지는 않았으나, 그의 집이 부유할 때의 친척이지 일단 그가 영락의 몸이 된 후로는 누구 한 사람 그를 돌보아주는 자 없었다. 그의 몸에 붙어있는 가난의 신은 그로 하여금 일찍 세상맛을 보게 하였다. 그가 열네 살적에는 이미 어른다워져, 홍안이어야 할 그의 얼굴에서 천진난만한 모습은 퇴색하여버렸다.[28]

김윤식은 이와 같은 소설의 지문에서 작가의 고아의식, 사랑의 기갈증을 지적하였으나 우리가 주목하는 것은 이광수가 창조한 작중인물들의 성격에 작가 자신이 투영되고 있다는 사실이다. 현대문학이론에서 작가와 서술자를 혼동해서는 안된다는 것은 상식에 속하는 일이다. 먼로 비어드즐리(M.

---

27) 「나의 少年時代 -十八歲 少年이 東京에서 한 日記 -」, 『이광수全集』第十九卷, p. 12. ; p. 15.
28) 「사랑인가」, p. 444.

Beardsley)가 "문학작품의 화자는 작가가 실제적인 문맥을 제공하거나 화자와 자신간의 연관성을 주장하기 전에는 작가와 동일시될 수 없으며, 따라서 화자의 성격과 조건은 내적인 증거들에 의해서만 알려질 수 있는 것이다"[29] 라고 했을 때, 「사랑인가」에서 작가는 '화자와 자신간의 연관성을 주장'하지는 않는다고 하더라도 '실제적인 문맥을 제공'하고 있으므로 작가와 화자는 동일시될 수 있고, 그 화자에 의해 이야기되는 문길은 작가의 투영이 된다.

웨인 부스는 『小說의 修辭學(The Rhetoric of Fiction)』에서 소설에서의 작가는 내포되었다고 분석했다. "작가가 아무리 성실하려고 노력한다 하더라도, 그의 다른 작품들은 다른 변형, 즉 여러 규범의 다른 이상적 결합을 함축한 것이므로, 우리는 다양한 변형이라고 말해야 한다."[30] 작가는 독자에 의해 서사물로부터 재구된 것이라는 주장이다. 따라서 작가는 서술자자 아니라 오히려 서사물에 존재하는 모든 것을 따라서 움직이는 서술자를 고안하는 원리이므로 서술자와 달리 내포작가는 독자에게 아무 것도 말할 수 없다.[31] 여기서 주목하는 것은 웨인 부스의 주장—작가의 '다른 작품들은 다른 변형', '여러 규범의 다른 이상적 결합을 함축한 변형'이라는 점이다. 부스의 이론에 기대면 「사랑인가」의 주인공 문길은 '작가의 한 변형'이라고 할 수 있다. 이와 같이 작중인물 속에 집요할 정도로 작가의 변형을 나타내는 것은 이광수소설의 한 특징이라고 할 수 있다.

구조주의에서 전체성에 이어 두 번째 문제는 구조적 변형의 문제이다.

---

29) *Aesthetics —Problems in the Philosophy of Criticism*(New York: 1958), p. 240. ; Cf Walker Gibson, Authors, Speakers, Readers, *Mock Readers*, Callege English, Ⅱ(1950), pp. 265-269. ; 시모어 채트먼, 『영화와 소설의 서사구조』, 김경수 옮김(서울: 민음사, 1990), p. 179.

30) 웨인 C. 부스, 『小說의 修辭學』, 李慶雨·崔在錫 옮김(서울: 翰信文化社, 1987), p. 82.

31) 시모어 채트먼, 앞의 책, p. 179.

유형화된 구조의 변형들을 파악하여 국지적 유형들이 일관되게 존재함을 보여주는 것이다.32) 「사랑인가」의 문길이 작가의 한 변형이라고 할 때, 그는 다시 「獻身者」의 광호, 「少年의 悲哀」의 문호·문해, 「尹光浩」의 윤광호, 「彷徨」의 '나', 「어린 벗에게」의 임보형 등으로 변형된다. 장편 「無情」 이전의 초기 작품들에 대해 宋敏鎬는 "「少年의 悲哀」는 작자가 早失父母하고 寄食하던 3從妹를 모델로 하였고, 「어린 벗에게」도 작자가 짝사랑한 金某 女史를 모델로 했고, 「尹光浩」 역시 작자가 서당에서 한문수업을 할 때 심태섭이란 同學에 대한 동성애였고, 「彷徨」은 어렸을 때의 성장기록이다. 모두 생활환경에서 얻은 身邊雜事가 그 초기작품계열의 주제가 되었다33)" 고 정리했고, 다른 논문에서는 "「金鏡」이란 작품은 작자의 어렸을 때의 成長記요, 신변환경을 묘사한 것으로 「無情」에 나타난 형식의 幼時는 「金鏡」 의 주인공이 체험한 그대로 인용되었다. 그러므로 이 작품도 局部的이기는 하나 「無情」의 남주인공의 성장과정에 吸收되어 적지 않은 참여를 했던 것 이다. 「無情」이 나오기 1년 전에 쓴 「少年의 悲哀」의 남자 주인공 문호도 「無情」의 남주인공 형식의 성격에 그대로 반영되었다. 이것은 작자 자신의 성격이기도 했다"34)고 분석하였다.

이상과 같이 이광수의 초기 단편들을 분석한 결과, 그 특징을 크게 세 가지로 요약할 수 있다. 첫째, 주인공들이 주로 작가 자신의 투영 내지 변형 이라는 점이다. 둘째, 주로 소년이 주인공이라는 점이다. 여기에서 「少年의 悲哀」와 「尹光浩」, 「彷徨」은 제외될 수 있지만, 앞의 두 작품의 주인공은 일본유학을 경험한 인물이고, 뒤의 작품은 일본(도쿄)유학중인 인물로서 작

---

32) 신인철, 「성서적 진리는 신화적 진리이다」, 『성서의 구조인류학』, p. 29.
33) 宋敏鎬, 앞의 논문, p. 20.
34) 宋敏鎬, 「春園의 習作期作品과 長篇 「無情」」, 『이광수硏究(下)』, p. 52.

가의 자전적 사실이 투영되어 있다는 점에서는 예외가 아니다. 셋째, 연애문제를 다루었다는 점이다. 특히 동성애를 많이 다루었다는 점도 지적될 수 있다.[35] 초기작품들이 연애문제—특히 동성애 문제를 많이 다루었다는 것은 이 연구에서 목적으로 하는 바와 크게 관련이 있어 보이지는 않는다. 그러나 여기에는 분명하게 지적되어야 할 문제가 있다.

> 나는 朝鮮人이로소이다. 사랑이란 말은 듣고, 맛은 못 본 朝鮮人이로소이다. 朝鮮에 어찌 男女가 없사오리이까마는 朝鮮男女는 아직 사랑으로 만나본 일이 없나이다. 朝鮮人의 胸中에 어찌 愛情이 없사오리이까마는 朝鮮人의 愛情은 두 잎도 피기 前에 社會의 習俗과 道德이라는 바위에 눌리어 그만 말라 죽고 말았나이다. 朝鮮人은 과연 사랑이라는 것을 모르는 國民이로소이다. 그네는 夫婦가 될 때에는 얼굴도 못보고 이름도 못 듣던 남남끼리 다만 계약이라는 形式으로 婚姻을 맺게 되자 一生을 이 形式에만 束縛되어 지나는 것이로소이다.[36]

이광수의 초기 단편소설 「어린 벗에게」의 이와 같은 지문은 「彷徨」에서도 되풀이되고 있다.[37] 김윤식은 전자의 지문에 대해 "자기의 개인적인 사

---

35) "春園의 作品으로서 그의 初期의 모든 短篇小說들이 大槪 그 題名에나 主題로나 人物로나 少年이 등장된 것을 볼 수 있다. 「어린 벗에게」(1917년 1월), 「少年의 悲哀」(1917년), 「尹光浩」(1918년) 등은 少年的인 同性間의 열렬한 愛情 (…) 主題가 되어있다. (…)春園이 「無情」에 와서 主人公을 青年男女로 바꾸기 전엔 그 시대의 少年 문제에 깊은 관심을 가지고 끈 것이 사실이라고 생각한다. 말하자면 少年은 春園이 青年으로 主人公을 바꾸기 전에 온 作品의 主人公이었다." 白鐵, 『新文學思潮史』, pp. 61-62.

36) 「어린 벗에게」, 『이광수全集』第十四卷, p. 31.

37) "果然 나는 朝鮮사람이다. 朝鮮사람은 가르치는 者와 인도하는 者를 要求한다. 果然 朝鮮사람은 불쌍하다. 나도 朝鮮사람을 爲하여 여러 번 눈물을 흘렸고 朝鮮사람을 위하여 이 조그마한 몸을 버리라고 決心하고 祈禱하기도 했다. 果然 지금토록 내가 努力하여온 것이 조금이라도 있다 하면 그는 朝鮮사람의 幸福을 위하여서 하였다." 「彷徨」,

랑 기갈증을 조선민족 전체로 적용 확산해 나간 방식, 바로 여기에 춘원문학의 창작비밀이 있다. 겉으로 보면 계몽주의자의 외침이지만 깊이 보면 춘원에겐 문학이란 자기구제의 방편이었다"38)고 지적하지만, 근대적 민족주의 관점에서 보면 이와 같은 애정−그것이 이광수의 개인적 애정결핍(증)이라고 해도−문제가 민족주의 문제로 착오를 일으키게 할 수 있다는 것은 전혀 근거가 없는 논리전개는 아니다. 근대적 민족주의가 反帝·反封建을 전제로 한다고 할 때, 이광수소설에서 보이는 자유연애가 곧 반봉건이라는 이름으로 이름 지어지고, 그것이 민족주의의 한 축을 담당하고 있는 것은 분명하다. 봉건가족제도의 모순을 애정면에서 지적하려는 새로운 계몽성39)에 있다는 지적이 가능하기 때문이다. 그러나 이광수 초기 단편들이 발표되었을 때는 이미 나라를 빼앗긴 상태였다. 즉, 反封建보다 反帝가 눈앞에 닥친 과제였다. 나라가 없는 상태에서 反封建을 아무리 외쳐 보아야 그것이 망국민족에게 '이익이 되는' 민족주의가 될 수는 없었다. 이광수의 민족주의적 계몽사상을 분석하면서 金鵬九는 "啓蒙思想家로서는 致命的인 缺陷, 즉 평면적·표면적인 肉眼의 시야를 넘어 미래를 투시하는 方向感覺과 이에 따르는 推進意志, 즉 歷史意識의 결여를 엿볼 수 있다"40)고 비판하지만, 더욱 문제적인 것은 이광수가 최초의 장편소설 「無情」은 물론 그의 소설 전체에서 역사의식이 결여된 채 같은 주제를 반복하고 있다는 점이다.41)

『이광수全集』第十四卷, p. 66.

38) 김윤식, 앞의 책, pp. 255-256.

39) 宋敏鎬, 「春園의 初期作品攷」, p. 18.

40) 金鵬九, 「新文學初期의 啓蒙思想과 近代的 自我」, 『이광수』, 김현 엮음(서울: 문학과 지성사, 1995), p. 120.

41) "이광수의 文學的인 缺陷의 그 重要한 또 하나는 構成의 公式的인 類似性이다. 이것은 根本的으로는 主題의 類似性(各 作品에 一貫된 共通的인 그의 理想主義的 傾向)에서 結果된 것이지만 人物의 設定에 있어서나 環境이나 場面의 配合에 있어서나 事件의

이광수의 초기 단편 중에 「어린 犧牲」은 조금 예외적인 작품이다. 적어도 겉으로 보기에는 작중인물 가운데 작가의 투영 흔적이 보이지 않는다. 러시아군과 전투에서 아버지를 잃은 소년이 복수를 하기 위해 러시아군 병영의 전선을 끊다가 죽는다는 내용이다. 지금까지의 초기 단편들이 주로 애정문제를 다룬 작품들임에 비해 이 작품에는 작가의 민족주의적 이상이 비교적 뚜렷하게 나타나 있다. 여기서 '민족주의적 이상'이라고 표현했으나 좀더 깊이 이해하면, 민족적 감정이 나타나 있는 작품이라고 하는 편이 옳을 것이다.

> "네 아비가 죽었다… 나라를 爲하여! 同胞를 위하여!"
> "아라사놈의 손에!?"
> "오냐 아라사놈의 손에… 우리 대적."
> "아라사놈의 손에 아라사놈의 손에 아버지가 죽었어요!?"[42)]

주인공 소년의 이와 같이 반복된 물음은 그의 러시아에 대한 민족적 감정을 읽을 수 있는 근거이다. 소년의 이와 같은 민족감정에는 작가의 의식이 투영되었음은 물론이다. 작가 이광수의 자전적 회고 「나의 告白」에는 그가 러일전쟁때 처음으로 민족의식이 싹텄다고 주장하면서 러시아군과 일본군에 대해 비교하고 있다. 좀 거칠게 대입하면, 어린 이광수의 눈에 비친 러시아군은 惡이요, 일본군은 善이었다.[43)] 이광수의 이와 같은 문자행위는 그의

組織에 있어서나 모든 作品이 거의 同一한 受法에 依據되어 있다. 이러한 것 중의 가장 代表的인 것은 「無情」과 「흙」이다. 이 두 作品은 民族主義적인 그 理想에 있어서 同一한 主題의 作品이라고도 할 수 있는 것이지만 그 構成에 있어서도 아무런 變化나 差異가 없다." 趙演鉉, 앞의 책, p. 188.
42) 「어린 犧牲」, 『이광수全集』 第一卷, p. 520.
43) "내가 강한 민족의식이 눈을 뜨게 하는 일이 일어났으니, 그것은 일아전쟁이었다. 내가

사상거점을 이해할 수 있는 단초가 된다. 청일전쟁과 러일전쟁을 두고 근대 전환기의 두 문인 이광수와 李人稙의 감각을 비교하는 김윤식은 "약간이라도 성숙한 어른의 안목이 있었다면 청나라 군사[44] 및 러시아 군사의 작폐에서 민족의식이 싹텄다는 것은 유치한 일이다"고 직접적으로 지적했다.[45] 결국 '민족주의자' 이광수에게 반민족주의(친일)적 요소는 일찍이 일본유학 시절부터 싹튼 것이었고, 그의 작품 곳곳에 알게 모르게 용해되어 있다는 지적이 가능하다. 이광수가 최초의 소설을 일본어로 출발했다는 점과 함께 「어린 犧牲」에서 보여준 반러·친일적 민족감정, 그의 자전적 회고에서 진술하고 있는 민족의식의 발아 등은 바로 그의 민족주의의 일부를 이루고 있으

열두 살 되던 해는 계묘년이요, 서력으로는 일천구백삼년(러일전쟁은 1903년이 아니라 다음해 2월에 일어났다·인용자 주)이었다. 이해 겨울에 아라사병정이 정주(이광수의 고향·인용자주)에 들어왔다. 그들은 들어오는 길로 약탈과 겁간을 자행하여서 성중에 살던 백성들은 늙은이를 몇 남기고는 다 피난을 갔다. 젊은 여자들은 모두 남복을 입었다. 길에서 아라사 마병 십여 명에게 윤간을 당하여서 죽어 넘어진 여인이 생기고, 어린 신랑과 같이 가던 새색시가 아라사병정의 겁탈을 받아 튀기를 낳고 시집에서 쫓겨나서 자살을 하였다. 소와 도야지가 없어지고 말았다. 이때에 어린 나는 우리 민족이 약하고 못난 것을 통분하고 아라사 사람을 향하여 이를 갈았다. (…)내 고을에 아라사군대가 주둔한 것은 수개월에 불과하였으나, 우리 인심은 그들에게 대하여 심히 악화하였다. 그러던 차에 이월 일병이 밀어 들어와서 정주성에 일아전쟁의 첫 육전이 벌어졌으니, (…)일병이 입성하자 피난 갔던 주민들은 이삼일 내에 다 돌아왔다. 일병은 군기가 엄하고 우리나라 사람에게 호의를 보였을 뿐더러, 그 흉악한 아라사를 쫓아 주었다하여 주민의 환영을 받은 것이었다." 「나의 告白」, 『이광수全集』 第十三卷, pp. 178-179.

44) "본래 평양 성중서는 청인의 작폐에 견지지 못하여 산골로 피난 간 사람이 많더니, 산중에서는 청인군사를 만나면 호랑이를 본 것 같고 원수만난 것 같다. 어찌하여 그렇게 감정이 사나우냐 할 지경이면, 청인의 군사가 산에 가서 젊은 부녀를 보면 겁탈하고 돈이 있으면 빼앗아 가고(…)" 李人稙, 『血의 淚』(서울: 을유문화사, 1969), p. 16.

45) "청나라 군사 및 일본군을 객관적인 자리에서 바라보는 일이 무엇보다 중요했을 것이다. 고쳐 말해, 제삼의 시점획득이 요청되었을 것이다. 이 제삼의 시점획득이 춘원에게 가능했을까. 아마도 그것은 매우 어려웠을 것임에 틀림없다. 그것은 비단 춘원에게만 해당되는 어려움은 아니다. 일본에서 유학하고 일본식 개화지식의 젖줄을 받고 자란 세대 및 계층에게는 많건 적건 그 어려움이 잠복되어 있다." 김윤식, 앞의 책, p. 94.

며, 그의 전기적 사실에서 그 결과가 극적으로 나타난 것이 일제말기 친일행
각일 것이지만, 문제적인 것은 그의 작가활동 초기에 벌써 친일적 요소가
나타나고 있다는 점이다. 그리고 바로 이와 같은 친일적 요소는 그의 작품
곳곳에 드러나고 있음에도 유의할 필요가 있다. 이광수의 장편소설 「無情」
의 주인공 이형식 역시 어릴 때 부모를 여의고 고아가 되어 선각자 박응진
밑에서 교육을 받았으며, 서사적 현재는 경성학교 영어교사로 재직하고 있
는 인물로서 작가의 전기적 사실, 그리고 초기 단편들에서 보았던 남자주인
공들의 한 변형이라고 할 수 있다. 그러나 초기 단편들은 아직 습작수준을
벗어나지 못했고 문학적 성과가 미미하다는 점에서 「無情」이 곧 이광수 소
설 전체의 원형이며, 이형식/김병욱의 민족주의가 이광수 소설 전체의 '민족
주의' 원형이라고 설정하는 데는 큰 무리가 없을 것이다.

1) 한국 민족주의의 특성

이광수가 본격적인 창작활동을 시작한 것은 19세 때인 1910년이었다.[46]
이광수가 태어나 문자적 행위를 시작했던 해까지를 범박하게 成長期로 지

---

46) 이광수가 처음으로 작품을 발표한 것은 일본유학시절인 1907년이었다. 당시 16세였던
이광수는 洪命憙·文一平 등과 '소년회'를 조직하고 회람지『소년』을 발행하여 시와
논설 등을 발표한 것이 그것이다.『소년』지에 처녀작「放浪」을 발표했다고 전한다. 이후
1909년 최초의 신체시「우리 英雄」을 발표했고, 또한 장편「奴隷」, 日文短篇「愛か」,
「虎」를 집필하는 등 창작에 집념을 보였다. 같은 해 메이지學院 동창회보『白金學報』
에 발표한「愛か」가 잡지『富の日本』에 전재되기도 하였다. 그러나 이광수가 본격적으
로 문자행위를 시작한 것은 1910년이었다. 이 해에 이광수는 문학자가 되기로 뜻을
세웠고, 「어린 犧牲」을 비롯한 몇 편의 단편, 그리고 시와 논문, 논설 등을 열정적으로
발표했다. 물론 이 시기에 발표한 작품들은 아직 습작수준을 벗어나지 못하고 있었다.
최초의 근대장편소설로 평가받는「無情」의 발표는 7년을 더 기다려야 했다.

칭할 때, 그의 성장기는 19세기 말 20세기 초—1894년에서 1910년까지의 근대 계몽기가 중심에 위치하고 있다.[47] 근대 계몽기는 대외적으로 침략적 제국주의가 맹위를 떨치는 '제국의 시대'였고, 대내적으로는 중세적 봉건질서가 몰락하고 근대민족국가의 건설이라는 과제를 수행하기 위한 반봉건·반외세운동이 전국적으로 대중적 차원에서 활발하게 전개된 시기였다. 즉, 민족주의가 형성, 전개되었던 시대였다. 이 시기는 한국이 식민지로 전락하는 어둠과 수난의 연대였으나 이후 100년간의 역사에서 유례를 찾아보기 어려울 정도로 '피 끓는 열정'의 시대였고, 근대가 시작된 '기원의 공간'이었다. 중세봉건체제에서 근대 자본주의 체제로 전환했다는 것이 정치적 차원에서만이 아니라 사유체계와 삶의 방식, 규율과 습속 등 구성원 개개인의 신체를 변환시키는 차원까지를 아우르는 근대의 '기원의 공간'을 의미한다.[48] 근대 계몽기는 또한 근대 민족(주의)의 발견의 시기였다.[49]

---

47) 한국 근대문학을 논의하는 과정에서 불가피하게 부딪치는 근대문학의 기점문제와 맞물려 있는 이 시기를 '근대 계몽기'라고 범박하게 지칭한 것은 그동안의 연구에 의한 논란의 여지를 피하기 위해서이다. 기존의 문학사는 이 시기를 넓은 의미의 '개화기'로 지칭해 왔으나 최근에는 '애국계몽기'로 기술하는 논문들이 제시되고 있다. 양문규, 「애국계몽기의 서사문학」, 『민족문학강좌』 下, 민족문학사연구소 엮음(서울: 창작과 비평사, 1995), p. 38. 한편, 최원식은 1894년 갑오개혁에 의해 촉발된 근대적 계몽운동·문화운동이 구체적으로 문학작품에 반영된 1905년부터 1910년을 '애국계몽기'로 지칭하기도 한다. 최원식, 「한국문학의 근대성을 다시 생각한다」, 『민족문학과 근대성』, 민족문학사연구소 엮음, (서울: 문학과 지성사, 1995), p. 51. 愼鏞廈는 개화자강파의 국권회복을 위한 실력양성운동을 총칭하는 역사적 개념으로서 1904~1910년을 애국계몽운동기로 설정하는가 하면(愼鏞廈, 「한말애국계몽운동과 민족의 발전」, 『한국근대사회의 구조와 변동』, 서울: 일지사, 1994, p. 307), 趙東杰은 같은 시기(1904~1910)를 '韓末啓蒙主義期'로 지칭한다. 趙東杰, 「「韓末啓蒙主義의 構造와 獨立運動上의 位置」, 『韓國民族主義의 成立과 獨立運動史硏究』, p. 97.

48) 고미숙, 『한국의 근대성 그 기원을 찾아서 - 민족·섹슈얼리티·병리학』(서울: 책세상, 2001), pp. 10-11.

49) '근대적' 한국 민족주의를 규명하고자 했을 때 가장 먼저 제기되는 것은 기원의 문제이

한국민족(주의) 개념 및 기원 등의 다양한 논의에 대해 "역사의 추적 없이, 민족주의는 서양의 이식물로 여겨왔고, 그에 따라 민족주의 개념도 전혀 서양사적 규정에 따르고 있는 형편"이라고 반성을 제기하는 趙東杰은 한국사적 개념의 민족주의를 추적, 천착할 필요가 있다고 주장한다.[50] 민족주의를 전근대적인 것과 근대적인 것, 두 유형으로 나누어 전자는 고전(전근대)적 민족주의로, 후자는 근대적 민족주의로 구분했다. 구체적으로 주자학이 보편화되기 전인 조선 초기까지의 민족의식을 고전적 민족주의로,[51] 18세

다. 시기적으로는 조선조말기(19세기후반), 사건적으로는 1864년 개항, 1894년 동학농민전쟁, 혹은 1919년 3·1운동 등 이 문제는 아직까지 결론이 나지 않은 상태이다. 민족주의 기원에 대해서는 다음 연구를 참고할 것. '개항'기원론: 차기벽, 『韓國民族主義의 이념과 실태』(서울: 까치, 1978), p. 86. 이용희, 「韓國民族主義의 諸問題」, 『국제정치논총』 제7집(국제정치학회, 1967), p. 17. 김우태, 「韓國民族主義研究」(부산: 부산대학교 대학원, 박사학위논문, 1984), p. 13. 이기택, 「민족의식과 대외반응(외교)에 대한 역사적 성격」, 『사회과학논총』 제5집(서울: 연세대 사회과학연구소, 1972), p. 90. 동학농민전쟁기원론: 노태구, 『韓國民族主義 정치이념 - 동학과 태평천국혁명의 비교』(서울: 새밭, 1981), pp. 94-113. 장을병, 『인물로 본 韓國民族主義』(서울: 범우사, 1988), p. 26. 朴玄埰, 『韓國資本主義와 民族運動』(서울: 한길사, 1984), p. 34. 한정일, 「韓國民族主義운동과 학생과의 관계」, 『국제정치논총』 제2집(국제정치학회, 1983), p. 4. 3·1운동 기원론: 강만길, 『한국민족운동사론』(서울: 한길사, 1985), pp. 12-13. 이밖에도 독립협회운동, 두레운동, 1945년 해방, 심지어 5·16군사쿠데타를 기점으로 제기한 연구도 있다. 愼鏞廈, 『한국근대사회의 구조와 변동』, 서울: 일지사, 1994, p. 180.), 오태공, 『우리들 모두는 한 가족이다』, 서울: 민족문화사, 1988, pp. 71-73.), 한점수, 『민족주의·민족이념: 한국민족주의의 이데올로기』, 서울: 법문사, 1983, pp. 8-9. 김용욱, 『민족주의·민주주의』, 서울: 박영사, 1979, pp. 277-341.

50) 趙東杰, 『韓國民族主義의 成立과 獨立運動史研究』, p. 7.

51) 申一澈이 "民族主義란 絶對君主型에서 보는 '朕은 곧 국가이다'라는 前期 近代國家의 이념과 일단 구별하여 後期 近代國家型에서 보는 바 '나라의 주권은 국민(nation)에서 유래한다'는 단계에 해당한다. 따라서 憲法이 없는 곳에서는 여하한 母國 또는 祖國도, 네이션도 존재할 수 없게 된다. 權力制約의 原理에 기초한 憲法을 가졌을 때 그 나라의 전 成員을 '네이션'이라 부를 수 있게 된다"라고 하였을 때, 이와 같은 주장은 전형적인 도구론이지만, 여기서 절대군주형 내지 前期 근대국가형을 전근대적 민족주의, 후기 근대국가형을 근대적 민족주의의 다른 표현이라고 할 수 있다. 申一澈, 『申采

기 전반기 實學의 대두를 근대적 민족주의의 맹아로, 그리고 근대적 민족주의는 19세기 혁명의 시기를 맞아 민족스럽게 발전하지 못한 채 오히려 반동체제가 덮쳤으며, 그 대신에 구체제에 도전할 새로운 세력으로 민족이란 실체가 떠올랐고 근대의 문턱에서 시민적 민족주의와 민중적 민족주의 두 계열로 나눠지게 된 것이 한국 민족주의의 중요한 특징이라는 것이다.[52] 이와 같은 연구에 기대면 이광수의 성장기는 근대적 민족주의가 제대로 발전하지 못한 채 반동체제가 덮쳤고, 그 대신에 구체제에 도전할 새로운 세력으로 민족이란 실체가 떠올랐으며 부르주아적 민족주의와 민중적 민족주의 두 계열로 분립하게 되었던 혁명의 시기였다.[53]

浩의 歷史思想硏究』, p. 226.

52) 위의 책, pp. 8-10. 趙東杰의 이와 같은 주장에는 申一澈, 박찬승·이지원·김기승 등의 공동연구(이하「1991년 공동연구」) 등 많은 논자들이 대체로 동의하고 있다. 申一澈, 앞의 논문, pp. 224-232. ;『역사와 현실』제6호(서울: 한국역사연구회, 1991. 12)에 4편의 공동연구 논문이 실려 있다. 박찬승,「총론, 식민지 시기의 지성사와 민족해방운동」; 박찬승,「1910년대 말 - 1920년대 여운형의 민족해방운동론」; 이지원,「일제하 안재홍의 현실인식과 민족해방운동론」; 김기승,「1920년대 안광천의 방향전환론과 민족해방운동론」. (「1991년 공동연구」에서 '부르주아적 민족주의'와 '민중적 민족주의'로 지칭하고 있으나 전자는 '시민적 민족주의'의 다른 표현이다. 이후 '부르주아적 민족주의'로 표기한다.) 「1991년 공동연구」에 대해 임경석은 다음과 같이 평가한다. "이 입론은 발표된 이후 근현대 한국 민족주의 운동사 연구에 적지 않은 영향력을 끼쳤다. 한국 민족주의의 기원과 전개의 전 과정을 체계화할 수 있는 거시적인 관점을 제공했기 때문이다. 이제 한말과 일제 시대의 민족주의 운동과 사상을 종합적으로 설명할 수 있게 되었다. 위 공동연구 논문들이 학계 내에 폭넓은 지지층을 가질 수 있었던 또 하나의 이유가 있다. 민족주의 각 세력의 복잡한 분화 과정을 유형화하는 데 성공했던 것이다. 각 유형이 구체적으로 어떤 사건과 단체를 매개로 하여 구체화됐는지, 그것은 어떤 계급적 본질을 가지며, 어떤 정치·경제적 지향을 갖는지를 포괄적으로 제시했다." 임경석,「식민지시대 한국의 민족주의와 민족운동」,『東·西洋의 민족주의와 民族運動』, 인문과학연수고 제19회 학술심포지움(서울: 성균관대학교 인문과학연구소, 1999. 11), p. 7.

53) 「1991년 공동연구」에 기대면 '부르주아적 민족주의'와 '민중적 민족주의'로 대별되는 근대적 한국민족주의가 태동한 시기(1880-90년대)이다. 참고로 근대 한국민족주의의 두 경향은 1919년 3·1운동을 분기점으로 하여 전자는 '부르주아적 민족주의 우파'와

구체적으로 한말 부르주아적 민족주의는 대중적 기반을 회복하지 못한
채 1976년 개항을 전후하여 개화운동으로 나타났고,[54] 甲申政變(1884), 甲
午改革(1894), 이후 獨立協會·萬民共同會運動(1896~1905)[55], 그리고 乙

　　'부르주아적 민족주의 좌파'로, 후자는 '진보적 민족주의'와 '사회주의'로 나눠진다. 이
　　후 한국민족주의의 네 계열은 일본 식민지 체제가 붕괴된 1945년까지 지속되었다. 박찬
　　승, 앞의 논문, p. 19.

54) 역사학계, 사회학계 등 인접학문에서 그동안 개화사상의 형성에 대해서는 1850년대설,
　　1860년대설, 1870년대 전기설 등이 제기되었으나 합의를 이루지 못하고 있다. 1860년
　　대부터 1910년대까지를 근대사회로의 변동기간으로 잠정적인 개념규정을 한 사회학자
　　愼鏞廈는 한말 개화사상 및 운동을 초기와 후기로 구분하여 분석하고 있다. 한국의
　　개화사상은 조선후기 實學思想을 계승하고 중국으로부터 구입해온 新書 등의 도움으
　　로 하여 1853~1860년대에 吳慶錫, 崔漢綺, 朴珪壽, 劉鴻基 등에 의하여 형성되었다.
　　1870년경부터 양반자제들중에서 金玉均, 朴泳教, 金允植, 兪吉濬, 朴泳孝, 徐光範 등
　　을 발탁하여 朴珪壽의 사랑방에서 개화사상의 교육을 시작한 것이 초기 개화파 형성의
　　계기가 되었다. 특히 1874년 弘文館 校理로 관도에 나간 金玉均이 적극적으로 동지를
　　모으기 시작하여 정치적 결사로서 開化黨이 형성되기 시작하였다. 그들은 당시의 양반
　　신분사회의 위기를 무엇보다도 민족적 위기와 국가적 위기로 파악하였다. 그들은 열강
　　의 도전을 극복하려면 自主富强한 국가를 만들어야 하며 자주부강한 국가를 세우려면
　　양반신분사회를 폐지해야 한다고 주장하였다. 초기 개화파의 개화사상의 큰 특징의 하
　　나는 정치적으로 專制君主制를 개혁하여 立憲君主制를 수립할 것을 추구했다는 사실
　　이다. 문화적으로는 종래 중국의 古典을 중심으로 한 한자문화권에서 탈피하여 자기민
　　족의 언어와 문자, 역사, 예술을 발전시키고 합리적 과학문화를 수립해야 하며, 교육에
　　있어서는 신식학교를 설립하여 종래의 經書, 史書, 詩文 중심의 교육을 폐지하고 신지
　　식을 가르치는 신교육을 실시해야 한다고 주장하였다. 초기 개화파중의 급진파(개화당)
　　는 1882년 壬午軍亂 후 청나라 군사가 서울에 진주하여 조선을 실질적으로 속방화하려
　　하고 개화당을 탄압하던 1884년 12월 4일 甲申政變을 일으켜 이에 대항하고 위로부터
　　의 대개혁을 단행하려 하였다. 이 개화사상은 1896~1898년 獨立協會에 의하여 계승
　　되어 한 단계 발전하여 전개되었다. 즉, 독립협회의 개화사상은 후기 개화사상이라고
　　볼 수 있다. 신용하, 「개화사상의 형성과 발전」, 『한국근대사회의 구조와 변동』(서울:
　　일지사, 1994), pp. 55-65, 참조.

55) "독립협회·만민공동회 운동은 열강의 이권침탈을 반대하고 제정 러시아 세력을 일단
　　요동반도로 후퇴시켜 국제세력균형을 얻어낸 다음 대대적 자주민권자강운동을 전개하
　　여 한때 개혁파 정부를 수립하는데 성공하였으며, 한국사상 최초의 의회설립을 성공직
　　전까지 추진하였다. 이 운동은 국민이 참정한 근대적 국민국가를 건설하여 국민과 정부
　　와 의회가 단결해서 대대적 자주근대화정책을 단행함으로써 열강의 침략으로부터 나라

巳條約(1905) 전후의 애국계몽운동을 담당한 주체로 발전해 갔다. 반면 민중적 민족주의는 시민적 성장이 봉쇄된 뒤 그와는 별도로 壬戌年농민항쟁(1864) 후에 1894년 東學과 합류하여 東學農民戰爭을 전개하였고, 그것이 실패한 후 前期義兵(1894~1895)에 잠적했다가 光武農民運動(1904~1905)[56]을 주도하였고, 이어 1904년부터 中期義兵(1904~1907)으로 전환하여 農民義陣을 형성하여 민중적 민족주의의 특성을 정립시켜 갔다. 그러므로 1907년 後期義兵부터는 점차 平民運動으로 개편되어 간 것이 말하듯이 민중적 민족주의가 義兵運動을 통하여 크게 부각되기에 이른 것이다.[57]

문학적으로 근대계몽기 역시 전근대/근대문학의 과도기에 위치한다. 근대문학의 단초를 마련한 이 시기의 문학은 두 가지 방향으로 전개되었다. 하나는 직접적인 반외세·반봉건투쟁의 현장과 그 주변에서 산출된 민요─동학농민전쟁 시기에 불렀던 민요와 반일의병투쟁의 시기에 퍼졌던 민요이고, 다른 하나는 부르주아 계몽주의에 입각한 문화운동의 형태로 전개된 창가를 비롯하여 창극·개화가사, 그리고 소설로서 역사전기소설·시사토론소설·신소설 등이 그것이다.[58] 이 시기를 대표할 수 있는 서사문학은 신소설과 역사

를 구하려고 당시의 민족적 과제를 해결할 수 있는 사상과 노선으로 전개된 구국운동임이 증명되었다." 위의 책, p. 23.

56) 을미의병운동이 해산한 후 의병이었던 농민을 주축으로 그들의 독자적인 조직을 만들어 활동한 英學黨, 南學黨, 活貧黨 등의 농민운동을 묶어서 지칭하는 용어이다.

57) 趙東杰, 『韓國民族主義의 成立과 獨立運動史研究』, pp. 8-10. ; 48-50. 1894년부터 1915년까지 20년간의 의병전쟁사를 역사학계에서는 그동안 乙未·乙巳·丁未義兵이라는 3시기법으로 구분해 왔다. 이후 姜宰彦이 4시기 구분을 시도하였고 金義煥·尹炳奭 등 대부분의 학자들이 비슷한 구분을 했다. 趙東杰 역시 4시기 8단계로 보다 세분하였다. 특이한 경우는 愼鏞廈로서 5시기로 구분하고 있다. 姜在彦, 『朝鮮近代史研究』(東京: 日本評論社, 1970) ; 愼鏞廈, 「韓末義兵運動의 起點의 세 提案」(獨立紀念館開館 慶祝 심포지엄 주제발표문, 1987. 8.5) ; ____, 「한말 의병운동의 5단계 전개과정」, 『한국근대사회의 구조와 변동』, pp. 270-272 등을 참고할 것.

58) 김재용 외, 『한국근대민족문학사』(서울: 한길사, 1993), p. 67.

전기소설이었다.

민족주의는 근대 계몽기의 중심사상이었다. 민족의식이라는 病을 일생동안 달고 다닌 이광수[59]는 이 시기에 태동한 근대적 민족주의는 물론, 계몽기 문학 역시 어떤 식으로든 계승했을 것이다. 한 가지 특이한 점은 당시 한국 민족주의를 부르주아적/민중적 민족주의로 구분할 때, 이광수는 전/후자의 민족주의를 모두 경험하였다는 점이다. 전기적 사실에서도 이광수는 몰락한 양반출신으로 부르주아 계급이었으나 가세가 기울고 부모가 사망하고 고아가 됨으로써 기층민중으로 전락하였다. 민족주의적 관점에서 이광수는 고향 땅 定州에서 외부로 눈길을 돌리기 시작한 이후 처음으로 접한 것은 東學의 민족주의였다. 그는 일본유학을 가기 전까지 줄곧 東學 ─동학계열의 ─進會를 포함한다─ 의 영향권에 있었다. 뒤에서 다시 논의하겠으나 東學의 민족주의중에서도 이광수는 동학농민전쟁의 민중적 민족주의가 아닌 제3대 교주 孫秉熙의 부르주아적 민족주의를 계승하였다는 것은 주목된다. 물론 성장기의 민족주의 '계승'이 곧 그의 전 문학적 생애를 일관했다고 할 수는 없다. 본격적인 문자행위에 있어서는 어떤 식으로든 '발전' 혹은 '후퇴', 아니면 현 상태를 '유지'하고 있었을 것이 틀림없다.

2) 民族 啓蒙

이광수의 최초의 장편소설 「無情」을 논의하기 전에 한 가지 해명되어야 할 사항이 있다. 「無情」의 주인공 이형식이 작가 이광수의 한 투영이요,

---

59) 金鵬九, 「新文學 初期의 啓蒙思想과 近代的 自我」, 『韓國人과 文學思想』(서울: 一潮閣, 1964), p. 5.

이광수 전체소설의 민족주의 원형이라고 해도, 그가 곧 이광수 자신은 아니라는 점이다. 이와 같은 전제는 宋河春의 다음과 같은 지적에 값하는 것이다. "「無情」의 시대가 내포하는 가장 중요한 특징은 그것이 이미 '개화된' 시대가 아니라 '개화를 요구하는' 시대라는 점이다. 春園은 그 '개화가 요구되는' 시대의 지식인이었다. 이른바 선구자적인 인물이라고 말할 수 있는 것이다. 그러나 작가가 선구자적 인물이라고 해서 그의 주인공이 반드시 선구자적 인물일 수는 없다. (…) '이형식'을 春園으로, 春園을 '이형식'으로 단정해버린 결과, 그들은 마침내 현실감각도 없고 애정감각도 없는 연애장이로 전락해버렸거나 아니면 거꾸로 개화계몽을 부르짖고 자유연애를 주장하는 도도한 웅변가로 변장시키는 결과를 초래했던 것이다. 「無情」을 바르게 이해하려면 이 소설을 하나의 독립된 세계로 간주하고 그 안에 존재하는 '이형식'의 작중기능이 무엇인가를 추적해야 한다."[60]

「無情」은 한편으로는 한국근대문학사상 최초의 연애소설이다.[61] 이 작품의 전체를 대표하는 주제는 어디까지나 애정문제이며, 이와 같은 문제는 이광수가 열성적으로 취급한 테마이기도 하였다. 결국 「無情」은 유교적 질서의 전통적 결혼제도에 대한 반발과 새로운 연애풍속도를 묘사한 데 그 특징이 있다. 작가는 이와 같은 주제를 구현하기 위해 먼저 新/舊 兩對陣營으로 작중인물을 구별해 놓았다. 말할 나위 없이 신파를 대표하는 인물은

---

60) 宋河春, 『1920年代 韓國小說硏究』(서울: 高麗大學校 民族文化硏究所 出版部, 1985), p. 12.

61) "春園은 민족의식을 주장하였으면서도 한편으로는 연애소설의 대가였다. 그의 최초의 단편인 이 「無情」도 연애소설이다. 이 作品의 주제는 마치 민족주의자로서 대표되는 듯이 믿는 경향이 있지만 그것은 지금까지의 문학사적 논자들이 이 작품에 대하여 주로 그러한 평가를 해왔기 때문인데 사실은 그와 약간 다른 점이 있다" 金宇鍾, 『韓國現代小說史』(서울: 宣命文化社, 1968), p. 73.

이형식이고, 구파를 대표하는 인물은 박영채다.[62] 「無情」이 연애소설임에
도 불구하고 민족주의 문학으로 평가받는 것은 역설적으로 작가의 탁월한
능력일 수 있다. 물론 우리는 근대 전환기에서 전근대적 질서를 거부하는
연애문제 자체가 곧 민족주의 문제로 귀결될 수 있으며, 그것이 시대에 어긋
나는 민족주의가 될 수 있는 우려에 대해서는 이미 논의한 바 있다. 그러나
이 작품의 표면적 주제가 연애문제였다고 해도 민족주의적 계몽소설이라는
평가 역시 틀리지 않다는 것은 이미 지적한 바와 같다. 이형식의 민족주의에
서 가장 먼저 지적될 수 있는 것은 그의 직업이 교사라는 점이다. 이광수가
그의 초기 단편에서 작중인물들의 연애상황을 전 민족적 상황으로 확대시키
는 서사기법에 대해서는 앞에서 지적한 바와 같다. 이광수의 전기적 사실을
분석하는 김윤식은 그가 최초의 직업이 오산학교 교사였다는 점에 주목[63]한
바 있지만, 민족주의적 관점에서도 이형식이 교사였다는 점은 주목된다. 가
르침을 직업으로 하는 교사와 계몽의 상관관계는 곧 이형식의 민족주의가
민족계몽을 지향하고 있다는 것을 암시하기 때문이다.

> 형식은 자기가 조선에 있어서는 가장 진보한 사랑을 가진 선각자로
> 자신한다. 그래서 겸손한 듯한 그의 속에는 조선사회에 대한 자랑과 교만
> 이 있다. 그는 서양철학도 보았고 서양문학도 보았다. (…) 그가 만원된
> 차를 타고 눈앞에 들썩들썩하는 사람을 볼 때에 나는 저들이 모르는 말을
> 많이 알고, 모르는 사상을 많이 가졌다 하고 생각하고는 일종의 자랑의

---

62) 金宇鍾, 「民族文學과 훼절」, pp. 489-490
63) "춘원은 한갓 다섯 뫼의 교사가 아니라 전민족의 교사로 군림하였다. 그는 자아와 자유
    를 외쳤고, 모든 청년이 교사가 되어야 함을 외쳤다. 또한 이에 멈추지 않고 천재론으로
    나아갔다. 천재론에서 그는 천재라는 말을 '장기'라 보고 이론을 전개하였다. (…) 누구
    나 천재일 수 있음을 내세우고 이 자기의 천재의 발견이 곧 자각된 삶이며, 그것은
    자기 자신이 가장 잘 아는 것이라 보았다." 김윤식, 앞의 책, p. 304.

기쁨을 깨닫는 동시에 '언제나 저들을 나만큼이나 가르치는가'하는 선각자의 책임을 깨닫고 또 이천만이나 되는 사람 중에 내 말을 알아듣고 내 뜻을 이해하는 자가 몇 사람이 없구나 하는 선각자의 적막과 비애를 깨닫는다. 그리고 자기의 하는 말을 알아들을만한 친구를 생각하여본다. 그러나 형식은 열 손가락을 다 꼽지 못한다. 그리고 이 열도 못되는 사람이 조선 사람 중에 신문명(新文明)을 이해하는 선각자요, 따라서 온 조선 사람을 가르치고 이끌어낼 자라 한다.[64]

이형식의 민족주의적 계몽의식의 성격을 증명해줄 수 있는 직접적 설명이다. 작가 이광수가 그러했듯이 이형식에게 있어서 교사는 단순한 '경성학교 영어교사'로 끝나는 것이 아니고 전 민족에 대한 교사의 그것으로 확대 재생산된다. 그는 '조선에 있어서는 가장 진보한 사랑을 가진 선각자'적 위치에서 무지몽매한 민중을 가르치려고 한다. 그리고 자기의 가르침을 제대로 받아들이지 못하는 민중을 보면 적막과 비애를 느끼는 인물이다. 따라서 기본적으로 부르주아적 민족주의자인 이형식의 민족주의는 계몽주의적 민족주의라고 할 수 있다. 이형식의 계몽주의가 무지몽매한 민중에게 가르치려고 하는 것은 근대문명이다. 그의 민족계몽의 목표는 한국 민족이 "일본 민족만한 문명 정도에 달함"에 있다.[65] 이형식의 이와 같은 목표에는 실제 작가 이광수의 문명개화의식, 그리고 문명체험이 뒷받침되어 있음은 물론이

---

64) 「無情」, pp. 181-182.
65) "그는 항상 말하기를, 우리 조선 사람의 살아날 유일의 길은 우리 조선 사람으로 하여금 세계에 가장 문명한 모든 민족—즉, 일본 민족만한 문명정도에 달함에 있다 하고, 이리 함에는 우리나라에 크게 공부하는 사람이 많이 생겨야 한다 하였다. 그러므로 생각하기를, 이런 줄을 자각한 자기의 책임은 아무쪼록 책을 많이 공부하여 완전히 세계의 문명을 이해하고 이를 조선 사람에게 선전함에 있다 하였다." 「無情」『이광수全集』第一卷, p. 65.

다. 문명개화를 위해서 당시 한국민족을 식민지배하고 있는 일본 제국주의의 그것을 배워야 한다는 것은 곧 이형식은 물론 작가 이광수의 민족계몽―민족주의의 한계라고 할 수 있다.

여기서 이형식의 민족주의의 근원을 개괄할 필요가 있다. 13세때 부모를 잃고 고아가 된 이광수가 친척집을 돌아다니며 방랑의 계절을 보내고 있을 때, 그를 바깥세계로 인도한 최초의 '아비'는 東學 대접주 承履達이었다. 그를 통해 朴贊明 解明大領[66]에게 인도되었다. 이광수는 朴贊明으로부터 일정과정의 수련과정을 거친 뒤에 東學에 입도하였으며, 朴贊明 대령의 비서로 활동하기도 한다. 동학도인으로서 이광수가 발견한 최후의 '아비'는 東學 3대 道主 孫秉熙였다. 이후 이광수는 孫秉熙의 「三戰論」세례를 받았다. 「三戰論」은 孫秉熙의 경륜을 밝힌 대전략으로 사회진화론을 바탕으로 한 문명개화와 실력양성론으로 요약될 수 있다. 그것은 또한 이광수가 평생 동안 주장했던 계몽주의적 민족주의의 목표이기도 했다. 孫秉熙는 「三戰論」을 실천하기 위해 一進會를 통해 일본유학생을 파견했다. 이광수의 일본유학 역시 一進會를 통해 이루어진 것이다. 지금까지 대부분의 연구에서 이광수의 실력양성론의 뿌리가 島山 安昌浩의 그것으로 분석되고 있으나 더 거슬러 올라가면 孫秉熙와 그의 「三戰論」이 위치하고 있었던 것이다. 그러나 당시 文明開化論 배후에는 일본 제국주의에 대한 無批判的 수용태도가 작용하고 있었다는 점은 지적되어야 한다.[67] 작가 이광수가 「無情」의 주인

---

66) "동학에서는 사십명 포덕을 한 사람을 해접주(該接主), 삼백명 포덕을 한 사람을 수접주(首接主), 천명을 대접주(大接主), 만 명을 의창대령(義昌大領), 오만명을 해명대령(海明大領), 그리고 십만 명 도인을 거느린 사람을 수청대령(水淸大領)이라고 하는데, 수청대령은 이용구(李容九) 한 사람뿐이요, 그 위에는 대도주(大道主) 의암 손병희(義菴 孫秉熙) 선생이었다." 「그의 自敍傳」, 『이광수全集』 弟九卷, p. 278.

67) "문명개화란, 어떤 경우에도 서양이나 그것을 모방한 일본의 제국주의적 산물이어서

공 이형식을 통해 가르치려고 한 문명개화의 정체는 그런 것이었다. 문명개화는 작가 이광수→이형식의 계몽주의적 민족주의에 있어서 처음이요 끝을 차지하는 내용이다. 한국민족의 문명개화를 위해서 목표를 일본민족에 두는 이광수→이형식의 심리를 이해할 수 있는 대목이다.

東學의 민족주의는 教祖 崔濟愚로부터 비롯된 東學의 민족주의와 한말 민족해방운동사에서 민중적 민족주의의 최고봉으로 평가되는[68] 동학농민전쟁의 민족주의로 구분할 수 있다고 할 때, 이광수가 전자－특히 孫秉熙의 문명개화론적 민족주의－를 계승했다는 것은 그의 민족주의의 한계이다.[69] 이광수의 민족주의가 反帝/反封建에서 후자에 집착하는 결과를 초래하였기 때문이다. 작가의 이와 같은 反封建 부르주아적 민족주의를 짊어지고 독자앞에 나타난 것이 「無情」의 주인공 이형식이었다. 물론 문명개화론적 민족주의 자체가 '민족주의'로서 폄하될 수는 없다. 다만, 이미 지적했다시피 나라를 빼앗긴 亡國의 민족에게 반봉건적 계몽은 당장 눈앞에 놓인 反帝

약육강식을 기본윤리 및 법칙으로 해서만 성립된다. 이 기반위에서 창출해낸 것이 식민지사관임은 누구나 아는 사실이다. 손병희의 「삼전론」도 사정은 마찬가지다. 저들의 식력, 저들의 힘의 소재가 어디 있느냐, 문명개화에 있다, 우리도 그렇게 해야 한다는 논리는 어떻게 보면 유치한 것이라 할 만하다. 제국주의를 승인하고, 그들의 희생물 또는 노예가 되겠다는 각오가 없이는 그런 문명개화이론은 성립될 수 없는 것이다. 왜냐하면 문명개화를 부르짖고 그것을 실천하면 할수록 우리는 제국주의의 뒤만 쫓는 결과가 되기 때문이다." 김윤식, 『이광수와 그의 시대』 1, pp. 123-124.

68) 1894년 동학농민전쟁은 한국의 민중이 주체가 되어 일으킨 민족주의 운동이었다. 민중에 의한 반제국주의적(반외세적)이고 반봉건적(민주적)인 정치운동이었다. 따라서 동학농민전쟁은 한국 근대사에서 민중적 민족주의의 머리로서 19세기 말 반봉건·반제투쟁의 최고봉으로 평가되어 왔다. 임형진, 「동학혁명과 수운의 민족주의」, 한국동학회, 『동학연구』 9·10(서울: 범학사, 2001), p. 13. ; 박찬승, 「동학농민전쟁의 사회·경제적 지향」, 『한국민족주의론 Ⅲ』, 朴玄埰·鄭昌烈 엮음(서울: 창작과 비평사, 1985), p. 19.

69) 이광수의 동학, 특히 孫秉熙의 민족주의 영향은 그의 자전적 회고 「나의 告白」, pp. 185-188을 참고할 것.

투쟁에서 오히려 장애물로 작용할 가능성이 없지 않다는 점은 지적되어야 한다.

　이형식의 문명개화를 향한 민족주의는 「開拓者」에 오면 더욱 실천적인 모습으로 변형된다. 1917년 11월 10일부터 1918년 3월 15일까지 『每日申報』에 연재되었던 이광수의 두 번째 장편소설 「開拓者」는 그동안 「無情」의 그늘에 가려 논의의 대상에서 거의 제외되어온 작품이다. 「開拓者」에 대한 논의는 金東仁의 혹평에서 시작되었다. 그는 「開拓者」에 대해 말할 가치조자 없다고 평가 절하했다.[70] 이 작품에 관심을 보인 최초의 논의는 白鐵일 것이다. 白鐵은 신문학의 특징으로 「과학과 신교육」, 「자유연애의 謳歌」에서 「無情」과 같이 논의하고 있다. 「無情」의 결말부분에서 묘사되는 교육과 과학입국의 의지, 그리고 자유연애사상이 「開拓者」에서 실천된다는 점을 강조했다.[71] 「開拓者」에 대한 이와 같은 연구동향을 지적한 논자는 丘仁煥이었다. 그는 이광수소설의 전체상을 정립하기 위해서는 「無情」에서 「開拓者」, 「再生」, 나아가 「愛慾의 彼岸」, 「有情」에 이르는 이광수소설의 연계성으로서 「開拓者」의 중요성을 지적했다.[72] 구조주의적 전체성과 변형의 문제를 고려할 때, 「開拓者」가 중요한 위치를 점하고 있음에 틀림없다. 「開拓者」에서 이형식의 변형은 민은식과 김성재다. 즉, 후자의 두 인물은 이형식형 민족주의를 계승한, 그리고 실현하는 최초의 인물이다.

---

70) "「無情」을 게재하여 대중의 환영을 받았는지라 每日申報는 판매경쟁상 春園에게 또 小說을써달라고 부탁하였을 것이며, 春園은 용돈이라도 얻어 쓰느라고 執筆한 것이지 그 이상 아무 것도 없다. (…) 거기에는 한 개의 感動도 없고, 한 개의 情熱도 없다. 아무 性格이며 情緖며를 가지지 못한 몇 개의 人物이 마치 '잠결에 듣는 옛말'과 같이 꿈틀거리다가 結末을 맺았다. (…) 그런지라 「開拓者」는 論外로 집어던질 수밖에는 없다." 金東仁, 앞의 책, p. 53.

71) 白鐵, 『新文學思潮史』, pp. 100-101.

72) 丘仁煥, 『이광수小說研究』(서울: 三英社, 1996), p. 43.

김성재는 일본 도쿄에서 고등공업학교를 나온 화학자다. 그는 과학입국의 의지를 가지고 7년이 넘는 시간동안 과학실험에만 매달려 있으나 실험은 계속 실패로 돌아간다. 이와 같은 인물설정은 그가 이형식의 문명개화론적 민족주의를 실천할 수 있는 직접적인 계승자의 역할을 하고 있다는 점을 확인할 수 있는 대목이다. 작가는 성재를 과학입국의 의지적 인물로 설정한 한편, 그를 봉건적 가족제도의 장남으로 설정함으로써 갈등의 요소를 적절하게 배치시켰다. 그가 7년 동안 계속하고 있는 실험의 성공여부가 집안의 흥망과 직결됨으로써 실험에 매달리지만 한편으로는 갈등하지 않을 수 없는 것이다. 그러나 실험은 성공하지 못하고, 현실과의 타협을 거부하면서도 결국 타협하는 이중적 인물이다. 그가 이형식형이라는 것은 물론 그가 지향하는 민족주의적 과학입국에 있지만, 성격에 있어서도 "진실로 성재는 오만하다 할이만큼 자존심이 많았다"는 서술에서도 드러나는 바와 같이 이형식의 변형이 틀림없다.

서술자는 성재에 대해 '의지의 사람'이란 별명을 들을 정도로 '줏대 있는 인물'이며, "작년 추기에는 경성공업전문학교의 초빙함을 받았고, 금년 사월에는 연의전문학교의 초빙을 받았다. 더구나 신설되는 연희전문학교에서는 실로 비사후폐(卑辭厚幣)를 가지고 청하였지마는 실력이 부족하다함과 교수에 뜻이 없다는 이유로 다 사퇴하였다"[73]는 이유를 들고 있다. 그러나 서술자의 설명과 달리 김성재는 이형식과 마찬가지로 '줏대가 없는 인물'이다. 그러나 이형식과 비교하면 적어도 '줏대'면에서는 조금 발전한 인물이다. 실패를 거듭하면서도 자기가 계획한 과학입국의 꿈을 포기하지 않는 인물이기 때문이다. 바로 이와 같은 점에서 김성재는 이형식의 또 다른 변형

---

73) 「開拓者」, p. 331.

이 된다.[74]

칠 년 전에 정한 목적으로 더불어 일생을 마칠 것이다. "나는 이 일을
위하여 세상에 났다. 그러하니까, 이 일을 위하여서 세상에 살아야 하겠
다"하는 것이 성재의 결심이다. 아니, 결심이라기보다 신념이요, 신앙이
다.[75]

「開拓者」의 메시지를 민족주의적 과학입국/자유연애에서 찾는다면, 그
무게중심은 후자에 가 있다. 이광수 소설에서 흔히 그러하듯이 전자는 구호
이며, 부수적인 것으로서 배경역할에 머물고 있다. 만약 전자에서 핵심어를
찾는다면, 이 작품이 아니라 「無情」 말미에서 끌어와야 한다.[76] 「開拓者」가
「無情」을 직접적으로 계승한 작품이라는 이유는 여기에서 비롯된다. 그러나
정작 「開拓者」에서 과학입국이 묘사되는 장면을 발견하기란 쉽지 않다. 소
설의 서막인 「1의 1」은 화학자 김성재가 실험실에서 7년 동안의 실험실패에
좌절하는 장면으로 시작되기는 한다. 그러나 성재의 현실 순응적인 성격으

---

74) 이형식의 우유부단한 성격에 대해서는 金東仁이 "性格의 不一致―作者는 어찌하여
    이형식에게 있어서는 성격의 統一이라는 점을 유의하지 않았는지? 이런 때는 이렇듯,
    굳센 性格의 주인이 되고 어떤 때는 어린애 일반으로 左右하는 性格의 主人인 이형식
    은 우리의 小說 常識으로는 상상하지 못할 인물이다"고 지적한 이래 그동안 연구자들
    에 의해 줄곧 비판의 대상이 되어 왔다. 그러나 金宇鍾은 이형식의 줏대 없는 성격
    자체가 일관성 있는 성격이라고 평가했다. 金東仁, 앞의 책, p. 41. 金宇鍾, 「『無情』의
    테크닉」, 『이광수』, p. 196.
75) 「開拓者」, p. 331.
76) 그대로 내버려두면 마침내 북해도의 '아이누'나 다름없는 종자가 되고 말 것 같다. 저들
    에게 힘을 주어야겠다. 지식을 주어야겠다. 그리하여 생활의 근거를 완전하게 해주어야
    하겠다. "과학! 과학!"하고, 형식은 여관에 돌아와 앉아서 혼자 부르짖었다. 세 처녀는
    형식을 본다. "조선 사람에게 무엇보다 먼저 과학을 주어야 허겠어요. 지식을 주어야
    하겠어요." 하고 주먹을 불끈 쥐어 자리에 일어나 방안을 거닌다. 「無情」, p. 310.

로 과학입국의 원대한 민족주의적 이상은 서사의 배후로 밀려난다. "실로 지나간 칠년에 실패도 꽤 많이 하였다. 무슨 광명이 보일 듯하다가는 실패하고, 무슨 광명이 보일 듯하다가는 실패하고, 이렇게 하여 오기를 십수 차나 하였다. 그렇게 한번 하면 실패할 때마다 많지 아니한 재산은 봄날에 눈 슬듯 차차 쓰러졌다."[77] 사정이 그러했으므로 성재의 과학입국의 꿈은 지극히 개인적인 것으로 전락한다.[78]

현실의 억압에 짓눌린—그것은 물론 성재 자신이 자초한 일이었다—성재는 속리산으로 들어가 중이 될 생각까지 하게 된다. 그러나 그가 '중이 되겠다는 생각' 역시 극히 개인적인 충동에 지나지 않는다. "내가 만일 성공만 하면, 만인에게 이익을 줄 것이지만 실패하는 날에는 곯을 사람은 나 하나밖에 없을 것이다. 내가 비록 세상을 위하여 재력과 정력을 다 허비하고 죽어버린다 하더라도 내 계획이 성공만 못되고 보면 세상이 그 공로를 알아주기나 할 테냐. 세상이란 자기네에게 당장 은택(恩澤)을 두려고 전심력을 다하다가 실패한 사람에게는 수고했다는 말 한 마디도 아니하여 주는 법이다. (…) 그러한 가운데 내가 성공에 달하는 운수를 만나기가 그리 용이할 것이냐."[79] 이 정도가 되면 그의 민족주의적 과학입국의 꿈이 누구를 위한 것인지 의심스러워진다. 결국 그는 지향의식/현실순응사이에서 후자쪽으로 기울게 되는 것이다.

---

77) 「開拓者」, p. 326.
78) 실로 성재의 책임은 너무 중하다. 수다한 식구의 활계(活計)가 이제는 전혀 성재의 손에 달렸다. 할 수밖에 없다. 가족이 일생에 먹을 것을 성재의 손으로 온통 시험관에 넣고 말았으니 이제는 그것을 시험관에서 다시 찾을 수밖에 없이 되었다. 만일 성재의 계획이 성공이 되어 목적한 발명품이 여러 나라의 전매특허를 얻고 경성에 그 특허품을 제조하고 큰 공장이 서는 날이면 성재의 몽상한 바와 같은 결과를 얻을 수도 있지마는, 만일 아주 실패하는 날이면 성재의 일가족은 거지가 될 수밖에 없다. 「개척자」, p. 330.
79) 「開拓者」, pp. 330-331.

김성재는 지향적 욕구가 컸던 만큼 현실적 욕구에 순응하는 인물이다. 7년 동안의 거듭된 실패로 가산이 탕진되고 집까지 차압당하는 지경에 이르렀을 때, 물질적 도움을 기대하면서 그동안 그의 실험을 도우면서 꿈을 키워왔던 여동생 성순에게 '애정 없는 결혼'을 강요한다.[80] 구조주의적 변형관계에서 (작가 이광수→)이형식→김성재라고 할 때, 성재의 '애정 없는 결혼'의 강요는 작가 이광수가 그동안 줄곧 주장했던 反封建사상과도 상반된다.[81] 결국 성재는 자신의 목적달성을 위하여 수단과 방법을 가리지 않는 이중적인 인물이다.

이광수소설 가운데 「無情」 이후 (민족주의 관점에서) 가장 큰 희망을 갖게 하고, 또한 실망 또한 없지 않은 작품을 꼽으라면 장편소설 「再生」일 것이다. 「再生」은 1924년 11월 9일부터 1925년 7월 28일까지 『東亞日報』에 연재되었던 작품이다. 자신의 소설을 민족정신 밀수입의 포장이라고 했던 이광수가 1918년 「開拓者」를 연재마감한 뒤 거의 6년 만에 내놓았던 작품일 뿐만 아니라 시기적으로 일제 식민지 치하에서 민족적 거국운동이었던 3·1운동 이후 처음으로 발표한 작품이었으므로 독자들에게는 그만큼 기대를 걸기에 충분했다. 이광수 자신도 독자의 기대를 부추겼다.[82] 결론부터

---

80) "오늘 약혼을 하였다. 먼저 네게 물어보아야 옳을 것이지마는, 아마 네 뜻도 어머니나 내 뜻과 다름이 없을 줄 알고, 네 말을 들어 보지도 않고 작정하였다. 물론 네게도 반대는 없을 터이지? (이 말은 용하게 성재의 사상을 발표한 것이었다. 그는 성순에게도 독립한 인격을 인정하여야 옳을 줄을 안다. 알뿐더러 남을 향하여 말까지 한다. 그러나 서양에서 들어온 지 얼마 아니 되는 이 인권이라는 새 사상은 가장 진보하였다는 성재에게까지도 아직 실행할 힘을 줄이만큼 깊이 침투하지를 못하였다.)" 「開拓者」, p. 388.

81) 이광수는 「開拓者」를 발표한 전후에 「今日我韓靑年과 情育」(1910), 「早婚의 惡習」 (1916), 「朝鮮家庭의 改革」(1916), 「婚姻에 對한 管見」(1917), 「婚姻論」(1917), 「子女中心論」(1918), 「新生活論」(1918) 등 舊道德과 倫理를 비판하고 자녀중심의 가정과 愛敬을 근저로 하는 자유연애에 의한 혼인을 주장해 왔다.

82) "나는 이 말을 미리 여러분 앞에 하여둔다. 나는 내가 가진 모든 동정과 모든 심정과

애기하면 이 작품은 당시 독자들의 기대수준에 미치지 못한 작품으로 평가
되었다.[83] 그러나 趙演鉉이 「再生」을 이광수의 기독교적 이상을 대표하는
작품으로 평가[84]한 이후 丘仁煥이 작가의 창작의도가 결실되어 한 시대의
상황을 고발하고, 그것을 극복하여 내일을 위한 새로운 가능성으로 지향적
의식을 펼친 이정표를 형성하는 작품으로 평가하기 까지 몇몇 논의가 있었
다. 특히 민족주의 관점에서 이루어진 논의를 보면, 李炳基는 「再生」이 민
족의 타락상에 대한 고발이며 그것을 통한 경각심을 촉구하고, 「無情」에서
보여 주었던 설교적인 민족주의정신의 다른 형태를 나타내는 작품으로, 尹
弘老는 인간의 가치를 정신적이고 민족주의적인 봉사로 향상시키려는 종교
적 차원의 소설로 평가했다.[85]

「再生」은 「開拓者」를 마감한 후 작가의 전기적 사실에서 우여곡절 끝에
나온 작품이다. 1919년 東京에서 「2·8獨立宣言書」를 기초한 뒤 상하이(上

모든 힘을 다하여 이것을 씁니다 라고 지금 내 눈앞에는 벌거벗은 조선의 강산이 보이
고, 그곳에서 울고 웃는 조선 사람들이 보이고, 그중에 조선의 운명을 받았다는 젊은
남녀가 보인다. 그들은 혹은 사랑의, 혹은 황금의, 혹은 명예의, 혹은 이상의 불길 속에
서 웃고 눈물을 흘리고 통곡하고 미워하고 시기하고 죽이고 죽고 한다. 이러한 속에서
새조선의 새 생명이 아프게, 쓰리게, 그러나 쉬임없이 돌아 오른다." 「작가의 말」(『東亞
日報』, 1924. 11. 8.), 『이광수全集』 第十六卷, p. 270.

83) "發表 當時에 이 「再生」만치 讀者의 환영을 받은 作品도 朝鮮에서 드물었거니와, 發表
가 끝난 뒤에도 이만치 잊히어버린 作品도 드물 것이다. (…) 「無情」으로 初出發을
하였을 때는 春園에게 熱과 勇이 있었다. (…) 「再生」으로 第三次 出發할 때는 다시
回復할 自信 이외에 '어차피 新聞小說이 아니냐'는 無責任한 느낌이 섞였던 모양이
다." 金東仁, 앞의 책, p. 68.

84) 趙演鉉, 앞의 책, p. 175.

85) 李炳基, 「再生·麻衣太子」, 『이광수全集』1971년 판), pp. 646-652. ; 尹弘老, 『韓國近
代小說研究』(서울: 一潮閣, 1980), pp. 81-94. ; 이밖에 「再生」에 대한 연구는 다음
논문을 참고할 것. 趙演鉉, 앞의 책, pp. 174-177. ; 田大雄, 「春園의 作品과 宗教的
意義」, 『東西文化(1)』, 1967. ; 丘仁煥, 「「再生」의 順應的 現實」, 『이광수小說研究』,
pp. 63-85.

海)로 망명하여 임시정부 대변자 및 기관지 『獨立』(뒤에 『獨立新聞』으로 改題)의 사장으로 독립운동에 투신했으나 1921년 부인 許英肅과 석연치 않은 귀국으로 물의를 일으킨 뒤[86], 다음해 5월 『開闢』지에 저 악명 높은 「民族改造論」을 발표하여 필화사건을 겪었다. 이후 잠시 文筆圈에서 제외되었다가 1923년 중편 「先導者」, 장편 「許生傳」, 「金十字架」에 이어 발표된 여섯 번째 장편이 「再生」이다. 이광수는 3·1운동 이후 1925년경의 조선을 묘사하기 위해 「再生」을 썼다고 밝혔다.[87]

이 작품에서 이형식형은 주인공 신봉구이다. 경기도출신으로 학업성적은 늘 우등이었으나 편모슬하에서 귀여움을 받고 자라난 탓으로 고집이 세고 자존심은 물론 자제력 또한 강한 성격이라는 점에서 (작가 이광수→)이형식의 한 변형이라고 할 수 있는 인물이다. 3·1운동에 가담하였던 신봉구는 3년 동안 감옥생활을 하는 동안 기독교적 사랑을 깨닫고 출옥한다. 그러나 신봉구 또한 이형식형 특유의 이상주의에 사로잡혀 있는 인물이다. 3·1운동 때 함께 참가하였던 미모의 여대생 김순영을 사랑하는 신봉구는 자신의 사랑이 곧 조선에 대한 그것이라고 비약시키는 전형적인 李亨植型이다.[88]

---

86) "이광수의 귀국은 3·1운동의 중진급 지도층이 아직도 옥중에 있는 때인 만큼 한국 지식층에게는 충격적인 사건이었다. (…) 더구나 춘원이 체포되지 않은 자유로운 몸이라는 점은 많은 사람들의 의혹을 자아내기에 모자람이 없었다. '변절자 춘원'이라는 소문이 날 만도 했던 것이다." 김윤식, 『이광수와 그의 시대』 2(서울: 솔출판사, 1999), p. 17.

87) "나는 寫實主義 全盛時代에 靑年의 눈을 떴는지라 내게는 寫實主義的 色彩가 많다. 내가 小說을 '某時代의 某方面의 忠實한 記錄'으로 보는 傾向이 많은 것이 이 때문인가 한다. 「無情」은 日露戰爭에 눈뜬 朝鮮, 「開拓者」를 合倂으로부터 大戰前 까지의 朝鮮, 「再生」을 萬歲運動以後 一九二五年頃의 朝鮮, 方今 『東亞日報』에 連載中인 「群像」을 1930年代의 朝鮮의 記錄으로 나 스스로 생각하는 것이 이 때문인가 한다." 「余의 作家的 態度」, p. 193.

88) 나는 조선을 사랑한다— 순영이를 낳아서 길러준 조선이니 사랑한다. 만일 순영이가 없다고 하면 내가 무슨 까닭에 조선을 사랑할까? 순영이를 알기 전에도 나는 조선을 사랑하였노라고 하였다. 그러나 그때에는 내가 왜 조선을 사랑하였는지 모른다. 순영이

「再生」의 갈등구조는 신봉구/김순영의 이항대립에서 비롯된다. 신봉구에게 조선은 곧 그가 사랑하는 김순영이다. 바꿔 말하면 신봉구에게 김순영은 곧 조선이다. 따라서 감옥에 있을 때 신봉구는 "간수에게 반항하는 것을 조선을 사랑하는 한 의무와 같이 알고 그러다 매를 얻어맞거나 독방에 갇히거나 감식벌을 받아 배가 고플 때에 '이것이 다 조선을 사랑하는 일이다'하고 마음에 만족하였다. 이 모양으로 삼년동안을 오직 순영이만 생각하고 살았다"[89]는 것이다. 그가 3·1운동에 가담한 것도 김순영 때문이었다.[90] 3년 동안 감옥살이를 할 정도로 3·1운동에 적극적이었던 이유가 한 여자와의 사랑 때문이었다는 것─그녀에 대한 사랑이 아무리 절대적이었다고 해도─은 작가의 민족주의가 얼마나 허구적이요, 이상주의적인 것인지를 보여주는 한 반증이다. 작품 외적으로 늘 민족주의자를 자처하는 작가 이광수 역시 1921년 상하이에서 귀국했을 때 한 여자 때문에 민족을 배신했다는 비난과 조소에 직면하였던 인물이다.[91]

결국 이 작품 역시 연애소설로 귀착된다. 같은 연애소설이지만 첫 장편

─────────────

를 떼놓으면 조선에 무슨 의미가 있을까? 아아 얼마나 순영이가 조선의 자유를 원하였으나, 그가 몇 번이나 밖에서 들리지도 아니할 만한 소리로 조선을 사랑하는 여러 가지 노래를 부르고 울었다. 나도 울었다. 순흥도 울었다. 순영이가 그처럼 사랑하는 조선을 내가 아니 사랑할 수 있을까? 내가 조선을 위하여 이까짓 감옥의 고초를 받는 따위는 옛이다. 살이 찢기고 뼈가 부서지고 목숨이 가루가 된들 무엇이 아까우랴! 「再生」, 『이광수全集』第二卷, pp. 21-22.

89) 「再生」, p. 22.

90) "봉구는 무슨 까닭으로 이 운동을 시작하였는가, 그것조차 잊어버렸다. 인제는 다만 자기가 힘을 쓰면 쓰느니만큼, 위험을 무릅쓰면 무릅쓰니 만큼, 순영이가 기뻐해 주고 애썼다고 칭찬해 주는 것이 기뻤다." 「再生」, p. 20.

91) "『조선일보』에 춘원이 돌아왔다는 말이 났다. 허영숙하고 상사병이 나서 왔단다. 세상에서 무엇이 사랑스러우니 해도 춘원에게는 허영숙보다 더 사랑스러운 것이 없다. 이천만 동포니 삼천리 강산이니 하고 남보다 더 떠들고 사랑하는 체한 이가 겨우 한 허영숙에게 바쳤다." 이병기, 『가람일기』(서울: 신구문화사, 1976), p. 149.

「無情」의 작중인물들이 보여 주었던 반봉건적 민족주의도 발견되지 않는다. 그만큼 「再生」은 「無情」으로부터 후퇴한 작품이라는 지적도 가능하다. 나아가서 「再生」의 이와 같은 '후퇴'는 신봉구의 이형식형 민족주의는 물론 작품 외적으로 3·1운동의 민족주의조차 평가 절하되고 있는 대목이라는 지적도 가능하다.

신봉구의 민족주의가 곧 이형식형이라고 할 때, 그 귀착점은 작가에게 도달한다. 3·1운동이 일어나기 직전 도쿄에서 「2·8獨立宣言書」를 기초한 이광수는 상대적으로 3·1운동 자체에 비판적인 시각을 드러내고 있는 것이다. 이광수는 "「再生」의 '신봉구', '김순영'을 중심으로 한 一群의 人物도 當時의 靑年階級의 事實的인 一斷面을 보이려는데 不過하다"면서, "「無情」·「開拓者」·「再生」·「群像」等에서 各各 當時의 時代相의 一角을 如實히 그려 보려고 한 動機를 反省하여 分析해 보면, 1. 그 時代의 指導精神과 環境과 人物의 特色과 및 時代의 弱點 등을 暴露·說明하자는 歷史學的·社會學的 興味. 2. 前時代의 解剖로 因하여 次時代의 進路를 暗示하려는 微衷. 3. 再現, 描寫 自身의 藝術的 興味 等이다"[92]고 주장했다. 이광수의 주장을 요약하면, 3·1운동 직후의 사회적 약점을 폭로, 설명하기 위해 「再生」의 주인공 신봉구, 김순영 같은 인물을 등장시켰다는 것이다. 그러나 당시 이광수의 사상거점을 고찰하면 그와 같은 주장의 배후에 숨어 있는 의도를 파악할 수 있다.

제2차 세계대전 이전의 한국 민족주의운동사에서 가장 위대한 사건[93]으로 평가받는 3·1운동 이후 일제가 식민지 조선에 시행한 문화정치의 본질에 대해서는 이미 많은 연구가 이루어졌다. 특히 姜東鎭, M. 로빈슨(Michael

---

92) 「余의 作家的 態度」, p. 194.

93) M. 로빈슨, 『일제하 문화적 민족주의』, 김민환 譯(서울: 나남출판, 1990), p. 76.

E. Robinson) 등의 연구에 기대면 일제는 3·1운동의 책임을 물어 하세가와 요시미치(長谷川好道) 총독 후임으로 예비역 해군대장출신 사이토 마코토(齋藤實)를 총독으로 임명하는 가운데 文化政治라는 이름으로 오히려 헌병 및 경찰조직을 더욱 강화하는 한편 조선인 매수공작을 폈다. 3·1운동 직후 만들어진 정보과를 '정보위원회'라는 기구로 확충한 것도 조선인 매수공작의 일환이었다. 1922년부터 활동에 들어간 정보위원회는 '민정파악'이란 명목으로 각 지방의 지주, 지식인, 유지와 접촉하면서 다각도의 선전활동을 전개했다. 1910년 한·일합방 때 막후에서 활약을 했던 정보위원 기꾸야 겐조(菊池謙讓)는 전·남북 일대에서 '조선문화의 개조'를, 평안남·북도에서는 '조선독립 즉시 불능론'과 '실력양성론'을 폈다. 조선이 독립하기에는 실력양성이 필수의 전제조건이며, 이를 위해서는 독립운동보다 산업입국이 필요하다는 내용이었다. 이러한 논리는 친일분자나 민족개량론의 입을 통해 '실력양성론'이 되고, '민족성 개조', '참정권 청원운동'과 함께 1920년대 정치선전의 슬로건이 됐다. 이 논리를 이용해서 총독부는 민족주의자의 분열을 획책하게 된다.[94]

---

94) 姜東鎭,『日帝의 韓國侵略政策史』(서울: 한길사, 1980), p. 36. "사이토 마코토 총독의 하는 방식의 다른 점은 3·1운동 이후 그가 취한 조선인 매수정책이었다. 데라우치나 하세가와는 탄압 한 가지였으나 사이토 총독은 탄압정책도 교묘했지만 그 외에 조선인 매수정책을 취했기 때문에 문화정치였다고 하는 것일까? (…) 사이토 총독은 확실히 이것을 실행하고 있다. 그리하여 33명(3·1운동 독립선언 서명자·인용자)은 저 3·1운동의 선언을 썼던 최남선을 비롯, 거의 전부를 매수해버렸다." 山邊健太郎,『日本統治 下의 朝鮮』(東京: 岩波書店, 1971), pp. 118-119. "1922년 이광수의「민족개조론」이 발표되기 전에 이미 일본은 문화적 민족주의 노선이 함축하고 있는 바가 일본 통치를 지원하게 될 것으로 파악하고 있었다. 그리고 1920년 문화정치가 전개되는 동안 일본은 이미 점진적 문화주의 노선을 지원하기로 결정했었다. 사이토의 정치선전 담당 브레인 호소이 하지매(細井肇)는 점진주의 단체란 '고무적'이며 '궁극적으로 조선총독부의 입장을 반영한다'고 확신했었다. 애초에 일본은 이광수와 같은 저명한 문화적 민족주의자를 공개적으로 지원하려고 하였다. 그러나 그들은 곧 공개적인 지원이 오히려 그 운동을

1921년 상하이에서 귀국한 뒤 이광수는「民族改造論」(『開闢』, 1922)을 비롯하여「中樞階級과 社會」(『開闢』, 1921),「八字說을 基礎로 한 朝鮮人의 人生觀」(『開闢』, 1021),「國民生活에 對한 思想의 勢力」(『開闢』, 1922),「民族的經綸」(『開闢』, 1923) 등을 잇달아 발표하였다. M. 로빈슨에 의해 "문화적 민족주의 운동(당시의 신문들은 문화운동이라고 하였으나 문화적 민족주의 운동이라고 하는 것이 더 적합할 것이다)의 가장 강력하고도 직접적인 사상적 표현"[95]으로 지적받는「民族改造論」은 "이 글의 內容인

　　　손상시킨다는 것을 깨달았다. 그러나 1924년 이후, 논란에도 불구하고 많은 지식인들이 계속해서 타협주의 사업을 지지하자 일본은 점진적 문화운동과 자치운동을 다시 지원했다." M. 로빈슨, 앞의 책, p. 221 이상과 같이 총독부의 조선인 매수정책에 대해서는 일부 연구가 이루어지고 있으나 좀더 신중한 접근과 함께 더욱 철저한 검증이 이루어져야 할 것이다. 여기서는 "이런 견해는 물론 그대로 믿을 것이 못되나, 요컨대 문화정치의 뒷면에 보이지 않는 일층 교묘한 고등술책이 잠겨 있음만은 인정할 수가 있다"는 김윤식의 지적에 동의하는 입장이다. 김윤식, 『이광수와 그의 시대』 2, p. 22.

95) M. 로빈슨, 앞의 책, p. 120.(이하 인용은 같은 책으로 쪽수만 표기한다.) 미국 남가주대학 역사학과 교수 M. 로빈슨은 1920년대 전반기 국내의 점진주의적 민족운동을 '문화적 민족주의'로 지칭한다. 같은 책에서 로빈슨은 "1910년에서 1919년까지가 한국 민족주의 운동에 있어 암흑기였다면 1920년에서 1925년까지는 반대로 문예부흥기였다. 1919년의 3월사태는 호전(好轉)의 징조처럼 여겼다"(83)고 지적하면서 20년대 전반기의 민족운동을 3·1운동 이후 文化政治라는 미명하에 활발하게 발간되었던 각종 신문, 잡지를 통해 분석하고 있다. 로빈슨이 주목하는 것은 이 시기에 전개된 문화적 민족주의다. "결론적으로 문화적 민족주의자들은 미숙한 한국 부르주아지와의 연합에서 지식인이 주도적 역할을 해야 한다고 계속 강조했다. 문화적 민족주의자들의 엘리트와 점진주의적 접근방법은 정치운동으로서의 그들의 문화적 민족주의의 특성이었다. (…) 그들이 시사한 바에 의하면, 민중을 제대로 자격을 갖춘 국민으로 만들기 위해서는 근대세계에 대한 교육이 필요하였다. 그러므로 문화적 민족주의자들은 민중을 곧바로 정치행위에 동원할만한 힘의 원천으로 보지 않았다."(123) 로빈슨은 이광수를 "문화적 민족주의 노선의 핵심적인 창안자"(211)로 주목하고 있다. 한편 당시의 점진적 민족주의, 혹은 민족개량주의를 '문화적 민족주의'라고 하는 명명에 비판적인 연구도 있다. 일제 당국의 산물이라는 것이다. "당국(총독부-인용자주)은 그들이 퍼뜨린 민족개량주의를 '온건한 민족주의'라든가 '문화적 민족주의'라고 입을 놀리면서 그것을 '혁명적 사회운동'이나 '과격적 사회주의'와 대립시켜서 그 독립부정적인 측면을 粉飾해서 얼버무렸다. 당국자가 '일본인과 조선인의 온건분자가 서로 협력해서 조선의 안온을 영구히 확보하는

民族改造의 思想과 改革은 在外同胞中에서 發生한 것으로서 내 것과 一致하여 내 힘과 나의 一生의 目的으로 이루게 된 것이외다"96)라고 「辯言」에서 밝힌 바와 같이 이광수가 상하이에 있을 때 만났던 것은 인간으로서는 마지막 '아비'가 되는 島山 安昌浩의 사상이요, 安昌浩가 주도하는 興士團 思想이다.97) 독립운동과 관련한 島山思想은 실력양성론으로 요약된다. 그 것은 곧 이광수의 민족주의사상이었다.98) 이광수는 「民族改造論」에서 개조라는 말이 유행하고 있고, 따라서 "이 時代의 特徵이라 하겠습니다. '只今은 은 改造의 時代다!'하는 것이 現代의 標語요, 精神이외다. 제국주의의 世界를 民主主義의 世界로 改造하여라, (…) 生存競爭의 世界를 相互扶助

방법을 마련해야 한다' 말할 것도 이것을 뜻한다." 姜東鎭, 앞의 책, pp. 398-399.

96) 「民族改造論」, 『이광수全集』第十七卷, p. 169.

97) "재외동포란 다름 아닌 상하이의 도산 안창호와 그가 이끄는 홍사단이었기 때문이다. 홍사단의 원동진출 제1호로 입단한 사람이 춘원이다. 춘원은 도산 다음의 인물이었다. 「민족개조론」의 내용과 방법은 도산의 사상이자 동시에 르봉의 학설을 수용한 춘원 자신의 사상이었다." 김윤식, 『이광수와 그의 시대』2(서울: 솔출판사, 1999), p. 44. "이광수는 상해 임시정부에서 2년간 활동했다. (…) 그는 곧 안창호가 이끄는 점진파와 행동을 같이했다. 안창호의 점진파는 미래의 독립을 준비하기 위한 장기적인 국가발전 문제와 긴밀하게 연계시켜 국내의 민족운동을 전개해야 한다고 주장했다. 점진론자들은 외국의 외교적 개입을 통해 한국의 독립을 얻어내려는 이승만의 청원운동을 반대했다. 그들은 또한 일본에 대한 무장투쟁을 주장하는 급진주의자에도 반대했다." Lee(이정식), *Politics of Korean Nationalism*, pp. 104-106. 로빈슨, 앞의 책, p. 109. 재인용.

98) "도산은 정부에서 물러 나오자 홍사단에 그의 밤 시간을 썼다. 내가 그에게 홍사단 말을 처음 들은 것은 첫해(1919년-인용자주) 가을인가 한다. 홍사단의 이론은 도산의 실천과 아울러서 깊이 내 마음을 끌었다. 홍사단의 주지를 들은 내 인상으로는 민족의 독립은 운동함으로 될 것이 아니요, 민족이 독립의 실력을 갖춤으로서 이뤄진다는 것이었다. 그런데 민족의 실력을 기르는 길은 민족 각 개인의 실력을 기르고, 이러한 개인들이 단결함으로써 독립의 힘을 발할 수 있다는 것이었다. 이러한 힘이 없고는 독립이 오게 할 수도 없거니와, 설사 남의 힘으로 또는 요행으로 독립이 오는 일이 있더라도 그것은 오래 지닐 수가 없는 것이었다. 이렇게 깨닫고 보니 나는 동포들이 많이 사는 속으로 들어갈 수밖에 없었다." 「나의 告白」, pp. 247-248.

의 世界로 改造하여라, 이것이 現代의 思想界의 소리의 全體가 아닙니까"
라고 호소했다. 일본 제국주의가 식민통치를 하고 있는 당시 조선실정에서
제국주의를 민주주의로 개조하라는 것도, 상호부조의 세계로 개조하라는 것
도 단지 약한 자의 구호이며, 누구를 위한 혹은 누구와의 상호부조일 것인지
는 보다 명징한 검토가 필요할 것이었다.

　이광수가 3·1운동을 평가하는 문장은 더욱 문제적이다. "再昨年 三月
一日 以後로 우리의 精神의 變化는 무섭게, 急激하게 되었읍니다. 그리고
이러한 變化는 今後에도 限量없이 繼續될 것이외다. 그러나, 이것은 自然
의 變化이외다. 또는 偶然의 變化이외다. 마치 自然界에서 끊임없이 行하
는 物理學的 變化나 化學的 變化와 같이 自然이 우리 눈으로 보기에는
偶然히 行하는 變化이외다. 또는 無知蒙昧한 野蠻人種이 自覺없이 推移
하여가는 變化와 같은 것이외다."[99] 3·1운동이 자연의 변화요, 우연의 변화
이며, 無知蒙昧한 야만인종이 자각없이 推移하여가는 변화라는 것이다. 일
생동안 민족주의자를 자처하는 이광수의 3·1운동에 대한 이와 같은 평가는
그의 민족의식과 민족주의가 무엇이었는지를 확인할 수 있는 한 자료다.
또한 작가 이광수의 이와 같은 사상거점으로 볼 때, 「再生」에서 신봉구가
3·1운동의 학생 주동자가 된 것은 민족적 각성과 같은 목적이 있어서가 아
니라 한 사랑하는 여인을 기쁘게 해주기 위해서였다는 것, 또 뒤에서 논의하
게 될 김순영의 타락 등이 우연히 등장한 작중인물이 아니라는 것을 확인할
수 있다. 그들은 이 무렵 이광수가 실천적 운동을 전개하는 민족개조운동
즉, 문화적 민족주의 내지 민족개량주의의 한 산물이라고 할 수 있다.

---

99) 「民族改造論」, p. 170.

나는 이로부터 혼자다. 하늘 아래 땅위에 나는 혼자다 – 영원히 혼자다. 인제부터 조선의 강산이 내 사랑이다 – 내 님이다. 조선의 불쌍한 백성이 내 사랑이다. 내 님이다. 죽고 남은 이 목숨을 나를 그들에게 바치련다. 그들과 같이 울고, 같이 웃고, 그들과 같이 고생하고, 같이 굶고, 같이 헐벗자. 그들의 동무가 되고, 심부름꾼이 되자. 종이 되자. 모든 빛난 것이여! 모든 호화로운 것이여! 모든 아름다운 것이여! 다 가라! 조선의 모든 백성들이 다 안락을 누릴 때까지 내 몸에 안락이 없으리라! (…) 가자! 우리 님에게로 가자! 불쌍한 조선백성에게로 가자! 거기서 그들과 같이 땀 흘리고, 그들과 같이 늙고, 같이 죽어 그들과 같은 공동묘지에 묻히자.100)

신봉구가 조선으로 믿어 의심치 않을 정도로 사랑했던 김순영이 백만장자 백윤희의 첩으로 들어가는 등 우여곡절을 겪은 뒤에야 비로소 그의 눈에는 '조선'이 조선으로 보이고, '조선의 불쌍한 백성'을 발견하게 된다. 대단원에 이르러 현실로, 민족주의로 돌아온 것이다. 그는 金谷으로 들어가 야학을 하며 농민과 더불어 살아간다. 「再生」이라는 제목에서 암시하는 바와 같이 신봉구의 재생의 길은 곧 민족개량주의자가 되는 것이었다. 물론 민족개량주의는 점진적 민족주의, 문화적 민족주의의 다른 명명이다.

신봉구로부터 직접적으로 민족개량주의를 계승한, 이형식형 가운데 이형식과 함께 가장 널리 알려진 작중인물은 「흙」의 주인공 허숭이다. 「흙」은 1932년 4월 12일부터 1933년 7월 10일까지 『東亞日報』에 연재했던 작품이다. 滿洲事變을 계기로 일제의 군국주의적 폭압통치하에 놓여있던 당시는 민족이 더욱 쇠약해지고 무기력해졌던 시대였다. 농토는 일본인에게 빼앗기고 경제는 바닥이 보일 정도로 침식당했으며 인구의 9할이 넘는 농민이

---

100) 「再生」, p. 339.

땅과 고향을 잃고 방황하던 암흑의 계절이었다. 이런 참담한 시기에 『東亞日報』에서 제정 러시아때 일어났던 브 나로드(V. Narod)[101]운동을 모방하여 "농민 속으로"라는 구호 밑에 농촌계몽운동을 전개했다. 당시 『東亞日報』 편집국장으로 재직하였던 이광수가 브 나로드운동을 지휘했으며, 그 전범으로 「흙」을 창작했음은 물론이다. 이광수는 「흙」을 연재하기 직전에 "새봄에 싹트는 조선의 흙, 그 위에 새로 깨는 조선의 아들들 딸들의 갈고 뿌리고 김매는 땀과 슬픔과 기쁨과 소망, 청춘의 사랑, 동족의 사랑, 동지의 사랑…이것을 그려보려 합니다."[102]고 집필의도를 밝혔다. 아무리 구호 자체가 훌륭하다고 해도 1932년 당시는 '새봄에 싹트는 조선의 흙'은 아니었다. '기쁨과 소망, 청춘의 사랑, 동족의 사랑, 동지의 사랑'도 가진 자의 몫일 뿐, 농토를 빼앗기고 머나먼 이국땅 北間島로 밀려가 정착지를 찾아야 했던 당시 농민들의 실정과는 먼 얘기였다.[103]

「흙」의 서사구조 및 작중인물구조는 작가의 첫 장편 「無情」에 직접적으로 닿아있다. 지금까지 우리는 이형식형 민족주의의 변형을 논의해 왔으나 그 중 대표적인 인물을 꼽으면 「흙」의 주인공 허숭이다. 즉, 허숭은 (이광수→)이형식의 직계에 위치한다. 결국 논의과정에서 이광수소설의 '전체'를 거쳐 왔으나 처음 그 자리(「無情」)로 회귀한 것이다. 허숭의 유년시절은 이형식(→이광수)의 그것이다.[104] 이광수가 유년시절 가정의 몰락을 지켜보았고,

---

101) 19세기 제정 러시아의 인텔리 층이 민중을 계몽, 각성하기 위해 일단의 나로드니키(민중주의자)를 형성하여 '민중 속으로(V. Narod)' 들어가자는 운동이 일어났다. 물론 민중이란 대부분이 농민이었다. 농민들 대부분이 지식인들의 시혜적 계몽사상을 거부하거나 무관심하여 이 운동은 실패했다. 김윤식, 『이광수와 그의 시대』 2, p. 182.

102) 「作者의 말」(『東亞日報』, 1932. 4. 8.), 『이광수全集』 第十六卷, p. 281.

103) 이광수는 「흙」 직전의 장편 3部作 「群像」 가운데 「삼봉이네 집」에서 북간도로 밀려온 온갖 고초를 겪는 뿌리 없는 농민들의 고된 삶에 대한 소설을 썼다.

104) "가산이 말이 못되어 숭의 학비는커녕 집을 보전하기도 어려웠다. 그래서 (숭의 아버지

콜레라로 부모를 잃고 고아가 된 과정은 논의한 바와 같지만 「無情」의 이형식, 「흙」의 허숭은 작가의 직접적인 투영이다. 작가 이광수는 이와 같이 三者關係가 아닌 二者關係的 인물이라는 지적도 가능하다. 지금까지 지적해 온 바와 같이 그가 작중인물들을 통해 '내가 곧 조선'이라고 외쳐왔던 것도 라깡이론에서 '거울상의 자기 동일화'와 같은 二者關係的 사유방식이라고 할 수 있다. "그(이광수-인용자주)의 고아의 길은 그대로 국가상실의 고아의식에 다름 아니었던 것이다. 개인으로서의 고아의 길과 시대로서의 고아의 길이 춘원 자신 속에 재현되는 것, 그 투영이 「흙」의 주인공 허숭이다."[105] 고학으로 보성전문 법학과를 졸업한 허숭은 고등문관시험에 합격하여 변호사가 되고[106], 전라감사로 치부한 탐관오리 윤참판의 딸 윤정선과 결혼하여 세속적 출세의 길에 들어섰다.

저마다 '나도 한 가지 조선을 위해서 무슨 큰일을 해야겠다. 그리하자면 이씨나 윤씨와 같은, 또는 한선생과 같은 극기, 헌신, 분투의 생활을 해야겠다.'하는 심히 단순한, 그러나 심히 감격 깊은 생각을 하였다. '옳다. 어려운 일이 아니다!'하고 허숭은 생각하였다. "농민 속으로 가자. 돈이 없으면 없는 대로 몸만 가지고 가자. 가서 가장 가난한 농민이 먹는

-인용자주) 겸(謙)은 남은 논마지기, 밭날갈이를 온통 금융조합에 갖다 바치고 평생에 해보지도 못한 장사를 한다고 돌아다니다가 저당한 토지만 잃어버리고 홧김에 술만 먹다가 어디서 장질부사를 묻혀서 자기도 죽고 아내도 죽고 숭의 누이동생 하나도 죽고 숭이 한 몸뚱이만 댕그렇게 남은 것이다." 「흙」, 『이광수全集』 第六卷, p. 8.
105) 김윤식, 『이광수와 그의 시대』 2, p. 193.
106) "식민지 시대의 변호사란 물을 것도 없이 식민지 정책을 긍정한 위에서 이룩된 직업이다. 이런 총독부의 합법적 통치기구의 나사못에 해당되는 변호사 허숭은 그 자체가 상징적 의미를 갖는다. 총독부 행정의 법치주의위에 서 있음을 실증한 것이 변호사라는 소설적 설정이기 때문이다. 허숭은 기를 쓰고 변호사가 되고자 하였다." 위의 책, p. 193.

것을 먹고, 가장 가난한 농민이 입는 것을 입고, 그리고 가장 가난한 농민이 사는 집에서 살면서, 가장 가난한 농민의 심부름을 하여 주자. 편지도 대신 써주고, 주재소, 면소에도 대신 다녀주고, 그러면서 글도 가르치고 소비조합도 만들어 주고 뒷간, 부엌 소제도 하여주고, 이렇게 내 일생을 바치자." 이렇게 평소의 결심을 한 번 더 굳게 하였다. 대규모로 많은 돈을 얻어 가지고 여러 사람을 지휘하면서, 신문에 크게 선전을 하면서 빛나게 하자는 꿈을 버리기로 결심하였다. '나부터 하자!'하는 한선생의 슬로건의 맛을 더욱 한번 깨달은 것같이 느꼈다.107)

허숭의 이와 같은 '농민 속으로'가기는 「再生」에서 신봉구가 들려주었던 목소리를 반복하는 것이다.108) 허숭은 세속적 출세의 길을 포기하고 고향 살여울로 돌아와 농민운동을 전개한다. 이형식형 민족주의의 마지막 주자 허숭의 민족주의 성격은 무엇인가? 계몽주의에 입각한 민족개량주의요, 한민교 선생의 조선주의라고 할 수 있다. (한선생의 조선주의에 대해서는 뒤에서 논의하게 될 것이다.) 논의를 좀 확장하면 허숭이 작가 이광수→이형식→김성재→신봉구로 계승된 변형이라고 할 때, 그의 민족주의는 곧 작가의 현재적 그것과 일치할 것이다. 「흙」 집필 당시 이광수는 한창 브 나로드운동을 전개하고 있던 『東亞日報』 편집국장이었고, 한편으로는 興士團 국내단체 同友會의 책임자로 활동하고 있는 중이었다.

同友會의 前身은 修養同友會, 修養同志會였다. 동우회를 발기하고 조직하는데 앞장선 것은 이광수였다. 「나의 告白」에서 이광수가 귀국한 동기

---

107) 「흙」, p. 31.

108) "허숭의 歸農意識은 당시 퍼져나가는 브 나로드運動에 同調하는 것만은 아니고, 「再生」의 신봉구의 金谷에서 농사에 파묻히는 歸農意識의 실천이며, 조상이 살던 故鄕으로 돌아가고 싶은 回歸意識이 복합되어 나타나는 意識이다." 丘仁煥, 「『흙』의 귀농의식」, 『이광수小說研究』, p. 117, 각주.

가 安昌浩의 실력양성론에 감화를 받고 국내에서 활동하기 위함이었으며, 귀국한 뒤 민족개조운동을 전개했던 것은 이미 논의한 바와 같지만, 그것은 총독부와 협력관계 속에서 이루어진 것이었다.109) 이광수는 아베 요시이에 (阿部充家)와 동우회 설립에 관해 사전협의했고, 자필로 된 「수양동지회규약」을 아베를 통해 사이토 총독에게 제출했다.110) 「규약」의 「전문」은 "本會는 自己修養과 文化事業으로 朝鮮人에게 고상한 德과 필요한 知識과 健康과 富를 享受시키는 것을 目的으로 하고 절대로 時事 또는 政治에 干與하지 않는 것이 主義이다"라고 되어 있고, 「목적」제11조에는 "朝鮮民族改造의 大事業의 基礎를 만드는" 것이었다. 말하자면 島山思想의 실력양성론을 실천하는 민족개조운동, 이념적으로 민족개량주의라고 할 수 있다.

---

109) "민족주의의 유일한 대중기반이었던 종교단체로부터 민족주의자를 몰아내는 공작과 아울러 이광수·崔南善 등을 이용한 민족개량주의 선전, (…) 그것을 기회로 총독부는 1922년경부터 민족주의자에 대한 본격적인 포섭공작에 착수했다. 그 첫 시도가 1922 말부터 일제히 벌인 '문화운동'이며 다음이 1924년부터 시작돼서 27년에 일단 끝나는 자치운동을 벌일 정치단체의 조직공작이었다. (…)그런데 1922년 5월 이광수의 「민족개조론」 발표를 신호로 당국은 민족주의자에 대한 포섭공작을 적극화시키기 시작했다." 姜東鎭, 앞의 책, p. 401.

110) 姜東鎭, 앞의 책, pp. 404-405. 趙培原, 「修養同友會·同友會硏究」(서울: 성균관대학교 대학원, 석사, 1998), p. 6. 아베의 존재는 이광수의 동우회 운동이 총독부와 협력관계에 있었다는 한 반증이 될 수 있다. 이광수와 아베와의 인연은 이미 1916년까지 거슬러 올라간다. 김윤식은 이광수가 상하이에서 귀국할 때의 풍경에 대해 다음과 같이 썼다. "총독부가 춘원에게 관대히 대한 것은 사이토 총독의 문화정책 덕택이었다기 보다는 그럴 만한 이유가 따로 있었던 것으로 보아야 된다. 영리한 춘원이 무턱대고, 징역을 각오하고 귀국했을 이치가 없다. (…) 그가 베이징으로 갈 때(이광수가 허영숙과 베이징으로 사랑의 도피를 한 것은 1918년 10월이었다. 당시 그들은 베이징에서 3개월을 보냈다-인용자주)『매일신보』 및『경성일보』사장 아베 요시이에(국민신문사 기자출신)의 소개장을 갖고 갔음을 상기하지 않으면 안된다. 또 아베가 사이토 총독에게 보낸 건의서(1921. 4. 10) 속에는 (…) 이광수의 건의문 「유랑 조선 청년 구제 선도의 건」이 포함되어 있다. (…) 또 춘원의 1916년 이해 매일신보사와의 관련으로 보아, 총독부에 대한 헌책은 이것이 처음이 아니었는지도 모른다." 김윤식,『이광수와 그의 시대』 1, pp. 735-737.

이광수가 「朝鮮民族運動의 三基礎事業」을 동우회 기관지『東光』에 발표(1932. 2.)한 것은 소설 「흙」을 연재하기 2개월 전이었다. "近來에 民族이라는 말을 忌하는 사람이 있다. 그들은 마르크시스트의 무리다"라는 강한 어조로 시작되는 이 논문에서 이광수는 「民族運動의 正當한 認識」이라는 제목 아래 기본적인 사항으로 (1) 인텔리겐치아의 結成, (2) 農民, 勞動者 啓蒙과 生産向上, (3) 協同組合運動에 대해 논하고 있다. 특히 (2)와 관련 하여 "첫째로, 朝鮮人의 最大多數인 農民과 노동자의 문맹을 타파하는 것이 민족운동의 기초가 될 것은 말할 것도 업거니와, 그들에게 필수한 과학적 지식과 사회기구의 지식을 주는 것이 萬般活動의 원천이 되는 것이다. 둘째로, 아직 가정생활 이상의 사회생활의 훈련을 결여한 朝鮮의 農勞大衆에게는 소비조합, 위생조합, 문화조합, 體育組合 등 전혀 政治에 관계없는 단결 훈련을 줄 필요가 있다"111)고 농촌계몽운동을 역설했다. 이와 같은 주장은 「흙」의 주인공 허숭의 주장과 크게 다르지 않다.112) 결론적으로 허숭의 민족주의는 이광수가 마지막으로 찾았던 '아비' 島山 安昌浩의 사상—실력양성론에 기초한 민족개량주의였다.

---

111) 「朝鮮民族運動의 三基礎事業」, 『이광수全集』 第十七卷, p. 316.
112) "조선하면 농민대중이 전인구의 팔십 퍼센트가 아닌가. 또 사람의 생활자료중에 먹는 것이 제일이 아닌가. 그 다음은 입는 것이고 —하고 보면, 저 농민들로 말하면 조선민족의 뿌리요 몸뚱이가 아닌가. (…) 우리네 새로 교육받은 사람들은 여러 백 년 동안 잊어버렸던, 아니 잊어버렸다는 것보다도 옳지 못하게 학대하던 농민과 노동대중의 은혜와 가치를 깊이 인식해서 그네에게 가서 봉사할 결심을 가지는 게 옳지 않겠나." 「흙」, pp. 41-42.

3) 民族 改造

이광수소설의 특징 중의 하나는 중심인물들 사이에 '교사'가 등장하여 근대적 민족주의를 가르치는 역할을 한다는 점이다. 작품 하나하나의 전체 서사구조에서 '민족주의의 교사'그룹들이 큰 역할을 담당하는 것은 아니다. 그러나 민족주의적 관점에서 그들의 역할은 큰 비중을 차지한다. 작가 이광수가 소설을 쓰는데 첫째가는 목표가 조선인에게 이익을 주려는 것이었고, 그가 소설을 쓰는 근본동기가 민족의식·민족애의 고조를 위한 것이었으며 그것이 그의 일생을 관통하는 主義였다고 할 때, 작가 자신의 이와 같은 진술에 기대면, 그의 소설에 등장하는 '민족주의 교사'들의 열학이 얼마나 지대한 것인지를 알 수 있다. 결국 그들의 '가르침(민족주의)'에 따라 서사구조가 달라질 수 있다. 「無情」에서 민족주의 '교사'는 김병욱이다. 작품에서 실제로 교사라는 직업을 갖고 등장하는 주인공 이형식이 계몽주의적 교사라면, 부인물 김병욱은 민족주의적 '교사'라고 할 수 있다. 그는 이광수소설 전체에서 이형식과 함께 민족주의 원형을 이루는 인물이라는 점에서 주목된다.

황주출신으로 東京유학생인 김병욱은 자기주관이 뚜렷하며 자유분방한 생활태도를 가진 전형적인 신여성이다. 물론 「無情」 전체의 서사에서 그의 역할은 크지 않다. 소설 후반부에 등장하여 주어진 교사역할을 할 뿐이다. 그럼에도 불구하고 그의 역할은 결코 적지 않다. 경성학교 교주의 아들 김현수에게 겁탈당한 뒤 유서를 남기고 평양으로 자살하러 가는 박영채[113]를 봉건적 유교질서의 애정관에서 벗어나 새로운 사람이 되게 하는 역할이 그

---

113) "영채의 아버지가 영채의 어렸을 때에 가르친 열녀전과 내칙과 소학은 과연 영채의 일생을 지배한 것이라." 「無情」, p. 80.

에게 주어졌기 때문이다. 즉, 김병욱의 민족주의는 반봉건 자체에 머물러 있다.

> "아니오 영채 씨는 지금까지 꿈을 꾸고 지내셨지요. (허깨비를 보고 지내셨지요.) 얼굴도 잘 모르고 마음도 모르는 사람에게 어떻게 마음을 허합니까. 그것은 다만 그릇된 낡은 사상의 속박이지요 사람은 제 목숨으로 삽니다. 제가 사랑하지 않는 지아비가 어디 있겠어요 하니깐 영채 씨의 과거사는 꿈입니다. 이제부터 참생활이 열리지요"[114]

전근대적 낡은 도덕관에 대한 김병욱의 공격은 신랄하다. 이광수는 「無情」 집필 전후에 「今日我韓靑年과 情育」(1910), 「敎育家 諸氏에게」(1916), 「農村啓發」(1916), 「朝鮮家庭의 改革」(1916), 「早婚의 惡習」(1916), 「婚姻에 대한 管見」(1917), 「宿命論的 人生觀에서 自力的 人生觀에」(1918), 「子女中心論」(1918), 「新生活論」(1918) 등을 잇달아 발표하면서 봉건적 유교질서를 타파하고 근대의식을 주장해 왔다. 김병욱의 반봉건적 민족주의는 작가의 이와 같은 문자행위의 연장선상에 있음은 물론이다. 김병욱 또한 작가의 한 투영인 것은 이런 이유이다.

> "흥, 그 삼종지도라는 것이 여러 천 년간, 여러 천만 여자를 죽이고, 또 여러 천만 남자를 불행하게 하였어요 그 원수에 글자 몇 자가, 흥." (…)하고 여학생은 얼굴이 붉게 되며 기운을 내어 구도덕(舊道德)을 공격하더니, "영채 씨도 이러한 낡은 사상에 종이 되어서 지금껏 속절없는 괴로움을 맛보셨습니다. 그 속박을 끊읍시오. 그 꿈을 깨시오. 저를 위하여 사는 사람이 되시오 자유를 얻읍시오!" 하는 여학생의 얼굴에는 아주

---

114) 「無情」, p. 230.

엄숙한 빛이 보인다.115)

김병욱의 이와 같은 주장은 이광수가「子女中心論」에서 "舊朝鮮의 子女
는 오직 父祖를 위하여만 살았고, 일하였고 죽었다. (…) 最近 三百餘年의
朝鮮年의 朝鮮人의 倫理敎科書되는 小學은 실로 孝에서 시작하여 孝에서
終하였다 할이만큼 子女를 父祖의 奴隷로 만들고야 말려는 孝의 思想을
鼓吹하였다"116)고 통박하였던 그 내용이다. 이것은 비단「子女中心論」에
서 끝나는 것이 아니라 이광수 사상의 근간을 이루는 것이었다.「無情」의
지향의식이 인간의 가치를 자각하는 근대의식의 자각이라고 할 때, 이 사명
을 맡은 것이 김병욱이다.117) 즉, 김병욱의 민족주의는 개성의 발견이라고
할 수 있다. 영채는 결국 김병욱의 감화로 자신의 가치를 깨닫고 거듭 태어
나게 된다. 먼저 깨달은 김병욱이 제시하고 영채가 각성하는 과정을 거쳐
새로운 성취의욕을 갖게 된 것이다.118)

---

115)「無情」, p. 231.
116)「子女中心論」,『이광수全集』第十七卷, p. 40.
117) "여자도 사람이지요 사람일진대 사람의 직분이 많겠지요 딸이 되고, 아내가 되고,
    어머니가 되는 것도 여자의 직분이지요 또 혹은 종교로, 혹은 과학으로, 혹은 예술로,
    혹은 사회나 국가에 대한 일로 인생의 직분을 다할 길이 많겠지요 그런데 고래로
    우리나라에서는 남의 아내 되는 것만으로 여자의 직분을 삼았고 남의 아내가 되는
    것도 남의 뜻대로, 남의 말대로 되어 왔어요 지금까지 여자는 남자의 한 부속품, 한
    소유물에 지나지 못하였어요 영채 씨는 부친의 소유물이다가 이씨의 소유물이 되려
    하였어요 마치 어떤 물품이 이 사람의 손에서 저 사람의 손으로 옮겨 가는 모양으로…
    우리도 사람이 되어야 합니다. 여자도 되려니와 우선 사람이 되어야 합니다. 영채 씨께
    서 할 일이 많지요 영채 씨는 결코 부친과 이씨만을 위하여 난 사람이 아니외다. 과거
    천만대 조선과, 현재 십육억 동포와, 미래 천만대 자손을 위하여 나신 것이야요 그러
    니깐 부친께 대한 의무 외에, 이씨께 대한 의무 외에도 조상께, 동포에게, 자손에게
    대한 의무가 있어요 그런데 영채 씨가 그 의무를 다하지 아니하고 죽으려 하는 것은
    죄외다."「無情」, p. 232.
118) "실로 그 동안 영채는 다른 남자의 모양이 생각에만 떠나와도 큰 죄로 여겨서 제 살을

「無情」에서 김병욱의 변형은 박응진과 대성학교 함상모 교장이다. 박응진은 이형식의 스승이요, 영채의 아버지다. 이형식의 부친과 친구사이이기도 한 박응진은 양반이요, 재산가로 평안남도 안주읍 일대의 유세력자로서 일찍이 중국을 여행하면서 개화의 필요성을 깨닫고 자비로 신교육을 하는 등 문명운동을 전개한 인물이었다.[119] 박응진은 "그는 세상을 위하여 재산을 바치고 집을 바치고 몸과 마음을 다 바치고 목숨까지라도 바치려 하였다"[120]고 할 정도로 철저한 민족주의자였다. 역사적 인물에서 모델을 찾는다면 개항 전후 초기 개화론의 비조 吳慶錫과 같은 인물이다. 그러나 박응진은 전근대/근대 사이에서 과도기적 인물이다. 딸 영채를 학교에 보내면서도 한편으로는 유교적 윤리학인 「小學」, 「烈女傳」,「內則」 등을 가르치거나,[121] 가문을 자기 목숨보다 중요하게 여겼던 것은 그가 봉건적 양반의식에서 완전히 깨어 나오지 못한 근거이다.[122]

꼬집어 억제하였다. 이러므로 지금껏 영채는 독립한 사람이 아니요, 어떤 도덕률(道德律)의 한 모형(模型)에 지나지 못하였다. 마치 누에가 고치를 짓고 그 속에 들어 엎디인 모양으로, 영채도 알 수 없는 정절이라는 집을 짓고 그 속을 자기 세상으로 알고 있었다. 그러다가 이번 사건에 그 집이 다 깨어지고 영채는 비로소 넓은 세상에 뛰어나왔다." 「無情」, p. 241.

119) "박진사는 즉시 머리를 깎고 검은 옷을 입고 아들 둘도 그렇게 시켰다. 머리 깎고 검은 옷 입는 것이 그때치고는 대대적 대용단이라. 이는 사천여 년 내려오던 굳은 습관을 다 깨트려 버리고, 온전히 새것을 취하여 나아간다는 표라. 인해 집 곁에 학교를 짓고 서울에 가서 교사를 연빙하며 학교 소용 제구를 구하여 왔다. 일변 동네 사람을 권유하며, 일변 아이들과 청년들을 달래어 학교에 와 배우도록 하였다. 일년이 지나매 이삼십 명 학생이 모이고, 교사도 두 사람을 더 연빙하였다." 「無情」, p. 17.

120) 「無情」, p. 18.

121) "박진사는 남이 웃는 것도 생각지 아니하고 영채를 학교에 보내며 학교에서 돌아온 뒤에는 소학, 열녀전 같은 것을 가르치고 열두 살 되던 여름에는 시전도 가르쳤다." 「無情」, p. 18.

122) 내가 기생이 된 지 이삼 삭 후에 감옥에 아버지를 찾았더니, 아버지께서 내가 기생이 되었다는 말을 듣고 와락 성을 내어, "이년아! 이 우리 빛난 가문을 더럽히는 년아!

현실적인 인물 가운데 모델을 찾는다면 박응진은 바로 작가 이광수가 중학을 마치고 19세의 나이로 교사가 되었던 定州 오산학교 설립자 南岡 李昇薰이다. 이광수의 「나의 告白」에 기대면 본래 定州의 상인이었던 李昇薰은 돈으로 참봉벼슬을 샀다. 일가인 '여주 李氏' 전체가 양반이 되어야 한다고 생각한 그는 고향 龍洞에 십여 호되는 일가 양반 만들기 공작을 했다. 마을에 가장 높은 곳에 서당을 짓고 훈장을 모셔와 아이들에게 글을 가르쳤다. 이 무렵 평양에서 安昌浩의 연설을 들었다. 연설 도중에 "나라가 없는 민족은 세계에 상놈이요, 전 민족이 다 상놈이 되거든 당신 혼자 양반 될 수 있겠소?"하는 소리를 듣고 박차고 뛰어 나와 곧바로 단발을 하였다. 그는 "대한민족 전체가 양반이 될 도리를 하여야 한다"고 결심하고 찾아간 安昌浩로부터 교육에 대한 설명을 듣고 고향에 학교를 설립한 것이 바로 오산학교다.[123] 「無情」에서 이형식이 이광수의 투영이라면 박응진은 李昇薰의 투영이다.

박응진은 "세상을 위하여 재산을 바치고 집을 바치고 몸과 마음을 다 바치고 목숨까지라도 바치려" 하였던 문명개화의 전도사였다. 즉, 박응진의 문명 개화적 민족주의는 반봉건적 민족주의였던 김병욱형의 또 다른 변형이다. 박응진을 탐구하기 위해서는 또 다른 부인물 대성학교 함상모 교장에 대한 이해가 병행되어야 한다. 함교장은 「無情」에서 전개되는 사건에 직접적으로 개입하는 인물은 아니다. 평양명기 계월화를 통해 간접적으로 묘사되는[124] 함교장은 島山 安昌浩가 모델이다. 즉, 함교장의 민족주의는 島山

어린 계집이 뉘 꼬임에 들어 벌써 몸을 더럽혔느냐!" 하고 내가 행실이 부정하여 기생이 된 줄로 알으시고 마침내 자살까지 하셨거든, 부모조차 이러하거든 하물며 형식이야 어찌 내 말을 신용을 하랴. 「無情」, p. 42.

123) 「無情」, pp. 197-198.

124) "그때에 평양에는 대성학교라는 새로운 학교가 일어나, 사방으로서 수백 명 청년이

思想의 변형이다.

　　그의 말하는 제목은, 조선 사람도 남과 같이 옛날 껍데기를 벗어 버리
고 새로운 문명을 실어 들여야 할 일과, 지금 조선 사람은 게으르고 기력
이 없나니 새롭고 잘사는 민족이 되려거든 불가불 새 정신을 가지고 새
용기를 내어야 한다는 것과, 이렇게 하려면 교육이 으뜸이니 아들이나
딸이나 반드시 새로운 교육을 받아야 한다 함이라.125)

　　함상모의 민족주의 역시 박응진과 같은 계열인 문명 개화적 민족주의다.
역사적으로 박응진과 함상모의 민족주의는 개화기 애국계몽운동126)의 그것
이라고 할 수 있다. 1904, 5년께 일본관헌의 동학탄압을 피해 상경한 이광수
는 이후 一進會의 후원으로 일본유학을 떠나기 전까지 서울에 머물면서
당시 전개되고 있던 애국계몽운동의 민족주의 영향을 받았다. 애국계몽운동
은 신교육구국운동, 언론계몽운동127), 민족산업진흥(실업구국)운동 등을 전

　　모여들고, 대성학교장 함상모는 그 수백여 명 청년의 진정으로 앙모하는 선각자러라."
「無情」, p. 87.

125) 「無情」, p. 87.

126) "애국계몽운동은 1904~1910년 사이에 전개된 개화자강파의 국권회복을 위한 실력양
　　성운동을 총칭하는 역사적 개념이다. (…) 애국계몽운동은 한말 한국민족의 국권을
　　빼앗아간 일본 제국주의의 '실력'과 국권을 빼앗긴 한국민족의 '실력'의 격차를 객관
　　적으로 인식한 한국인들이 자기 민족의 '힘'과 '실력'을 양성하여 궁극적으로 자기민
　　족의 힘으로 국권을 회복하려는 운동을 포괄적으로 일컫는 말이다. 따라서 애국계몽운
　　동은 일반적 개념이 아니라 한말 국권회복운동의 일환으로서의 실력양성운동에 한정
　　하는 역사적 개념임을 주의할 필요가 있다. 일반적 개념으로서의 계몽운동은 1904년
　　이전에도 있었고, 1910년 이후에도 있었다. 그러한 계몽운동들은 여기서 말하는 애국
　　계몽운동에는 포함되지 아니하고, 1904~1910년 사이의 국권회복운동의 일환으로서
　　개화자강파가 전개한 운동만이 여기에 포함된다." 慎鏞廈, 앞의 책, pp. 307-308.

127) "굵다란 사호 활자로 박은 모두 몇 안 되는 신문이었으나, 우리는 그것으로 우리나라의
　　운명과 일아전쟁의 전황과 세계대세에 대한 목마름을 만족할 수가 있었다. 더구나

개했다. 가장 대표적인 전국규모의 단체는 大韓自强會·新民會·萬民共同會였다. 1907년 이후의 국권회복을 위한 애국계몽운동을 주도한 新民會는 安昌浩의 발기에 의해 창건된 비밀결사였다. 전국 각지의 개화자강파 정예는 거의 대부분 망라된 新民會員중에는 李昇薰도 들어 있었다. 新民會가 국권을 회복하여 신국가를 건설하기 위한 民力養成의 방법으로서 가장 정력을 많이 투입한 운동이 신교육운동이었고,[128] 이 운동의 일환으로 설립된 대표적인 학교가 平壤의 대성학교, 定州의 오산학교였다. 이광수는 "내가 민족운동의 첫 실천으로 나선 것은 교사로였다"[129]고 한 배경에는 이와 같은 사정이 깔려 있었다. 安昌浩와 李昇薰은 이광수가 만났던 많은 '아비'들중에 그 중 영향력이 컸던 인물들이다. 이광수는 두 '아비'를 그의 첫 장편소설 「無情」에 박응진·함상모라는 '민족주의 교사'로 등장시킨 것이다. 그들은 이후 이광수소설에서 등장하게 될 '민족주의 교사'들의 원형이 됨은 물론이다. 따라서 작가의 전기적 사실을 고려한다면, 이광수 소설 전체의 민족주의의 원형은 김병욱이 아닌 함상모형이 더욱 적절할 것이다. 그러나 「無情」에서 두 인물의 기능으로 볼 때, 함상모보다는 김병욱의 역할이 더 크므로 편의상 '김병욱형'이라고 지칭한다.

이광수의 두 번째 장편소설 「開拓者」에서 김병욱형은 민은식이다. 성격면에서 이형식의 변형이라고 할 수 있는 민은식은 성순이 자아를 찾는데

유근(柳瑾)·장지연(張志淵)·박은식(朴殷植) 등의 논설은 성경현전과 같이 애독하였다. 신채호(申采浩)가 『大韓每日申報』에서 날카로운 필진을 벌인 것은 그로부터 이삼년 후이었다. 도산 안창호(安昌浩)가 미국으로부터 돌아와 신민회(新民會)를 조직하고 그 기관 신문으로 발행한 것이 『大韓每日申報』이기 때문이다." 「나의 告白」, pp. 182.

128) 愼鏞廈 「新民會의 獨立軍基地 創建運動」, 『1900年代 愛國啓蒙運動研究』, 趙恒來 編(서울: 아세아문화사, 1993), p. 113

129) 「나의 告白」, p. 194.

'교사'역할을 하는 측면에서 김병욱형이라고 할 수 있다. 아내가 있는 그는 성순과의 사랑을 갈망한다. 성순이 부모와 오빠 성재로부터 변영일과의 '애정 없는 혼인'을 강요받았을 때, 민은식은 성순으로 하여금 舊習을 깨고 다시 태어나라는 충동적 교사역할을 담당한다.[130] 민은식이 "성순씨는 성순씨의 성순"이라고 했을 때, 그것은 「無情」에서 김병욱이 박영채에게 자아를 각성하도록 촉구하는 메시지와 크게 다르지 않다. 그러나 다음에 이어지는 '가르침'은 김병욱보다 더욱 적극적으로 변형된다.

> 그렇게 행할 힘은 없다 하더라고 행하였으면 좋겠다는 요구는 있읍니까? 될 수만 있으면 나는 나대로 내 이성을 따라서 행하겠다 하는 요구가 있읍니까? 될 수만 있으면 아무의 속박도 견제도 받지 아니하고 내 인격의 권위와 자유를 어디까지든지 발휘하였으면 하는 요구는 있읍니까. (…) 가능하지요 그러나, 평화의 수단으로는 아니 되지요, 오직 전쟁이라는 방법으로야만 되지요.[131]

민은식은 나아가 "전쟁이니까 이기면 옳고, 지면 죄지요." "항복하여 노예가 되든지, 쾌(快)하게 전사를 하든지—"하고 부추긴다. 그리고 이광수소설의 전형성이 드러난다. "일천만의 여성을 위하여 희생이 되든지—" 즉, '거울상의 자기 동일화'를 일으키는 것이다. 성순은 민은식의 '가르침'에 점점 동화된다.[132]

---

130) "그러면 제가 이 경우에 어떻게 해야 좋습니까?" "꼭 한 가지밖에 없지요 즉 자기가 가장 옳다고 생각하는 바를 따라서 행한다—그것뿐이지요 성순씨는 성순씨의 성순이지요 어머님의 성순입니까, 오라버니의 성순입니까?" "저는 저라고 생각은 하지만 그렇게 행할 힘이 없어요." 「開拓者」, p. 397.

131) 「開拓者」, p. 398.

132) 성순은 민이 하던 말을 잘 기억한다. "(…) 금일의 사회는 남자와 여자의 공통한 소유물

자녀를 부모의 소유로 아는 도덕은 결코 신시대에 깨칠 것이 못된다. 민의 말과 같이 우리는 부모중심, 과거중심이던 구시대의 대신에 자녀중심, 과거 중심이던 구시대의 대신에 자녀중심, 장래중심의 신시대를 세워야 한다. 그리하려면, 우리는 우선 구시대를 깨뜨려야 하고, 깨뜨리려면 깨뜨리는 사람들이 있어야 하고, 깨뜨리는 사람들이 있으려며는 맨 처음 깨뜨리는 사람이 있어야 한다. 민의 말과 같이 우리가 그 첫사람이 되어야 한다. 큰 전쟁의 첫 탄환이 되고 첫 희생이 되어야 할 것이다. (옳다, 내가 구시대를 이기는 날까지 모친과 오빠에게 죄를 짓자.)[133]

민은식(→김성순)의 이와 같은 주장은 이광수가 「子女中心論」은 물론 「婚姻論」에서도 "우리 家庭의 中心은 子女외다"[134]라고 시종했던 자녀중심론의 그것에 다름 아니다. 이광수는 또한 "子女로 婚姻케 할 때에 子女를 위하여 하지 아니하고 父祖된 自己네의 재미나 便宜를 위하여 하는 것 등은 실로 우리가 일상에서 보는 것이라. (…) 婚姻의 자유를 박탈하면 그 사람의 개인적 幸福에 대한 자유의 전부를 박탈함과 같은 것이라"[135]고 주장했던 그 내용이다. 이광수가 연애소설의 대가라는 것은 이미 지적한 바와 같지만, 그는 「婚姻에 대한 管見」에서 "當事者 相互間의 戀愛지요 이 戀愛야말로

이다. 남자와 여자가 각각 그 천품의 특장을 따라서 최선의 노력을 다하여 우리가 이상하는 바 사회를 실현하여야 된다. 여자에게 동양(同樣)의 교육을 해방하고, 직업을 해방하고… 물론 인격의 자유와 권위를 인정하는 것이 세계의 대세다. 더구나 남이 수백 년간에 이루어 놓은 문명을 수십 년간에 이루려 하는 금일의 조선인, 조선인은 더욱 남·녀의 협동이란 육력(戮力)이 필요하다. 그러니까 조선여자도 주먹을 불끈 쥐고 일대 분발을 할 필요가 있고 의무가 있다"고 한 것과, 그때 성순이 감격에 못 이겨, "저도 새 조선을 위하여서 무엇을, 무엇을 하고 싶습니다. 그런데, 제게 그러한 능력이 있을까요?" 「開拓者」, pp. 399-400.

133) 「開拓者」, pp. 404-405.
134) 「婚姻論」, 『이광수전집』 第十七卷, p. 1432.
135) 「子女中心論」, p. 41.

婚姻의 根本條件이외다. 婚姻없는 戀愛는 想像할 수 있으나 戀愛없는 婚姻은 想像할 수 없는 것이외다. 從來로 朝鮮의 婚姻은 전혀 이 根本條件을 無視하였읍니다. 이 事實에서 無數한 悲劇과 막대한 民族的 損失을 根한 것이외다"[136]라고 연애옹호론을 폈다. 작품에서 내포작가를 설정하는 반면 실제작가를 밀어내버리는 구조주의 문학이론을 인정한다고 해도,[137] 이광수소설에서 작가는 항상 작품 안에서 곳곳을 헤집고 다닌다. 결론적으로 민은식의 민족주의는 사상적으로 (작가→) 김병욱의 그것에서 거의 발전하지 않았다. 오히려 퇴보한 감도 있다. 굳이 표현하면 이상주의적 민족주의일 것이다.

「흙」에서 김병욱형은 한민교 선생이다. 이광수소설의 한 특징을 지적한다면, '민족주의 교사'들이 중심인물 한복판으로 뛰어 들어가지 않고 주변인물 사이를 맴돌면서 민족주의를 설교했다는 점이다. 여주인공 박영채를 인도하는 역할을 담당한 「無情」의 김병욱의 경우는 좀 예외적이지만, 지적했다시피 「無情」에서 보다 직접적인 '민족주의 교사'는 대성학교 함상모 교장이다. 그러나 함교장의 민족주의는 단역인물 계월화를 통해 설교될 뿐이었다. 이유는 작가가 '민족주의를 밀수입해 포장한 결과'이다. 즉, 민족주의를 내세웠으나 실제로는 연애소설이라는 점에 있었다. 이와 같은 문제가 해결된 것이 「흙」이다. 이 작품에서 '민족주의 교사' 한민교는 중심인물 허숭의 정신적 지도자로 등장한다. 또한 첫 작품 「無情」에서 주인공 이형식이 직업적인 교사로 등장해 민족주의를 설교하려고 했던 것과 달리 「흙」에서는 부인물 한민교가 민족주의 자체를 직접 가르친다. 뿐만 아니라 한민교에 이르면

---

136) 「婚姻에 대한 管見」, 『이광수全集』 第十七卷, p. 55.
137) "일상적 의미에서 유일한 실재작가는 없을 수 있을지언정, 내포작가는 항상 존재한다." 시모어 채트먼, 앞의 책, p. 181.

마침내 창조적 교사의 위치를 점하게 된다. 지금까지 이광수소설에 등장했던 '민족주의 교사'들은 실제적 모델에서 나왔거나 타인에 의해 이미 정립된 '민족주의'를 그대로 가르치는 경우가 대부분이었다. 그러나 한민교의 민족주의는 이른바 '조선주의'라는 나름대로의 형식과 내용으로 갖고 있다. '민족주의 교사'에 대해 「흙」의 이와 같은 발전적 측면은 작가의 다음 작품 「사랑」에서 '교사' 안빈이 직접 중심인물을 담당하게 되는 것을 암시한다고 할 수 있다. 반면, 「사랑」에서 안빈 '선생'은 민족주의가 희미해지고 불교적 세계를 설법하는 위치로 올라가버린다.

> 한선생의 이름은 민교(民敎)다. 그는 한민교라는 그 이름이 표시하는 대로, 조선청년의 교육지도로 일생의 사업을 삼는 이다. 그는 일찍 동경에서 중학교를 마치고는 정칙영어학교에서 영어를 배우면서 역사, 정치, 철학, 이러한 책을 탐독하였다. 그리고 조선에 와서는 그러한 조선 사람이 밟는 경로를 밟아 가옥에도 들어가고, 만주에도 가고, 교사도 되고, 예수교인도 되었다. 그가 줄곧 교사노릇을 하기는 최근 십년간이다.[138)]

작가는 한민교의 역할을 강조하기 위해 '韓民族을 교육하는 敎師' 혹은 '韓國의 民族主義를 가르치는 敎師'라는 의미 그대로 이름을 '韓民敎'라고 지어놓고[139)], 그것도 모자라 서술자를 통해 직접적으로 설명까지 해주는 친절을 보여준다. 윌리암 가쓰(William H. Gass)는 작중인물이 지니고

---

138) 「흙」, p. 24.
139) "소설가는 다른 예술가 동지들과는 달라서 자기 자신을 대충(대충한다. 자세한 것은 다음에 나오게 된다) 묘사하는 수많은 단어를 만들어 여기에 이름과 성을 붙이고, 그럴 듯한 몸짓을 시키고, 인용부호를 사용하여 말을 시키고, 전후가 맞는 행동을 하게 한다. 이 단어들이 작중인물이다." E. M. 포스터, 『소설의 이해』, 이성호 역(서울: 문예출판사, 1975), p. 50.

있는 조건, 의미에 대해서 소리(a noise), 고유명사(proper name), 복합적 체계로 나타나는 생각들(A complex system of idieas), 지배개념(a controlling conception), 문자조직의 수단(an instrument of verbal organization), 위장된 양식의 추리(a pertended mode of referring), 표현력의 원천(a source of verbal energy) 등을 꼽았다.140) 이 연구를 한민교에 적용하면 먼저 '한민교'라는 소리체계와 고유명사를 부여받았고, 이후 한민교는 소설속의 사건에 개입하면서 민족주의를 설교하게 된다. '문자조직의 수단'은 두 가지로 파악된다. 曺南鉉은 작품구성을 암시하는 말 즉, 표현력을 가리키는 것으로 해석하지만,141) 여기서는 소리, 고유명사와 함께 지적한 바와 같이 '韓民族을 교육하는 敎師' 혹은 '韓國의 民族主義를 가르치는 敎師'에서 각 음절의 첫 자를 취한 것으로 해석할 수 있다.

「흙」에서 한선생은 작품 전체의 균형을 잡는 초월자적 가치 제공자이다.142) 그는 익선동 꼬불꼬불한 뒷골목에 있는 조그마한 초가집에서 옹색하게 살고 있지만 연일 내방객들로 득실거린다. 그가 상류층인사는 물론 서민층과도 허물없이 교제하는 까닭이다. 말하자면 그는 행동하는 민족주의자다.143) 즉, 그는 조선주의의 주창자다.

---

140) William H. Gass, The concept of characters in fiction, *Issues in cintem porary literary critisism*, ed. by Gergory T. Polletta(Little Brown and Company, 1973), p. 708.

141) 曺南鉉, 『小說原論』(서울: 고려원, 1982), p. 135.

142) 한승옥, 「이광수소설의 의미와 구조」, p. 718.

143) "그는 아내를 사랑하고 딸을 사랑하고, 친구와 후배를 사랑하였다. 더구나 그는 조선이란 것을 뜨겁게 사랑하였다. 그의 책상머리 벽에는 조선지도가 붙고, 책상위에는 언제든지 삼국유사(三國遺事), 삼국사기(三國史記) 같은 조선의 역사나 또는 조선 사람의 문집을 놓고 있었다. 그는 매일 반드시 단 한 페이지라도 조선에 관한 무엇을 읽는 것으로 규칙을 삼았다." 「흙」, p. 26.

그는 앞으로 이 년간, 청년 중에서 동지를 구하고, 청년을 조직하고 훈련하는 일을 준비를 하다가 더 먹을 것이 없이 되는 날 그는 행랑살이나 하인으로 들어갈 것이다. 그러나, 그는 그런 생각도 할 여유가 없다. 그는 앞으로 해나갈 일의 계획을 말하고, 청년의 사명을 말하고 조선의 희망과 자신을 말하고, 이리하여 한 사람 한 사람 조선의 힘 있고 미쁜 아들을 구하는 것으로 일을 삼고 낙을 삼았다. 이렇게 하는 것이 조선에 대한 은혜갚음의 오직 한 길이요, 또 조선의 건짐의 오직 한 길이요, 또 자기의 일생을 값있게 하는 것의 오직 한 길인 것이다. 아니 지금에는 이 일을 의식적으로 하는 것이 아니요, 그만 천성을 잃어버린 것이었다.[144]

한민교의 조선주의를 엿볼 수 있는 간접적 자료다.[145] 언표 중에 '청년 중에서 동지를 구하고, 청년을 조직하고 훈련하는 일을 준비'를 한다는 것으로 보아 島山 安昌浩(→작가 이광수)의 준비론—실력양성론적 민족주의임을 추측할 수 있다. 즉, 민족개량주의 혹은 문화적 민족주의다. 다음 지문은 더욱 직접적으로 조선주의를 설명하고 있다. "한선생의 말에 의하면 그것도 조선에 필요한 일이라고 하였다. 무릇 조선 사람을 생각하여 저를 희생하는 일이면, 그리하고 그것을 동일한 이데올로기와 동일한 조직 하에서 하는 일이면 다 좋은 일이라고 하였다. 더구나 부패하고 마비된 양반계급에서

---

144) 「흙」, p. 241.

145) '朝鮮主義'는 崔南善이 주창했던 것이었다. "이 시대의 문학은 민족주의 즉 이상주의 정신을 문학의 주지로 삼았다. 그러나 그 문학이 이상주의였다고 하여도 그것은 魯漫主義文學과 같은 주관문학이 아니고 말하자면 계몽기 문학의 특징으로서 民族主義와 민족이념을 설교 계몽한 것이었다. 육당의 모든 논문과 新體詩나 時調에서 일관되히 부르짖은 것이 이른바 '조선주의'의 선전이요 宣揚임은 이상에서 보아도 마찬가지어니와 춘원의 당시작품 역시 一言하여 모두 이 民族主義를 설교하고 민족의 이상을 말하는 문학이었다." 白鐵, 「新文學思潮史」, pp. 62-63.

갑진과 같이 활기 있고 야심 있는 청년을 찾은 것을 한선생은 기뻐하였다."[146] 즉, 조선주의란 '조선 사람을 생각하여 저를 희생하는 일'이다. 결국 한민교의 민족주의는 부르주아적 민족주의 계열의 민족개량주의라고 할 수 있다. 그러나 허숭의 친구로서 도시 지향적 이기주의자이며, 일의 성공과 향락에 젖어 반민족적 행위를 일삼고, 심지어 허숭의 아내 정선과 불륜을 저지르기도 하는 김갑진이 "우선 명재판관이 되어 이름을 높이고 다음에 조선에 일등 가는 변호사가 되어 돈도 많이 벌고 인권을 옹호하는 큰 인물이 되자는 것으로 자기의 천직을 삼는다"[147]고 했을 때, '그것도 조선에 필요한 일'이라고 기뻐했다는 것은 조선주의가 얼마나 이상주의적이고 허구적인가를 보여주는 한 반증이다.

한민교의 조선주의를 가깝게 이해하기 위해서 심순례의 가족을 주목할 필요가 있다. 순례의 아버지는 이광수소설의 한 전형인 고아이다. 서술자의 설명에 기대면 그는 가난한 집 유복자로서, 어머니마저 일찍이 여의고 외가와 고모댁을 전전하면서 자랐다. 종로 지물전에 사환으로 취직해 점원이 되고, 서른 살이 될 무렵 월수로 돈을 얻어 지물전을 냈다. "이래 근 이십년간 신용과 근검과 저축으로 볏백이나 하고 남부럽지 않게 살게 된 사람이었다. 그러므로 그는 치부책에서 치부를 할만한 글밖에 몰랐다. 그는 술도 아니 먹고, 놀러도 아니 다니고, 재산이 생긴 뒤에도 첩도 아니 얻고(종로 상인은 열에 아홉은 중년에 돈이 생기면 첩을 얻는다), 아침부터 저녁까지 꼭 가게와 안방을 세계로 삼고 왔다 갔다 할 뿐이었다. 순례의 어머니 역시 그 남편과 근검, 저축이라는 점에서는 일치하였다. (…) 오직 내외가 늦게 얻은 딸 순례 하나를 기르는 것을 유일한 낙으로 삼을 뿐이었다."[148] 순례는

---

146) 「흙」, pp. 31-32.

147) 「흙」, p. 31.

여자보통학교, 여자 고등보통학교를 거쳐 이화전문학교 음악과에 다니고 있다. 순례의 아버지가 한민교 선생을 찾아와 딸의 장래를 부탁했다. 한민교에게 그는 개조 내지 개량의 대상으로 보였다.[149]

한민교의 조선주의는 많은 젊은이들에게 감화를 주었다. 허숭 역시 한민교의 '제자'다. 그가 변호사 활동을 포기하고 고향 살여울로 돌아가 농촌운동을 벌이는 것은 조선주의의 영향이다. "대학에서 극 연구를 하는 심상철이나, 이전에서 음악을 배우는 심순례나, 다 저대로 사람의 생활을 돕기에 일생을 바치기 위하여 한 번 더 결심을 굳게 하였다. 조선민중예술-가장 가난한 조선민중을 기쁘게 할 만한 소설과 극과 음악을 지어내는 것, 이것도 한 선생의 말에 의하건대 큰일이요, 필요한 일이요, 새로운 조선을 짓는데 각각 한 주추요 기둥이었다."[150] 겉으로 보기에는 민중지향적인 조선주의는 그러나 '개조' 대상으로서 민중이요, 그것은 위로부터 아래로의 부르주아적 민족주의운동이다. 한민교가 '순 조선식'이라고 한껏 애정을 표시하는 순례의 아버지의 계급이 상인이요, 일신의 성공과 향락에 빠져 있을 뿐만 아니라 친구의 아내와 불륜행각을 벌이는 김갑진을 포용하면서 '조선 사람을 위해 자기를 희생할 생각을 갖고 동일한 이데올로기와 동일한 조직 하에서 하는 일이면 다 좋은 일'이라는 한민교식 조선주의는 이상주의적 민족주의에 다름 아니다. 조선주의가 작가 이광수의 문화적 민족주의 즉, 이광수가 주도적

---

148) 「흙」, p. 32.

149) "한선생도 순례 아버지의 꾸밈없는, 순 조선식인 성격에 많이 호감을 가졌다. 조선식 겸손, 조선식 위엄, 조선식 대범, 조선식 자존심, 조선식 점잖음(태연하기 산 같은 것)- 이런 것은 근래에 바깥바람 쏘인 젊은 사람에게서는 찾아보기 어려운 것이라고 한선생은 생각하였다. 그리고 오늘날 청년 남녀들의 일본도금, 서양도금의 경망하고 조급하고, 감정의 움직임이 양철 남비식이요, 저만 알고, 잔소리 많고, 위신 없는 양을 불쾌하게 생각하였다." 「흙」, p. 33.

150) 「흙」, p. 31.

으로 이끌고 있는 同友會 이념과 관련되어 있다는 것은 지적한 바와 같지만, 그것은 위에서 아래로의 '민족개조'이며, 민족개량주의이다.[151]

2. 夏目漱石의 民族主義와 家族國家思想

메이지(明治)유신과 함께 태어나 메이지와 더불어 한 생애를 살았던 나쓰메 소세키(夏目漱石)는 그가 생전에 진술한 바와 같이 메이지維新과 불가분의 관계에 있었다.[152] 소세키가 활동하였던 시기는 메이지유신 이래 '침략적' 제국주의 일본이 일으킨 다섯 번의 전쟁―청일전쟁(1894), 러일전쟁(1904-1905), 제1차 세계대전, 중일전쟁, 태평양전쟁―가운데 초기 세 번의 전쟁기간에 해당된다. 특히 러일전쟁은 소세키의 작가탄생을 알리는 弔鐘과 같은 것이었다. 1904년 12월 5일 노기 마레스께(乃木希典)가 지휘하는 일본군 제3군은 제3차 뤼순총공격에서 203고지를 점령하여 이듬해 1월 1일

---

151) 이광수는 「나의 告白」에서 同友會 전신 修養同盟會의 취지에 대해 먼저 도상사상의 골간을 이루는 務實力行을 제시한 뒤에 다음과 같이 설명하였는데, 조선주의는 물론 「흙」 전체의 메시지를 이해하는 데 도움이 될 것이다. "단결의 규약을 지키고(團結의 精神), 동지와 동포를 사랑하고(情誼敦修), 그리고 한 가지 학문이나 기술을 배우고―내나 내 집보다 민족 전체를 먼저 생각하고―이러한 수양을 하는 것으로 운동의 한계를 삼자는 것이다. 이것이 민족개조요, 이러한 개인을 많이 늘이고 많이 모으는 것이 곧 민족의 실력을 기르는 것이다. 독립에 관한 말은 아직 말고 이만한 운동만을 하자는 것이 수양동맹회의 노선이었다." 「나의 告白」, p. 252.

152) 소세키는 1911년(明治 44) 3월 16-17일자 『東京朝日新聞』에 기고한 「マ│ドツク先生の日本歷史」에서 "維新の革命と同時に生れた余から見と、明治の歷史は卽ち余の歷史である。"라고 진술했다. 「マ│ドツク先生の日本歷史」, 『漱石全集』 第十一卷(東京: 岩波書店, 1966), p. 267. 이하 소세키의 글은 이 이 全集(全16卷)을 인용하며 『漱石全集』으로 표기한다. 반복 인용되는 같은 제목의 글은 題目과 쪽수만 표기한다. 원문은 『夏目漱石全集』 全十券(東京: 筑摩書房, 1988)을 병행하여 인용한다.

러시아군의 항복을 받아냈고 1월 13일 뤼순에 입성했다. 일본 국내의 각 신문은 호외를 뿌려 전승을 축하했다. 온 일본국민이 홍분의 도가니에 사로잡혀 있을 때 소세키는 작가로 등장했다. 38세의 늦은 나이로 일본전통의 하이쿠(俳句) 전문잡지『호토토기스(ホトトギス)』에 첫 장편소설「나는 고양이로소이다(吾輩は猫である)」(이하「고양이」로 줄임)를 발표한 것이다.

1900년 9월 8일 제국주의 종주국 영국을 배우기 위해 제1회 관비유학생으로 떠났던 소세키가 가까스로 유학기간을 채우고 귀국한 것은 1903년 1월 20일이었다. 유학기간 중에 심한 신경쇠약에 시달렸던 그에게 文部省으로부터 귀국명령을 받은 것이었다. 소세키는 그의 생애에 있어서 세 번에 걸쳐 심한 신경병을 앓았다. 영국유학시절의 신경쇠약은 1894년에 이어 두 번째에 해당한다. 1902년 9월 12일 아내 교쿄(鏡子)에게 보낸 편지에서 신경쇠약을 토로할 정도로 소세키에게는 심각한 것이었다.[153] 귀국한 이후 東京帝國大學 영문학 강사겸 東京第五高等學校 영어교수로 재직하고 있었으나 소세키는 신경쇠약으로 늘 누군가에게 쫓기고 있었다. 정신적으로 그만큼 불안한 상태였다.

겐조는 자신의 배후에 음산한 세계가 도사리고 있다는 사실을 잊어버

---

153) "요즘은 신경쇠약으로 기분이 좋지 않아 매우 곤란하오 대수로운 것은 아니니까 안심하오 (…) 근래 왠지 기분이 음울하여 책도 제대로 볼 수가 없어 어처구니가 없소 천지간에 태어나 일생을 하는 일없이 보내게 되는 두뇌가 되는 것이 아닌가 하고 의심하며 두려워하고 있소 그러나 내 몸은 걱정할 것 없고 당신과 두 딸의 몸을 소중히 하기 바라오(近頃は神經衰弱にて氣分勝れす甚だ困り居候然し大したる事は無之候へば御安神可被下候(…) 近來何となく氣分鬱陶敷書見も碌々出來ず心外に候生を天地の間に亨けて此一生をなす事もなく送り候樣の腦になりはせぬかと自ら疑懼致居候然しわが事は案じるに及び二女を大切に御加養可被成候)"「書簡集 明治三十五年」,『漱石全集』第十四卷, p. 209. 영국유학중인 1901년 1월 둘째딸 쓰네코(恒子)가 출생하였으므로 소세키는 이미 두 아이의 아버지가 되어 있었다.

릴 수가 없었다. 그 세계는 먼 과거의 일이 분명했다. 그러나 만일의 경우
에는 갑자기 현재를 변화시킬 수 있는 성질을 띠고 있었다. (…) 옛날,
그 시절의 겐조는 자연스럽게 그 세계를 훌훌 벗어나올 수 있었고, 거기
에 벗어난 후로는 오랫동안 도쿄 땅을 밟지 않았다. 그런데 지금 다시
그 속에 되돌아가 오랜만에 과거의 냄새를 맡았다. 그것은 그에게 있어
삼분의 일의 그리움과 삼분의 이의 싫은 감정을 안겨주는 혼합물이었다.
또한 그 세계와는 전혀 관계없는 쪽을 바라보았다 그러자 거기에는 그의
앞을 가로지르는, 젊은 피와 반짝이는 눈을 가진 청년들이 있었다. 그
청년들의 웃음에 귀를 기울였다. 미래의 희망을 밝혀주는 종소리처럼 맑
디맑은 그 소리가 겐조의 어두운 마음을 약동시켰다.154)

　　소세키의 자전적 소설 「道草」의 주인공 겐조는 곧 작가 자신이 모델이다.
영국에서 돌아온 겐조(소세키)가 역사와 사회속의 '인간'으로 돌아왔을 때,
그는 또한 무엇인가를 추구해야 한다. "무의미하게 시간을 죽인다는 건 그가
무엇보다도 두려워하는 것이었다. 그는 살아있는 동안 무엇인가를 완수하지
않으면 안 된다는 생각에 사로잡혀 있었다."155) 이미 소세키의 나이 37세,

---

154) 健三は自分の背後にこんな世界の控えている事を遂に忘れることが出來なくなった
　　。この世界は平生（へいぜい）の彼にとって遠い過去のものであった。しかしいざ
　　という場合には、突然現在に変化しなければならない性質を帶びていた。(…) 昔し
　　この世界に人となった彼は、その後自然の力でこの世界から獨り脱け出してしまっ
　　た。そうして脱け出したまま永く東京の地を踏まなかった。彼は今再びその中へ後
　　戻りをして、久しぶりに過去の臭(におい) を嗅 (か) いだ。それは彼に取って、三
　　分の一の懐かしさと、三分の二の厭 (いや) らしさとを齎 (もたら) す混合物であ
　　った。彼はまたその世界とはまるで關係のない方角を眺めた。すると其所 (そこ)
　　には時々彼の前を横切る若い血と輝いた眼を有 (も) った青年がいた。彼はその人
　　々の笑いに耳を傾むけた。未來の希望を打ち出す鐘のように朗かなその響が、健三
　　の暗い心を躍 (おど) らした。「道草」,『漱石全集』第六卷, p. 369.

155) 無意味に暇を潰 (つぶ) すという事が目下の彼には何よりも恐ろしく見えた。彼は
　　生きているうちに、何かし終 (おお) せる、またし終 (おお) せなければならない
　　と考える男であった。「道草」,『漱石全集』第六卷, p. 348.

장년기에서도 중허리를 넘어섰다. 중년을 넘어 영국유학을 다녀왔고, 이미 네 식구를 거느린 가장이었다. 사회적 연륜으로 보면 무엇을 새로 시작하기에 늦은 나이였고, 그만큼 쫓길 수밖에 없었다. 특히 그가 '완수'하고자 하는 '무엇인가'가 문학이라고 했을 때 그는 너무 늦은 나이에 출발조차 못하고 있는 셈이었다. "겐조는 실제로 그날그날의 일에 쫓기고 있었다. 집에 와서도 느긋하게 있을 시간이 전혀 없었다. 그런데다 자기가 읽고 싶은 걸 읽는 다든지 쓰고 싶은 걸 쓴다든지 생각하고 싶은 걸 생각하고 싶다는, 그런 욕망에 사로잡혀 있어서 여유라고 하는 것을 전혀 모른 채 늘 책상 앞에 달라붙어 있었다."156) '무엇인가를 완수하기 위해', '읽고 싶은 걸 읽고, 쓰고 싶은 걸 쓰고 싶다는 욕망에 사로잡혀' 웅크린 맹수처럼 책상 앞에 '달라붙어' 있을 때 소세키의 문학적 생애에 있어서 전기를 마련하게 될 러일전쟁이 일어났고(1904. 2.), 그는 마치 기다렸다는 듯 督戰詩「從軍行」을 써서 발표했다. 뒤이어 러일전쟁의 각 전투에서 연전연승한다는 소식이 날아들었고 소세키는 일본국민과 함께 흥분하면서 한껏 고양되어 있었다.

　　우리에게 怨讐 있으니 전함 외친다, / 怨讐를 용서할소냐 男兒의 意氣./우리에게 怨讐 있으니 勇士들 몰려든다,/ 怨讐를 놓칠쏘냐 勇士의 膽力./진한 핏빛인가 日本國의 깃발은,/殺氣 어려 怨讐에겐 비추지 아니 한다.//天皇의 명령이니 怨讐를 무찌르고,/ 臣民의 본분이니 저 멀리 나아 간다./백 리를 나아가 애써 돌아오지 아니하고,/천 리 2천 리 승리를 기약 함이라./찬란한 북두칠성은 하늘 저편,/ 오만한 怨讐는 북방에 있노니.157)

---

156) 健三は實際その日その日の仕事に追われていた。家（うち）へ歸ってからも氣樂に使える時間は少しもなかった。その上彼は自分の讀みたいものを讀んだり、書きたい事を書いたり、考えたい問題を考えたりしたかった。それで彼の心は殆（ほと）んど余裕というものを知らなかった。彼は始終机の前にこびり着いていた。「道草」, 『漱石全集』弟六卷, p. 296.

東京帝國大學 전임강사로 재직하던 나쓰메 소세키는 러일전쟁이 한창이던 1904년 5월 『帝國文學』에 신체시 「從軍行」을 발표하였다. 일본에서 소세키가 반국가주의·반제국주의자였다는 평가가 정설화된 것은 이미 오래 전의 일이다. 많은 연구자들은 그것을 지지했고, 그와 같은 인식은 연구자들뿐만 아니라 일본사회 전체의 그것이 되었다. 일본인을 대상으로 하는 여러 매체들뿐만 아니라 외국인을 대상으로 하는 역사 교과서조차 당시 일본이 아시아 지역으로의 제국주의적 무력진출에 대해 "이러한 일본정부의 행동 방식에 대해 반대한 것은 사회주의자와 나쓰메 소세키, 요사노 아키코 등의 文人이었다"[158]고 기술하는 대목에서도 현대 일본인들의 인식이 극명하게 드러난다.

소세키가 전쟁은 물론 군국주의를 부정하고 국가주의에 대해 비판적인 말을 남긴 것도 사실이었다. 근대문명화를 이룩하였던 대부분의 나라가 제국주의적 사고를 하나의 당위로 받아들이고 있었던 제국의 시대[159]에 소세

---

157) 吾に讎あり、縹緲吼ゆる、/ 讎はゆるすな、男兒の意氣。/吾に讎あり、貌狸群がる。/ 讎は逃すな、勇士の膽。/色は濃き血か、扶桑の旗は、/ 讎を照さず、殺氣こめて。//天子の命ぞ、吾讎撃つは、/ 臣子の分ぞ、遠く赴く。/ 百里を行けど、敢て歸らず、/ 千里二千里、勝つことを期す。/ 燦たる北斗は、御空のあなた、/ 傲る吾讎、北方にあり。「從軍行」,『漱石全集』第十二卷, pp. 468-469.

158) 東京外國語大學 編, 『留學生のための日本史』(東京: 山川出版社, 1990). 박유하, 「『인디펜던트』의 함정 - 나쓰메 소세키의 전쟁·문명·제국주의 - 」, 『나쓰메 소세키(夏目漱石)文學研究』, p. 156. 재인용.

159) 홉스봄(Eric John Hobsbawm)은 세계 자본주의의 형성과 발전이 이루어졌던 '長期 19세기'에 관한 하나의 연속된 연구인 그의 세권의 저서 제목을 『혁명의 시대(The Age of Revolution) 1789-1848』, 『자본의 시대(The Age of Capital) 1848-1875』, 『제국의 시대(The Age of Empire) 1875-1914』라고 하였다. 홉스봄은 『제국의 시대 1875-1914』에서 '자본의 시대'에 이룩했던 부르주아의 자신감은 곧이어 도래할 '제국의 시대'에 와서 갑작스런 파국에 처했다고 지적한다. 즉, 홉스봄은 '제국의 시대'를 자유주의적 자본주의가 발전하면서 필연적으로 배태시킬 수밖에 없었던 모순이 지배한 시대로 규정하고, 그 경과를 설명하고 있다. 여기서 홉스봄은 '제국의 시대'가 현재 생존하고

키의 그와 같은 발언은 물론 충분히 평가되어야 한다. 그럼에도 불구하고 소세키는 러일전쟁이 일어났을 때 「從軍行」과 같은 督戰詩를 남겼다는 것도 지나칠 수는 없다. 러일전쟁에 대한 일본국민의 반응은 광기와 다름 없었다. 겉으로 보기에는 러시아와의 전쟁이었으나 당시 일본의 분위기는 서양과의 전쟁으로 받아 들여졌다. 최재철이 "이 전쟁은 동양이 서양과 싸워 이긴 최초의 근대전으로서 일본이 전쟁에서 승리하자 서양에서는 이때 黃禍論이 대두되었다"[160]고 지적한 것은 저간의 사정을 말해주고 있다. 예상을 깨고 '對西洋戰爭'에서의 승전보가 잇달아 날아들었고, 마침내 승리로 귀착되었을 때 일본사회에서의 반응을 추측하는 것은 어렵지 않다. 일본사회 전반에 걸쳐 민족주의가 "제방을 넘쳐흘러 타락해" 가고 있었던 것이다.[161] 소세키가 신체시 「從軍行」을 발표한 것은 메이지 시대의 국가주의에 편승했음은 물론이다.[162]

소세키가 「從軍行」을 지은 배경에는 그가 성장하면서 피부로 체험한 가

있는 많은 사람들의 개인사들은 물론이고 현재의 사회와 밀접하게 연결되어 있기 때문에 특별한 주의를 가지고 관찰해야 한다고 지적하고 있다. Eric John Hobsbawm, 『제국의 시대』, 김동택 옮김(서울: 한길사, 1998), pp. 69-86.

160) 최재철, 『日本文學의 理解』(서울: 민음사, 1995), p. 79.

161) 피터 두으스는 일본국민 사이의 이와 같은 현상을 "대중적 제국주의"로 표현한다. 피터 두으스, 앞의 책, p. 146.

162) "메이지시대는 국가주의의 시대였다. 서양의 선진문물을 한발 앞서 접한 일본 지식인들은 西勢東漸의 국제정세하에서 국가의 독립을 꾀하는 한편, 근대국가 체제의 정비에 앞장서는 것을 역사적 사명으로 받아 들였다. 이미 만들어진 국가에서 삶을 영위하는 것이 아니라 메이지유신의 변혁 속에서 각자가 국가의 형성과정에 참여하고 있다는 자각은 '자기와 국가의 동일화'를 촉진했고, 이러한 일반적 정신태도는 필연적으로 국가주의의 형태를 띠게 되었다. 메이지시대의 국가주의에는 두 가지 유형이 존재했다. 첫째, 멸사봉공의 애국심으로 천황과 국가에 충성을 강요하는 위로부터의 국가주의, 둘째, 국민의 자발적 국가의식의 소산인 아래로부터의 국가주의가 그것이다." 松本三之介, 『明治井神の構造』(東京: 日本放送出版協會, 1981), pp. 20-22.

족국가사상―천황제 민족주의163)가 작용한 결과이지만 영국 유학시절을 통해 경험했던 서양 컴플렉스를 극복하고자 하는 일면도 없지 않았다. 러일전쟁의 승리는 소세키에게 있어서 자신감을 심어준 계기가 되었다.164) 특히 1905년 1월 노기 마레스께(乃木希典: 1849-1912)가 지휘하는 뤼순(旅順) 전투, 같은 해 3월 오오야마 이와오(大山巖: 1842-1916)가 이끄는 25만의 일본육군이 32만 러시아군과 치열한 전투 끝에 7만여 명의 사상자를 내는 희생을 치른 끝에 펑텐(奉天)전투에서의 승리한 후인 같은 해 5월 『新潮』에 게재한 담화 「批評家의 立場(批評家の立場)」에서 소세키는 일본군에 대한 칭찬을 아끼지 않을 뿐만 아니라 당시의 세계를 자아로 인식한다.165) 즉, 이광수의 경우와 마찬가지로 소세키는 二者關係的 인물이다. 소세키는 "서양만이 반드시 훌륭한 것은 아니다. 일본에는 일본 고유의 특색이 있다. 그 특색을 발휘하는 것이 무엇보다도 훌륭한 것이다. 동시에 자기의 특색을 발휘하는 것이 훌륭한 것이다"166)고 하여 일본 특유의 가족국가사상에 기초

---

163) 여기서 '天皇制 民族主義'란 임시용어이다. 일본 특유의 家族國家思想이라고 요약할 수 있는 그 성격에 대해서는 뒤의 「일본 민족주의의 특성」에서 다시 논의한다.

164) 日露戰爭というものは甚 (はなは) だオリヂナルなものであります。インデペンデントなものであります。あれをもう少し遣っておったならば負けたかも知れない。宜 (よ) い時に切り上げた。その代り澤山金は取れなかった。けれどもとにかく軍人がインデペンデントであるということはあれで証據立てられている。「模倣の獨立 – 大正二年十二月十二日 第一高等學校に於て」, 『漱石全集』 第十六卷, p. 425.

165) "나는 군인이 훌륭하다고 생각한다. 서양의 利器를 서양에서 들여와서, 목적은 러시아와 싸움이라도 하려고 하기 때문이다. 일본의 특색을 넓히기 위해, 일본의 특색을 발휘하기 위해, 이 利器를 구매한 것이다. 문학자가 서양의 문학을 이용하는 것은, 자기의 특색을 발휘하기 위해서가 아니면 안된다. 그것이 언뜻 보아 노예의 느낌이 든다고 하는 것은 불유쾌하다.(僕は軍人がえらいと思ふ。西洋の利器を西洋から貰つて來て、目的は露國と宣嘩がもしようといふのだ。日本の特色を擴張するため、日本の特色を發揮するために、この利器を買つたのだ。文學者が西洋の文學を用ゐるのは、自己の特色を發揮する爲がならん。それが一見奴隷のか觀あるのは不愉快だ。)" 「批評家の立場」, 『漱石全集』 第十六卷, p. 451.

한 문화적 민족주의의 입장을 확실히 했다. 당시 소세키는 그의 첫 소설 「고양이」를 집필 중이었다. 따라서 당시 소세키의 발언은 그의 첫 작품 「고양이」를 이해할 수 있는 한 배경이 된다.

1905년 5월말 도고 헤이하찌로(東鄕平八郞: 1847-1934) 휘하의 연합함대가 대한해협 근처에서 대규모 러시아함대를 격침시켰다. 전쟁이 일본의 승리로 완전히 기우는 분위기속에서 소세키는 같은 해 8월『新小說』에 발표한 「戰後文學界의 趨勢」에서 일본이 "연전연승하고 있는 것은 물질적인 면뿐만 아니라 정신계에도 영향을 미칠 것"이라고 주장하였다.[167] 이 글에

---

166) 西洋ばかりが必ずしもえらいのではい。日本には日本固有の特色がある。其他色を
　　發揮することが何よりえりいのた。同時に自己の特色を發揮するのがえらいのだ。
　　「批評家の立場」,『漱石全集』第十六卷, p. 451.

167) "일본은 오늘날에 있어서는 連戰連勝－평화극복후에 있어서도 유사 이래 불멸의 大
　　戰勝國의 명예를 짊어진다는 것은 말할 필요가 없다. 단지 힘으로 전쟁에서 승리했다
　　고 할 수 있을 뿐만 아니라 일본국민의 정신상에도 커다란 영향을 미칠 것이다. (…)
　　그럼에도 불구하고 오늘날의 전쟁이 시작된 이래 非常한 성공으로, 상대는 그 유명한
　　유럽 제일의 완고하고 강하다고 하는 러시아이다. 그것을 敵으로 해서 연전연승한다고
　　하는 것－이 연전연승이라는 의미는 전함을 격침시키고 敵을 죽인다고 하는 물질적인
　　것이지만, 이 반향은 정신계에도 非常한 원기를 북돋아줄 것이기 때문에, 오늘날까지
　　도 두려움의 소리를 높이고, 이번 전쟁을 하는데 있어서도－당국의 成算은 우리들이
　　알 바 아니지만, 우리들은 처음부터 死力을 다해 죽느냐, 사느냐 하는 정신이었지만
　　이렇게 승리를 하고 보니 국민의 진가가 사실로 드러난 것 같은 기분이 드는 것이다.
　　(兎に角日本は今日に於ては連戰連捷－平和克復後に於ても千古空前の大戰勝國の
　　名譽を荷ひ得る事は爭ふべからずだ。こゝに於てか啻に力の上の戰爭に勝つたとい
　　ふばかりでなく、日本國民の精神にも大なる影響が生じ得るであらう。(…) 然るに
　　玆に今回の戰爭が始つて以來非常な成功が、對手は名におふ歐洲第一流の完固强
　　いといふ露西亞がある。それを敵にして連戰連捷といふ有樣－この連戰連捷といふ
　　意味は船を沈め敵を斃すといふ物質の事があるが、然しこの響は精神界へも非常な
　　元氣を與へるので、今日まで恐れの叫びを高くして、今度戰爭をするのにも－當局
　　の成算は吾々のひ窺る知で所はなをへるで、吾々は最初から死力を盡し、生きるか
　　、死ぬかといふ精神であつたが、斯う勝を制して見ると國民の眞價が事實の上に現
　　はれた心地がする。)" 「戰後文界の趨勢」,『漱石全集』第十六卷, pp. 453-457.

서 소세키가 러시아와 '유럽'을 동일시하고 있는 대목에 유의할 필요가 있다. 즉, 러일전쟁은 곧 對유럽전쟁이요, 러일전쟁의 승리는 곧 對'유럽'전쟁의 승리라는 논리다. 러일전쟁에서 일본의 승리를 서양 컴플렉스에 대한 극복의 기제로 삼고 있다는 것을 거듭 확인할 수 있는 대목이다. 같은 글에서 소세키는 메이지유신 이래 일본사회를 구체적으로 분석한다.[168] 메이지유신 이래 일본사회의 문명개화 수입 자체를 전쟁으로 인식한 그는 러일전쟁이라는 '물질적 전쟁'에서의 승리가 곧 '평화의 전쟁'에서의 승리의 기회라고 주장하는 것이다.

야마토정신(大和魂)은 자신감과 자각 끝에 커다란 외침으로 변화해 왔다. (…) 넬슨도 위대할지는 모르지만, 우리 도고대장은 그 이상이라는 자부심이 생겼다. 이 자신자각이 개발되어져 가면 그 반향은 모든 면에서 파급될 것이다. (…) 지금까지는 서양에는 못 미치며 무엇이든 서양을 모방하지 않으면 안된다고 생각하여 모두가 서양을 숭배하고 서양에 심취해 있었지만, 자신감을 갖게 되면 그러한 생각도 달라진다. 일본은 어디까지나 일본이다. 일본에는 일본의 역사가 있고 일본인에게는 일본인의

---

168) "오늘날까지는―유신후 서양과 교류한 이래 전쟁은 없었다. 그것은 포연과 탄환이 쏟아지는 무력의 전쟁이 없었다는 것이지, 물질적 정신적 측면에서 평화의 전쟁은 늘 벌어지고 있었다. (…) 그러나 서양문명의 은혜를 받은 대가로서 얼마간 그들에게 침식되는 경향이 있었다. 만사 구석구석이 그러했다. 학문은 물론이고 예의, 법식, 음식, 풍속에 이르기까지 서양을 따르게 되었다. 즉 인정, 풍속이 다른 서양이 중심이 되었다. 곧 이 평화의 전쟁에서는 패배했다.(今日までは―維新後西洋なるものを知つて以來、西洋との戰爭はなかつたのである。然しそれは砲烟彈雨の間に角をするの戰爭はなかつたといふまでで、 物質上、精神上には平和の戰爭は常に爲されつたのである。(…) が然しこの庇蔭を蒙る上かせその報酬として幾分か彼に侵蝕される傾向はあつたのである。これは諸事萬端がさうかであつた。精神界の學問の事は無論として、禮義、作法、植物、風俗の末に至るまかて漸くこれに則るといふやうなことになつた。つまり風俗人情の異つた西洋が主となつて來た。卽ちこの平和の戰爭には敗北した。)"「戰後文界の趨勢」, p. 453.

특성이 있다. 억지로 서양을 모방한다는 것은 옳지 않다. 서양만이 표준
이 아니다. 우리들도 표준이 될 수 있다. 그들에게 이기지 못한다고 하는
것은 없다고 하는, 이런 생각이 들기 시작한다.169)

「從軍行」을 비롯하여「模倣과 獨立」,「批評家의 立場」, 그리고「戰後文
學의 趨勢」등 이 무렵에 집필된 소세키의 일련의 문자적 행위에는 천황제
민족주의 정신이 충만해 있다. 특히 '야마토정신(大和魂)은 자신감과 자각
끝에 커다란 외침으로 변화해 왔다'고 하는 대목에서 그가 얼마나 천황제
민족(주의) 의식에 사로잡혀 있는가를 단적으로 보여주고 있다. 천황제 민족
주의의 처음과 끝은 가족국가사상이지만, 이 시기의 그것은 침략적 제국주
의의 얼굴을 하고 있는 중이었다. 소세키는 침략적 제국주의를 위해 충분히
복무하고 있는 중이었고, 작가 소세키의 내적 요인으로서 그것은 곧 '아비'
찾기의 일환에 다름 아니다.

이제부터는 성공한다. 이제부터는 대걸작이 제작될 것이다. 결코 서양
(문학)에 뒤떨어지지 않을 것이다. 서양문학에 비교될만한 것, 아니 그
이상의 작품을 나오지 않으면 안된다. 만들어낼 수 있다고 하는-기개가
나온다.170)

---

169) 大和魂は、眞實に自信自覺して出た大なる叫びと變化して來 た。(…) ホルソンも偉
   いかも知れぬが、我が東鄉 大將はそれ以上であるといふ自信が出る。この自信自覺
   が開わてくると、この反響はあらゆる方面に波及して來る。(…)今までは西洋には
   及ばない、何でも西洋を眞似なければならぬと、一も二もなく西洋を崇拜し、西洋
   に心醉して居たものが、一朝飜然として自信自覺の途が啓けて來ると、その考へも
   違つて來る。日本はどこも日本でとある。日本には日本の役事がある。日本人には
   日本人の特性がある。あながちに西洋を模倣するとこいふのはいけぬ。西洋ばかり
   が模範ではない、吾々も模範となり得る。彼に勝ぬといふことはないと、かう考
   へが付いて來る。「戰後文界の趨勢」,『漱石全集』第十六卷, p. 457.
170) これからは成功する。これからは大傑作が制作される。決して西洋に劣けは取らぬ

러일전쟁의 승리가 가져온 자신감의 반향이 전체 일본사회는 물론 문학계에도 파급되어 대걸작이, 서양문학 이상의 작품이 나올 것이라고 말하는 소세키의 어조는 자신감에 넘쳐 있다. 나아가 소세키는 지금까지의 문학자들과 비평가의 잘못된 시각을 비판하고 변화를 피력한다. 메이지 유신 이래 서양예술 가져오기, 흉내내기, 그리고 서양예술을 표준으로 일본예술을 평가해 온 것에 대해 "일본인은 서양의 그림을 들고 나와 표준을 서양의 것에서 취하지만 이것은 떡집의 표준으로 술집을 평가하는 것과 같다"[171]고 반성을 촉구한 것이다. 일본문학자는 일본이라는 잣대를 가져야 하며, 그렇게 함으로써 일본문학도 세계에 자랑할만한 새로운 것이 있다는 확신을 갖게 되었다고 강조했다.[172] 소세키의 이와 같은 문학관이 도달하는 위치가 과연 어느 지점에 위치한 文學일는지를 추측하는 것은 어렵지 않다.

戰後에 있어서 경제적인 변화로서 일본의 富가 이전보다도 팽창하게 되면 모든 사치스런 직업이라든가 사업 등이 따라서 발전하게 된다. 문학도 이와 같아서, 물론 이 부분에 속해 발달하게 되므로 부의 힘은 이와 같은 종류의 사업을 필요로 하게 된다. (…) 영국 엘리자베스시대에 문학

。西洋のに比較され得るもの、いやそれ以上のものを出さねばならぬ。出すことも出來得るといふ一氣概が出て來る。「戰後文界の趨勢」, 『漱石全集』 第十六卷, p. 458.

171) 日本人は西洋の畫を持ち出しつ標準を西洋に取るが、これは餠屋の標準で酒屋を評するのと一つだ。「戰後文界の趨勢」, 『漱石全集』第十六卷, p. 458.

172) 소세키가 서양문학에 없는, 일본 고유의 것으로서 예를 드는 것은 하이쿠(俳句)이다. 소세키가 일찍이 청소년시절부터 하이쿠를 지었던 것은 논의한 바 있지만, 그가 하이쿠를 세계에 자랑할만한 문학으로 드는 것은 또 하나의 '本家찾기'에 다름 아니다. 소세키는 이미 1898년 11, 12월『호토토기스(ホトトギス)』에 기고한 「不言知言」에서 하이쿠와 서양시의 차이를 논의한 바 있다. "俳句に禪味あり。西詩に耶蘇美あり。考に俳句は淡白なり。洒落なり。時に出世間的なり 西詩は濃厚なり何處迄も人情を離れず。"「不言知言」, 『漱石全集』第十二卷, p. 276.

이 융성했던 이유의 하나는 에스파냐의 함대를 격파함으로써 세계가 넓
어지고 즐거움을 만끽하려는 경향이 생겼기 때문이다. 그러한 자유로운
공기 속에서 창작을 하니까 활력이 분출하고 궁색함이 없어 세상 사람이
놀랄 정도로 문학이 융성하게 되었다.[173]

　전쟁 승리의 분위기를 경제발전은 물론 문학발전의 계기로 삼아야 한다는
주장이다. 소세키의 이와 같은 주장은 근대소설의 발생론을 주장하는 다른
연구자들과 크게 다르지 않은 분석이기는 하다.[174] 같은 주장이라고 해도
소세키의 심정적 배경은 달랐다. 영국이 스페인과의 패권다툼에서 승리를
거둠으로써 근세 이후 제국주의 종주국의 길을 걷게 되었다는 점을 상기할
때, 소세키의 주장은 제국주의 찬양에 다름 아니다. 즉, 문화의 전파와 수용
을 약육강식의 논리에 의한 지배와 피지배의 계서제(hierarchy)속에서 파악
하고 있는 것이다.[175] 즉, 소세키의 민족주의는 '타락한' 민족주의—제국주
의의 그것에 다름 아니다. 물론 그 밑바탕에는 가족국가사상, 천황제 민족주

---

173) 戰後に於ける經濟的變化で、日本の富が在來よりも膨脹して來れば、すべての贅澤
　　な職業とか事業とかが從つて發達して來る。文學の如きも無論この部分に屬して發
　　達して來るので、富の力はかゝる種の事業を必要ならしめる。(…) 英國のユリサベ
　　ス時代の文學の興つたのはスパニツシ、ア｜メ｜ダの艦隊を破つたので天地が廣く
　　なつて歡迎を盡す方面に一般の氣風が向き、世の中が自由であるといふ氣で作する
　　とから勃々たる生氣が湧いて來いて、決して窮屈の態が無い。人を愕すやうぱつち
　　と文學が盛んになつた例證に見ても解ることである。「戰後文界の趨勢」,『漱石全
　　集』第十六卷, pp. 459-460.

174) "독서계층의 점진적인 확장이 그들에게 소개된 문학을 발달시키는데 영향을 끼쳤다."
　　Leslie Stephen, *English Literature and Society in the Eigsteenth Century*(London, 1904),
　　p. 24. Helen Sard Hughes, The Middle Class Reader and the English Novel, *JEGP*,
　　ⅩⅩⅤ(1926), pp. 362-378. 이언 와트 역시『소설의 발생』에서「독서계와 소설의 발
　　생」, 나아가 자본주의와 소설이 발달에 대해 상세히 논구하고 있다. 이언 와트, 앞의
　　책, pp. 49-119를 참고하시오

175) 윤상인, 앞의 논문, p. 246.

의가 위치하고 있다. 이와 같은 근거는 그가 제1차 세계대전이 일어난(1914. 7.) 직후(같은 해 11월)에 행한 강연 「나의 個人主義(私の個人主義)」에서 저 유명한 '自己本位'主義 주창과 무관하지 않다. 여기서 소세키는 후기 영국유학시절부터 품어온 '문학이란 무엇인가?'라는 물음에 대해 그 개념을 自力으로 만들어내는 것이 곧 자신을 구하는 길이라는 것을 깨달았다고 했다. 지금까지는 완전히 타인본위로서 "흉내내기(人眞似)"만 일삼으면서 뿌리 없는 부평초같이 주변만을 떠돌아 다녔으나 그것이 잘못되었다고 반성하면서 자기본위를 주창하였다.176)

　　나는 이 자기본위라는 말을 내 손에 쥐고 나서 아주 강해졌습니다. 그들이 뭐냐 하는 기개가 생겼습니다. 지금까지 망연자실하고 있던 나에게 여기에 서서 이 길로 이렇게 가야 된다고 지도해준 것은 실로 이 자기본위 넉 字였습니다. (…) 자백하건대, 나는 이 넉 자로 출발한 것입니다. (…) 그때서야 내 불안은 완전히 사라졌습니다. 나는 경쾌한 마음으로 음울한 런던을 바라보았습니다. 비유해서 말하면 나는 다년간 오뇌한 끝에 드디어 내 부리로 딱 소리를 내며 광맥을 찾아낸 것 같은 기분이었습니다.177)

---

176) この時私は始めて文學とはどんなものであるか、その概念（がいねん）を根本的に自力で作り上げるよりほかに、私を救う途はないのだと悟（さと）ったのです。今までは全く他人本位で、根のない萍（うきぐさ）のように、そこいらをでたらめに漂（ただ）よっていたから、駄目（だめ）であったという事にようやく氣がついたのです。私のここに他人本位というのは、自分の酒を人に飲んでもらって、後からその品評を聽いて、それを理が非でもそうだとしてしまういわゆる人眞似（ひとまね）を指すのです。『私の個人主義』、『漱石全集』第十一卷、pp. 442-443.

177) 私はこの自己本位という言葉を自分の手に握（にぎ）ってから大変強くなりました。彼（かれ）ら何者ぞやと氣慨（きがい）が出ました。今まで茫然（ぼうぜん）と自失していた私に、ここに立って、この道からこう行かなければならないと指図（さしず）をしてくれたものは實にこの自我本位の四字なのであります。自白すれば

이 강연에서 소세키가 '나는 독립한 하나의 일본인이고, 결코 영국인의 노예가 아닌 이상, 이와 같은 견해는 국민의 일원으로서 필수적으로 갖고 있어야 한다'고 주장했을 때, 그것이 서구 중심주의를 거부하는 민족주의적 발언이요, 개인적으로는 영국유학시절부터 괴롭힘을 당해온 서양 콤플렉스에서 탈출하고자 하는 몸부림이었다고 해도, 또한 그것이 민족적 긍지를 찾고자 하는 바람직한 발전적 측면이었다고 해도, 러일전쟁 직후의 '자기본위'적 일련의 주장들, 그리고 제1차 세계대전 발발후의 '자기본위'주의 주창 등 일본이 개입된 전쟁직후의 이와 같은 언술들에는 가족국가사상으로 무장된 제국주의, 국가주의의 일원인 소세키의 천황제 민족주의 의식이 바탕하고 있음은 물론이다.

『호토토기스(ホトトギス)』의 책임자 다카하마 교시(高浜虛子)가 소세키에게 원고청탁을 한 것은 러일전쟁중인 1904년 12월이었다. 교시는 소세키의 친구이며 하이쿠 스승이었던 마사오카 시키와 제자관계에 있었으므로 마쓰야마중학 교사시절부터 알고 지내는 사이였다.[178] 또한 영국유학시절부터 소세키는『호토토기스』에「倫敦消息」,「自轉車日記」등과 같은 짧은 수필과 평론 등을 발표해 왔으므로 원고청탁은 새로운 것이 아니었다. 물론 東京帝國大學 영문학 강사겸 東京第五高等學校 영어교수라는 현직에 있

私はその四字から新たに出立したのであります。(…) その時私の不安は全く消えました。私は輕快な心をもって陰鬱 (いんうつ) な倫敦を眺めたのです。比喩 (ひゆ) で申すと、私は多年の間懊惱 (おうのう) した結果ようやく自分の鶴嘴 (つるはし) をがちりと鑛脈に掘 (ほ) り當てたような氣がしたのです。「私の個人主義」,『漱石全集』第十一卷, p. 445.

178) 잡지『호토토기스(ホトトギス)』는 하이쿠 전문지로서 마사오카 시키가 1897년 마쓰야마에서 창간했다. 이듬해 발행소를 도쿄로 옮겼고, 교시가 시키의 뒤를 이어 발행인이 되었다. 이후 이 잡지에는 근대 하이쿠 외에 소세키의「고양이」,「도련님(坊っちゃん)」, 이토 사치오(伊藤左千夫)의「들국화의 무덤(野菊の墓)」등의 소설도 발표되었다.

었던 소세키에게 이와 같은 글쓰기는 일종의 餘技였다.[179] 원래 교시로부터
"山이 있는 문장을 써 달라"는 원고청탁[180]을 받았으나 소세키는 평소 때와
는 달리 소설을 써내려갔다.

> 나로 말하면 고양이다. 이름은 아직 없다. 내가 어디서 태어났는지도
> 도통 짐작이 안간다. 아무튼 어두컴컴하고 습한 곳에서 야옹야옹 울고
> 있었던 것만은 기억하고 있다. 나는 거기서 처음으로 인간이라는 걸 보았
> 다. 더구나 나중에 들은즉 그건 서생(書生: 남의 집 가사를 돌보며 일하는
> 사람-역주)이라고 하는, 인간들 가운데서도 가장 영악한 족속이었다. 이
> 서생이라는 족속은 이따금 우리 고양이족을 삶아 먹는다는 이야기도 있
> 다.[181]

고양이의 눈을 통해 풍자적으로 묘사한 소세키의 첫 소설 「고양이」는
1905년 1월 『호토토기스』에 발표되었다. 일본의 국민영웅 노기장군이 지휘

---

179) 當時の漱石にとつて、創作は、あくまで餘技であり、道樂であつた。(밑줄은 원문의
    방점을 인용자가 편의상 바꾼 것이다.) 小宮豊隆,「『吾輩は猫である』解說」,『漱石全
    集』弟一卷, pp. 541-542.
180) 權赫建,『일본근대소설연구-나쓰메 소세키를 중심으로-』, p. 98.
181) 吾輩 (わがはい) は猫である。名前はまだ無い。どこで生れたかとんと見當 (けん
    とう) がつかぬ。何でも薄暗いじめじめした所でニャーニャー泣いていた事だけは
    記憶している。吾輩はここで始めて人間というものを見た。しかもあとで聞くとそ
    れは書生という人間中で一番獰惡 (どうあく) な種族であったそうだ。この書生と
    いうのは時々我々を捕 (つかま) えて煮 (に) て食うという話である。「吾輩は猫で
    ある」,『漱石全集』第一卷, p. 5. 나쓰메 소세키의 소설「나는 고양이로소이다(吾輩は
    猫である)」는 그의 작품 가운데 국내에서 가장 먼저, 자주 번역된 작품이다. 원저자를
    생략한 채 번역자를 중심으로 소개하면 다음과 같다. 金聲翰,『나는 고양이다』·『봇짱』
    (乙酉文化社, 1962), 関丙山,『나는 고양이다』;『三省版 世界文學全集』8(三省出版
    社, 1975), 関丙山,『나는 고양이다』(信永出版社, 1994), 関丙山,『나는 고양이다』(서
    울: 중앙미디어, 1995), 유유정,『나는 고양이로소이다』(문학사상사, 1997). 여기서는
    유유정의 번역을 주로 참고한다.

하는 일본군 제3군이 뤼순총공격에서 203고지를 점령한 뒤 러시아군의 항복을 받아냈고 뤼순에 입성할 무렵이었다. 물론 「고양이」는 전쟁 자체를 소재로 한 작품은 아니다. 그럼에도 불구하고 「고양이」는 전쟁과 깊은 관계를 맺고 있다. 에토 준(江藤淳)이 지적한 바와 같이 러일전쟁의 승리가 「고양이」 출현에 일정부분 작용[182]하고 있었을 뿐만 아니라 (뒤에서 논의하겠으나) 작품 안에서 작중인물을 통해 러일전쟁에 고무되고 또한 전쟁을 부추기는 진술들을 하고 있는 것이다.

「고양이」의 출현은 당시 일본문단에서 몇 가지 파격을 보여 주었다.[183] 첫째, 대학교수가 38세라는 늦은 나이에 발표한 최초의 장편소설이라는 점이다. 둘째, 자연주의 소설이 풍미하는 당시 일본문단에 전혀 다른 소설―고양이라는 1인칭 화자가 등장해 서사를 진행하는 풍자소설로서 문단안팎에 신선한 충격을 주었다는 점이다.[184] 넷째, 「고양이」를 하이쿠 잡지 『호토토

---

182) "나쓰메는 직접 전쟁을 소재로 삼지 않고, 전황에 대해 언급하는 것조차 드물었지만, 그의 창작의욕 분출의 배경에는 일본군의 승리가 얼마간 작용했을 지도 모른다. 난공불락을 자랑하던 뤼순요새의 203고지는 11월 30일부터 개시된 제7사단의 강공에 의해 드디어 함락되었고, 이 고지에 설치된 28센티 유탄포는 뤼순 항에 정박해 있던 러시아전함을 모조리 격침시켰다. 이와 같은 전황의 추이를 들으면서 아마도 그는 영국유학 이래 의식 속에서 무겁게 짓누르고 있던 암운이 걷히고 서양문명의 중압에서 해방된 것을 의식의 심층에서 느끼고 있었던 것이다." 江藤淳, 『漱石とその時代』, 第二卷(東京: 新潮社, 1970), p. 360.

183) 고미야는 「고양이」의 출현에 대해 당시 협소했던 일본문단에서 "破天荒的인 일"이었다고 문학사적 평가를 내리고 있다. "文學史的に言へだ、別に破天荒の事でもなんでもないと、(…) 當時文壇の視野が狹小で、" 小宮豊隆, 「『吾輩は猫である』解說」, 앞의 책, p. 546.

184) 一口に言へば、文壇的には正に驚異であつたには違ひないが、小宮豊隆 「『吾輩は猫である』解說」, 『漱石全集』 弟一卷, p. 543. "『吾輩は猫である』는 일본 근대문학사상 유례를 찾을 수 없는 상당히 독특한 소설이다. 그 문학적인 가치는 차제에 두고라도 우선 특이하다는 면에서 空前絶後의 작품이라고 일컬어지고 있다." 金宣咏, 「夏目漱石의 『吾輩は猫である』論」, 석사학위논문(忠南大學校 敎育大學院, 1992), p. 1.

기스』에 발표했다는 점이다. 이 점은 소세키의 성격의 일단을 엿볼 수 있는 기제일 뿐만 아니라 「고양이」를 餘技로 썼다는 한 반증이지만, 고미야(小宮豊隆)가 지적한 바와 같이 당시 일본의 기성문단을 무시한 처사일 수도 있다.[185] 다섯째, (소세키는 餘技로 썼고, 『호토토기스』 역시 하이쿠 전문지로서 일종의 '餘技'로 게재했음에도 불구하고) 문단 안팎, 특히 독자들의 반응이 의외로 매우 좋았다는 점이다. 여섯째, 따라서 원래 연재 1회분의 제1장으로 끝낼 예정이었던 짧은 소설이었으나 의외의 호평 속에 1906년 8월까지 10회에 걸쳐 연재되어 현재의 장편소설이 되었다는 점이다.

「고양이」는 소세키의 최초의 소설일 뿐만 아니라 그의 출세작이다. 이후 소세키는 왕성한 창작의욕으로 작품을 발표했다. 같은 해 『帝國文學』에 단편소설 「런던탑(倫敦塔)」(1905. 1), 『學鐙』에 에세이 「칼라일 박물관(カライル博物館)」(1905. 1), 『호토토기스』에 「환영의 방패(幻影の盾)」(1905. 4), 『七人』에 「거문고소리(琴のそら音)」(1905. 5), 『中央公論』에 「칼라일박물관(カライル博物館)」(1905. 9), 「해로행(薤露行)」(1905. 11), 『帝國文學』에 「취미의 유전(趣味の遺傳)」(1906. 1), 『호토토기스』에 장편소설 「도련님(坊っちゃん)」(1906. 4), 『新小說』에 「풀 베개(草枕)」 등을 잇달아 발표한 것이다.

1) 일본 민족주의의 특성

일본의 민족주의를 고찰하는 데는 많은 고충이 있다. 일본에서 민족주의

---

185) 『ホトトギス』は俳句の雑誌としつ、文壇とは殆んは交渉のない雑誌であつた。その意味で漱石の『猫』は、そのすべてにて、既成文壇を無視して書かれた作品だつたのである。위의 글, p. 544.

가 발전된 형태가 독특하기 때문이다. 좀더 구명해 들어가면, 결국은 일본의 근대국가로의 발전 그 자체의 특이성에 귀착될 것이다. 마루야마 마사오(丸山眞男)의 "일본 민족주의는 유럽의 고전적 내셔널리즘과 구별되는 아시아형 내셔널리즘에 공통된 요소들을 지님과 동시에, 다른 한편에서는 중국·인도·동남아시아지역 등에서 나타나는 내셔널리즘과도 뚜렷하게 다른 특성들을 가지고 있어서, 차라리 그 점에서 말하자면 유럽 내셔널리즘의 한 變種형태라고도 규정할 수 있는 면을 아울러 갖추고 있다는 사실 때문에 더욱 복잡해진다"[186]는 지적은 일본 민족주의의 특수성에 대한 논의의 고충을 토로한 일단이다. 일본 민족주의에 도구론과 원초론을 적용할 때도 혼란이 생긴다. 민족주의의 근대적 의미에 유의할 때, 일본이 非유럽국가로서 고도로 근대화한 유일한 국가[187]이며, 제국주의 국가였다는 측면에서 전자가 유익하겠으나, 또한 전근대적 가족국가사상에 기초한 국가주의·군국주의로 나아간 측면을 고려하면 후자의 그것이 편리한 논의방법이 될 것이다. 결국 일본 민족주의는 가족국가사상에 기초한 천황제 민족주의, 그리고 '유럽 내셔널리즘의 한 변종'형태로서 독일과 같은 서양의 후발 선진국과 닮은 점이 있고, 일본 스스로 독일의 문명을 모방하려고 했다―일본은 근대화 초기에 영국을 모방하였으나 제국주의 대열에 편승한 이후 독일쪽으로 기울어졌다―는 점에서 원초론이 더욱 유효하게 적용될 수 있다.

　일본 민족주의는 전근대적 민족주의와 근대적 민족주의로 구분하여 논의했을 때, 후자의 기점은 물론 일본의 '근대' 자체의 그것과 동일하다. 1854년 개항이 그것이다. 그러나 근대적 민족주의라고 해도 일본의 경우, 동아시

---

186) 丸山眞男, 「일본의 내셔널리즘―그 사상적 배경과 전망」, 『民族主義란 무엇인가』, p. 275.

187) 라이샤워, 『일본 근대화론』, 이광섭 옮김(서울: 소화, 1997), p. 36.

아의 다른 두 나라―한국과 중국의 그것과는 매우 다른 경로를 걸었다.[188] 즉, 일본의 민족주의는 부르주아적 민족주의와 민중적 민족주의의 구분도 쉽지 않다. 오히려 시기적 구분으로 마사오의 지적과 같이 1945년 8·15 제2차 세계대전의 패전을 기점으로 戰前 민족주의와 戰後 민족주의로 뚜렷하게 구분되는 특수성을 갖고 있다. 그러나 나쓰메 소세키의 민족주의는 이와 같은 구분에 무관하다. 굳이 적용한다면 戰前 민족주의에 한정될 수밖에 없다. 그중에서도 일본 근대적 민족주의의 개척기라고 할 수 있는 메이지(明治)시대(1868~1912)가 논의의 초점이다.

메이지 천황은 나쓰메 소세키가 태어나기 1년 전인 1868년 8월 27일 즉위했다. 250년간 통치했던 바쿠후(幕府)체제가 종말을 고하고 천황제를 회복한 이른바 '메이지시대'가 열린 것이다. '메이지 유신'은 도쿠가와 바쿠후를 몰락시킨 사건에만 한정되는 것이 아니라 이후에 있는 여러 개혁들을 포괄적으로 일컫는다. 1868년부터 1890년에 이르는 20년 동안 일련의 개혁들이 선포되었고, 입헌정부를 수립하였으며 근대 산업화의 길을 준비하였다. 이 과정에서 일본의 지도자들은 서구사회의 사상과 제도에서 많은 것을 가져왔음은 물론이다. 1868년에 군력을 잡은 정부의 새 지도자들은 어린 천황으로 하여금 제국헌장선언에서 "세계만방으로부터 지식을 추구하여 천황통치의 바탕을 강화할 것이다. 옛 시대의 어리석은 풍습을 타파하고 모든 행동은 국제적 쓰임에 바탕할 것이다"라고 천명케 하였다. 이후 20년 동안 일본

---

188) "그것은 일본이 (1945년-인용자주) 8·15 이전에 '울트라(ultro-極右的)'라는 형용사를 머리에 이는 최고도의 내셔널리즘과 그 참담한 결과를 한번 경험했기 때문이다. 아시아지역 나라들 가운데 일본은 내셔널리즘에 관해서는 처녀성을 잃은 유일한 나라이다. 극동지역의 다른 나라들에서는 내셔널리즘이 싱싱한 에네르기가 용솟음치는 청년기의 위대한 혼돈을 잉태하고 있는 것과는 반대로, 홀로 일본만은 그 '발흥(勃興)－난숙(爛熟)－몰락(沒落)'의 주기를 일단은 다 거쳤다." 丸山眞男, 앞의 논문, p. 276.

은 서구문명에 중독된 시대라고 일컬어지는, 과거 어느 때와 다른 '借用의 시대'를 낳았다. 일본에서의 "서구화는 그렇게 짧은 시간에 세계 어느 국민에 의해서도 경험되지 않은 가장 놀라운 변형이었다."[189] 그럼에도 불구하고 당시 일본의 많은 '서구화 주창자들'은 어떤 면에서 반서구주의자들이었다. 그들에게 있어서 서구화란 곧 반서구의 목적달성을 위한 하나의 수단이었다.[190] 소세키 역시 서구화/반서구화 사이에 놓인 이중적 인물이었다.

도쿠가와 시대에서 메이지시대로의 바뀜은 곧 쿠데타—한 봉건집단이 다른 집단으로 바뀌는 것을 의미할 뿐이었다.[191] 따라서 근대적 변화는 정치적으로 오히려 전근대로 후퇴하는 모습을 보이기도 하였다. 일례로 1870년 1월 메이지정부가 왕정복고를 위한 祭政一致의 입장에서 神道의 국교화를 목표로 하는 「大教宣布」의 詔書를 공포한 것이 그것이다. 국민들에게 천황의 조상신과 天皇을 숭배하라는 포교정책이다. 기라타니 고진이 '풍경이 발견된 시대'라고 분석하는 메이지 20년대(1887-1896)[192]—이 시기는 소세

---

189) R. R. Palmer·Joel Coton, *A History of Modern World*, N.Y. 1971, p. 600.

190) 케네스 B. 파일, 『近代日本의 社會史』, 박영신·박정신 옮김(서울: 현상과 인식, 1986), p. 94.

191) "메이지유신은 프랑스혁명 당시 중요시되었던 자유, 평등 및 박애와 같은 그런 새 가치들을 위하여 일어난 혁명도, 변혁도 아니다. 오히려 역사에 아주 흔해빠진 옛 가치를 가지고 수행된 하나의 변화였다. 그것은 물려받은 전통적 목표를 이루고자 한 사람들에 의하여 수행된 하나의 변화이다." Albert Craig, *Choshu in the Meiji Restoration* (Combridge: Mass, 1961), pp. 20-21.

192) 기라타니에 기대면 '풍경'이란 하나의 인식 틀이며, 일단 풍경이 생기면 곧 그 기원은 은폐된다. 그것은 처음부터 외부에 존재하는 객관물(object)처럼 보인다. 그러나 객관물이라고 불리는 존재는 거꾸로 풍경안에서 성립되는 것이다. 주관 또는 자기 자신 역시 마찬가지이다. 주관(주체)/객관(객체)이라는 인식론적 공간은 '풍경'에 의해 성립된 것이다. 즉 처음부터 존재하는 것이 아니라 '풍경'에서 파생된 것이다. 풍경으로서의 풍경은 그 이전에는 존재하지 않았으며 그렇게 해야만 '풍경의 발견'이라는 것이 얼마만큼 중층적 의미를 띠고 있는가를 볼 수 있는 것이다. 기라타니 고진, 『일본근대문학의 기원』, 박유하 옮김(서울: 민음사, 1997), p. 32. ; p. 48. ; p. 28.

키의 성장기였다-는 그러나 전근대적 천황제 민족주의가 부활하는 시대였다. 메이지 시대 이후 갑작스런 서구화의 물결로 전통적인 일본과 서양문화에 관하여 심각한 갈등현상이 일어난 것이다. 많은 지식인들이 서양제도를 일본이 본받는데 정부정책이 너무 지나쳤고, 서양문명의 가치와 그 시행을 전적으로 수용하는 것은 일본의 품격을 떨어뜨리는 짓이라고 공격했다. 개항을 지점으로 일본 민족주의를 전근대적(고전적)/근대 민족주의로 구분할 때, 전자가 후자를 공격하고 나선 것이었다. 당시 주요 일간지였던『일본』의 한 논설 역시 전자의 편을 들었다.193)

정치지지도자들은 근대국민국가를 건설하기 위해서 서구산업화를 추진하는 한편, 대중을 동원하기 위해 그들의 충성심을 끌어내고 마음을 사로잡을 이데올로기를 창출하는 두 가지 과제가 임박해졌다.194) 국민결집을 위한 이데올로기 창출과정으로서 메이지 20년대에 가장 획기적인 사건은 「大日本帝國憲法」(1889) 반포와 「敎育勅語」(1890) 공포였다. 두 '사건'에 의해 천황은 새 정치구조의 상징으로 복귀하였다. 즉, 일본은 天祖 이래 神에 의해 통치되고 그 皇恩을 입은 뛰어난 민족이라는 정치신화는 천황의 절대적 권

---

193) "만약 어떤 나라가 열강 가운데에서 나라의 독립을 보전하려 한다면 항상 민족주의를 배양하기 위하여 노력하여야 한다. (…) 만약 우리가 민족주의의 산물인 우리나라의 사상, 권리, 영광과 안녕을 쓸어버린다면 무슨 근거가 있어 나라사랑을 하겠는가. 만약 한 나라가 애국심을 결여하였다면 어떻게 존재하기를 바랄 수 있겠는가? 애국심이란 민족주의에서 나오는 '우리'와 그들 사이에 대한 뚜렷한 구분에서 비롯되며 민족주의는 독특한 문화를 보전, 발전시키는데 기본적인 요소가 되는 것이다. 한 나라의 문화가 다른 문화의 영향을 받아 그 자신의 독특한 면을 완전히 잃어버렸다면, 그 나라는 독립의 근거를 상실하고 말 것이다." Pittau, Political in Early Meiji Japan, p. 177-178. ; 케네스 B. 파일, 앞의 책, p136-137. 재인용. 파일은 이들의 주장을 '문화적 민족주의'로 지칭한다. 위의 책, p. 137.

194) "일본학자들이 이 과정을 흔히 '천황체제 구축'이라고 표현하고 있다." 케네스 B. 파일, 앞의 책, p. 125.

위를 법으로 뒷받침하는 「帝國憲法」이 제정됨으로써 정점에 달하게 되었다. 1889년(明治 22) 반포되어 태평양전쟁 패전이후인 1947년(昭和 22) 「日本國憲法」이 제정되기까지 단 한번도 수정되지 않고 일본 최고의 법규로서 권위를 지켜온 「大日本帝國憲法」「前文」은 국가의 주권은 先代天皇으로부터 오늘에 이어온 것이며 또한 앞으로의 계승자에게 전해지는 것이라고 명백하게 밝혀 놓았다. 제1장 제1조는 "大日本帝國은 萬世一系의 天皇이 통치한다"라는 규정으로 시작된다. 제3조는 "天皇은 神聖하며 그 권위를 침범해서는 안된다"라고 명시하고 제4조는 "天皇은 國家元首로서 統治權을 總攬한다"로 규정되어 있다. 즉, 천황은 萬世로부터 끊어짐이 없이 통치해 온 천조의 후예로서 감히 범할 수 없는 신성한 것이며, 주권은 국민이 아닌 천황에게 있었다.195) 즉, 천황을 家長으로 하고 臣民이 되는 국민을 赤子로 하는 가부장적 사회구조를 창출한 것이다.196) 그것은 곧 문화적 민

---

195) 당시 「제국헌법」의 초안자였던 이토 히로부미는 이렇게 말했다. "무엇이 우리나라의 주춧돌인가? (…) 우리나라에서 헌법의 주춧돌이 될 수 있는 한 제도는 천황실인 것이다. 이 이유 때문에 우리 헌법의 첫째 원리가 천황주권을 존중하는 것이다. (…) 천황주권이 우리 헌법의 기초이기 때문에 우리 제도는 유럽의 분권사상에 기초하지도 않았고 유럽에서 왕과 신하의 연합통치를 강요한 어떤 원리에도 기초하지 않았다." Robert A. Scalapino, Ideology and Modernization: The Japanese Case, ed. David E. Apter, *Ideology and Discontent*(New York: 1964), p. 103.

196) "일본이라는 나라의 속성은 황실의 聖祖가 천황과 臣民들에게 뿌리 깊게 德과 가치를 심어준 그 '神聖한 起源'에서 하나의 이유를 찾을 수 있다는 것이었다. 또 하나의 이유로는, 천황과 신민이 한 가족처럼 자연스럽게 자발적으로 뭉쳐왔다는 것을 들기도 하였다. 실제로 천황은 아버지로 백성은 그의 자식으로 설명되었다. 따라서 가족윤리인 孝는 天皇, 국가, 또는 상급자에 대한 충성을 기본형이었으며 자연히 정치적인 忠의 개념은 孝로써 보강되었다. 일본사회 전체는 위로는 가장격인 天皇에서 밑으로는 각 가정에 이르는 하나의 거대한 가족단위로 이해되었다. 개개인이 모든 윗사람에 대하여는 「의무」를 지고 있다는 일본적인 관념으로부터 얻어진 가족체로 묘사되었던 것이다. 여기에서 나아가, 모든 사람의 이익을 위해서 자기 자신을 희생할 수 있는 태도를 강조하기도 하였다. (…) 이러한 교육방침은 두 가지 효과를 가져왔다. 하나는 일반대중에게 전통적 엘리트 윤리에 바탕을 둔 행동규범을 제시함으로써 사무라이

족주의에 부응하기 위한 이데올로기 창출에 다름 아니었다.

　천황을 정점으로 하는 근대일본 지배체제의 확립은 근대일본사회를
정신적으로 황폐화시키는 부작용을 잉태하게 된다. 그 하나가 바로 국민
의 정신세계를 장악했다는 것이다. 天皇이 나라의 원수로서 통치권을 총
람하는 법적규범의 기능에 머무르지 않고 일본국민의 정신적 지주로서
국민들에게 숭배되는 종교적·도덕적 기능도 겸하게 함으로서 일본국민
의 내면세계까지 깊숙이 침투해 갔다는 것이다. 그 결과 일본국민은 근대
사회가 도래했음에도 불구하고 서구유럽의 근대시민사회와는 근본적으
로 다른 제한된 자유를 부여받으며 끊임없이 천황에의 충성을 강요받는,
이른바 「臣民」으로 전락한 것이다. 일본국민의 '臣民化'는 천황을 가장
(家長)으로 하고 臣民을 적자(赤子)로 하는 家父長的 사회구조를 창출함
으로써, 국가를 끊임없이 家 의 연장으로 이해시켜 갔고, 동시에 민심을
오로지 천황에 수렴해 가는, 소위 「家族國家觀」을 확산시켜 나갔다(국민
교화의 최고의 지침이 된 교육칙어가 「가족국가관」의 형성에 크게 기여
했다).[197]

　근대국가의 지지 세력을 만들어 내기 위하여 메이지 지도자들은 충성,
의무와 같은 전근대적 낱말을 재생시켰고, 뚜렷한 국가이념을 신비로운 과
거에서 끌어내고자 했다. 1890년 의회가 개원했을 때 정부는 제국의 이데올
·

계층의 가치를 일반백성들에게도 해당되는 국민윤리로 전환·확대한 것이었다. 다른
하나는 가치규범을 天皇·國體에 연결시킴으로써 이를 다른 국가들과는 공유할 수 없
는 일본만의 가치로 한 것이었다. 忠·孝란 것은 德川시대에 많은 사람들이 생각했던
것처럼 누구나가 행하여야 하는 윤리적 가치가 아니라 일본인들만의 독특한 가치로
인식되었으며 가족국가관념은 정부에 대한 충성뿐 아니라 국민적 일체감을 강화할
수도 있었다." 피터 두으스, 『日本近代史』, 金容德 譯(서울: 지식산업사, 1983), pp.
131-132.
197) 김필동, 『近代日本의 출발』(서울: 일본어뱅크, 1999), pp. 56-57.

로기의 주요원리를 밝힌 이른바 「敎育勅語(敎育에 관한 勅語)」를 공포했다. 천황제 국가주의 도덕사상을 강조한 내용으로 태평양전쟁 패전에 이를 때까지 일본국민교화의 최고의 지침으로서 역할을 완벽하게 수행하게 될 「敎育勅語」는 "朕이 생각건대 天祖가 우리나라를 建國한 뒤에 넓고 원대한 德을 베푼 것은 참으로 感謝한 일이다. 우리 臣民은 忠과 孝를 다해 萬民의 마음을 하나로 하여 오늘날까지 忠孝의 美風을 훌륭히 繼承하여 왔으니 이것이야말로 우리나라 國體의 精髓이며 敎育의 根源이 실로 여기에 있도다"라는 문구로 시작된다. 즉, "부모에게 효도하고 네 형제자매에게 우애하며 부부로서 화목하고 친구 사이에 신뢰하며 스스로 겸손하고 자제하라. (…) 항상 헌법을 존중하고 법을 준수하라! 위기가 있을 때 과감히 너의 몸을 국가에 바쳐라. 그래서 우리 천황권의 번영을 천지가 다할 때까지 살피고 지탱시켜라!"와 같은 유교적인 말투로 天皇이 국가의 아버지이고 백성은 그의 자녀라는 가족국가사상을 설명한 것이다. 「敎育勅語」는 이후 국민교화를 위한 최고의 聖典으로 자리매김 되면서 국민 정신세계를 빠르게 國家主義로 경사되도록 만드는 역할을 담당하게 된다.

「敎育勅語」와 때를 같이 하여 정부는 새 이데올로기를 가르칠 대중교육을 의식적으로 이용하기 시작했다. 교과서는 더욱 강력한 文部省의 통제에 따라 표준화, 통일화되었다. 메이지 초기에 서양사상을 소개하는 데 열성적이었던 학교는 이제 천황에 대한 충성과 국가에의 봉사를 가르치는 것이 중심적 교육의 기능으로서, 또한 국가가 국민들의 자기희생을 불러일으킬 경우 없어서는 안 될 일본 민족주의 확립에 원천이 되었다. 학교 행사 때마다 「敎育勅語」는 마치 불경처럼 낭송하여야 했고, 학교 교실마다 천황의 사진을 걸어놓고 경의를 표해야 했다. 1910년의 교과서 내용 가운데 가족국가사상을 전파하는 글귀는 흔히 있는 것이었다.198) 일본국민 그 누구도 「帝

國憲法」과「敎育勅語」로 무장된 가족국가사상 즉, 천황제 민족주의로부터 자유로울 수는 없었다. 물론 나쓰메 소세키 역시 예외가 아니다.

지금까지 메이지시대의 민본 민족주의의 특징에 대해 논의했으나 이후 다이쇼(大正: 1912~1925), 태평양전쟁 패전(1945)까지의 쇼와(昭和: 1926~1988)시대를 '戰前 일본 민족주의'로 묶을 때, 그것은 천황을 국민적 통합, 권력 주체, 최고지선의 가치로 한 배타적·독점적 국수주의를 사상적·제도적 지주로 하고, 국내적으로는 소수 지배계급에 의한 과두정치를, 대외적으로는 군국주의적 팽창정책을 그 수단으로 하는 뚜렷한 특징을 가지고 있었다.199) 즉, 대외적 표출형식으로 군국주의를 지향하였고, 대내적으로는 강력한 중앙집권적 독재를 행하였다. 이 두 가지 목표를 결합시켜 하나의 체제로 승화시켜 준 것이 소위 國體, 천황제이다. 천황을 하나의 절대적 상징으로 하여 국가의 모든 가치를 집중시킴으로써 상징과 실체와의 일체화를 기하려 한 것이다. 모든 것이 천황을 위한 것이라는 표어로 정당화되고 국민은 지도층의 국가정책수행을 위한 단순한 도구로 변화하였다. 일본지도층은 이렇게 결집된 국가적 활력을 대외적 팽창주의로 유도하였으며, 이것은 제2차 세계대전에서 패전할 때까지 일본 민족주의의 전통이 되었

198) "어린이들이 부모를 사랑하고 공경하는 것은 자연스러울 뿐이다. 이 위대한 충효원리는 바로 자연적 감정에서 나온다. (…) 우리나라는 가족제도에 터하고 있다. 온 나라가 하나의 큰 가족이고, 천황실은 그 宗家이다. 우리 일본사람들이 깨어지지 않고 온 皇權을 향하여 경의를 나타내는 것은 부모에 대한 효도와 공경의 마음과 같다." Wilbur M. Fridell, Government Ethies Textbooks in Late Meiji Japan, *Journal of Studies*(1970. 8.) p. 831.

199) 成滉鏞,『日本의 民族主義』(서울: 明知社, 1986), p. 188. "일본의 근대적 민족주의는 (…) 패전 후에는 새로운 목표·수단으로 재편과정을 밟고 있다. 전후(戰後) 일본에서는 전전(戰前) 민족주의의 표현방법이었던 국체사상(國體思想)을 중심으로한 군국주의적 팽창주의를 버리고 전혀 새로운 정치문화를 바탕으로 평화주의를 지향한다고 주장하고 있으며, 다른 국가에서는 일본 군국주의의 부활을 경계하고 있다." 위의 책, p. 18.

다.[200] 이와 같은 戰前 일본 민족주의의 특징으로 볼 때, 근대적 민족주의속에 전근대적 민족주의의 요소가 지속적으로 유지되고 있었다는 것을 확인할수 있다.

2) 反西歐主義

본격적인 논의에 들어가기 전에 하나의 물음을 제기한다. 한 작가의 사상과 그의 창작과의 관계는 연속적인가 아닌가? 이광수의 경우 어느 정도 연속적이었음을 확인할 수 있었다. 다른 작가들의 경우는 어떠할까? 현재까지의연구는 연속적인 것이라는 데 무게중심이 가 있지만, 비연속적인 경우도인정되는 어정쩡한 상태로 결론이 나 있는 것 같다. 즉, 사회인으로서 사람됨이 작가로서의 그것과 반드시 일치하지 않을 수도 있다는 뜻이다. 대표적인 예로서 정치적으로는 보수주의적인 관념을 가졌음에도 불구하고 창작에서는 진보적인 리얼리즘의 일관한 나폴레옹의 숭배자 발자크(Honoré de Balzac: 1799-1850)의 경우가 자주 거론된다. 보수 왕당파였던 그는 작품에서는 진보적인 필치를 휘둘렀던 것이다. 그러므로 관념 내지 사상이 창작과일치할 때는 말할 필요가 없지만, 둘이 서로 일치하지 않는 경우에도 발자크의 경우와 같이 작가의 전체적인 사상의 테두리를 파악한다는 것은 그의작품(창작)을 이해하는 데 있어 매우 중요한 방법의 하나가 된다.[201]

소세키의 소설을 이해하는 데 있어서도 그런 방법이 유익할 것이다. 전기적 사실에서 그는 앞에서 논의한 바와 같이 틀림없이 전쟁을 옹호한 측면이

---

200) 위의 책, p. 19.

201) 李善榮, 「丹齋의 思想과 文學」, 『신채호』, 강만길 편(서울: 고려대학교출판부, 1990), pp. 206-207.

있다. 그는 전쟁을 옹호했을 뿐만 아니라 전쟁의 승리를 문학으로 끌고 와 서양이기기를 주장하기도 하였다. 논의에서 생략하였으나 1909년 식민지 한국과 만주를 여행하면서 소세키가 남겼던 문자들—「日記」, 「滿韓의 文明」 등에서 그는 틀림없는 제국주의자였다. 그럼에도 불구하고 작품에서 그는 전쟁을 부정하기도 했다. 최초의 소설 「고양이」를 비롯하여 「趣味의 遺傳」 과 같은 글에서는 反戰主義者로의 입장이 드러나 있고, 만년에는 반제국주의적 수상록 「點頭錄」을 발표하기도 하였다. 한 작가의 사상이 처음부터 끝까지 지속적일 수는 없다. 그러나 민족주의적 관점에서 제국주의/반제국주의 사이를 오가기는 쉬운 일이 아니다.

　「고양이」 출현의 파격성에 대한 분석에서 당시 자연주의 소설이 풍미하는 일본문단에 전혀 다른 소설—고양이라는 1인칭 화자 '나(吾輩)'가 등장해 서사를 진행하는 풍자소설로서 문단안팎에 충격을 주었다는 것은 이미 지적한 바 있다. 여기서 '충격'이었다는 것은 몇 가지 점에서 분석될 수 있다. 하나는 일본 근대하이쿠혁신운동의 선구자 마사오카 시키로부터 영향을 받은 寫生文이 그의 친구였던 소세키에 의해 실천되고 있다는 점이고,[202] 다

---

202) "나쓰메 소세키의 문학의 배경이 되고 어떤 의미에서 원류역할을 했던 것은 마사오카 시키의 『호토토기스』운동이다. 마사오카 시키의 작업은 하이쿠의 영역에서도 단카의 영역에서도 각각 획기적인 의미를 갖고 있지만, 그것이 동시대의 소설에 두드러진 영향을 미쳤던 것은 이 무렵이다. 사생문(寫生文)의 제창자였던 그와 다카하마 교시가 가장 열심히 시도했으며, 이는 하이쿠에서 제창했던 사생의 태도를 산문에도 응용할 수 있다는 주장에서 비롯된다.'(…) 요컨대 사생문의 주장은 자연주의와 동일한 시대정신이 약간 다른 형태로 나타났다고 할 수 있다. 그것이 결실을 맺었던 시기도 거의 러일전쟁 후로 동일한데, 이런 경우 자주 볼 수 있듯이, 사생문을 주장하는 작가와 자연주의 작가들은 상당히 격렬한 대립을 보여 주었다. (…) 「고양이」는 사생문에서 발전했던 소설이다. 나쓰메 소세키가 소설가로 성공하고 문단에서 지위를 확보할 수 있었던 것은 그의 하이쿠 동료로 소설을 집필할 수 있는 자극과 편의를 주었고 특히 사생문에서는 선배임을 자임했던 다카하마 교시 때문이었다." 나카무라 미쓰오, 앞의 책, pp. 219-221.

른 하나는 일본 근대문학 형성기에 전개되었던 언문일치 운동이 어느 정도 정착하고 있던 당시에 소세키가 의도적으로 저항하고 있다는 점이다.203)

「고양이」는 소세키의 첫 소설로서 어떤 식으로든 이후의 소설—소세키의 전체소설에서 한 원형이 되었을 것이다. 이 작품의 서사는 크게 두 층위로 구성되어 있다. '나(吾輩)'라고 하는 화자인 고양이를 비롯한 고양이족 서사와 인간들의 서사가 그것이다. 인간들의 서사구조는 다시 두 층위로 구성되어 있다. '타이헤이의 이쓰밍(太平の 逸民: 세상이 태평할 때, 세상을 등지고 숨어있는 사람)'과 '俗骨'들이 그것이다. 지금까지의 연구는 고양이족의 서사가 무시되어온 경향이 있었다. 그러나 「고양이」를 '한 마리의 고양이'를 통해 본 인간세계에 대한 풍자소설204)이라고 할 때, 서사는 타이헤이의 이쓰

---

203) "언문일치문제에는 훨씬 복잡한 문제가 있다. 예를 들면 후타베이 시메이(二葉亭四迷: 언문일치운동을 전개한 소설가. 그의 작품 「뜬구름(浮雲)」은 일본근대소설의 효시로 평가되고 있다 - 인용자주)는 어미를 「-다(た)」로 할 것인지, 「-입니다(ます)」로 할 것인지 같은 문제에만 주목하고 있는데, 더 중요한 것은 그가 과거시제로서의 「-쓰다 (た)」를 종결어미로 정착시킨 데에 있다. (…) 소세키는 이 「-다」의 의미에 의도적으로 저항하고 있다. 그것은 「-다」로 끝나는 것은 근대소설의 기본형태이기 때문이다. 소세키의 소설은 사생문으로 시작하고 있지만, 이 사생문은 대개 현재진행형이며 또 화자가 남아있다." 기라타니 고진, 앞의 책, pp. 98-100.

204) "이 작품은 고양이 한 마리의 눈을 통해 인간을 연구 비평함과 동시에 20세기 메이지인의 생태와 사회를 풍자한 소설이다. 한 마리의 고양이가 인간사회를 관찰하고 그들의 자기본위나 어리석음, 뻔뻔스러움 등 여러 가지 인간사를 거침없이 비판하고 있다." 金碩子,「작품해설 - 고양이의 눈으로 인간과 사회를 예리하게 풍자한 근대소설의 최고봉」,『나는 고양이로소이다』, pp. 13-14. "「吾輩」라고 하는 擬人化된 一人稱의 고양이에 의해서 人間世異를 視家, 諷刺, 批評한다는 내용이다." 龍錫仁,「明治知識人들의 煩悶-「吾輩は猫である」를 중심으로-」,『日語日文學硏究』11(한국일어일문학회, 1087. 8), p. 88. "이 작품은 우선 한 마리의 고양이를 화자로 취해 인간들 사이에서는 바라볼 수 없는 이면심리를 관찰자적 입장에서 자유로이 넘나들며 기교를 부리는 착상부터가 흥미롭다. 세상과 등진 채 살아가는 근대지식인의 우울과 고독의 세계를 비평한 이 작품은 1905년 당시 일본문학계에 충격적인 반향을 불러일으켰다." 유유정,「강건한 사상성과 다채로운 언어구사로 인긴 심리의 고뇌를 그려낸 천재적 작가 소세키의 최대명작」,『나는 고양이로소이다』(문학사상사판), p. 23. "한 마리의 고양이가

밍/俗骨의 그것으로 '단순화'되고, 이 작품의 생명이라고 할 수 있는 풍자와 골계는 호소력이 그만큼 약화될 것이다. 물론 이 작품에는 "나는 인간과 함께 살면서 그들을 관찰하면 할수록, 그들은 제멋대로 행세한다고 단언할 수밖에 없게끔 되었다"[205]라는 문장에도 집약되어 있듯이 화자인 고양이가 인간사회를 관찰하고 풍자하고 있다. 그러나 이 작품에는 화자인 '나'를 비롯한 그밖에 몇몇 고양이들이 등장하여 그들의 세계에 대해 분석하고, 자기 세계를 비판함과 동시에 인간세계와 비교하면서 풍자의 밀도를 더하고 있는 것이다.

「고양이」의 또 하나의 서사적 특성은 각 장마다 일종의 액자소설 형태로 구성되어 있다는 점이다. 겉이야기(Rahmen)는 화자인 고양이와 고양이족 서사로 구성되어 있고, 속이야기(Binnenerzählung)는 인간세계의 서사이다. 그러나 같은 액자소설이라고 해도 「고양이」의 경우 상황액자와 소설액자의 개념을 동시에 수용할 수 있는 '제3의 액자'소설로 규정해야 할 것 같다.[206] 왜냐하면 대부분의 겉이야기는 특별한 플롯이 없지만 도입부 이상의 역할을 하는 경우가 많고-혹은 그 반대의 경우도 있다-, 줄거리다운 줄거리를 갖추고 있는 것도 있지만, 반대의 경우도 있기 때문이다. 또한 겉이야기와 속이야기가 확실하게 구분되지 않고 겉이야기 속에 속이야기가 스며들어가

인간사회를 관찰하고 인간의 어리석음이나 교활함, 그 외 여러 가지를 들어 날카로운 눈으로 비평하고 있다." 金宣咏, 앞의 논문, p. 1.

205) 吾輩は人間と同居して彼等を觀察すればするほど、彼等は我儘 (わがまま) なものだと斷言せざるを得ないようになった。「吾輩は猫である」,『漱石全集』第一卷, p. 9.

206) 한스 브라허(Hans Bracher)는 특별한 플롯이 없고 도입부 역할밖에 하지 않는 바깥이야기를 상황액자(Situationsrahmen)라고 부르고, 줄거리다운 줄거리를 갖추고 있는 바깥 이야기를 소설액자(novellenrahmen)이라고 불러 구별하고 있다. Hans Bracher, *Rohmenerzählung und Verwandtesm*(Leip-zig, 1909), p. 70. 여기서 '제3의 액자'란 임시용어이다.

있고, 반대의 경우도 있다.

「고양이」의 작중인물은 물론 이 작품의 서사구조와 대비된다. 즉, 서사구조를 크게 두 층위로 분류하였듯이 작중인물도 마찬가지로 분류할 수 있다. 구조주의적 관점에서 각 인물의 층위는 이항대립적이다. 구조주의적 상징들의 모형을 작중인물 즉, 서사를 진행하는 작중인물로 대치하면 상위구조는 고양이족/인간이고 하위구조—여기서는 상위구조의 후자인 '인간'에만 해당한다—는 타이헤이의 이쓰밍(太平の逸民)/俗骨로 구성되어 있다. 물론 서사의 대부분은 전자의 대담을 화자인 '나'가 전달해주는 형식으로 구성되어 있다. 그렇지만 후자가 무시될 수 있는 상황은 아니다. 후자야말로 메이지 시대의 근대 산업화를 대변하는 '俗人'들이기 때문이다. 결국 「고양이」의 인물구조는 고양이족을 제외하면 太平의 逸民/俗骨이라는 이항대립으로 구성되어 있는 셈이다. 물론 인물들뿐만 아니라 그들이 활동하는 세계 역시 (太平의 逸民) / (俗骨) ; 傳統重視 / 傳統無視 ; 倫理的, 道德的 / 非倫理的, 非道德的 ; 理想追求 / 現實追求 ; 橫的 人間關係 / 縱的 人間關係 ; 黃金萬能主義 蔑視 / 黃金萬能主義 추구 ; 近代文明에 同化되지 않음 / (…) 同化됨[207]과 같이 이항대립적인 관계에 있다.

작품 내용을 이루는 세계는 이와 같이 이항대립적이지만, 작중인물들 사이에 '1/1'의 이항대립을 이루지 않는 것도 이 작품의 한 특징이다. 그들은 다만 太平의 逸民/俗骨로 묶여질 뿐이다. 전자는 중학교 영어교사로서 세상과 거의 단절되어 살아가는 진노 구샤미(珍野苦沙弥) 선생, 자칭 미학자로 허풍선이에 거짓말쟁이인 메이테이(迷亭), 구샤미의 제자로 실패한 물리학 전공의 이학사 미즈시마 간게쓰(水島寒月), 간게쓰의 친구로 자칭 철학자인

---

207) 龍錫仁, 「明治知識人들의 煩悶 -「吾輩は猫である」를 中心으로-」, 『日語日文學研究』 11(한국일어일문학회, 1989. 8), p. 90.

오치 도후(越智東風) 등으로 구성되어 있다. 이들은 주로 구샤미의 집—'臥龍窟'에 모여 주로 대담을 통해 사건을 이끌어 간다. 여기에 구샤미의 아내, 세 자매, 그리고 하녀 오상(おさん)과 고양이가 한 가족을 이룬다. 작품 후반부에 등장하는 구샤미의 동창생으로 禪機를 터득했다는 철학자 야기 도쿠센(八木獨仙)도 여기에 포함될 수 있다. 후자를 대표하는 것은 전쟁으로 富를 축적한 사업가 가네다(金田) 일가이다. 가네다의 아내 하나코(鼻子), 딸 도미코(富子), 평론가 오마치 게이게쓰(大町桂月), 가네다의 도움으로 출세한 구샤미의 동창생 '타이헤이의 이쓰밍'들의 동태를 파악하여 가네다에게 보고하는 공학사 스즈키 도주로(鈴木藤十郎), 그리고 라쿠운칸(落雲館)중학교 교사들과 학생들도 후자에 속하는 인물들이다.

「고양이」에서 전체성을 띠고 있는 인물은 화자인 '나'와 함께 주인공 진노 구샤미 선생이다. 구샤미는 「고양이」뿐만 아니라 소세키의 모든 소설에서 전체성을 띠고 나타나는 인물이다. 즉, 소세키 소설의 작중인물의 한 원형이라고 할 수 있다. 화자인 고양이 '나'가 작가의 투영이듯이 구샤미 역시 작가의 투영이다.[208] 구샤미는 화자 '나'가 살고 있는 집주인으로 '타이헤이의 이쓰밍'의 구심점이 되는 인물이다. 따라서 타이헤이 이쓰밍들—메이테이, 간게쓰, 도후 등은 구샤미의 변형이라고 할 수 있다. 구샤미의 직업은 중학교 영어교사로서 작품 창작 당시 영어교수—전에는 영어교사였다—였던 소세키와 같은 직업이다. 구샤미가 하이쿠, 신체시를 짓는 것도 소세키와 같다. 구샤미는 또한 우타이(일본의 대표적 가면극인 노가쿠에 맞추어 부르는 가사), 바이올린 등 무엇이든 흥미를 가지고 도전하는 인물이다. 즉, 동양적

---

208) "猫"で、恐らく無意識のうちに彼が行っていたのは、彼自身の投影である苦沙彌が、その周圍に集っている識人達の社會的位置の考察である。江藤淳,『夏目漱石』(東京: 講談社, 1971), p. 60.

교양의 소유자였다고 할 수 있는 구샤미의 민족주의는 일본주의209)에 기초하고 있다. 소세키 역시 일찍이 7, 8세 때 지은 한시 8수가 현재 전해지는 그의 최초의 한시로서 남아 있다.210) 또한 1889년(明治 22) 9월, 23세 때에 쓴『木屑錄』에서 "내가 어릴 때 唐宋의 수천 수를 읽고 기뻐하며 문장을 지었다"211)고 회고했는데, 이와 같은 진술은 이후에도 되풀이되고 있다. 그는 한때 漢學 專門學院인 니쇼각사(二松學舍)에 다니기도 했다. 구샤미는 최근에는 수채화에 몰두한다. 그러나 어느 것 하나 제대로 하는 것이 없다. 게다가 신경성 위염으로 위가 약하기 때문에 다카디아스타제라는 소화제를 늘 복용하고 있다. 소세키 역시 신경쇠약으로 고생하고 있다는 것은 이미 논의한 바와 같다.

　　원래 주인(구샤미-인용자주)은 이웃에서도 유명한 괴짜라, 사실상 어떤 사람은 확실히 신경병자라고까지 단언했을 정도다. 그런데 주인의 자신감은 대단한 것으로, 내가 신경병자가 아니라 세상 놈들이 신경병자라고

---

209) 일본사회는 예로부터 외래문물을 수입하면 곧 일본(神道)화해버리는 특성을 갖고 있다. "일본고유의 신들에 대한 신앙과 이에 기초한 제사 관습은 불교가 도래한 뒤에도 끊이지 않고 오히려 불교와 적극적으로 결합하여 갔다. 이리하여 그 사상적 체계화가 중세에 이루어졌다. 외래사상을 거부하지 않고 자기와 일체화시켜가는 일본인 고유의 사유작용을 여기서 엿볼 수 있다. (…) 이미 나라시대에 이전에 神宮寺가 만들어졌으며 신의 앞에서 불경을 읽기도 하였다. 헤이안시대가 되면 신은 부처가 그 모습을 바꾸어 이 세상에 몸을 드러낸 것이라는 생각이 천태교학과의 관련에서 구상되고 鎌倉 이후에는 조직적인 신도사상이 형성된다." 松島隆裕 外,『동아시아사상사』, 조성을 譯(서울: 한울, 1991), p. 169. 이와 같은 사정은 유교, 특히 주자학도 마찬가지였다. 守本順一郎은『일본사상사』에서 이와 같은 현상을 '일본주의'라고 명명하였다. 守本順一郎,『일본사상사』, 김석근·이근우 옮김, 서울: 이론과 실천사, 1988, p. 366. pp. 102-103, 참조할 것.

210) 진명순,「한시에 나타난 소세키의 문학사상—초기한시를 중심으로—」,『나쓰메 소세키(夏目漱石)文學硏究』, 權赫建 編(서울: 제이앤씨, 2001), p. 426.

211) 余兒時誦唐宋數千言喜作爲文章「木屑錄」,『漱石全集』, 第十二卷, p. 445.

버티고 있다.212)

　구샤미가 곰보인 것도 작가와 공통점이다.213) 소세키가 천연두를 앓았던
것은 1870년, 3살 때였다. 이후 그는 항상 곰보에 대한 열등의식에 사로
잡혀 있었다. 영국 유학을 위해 런던에 도착한 다음날인 1900년 10월 22일
아내 교교에게 보내는 편지내용은 소세키 '곰보'콤플렉스를 그대로 표현하
고 있다.214) 구샤미가 작가의 변형이라는 사실은 그의 부부생활에서 구체적
으로 묘사되고 있다. 구샤미는 그의 아내에게 "여자 따위가 뭘 안다고 그래,
입 다물고 있어"215)라고 할 정도로 부부관계에서는 봉건적 남성우월감에

---

212) 元來この主人は近所合壁（きんじょがっぺき）有名な変人で現にある人はたしかに
　　神経病だとまで斷言したくらいである。ところが主人の自信はえらいもので、おれ
　　が神経病じゃない、世の中の奴が神経病だと頑張（がんば）っている。『吾輩は猫
　　である』, p. 287.

213) "주인은 곰보다. 메이지 유신 전에는 곰보도 꽤나 유행했다고 하는데, 일영동맹 시대인
　　오늘날에 와선, 이런 얼굴은 어지간히 시대에 뒤떨어진 감이 있다. (…) 현재 지구상에
　　곰보얼굴을 하고 사는 인간은 몇 명쯤이나 되는지 모르지만, 내가 교제하는 구역 내에
　　서 헤아려 보면 고양이중엔 한 마리도 없다. 인간으로선 딱 한 사람이 있다. 그리고
　　그 한 사람이 바로 주인이다. 지극히 가엾은 일이다.(主人は痘痕面（あばたづら）で
　　ある。御維新前（ごいっしんまえ）はあばたに傍点」も大分（だいぶ）流行（はや
　　）ったものだそうだが日英同盟の今日（こんにち）から見ると、こんな顔はいささ
　　か時候後（おく）れの感がある。(…)　現今地球上にあばたっ面（つら）を有して生
　　息している人間は何人くらいあるか知らんが、吾輩が交際の區域內において打算し
　　て見ると、猫には一匹もない。人間にはたった一人ある。しかしてその一人が卽（
　　すなわ）ち主人である。はなはだ氣の毒である。)"『吾輩は猫である』, p. 339.

214) "이곳에 와보니 남녀 모두 얼굴이 희고 복장도 훌륭하여 일본인은 역시 누렇게 보이오
　　여자는 시시한 하녀 같은 사람도 상당히 미인이라오 나 같은 곰보는 한 사람도 없소
　　(候當地ニ來テ觀レバ男女共色ク服裝モ立派ニテ日本人ハ成程黃色ニ觀エ候女杯ハ
　　クグラヌ下女ノ如キ者デモ中々別嬪有之候小生如キアバタ面ハ一人モ無之候)"『書
　　簡集 明治三十三年』,『漱石全集』第十四卷, p. 152. 소세키의 용모, 복장, 피부색
　　콤플렉스에 관해서는 柳相熙, 앞의 논문, pp. 36-65를 참고할 것.

215)『女なんかに何がわかるものか默っていろ』『吾輩は猫である』, p. 31.

사로잡혀 있는 인물이다. 작가 소세키도 마찬가지다. 자전적 소설 「道草」에서 소세키는 자신이 '구식'으로서 아내는 '모든 의미에서 남편에게 종속해 마땅한 존재'라고 생각했으며, 자기의 존재를 주장하려는 아내를 보면 불쾌감을 느껴 툭하면 '여자인 주제에'라고 몰아 붙였다고 기술하고 있다.216)

결국 작가 소세키는 그의 최초의 소설 「고양이」에서 자신을 비교적 솔직하게 투영해 놓았다고 볼 수 있다. 결국 구샤미의 가정은 행복한 편은 아니다. 작가 소세키 역시 가정적으로는 늘 불만에 사로잡혀 있었다. 탯자리에서 양자로 보내질 정도로 그의 성장과정 역시 온전한 가정형편은 아니었다. 즉, 작가 소세키와 그의 첫 작품 「고양이」의 화자인 고양이 '와가하이', 주인공 구샤미가 가정적으로 불행하다는 것도 공통점이다. 구샤미의 성격 역시 작가의 그것과 유사하다. 세상과는 거의 단절되어 달관한 체하며 살아가는 동양적 교양의 소유자로서 우유부단하고 냉소적이며, 고지식한데다 천하태평, 고집불통이다.

구샤미의 변형들인 타이헤이 이쓰밍들 역시 구샤미와 다른 것 같지만, '타이헤이의 이쓰밍'이라는 한 통속으로 묶어져 있다. 타이헤이 이쓰밍 가운

---

216) 單に夫という名前が付いているからというだけの意味で、その人を尊敬しなくてはならないと強（し）いられても自分には出来ない。もし尊敬を受けたければ、受けられるだけの實質を有った人間になって自分の前に出て來るが好（い）い。夫という肩書などはなくっても構わないから」不思議にも學問をした健三の方はこの点においてかえって旧式であった。自分は自分のために生きて行かなければならないという主義を實現したがりながら、夫のためにのみ存在する妻を最初から仮定して憚（はば）からなかった。「あらゆる意味から見て、妻は夫に從屬すべきものだ」二人が衝突する大根（おおね）は此所（ここ）にあった。夫と獨立した自己の存在を主張しようとする細君を見ると健三はすぐ不快を感じた。ややともすると、「女のくせに」という氣になった。それが一段劇（はげ）しくなると忽（たちま）ち「何を生意氣な」という言葉に変化した。細君の腹には「いくら女だって」という挨拶（あいさつ）が何時でも貯（たくわ）えてあった。「道草」,『漱石全集』第六卷, pp. 493-494.

데서 메이테이는 구샤미와 대칭되는 인물이다. 동양적/서양적, 과묵/다변 등 여러 가지 면에서 대칭되지만, 그러나 구조적 모순으로서 대립적인 것은 아니다. 그는 자칭 미학자이지만 허풍선이에 뻔뻔스럽고 다변론자, 장난치는 것이 특기인 인물이다. 간게쓰는 「목을 매어 자살하는 역학」이라는 강의를 하는가 하면 「개구리 눈알의 전동작용에 관한 자외선의 영향」이라는 박사논문을 준비중이지만 전혀 진전이 없는 인물이다. 이들에게 장단을 맞추는 구샤미선생의 집 書生 산페이 등이 '타이헤이의 이쓰밍'으로서 중심인물들이다. 지식인들이지만, 뚜렷한 직업도 없이 한 자리에 모여 사태를 야유하는 이들을 작가는 화자인 고양이 '와가하이'를 통해 '타이헤이의 이쓰밍'이라고 지칭한다.

> 요컨대 주인(구샤미 – 인용자주)도 간게쓰도 메이테이도 태평성대를 구가하는 백성으로, 그들은 호로박처럼 바람에 불려도, 초연한 척하지만 실은 역시 세속적이며 욕심도 있다. 경쟁의 관점, 이기자 이기자 하는 마음은 그들의 일상 담소 중에도 언뜻언뜻 풍기며, 한 걸음 나아가면 그들이 평소에 매도해 마지않는 속골(俗骨)들과 한 통속의 동물이 되고 마는 것은, 고양이의 입장에서 보아 불쌍하기 그지없다 하겠다. 다만 그 언어동작이 여느 얼치기처럼 판에 박은 것 같은 언짢은 냄새를 띠지 않은 건 그런대로 받아들일만한 점이리라.[217]

---

217) 吾輩はおとなしく三人の話しを順番に聞いていたがおかしくも悲しくもなかった。人間というものは時間を潰(つぶ)すために强(し)いて口を運動させて、おかしくもない事を笑ったり、面白くもない事を嬉しがったりするほかに能もない者だと思った。吾輩の主人の我儘(わがまま)で偏狹(へんきょう)な事は前から承知していたが、平常(ふだん)は言葉數を使わないので何だか了解しかねる点があるように思われていた。その了解しかねる点に少しは恐しいと云う感じもあったが、今の話を聞いてから急に輕蔑(けいべつ)したくなった。かれはなぜ兩人の話しを沈默して聞いていられないのだろう。負けぬ氣になって愚(ぐ)にもつかぬ駄弁を弄

구샤미와 구샤미의 변형—타이헤이 이쓰밍들은 메이지시대 당시 지식인의 한 모습을 반영함은 물론 작가 자신의 모습을 직시하고 비평218)하고 있다. 그들과 대립하고 있는 俗骨들 역시 초기 일본 근대 산업화에 편승한 또 하나의 모습을 반영하고 있다. 따라서 전자가 구샤미 선생네 집에 모여 후자를 비판하는 것은 민족주의적 그것에 다름 아니다. 그러나 타이헤이 이쓰밍/俗骨들이 메이지 시대에 동전의 양면과 같은 모습으로서 각자의 입장이 상대방을 비판할 자격을 갖추고 있지 않다는 것은 화자 '나'를 통해 관찰된다. 결국 전자가 후자를 비판하는 것은 "사물에는 양면이 있고, 양단이 있다. 양단을 두드려 흑백의 변화를 동일물위에 일으키는 게 인간의 융통성 있는 점이다. 아마도 하시노 다테(天の橋立)를 사타구니 사이로 보면 또 각별한 취흥이 생긴다. 셰익스피어도 만고의 셰익스피어 그대로라면 따분하다. 가끔씩은 사타구니 사이로 햄릿을 보고, 여보게 이거 틀렸어, 그 정도로 말하는 사람이 없다면, 문학계도 진보가 없을 것이다"219)라는 정도의 비판

(ろう) すれば何の所得があるだろう。エピクテタスにそんな事をしろと書いてあるのか知らん。要するに主人も寒月も迷亭も太平（たいへい）の逸民（いつみん）で、彼等は糸瓜（へちま）のごとく風に吹かれて超然と澄（すま）し切っているようなものの、その實はやはり娑婆氣（しゃばけ）もあり慾氣（よくけ）もある。競爭の念、勝とう勝とうの心は彼等が日常の談笑中にもちらちらとほのめいて、一歩進めば彼等が平常罵倒（ばとう）している俗骨共（ぞっこつども）と一つ穴の動物になるのは猫より見て氣の毒の至りである。ただその言語動作が普通の牛可通（はんかつう）のごとく、文切（もんき）り形（がた）の厭味を帶びてないのはいささかの取（と）り得（え）でもあろう。「吾輩は猫である」, p. 79.

218) 유유정, 「장건한 사상성과 다채로운 언어구사로 인간심리의 불안과 고뇌를 그려낸 천재적 작가 소세키의 최대명작」, 『나는 고양이로소이다』, p. 24.

219) 物には兩面がある、兩端（りょうたん）がある。兩端を叩（たた）いて黑白（こくびゃく）の変化を同一物の上に起こすところが人間の融通のきくところである。方寸 [# 「方寸」に傍点] を逆（さ）かさまにして見ると寸方 [# 「寸方」に傍点] となるところに愛嬌（あいきょう）がある。天（あま）の橋立（はしだて）を股倉（またぐら）から覗（のぞ）いて見るとまた格別な趣（おもむき）が出る。セクス

아닌 비판에 다름 아니다. 굳이 전자가 후자를 비판하는 내용을 요약한다면 황금만능주의, 그리고 그것을 낳게 한 서구 근대화의 산업화문명이다.[220] 그들이 주장하는 것은 개인주의이다. 즉, 개성의 발견이다. 그들은 기본적으로 반제국주의적 입장을 취하고 있다. 즉, 구샤미형의 민족주의는 반서구주의라고 할 수 있다. 물론 그들이 근대문명을 비판하는 것은 민족주의적 계몽주의에 위치한 측면도 있다.

"지금의 세상은 제아무리 전하나 각하라도, 어느 정도 이상으로 개인의 인격위에 타고 올라설 수 없는 세상이야. 심하게 말하자면, 저쪽에 권력이 있으면 있을수록 올라타기를 당하는 쪽에서는 불쾌감을 가지고 반항하는 세상이야. (…) 지금 세상은 개성중심의 세상이다. 한 집안을 주인이 대표하며, 한 군(郡)을 대관(代官)이 대표하며, 한 나라를 영주가 대표했던 시절에는, 대표자 이외의 인간에겐 인격은 전연 없었다. 있어도 인정되지 않았다. 그것이 완전히 변해서 온갖 생존자가 깡그리 개성을 주장하게 되면서, 누구를 보나 너는 너, 나는 나라고 주장하는 꼴이 된다. (…) 강해지는 것은 반갑지만, 약해지는 것은 누구나 달갑지 않으므로, 남의 침범은 추호도 받지 않으려고, 강한 점을 어디까지나 고수함과 동시

ピヤも千古万古セクスピヤではつまらない。偶 (たま) には股倉からハムレットを見て、君こりゃ駄目だよくらいに云う者がないと、文界も進歩しないだろう。「吾輩は猫である」, p. 255.

220) 서양은 강하니까 무리하든 바보스럽든 흉내 내지 않고선 못 배기는 거겠지. 긴 놈에겐 감겨라, 강한 놈에게 꺾여라, 무거운 놈에겐 눌려라, 그렇게 빌빌거리며 기기만 한다면 못난 수작 일변도가 아닌가? 못난 수작이라도 별 수 없지 않느냐 한다면 용서할 테니, 너무 일본인을 잘났다고 여기면 안된다.(西洋人は強いから無理でも馬鹿氣ていても眞似なければやり切れないのだろう。長いものには捲 (ま) かれろ、強いものには折れろ、重いものには壓 (お) されろと、そうれろ [＃「れろ」に傍点] 盡しでは氣が利 (き) かんではないか。氣が利 (き) かんでも仕方がないと云うなら勘弁するから、あまり日本人をえらい者と思ってはいけない。)「吾輩は猫である」, p. 271.

에 하다못해 반모(半毛)나마 남을 침범하려고, 약한 데를 무리하게 확장하려고 든다. (…) 인간은 개성의 동물이다. 개성을 없애버리면 인간을 없애버림과 마찬가지 결과에 빠진다. 적어도 인간의 의의를 완전하게 하기 위해선, 그 어떤 값어치를 지불해도 괜찮으니, 이 개성을 유지함과 동시에 발달시켜야 한다. (…) 오인은 인도를 위해, 문명을 위해, 그들 청춘남녀의 개성보호를 위해, 전력을 다해 이 야만적 풍습에 저항해야만 한다…."221)

구샤미형의 첫 번째 변형은「草枕」의 주인공인 화자 '나(余)'이다.「草枕」은 1906년(明治 39) 9월『新小說』에 발표된 중편소설이다.「고양이」최종회를 탈고한 즉시 집필에 들어가 15일 만에 완성한 작품이다. 러일전쟁이 끝난 1년 뒤에 발표한「草枕」은 러일전쟁 승리에 자신감을 회복한 연장선상에 있는 작품이다.222) 이 작품에 대한 작가의 자신감은 대단하였다.223)「草

---

221)「今の世は個性中心の世である。一家を主人が代表し、一郡を代官が代表し、一國を領主が代表した時分には、代表者以外の人間には人格はまるでなかった。あっても認められなかった。それがらりと變ると、あらゆる生存者がことごとく個性を主張し出して、だれを見ても君は君、僕は僕だよと云わぬばかりの風をするようになる。(…) 強くなるのは嬉しいが、弱くなるのは誰もありがたくないから、人から一毫 (いちごう) も犯 (おか) されまいと、強い点をあくまで固守すると同時に、せめて半毛 (はんもう) でも人を侵 (おか) してやろうと、弱いところは無理にも擴 (ひろ) げたくなる。(…) 人間は個性の動物である。個性を減すれば人間を減すると同結果に陥 (おちい) る。いやしくも人間の意義を完 (まった) からしめんためには、いかなる價 (あたい) を拂うとも構わないからこの個性を保持すると同時に發達せしめなければならん。(…) 吾人は人道のため、文明のため、彼等青年男女の個性保護のため、全力を擧げこの蠻風に抵抗せざるべからず……」「吾輩は猫である」, pp. 517-520.

222)「草枕」과 러일전쟁과의 관계에 대한 연구는 오현수의 다음 논문을 참고할 것. 오현수,「夏目漱石의 西洋 벗어나기에 관한 一考察 -『草枕』을 중심으로 - 」,『日語日文學研究』32(韓國日語日文學會, 1990. 6).

223) 소세키는 같은 해 8월 28일 고미야(小宮豊隆)에게 보낸 편지에서 "이번에는『新小說』

枕」의 주인공 '나'는 서양화가이지만 하이쿠와 漢詩를 짓는 등 문학에 조예가 깊은 인물이다. 30세의 나이에 인생을 달관한 듯한 자세를 보이는 '나'역시 작가의 투영인 것으로 알려지고 있다.

소세키는 「나의 『草枕』(余が『草枕』)」에서 "나의 「草枕」은 세상에 있는 보통 소설과는 전혀 반대의 의미로 쓴 것으로 단지 아름다운 독자의 머릿속에 남기만 하면 좋을 것이다. 이외에 어떤 특별한 목적도 갖고 있지 않다. 이 작품은 플롯도 없지만 사건의 발전도 없다"224)고 밝혔으나 이는 사실과 좀 다르다. '나'의 그림이 완성을 향해 진행되는 긴장된 서사가 전개되고 있는 것이다. 사카모토 히로시(坂本浩)가 지적했듯이 「草枕」에는 플롯이 처음부터 준비되어 있었던 것이다.225) 뿐만 아니라 격렬한 사회비판적인 테마도 갖추어져 있었다.226) 이 작품에 대한 일본측의 연구는 소세키의 주장을 그대로 수용하여 하이쿠적 소설이라는 결론으로 모아지고 있으나 문명비판 내지 '서양이기기 소설'이라는 일각의 주장도 무시할 수는 없을 것이다.227)

에 발표했습니다. 9월 1일에 발행되는 「풀 베개(草枕)」라고 제목이 붙여진 작품이 있습니다. 꼭 읽어주기 바랍니다. 이런 소설은 천지개벽 이래 그 유례가 없는 것입니다. (개벽 이래 걸작이라고 오해해서는 안 됩니다(今度は新小說にかいた。 九月一日發行の草枕と題するものあり。是非讀んで頂載。 こんな小說は天地開闢以來類のないものです(開闢以來の傑作と誤解してはいけない)"라고 할 정도로 이 작품에 대한 자신감을 보였다. 「書翰集 明治三十九年」, 『漱石全集』第十四卷, p. 440.

224) 私の「草枕」は、この世間普通にいふ小說とは全く反對の意味で書いたのである。唯一種の感じ—美しい感じが讀者の頭に殘りさへすればよい。それ以外に何も特別な目的があるのではない。さればこそ、フロツトも無ければ、事件の發展もない。「余が『草枕』-作家と著作-」, 『漱石全集』第十六卷, p. 544.

225) 坂本浩, 『夏目漱石 - 作品の深層世界 -』(東京: 明治書院, 1975), p. 109.

226) 大岡昇平, 『小說家 夏目漱石』(東京: 筑摩書房, 1988), p. 204.

227) 山田輝彦, 『近代文學 14-夏目漱石』(東京: 樓楓社, 1984), p. 30. 安藤久美子, 「『草枕』ノート - 非人情美學 -」, 『國文學 海汐と鑑賞』53卷8號(1988), p. 58. 김태연, 「구사마쿠라(草枕)론 - 완성되었을 그림의 사상을 중심으로 -」, 『나쓰메 소세키(夏目漱石)文學硏究』, P. 33.

즉, 근대 산업화문명의 혼탁을 벗어나 '非人情(의리, 인정 따위에서 벗어나, 그것에 구애되지 않는 일)의 세계'를 찾아 여행을 떠나는 '나'는 자연과 인정을 둘러보며 결국 '나'는 "밀레이228)의 오필리어는 성공했는지 몰라도 그의 정신이 나와 같은 곳에 있는지 의심스럽다. 밀레이는 밀레이, 나는 나니까. 나는 나의 흥미로서 한번 풍류가 있는 물에 빠진 시체를 그려보고 싶다"229) 라는 인식의 전환을 거쳐 자아를 찾는다.

> 개인의 기호는 어떻게 할 도리가 없다. 그러나 일본의 산수를 그리는 것이 본뜻이라면 우리들도 일본 고유의 색깔을 내지 않으면 안된다. 아무리 프랑스의 그림이 좋다고 해도 그 색깔을 그대로 베껴서 일본의 풍경이라고 말할 수는 없다.230)

서양화가로서 밀레이의 그림 오필리어를 동경하고 찾아 헤맸으나 결국 '나'가 발견은 것은 일본주의이다. '나'의 이와 같은 자아발견은 러일전쟁 이후 작가의 분위기를 그대로 묘사하고 있다. 작가의 반영인 구샤미형은 이제 서양을 벗어나 서양이기기를 시도하고 있는 것이다. 또한 그것이 러일전쟁의 승리와 연관될 때, 서양이기기 이면에는 작가 자신이 의식했든 하지

---

228) John Everett Millais (1829~1896): 라파엘 前派운동을 전개했던 영국화가이다. 초상화가로 널리 알려졌다.

229) ミレーのオフェリヤは成功かも知れないが、彼の精神は余と同じところに存するか疑わしい。ミレーはミレー、余は余であるから、余は余の興味を以 (もっ) て、一つ風流な土左衛門 (どざえもん) をかいて見たい。しかし思うような顔はそうたやすく心に浮んで來そうもない。「草枕」, p. 466.

230) 個人の嗜好 (しこう) はどうする事も出來ん。しかし日本の山水を描くのが主意であるならば、吾々 (われわれ) もまた日本固有の空氣と色を出さなければならん。いくら仏蘭西 (フランス) の繪がうまいと云って、その色をそのままに寫して、これが日本の景色 (けいしょく) だとは云われない。「草枕」, p. 522.

않았든 제국주의를 동조하는 의식도 발견할 수 있다.

3) 西歐主義

나쓰메 소세키 소설에 나타나는 민족주의의 또 하나의 원형은 「고양이」의 화자 '나' 즉, '와가하이(吾輩)'—이하 '와가하이'로 지칭한다—이다. 화자에 주목하지 않을 수 없는 것은 그가 「고양이」의 서술주체로서 이 작품의 성격을 결정짓는 위치에 있기 때문이지만, 또 하나는 작가 소세키의 전기적 사실과 무관하지 않기 때문이다. 「고양이」 연구자들은 이 작품의 첫 문장 "나로 말하면 고양이다. 이름은 아직 없다"와 1장 마지막 단락 "이름은 아직도 지어주지 않았지만, 욕심을 말하면 끝이 없으므로, 그럭저럭 만족하며 평생이 선생네 집에서 살다가 무명의 고양이로 생을 마칠 작정이다"[231]라는 언표에서 '나'의 無名性을 주목해 왔다.[232] 서사문학의 원초적 상황을 "어떤

---

231) 名前はまだつけてくれないが、欲をいっても際限がないから生涯（しょうがい）この教師の家（うち）で無名の猫で終るつもりだ。「吾輩は猫である」,『漱石全集』弟一卷, p. 5. 「고양이」의 원래구상이 제1장이었던 작가의 구상대로 쓰였다면, 이 단락은 이 작품의 마지막 단락이 되어야 했던 셈이다.

232) "'나로 말하면 고양이다. 이름은 아직 없다.' 주지하듯이 「고양이」는 이렇게 시작되고 있다. 즉 무명인데 '평생 이 선생네 집에서 살다가 무명(無名)의 고양이로 생을 마칠 작정이다'라고 하는 豫期대로 고양이의 무명성은 전편을 통하여 바뀌지 않는다. 이 사실은 평범한 것처럼 보일는지 모르지만, 1장에 등장하는 미학자가 2장은 메이테이, 주인은 3장에서 구샤미로 각각 개별적인 이름이 부여되어 소설의 세계가 확연해짐에도 불구하고 '고양이'만큼은 冒頭의 규정에서 진보하지 않는다. 역으로 말하면, 상당히 무계획적으로 시작된 「고양이」이지만, 그 안에서 전편을 일관하는 소설의 이론은 자연히 준비되어 있었던 것으로, 고양이는 계속 무명인 채로 있는 것이다. 무명성이란 것은 무엇을 의미하고 있는 것일까? 사람은 이름에 의해서 그 개별성을 분명히 함과 동시에 이름에 의해서 다른 이름과 관계 지어지고 있다. 그러나 이름이 없는 고양이는 오히려 그 점에 있어서 사회에 귀속하지 않는다. 자유로운 것이다." 越智治雄,「猫の笑

화자가 일어났던 어떤 일을 청중에게 이야기하는 것"[233]이라는 카이저 (Wolfgang Kayser)의 정의에 기댈 때, 작가가 '나'에게 부여한 임무는 말할 나위 없이 「고양이」의 서술 주체로서 청중에게 이야기를 들려주는 이야기꾼 역할이다. '나'는 무명성으로 어떤 구속을 받지 않고 인간사회를 자유롭게 넘나들며 폭넓게 인간을 관찰하고, 그 결과를 이야기해줄 수 있다. 버네트/ 버먼/버토((Barnet/Berman/Burto)에 기대어 화자를 논평적(editoril) 화자와 중립적(neutral) 화자로 분류하면[234] 「고양이」의 화자 '나'는 전자에 속한다. 즉, 화자가 자신의 모습을 드러내고 이야기뿐만 아니라 자기주장까지 피력 하기 때문에 독자가 그의 존재를 쉽사리 의식할 수 있다.[235]

'와가하이'의 민족주의를 이해하기 위해서 다시 「고양이」의 서두를 주목 한다. 와가하이의 '나로 말하면 고양이다. 이름은 아직 없다. 내가 어디서 태어났는지도 도통 짐작이 안간다'라는 진술에서 그가 부모가 없는 '고아'로 서 가족조차 없다는 것을 확인할 수 있다.[236] 더구나 '와가하이'는 버려진 고양이다.[237] 이광수같이 부모가 모두 사망했기 때문에 고아가 아니라 어머

い、猫の狂氣」, 『漱石私論』(東京: 角川書店, 1971),

233) Wolfgang Kayser, *Das sprachliche Kuunstwerk*(Bern, 1971), p. 349.

234) Barnet·Berman·Burto, *An Introduction to Literature*(Boston, 1967), p.37.

235) 중립적 화자는 자신의 모습을 독자에게 드러내지 않기 때문에 독자가 화자의 존재를 거의 느끼지 못한다. 그러나 논평적, 중립적 화자라는 구분은 상대적인 표현일 뿐이다. 절대적인 논평적 화자도, 중립적 화자도 존재할 수 없기 때문이다.

236) 吳敬, 「漱石文學의 家族關係 硏究」(서울: 高麗大學校 大學院, 박사, 1999), p. 18.

237) "이 서생의 손바닥 안에서 얼마동안은 좋은 기분으로 앉아 있었는데, 잠시 후 대단한 속력으로 빙빙 돌리기 시작했다. 그 자가 움직이는 건지 나만 움직여지는 건지모르겠 지만, 무한정 빙글빙글 눈이 돌아간다. (…) 그 후론 무슨 일이 있었는지 아무리 생각해 내려고 해도 알 수가 없다. 문득 정신을 차리고 보니 서생은 보이지 않는다. 숱하게 있던 형제자매가 한 마리도 안 보인다. 더구나 나의 어머니마저 모습을 감추고 말았다. 게다다 여태까지 있던 데와는 달리 무진장 밝다. 눈을 뜨고 있을 수 없을 정도다. (…) 나는 지푸라기위로부터 갑자기 조릿대 숲 속에 내던져진 것이다.(この書生の掌の裏

니로부터 버림을 받음으로써 고아가 되었다. 주목하고자 하는 것은 '와가하이' 역시 작가의 투영이라는 것이다. 소세키 역시 출생 직후 두 번씩이나 부모로부터 버림을 받았다. 소세키가 태어났을 때 아버지 나쓰메 나오카쓰(夏目直克: 아명은 고헤에小兵衛)는 이미 50세가 넘었고, 어머니 치에(千枝) 역시 40세가 넘은 나이였다. 당시 일본인의 평균수명이 45세였다는 점을 감안한다면 이광수와 마찬가지로 소세키는 만득자였다. 어머니는 그 나이에 임신한 것을 무척 부끄럽게 생각하였고 소세키가 태어난 즉시 한 고물가게집에 양아들로 주어버렸다. 광주리에 담겨진 채 길가에 버려지다시피 놓여있는 소세키를 발견한 둘째누나 후사(ふさ)가 데리고 왔으나 다시 신주쿠의 나누시(名主)[238]였던 시오바라 쇼노스케(塩原之助: 시오바라 마나노스케塩原昌之助라고도 불린다)의 집에 양자로 보냈다. 우여곡절 끝에 아홉 살이 되어서 생가로 복귀하였으나 한동안 부모를 할아버지·할머니로 알았고, 또한 그렇게 불러야 했다.[239] 돈을 주고 교환하다시피 復籍을 한 것은

（うち）でしばらくはよい心持に坐っておったが、しばらくすると非常な速力で運轉し始めた。書生が動くのか自分だけが動くのか分らないか無暗（むやみ）に眼が廻る。(…) それまでは記憶しているがあとは何の事やらいくら考え出そうとしても分らない。ふと氣が付いて見ると書生はいない。たくさんおった兄弟が一疋（ぴき）も見えぬ。肝心（かんじん）の母親さえ姿を隠してしまった。その上今（いま）までの所とは違って無暗（むやみ）に明るい。眼を明いていられぬくらいだ。はてな何でも容子 (…) 吾輩は藁（わら）の上から急に笹原の中へ棄てられたのである。)"
「吾輩は猫である」, 『漱石全集』弟一卷, p. 6.

238) 에도시대, 바쿠후(幕府)직할지에서 민정을 돌보았던 동장 혹은 촌장. 행정권뿐만 아니라 사법권이나 경찰권도 어느 정도 가지고 있었다.

239) "생가 아버지로 볼 것 같으면 겐조는 방해물일 뿐이었다. 뭣 하러 이런 팔푼이 병신이 기어들어왔나, 하는 표정으로 아버지는 그에게 자식으로 대우를 거의 하지 않았다. 지금까지와는 천지 차이인 아버지의 이런 태도는 친아버지에 대한 겐조의 애정을 뿌리째 뽑아버렸다. 그는 양부모 앞에서 자기를 볼 때마다 늘 싱글벙글하던 아버지와 무녀리를 떠맡고 나서 금방 무자비해진 아버지를 비교하며, 처음엔 놀랐고 그 다음에는 정나미가 떨어졌다.(實家の父に取っての健三は、小さな一個の邪魔物であった。何

21세 때였다. 이와 같은 소세키의 전기적 사실은 그의 성격형성은 물론 그의 작품에도 깊은 영향을 미쳤음은 물론이다. 그의 첫 소설의 화자로 인간이 아닌 고양이 '와가하이'를 등장시켰음에도 불구하고, 그에게 자아를 투영시킨 것은 작가의 성장과정에서 형성된 내적 요인이 작용한 것으로 보인다.

　　내가 존경하는 건너편 집의 흰둥이 고양이는, 만날 때마다 인간만큼 인정머리 없는 건 없다고 말씀하신다. 흰둥이는 며칠 전 옥 같은 새끼고 양이 네 마리를 낳으셨다. 그런데 그 집 서생이 사흘째 되는 날, 그 네 마리를 뒤쪽 연못에 가지고 가서 모두 버리고 말았다지 뭔가. 흰둥이는 눈물을 흘리며 그 자초지종을 이야기하고 나서, 암만해도 가족적 생활을 하려면, 인간들과 싸워서 이를 소멸하지 않으면 안 된다고 말씀하셨다. 하나하나가 모두 지당한 말씀이라 생각된다.
　　또한 이웃집 암고양이 미케는 인간들이 '소유권'이라는 것을 이해하지 못하고 있다면서 크게 분개하고 있다. 원래 우리들 고양이 동족 간에서는, 말린 정어리 대가리나 숭어 배꼽이라도 제일 먼저 발견한 자가 먹을 권리가 있는 걸로 돼 있다. 가령 상대방이 이 규약을 안 지킨다면, 완력에 호소해도 무방한 정도다. 그런데 인간들은 추호도 이런 관념이 없는지, 우리들이 발견한 맛있는 음식물을 예외 없이 자기들을 위해 약탈해 간다. 그들은 그들의 강력함을 믿고, 마땅히 우리가 먹어야 할 것을 빼앗고도 당연하다는 듯 태연하다. 흰둥이는 군인 집에 살며, 미케의 주인은 변호 사다. 나는 선생네 집에 살고 있는 만큼, 이런 일에 관해선 오히려 낙천적 이다. 그저 그날그날을 그럭저럭 지내기만 하며 그만이다. 제아무리 인간

しにこんな出來損（できそこな）いが舞い込んで來たかという顔付をした父は、殆（ほと）んど子としての待遇を彼に与えなかった。今までと打って変った父のこの態度が、生（うみ）の父に對する健三の愛情を、根こぎにして枯らしつくした。彼は養父母の手前始終自分に對してにこにこしていた父と、厄介物を背負（しょ）い込んでからすぐ慳貪（けんどん）に調子を改めた父とを比較して一度は驚ろいた。次には愛想（あいそ）をつかした。)」「道草」、『漱石全集』、第六巻、pp. 554-555.

인들, 그렇게 언제까지나 번영할 수는 없을 게다. 그래 마음을 느긋하게
잡고 고양이의 시절이 오기를 기다림이 좋으리라.240)

　　'와가하이'라는 한 마리 고양이가 아니라 고양이족을 통해 인간세계를
풍자하고 있는 한 근거이지만, 덧붙여 몇 가지 지적되어야 할 사항이 있다.
우선 인용문의 내용과 작품 전체적인 그것 사이에 일관성의 원칙을 지키고
있지 못하다는 점을 지적할 수 있다. 즉, 전반부의 고양이족 이야기와 후반
부의 인간세계 비판이 부조화를 이루고 있는 것이다. '먼저 발견한 자가
먹을 권리가 있고, 상대방이 이 규약을 안 지킨다면 완력에 호소해도 무방'
하다고 폭력을 정당화하는 고양이 세계를 통해 후반부에서 인간들이 '그들
의 강력함을 믿고', '우리들이 발견한 맛있는 음식물을 예외 없이 자기들을
위해 약탈해 간다'는 인간세계의 폭력성을 비판하고 있는 것은 논리적으로

---

240) 吾輩の尊敬する筋向 (すじむこう) の白君などは逢 (あ) う度每 (たびごと) に人
　　間ほど不人情なものはないと言っておらるる。白君は先日玉のような子猫を四疋產
　　(う) まれたのである。ところがそこの家 (うち) の書生が三日目にそいつを裏の
　　池へ持って行って四疋ながら棄てて來たそうだ。白君は淚を流してその一部始終を
　　話した上、どうしても我等猫族 (ねこぞく) が親子の愛を完 (まった) くして美し
　　い家族的生活をするには人間と戰ってこれを剿滅 (そうめつ) せねばならぬといわ
　　れた。一々もっともの議論と思う。また隣りの三毛 (みけ) 君などは人間が所有權
　　という事を解していないといって大 (おおい) に憤慨している。元來我々同族間で
　　は目刺 (めざし) の頭でも鰡 (ぼら) の臍 (へそ) でも一番先に見付けたものがこ
　　れを食う權利があるものとなっている。もし相手がこの規約を守らなければ腕力に
　　訴えて善 (よ) いくらいのものだ。しかるに彼等人間は毫 (ごう) もこの觀念がな
　　いと見えて我等が見付けた御馳走は必ず彼等のために掠奪 (りゃくだつ) せらるる
　　のである。彼等はその強力を賴んで正當に吾人が食い得べきものを奪 (うば) って
　　すましている。白君は軍人の家におり三毛は代言の主人を持っている。吾輩は敎
　　師の家に住んでいるだけ、こんな事に關すると兩君よりもむしろ樂天である。ただ
　　その日その日がどうにかこうにか送られればよい。いくら人間だって、そういつま
　　でも榮える事もあるまい。まあ氣を永く猫の時節を待つがよかろう。「吾輩は猫であ
　　る」、『漱石全集』第一卷, p. 10.

타당하지 않다. 「고양이」 출현 당시 시대와 사회적 분위기에 유의하면서 민족주의적 관점에서 분석할 때, '먼저'를 '가장 먼저' 혹은 '최초의'라는 뜻으로 이해한다면 고양이세계는 피지배민족의 민족주의, 인간세계는 제국 주의를 암시한다고 할 수 있다. 즉, 소세키는 이와 같은 언술에서 침략적 제국주의를 비판하고 있는 것이다. 원주민으로서 피지배민족은 그들이 살고 있는 영토를 가장 먼저 차지했으므로 주인이 되고, 이 규약을 지키지 않고 침략해 오는 '상대방(제국주의)'이 있다면 '완력에 호소해도 무방'하다. 그럼 에도 불구하고 제국주의 국가들은 '그들의 강력함을 믿고, 피지배민족의 영 토를, 재산을 약탈해간다'고 비판하고 있는 것이다. 특히 '흰둥이는 군인 집에 살며, 미케의 주인은 변호사'이므로 동시대의 흐름을 피해갈 수 없지만, '와가하이'는 "선생네 집에 살고 있는 만큼, 이런 일에 관해선 오히려 낙천 적이며, 제아무리 인간인들, 그렇게 언제까지나 번영할 수는 없을 게다. 그 래 마음을 느긋하게 잡고 고양이의 시절이 오기를 기다림이 좋으리라"고 하는 진술을 유의한다면 고양이 화자 '와가하이'는 반제국주의 입장에 위치 하고 있다.

또 다른 분석도 가능하다. '먼저'를 사전적 의미 그대로 '시간적으로 순서 상으로 앞서서'라고 할 때, '고양이세계'는 일본과 식민지 조선이고 '인간세 계'는 러시아와 일본, 조선을 암시한다고 할 수도 있다. 즉, 전자에서 '강화도 조약' 이후 '먼저 차지한 일본은 조선'을 '먹을 권리가 있고', 상대방(러시아) 이 이 규약을 지키지 않고 조선을 차지하려고 할 때, 무력을 써서 물리쳐도 무방하다는 주장이 된다. 반면, 후자에서 러시아는 '그들의 강력함을 믿고 일본이 발견한 조선을 약탈해간다'고 비판하고 있다. 이 경우 작품이 전달하 고자 하는 메시지는 제국주의의 옹호론이 되는 것이다. 실제로 '와가하이'는 원초론적 입장에서 일본 민족주의-침략적 제국주의를 옹호하는 인물이다.

얼마 전부터 일본은 러시아와 대전쟁을 하고 있다고 한다. 나는 일본의 고양이므로 물론 일본 편이다. 되도록이면 혼성 고양이 단체를 조직해 러시아 병정을 할퀴어 주고 싶을 지경이다.[241]

다른 장면에서 '와가하이'는 더욱 직접적으로 "나도 일본의 고양이므로 다소 애국심은 있다"[242]고 진술하기도 한다. 「고양이」는 러일전쟁 중에 쓰인 작품이고, 작가 소세키가 러일전쟁에 보였던 반응을 상기할 때, '와가하이'의 이와 같은 언술은 작가의 의식이 그대로 투영되어 있는 것이다. '와가하이'가 '나는 일본의 고양이므로 물론 일본 편'이라거나 '일본의 고양이므로 애국심은 있다'는 정도라면 순수한 민족감정 내지 민족적 열정이라고 할 수 있다. J. A. 홉슨에 의하면 민족적 열정이란, 그리고 이 열정의 도움으로 형성되었거나 활력을 얻었던 왕국의 여러 형태라는 것은 그 국민들이 스스로를 지키기 위해 장기간에 걸쳐 벌여야만 했던 맹렬한 저항에서 기인된다. "이와 같은 영토적·왕조적 민족주의로부터 그 근저의 동기를 이루어온 인종적·언어적·경제적 연대정신으로 눈을 돌리면 한편에서는 지방적 배타주의가, 다른 한편에서는 막연한 세계주의가 민족감정에 의해 밀려남을 보게 된다. 즉, 보다 강력한 민족 사이에서는 민족주의는 민족적 운명이라는 이상한 야망과 그에 따르는 배외적 애국주의를 가져오게 된다."[243] 「고양이」에서 '와가하이'의 진술은 그 전형적인 예가 될 수 있다. 고양이라는 화자의 발언으로 회화화된 느낌도 없지 않지만, '일본의 고양이므로 물론 일본

---

241) 吾輩は日本の猫だから無論日本贔負 (びいき) である。出來得べくんば混成 (こんせい) 猫旅団 (ねこりょだん) を組織して露西亞兵を引っ搔 (か) いてやりたいと思うくらいである。「吾輩は猫である」, p. 207.

242) 吾輩も日本の猫だから多少の愛國心はある。「吾輩は猫である」, p. 403.

243) J. A. 홉슨, 앞의 책, p. 7.

편'이며 '혼성 고양이 단체를 조직해 러시아 병정을 할퀴어 주고 싶을 지경'이라는 발언에는 '민족적 운명이라는 이상한 야망과 그에 따르는 排外的 애국주의'로서 원초론적 민족주의의 극단적인 진술에 다름 아니다. 즉, '와가하이'의 민족주의-애국심은 그 자연적인 제방을 흘러 흘러서 타민족의 영토를 합병하려고 기도함으로써 순수한 민족주의가 타락한 모습-제국주의다. 전기적 사실에서 작가는 물론 '와가하이'가 고무되고, 또한 전쟁의욕을 부추기는 러일전쟁은 식민지쟁탈을 위한 제국주의들 사이의 전쟁이다.244) 결국 고양이화자 '와가하이'의 민족주의는 원초적 입장에 서 있을 뿐만 아니라 침략적 일본 제국주의를 옹호하는 입장이라고 할 수 있다. 또한 '와가하이'의 이와 같은 발언은 작가 소세키가 러일전쟁이 일어났을 때 「從軍行」과 같은 督戰詩를 발표면서 흥분하는 모습이 재현되고 있는 것이다.

'와가하이'형의 변형은 소세키의 네 번째 장편소설 「산시로(三四郎)」(1908. 9. 1~12. 29)에서 민족주의의 전도사로 등장하는 히로타(廣田) 선생이다. 그는 전문학교 영어선생이다. 작가는 「산시로」의 작중인물들의 모델을 주위에서 발견했으며, 특히 히로타는 작가 자신의 직접적인 투영으로 알려져 있다.245) 작품에서 히로타는 자신의 얘기에 대해 "메이지 원년(元年: 1868)경에 태어난 사람의 생각(明治元年ぐらいの頭)"246)이라고 하는 언술

---

244) "민족주의는 국제주의로 가는 坦坦大路이다. 그리고 그것이 만약 옆길로 빗나가는 징후를 보인다면 우리는 민족주의의 성격과 목적이 제 길을 벗어나 顚倒되고 있는 것이라 의심해도 좋을 것이다. 그같은 전도야말로 바로 제국주의이다. 제국주의의 추구 속에서 민족들은 타민족을 순탄하게 동화시키는데 그치지 않고 침해해 들어감으로써, 민족적 유형의 다양성이 갖는 건전하고도 고무적인 경쟁을 서로 다투는 帝國간의 파괴적인 투쟁으로 바꾸어 놓는다. (…) 공존하는 帝國들이란 영토적·산업적 확장의 제국주의적 발전을 추구하기 때문에 자연히, 그리고 필연적으로 서로 적이 될 수밖에 없다." 위의 책, pp. 12-13.

245) 卞善英, 「夏目漱石 硏究; 『三四郎』을 中心으로」(大田: 韓南大學校 大學院, 日語日文學科, 碩士, 1989), p. 15. 41.

에서 그의 나이가 작가 소세키(1867)와 동연배가 되는 40여 세라는 것을 알 수 있다. 히로타 역시 불완전한 가족생활을 하고 있다. 즉, 히로타는 독신 자이다. 가족뿐만 아니라 그의 생활은 모든 면에서 불완전하다. 12, 3년 동안 고등학교 영어교사이지만, 정식 교사는 아니다. 독신이므로 가족도 없다. "만사 두뇌 쪽이 사실보다 발달(万事頭のほうが事實より發達)해 있는" 인물이다. 대단한 이론가이고, 철학자일 뿐만 아니라 "인간 자체가 철학적으로 생긴" 인물이다. 무엇보다도 스스로는 아무 것도 하지 않는 사람으로 밥 세 끼조차 먹을 수 없는 사람이다. 결국 인간 자체가 모순투성이라는 것이 주위인물들의 평가다.247) 영어교사, 작가의 투영, 중년나이 등의 공통점으로 볼 때 히로타는 구샤미형에 가깝다. 그러나 민족주의 관점에서 그는 구샤미형을 벗어나 있다. 즉, 히로타는 '타이헤이의 이쓰밍'계열은 아니다. 그는 미래의 일본을 짊어지고 가게 될 대학생들 앞에 적극적으로 모습을 드러내어 자신의 주장을 펼쳐 나간다. 화자의 기능이 그러하지만, 모든 일에 참견하기를 좋아하는 것이 '와가하이'형이다.

소세키의 문학적 생애를 1907년(明治 40) 東京帝大 교수직을 사직하고 아사히(朝日)신문사에 입사하여 전업 작가로 방향전환을 한 시기를 기점으로 前·後期로 구분할 때, 「산시로」는 후기작품이다. 즉, 후기 작품 중에 「구비진쇼(優美人草)」에 이어 두 번째 작품이다. 또한 이 작품은 이어지는 장편소설 「그후(それから)」, 「門」과 함께 소세키의 前期 3部作중의 첫 작품으로 소세키 小說의 특성이 잘 드러난 작품이다.248) 민족주의적 관점에서 일본/

---

247) 「三四郎」, 『漱石全集』 第四卷, p. 77. 이 작품의 국내번역은 다음과 같다. 崔炳璉, 『산시로오』(서울: 우일, 1987). ; 최재철, 『산시로』(서울: 한국외국어대학교 출판부, 1995). 여기서는 최재철의 번역을 참고한다.

247) 「三四郎」, pp. 81-83.

248) "소세키 선생의 특색을 충분하게 발휘한 것, 소세키가 아니면 쓸 수 없는 것이라면

서양과의 대결이라는 이념을 내장하고 성장해 온 소세키의 문학이 1907년 무렵부터 보다 명확한 양상을 나타낸다고 할 때[249], 「三四郎」는 바로 이 시기에 해당한다. 이 작품에 대한 선행연구는 대부분 주인공 산시로의 내적 발전에 주목하여 도쿄 대학사회에서의 자아형성 내지 청춘편력에 대한 문제에 주로 관심을 두어 청춘 교양소설로 평가되어 왔다. 논자에 따라서는 연애소설, 성장소설이라는 의견도 있고, 또한 문학과 회화의 접합을 시도한 회화소설이라고 지적하는 연구도 있다.[250] 최연은 이 작품이 메이지시대의 일본 문명과 서양문명이 교차하는 러일전쟁 후의 도쿄를 무대로 그려져 있다는 점에 초점을 맞추어 서양/일본의 대립문제를 분석하기도 하였다.[251]

이 작품에서 주인공은 오가와 산시로(小川三四郎)다. 그러나 부인물 히로타의 역할은 결코 적지 않다. 적어도 민족주의 관점에서 보면, 히로타가 오히려 중심인물을 차지한다고 볼 수도 있다. 산시로는 물론 산시로 주위인물들의 스승으로서 작품 전체의 방향을 결정지을 수도 있기 때문이다. 「산시로」의 무대는 러일전쟁 직후의 쿠마모토(態本)/도쿄(東京)로 二分되어 있다. 전근대/근대 문명이 쿠마모토/도쿄의 성격을 드러내는 기준이다. 도쿄는 서구문명 따라잡기가 국가적인 과제였던 메이지시대의 구심점이었다. 즉, 메이지 이후 도쿄는 서구문명을 수용하는 장치일 뿐만 아니라 문명개화를 하부—지방, 하급학교—에 공급하는 配電盤 역할을 수행했다. 도쿄 그 자체가 '문명'이라는 거대한 하나의 기관이었다.[252] 산시로는 구질서의 상징인 고

역시 「三四郎」, 「그리고 나서(それから)」, 「門」이다." 吉田精一, 『鷗外と漱石』(東京: 樓楓社, 1981), p. 196.

249) 최연, 「나쓰메 소세키(夏目漱石)의 『산시로(三四郎)에 타나는 異文化에 대한 兩義性의 문제」, 『나쓰메 소세키(夏目漱石)文學研究』, p. 602.

250) 최재철, 「방황하는 청춘 『산시로』의 의미」, 『산시로』, p. 271.

251) 최연, 앞의 논문, p. 603.

향 쿠마모토를 벗어나 도쿄로 가고 있는 것이다. 대학생 즉, 문명의 전도사가 되기 위해서이다. 그가 기차를 타고 도쿄로 가는 것도 여러 가지 의미에서 상징적이다. 철도 자체가 문명의 상징이기 때문이다.[253] 기차 안에서 산시로의 눈에 비친 히로타의 첫인상은 전근대/근대가 혼합된 인물이다. 즉, 어딘지 모르게 神官과도 같은 분위기이면서도 콧날이 우뚝 선 서양사람같아서 산시로는 중학교 교사라고 단정 짓는다.[254] 전13장으로 구성된 이 작품에서 1장에서 주인공 산시로의 눈을 통해 보이는 이와 같은 히로타에 대한 神官/서양사람이라는 혼합된 묘사는 전근대/근대, 일본/서양을 암시한다고 할 수 있다.

　히로타의 과거는 천황제 민족주의의 성격을 적나라하게 보여주는 「帝國

---

252) 司馬遼太郎, 「漱石と田舍」, 『街道わゆく　三十七本鄕界畏』(東京: 朝日文藝文庫, 1996), p 267.

253) 당시 철도의 상징성에 대해서는 다음 연구를 참고할 것. 武田信明, 『三四郎の乘つた汽車』(東京: 敎育出版, 1999), p. 95. ; 小森陽一, 「個人と國家」, 『漱石を讀みなおす』(東京: ちくま書房, 1995), p. 239. ; 吉見俊哉, 「速度の都市 — 漱石のなかの東京·硏究ノート」, 『漱石硏究』第五號(東京: 翰林書房, 1995), p. 119. 宋明姬, p. 17. 「나쓰메 소세키(夏目漱石)의 『산시로(三四郎)論 — 미네코(美禰子)像의 분석 — 」(서울: 高麗大 大學院, 碩士, 2001), pp. 16-17. 참고로 이광수가 그의 첫 장편소설 「無情」을 집필할 때 「산시로」를 애독했다는 것은 이미 논의한 바와 같지만, 일찍이 金東仁이 「無情」을 논의하면서 '汽車上의 機緣'에 대해 지적한 바와 같이 「無情」은 물론 이광수소설에서도 철도에 대한 모티브가 중요한 비중을 차지한다. 金東仁, 「春園硏究」, p. 39. ; 김윤식, 「이광수와 그의 시대(1)」, pp. 609-611. 이광수가 자주 취하는 철도모티브가 소세키 소설의 영향이었는지는 별도의 논의가 필요할 것이다.

254) 髭(ひげ)を濃くはやしている。面長(おもなが)のやせぎすの、どことなく神主(かんぬし)じみた男であった。ただ鼻筋がまっすぐに通っているところだけが西洋らしい。學校敎育を受けつつある三四郎は、こんな男を見るときっと敎師にしてしまう。男は白地(しろじ)の絣(かすり)の下に、鄭重(ていちょう)に白い襦袢(じゅばん)を重ねて、紺足袋(こんたび)をはいていた。この服裝からおして、三四郎は先方を中學校の敎師と鑑定した。大きな未來を控えている自分からみると、なんだかくだらなく感ぜられる。男はもう四十だろう。これよりさきもう發展しそうにもない。「三四郎」, p. 15.

憲法」(1889)이 공포되고, 일본이 근대국가로 출발하는 시간배경속에서 묘사되고 있다. 고등학생시절 히로타는 암살된 개화주의자 모리 아리노리(森有礼)의 장례식에서 12, 3세의 예쁜 소녀를 만나게 된다. 그 소녀는 이후 히로타의 머릿속에 강한 인상으로 남아 있다. 소녀/히로타는 곧 전근대/근대를 각각 암시하고 있지만, 전자가 후자의 머리속에 각인됨으로써 결국 히로타는 자기 안에서 전근대/근대를 안고 있는 兩義性의 존재가 된다.

머릿속에 예쁜 소녀가 각인된 다음해 히로타는 임종직전의 어머니로부터 충격을 받게 된다. 봉건적 유교윤리속에서는 용서받을 수 없는 어머니의 불의를 알게 된 것이다. 결국 히로타는 모든 여성, 심지어 자기 자신에게도 신뢰를 갖지 못하고 독신으로 살게 된다. 결국 히로타 자신이 근대에 살고 있으나 전근대적 사고에서 빠져 나오지 못하고 있는 兩義性의 인물이다. 여기서 어머니의 불의와 히로타의 독신—특히 히로타에게 가족이 없다는 것은 가정적으로 불행하였던 작가 자신이 그에게 대리만족을 찾고 있다는 지적도 가능하다. 그리고 지식인 히로타는 과거와 현재를 이성적으로 이해하는 한편 감정적으로는 이해하지 못하게 되는 것이다.[255] 결국 히로타는

---

255) "어머님이 하시는 말씀은 될 수 있는 대로 들어드리는 게 좋아. (…) 우리들이 학생시절에는 하는 일 모두가 어느 것 하나 남을 떠난 적이 없었지. 모든 것이 천황이라든가 부모라든가 국가라든가 사회라든가, 등등 모두 타자본위(他者本位)였었네. 그걸 한마디로 말하면 교육을 받는 자가 하나같이 모두 위선자였었지. 그 위선이 사회의 변화로 마침내 지속될 수 없게 된 결과, 점점 자기본위를 사상행위(思想行爲)에 수입하자, 이번엔 자아의식이 너무 지나치게 발전해버렸어. 옛날의 위선자에 대하여 요즘은 노악가(露惡家)투성이인 상태가 됐지.(おっかさんのいうことはなるべく聞いてあげるがよい。(…) 我々の書生をしているころには、する事なす事一として他 (ひと) を離れたことはなかった。すべてが、君とか、親とか、國とか、社會とか、みんな他 (ひと) 本位であった。それを一口にいうと教育を受けるものがことごとく僞善家であった。その僞善が社會の変化で、とうとう張り通せなくなった結果、漸々 (ぜんぜん) 自己本位を思想行爲の上に輸入すると、今度は我意識が非常に發展しすぎてしまった。昔の僞善家に對して、今は露惡家ばかりの狀態にある。)"「三四郎」, pp.

전근대/근대의 동시 상황적 인물이다.

산시로와 첫 대면하는 기차 안에서 히로타는 서양인 네댓 명이 기차에 타는 광경을 보고 "서양인은 참 아름답군!"[256]하고 얘기를 시작한다. 「草枕」의 주인공 '나'에서 서양을 극복하고 일본을 찾았던 구샤미형은 히로타에 이르러 다시 서양인에 대한 감탄으로 변형된 것이다. 직접적으로는 영국 유학시절 서양인에 대한 외모 콤플렉스를 갖고 있었던 작가 소세키의 무의식이 투영되어 있을 것이다.

그러자 수염 기른 남자는, "우린 서로가 불쌍하군!"하며 얘기를 시작했다. "이런 몰골을 하고 이렇게 볼품없어서는, 아무리 러일전쟁에 이겨 일등국이 되어도 소용없지요, 뭣보다 건물을 봐도 정원을 봐도 어느 것이나 볼품없는 얼굴과 비슷한데, 도쿄가 처음이면 아직 후지산(富士山)을 본 적이 없겠지. 이제 곧 보일 테니 잘 봐요. 그게 일본 제일의 명물이지요. 그것 말고는 내세울만한 것은 아무 것도 없어. 그런데 후지산은 천연 자연으로 옛날부터 있던 것이니까 의미가 없지. 우리들이 만든 게 아니야."라고 말하고 또 싱글싱글 웃고 있다. 산시로는 러일전쟁 이후 이런 사람을 만날 줄은 꿈에도 생각을 못했다. 정말이지 일본인이 아닌 것 같은 느낌이 든다. "그러나 이제부터 일본도 점점 발전하겠지요"라고 변호했다. 그러자, 그 남자는 태연하게, "망하고 말거요"라고 말했다.[257]

178.

256) "どうも西洋人は美しいですね" 「三四郎」, p. 21.

257) すると髭の男は、「お互いは哀れだなあ」 と言い出した。「こんな顔をして、こんなに弱っていては、いくら日露戦争に勝って、一等國になってもだめですね。もっとも建物を見ても、庭園を見ても、いずれも顔相応のところだが、——あなたは東京がはじめてなら、まだ富士山を見たことがないでしょう。今に見えるから御覧なさい。あれが日本一 (にほんいち) の名物だ。あれよりほかに自慢するものは何もない。ところがその富士山は天然自然に昔からあったものなんだからしかたがない。我々がこしらえたものじゃない」と言ってまたにやにや笑っている。三四郎は日露

러일전쟁에 승리했다고 해도 서양문명을 따라잡기는 쉽지 않고, 이런 식으로 어정쩡한 문명개화라면 차라리 망하고 말 것이라는 언술이다. 「산시로」는 청년대학생 산시로를 통해 일본/서양문명이 교차하는 러일전쟁 후의 도쿄에 관심을 두고 있다. 여기서 산시로의 길잡이 역할을 하는 인물이 히로타 선생이다. 그러나 히로타의 이런 진술은 러일전쟁 중에 서양을 이겼다는 자신감을 보여 주었던 작가의 모습은 아니다. 이 작품에서 히로타는 러일전쟁에서 승리한 것은 무력에 의한 싸움이었고 문명 자체는 아니었다는 판단을 하고 있었던 것으로 보인다. 결국 그는 일본의 문명개화를 강렬하게 희망하면서도 한편으로는 혐오, 비판하는 兩義性을 보이고 있는 것이다. 일본으로 회귀하면서도 계속 서양을 기웃거리는 그의 모습을 곳곳에서 발견할 수 있다.

소세키의 전기적 사실도 예외는 아니다. 작품외적인 곳에서는 러일전쟁의 승리가 곧 對'西洋'戰爭에서의 승리라고 자신감을 보여주었던 한편, 같은 기간에 집필한 소설 「고양이」에서는 구샤미형을 통해 개인주의를 주장하면서 진보한 서양문명을 받아들여야 한다[258]고 역설하는 兩義性을 보였던 것

戰爭以後こんな人間に出會うとは思いもよらなかった。どうも日本人じゃないような氣がする。「しかしこれからは日本もだんだん發展するでしょう」 と弁護した。すると、かの男は、すましたもので、「滅びるね」と言った。「三四郎」, p. 21.

258) "유럽은 문명이 진보했으므로 일본보다 일찍 이 제도를 시행하고 있다. 간혹 부모자식이 동거하더라도, 아들이 그 아비로부터 이자가 붙는 돈을 꾸거나 남남처럼 하숙비를 물거나 한다. 부모가 아들의 개성을 인정하고 이에 존경심을 보임으로써, 이런 미풍이 성립하는 것이다. 이 미풍은 조만간 일본에도 꼭 받아들여져야 한다.(歐洲は文明が進んでいるから日本より早くこの制度が行われている。たまたま親子同居するものがあっても、息子（むすこ）がおやじから利息のつく金を借りたり、他人のように下宿料を拂ったりする。親が息子の個性を認めてこれに尊敬を拂えばこそ、こんな美風が成立するのだ。この風は早晩日本へも是非輸入しなければならん。)" 「吾輩は猫である」, p. 518.

이다. 소세키의 이와 같은 언술은 쉽게 발견된다. 1911년 8월 와카야마(和歌山)에서 행한 개화의 필요성에 대한 역설[259]과 개화를 거부하는 1902년 4월 17일 아내 교교에게 보낸 편지내용[260]이 그것이다. 히로타의 앞의 진술도 작가의 이와 같은 兩義性의 연장선상에 위치한다. 소세키는 일찍이 메이지의 문명개화에 대해 비판적 의문점을 제기하였다. 즉, 개화에는 두 가지가 있는데 하나는 서양에서 보여준 內發的 개화이고, 다른 하나는 바쿠후 말기에서 메이지 연간에 이르는 外發的 개화가 그것이다.[261] 소세키에게 문제가되는 것은 물론 후자다. 히로타에 의해 후자가 비판되고 있는 것이다.

"후지산에 비교할만한 것은 아무 것도 없지. (…) 자네, 후지산을 번역

---

259) "현대와 일본의 개화라고 하는 세가지 말은 아무리해도 여러분과 나에게 있어서 끊을래야 끊을 수 없는, 떨어질 수 없을 정도로 밀접한 관계가 있는 것은 명백한 일입니다. (現代と日本と開化と云う三つの言葉は、どうしても諸君と私とに切っても切れない離すべからざる密接な關係があるのは分り切った事ですが、)"「現代日本の開化」, 『漱石全集』第十一卷, p. 321.

260) "(…) 대가 풍류가 없는 사람과 인간만으로, 雅 라고 할 만한 정취도 없이 문명이 이와 같은 것이라면 차라리 야만인인 편이 더 낫겠소. 철도소리, 기차연기, 마차울림은 뇌병이 있는 사람은 하루도 런던에 살기 어려울 것이라 생각이 들 정도라오.(大抵は無風流なる事物と人間のみにて雅と申す趣も無之文明がかくの如きものならば野蠻の方が却つて面白く候鐵道の音汽車の烟馬車の響腦病抔ある人は一日も倫敦には住みがるべきかと思はれ)"「書簡集 明治三十五年」, p. 205.

261) 서양의 개화는 내발적이고, 일본의 개화는 외발적이다. 여기서 내발적이라 하면 자연스럽게 발전한다는 것으로, 마치 꽃이 피듯 저절로 봉우리가 터져서 꽃잎이 밖으로 향하는 것을 말하고, 또 외발적이란 밖으로부터 넘겨씌워진 남의 힘으로 일종의 형식을 취한 것을 말한다.(西洋の開化 (すなわち一般の開化) は內發的であって、日本の現代の開化は外發的である。ここに內發的と云うのは內から自然に出て發展するという意味でちょうど花が開くようにおのずから蕾 (つぼみ) が破れて花弁が外に向うのを云い、また外發的とは外からおっかぶさった他の力でやむをえず一種の形式を取るのを指したつもりなのです。)「現代日本の 開化」, 『漱石全集』第十一卷, p. 333.

해 본 일이 있나?"라고 의외의 질문을 던졌다. "번역이라니요…?" "자연
을 번역하면 인간으로 바뀌어 버리니까 재미있지. 숭고하다든지, 위대하
다든지, 웅장하다든지." 산시로는 번역의 의미를 깨달았다. "모두 인격적
인 말이 되지. 인격적인 말로 번역할 수 없는 사람에게는, 자연이 털끝만
큼도 인격적인 감화를 주지 않아."262)

히로타는 사상가요, 이론가일 뿐만 아니라 문명비평가다. 그것도 동양과
서양을 회통하는 사상가라고 지적될만하다. 일찍이 인간/자연의 관계질서를
탐구해온 동양철학적 관점에서 보면, 문명이라는 것은 결국 얼마나 전자
쪽으로 기우는가에 따라 문명개화가 되고, 후자 쪽은 자연 질서로 나아가는
것이 된다. 동양철학이 크게 두 경향으로 구분되는 것도 여기에 원인이 있다.
유가철학은 인간질서를, 도가철학은 자연질서를 강조하는 것이다. 결국 동
양철학에서 남은 과제는 인간/문명/자연질서의 조화에 있다. 후지산에 대한
히로타의 주장 역시 같은 의미이다. 일본의 상징과 다름없는 후지산은 후지
산 자체로 자연 질서에 충실해 있다. 거기에 비교할만한 것은 아무 것도
없다. 후지산에 인간질서(번역)가 개입되면 문명(인격적)쪽으로 기울게 된다.
즉, 후지산은 후지산대로 훌륭하지만, 문명개화를 함으로써 인격적 감화를
획득할 수 있다는 것이다. 히로타의 주장은 소세키가「現代日本의 開化(現
代日本の 開化)」에서 "外國人에 대하여 '우리나라에는 후지산이 있다'고
하는 식의 바보 같은 말을 오늘날은 별로 하지 않는 것 같은데, (러일)전쟁

---

262)「富士山に比較するようなものはなんにもないでしょう」(…)「君、不二山（ふじさ
ん）を翻譯してみたことがありますか」と意外な質問を放たれた。「翻譯とは……」「自
然を翻譯すると、みんな人間に化けてしまうからおもしろい。崇高だとか、偉大だ
とか、雄壯だとか」三四郎は翻譯の意味を了した。「みんな人格上の言葉になる。
人格上の言葉に翻譯することのできないものには、自然が毫（ごう）も人格上の感
化を与えていない」「三四郎」, pp. 73-84.

이후 일등국이 됐다고 하는 자만심에 찬 소리가 여기저기서 들리는 것 같다"263)고 지적하는 것도 같은 맥락이다. 결국 히로타의 민족주의적 입장은 문명개화에 대해 비판적 지지의 입장에 위치한다고 볼 수 있다.

히로타가 셋집을 구하기 위해 신시로와 요시로와 동행하여 가고 있을 때, 낡은 절간 옆에 삼나무 숲을 베어내고 파란색 페인트칠을 한 서양식 건물을 짓고 있는 광경을 보고, "시대착오야. 일본의 물질세계나 정신세계나 다 이래"264)라고 불만을 토로하면서 쿠단(九段)에 있는 등대이야기를 들려준다. 쿠단에는 오래된 등대가 남아 있고, 그 옆에 카이코오샤(偕行社: 육군 주둔지에 장교들이 친목을 도모하기 위해 만든 클럽)라고 하는 신식 기와집이 생겼다는 것이다. "두 개를 나란히 놓고 보면 참으로 바보스러웠다. 그렇지만 아무도 깨닫지 못하고 태연하다. 이것이 일본사회를 대표하고 있는 것이라고 생각한다."265) 결국 히로타는 전근대/근대에서 어느 한쪽으로 기울지 못한 채 비판하고 있는 모습이다. 그러나 비판을 위한 비판이 아니라 전체적인 면에서 보면, 결국 비판적 지지 쪽으로 무게중심이 가 있는 것이다.

히로타는 '타이헤이의 이쓰밍'의 구심점으로서 세상을 등지면서 살아가고자 했던 구샤미, 문명세계를 벗어나 자연질서에 동화되었던 「草枕」의 '나'와는 구별된다. 그는 메이지시대 문명세계의 중앙인 도쿄에 머물면서 지성인들앞에 적극적으로 나타나 동양철학적 관점에서 문명개화의 필요성과 함

---

263) 外國人に對して乃公 (おれ) の國には富士山があるというような馬鹿は今日はあまり云わないようだが、戰爭以後一等國になったんだという高慢な聲は隨所に聞くようである。「現代日本の 開化」, p. 343.

264) 「時代錯誤 (アナクロニズム) だ。日本の物質界も精神界もこのとおりだ。「三四郎」, p. 77.

265) 二つ並べて見るとじつにばかげている。けれどもだれも氣がつかない、平氣でいる。これが日本の社會を代表しているんだと言う。「三四郎」, p. 78.

께 악영향도 지적해 주는 것이다. 이와 같은 히로타의 행위는 그의 민족주의적 애국심에서 비롯됨은 물론이다. 히로타는 민족주의적 계몽주의자요, 문화적 민족주의자라고 할 수 있을 것이다.

> 나는 그 분을 언제나 선생이라 불렀다. 따라서 여기서도 다만 선생이라고 쓸 뿐, 본명은 밝히지 않겠다. 이렇게 하는 것은 세상 사람들을 의식해서라기보다는 그렇게 하는 편이 나로서는 자연스럽기 때문이다. 나는 그 분에 대한 기억을 되새길 때마다 언제나 그 분을 '선생'이라고 말하고 싶어진다. 펜을 들었을 때도 마음은 마찬가지다. 서먹서먹한 머릿글자따위는 도무지 쓸 마음이 나지 않는다.266)

장편소설 「마음(こころ)」에서 고양이 '와가하이'형은 주인공 '先生'이다. 한 작가의 대표작을 고르라는 것은 어떤 면에서는 그 작가에 대한 억압일 수 있다. 특히 소세키의 많은 작품 가운데 대표작을 고른다는 것은 쉬운 일이 아니다. 그럼에도 불구하고 굳이 고른다면 대부분의 논자들은 「마음」을 꼽는다. 1914년(大正 3) 4월 20일부터 8월 11일까지 소세키가 전속으로 있는 『아사히신문』에 연재된 「마음」은 작가 소세키의 후기작품이다. 자전적 소설 「道草」와 미완성 소설 「明暗」을 제외하면 작가의 마지막 장편소설이며, 「피안 저편까지(彼岸過迄)」·「行人」과 함께 후기 3부작의 마지막 작품으

---

266) 私(わたくし)はその人を常に先生と呼んでいた。だからここでもただ先生と書くだけで本名は打ち明けない。これは世間を憚(はば)かる遠慮というよりも、その方が私にとって自然だからである。私はその人の記憶を呼び起すごとに、すぐ「先生」といいたくなる。筆を執(と)っても心持は同じ事である。よそよそしい頭文字(かしらもじ)などはとても使う氣にならない。「こころ」, 『漱石全集』第六卷, p. 5. 이 작품의 국내번역은 다음과 같다. 박유하, 『꿈 열흘밤·마음』(서울: 웅진출판, 1995). ; 서석연, 『마음·그후』(서울: 범우사, 1999). ; 권순만, 「고코로」, 『世界名作百選 41』(서울: 日新書籍, 1994). 여기서는 서석연의 번역을 참고한다.

로 꼽히기도 한다. 작가 소세키는 「마음」을 집필할 때, 47세 장년의 나이로 일생동안 그를 괴롭혀 온 신경쇠약 증상과 함께 만성 위궤양이 재발하여 신체적인 악조건 속에 있었다. 이 작품은 그동안 심리소설, 교양소설, 연애소설, 동성애소설 등으로 알려져 왔으며, 이념의 극한을 추구한 일종의 思考實驗이며 이념의 문학,[267] 근대인의 '我'의 문제의 총해결을 위한 에고이즘 斷罪의 소설,[268] 메이지 지식인의 고독한 삶과 고뇌가 중심을 이루는 시대의 사상을 반영한 작품,[269] 근대 일본인의 罪에 대한 의식의 자각을 다룬 작품[270] 등으로 평가되어왔다.

「마음」은 「先生과 나」, 「兩親과 나」 및 「先生의 遺書」 등 모두 3부로 구성되어 있다. 작가의 전지적 사실과 관련하여 각 部의 제목에서 주목되는 것은 '先生'과 '兩親'이다. 先生은 소세키 소설에서 자주 등장하는 직업이다. 물론 소세키 자신의 직업이 先生이었다는 점과 무관하지 않을 것이다. 소세키는 동경제대 영문과를 졸업하고 東京高等師範學校 영어교사가 된 이후 마스야마(松山)중학교를 거쳐 쿠마모토 第五高等學校(현재의 쿠마모토대학) 교수로 재직하던 중 영국유학을 다녀왔고, 東京帝大 강사 및 第一高等學校 교수가 되어 아사히신문사 전속작가가 될 때까지 줄곧 '先生'이었다. 더구나 「산시로」에서 주인공 산시로의 고향이 쿠마모토로 설정되어 있다는 것은 소세키가 그곳에서 4년동안 교수생활을 했던 경험이 바탕에

---

267) 荒正人, 『夏目漱石必携』, 竹盛天雄 編(東京: 學燈社, 1980), p. 180.

268) 손순옥, 「漱石文學에 있어서의 '我'의 問題 -『こころ』를 中心으로-」, 『日語日文學研究』 3(한국일어일문학회, 1982. 11), pp. 184-185.

269) 이미경, 「나츠메 소오세키(夏目漱石)의 『마음(心)』고찰 - 세 사람의 죽음을 통해서 본 '메이지(明治)정신'을 중심으로」, 『일본근대문학산책』 제5호(서울: 일본근대문학회, 1999. 3).

270) 정상철, 「나쓰메 소세키(夏目漱石)문학과 일본의 국어교육 -『고코로(心)』을 중심으로」, 『나쓰메 소세키(夏目漱石)文學研究』, p. 465.

깔려있음은 물론이다. 소세키에게 兩親은 무엇인가? 兩親은 소세키가 출생할 당시에 곧바로 양자로 보냈고, 우여곡절을 거친 끝에 親家로 돌아왔으나 한동안 兩親이라는 사실을 숨겼던 인물들이었다. 특히 그의 아버지는 돌아온 소세키를 방해물 정도로 생각했고, 어린 소세키는 그와 같은 사실을 잊지 않고 그의 자전적 소설에 그대로 묘사했을 정도였다.[271] 소세키가 그의 대표작 「마음」에서 先生과 兩親을 제목으로 올린 것은 그의 전기적 사실과 무관하지 않을 것이다.

작품의 전체적인 시대적 배경은 크게 두 부분으로 구분되지만, 서사 자체에 영향을 미치는 것은 아니다. 제1, 2장은 화자인 '나'가 순차적인 서사로 진행하지만, 제3장에 이르면 선생이 표면으로 등장하여 시대적 배경을 다시 과거로 끌고 간다. 즉, 표면적인 시간배경은 화자인 '나'가 진행하는 현재로서 메이지/다이쇼(大正) 과도기에 있고, 내면적 시간배경은 주인공 先生의 과거이다.[272] 두 시대적 배경을 포괄적으로 살펴보면 전체적 시대적 배경은 淸日戰爭 직후부터 메이지시대가 끝나는 기간으로 설정되어 있다. 표면적 시대배경에서 '나'와 아버지는 근대/전근대, 도시(도쿄)/시골(쿠마모토)로 구

---

271) "생가 아버지로 볼 것 같으면 겐조는 방해물일 뿐이었다. 뭣 하러 이런 팔푼이 병신이 기어들어왔나, 하는 표정으로 아버지는 그에게 자식으로 대우를 거의 하지 않았다. 지금까지와는 천지 차이인 아버지의 이런 태도는 친아버지에 대한 겐조의 애정을 뿌리째 뽑아버렸다. 그는 양부모 앞에서 자기를 볼 때마다 늘 싱글벙글하던 아버지와 무녀리를 떠맡고 나서 금방 무자비해진 아버지를 비교하며, 처음엔 놀랐고 그 다음에는 정나미가 떨어졌다.(實家の父に取っての健三は、小さな一個の邪魔物であった。何しにこんな出來損（できそこな）いが舞い込んで來たかという顔付をした父は、殆（ほと）んど子としての待遇を彼に与えなかった。今までと打って変った父のこの態度が、生（うみ）の父に對する健三の愛情を、根こぎにして枯らしつくした。彼は養父母の手前始終自分に對してにこにこしていた父と、厄介物を背負（しょ）い込んでからすぐ慳貪（けんどん）に調子を改めた父とを比較して一度は驚ろいた。次には愛想（あいそ）をつかした。)" 「道草」, pp. 554-555.

272) 여기서 '표면적 시대배경', '내면적 시대배경'은 편의상 사용하는 임시용어이다.

분된다. 여기서 先生은 전자에 해당됨은 물론이다.

> 천황이 서거했다고 보도되었을 때 아버지는 그 신문을 손에 들고 "아
> 아, 아아!"하며 울부짖었다. "아아, 아아! 천자님도 결국 돌아가셨구나.
> 이제 나도…." 아버지는 그 다음 말을 잇지 않았다.[273)

일본 메이지 천황이 사망한 것은 1912년 7월 30일, 천황장례식이 거행된
것은 9월 13일이었다. 이날 일본의 예비역 육군대장 노기 마레스케(乃木希
典)가 천황의 뒤를 따라 순사하였다. 노기장군은 러일전쟁 당시 일본군 제3
군을 이끌고 뤼순총공격을 감행하여 마침내 러시아군의 항복을 받아냈던
일본의 국민영웅이다. 소세키의 최초의 장편소설 「고양이」가 발표된 것은
이 무렵이었다는 것은 지적한 바와 같다. 「마음」에서 전근대의 상징인물
'나'의 아버지는 노기장군 순사 직후 쓰러져 혼수상태에 빠졌다.[274) '내'가
先生의 편지를 받은 것은 아버지가 병상에 누워있을 때였다. 편지의 결말에
있는 한 구절은 "이 편지가 당신 수중에 들어갈 무렵이면 나는 이미 이 세상
에는 없을 것입니다"[275)라는 것이었다. 그것은 「마음」 3부 가운데 마지막
3부를 차지하는 「先生의 遺書」였다.

---

273) 崩御 (ほうぎょ) の報知が伝えられた時、父はその新聞を手にして、「ああ、ああ」
といった。「ああ、ああ、天子様もとうとうおかくれになる。己 (おれ) も……」父
はその後 (あと) をいわなかった。「こころ」, p. 114.

274) "노기(乃木) 대장이 자진했을 때도 아버지가 제일 먼저 신문으로 그 사실을 알았다.
'큰 일 났구나, 큰 일 났어!' 아무것도 모르는 우리들은 갑작스런 그 말에 깜짝 놀랐다.
(乃木大將 (のぎたいしょう) の死んだ時も、父は一番さきに新聞でそれを知った。
「大変だ大変だ」といった。何事も知らない私たちはこの突然な言葉に驚かされた
。)" 「こころ」, p. 132.

275) 「この手紙があなたの手に落ちる頃には、私はもうこの世にはいないでしょう。とく
に死んでいるでしょう」 「こころ」, p. 148.

그러던 중 한여름에 메이지 천황이 서거했습니다. 그때 나는 메이지의 정신은 천황으로 시작되어 천황으로 끝났다는 생각이 들었습니다. 메이지의 영향을 가장 많이 받은 우리 세대가 그가 없는 이 세상에 살아 있다는 것이 부끄럽게 생각되기도 했습니다.[276)]

先生이 자살을 결심해 가는 장면이다. 先生은 자신의 심정을 아내에게 말했고, 아내는 "그러면 순사라도 하지 그러냐고 하며 나를 놀렸다."[277)] 아내는 농담으로 던진 말이었으나 거의 잊고 있었던 '순사'라는 말은 先生의 입장에서 다른 느낌을 제공한다. 만약 先生이 순사한다면 그것은 메이지 정신에 따른 것이 될 것이라는 것이다. "내 대답도 물론 농담에 불과했지만 나는 그때 왠지 거의 쓸모가 없었던 그 말에 새로운 의의를 부여할 수 있을 것 같은 예감이 들었습니다."[278)] 先生의 예감이 현실화된 것은 한달정도 뒤였다.[279)] 천황 장례식날 일본의 국민영웅 노기의 죽음이 그의 예감을 자극

---

276) すると夏の暑い盛りに明治天皇（めいじてんのう）が崩御（ほうぎょ）になりました。その時私は明治の精神が天皇に始まって天皇に終ったような氣がしました。最も強く明治の影響を受けた私どもが、その後（あと）に生き殘っているのは必竟（ひっきょう）時勢遅れだという感じが烈（はげ）しく私の胸を打ちました。「こころ」, p. 285.

277) では殉死（じゅんし）でもしたらよかろうと調戯（からか）いました。「こころ」 p. 285.

278) 私の答えも無論笑談に過ぎなかったのですが、私はその時何だか古い不要な言葉に新しい意義を盛り得たような心持がしたのです。「こころ」 p. 286.

279) 천황의 장례식날 밤 나는 평상시와 다름없이 서재에 앉아 있다가 예포소리를 들었습니다. 나에게는 그것이 메이지가 영원히 사라졌다는 소리로 들렸습니다. 나중에 생각하니 그것은 노기 대장이 영원히 사라졌다는 것을 알리는 소리이기도 했습니다. 나는 호외를 들고 아내에게 순사다, 순사다 하고 정신없이 외쳤습니다.(御大葬（ごたいそう）の夜私はいつもの通り書齋に坐（すわ）って、相図（あいず）の号砲（ごうほう）を聞きました。私にはそれが明治が永久に去った報知のごとく聞こえました。後で考えると、それが乃木大將（のぎたいしょう）の永久に去った報知にもなっていたのです。私は号外を手にして、思わず妻に殉死だ殉死だといいました。）「ここ

한 것이다. 노기의 자살 이유는 그의 유서에 기록되어 있었다. 그는 일찍이 西南戰爭[280])때 적에게 連隊旗를 빼앗긴 것을 부끄럽게 여겨 자살하려고 했으나 부하의 만류로 단념한 이래 35년 동안 계속 같은 생각을 품어왔고, 마침 천황 장례식날 결행했다는 것이다.[281]

    그로부터 2, 3일후 나는 드디어 자살할 결심을 했습니다. 노기 대장이 죽은 이유를 내가 잘 모르듯이 당신도 내가 자살하는 이유를 납득할 수 없겠지만, 그것은 서로 다른 시대를 살아온 사람들의 생각의 차이이니 어쩔 도리가 없는 것입니다. 아니, 각 개인의 성격의 차이이라고 하는 편이 옳을 지도 모릅니다.[282]

소세키 소설연구에서 가장 많이 논의되는 작품은 「마음」이다. 「마음」연구

ろ」, p. 286.

280) 1877년 2월 사이고 다카모리(西鄕隆盛)를 중심으로 사쓰마 사족이 일으킨 메이지정권에 대한 쿠데타.

281) 노기의 자결동기에 대해서는 다른 기록도 있다. 러일전쟁 당시 노기가 지휘하던 뤼순 전투에서 그의 두 아들도 전사했다. 노기 자신도 자결하려고 했으나 메이지천황의 만류로 단념했다는 것이다. 러일전쟁 이후 노기는 황세자 히로히토(裕仁)의 가정교사 (일본귀족학교 '學習院' 院長)였다. 일본이 군국주의로 나아가고, 태평양전쟁을 일으켰을 때 천황이 될 히로히토에게 가장 많은 영향력을 행사한 한 사람이 된 것이다. 천황 장례식날 예포가 울려 퍼지는 동안 노기백작 부인 시즈코(靜子)가 먼저 칼로 목을 끊어 자결했다. 뒤이어 노기가 창자를 꺼내는 셋푸쿠(切腹)의식으로 최후를 마쳤다. 메이지 천황과 두 아들의 뒤를 따른 것이다. 에드워드 베르, 『히로히토』, 유경찬 옮김(서울: 을유문화사, 2002), pp. 41-42. 53.

282) それから二、三日して、私はとうとう自殺する決心をしたのです。私に乃木さんの死んだ理由がよく解（わか）らないように、あなたにも私の自殺する譯が明らかに吞（の）み込めないかも知れませんが、もしそうだとすると、それは時勢の推移から來る人間の相違だから仕方がありません。あるいは箇人（こじん）のもって生れた性格の相違といった方が確（たし）かかも知れません。私は私のできる限りこの不可思議な私というものを、あなたに解らせるように、「こころ」, p. 287.

가운데 가장 핵심적인 논의는 다음과 같다. 첫째, 先生의 친구 K가 자살을 택한 이유는 무엇인가? 둘째, 先生의 죄의식과 자살이유는 무엇인가? 셋째, '메이지 정신'이 내포하고 있는 의미는 무엇인가? 넷째, K, 先生, '나'의 상호관계는 무엇인가?283) 이와 같은 물음에 답하는 것은 곧 「마음」의 소설 적 성격을 결정짓는 것이므로 매우 중요하다. 고모리 요이치(小森陽一)에 기대면 지금까지의 논의는 대부분 「先生의 遺書」를 중심으로 작가 소세키 사상을 해독하려고 했으며, 어떤 의미에서는 官民一體가 되어 도의와 에고 이즘, 연애와 우정, 신뢰와 불신, 메이지정신의 순사 등으로 결론이 내려졌 다고 분석했다. 「마음」에 대한 기의(분석, 연구결과)는 연구자의 몫이지만, 분명한 것은 기표 자체다. 적어도 앞에서 제기한 물음에 대하여 해명할 수 있는 일차적인 자료는 「先生의 遺書」가 전부이다. 여기에는 先生이 자살을 택하게 된 직접적인 동기가 천황의 사망과 메이지시대의 終焉, 노기장군의 순사를 배경으로 하여 '메이지 정신'에 따랐다는 언표임에 분명하다.284) 물 론 이 경우, 제기되는 것은 K의 죽음이다.

---

283) 소설 「마음」에 관한 주요한 논문은 450편이 넘고, 그 중에서 200편은 1985년 이후에 발표되었다. 이 중에는 「마음」 한 작품연구로 단행본 분량을 이루는 성과도 『漱石「こ ころ」の謎』, 『漱石「こころ」』 등 5권이 간행되었다. 石原千秋, 「『こころ』論爭以後」, 『漱石研究』 第六號(東京: 翰林書房, 1996. 5), p. 156. ; 山田輝, 『『こころ』註釋上の 問題諸說集成』 ; 鳥井正晴, 「『こころ』わどう平價するか」, 『國文學』, 1981. p. 10. ; 정상철, 앞의 논문, p. 471. 水川隆夫, 『漱石「こころ」の謎』(東京: 彩流社, 1994). ; 平川祐弘 外, 『漱石「こころ」』(東京: 新潮社, 1994). 權赫建, 『일본근대소설연구』, p. 161.

284) 한 연구자는 '메이지 정신'이라고 하는 우월성을 神聖化시킴으로써 일본인의 죽음을 장렬하게 미화시킬 수 있다는 우려를 제기하였다.(정상철, 위의 논문, p. 476.) 이와 같은 논의는 '메이지 정신'을 '우월성' 혹은 '神聖化'로 보는 시각 역시 지적될 수 있다. 물론 일본연구에서 제기하는 '메이지 정신'에는 우월성, 신성화가 내포되었을 가능성도 배제할 수 없다. 문제는 '메이지 정신'을 국가적인 입장이 아닌 연구자적인 입장에서 논의하는 것이 필요하다고 본다.

부잣집의 독자로 태어난 先生은 스무 살이 되기 전에 장티푸스로 兩親을 잃고, 유산을 숙부에게 맡겨둔 채 도쿄에 와서 고등학교를 다녔다. 뒤에 숙부가 유산의 대부분을 횡령한 사실을 알게 된 선생은 肉親마져 배반할 수 있다는 사실에 상처를 받고 자기 이외의 모든 인간을 불신하게 된다.285) 어머니의 불의를 알게 된 이후 모든 여성을 불신하고 독신으로 살게 된「산시로」의 히로타와 같은 모티브이다. 남은 유산을 정리하여 다시 도쿄로 돌아온 先生은 청일 전쟁 때 남편을 잃은 한 미망인의 집에서 하숙을 하게 되고, 미망인의 딸 시즈를 마음속으로 사랑하게 된다. 자신이 인정하는 바와 같이 그는 스스로 모순을 갖고 있는 인물이었다.

나는 돈에 있어서는 다른 사람을 믿지 못했지만 사랑에 있어서는 믿음을 잃지 않고 있었습니다. 따라서 다른 사람이 보기에 이상한 것도, 또 나 스스로 생각해 보아도 모순된 것도 내 마음속에는 태연하게 양립하고 있었던 것입니다.286)

先生 자신이 토로하는 바와 같이 그는 일찍이 근대 자본주의의 추종자였다는 점에 주목한다.287) 先生은 자살동기로 '메이지 정신'을 거론했으나,

---

285) "그때 내 양친이 돌아가시지 않았다면, 적어도 아버지나 어머니중에 어느 한 분만이라도 살아 계셨다면 그 대범한 기상을 오늘날까지 지녔을 것이라는 생각이 듭니다. 어이없게도 나는 이 세상에 혼자 남게 되었습니다.(あの時兩親が死なずにいてくれたなら、少なくとも父か母かどっちか、片方で好（い）いから生きていてくれたなら、私はあの鷹揚な氣分を今まで持ち續ける事ができたろうにと思います。私は二人の後（あと）に茫然（ぼうぜん）として取り殘されました。)"「こころ」, p. 155.

286) 私は金に對して人類を疑（うたぐ）ったけれども、愛に對しては、まだ人類を疑わなかったのです。だから他（ひと）から見ると変なものでも、また自分で考えてみて、矛盾したものでも、私の胸のなかでは平氣で兩立していたのです。)「こころ」, p. 178.

메이지정신은 곧 근대정신이요, 근대정신의 하나는 자본주의 정신의 그것에 다름 아니다. 先生이 숙부에게 배신감을 느낀 것도 자본주의추구에서 비롯되었다. 숙부는 先生이 고등학교에 다닐 때부터 자기 딸과 결혼을 하라고 제의할 정도로 先生을 사윗감으로 생각하고 있었다. 숙부가 달라진 것은 先生이 그의 결혼제의를 거절한 이후였다. 先生이 인간을 불신하게 된 것도 그가 밝힌 바와 같이 '돈에 있어서'였다고 할 때, 「마음」은 국가주의나 그에 기인하는 입신출세주의가 속해있는 國權論/非政治的인 개인주의가 속해있는 民權論의 대립적인 구도라는 분석도 설득력을 획득한다.[288] 이 경우 숙부는 전자에 속하지만, 先生이 과연 후자에 속하느냐는 고려할 문제가 제기된다.

先生은 가난한 대학생 K를 같이 하숙하도록 경제적으로 도움을 주고, K가 시즈를 사랑한다고 털어놓았을 때, K를 배제한 상태에서 미망인으로부터 시즈와의 결혼허락을 받아낸다. 두 사람이 결혼하게 되었다는 사실을 알게 된 K는 선생의 옆방에서 경동맥을 잘라 자살한다. 그후 先生은 시즈와 결혼하고 가정을 이루었으나 K에 대한 죄의식으로 항상 불안한 생활을 하게 되는 것이다.

나는 다만 깊은 죄의식에 빠져 있었습니다. 그러한 이유 때문에 나는 매달 K의 묘소를 찾아갔다고 할 수 있습니다. 또한 장모님을 그토록 극진

---

287) "기억해 두십시오 당신이 알고 있는 나는 이미 속세에 더럽혀진 사람이라는 것을. 더럽혀진 횟수가 많은 사람을 선배라고 부른다면 나는 분명히 당신보다 선배일 것입니다.(記憶して下さい、あなたの知っている私は塵（ちり）に汚れた後（あと）の私です。きたなくなった年數の多いものを先輩と呼ぶならば、私はたしかにあなたより先輩でしょう。)" 「こころ」, p. 169.

288) 이미정, 앞의 논문, p. 57.

히 간호한 것도 바로 그 이유 때문이었습니다. 그뿐만 아니라 아내에게
잘해 준 것도 그 이유 때문이었습니다. 심지어 나는 그 죄의식 때문에
알지도 못하는 행인으로부터 마구 채찍질당하고 싶은 충동마저 느끼곤
했습니다. 그런 식으로 생각하다 보니 다른 사람에게 채찍질당하는 것보
다 나 스스로 채찍질해야 한다는 데까지 이르게 되었습니다. 아니, 채찍
질보다는 스스로 목숨을 끊어야 한다는 생각이 들었습니다.[289)]

先生의 극단적인 이기심을 확인할 수 있는 언표들이지만, 그의 自殺과
관련하여 친구 K에 대한 죄의식으로 이미 생각하게 되었고, 그때 천황의
사망에 이어 노기장군이 순사했다는 소식을 듣고 마침내 결심을 하게 되었
다는 것이다. 즉, 지속적인 자살의식이 천황사망에 이은 노기장군의 순사가
결정적인 계기가 되어 실행에 옮겼다고 볼 수 있다. 문제는 先生의 개인적인
자살충동이 메이지 정신으로 감정이입되었다는 점이다.

전기적 사실에서 소세키는 '나는 메이지 유신의 혁명과 동시에 태어났다.
메이지의 역사는 나의 역사다'고 진술했다는 것은 지적한 바와 같다. 개인사
이지만 소세키의 진술은 설득력이 있다. 그는 메이지 천황이 즉위하기 1년
전에 태어났고 메이지시대와 함께 성장했다. 작가로서 그는 전기 3부작까지
를 메이지시대에 발표했다. 「마음」의 주인공 先生이 '메이지 정신은 천황으
로 시작되어 천황으로 끝났다는 생각이 들었고, 메이지의 영향을 가장 많이

---

289) 私はただ人間の罪というものを深く感じたのです。その感じが私をKの墓へ毎月（
まいげつ）行かせます。その感じが私に妻の母の看護をさせます。そうしてその感
じが妻に優しくしてやれと私に命じます。私はその感じのために、知らない路傍（
ろぼう）の人から鞭（むち）うたれたいとまで思った事もあります、こうした階段
を段々経過して行くうちに、人に鞭うたれるよりも、自分で自分を鞭うつべきだと
いう氣になります。自分で自分を鞭うつよりも、自分で自分を殺すべきだという考
えが起ります。「こころ」, pp. 283.

받은 우리 세대가 그가 없는 이 세상에 살아 있다는 것이 부끄럽게 생각되었다'는 언술은 곧 작가 소세키 자신의 목소리일 수 있다. 물론 先生 자체가 곧 작가 소세키는 아니며, 반대의 경우도 마찬가지이다. 다만, 작품을 이해하는 하나의 코드가 될 수 있다는 점에 주목한다.

여기서 다시 '메이지정신'이 무엇인가라는 물음에 직면하게 된다. 근대화를 이룩한 메이지시대라고 해도 정치사상적으로 일본의 민족주의가 전근대까지를 넘나들고 있으며, 메이지 정신 가운데 하나는 「帝國憲法」과 「教育勅語」로 표상되는 가족국가사상이었다는 것은 이미 논의한 바와 같다. 즉, 천황제 민족주의가 그것이다. 당시 천황의 죽음은 거대한 일본이라는 가족이 家長을 잃은 비통함과 다름 아니었다.[290] 노기의 자결도 예외는 아니다. 노기 역시 家長 천황의 아들에 다름 아니다. 가정적으로 노기는 두 아들을 전쟁 통에 잃은 아버지였다. 「마음」의 주인공 先生도 가정적으로 불행하긴 마찬가지였다. 여기서 先生이 고양이 '와가하이'형이라고 할 때, '와가하이'는 인간세계 곳곳을 누비고 다니며 풍자적으로 비판하였던 종족적 민족주의자였고, 히로타는 도쿄거리로 달려가 미래의 국가를 짊어지고 갈 젊은 대학생들을 향해 일본의 근대 곧 메이지 시대의 비판적 지지자로서 민족주의의 전도사였다. 반면, 先生은 말이 없는 가운데 몸을 바침으로서 천황제 민족주의정신을 실천적으로 보여 주었다. 즉, 先生은 '와가하이', 히로타의 발전적 변형이다. 작가 소세키는 일찍이 태어난 즉시 양자로 보내진 이후, 그의 생

---

290) "빈틈없이 들어진 군중의 물결이 宮城앞 廣場을 메우고 끊이지 않고 二重橋를 향하여 나아가 그곳에서 무릎 꿇고 數分間 기도를 올리고서는 또 일어서 지나갔다. 군중은 모든 계층의 사람들로 되어 있었다. (…) 宮城밖에 낮게 목을 드리운 人波를 본 사람은 日本人의 天皇崇拜는 人工的으로 만들어진 것이라는 最近의 批判에 대한 더할 수 없는 反證을 얻을 것이다." 江藤淳, 『夏目漱石』(東京: 新潮社, 1975), p. 210. 손순옥, 앞의 논문, p.181. 재인용.

애는 줄곧 '아비' 찾기의 연장선상에 위치하고 있었다. 그에게 있어서 마지막 '아비'는 천황이 家長으로 있는 가족국가였다고 할 수 있다. 그는 先生의 자살을 통해 그가 일생동안 그리워했던 '아비'가 기다리고 있는 가정으로 영원히 귀가하였다.

3. 魯迅의 민족주의와 5·4문학혁명

루쉰이 개인사뿐만 아니라 중국현대문학사에서 기념비적인 첫소설 「狂人日記」를 발표한 것은 1918년 5월 『新靑年』이었다. 「狂人日記」를 게재한 잡지 『新天地』 역시 중국 창작소설을 최초로 기록하였다는 의의를 갖게 되었다. 당시 중국소설은 文言體의 文人小說과 白話體의 章回小說로 크게 구분할 수 있다. 전자는 주로 단편으로 된 문언소설이고, 후자는 白話로 된 장편소설이다. 章回小說이 비록 白話小說이라고 하지만, 표제부터 고정화되어 있었고 형식에 있어서도 천편일률적이었다. 루쉰은 이와 같은 고정관념을 깨뜨리고 내용에서도 지금까지 상상조차 할 수 없었던 中華思想의 민족주의—중세 봉건적 禮敎타파를 주장하고 나섰다. 즉, 봉건사회의 기본사상을 뿌리째 흔들어 놓았던 것이다. 루쉰이 최초의 소설 「狂人日記」를 창작하게 된 동기를 밝힌 「나는 왜 소설을 쓰게 되었나?(我怎么做起小說來?)」[291]에 의하면 그의 문학입문과정에는 이광수와 많은 공통점이 발견된

---

291) "바탕이 된 것은 옛날에 읽었던 백 편 남짓한 외국작품과 지극히 적은 의학지식뿐이었고, 그 외의 준비 같은 것은 아무 것도 없었다.(大約所仰仗的全在先前看過的百來篇外國作品和一点医學上的知識, 此外的准備, 一点也沒有。)"「我怎么做起小說來?」, 『魯迅全集』 第四卷, p. 512.

다. 처음부터 소설가가 되려는 생각은 없었던 루쉰은, "그저 그 힘을 이용하여 사회를 개량하려고 생각했을 뿐이었다. 그렇지만 창작할 생각은 없었고, 오직 소개와 번역에 힘썼다."292) 즉, 루쉰의 문학관은 이광수와 마찬가지로 효용론에 입각하고 있었다. 이어지는 문장에서 자신의 문학관을 더욱 확실하게 천명했다.

'무엇 때문에' 소설을 쓰는가라는 것에는 나는 이미 십수 년 전부터 계속 '계몽주의'를 마음에 품어왔기 때문에 반드시 '인생을 위해서'가 아니면 안된다, 더구나 이 인생을 개량하지 않으면 안된다라고 대답할 것이다. 나는 소설을 '閑書'라고 하는 과거의 사고방식을 미워하고, 또한 '예술을 위한 예술'을 '심심풀이'의 또 다른 이름에 지나지 않는다고 생각했다. 따라서 나는 되도록이면 病態社會의 불행한 사람들에게서 제재를 찾으려 했다. 病苦를 폭로함으로써 치료에 대한 주의를 촉구하고 싶었기 때문이다.293)

루쉰이 일찍이 계몽주의를 마음에 품어왔고, '인생(중국민족·국민)'을 개량하기 위해 소설을 썼다는 진술에 의하면 그는 계몽주의적 민족주의의 입장에 있었다고 할 수 있다. 중국의 근대적 민족주의에 입각하면 루쉰의 그것은 부르주아적 민족주의였고, 직접적으로는 辛亥革命의 민족주의를 계승하고 있는 것이었다. 그러나 좀더 나아가면 루쉰의 민족주의 사상의 거점은

---

292) 我也并沒有要將小說抬進"文苑"里的意思, 不過想利用他的力量, 來改良社會。但也不是自己想創作, 重的倒是在紹介, 在翻譯,「我怎么做起小說來?」, p. 511.

293) 說到"爲什么"做小說罷, 我仍抱着十多年前的"啓蒙主義", 以爲必須是"爲人生", 而且要改良這人生。我深惡先前的称小說爲"閑書", 而且將"爲藝術的藝術", 看作不過是"消閑"的新式的別号。所以我的取材, 多采自病態社會的不幸的人們中, 意思是在揭出病苦, 引起療救的注意。「我怎么做起小說來?」, p. 512.

양무운동, 그리고 변법유신의 그것으로 이어진다. 여섯 살 때부터 봉건주의 교육을 받았던 루쉰이 1898년(光緖24), 18세 때 탈출하듯 고향 사오싱을 떠나 난징(南京)으로 가서 다녔던 학교는 양무운동의 일환으로 설립된 江南 水師學堂 機關科, 江南陸師學堂 부설 鑛務鐵路學堂이었다.294) 두 학교는 루쉰의 사상형성에 중요한 의미를 갖는다. 그가 처음으로 '근대문명을 발견'295)했을 뿐만 아니라 洋務運動과 變法維新의 민족주의 세례를 받았기 때문이다.296) 鑛路學堂 시절 루쉰이 특히 감동적으로 읽었던 책은 變法維新派 옌푸(嚴復)가 번역한 『天演論』이었다.297)

---

294) 내가 N시로 가서 K학당에 입학하려 한 것도 아마 다른 길, 다른 지방으로 가서 다른 사람들과 사귀어 보고 싶다고 생각했기 때문인 것 같다. 나의 어머니는 어쩔 수 없이 8원의 여비를 마련해 주시며 네 마음대로 하라고 하셨다. 그러면서 어머니는 우셨다. 그것은 당연한 일이었다. 왜냐하면 그 시절은 경서(經書)를 배워서 과거를 치르는 것이 정도(正道)였고, 사회통념상 소위 양무(洋務)를 배운다는 것은 갈 곳 없는 사람이 서양 오랑캐에게 영혼을 팔아넘기는 것으로 간주되어 몇 배의 수모와 배척을 당해야만 하는 데다가 어머니는 당신의 아들을 만나볼 수 없게 되기 때문이었다.(我要到N進K學堂 [3] 去了, 仿佛是想走异路, 逃异地, 去尋求別樣的人們。我的母親沒有法。辦了八元的川資, 說是由我的自便 ; 然而伊 [4] 哭了, 這正是情理中的事, 因爲那時讀書應試是正路, 所謂學洋務 [5], 社會上便以爲是一种走投无路的人, 只得將灵魂賣給鬼子, 要加倍的奚落而且排斥的, 而況伊又看不見自己的儿子了。)" 「自序」, 『魯迅全集』第一卷, p. 415.

295) "이 학당에서 나는 비로소 세상에는 소위 물리라든가 수학, 지리, 역사, 미술 및 체육이 있다는 것을 알았다.(在這學堂里, 我才知道世上還有所謂格致 [6], 算學, 地理, 歷史, 繪圖和体操。)" 「自序」, 『魯迅全集』第一卷, p. 416.

296) "이곳(鑛路學堂 - 인용자주)에서 그는 당시의 시대 조류인 무술변법 유신 사조의 정신적인 세례를 받았다." 러저허우, 「루쉰(魯迅)사상 발전 약론」, 『중국근대사상사론』, 임춘성 옮김(中國現代文學學會, www.sinology.or.kr/modern/indox.htm, 검색일자-2002. 2. 8.), p. 3.

297) "이리하여 새로운 책을 읽는 유행이 일어났고 중국에 「天演論」이라는 책이 있다는 것을 알았다. 일요일에 城南에 가서 사왔다. 백지의 두꺼운 石印의 一册本인데, 값이 오백 문이었다. 펴보니 굉장한 문장이었다.(看新書的風气便流行起來, 我也知道了中國有一部書叫『天演論』。星期日跑到城南去買了來, 白紙石印的一厚本, 价五百文正。翻開一看, 是寫得很好的字)" 「瑣記」, 『魯迅全集』第二卷, pp. 295-296.

오오! 세계에는 헉슬리 같은 사람도 있구나. 서재에서 어떻게 이런 일
들을 생각할 수 있었단 말인가? 단숨에 읽어 나가니 物競이니 天擇이
있었고, 蘇格拉第(소크라테스)도 柏拉圖(플라톤)도 있었고, 斯多噶(스토
익)도 있었다.[298]

루쉰이 감동하는『天演論』은 영국의 생물학자 헉슬리(Huxley)의『진화와
윤리(*Evolution and Ethics and Other Essays*)』를 옌푸가 각 절마다 주석·논평을
가미한 책이다. 스펜서(H. Spencer)의 사회진화론, 특히 天·地·人을 관통하
는 一理로서 天演의 公理를 제창한다는 관점에서 번역한 옌푸는『天演論』
「序」에서 "헉슬리의 이 책의 主旨는 본래 스펜서의 天에 맡겨서 治를 행하
는 說(自然放任說)의 末流를 救하는데 있다. 그 안의 論議에는 우리 古人
과 꼭 合致하는 것이 있다. 더구나 自强(富國强兵), 保族(民族保存)에 관해
서는 깊은 고려를 했다"[299]고 밝혀 그 의도를 분명하게 드러냈다. 즉, 弱肉
强食, 適者生存, 優勝劣敗, 自然淘汰 등과 같은 표어로 제시되는 사회진화
론이 중국의 역사와 합치되며, 침략적 제국주의 시대에 富國强兵과 民族保
存이라는 민족주의 입장에서 번역하게 되었다는 것이다. 옌푸는 이어 '自强'
은「易」의 '乾'에 나오는 自强不息에서 빌려온 것이라고 밝혔다. 결론적으
로『天演論』은 다윈(Charles Darwin)의 진화론을 사회현상에 적용한 스펜서
의『第一原理』(중국번역서는『第一義』)가 주장하는 철학적 사회다윈주의
(social darwinism)를 담고 있는 책이라고 할 수 있다. 이 철학적 사회다윈주

---

298) 哦！原來世界上竟還有一个赫胥黎坐在書房里那么想，而且想得那么新鮮?一口气
讀下去, "物競", "天擇"也出來了, 蘇格拉第, 柏拉圖也出來了, 斯多噶也出來了。
「瑣記」,『魯迅全集』第二卷, p. 296.

299) 嚴復,「序」,『天演論』. 申一澈,『申采浩의 歷史思想硏究』(서울: 高麗大學校 出版部,
1981), p. 63, 재인용.

의가 옌푸에 의해 「周易」의 용어로 옮겨졌고, 그에 의해 自强不息(＝진화의 원리), 天演(＝進化), 物競(＝生存競爭), 天擇(＝自然淘汰) 등의 새로운 개념들이 19세기말 20세기 초 근대 전환기에 처해 있었던 중국지식인들의 의식을 사로잡게 되었던 것이다.[300]

『天演論』의 가장 큰 특징의 하나는 阿片戰爭 이래 중국이 직면하고 있었던 구미열강에 의한 침략, 분할의 위기를 설명하고 生存競爭, 適者生存의 원리를 제시하고 있는 점이었다. 루쉰은 『天演論』의 사회진화론에 크게 공명했다.[301] 그것은 루쉰이 가장 일찍 받아들인 근대사상임과 동시에 가장 오랫동안 간직하였던 기본 사상이자 신념이었다. 또한 1930년대 사회계급주의로 사상적 轉變過程을 거칠 때까지 루쉰은 줄곧 사회진화론의 입장에 서 있었고, 그것은 反帝·半封建의 주요한 사상적 무기가 된다. 물론 루쉰이 변법유신학자 옌푸의 『天演論』에 심취하고 사회진화론을 수용한 것은 계몽주의에 입각한 것이다.[302] 그가 변법운동의 민족주의를 수용했다고 할 때, 그의 계몽주의의 근간은 문명개화 지향의식에 가 있었다. 1902년 江南督練公所에서 파견유학생으로 뽑혀 일본으로 유학을 갔던[303] 루쉰은 예비학교

---

300) 위의 책, p. 57.

301) 쉬셔우상(許壽裳), 「망우 루쉰 인상기 3(亡友魯迅印象記三)」, "하루는 우리가 천연론에 대해 이야기하였는데, 루쉰은 꽤 여러 편을 너끈하게 외웠다 …" 러저허우, 앞의 논문, p. 3. 재인용.

302) 러저허우, 앞의 논문, p. 3.

303) "淸의 光緖年間에 康有爲라는 사람이 變法維新運動을 일으켰다가 실패했었다. 그 반동으로 義和團운동이 있었고, 8개국 연합군이 북경을 점령하였다. 그 해는 기억하기 쉽다. 1900년, 19세기 마지막 해이다. 이리하여 滿淸의 관민은 다시금 維新으로 돌아갔고 유신의 선례대로 다시금 관리를 해외시찰에 내보냈으며, 학생들을 해외로 유학시켰다. 그 무렵 兩江總督으로부터 일본으로 파견된 학생중의 하나가 나였다.(淸光緖中, 曾有康有爲者變法, 不成, 作爲反動, 是義和團起事, 而八國聯軍遂入京, 這年代很容易記, 是恰在一千九百年, 十九世紀的結末。于是滿淸官民, 又要維新了, 維新有老譜, 照例是派官出洋去考察, 和派學生出洋去留學。我便是那時被兩

인 코붕(弘文)學院304) 普通速成課에 입학한 직후 변법파 량치차오(梁啓超)가 도쿄에서 창간한 잡지『新小說』(~1904) 창간호에 쓴「論小說與群治之關係」를 읽고 깊은 감명을 받기도 했다. 즉, 이때까지 루쉰은 변법유신의 부르주아적 민족주의의 영향권 안에 있었다.

유학시절 초기에 루쉰은 친구 쉬셔우상(許壽裳)과 세 가지 문제를 놓고 자주 토론하였다. 첫째, 이상적인 인간성이란 무엇인가? 둘째, 중국민족에게 가장 부족한 것은 무엇인가? 셋째, 그 병의 근원은 무엇인가? 특히 둘째, 셋째와 관련하여 그들이 내린 결론은 두 차례에 걸쳐 異民族의 노예가 되었다는 사실이 가장 크고 가장 깊은 病의 근원이라는 것, 유일한 구제방법은 반노예화운동, 즉 반청혁명이라는 것이었다.305) 루쉰문학의 큰 주제가 될 '인간성', '국민성'의 발견과 함께 그의 종족적 민족주의, 그리고 계몽적 혁명사상이 드러나는 대목이다. 1903년(光緒29) 루쉰은 쩌장系 유학생들이 발행하는「浙江潮」(쉬셔우상 편집) 제5호(6월), 제9호(11월)에 걸쳐「스파르타의 魂(斯巴達之魂)」, 제8호(10월)에「中國地質略論」과「라듐論(說㳺)」을 발표했다. 본격적인 루쉰의 문자행위가 시작된 것이었다.306)「스파르타

___

江總督派赴日本的人們之中的一个)."「因太炎先生而想起的二三事」,『魯迅全集』第六卷, pp. 556-557. 이 글은 루쉰의 雜文集『且介亭雜文末編』에 실려 있었다.

304) 중국에서 일본에 최초로 유학생(13명)을 보낸 것은 양무운동이 한창 진행 중이던 1896년이었다. 당시 중국유학생을 담당했던 사람은 고등사범학교장 기노우 지고로(嘉納治五郞)였는데, 그가 개설한 塾이 발전한 것이 코붕학원이었다.

305) "우리 민족에게 가장 부족한 것은 진실과 사랑이다. 다시 말하면 거짓으로 속이고도 부끄러운 줄 모르며 서로를 도둑으로 의심하는 못된 습관에 심각하게 중독된 것이다. 이 못된 습관에 어떻게 물들게 되었는가? 다른 민족에게 두 차례 노예살이를 했는데, (…) 이것이 가장 크고 심각한 병의 원인이다. 노예로 사는 사람이 진실이니 사랑이나 할 게 어디 있단 말인가. 그럼 어떻게 해야 하나? 오직 한 가지 고칠 수 있는 방법은 혁명뿐이다." 許壽裳,『我所認識的魯迅』(北京: 人民文學出版社, 1953), pp. 18-19.

306) 루쉰은 1898년(光緒24)에「劍生雜記」,「蒔花雜記」등 단문을 지었다. 지금까지 확인할 수 있는 그의 최초의 문자행위이다. 그후 義和團 事件이 일어났던 1900년(光緒26)

의 魂」에서 루쉰은 한 병사의 이야기를 격앙된 어조로 묘사하고 있다. 수만 명의 페르샤군이 다시 침공했을 때 삼백 명의 스파르타군이 맞아 싸우다가 전멸하고 오직 한 사람의 병사만이 살아남아 스파르타로 돌아가지만, 그의 아내가 비겁함을 꾸짖고, 병사는 다시 전장으로 돌아가 격렬하게 싸우다가 죽는 내용이다. 루쉰이 「스타르타의 魂」을 집필한 이유는 명백하다. 노예의 정신상태에 빠져 있는 중국민족의 魂을 일깨우려는 계몽주의적 민족주의의 소산이다.[307]

루쉰이 중국혁명동맹회의 지도자 장타이엔(張太炎)을 알게 되고, 그의 평생 '제자'가 된 것은 중기유학시절이었다. 루쉰이 장타이엔을 알게 된 것은 '蘇報사건'[308]으로 감옥에 있던 장타이엔이 두 편의 옥중시 「옥중에서 鄒容에게 보낸다(獄中贈鄒容)」, 「옥중에서 湘人, 楊度가 잡힌 소식을 듣고 느끼다(獄中聞沈禹希見殺)」를 『浙江潮』 제7호(8월)에 게재한 직후였다.[309] 혁

「別諸弟」, 「庚子送 竈事」, 「蓮蓬人」 등 舊體詩를 지었다.

307) "나는 지금 이 역사적 사건을 간추려서 우리 청년들에게 선물로 주려고 한다. 오호라! 여자보다 못함을 달가워하지 않는 남자가 세상에 있는가? 그런 남자라면 반드시 붓을 던지고 일어나야 한다. 나는 글재주가 없어서 사실의 만분의 일도 모방할 수 없다. 아니, 나는 독자에게 부끄럽고 스파르타의 혼에 대해 부끄럽다.(我今掇其逸事, 貽我青年。嗚呼!世有不甘自下于巾幗之男子乎?必有擲筆而起者矣。譯者无文, 不足摸擬其万一。噫, 吾辱讀者, 吾辱斯巴達之魂!)" 「斯巴達之魂」, p. 9.

308) 잡지 「蘇報」에 게재한 장타이엔의 「康有爲를 駁하고 혁명을 논하는 書」와 초우룽(鄒容)의 「革命軍」 등 필자들 여섯 명이 체포되어 租界에서 재판을 받은 필화사건이다. 1900년 이래 혁명파의 본거지로 발전해가고 있던 상하이(上海)의 혁명운동을 탄압하기 위해 기회를 노리던 淸朝가 고의적으로 문제를 삼은 것이었다.

309) "내 생각으로는 선생의 업적은 사실 혁명사에 남는 것이 학술사에 남는 것보다 크다고 본다. (…) 중국에 타이엔 선생이 계시다는 것을 내가 안 것은 (…) 그가 康有爲를 痛擊하고 또 鄒容의 「革命軍」에 서문을 써서 상해의 조계감옥에 수감되었기 때문이었다. 그 무렵 일본에 유학하던 浙江省 출신의 학생들이 내던 잡지 『浙江潮』에 선생이 옥중에서 지은 시가 실렸었는데, (…) 나는 이에 감동했었기 때문에 지금도 기억하고 있다.(我以爲先生的業績, 留在革命史上的, 實在比在學術史上還要大。(…) 我的

명가 장타이엔을 추모하는 이 글을 당시 루쉰의 민족주의적 거점을 이해할 수 있는 간접적인 자료이다. 이후 루쉰은 장타이엔의 평생'제자'가 된다. 그것은 곧 루쉰이 變法維新의 민족주의를 극복하고 中國革命同盟會의 민족주의 즉, 혁명파로 나아간 것을 확인할 수 있는 대목이다.[310] 이후 루쉰은 혁명단체 광복회에 참여하는 한편 反淸운동을 전개하였다.[311]

1904년 4월, 루쉰은 센다이의학전문학교(仙臺醫學專門學校)에 입학한다. 이 학교에서 바로 저 유명한 '幻燈사건'이 기다리고 있었다. 루쉰은 '환등사건'을 계기로 센다이의전에 입학했을 때, '내 꿈은 부풀어 있었다. 졸업하고 귀국하면 나의 아버지처럼 잘못된 치료를 받고 있는 환자의 고통을 덜어 주리라. 또 전쟁이 일어나면 軍醫가 되고, 한편으로는 국민들에게 유신의 신앙을 촉진시켜 주리라, 등등'의 희망을 접고 문학으로 방향을 선회하게 되었다. 따라서 루쉰의 문학적 생애에 있어서 '환등사건'은 그가 소설가 루쉰으로 태어나는 결정적 전환점에 위치하고 있다.

知道中國有太炎先生, (…) 是爲了他駁斥康有爲和作鄒容的 『革命軍』序, 竟被監禁于上海的西牢. 那時留學日本的浙籍學生, 正辦雜志『浙江潮』, 其中卽載有先生獄中所作詩, 却幷不難懂. 這使我感動, 也至今幷沒有忘記.)」「關于太炎先生二三事」, 『魯迅全集』第六卷, p. 545. 1936년에 사망한 장타이엔을 추모하는 이 글에 '두 편의 옥중시'도 실려 있다. 루쉰은 「타이엔 선생에 관련하여 생각나는 일 두세 가지(因太炎先生而想起的二三事)」을 추가로 발표했다.

310) "그(장타이엔-인용자주)의 생애를 통해서 보면 그분만큼 혁명공로장을 부채에 늘이우고 총통부 문전에 서서 원세개의 야심을 마음껏 매도한 사람은 같은 세대에 둘도 없다. 일곱 번 쫓기고 세 번 감옥에 갇혔지만, 그래도 혁명의 뜻을 굽히지 않은 것 또한 같은 시대에 이보다 더한 것이 없다. 이것의 바로 先哲의 정신이며 後生에의 모범인 것이다.(考其生平, 以大勛章作扇墜, 臨總統府之門, 大詬袁世凱的包藏禍心者, 幷世无第二人 ; 七被追捕, 三入牢, 而革命之志, 終不屈撓者, 幷世亦无第二人 : 這才是先哲的精神, 后生的楷范。)" 위의 글, p. 547.

311) 초기 루쉰연구에서는 그의 광복회 참여와 반청운동에 대해 긍·부정으로 나뉘었으나 긍정하는 쪽으로 결론이 난 상태다. 丸山昇, 앞의 책, pp. 57-61을 참고할 것.

2학년에서는 세균학 수업이 있어서 세균의 형태는 모두 슬라이드에 비쳐 보았는데, 수업이 일단락을 지었는데도 끝종이 울리지 않으면, 뉴스를 방영해 보여 주었다. 물론 일본이 러시아와의 전쟁에서 이긴 장면뿐이었다. 그런데, 화면에 불쑥 중국인이 등장하였다. 러시아군의 스파이라 하여 일본군에 체포되어, 총살되는 장면이었다. 그 광경을 에워싸고 구경하고 있는 군중도 중국인들이었다. 또 한 사람, 교실에는 내가 있었다. "만세~" 우뢰와 같은 박수와 환호였다. 슬라이드가 한 장, 한 장 넘어갈 때마다 언제나 환호성이 솟았으나, 이때의 환호성처럼 귀에 따갑게 들린 것은 없었다. 뒤에 중국에 돌아간 뒤에도, 죄인들이 총살당하는 것을 태평스레 구경하는 사람들이 으레 취한 듯이 갈채를 보내는 것을 보았다. ─아아, 구제할 길이 없구나! 그러나 이때 이 장소에서 내 생각은 달라졌다.312)

루쉰의 생애에 있어서 가장 큰 전환을 이루었던 이른바 '환등사건'의 전말이다. 2학년이 끝날 무렵 루쉰은 센다이를 떠났다. 「呐喊自序」에서 루쉰은 "나는 東京으로 나와 버렸다. 그 필름을 한번 본 뒤로는 의학이란 것이 그다지 중요하지 않은 것이라고 여겨졌기 때문이었다. 무릇 어리석고 약한 국민은 체격이 제아무리 건장하고 튼튼하다 하더라도 하잘것없는 본보이기의 재료나 관객밖에는 될 수 없었다. 병으로 죽어가는 사람이 아무리 많다 해도, 그런 일은 불행이라고 할 수도 없는 것이었다. 그러므로 우리들이 첫 번째로

---

312) 第二年添教霉菌學, 細菌的形狀是全用電影來顯示的, 一段落已完而還沒有到下課的時候, 便影几片時事的片子, 自然都是日本戰胜俄國的情形。但偏有中國人夾在里邊：給俄國人做偵探, 被日本軍捕獲, 要槍斃了, 圍着看的也是一群中國人；在講堂里的還有一个我。"万歲！" 他們都拍掌歡呼起來。這种歡呼, 是每看一片都有的, 但在我, 這一聲却特別听得刺耳。此后回到中國來, 我看見那些閑看槍斃犯人的人們, 他們也何嘗不酒醉似的喝采, ──嗚呼, 无法可想！但在那時那地, 我的意見却變化了。「藤野先生」, p. 306.

해야 할 일은 그들의 정신을 뜯어 고치는 것이었다. 정신상태를 뜯어 고치는 데 가장 좋은 것은, 당시에는 당연히 문예를 들어야 한다고 생각되었다. 그래서 문예운동을 제창하리라 작정했다"313)고 의학을 포기하고 문학으로 방향을 선회한 이유를 밝혔다.

당시 도쿄의 재일중국인들 사이에는 혁명열기가 고조되고 있었다. 혁명연합단체 중국혁명동맹회가 이미 결성되어 있었고, 혁명지도자 쑨원이 등장해 혁명분위기를 주도해 가고 있었다. 루쉰 역시 이와 같은 혁명적 흐름속에 있었음은 물론이다. 당시 루쉰은 톨스토이의 「白銀公爵」을 번역하는 한편, 여가를 틈타 문예잡지 『新生』314)의 창간준비를 진행하였으나 자금문제로 실패한 뒤 실의에 빠진 상태에서315) 니체사상으로 깊이 접근했다. 니체사상

---

313) 這一學年沒有完畢, 我已經到了東京了, 因爲從那一回以后, 我便覺得医學并非一件緊要事, 凡是愚弱的國民, 卽使体格如何健全, 如何茁壯, 也只能做毫无意義的示衆的材料和看客, 病死多少是不必以爲不幸的。所以我們的第一要著, 是在改變他們的精神, 而善于改變精神的, 我那時以爲当然要推文藝, 于是想提倡文藝運動了。「吶喊自序」, pp. 416-417.

314) "잡지이름은 '새로운 생명'이라는 뜻을 취하기로 하고, 그 당시 우리가 복고적인 경향을 띠게 되었기 때문에, 그냥 『新生』이라고 부르기로 했다.(名目是取"新的生命"的意思, 因爲我們那時大抵帶些復古的傾向, 所以只謂之『新生』)"「吶喊自序」, p. 417.

315) "내가 난생 처음 무료함을 느끼게 된 것은 그 일이 있고난 다음부터였다. 나는 당초에 왜 그런지 몰랐다. 얼마 뒤에야 나는 이렇게 생각하게 되었다. 즉, 한 사람의 주장이 남의 찬성을 얻으면 전진하게 되고, 반대를 얻게 되면 분발하게 된다고. 그러나 낯선 사람 속에서 홀로 외쳤는데 아무 반응이 없으면, 즉 찬성도 반대도 없다면, 마치 끝없는 벌판에 홀로 버려진 듯 자신을 어찌해야 좋을지 모르게 되는 것이다. 이 얼마나 큰 비애인가! 나는 내가 느꼈던 것을 적막이라고 생각한다. 이 적막감은 하루하루 자라기 시작하여, 마치 커다란 독사처럼 나의 영혼에 칭칭 달라붙어 떨어지지 않았다.(我感到未嘗經驗的无聊, 是自此以后的事。我当初是不知其所以然的 ; 后來想, 凡有一人的主張, 得了贊和, 是促其前進的, 得了反對, 是促其奮斗的, 獨有叫喊于生人中, 而生人并无反應, 旣非贊同, 也无反對, 如置身毫无邊際的荒原, 无可措手的了, 這是怎樣的悲哀呵, 我于是以我所感到者爲寂寞。這寂寞又一天一天的長大起來, 如大毒蛇, 纏住了我的灵魂了。)"「吶喊自序」, p. 417.

에 나타나는 '超人'은 곧 루쉰에게 있어서 진정한 '아비' 되기316)라고 할 때, 그는 진정한 '아비'를 꿈꾸며 이후 몇 년 동안 적막 속으로 깊이 침잠했다.317) 당시 그가 탐독했던 책은 러시아, 폴란드 등 東歐 약소민족의 문학작품이었다. 루쉰은 변법유신파의 부르주아적 민족주의를 계승했지만, 그것은 장타이엔과 중국혁명동맹회의 민족주의에 의해 대체되었으나, 그것을 넘어가고 있는 중이었다. 즉, 부르주아적 민족주의에서 민중적 민족주의를 기웃거리고 있었다. 그가 다량의 외국문학작품을 섭렵한 것도 이 무렵이었다. 특히 피압박민족의 문학에 경도되어 갔다. 당시 그가 가장 애독하던 작가는 러시아작가 고골리, 폴란드의 셴케비치였다. 일본의 나쓰메 소세키, 모리 오가이(森鷗外)318) 등의 소설도 애독했던 작품들이었다.

---

316) 루쉰의 '아비' 되기는 임시용어이다. 이광수·나쓰메 소세키·루쉰의 어린 시절의 공통점 중의 하나는 아버지 '상실'이었고, 이것을 '아비' 찾기라는 코드로서 3인 작가의 문학을 분석하겠다는 것은 이미 논의한 바와 같지만, 루쉰의 경우 '아비' 찾기는 '아비' 되기로 읽혀질 수 있기 때문이다. '아비' 되기와 관련된 루쉰의 출생과 성장과정을 개괄하면, 그는 중앙의 內閣中書로 재직하고 있는 할아버지를 가장으로 둔 풍요로운 가정에서 4男1女 중 長男으로 출생하였다. 그러나 루쉰이 13살 때 할아버지가 科擧부정사건에 연루되어 감옥에 들어가고, 아버지가 피를 토하며 쓰러진 뒤 장남으로서 할아버지와 아버지를 대신하여 家長체험을 하게 된다. 풍요로웠던 그의 가정도 이 무렵 몰락하게 된다. 마루야마 노보루는 루쉰의 이때의 家長경험에 주목하여 "조부의 투옥에서부터 부친의 사망 후에 이르는 시기의 경험은 노신의 정신구조를 형성한 근원적인 체험의 중요한 부분을 차지하는 것이라고 하겠다"고 분석하였다. 소년시절 루쉰의 家長체험에 대해서는 그의 첫 소설집 『吶喊』, 「序文」을 참고할 것. 丸山昇, 앞의 책, p. 30.

317) "나는 비록 끝없는 비애 속에 빠져 있었지만, 결코 그로 인해 분노를 터뜨리거나 하지는 않았다. 이런 경험은 나를 반성하게 하고 나 자신을 돌아볼 수 있게 했기 때문이었다. 즉 나는, 내가 한 손을 높이 쳐들고 외치면 나에게 호응하여 수많은 사람이 운집하는 그런 영웅이 절대 아니라는 점을 깨달았던 것이다.(然而我雖然自有无端的悲哀, 却也并不憤懣, 因爲這經驗使我反省, 看見自己了：就是我決不是一个振臂一呼應者云集的英雄。)" 「吶喊自序」, pp. 417-418.

318) 모리 오가이(三鷗外: 1862~1922) ; 현재의 東京大學 의학부를 졸업하고 軍醫가 되었다. 독일 유학을 체험하고 귀국한 뒤, 1890년 유학체험을 소재로 한 서정적 소설 「舞姬」·「물거품의 기록(うたか記)」·「편지 심부름꾼(文づかい)」 등 이른바 3부작을 발표

『新生』창간을 진행하면서 구상했던 내용들이 다른 형태로 '新生'한 것도 이 무렵이었다. 1907년(光緒33) 12월 잡지『河南』(창간호)[319]에 「인간의 역사(人間之歷史)」 발표를 시작으로 1908년(光緒34) 같은 잡지에 「摩羅詩力說」(2~3號), 「科學史敎篇」(5號), 「文化偏至論」(7號), 「破惡聲論」(8號) 등을 잇달아 발표한 것이다. 다음해 3월 러시아 및 東歐 被壓迫民族의 短篇小說譯集『域外小說集』1, 2集을 동생 쩌우쭤오런과 함께 編譯하여 출판하기도 하였다. 일본에서 루쉰의 두 번째 본격적인 문자행위가 전개되고 있었던 것이다. 이때의 일련의 글들은 루쉰의 첫소설「狂人日記」직전에 위치한다. 이때부터 루쉰의 글에는 상당히 복잡하고도 깊이 있는 사회, 철학, 문예 사상으로, 루쉰 고유의 독특한 색채를 가지기 시작했다.[320]

먼저 주목하는 것은「摩羅詩力說」이다. 같은 시기에 발표한「인간의 역

***

하여 문단 안밖의 주목을 받았다. 軍에서 좌천된 뒤 한동안 문단을 떠났던 오가이는 소세키와 자연주의 작가의 활약에 자극받아 러일전쟁이 끝난 지 4년뒤인 1909년『스바루(スバル)』를 창간하면서 문단에 복귀하여 왕성한 창작활동을 재개하였다. 1910년에는 소세키의「산시로」에 자극 받아 발표한「靑年」이라는 작품을 통해 메이지 시대 말기의 사상적 위기를 경험한 청년의 모습을 묘사했다. 오가이는 특히 자연주의 문학이 풍미하던 당시에 소세키와 함께 외국유학 체험을 바탕으로 날카로운 비판정신을 가지고 자연주의 흐름의 바깥에서 독자적인 입장을 유지했다. 당시 자연주의파에서는 자신들에게 비판적이었던 소세키, 오가이를 '고토하(高踏派)', '요유하(余裕派)'라고 불렀다.

319)『河南』은 헤난(河南)省 출신 유학생들이 발행한 잡지다. 루쉰이 여기에 글을 발표한 것은 난징시대의 한 친구로부터 청탁을 받고 쓴 것이다. '난징시대 친구'는 루쉰이 도우지조꾸죠(東竹: 현재의 本鄕一丁目) 中越館에 있을 때, 니시다더죠(西片町) 10번 지 7호에 쩌우쭤오런, 쉬저우상 등 5인 공동으로「伍舍」를 차렸는데, 바로 이때 루쉰에게 원고청탁을 한 것으로 알려지고 있다.「伍舍」를 차렸던 그 집은 6개월 전까지 나쓰메 소세키가 살았던 집이었다.

320) 러저허우, 앞의 논문, p. 4. 러저허우는 이 논문에서 "전자는 주로 옌푸의 영향 아래 있었고 후자는 장타이옌의의 영향을 보이고 있다. 옌푸와 장타이옌은 루쉰의 초기 사상에 영향을 준 중요한 인물인데, 그중 장타이옌이 더 중요하다."고 지적하고 있는데, 지금까지 우리의 논의와 일치하고 있다.

사」가 진화론과 과학 사상을 선전하던 이전 시기의 尾聲이었다면 「과학사교편」(1908.6)은 '과학과 애국'으로부터 문예 운동을 제창하게 되는 과도기의 산물이었다.321) 뒤이은 몇 편의 논문, 특히 「파악성론」은 『민보』 주필 시기의 장타이엔의 사상적 영향을 뚜렷하게 보이고 있다. 그러나 루쉰은 장타이엔의 영향을 수용한 동시에 그를 뛰어넘었다. 「文化偏至論」은 「麻羅詩力說」로 가는 과도기적인 논문이다. 이 논문에서 루쉰은 중국의 고전적 민족주의—중화주의를 비판322)하는 한편, 자신이 지금까지 견지했던 서구주의조차 극복하는 과정을 보여준다.323) 루쉰이 "이른바 신문명을 들여와 중국에 적용하게 되었다 하더라도, 이는 편향으로 흐른 것들로서 이미 다른 나라에서는 진부한 것들이다"324)고 했을 때, 그의 민족주의적 입장을 확실

---

321) 그것은 과학적 방법과 정신(귀납과 연역, 경험과 수리를 아우름)을 중시하였고 천박한 실리와 공용을 강력히 반대하였다(유형과 응용 과목만을 중시하는 것을 반대). 이런 면에서는 여전히 옌푸의 영향에서 벗어나지 못하였지만 다른 면에서는 옌푸를 뛰어넘었다. 옌푸도 이론 과목과 과학적 방법을 중시하였고 그것만이 각종 응용과학과 공업 기술의 근본이 될 수 있다고 인식하였다. 그러나 옌푸는 경험과 귀납에 치우쳤고 이론적 사유와 이성적 방법에 대해서는 충분하게 평가하지 못하였다. 러저허우, 앞의 논문, p. 4.

322) "중앙에 우뚝 서서 비교할 대상이 없었기 때문에 더욱 자존은 커져갔고, 자기 것만 소중하게 생각하며 만물을 깔보는 것은 인정상 당연한 것으로 여겨져 도리에 크게 위배되는 것이 아니었다. 그렇지만 다만 비교할 대상이 없었기 때문에 안일이 나날이 지속되면서 쇠퇴하기 시작하였고, 외부의 압박이 가해지지 않자 진보 역시 중지되었으며, 사람들은 무기력해지고 제자리에 머물게 되면서 그것이 절정에 달해 훌륭한 것을 보아도 배울 생각을 하지 않게 되었다.(屹然出中央而无校雠, 則其益自尊大, 宝自有而傲睨万物, 固人情所宜然, 亦非甚背于理极者矣。雖然, 惟无校雠故, 則宴安日久, 荅落以胎, 迫拶不來, 上征亦輟, 使人荼, 使人屯, 其极爲見善而不思式。)" 「文化偏至論」,『魯迅全集』第一卷, p. 44.

323) 물질이라는 것과 다수라는 것은 19세기말엽 문명의 일면이기는 하지만 지금으로서는 필자는 타당하다고 생각하지 않는다.(物質也, 衆數也, 十九世紀末叶文明之一面或在茲, 而論者不以爲有当。)「文化偏至論」, p. 46.

324) 終致彼所謂新文明者, 舉而納之中國, 而此遷流偏至之物, 已陳旧于殊方者「文化

히 하는 대목이다. 그러나 루쉰은 여기서 스스로 모순을 초래하고 있다. 즉, '서구문명이 편향으로 흐른' 이유를 그는 '물질'과 '다수'에서 찾고 있는 것이다.325) 그는 서구주의를 극복하는 과정에서 물질문명뿐만 아니라 다수를 부정함으로써 전근대로 회귀하려는 움직임을 보여준다. 이 논문에서 루쉰이 주장하고자 하는 것은 '사람을 확립하는 일(立人)' 즉, 개성주의이다.

천지 사이에 살아가면서 열강과 각축을 벌이려면 가장 중요한 것은 사람을 확립하는 일이다. 사람이 확립된 이후에는 어떤 일이라도 할 수 있다. 사람을 확립하기 위한 방법으로는 반드시 개성을 존중하고 정신을 발양해야 한다. 만약 그렇게 하지 않으면 나라가 망하는 데에는 한 세대도 걸리지 않을 것이다.326)

루쉰의 개성주의는 좀 특수한 경우에 있다. 즉, 근대적 개인주의도 아니고, 그렇다고 전근대적 그것도 아니다. 즉, 루쉰은 개성주의를 주창하면서 또 하나의 모순을 초래하고 있는 것이다. 루쉰이 "그러므로 시비를 대중에게 맡길 수는 없으며, 대중에게 맡긴다면 실효를 거두지 못할 것이다. 정치도 대중에게 맡길 수는 없으며, 대중에게 맡긴다면 잘 다스려지지 못할 것이다. 오로지 초인이 나타나야만 세상은 태평해질 것이다. 만일 그럴 수 없다면 지혜로운 사람(英哲)이 있어야 한다"327)고 超人328) 내지 英哲待望論을 전

偏至論」, p. 46.

325) "물질이나 다수라는 것은 그 이치가 편향되어있기 때문이다. 역사적 사실에 비추어볼 때, 이것이 서양에서 나타난 것은 어쩔 수 없는 일이다. 하지만 이것을 아무렇게나 중국에 시행하는 것은 잘못이다.(曰物質也, 衆數也, 其道偏至。根史實而見于西方者不得已：橫取而施之中國則非也."「文化偏至論」, p. 57.

326) 是故將生存兩間, 角逐列國是務, 其首在立人, 人立而后凡事擧；若其道術, 乃必尊个性而張精神。假不如是, 槁喪且不俟夫一世。「文化偏至論」, p. 57.

개했을 때, 그것은 지금까지 그가 부정했던 중화사상의 다른 표현에 다름
아니다.

「文化偏至論」은 「摩羅詩力說」 직전의 논문으로 또 하나의 의미를 갖는
다. 반대로 「摩羅詩力說」은 「文化偏至論」에서 루쉰이 주창했던 超人 내지
英哲待望論의 연장선상에 위치하고 있다. 루쉰이 「摩羅詩力說」에서 소개
하는 '英哲'은 서구 낭만주의 시인들이다. 물론 엄밀한 의미에서 '악마파
시의 힘'으로 번역되는 「摩羅詩力說」의 '악마파'와 서구 낭만주의와는 차
이가 있다.[329] 루쉰이 가리키는 '악마파'는 '대체로 반항에 뜻을 두고, 행동
에 목적을 두어 세상으로부터 탐탁치 않게 여겨지는 시인들'을 일컫는다.
루쉰은 영국 낭만주의 시인 바이런 외에 셸리(P. B. Shelley), 폴란드 낭만파
시인 미츠키에비츠(S. Krasinski), 슬로바츠키(J. Slowacki), 크라신스키(S.

---

327) 故是非不可公于衆，公之則果不誠；政事不可公于衆，公之則治不到。惟超人出，
    世乃太平。苟不能然，則在英哲。「文化偏至論」, p. 52

328) 여기서 '超人'은 물론 니체사상에서 나왔다. 같은 글에서 루쉰은 "니체 같은 사람은
    개인주의의 최고 영웅이었다. 그가 희망을 걸었던 것은 오로지 영웅과 천재였으며,
    愚民을 본위로 하는 것에 대해서는 마치 뱀이나 전갈을 보듯 증오하였다(夫尼佉，斯
    個人主義之至雄桀者矣，希望所寄，惟在大士天才；而以愚民爲本位，則惡之不殊
    蛇蝎。)"고 니체에 대한 극단적인 경사를 보여준다. 「文化偏至論」, p. 52

329) 충분히 사람들을 진작시킬 만한 힘이 있고 또한 말이 비교적 깊은 뜻이 있는 것으로는
    실로 摩羅詩派만한 것이 없다. '摩羅'란 인도에서 빌려온 것으로 이는 하늘의 마귀를
    뜻하고 유럽인들은 이를 사탄이라 부른다. 그리고 사람들은 원래 바이런(G. G. Byron)
    을 그런 것으로 간주했다. 여기서는 모든 시인들 중에서 대체로 반항에 뜻을 두고,
    행동에 목적을 두어 세상으로부터 탐탁치 않게 여겨지는 시인들을 다 이에 포함시켰
    다. 이들의 언행과 사유, 유파와 영향을 전할 것이며, 이 시파의 시조인 바이런에서
    시작하여 마자르(헝가리)의 문인에서 미칠 것이다.(至力足以振人，且語之較有深趣
    者，實莫如摩羅 [22] 詩派。摩羅之言，假自天竺，此云天魔，歐人謂之撒但，人
    本以目裴倫(G. Byron)。今則擧一切詩人中，凡立意在反抗，指歸在動作，而爲世
    所不甚愉悅者悉入之，爲傳其言行思惟，流別影響，始宗主裴倫，終以摩迦(匈加
    利) 文士。)「摩羅詩力說」(『墳』),『魯迅全集』第一卷, p. 66.

Krasinski), 그리고 러시아의 푸시킨(A. C. Пушкин), 레르몬도프(M. ю Дермонт
ов), 헝가리의 페퇴피(A. Petöfi) 등 8인의 시인을 '악마파'로 꼽았다.330) 루
쉰은 "그들의 주요한 경향을 총괄"하여 "대체로 세상에 순응하는 和樂의
소리를 내지 않았고 목청껏 한번 소리 지르면 듣는 사람들은 흥분하여 하늘
과 싸우고 세속을 거부"331)하였으며, "모두 강건하고 흔들리지 않고 성실과
진실을 유지해 나갔으며, 대중에게 아첨하며 구습을 따르는 일은 하지 않았
고, 웅대한 목소리를 내어 자기 나라의 新生을 일깨우고 자기 나라를 천하에
위대한 나라로 만들려고 했다"332)고 한 점을 지적하였다. 한 마디로 저항시
인이었다는 점이다.

루쉰이 이들 악마파 시인들을 소개하는 목적은 분명하다. 이들 저항시인
들이야말로 루쉰이 「문화편지론」에서 주장했던 超人 내지 英哲이다. 루쉰
은 이들을 '정신계의 전사'로 표현한다.333) 그것이 곧 루쉰의 '아비'되기가

---

330) "물론 이 8인의 시인들을 전형적인 낭만주의 작가라고 지칭하기에는 무리가 따르지만,
    대체로 낭만적 정열과 반항에 있어서 공통적 경향을 보이고 있다. 루쉰은 기존의 서구
    문학유파를 그대로 소개하고 있는 것이 아니라 자신의 관점에 기초하여 하나의 문학유
    파를 창안하고 있는 것이다." 金英文, 「중국의 전통의식과 낭만주의 變容 - 「摩羅詩力
    說」을 중심으로 - 」, 『中國現代文學』 10(중국현대문학학회, 1996), p. 22.

331) 而要其大歸, 則趣于一：大都不爲順世和樂之音, 動吭一呼, 聞者興起, 爭天拒俗
    , 「摩羅詩力說」, p. 66.

332) 无不剛健不撓, 抱誠守眞；不取媚于群, 以隨順旧俗；發爲雄聲, 以起其國人之新
    生, 而大其國于天下。「摩羅詩力說」, p. 99.

333) 군중이 보는 앞에서 피 흘리는 자가 없다면 그것은 그 사회의 재앙이다. 비록 그런
    사람이 있어도 군중이 거들떠보지 않거나 오히려 달려들어 그를 죽인다면, 그와 같은
    사회는 재앙이 더욱 심할 것이며 구제할 수조차 없을 것이! 이제 중국에서 찾아보아,
    精神界의 戰士라고 할만한 사람은 어디에 있는가? 지극히 진실한 소리를 내어 우리는
    훌륭하고 강건한 데로 이끌 사람이 있는가? 따스하고 훈훈한 소리를 내어 황폐하고
    차가운 데에서 우리를 구원해낼 사람이 있는가? 가정과 나라가 황폐해졌지만 최후의
    哀歌를 지어 천하에 호소하고 후손에게 물려줄 예레미아는 아직 나오지 않고 있다.(大
    都執兵流血, 如角劍之士, 轉輾于衆之目前, 使抱戰栗与愉快而觀其鏖扑。故无流

지향하는 지점이다. 루쉰이 추구하는 '정신계의 전사'는 '아비'된 입장으로서 愚民을 계몽하게 될 것이다. 계몽의 수단은 물론 문학(소설)이다. 그리고 그 소설은 '황폐해진 가정과 나라'에서 부르는 '최후의 哀歌'이다. 이 경우 그의 문학관은 효용론에 입각한 계몽주의이다. 또한, 그것은 곧 루쉰의 민족주의가 지향하는 방향이다.

루쉰이 일본유학생활을 청산하고 귀국한 것은 1909년 여름이었다. 귀국에서 신해혁명까지 2년 동안은 다께우찌 요시미(竹內好)가 지적한 그대로 "그의 일생중 가장 알 수 없는 부분"이다.[334] 당시 중국은 革命의 계절이었으나 루쉰은 교사생활을 전전하면서 2년 동안의 공백기에 들어갔다. 그가 혁명대열에 참가했다는 자료는 없다. 당시 그의 내면풍경을 이해할 수 있는 자료는 「吶喊自序」에서 회고한 『新生』 실패 이후의 비애와 적막이다. 그러나 루쉰에게 있어서 고통—비애와 적막은 곧 그의 성숙을 의미하였다.[335]

루쉰의 일생에서 가장 희망적이었고, 또한 가장 절망을 안겨주었던 辛亥革命이 일어난 것은 그가 고향 사오싱(小興)에서 비애와 적막과 침잠해 있을 때였다. 당시 31세였던 루쉰은 신해혁명이 일어났을 때 큰 희망을 갖고 활동하기 시작하였다. 혁명군이 그의 고향 사오싱(紹興)을 광복시킨 뒤에

血于衆之目前者，其群禍矣；雖有而衆不之視，或且進而殺之，斯其爲群，乃愈益禍而不可救也！　今索諸中國，爲精神界之戰士者安在？有作至誠之聲，致吾人于善美剛健者乎？有作溫煦之聲，援吾人出于荒寒者乎？家國荒矣，而賦最末哀歌，以訴天下貽后人之耶利米，且未之有也。）「摩羅詩力說」, p. 100.

334) 竹內好, 『魯迅』(東京: 日本評論社, 1944). ; 丸山昇, 앞의 책, p. 106, 재인용.

335) "나는 비록 끝없는 비애 속에 빠져 있었지만, 결코 그로 인해 분노를 터뜨리거나 하지는 않았다. 이런 경험은 나를 반성하게 하고 나 자신을 돌아볼 수 있게 했기 때문이었다. 즉 나는, 내가 한 손을 높이 쳐들고 외치면 나에게 호응하여 수많은 사람이 운집하는 그런 영웅이 절대 아니라는 점을 깨달았다.(然而我雖然自有无端的悲哀，却也并不憤懣，因爲這經驗使我反省，看見自己了：就是我決不是一个振臂一呼應者云集的英雄。）"「吶喊-自序」, pp. 417-418.

그는 山會初級師範學堂 교장에 부임했다. 항조우(杭州)가 광복되고 민중대회가 열렸을 때 의장에 선출되었으며, 직접 武裝 演說隊를 조직하고 혁명을 선전하기도 하였다. 그러나 혁명대열에 참가했던 루쉰은 당시 혁명이 지주나 豪族의 권력을 전혀 동요시키지 못함을 보고 크게 실망했던 것 같다.

辛亥革命이 일어난 지 2개월 후인 같은 해 12월에 루쉰은 최초의 소설 「懷舊」336)를 썼다. 文語體로 쓰인 이 작품은 1913년 4월『小說月報』(4권 1호)에 저우추오(周逴)란 필명으로 발표되었다. 우시(蕪市)라는 지방도시에 혁명의 소문이 나돌자 부자들과 서당 훈장들이 우왕좌왕하는 가운데 하인들이 태평천국농민전쟁때의 추억담을 얘기하며 잠시 희망을 갖기도 하였으나 결국 혁명은 소문으로 그치고 그 소문마저 수다스러운 하인들의 추억담 속에 확산되어 갈 뿐이라는 내용이다. 문학적 성과여부와 관련 없이 이 작품은 몇 가지 의미를 부여할 수 있다. 첫째, 신해혁명이 일어난 지 한두 달 후에 쓰였다는 점에서 당시 혁명을 바라보는 작가의 시각을 읽을 수 있다는 점이다. 둘째, 습작수준의 작품이지만 뒤에 본격적인 작가 루쉰의 소설을 이해할 수 있는 원형이다. 특히 단편소설 「風波」의 전신으로 알려지고 있다. 셋째, 혁명적 민족주의가 제시되고 있다는 점이다.337)

1912년 루쉰은 난징(南京) 혁명정부의 교육부 부원으로 부임하였다. 그해

---

336) 「懷舊」, 『魯迅全集』 第七卷, pp. 215-222.

337) "그에게 있어서는 모든 것이 중국혁명, 중국의 변혁이라는 과제와는 한시도 떨어지지 않고 존재했으며 어디까지나 중국혁명이라는 것이 그의 근본에 자리 잡고 있었다는 사실, 그래서 그 혁명이라는 것이 무언가 외부의 조직 혹은 정치세력에 대한 거리, 충성의 문제가 아니고 바로 그 자신의 것이었다는 사실이다. 한 마디로 말해서 그는 본래 정치적 테두리에서 살아왔기 때문에 모든 문제는 정치적 과제와 연결되어 있었으며 또는 어떤 면에서는 모든 문제의 존재 자체가 정치적인 환경 속에 있었고 '혁명'이라는 문제가 하나의 중심적 줄거리가 되어서 그의 모두를 관통하고 있었던 것이다." 丸山昇, 앞의 책, pp. 112-113.

5월에 정부의 이전으로 루쉰도 베이징으로 옮겨갔으나 혁명결과에 대한 실망은 더욱 깊어갔다.[338] 베이징정부는 이미 위안스카이휘하에 있는 반혁명정부였다. 이후 중국은 위안스카이의 帝制부활과 제2혁명실패, 위안스카이의 황제등극, 제3혁명, 軍閥 뚜안치루이(段祺瑞)정부 성립, 장쉰(張勳)의 復辟사건-軍閥간의 세력다툼으로 불안정했던 정국에 편승해서 이미 퇴위한 淸朝 황제 푸이(賻儀)를 복귀시키려고 했던 사건- 등 반혁명의 계절이었다. 당시 루쉰은 사회를 뒤로 한 채 여전히 비애와 적막속에 파묻혀 造像이나 拓本을 수집하는 일에 매달렸다. 정국은 암흑이었으나 사회에는 반드시 절망만 있는 것은 아니었다. 혁명성과는 순식간에 北洋軍閥 위안스카이와 그의 아류들에 의해 탈취당했으나 사상계는 오히려 활발하였다. 정치학·경제학·사회학·철학·윤리학·역사학으로부터 문학 및 예술에 이르기까지 갖가지 서구사조가 밀려 들어옴으로써 세계사적으로 보기 드문 외래사상 흡수의 시대가 열린 것이다. 즉, 반봉건을 내용으로 하는 유례없는 규모의 사상해방운동[339]으로서 1910년대 후반부터 시작되는 신문화운동까지를 포함한 5·4운동이 그것이다. 루쉰은 당장 탁본과 고서 속에 묻혀 지냈으나 결국 5·4운동의 한복판으로 뛰어들게 될 것이다. 그는 지금보다 큰 '아비'가 되기 위해 자기충전을 하고 있는 중이었다.

그러나 내 스스로의 적막감만은 떨쳐버리지 않으면 안되었다. 그것은

---

338) "민국원년(1912)의 일을 말한다면 그때는 확실히 광명에 차 있었습니다. 당시 나도 남징의 교육부에 있으면서 중국의 장래에 커다란 희망이 있다고 생각했습니다. 물론 그 무렵에도 비열한 자들이 있기는 했지만 그런 패거리들은 어쨌든 패배하고 말았습니다. 그런데 2년 뒤에 일어난 제2혁명이 실패하고 나니까 점점 나빠져서 타락에 타락을 거듭하여 결국은 지금과 같은 정황이 되어버렸습니다." 「兩地書 -8」, 『魯迅全集』, 第十一卷, p. 31.

339) 黃修己, 『中國現代文學發展史』, 高大中國語文硏究會 譯(서울: 범우사, 1991), p. 31.

나에게 너무나 고통스러웠기 때문이었다. 나는 여러 가지 방법을 써서 나 자신의 영혼을 마취시키고, 나를 민중 속으로 몰입시켜 옛날로 돌아가게 하려고 했다. 그 뒤에도 더욱 적막하고 비애스러운 일을 몇 번 직접 경험하고 방관도 해보았지만, 모두 돌이켜 생각해 보기조차 싫고 그것들과 나의 머리를 한꺼번에 진흙속에라도 파묻고 싶었다. 하지만 나의 마취법이 효과가 있었는지, 청년시절의 비분강개하던 생각은 다시 일어나지 않았다.340)

신문화운동·신문학운동·문학혁명 등으로 지칭되는 계몽운동의 신호탄은 1915년 9월 15일 츠언뚜시우(陳獨秀: 1879~1942) 등에 의해 창간된『新靑年』(원래 제호는『靑年雜誌』였다)이었다. 츠언뚜시우는『新靑年』창간호에서 발표한「청년들에게 고함(敬告靑年)」에서 노예적, 보수적, 퇴영적, 쇄국적, 형식적, 공상적인 것을 지양하고 자주적, 진보적, 진취적, 세계적, 실리적, 과학적인 것이어야 한다고 주장했다. 1917년 1월『新靑年』에는 후스(胡適)가 당시 유학중이던 미국에서 口語文(白話文)을 제창하는「文學改良芻議」를 기고했고, 같은 해 2월『新靑年』에는 츠언뚜시우가「文學革命論」을 발표하여 귀족문학을 타도하고 국민문학을 건설한다, 고전문학을 타도하고 寫實文學을 건설한다, 山林文學을 타도하고 社會文學을 건설한다는 '3대주의'를 제창하였다. 위안스카이의 帝制부활과 때를 맞추어『新靑年』에서 특히 중요하게 다루었던 내용은 봉건적 지배를 이론적으로 뒷받침해 온 유교도덕과 사회를 구성하는 핵으로서 봉건가부장제에 대한 비판이었

340) 只是我自己的寂寞是不可不驅除的, 因爲這于我太痛苦。我于是用了种种法, 來麻醉自己的灵魂, 使我沉入于國民中, 使我回到古代去, 后來也親歷或旁觀過几樣更寂寞更悲哀的事, 都爲我所不愿追怀, 甘心使他們和我的腦一同消滅在泥土里的, 但我的麻醉法却也似乎已經奏了功, 再沒有靑年時候的慷慨激昂的意思了。「吶喊-自序」, p. 418.

다. 츠언뚜시우는 「憲法과 禮敎」에서 "서양식 신국가를 건설하고 서양식 사회를 조직하여 현대의 생존에 적응하고자 하는 야심을 품는다면 근본문제로서 우선 서양식의 사회와 국가의 기초인 소위 평등과 인권이라는 신신념을 수입해야만 한다. 이 신국가, 신사회, 신신념과는 서로 용납되지 않는 孔敎에 대해서는 철저한 각성과 용맹한 결의가 필요하다"고 역설하였다. '孔(子)敎'의 문제는 뒤로 미룬다면, 신문화운동의 목적이 '서양식 신국가를 건설하고 서양식 사회를 조직하여 현대의 생존에 적응'하고자 하는 것이라고 할 때, 지나치게 서구지향적이라는 점은 지적되어야 한다. 물론 그것이 정치적인 서구 제국주의가 아니라 서구문명이라고 해도, 근대적 민족주의가 反帝·反封建을 근간으로 한다고 할 때, 전자를 수용하고 후자에 집중하거나, 전자를 수용하기 위해 후자를 반대하였다는 것은 문제점으로 지적될 수 있다. 이와 같은 문제점은 루쉰사상도 크게 벗어나지 않는다는 점은 유의할 필요가 있다.

그때 가끔 놀러 와서 이야기를 나눈 사람은 옛 친구인 진신이(金心異)[341]였다. 그는 손에 든 커다란 가죽가방을 낡은 책상위에 놓고 웃옷을 벗어 던지고는 마주 보며 앉는다. (…) "자네 이런 걸 베껴서 무엇에 쓰려고 하나?" (…) "내 생각엔 자네가 글을 좀 썼으면 해…" 나는 그의 뜻을 알 수 있었다. 그들은 지금 『新靑年』이라는 잡지를 만들고 있었다. 그러나 그 당시엔 특별히 찬성하는 사람도, 그렇다고 반대하는 사람도 없는 것 같았다. 필시 그들도 아마 적막감을 느끼고 있는 것이리라. 그러나 나는 말했다. "가령 말일세. 창문도 없고 절대로 부술 수도 없는 쇠로

---

341) 당시 문학혁명운동을 전개하고 있던 중심인물중의 한 사람이었던 치엔시엔퉁(錢玄同: 1887~1939)을 가리킨다. 문학이론가, 문자학자, 음운학자, 교수. 원명은 치엔쉬(錢復), 자는 쭝지(中季)이다. 『新靑年』 편집인의 한 사람으로 5·4문학혁명초기에 신문학 및 신문화운동을 적극적으로 실천하였다.

된 방이 하나 있다고 하세. 그 안에 많은 사람들이 깊이 잠들어 있네. 오래지 않아서 모두 숨이 막혀 죽을 거야. 그러나 혼수상태에서 사멸되어 가고 있는 거니까 죽음의 비애 따위는 느끼지 못할 걸세. 지금 자네가 큰 소리를 질러 비교적 의식이 뚜렷한 몇 사람을 깨워 일으켜서, 그 소수 의 불행한 이들에게 구제될 수 없는 임종의 고초를 겪게 한다면 자네는 그들에게 미안하지 않겠는가?" "그러나 몇 사람이라도 일어난다면 그 쇠 로 된 방을 부술 희망이 전혀 없다고 할 수 없지 않은가?" 그렇다. 나는 비록 내 나름대로의 확신을 가지고 있었지만, 희망에 대해서 말하자면 그것을 말살시킬 수는 없는 것이다. 왜냐하면 희망이라는 것은 미래를 향하는 것이므로, 반드시 없다고 하는 내 확신을 가지고, 있을 수 있다는 그의 주장을 꺾을 수는 없는 것이기 때문이었다. 그래서 나는 마침내 그 에게 글을 쓰겠다고 응답했다. 이것이 처녀작인 「狂人日記」이다.[342]

루쉰(뿐만 아니라 중국근대문학)의 첫소설 「狂人日記」가 탄생하는 순간 이었다. 1918년 5월 『新靑年』(제4권 5호)에 「狂人日記」가 발표되었을 때, '루쉰(魯迅)'이라는 필명을 처음 사용하였다. '루(魯)'는 루쉰의 어머니의 성 이었다. 13세부터 '아비'였던 루쉰이 굳이 어머니의 성을 사용한 것은 무의

---

342) 那時偶或來談的是一个老朋友會心异, 將手提的大皮夾放在破桌上, 脫下長衫, 對 面坐下了, 因爲怕狗, 似乎心房還在怦怦的跳動。"你鈔了這些有什么用?" 有一 夜, 他翻着我那古碑的鈔本, 發了硏究的質問了。(…)"我想, 你可以做点文章…" 我懂得他的意思了, 他們正辦『新靑年』, 然而那時仿佛不特沒有人來贊同, 幷且也 還沒有人來反對, 我想, 他們許是感到寂寞了, 但是說:"假如一間鐵屋子, 是絶 无窗戶而万難破毁的, 里面有許多熟睡的人們, 不久都要悶死了, 然而是從昏睡入 死滅, 幷不感到就死的悲哀。現在你大嚷起來, 惊起了較爲淸醒的几个人, 使這不 幸的少數者來受无可挽救的臨終的苦楚, 你倒以爲對得起他們么?" "然而几个人 旣然起來, 你不能說決沒有毁坏這鐵屋的希望。" 是的, 我雖然自有我的确信, 然 而說到希望, 却是不能抹殺的, 因爲希望是在于將來, 決不能以我之必无的証明, 來折服他之所謂可有, 于是我終于答應他也做文章了, 這便是最初的一篇「狂人 日記」。「吶喊自序」, pp. 418-419.

식으로부터 나타난 '아비'되기의 한 표현이었을 것이다. 아버지는 三者關係를 가능케 하는 첫 번째, 그리고 가장 중요한 존재다. 아버지는 곧 法이다. 따라서 아버지는 가정의 상징적 법과 질서의 기초가 된다. 아이는 어머니와의 二者關係에서 어머니의 관심과 접촉만을 바라는 것이 아니라 어머니의 모든 것이기를 원한다. 즉, 아이는 무의식적으로 '어머니의 결핍'을 보충하고자 한다. 어머니에게 결핍되어 있는 것은 男根(phallus)343)이다. 남근은 어머니의 욕망이다. 아이는 어머니의 욕망을 만족시켜 주기 위해 욕망의 대상인 남근에 자기 자신을 동일화시킨다. 이때 어머니가 아이의 '남근'을 거부하고 아버지의 '남근'을 수용할 때, 법과 윤리가 세워진다. 루쉰은 소년 시절에 '아비'를 체험하였다는 것은 이미 논의한 바와 같다. 즉, 루쉰은 소년 시절부터 어머니의 욕망을 대신한 것이다. 루쉰이 어머니의 성을 취한 것도 이와 무관하지 않을 것이다.

1) 중국 민족주의의 특성

중국의 민족주의를 논의하기에 앞서 두 가지 해명되어야 할 사항이 있다. 첫째, 현재의 중국이 개방체제에 들어가 일정부분 자본주의를 수용했다고 해도 사회주의체제 국가로서 민족주의를 논의할 위치에 있지 않다는 사실이다. 물론 루쉰은 중국에 사회주의체제의 국가가 수립되기 전의 인물이므로 그의 전기적 생애는 현재의 중화인민공화국과 일정부분 거리를 유지할 수 있다. 그럼에도 불구하고 루쉰의 문학 내지 민족주의에 대한 논의가 완전히

---

343) 이 경우 '男根'은 생물학적 개념의 '남성의 性器'라기 보다 남성 성기의 기표나 상징으로 해석된다. 즉, 여성의 근원적인 욕망의 상징이다.

자유로울 수 없는 것은 그가 생애 후기[344]에 계급론으로의 轉變過程을 거쳤을 뿐만 아니라 이후 중국현대문학사는 거의 루쉰 중심으로 이루어져 왔기 때문이다. 즉, 루쉰이 공식적으로 공산당에 입당하지는 않았다고 해도 현재의 중국 내지 중국현대문학사와는 불가분의 관계에 있다. 둘째, 여기서는 중국의 민족주의를 새로 정립해야 할 입장에 있다는 점이다. 인류의 전체 사회의 역사를 계급투쟁의 역사라고 단정하는 공산주의 국가 중국에서 민족주의에 관한 연구가 이루어질 수 없었기 때문이다. 물론 여기서 논의하고자 하는 범위는 루쉰이 계급론으로의 사상전변과정을 거치기 이전까지, 즉 중화인민공화국이 수립되기 이전의 중국 민족주의다. 그러나 중국 수립 이후 민족주의에 대한 연구가 거의 이루어지지 않았으므로 여기서는 중국 민족주의를 재구성해야 할 입장에 있는 것이다.

중국에서 최초의 서구의 충격은 阿片戰爭(1840~1842)이었다. 중국뿐만 아니라 동아시아의 그것에 해당하지만, 아편전쟁의 패배로 중국은 서구 열강의 半植民地상태에 들어갔다. 阿片戰爭은 아편밀수와 중국의 銀의 대량 유출을 둘러싸고 중국과 영국이 벌인 전쟁이지만, 한편으로는 전통적 체제

---

344) 대다수의 중국문학사는 루쉰의 생애를 전기(1881~1927)과 후기(1927~1936)으로 양분하여 논의하는 반면, 전기류는 早期(1881~1917), 전기(1918~1927), 후기(1927~1936)의 세 시기로 구분하기도 한다. 그러나 루쉰의 계급론 전변시기에 대해서는 일치한다. 루쉰(창작)생애의 시기구분에 대해서는 다음 연구를 참고할 것. 전·후기론; 黃搖, 『中國新文學史稿』(上海: 上海文藝出版社, 1951). ; 吉林大學 中文系, 『中國現代文學史』(長春: 吉林人民出版社, 1959). ; 華中師範學院 中文系, 『『中國現代文學』(華中: 華中師範學院出版社, 1963). ; 林志浩 主編, 『中國現代文學史』(北京: 中國人民大學出版社, 1981). 十四院校編寫組, 『中國現代文學史』(崑明: 雲南人民出版社, 1981). ; 孫中田 主編, 『中國現代文學史』(上海: 高等敎育出版社, 1988) 外. 早·中·後期 三分論; 王士菁, 『魯迅傳』(北京: 中國靑年出版社, 1979). ; 林志浩, 『魯迅傳』(北京: 北京十月文藝出版社, 1991). ; 曾慶瑞, 『魯迅評傳』(成都: 四川人民出版社, 1981). 外.

를 고집하는 중화세계와 침략적 제국주의의 야욕을 드러낸 서양세계와의
격돌이었다. 半植民地상태를 근대로 지칭하기에는 문제적이지만, 아편전쟁
이 중국 근대의 기점이라고 할 때, 그것은 곧 근대적 중국 민족주의의 기점
도 된다. 중국은 漢族을 비롯하여 蒙古族, 滿洲族, 西藏族, 그리고 越族
혹은 回族 등 5대 민족으로 구성되어 있다. 이 중에서 전체의 90%를 넘고
있는 漢族은 중국의 역사와 문화를 담당해 온 중심민족이다. 우리의 논의가
루쉰이 포함된 漢族의 민족주의에 위치하고 있음은 물론이다.

중국 민족주의는 한국의 경우와 같이 전근대(고전)적 민족주의와 근대적
민족주의로 구분하여 논의하는 것이 편리하다. 중국의 전근대적 민족주의는
儒學을 본질로 하는 中華思想, 혹은 華夷思想이라는 표현으로 압축된다.
중국민족은 고대로부터 자신들의 거주지를 中華, 中夏, 中國 등으로 일컬어
왔다. '中'은 지리적, 문화적으로 중앙에 있다는 것, '華'는 뛰어난 문화를
의미하였다. 한민족 주위에 형성된 東夷·西戎·南蠻·北狄 곧 異民族을 미
개·야만족이라고 낮추어 보는 민족적 우월의식을 中華思想 또는 華夷思想
이라고 일컫는다. 대립하는 문명세계의 존재를 인정하지 않고 자기가 소속
된 세계를 유일의 보편적 세계로 보는 민족적 자존의식이다. 그후 儒學이
체계화됨에 따라 중화사상은 유학에서 기준으로 삼는 禮敎의 有無에 의해
인간을 구별하고, 禮敎가 없는 이민족을 '聖人의 도'에서 벗어난 금수의
무리로 취급하였다.[345] 이 사상은 덕이 높은 중국의 황제가 이민족을 德化

---

345) "중국 고대초기의 노예제가 그 과도기적 대변동 시기에 처했을 때 살았던 공자는,
이미 몰락해 가는 씨족귀족의 사상을 대표하고 있었다. 그는 씨족귀족의 입장에 서서
씨족귀족정치를 옹호하던 주례(周禮)를 적극 지지했다. (…) 공자는 독창적으로 인(仁)
으로써 예(禮)를 해석하여 '예'란 인간의 본성과 직결되는 것이며, 모든 사람은 반드시
이를 지켜야 한다고 설명했다. 그의 인학은 이렇게 탄생하였다." 李澤厚·劉綱紀, 『中
國美學史』, 權德周·金勝心 譯(서울: 大韓敎科書株式會社, 1992), pp. 126-127.

한다(德治主義)는 천하국가의 관념으로 발전하여 다른 제민족, 제 국가를 대등하게 대우하지 않게 되었다.346) 결국 中華思想은 강력한 정치·군사·문화적 민족주의였고, 동시에 제국주의적이었다고 할 수 있다.

中華思想의 관점에서 보면, 가장 최근의 정복국가로서 중원을 정복한 淸朝는 夷族인 滿洲族이 세운 왕조였다. 청조가 辯髮강제347), 文字獄348) 등을 통하여 엄격하게 사상을 통제하여 淸朝·滿洲族에 대한 멸시감을 억누르면서, 다른 한편으로는 대규모의 문화사업(「四庫全書」, 「古今圖書集成」 편찬 등)에 漢族 知識人을 동원함으로써 회유책을 병행하였던 배경에는 중화사상에 대응하려는 의도가 작용한 것이었다. 그러나 수천 년 동안 알게 모르게 중화사상으로 무장되어 온, 인구의 압도적 다수를 차지하고 있던 漢族의 反滿意識은 근절시킬 수는 없었다. 漢族 知識人들 사이에는 중국 총인구의 1%에도 미치지 못하는 소수의 滿洲族이 漢人王朝의 내부모순에 편승하여 강력한 군사력으로서 정복하고 수립한 夷族왕조라는 反滿感情이 뿌리깊이 잠재되어 있었던 것이다. 민간에서는 反淸復明(청조를 멸하고 한민족 왕조를 재흥한다)을 내건 會黨(비밀결사)인 哥老會 등이 결성되어 청조를 타도하려는 유력한 정치세력이 되었다.

阿片戰爭의 패배로 중국은 영국과 南京條約을 체결하고 강제적 開港으로 근대 전환기에 진입했다. 그것은 곧 半植民地, 半封建社會의 출발점이

---

346) 姬田光義 外, 『中國近現代史』, 일월서각편집부 옮김(서울: 일월서각, 1984), p. 14.

347) 淸왕조는 중국정복에 즈음하여 薙髮令을 발표하고 만주족 고유의 풍속이었던 변발령을 복종의 상징으로 승려, 도사를 제외한 중국인 남자에게 강제하였다. 이에 따르지 않는 자에 대한탄압의 혹심함은 "머리를 남기려 하면 두발을 남기지 않고, 두발을 남기려 하면 머리를 남기지 못한다"는 「制札(금령 게시문)」에서 볼 수 있다. 掘川哲男, 『中國近代史』, 李陽子 譯(서울: 三知院), p. 19, 각주.

348) 청왕조는 만주족 지배의 비판적 저술(華夷 구별을 언급하거나 청조를 비방하는 경우)에 대해서 자주 文字獄이라 불리는 탄압책으로 임했다.

기도 하였다. 개항 이후 중화세계는 해체의 길을 밟기 시작했으나 현실적으로 자본주의의 발전은 극히 완만하고 봉건적 요소는 장기간에 걸쳐 남아 있었다. 개항 이후 중국을 半封建社會라고 부르는 이유는 여기에 있다. 또한 南京條約으로 서양열강의 진출을 크게 열어 준 뒤 중국은 점점 식민지화의 길을 걷게 되지만, 최후까지 어느 한 특정한 국가의 식민지가 되지 않았으므로 半植民地社會라고 지칭된다. 결국 중국의 현대적 근대는 反封建·半植民地라고 총괄되지만, 아편전쟁은 또한 이것을 극복하기 위한 투쟁−反封建·反植民地투쟁의 기점이 되기도 한다.[349] 민족주의 관점에서 논의한다면, 기왕의 反淸·反滿투쟁도 辛亥革命(1911)까지 지속적으로 전개된다.[350] 결국 중국의 근대적 민족주의는 대외적으로는 反植民地투쟁, 대내적으로는 反封建과 反滿투쟁이라는 세 가지 과제를 안고 출발하였다.

중국의 근대적 민족주의는 한국의 경우와 같이 두 가지 경로를 통해 구분될 수 있다. 한 계열은 18세기말 빈발했던 민중항쟁, 특히 白蓮敎起義의 전통을 계승하여 근대 이후 폭발한 太平天國農民戰爭(1850∼1864)의 민중적 민족주의다. 태평천국농민전쟁은 단순한 농민운동과는 달리 기독교적 정신으로 인도된, 봉건지주와 청조에 대한 광범위한 농민전쟁이었다. 동시에 중국역사상 처음으로 정치·경제·민족·남녀평등이라는 4대 평등을 주장한 혁명이며, 대규모의 반봉건적 민족해방투쟁이었다.[351] 太平天國戰爭은 중국 한민족의 세 가지 과제를 그대로 떠맡은 反帝·反封建투쟁으로서 한국

---

349) 堀川哲男, 앞의 책, pp. 42-43.

350) 물론 反淸反滿투쟁은 청왕조 개국 이후 지속적으로 전개되어 온 것이었다. 엄격한 의미에서 反淸反滿투쟁과 半封建투쟁과 구별−전자는 漢族입장에서 滿洲族에 대한 투쟁이며, 후자는 滿洲族과 함께 지배계층에 있는 漢族을 포함한 투쟁이기 때문이다 −되지만 뭉뚱그려 反封建투쟁으로 지칭한다.

351) 松島隆裕 外, 『동아시아사상사』, 조성을 옮김(한울, 1991), p. 77.

의 갑오년 동학농민전쟁과 비교될 수 있는 농민전쟁이었다. 그러나 태평천국전쟁은 내부혼란과 더불어 청조 정부군과 영국·미국 등 서양열강의 반혁명세력 앞에 붕괴되고 말았다.

태평천국농민전쟁의 민중적 민족주의를 계승한 것은 義和團農民戰爭이었다. 1900년 봄부터 같은 해 여름까지 중원 이북을 석권하여 전 세계에 커다란 충격을 주었던 義和團戰爭은 청일전쟁후 제국주의 열강의 중국에 대한 침략이 새로운 의미를 가지고 첨예화하는 가운데 민중이 그 독자적 역량으로 구축한 反帝투쟁이었다. 19세기 말 세계의 분할을 거의 끝낸 제국주의 열강은 최후로 남아있던 중국에 대하여 적극적 행동을 개시하였다. 계기가 된 것은 청일전쟁의 패배였다. 청일전쟁 전후 제국주의 열강의 중국 침략은 한층 격화되었고, 청조 지배체제하의 가혹한 수탈, 외국제품의 유입에 따른 농촌경제의 파괴 등으로 인내의 한계를 넘어섰을 때 민중은 자신과 가족, 그리고 향촌을 지키기 위해 분연히 떨치고 일어난 것이다. 강대한 세력으로 발전한 義和團은 '滅洋'을 기치로 내걸고 각지에서 제국주의의 길잡이역할을 하고 있는 교회를 습격하고 선교사와 敎徒, 외국인 일반을 배척하고 철도, 전신, 서양학교, 외국제품 등 서양적 색채가 있는 것은 모두 파괴하려는 기세를 보였다. 그들의 의식을 관통하고 있는 것은 反帝로 요약된다. 그러나 의화단농민전쟁은 영국·러시아·독일·프랑스·미국·이태리·오스트리아·일본 등 제국주의 열강의 8개국 연합군에 의해 패배로 끝나고 말았다.[352]

---

352) "이 운동에 참가한 자는 농민을 중심으로 수공업자, 교통노동자, 실어병사, 거기에 관료들의 보고 중에 '會匪', '棍徒', '無賴之徒', '無業之徒', '遊民', '饑民'이란 낙인이 찍혀 있는 사람들 등, 사회의 저변에서 밖으로부터의 제국주의, 안으로 봉건지배의 이중수탈에 시달리는 민중들이었다. 청일전쟁후 민족적 위기를 예리하게 지적하면서도 변법파, 혁명파 모두 국내 정치의 변혁을 우선시키고 제국주의에 대결하는 유효한 운동의 구축을 회피하고 있었던 상황 하에서 반제국주의라는 민족적 과제를 과감하게 담당했던 것이 가장 참혹한 상태에 놓여있던 민중 자신이었다. (…) 그들은 자신들의

중국의 근대적 민족주의의 다른 한 계열은 洋務運動과 變法維新으로 이어지는 부르주아적 민족주의다. 洋務運動은 '中學爲體 西學爲用' 즉, 중국 문명을 體(본질)로 하고, 그것을 보강하기 위한 用(수단)으로 서구문명을 받아들이려고 하였던 운동이다. 태평천국전쟁을 진압하는 과정에서 서양의 군사기술의 우위를 인식한 쳉구오판(曾國藩), 리훙창(李鴻章), 쭈오종탕(左宗棠), 짱지통(張之洞) 등 봉건관료들이 서구 자본주의의 침략에 대항하기 위해 '自强'을 슬로건으로 내걸었지만, 실질적으로는 국내 민중의 저항·반란·봉기의 진압을 제일의 임무로 하여 양무운동을 추진한 것이었다. 따라서 양무운동의 개념을 규정하기란 쉽지 않다. 1861년 총리각국사무아문의 개설에서 1895년 시모노세키(下關)조약 체결까지의 35년간 일부 봉건관료의 손으로 추진된 군사중심의 '근대화운동'이라고 규정한다고 해도 그 추진세력이 봉건관료였고, 그들이 청조 봉건지배체제(구체제)의 보강 내지 재편성이라는 성격(목적)을 최후까지 유지했다는 점에서 근대화운동으로 규정할 수도 없다. 따라서 洋務運動을 근대적 민족주의 운동이라고 규정하기에는 무리가 따르지만, 이후 근대 부르주아적 민족주의의 시발점이 되었던 것은 분명하다.

洋務運動에 결정적 타격을 주고 그 파산을 선고한 것은 淸日戰爭의 패배였다. 이 전쟁은 阿片戰爭에 필적할 만큼 큰 시대의 전환점으로, 전쟁의 패배로 인해 생겨난 결과가 중국사회에 던진 직접적인 충격은 阿片戰爭의 경우보다도 훨씬 강렬했다. 특히 중국의 지식인들에게 준 충격은 컸다. 서양

불행, 괴로운 생활의 근원을 모두 중국에있는 '洋人'의 존재에서 찾아서, 안으로 청조 봉건적 지배체제로 향해야 할 부분까지도 제국주의 열강에 대하여 폭발시켰던 것이다. 그 본능적이라고 할 수 있는 식별력은 정확하였고 그 행동은 궁극적으로 정당하였다." 掘川哲男, 앞의 책, p. 167.

의 富强에는 군사적인 면 이외에 정치의 존재양태가 있다는 반성이 제기된 것이다. 중심인물들은『孔子改制考』,『大同書』등을 저술한 캉여우웨이(康有爲: 1858~1927), 『淸代學術槪論』을 지은 량치챠오(梁啓超: 1873~1929), 탄스통(譚嗣同: 1865~1898) 등 變法維新派였다. 이들은 현재의 청조 체제를 전제로 하는 입헌군주제를 지향하는 한편, 양무운동과 같은 군사에 한정된 개혁이 아닌 정치·경제·사회·문화 등 각 분야에 걸친 전면적인 개혁을 주장하며 변법자강운동을 일으켰다. 변법자강이란 정통적 체제를 변혁하고(變法), 중국의 富强·自强을 실현하자는 維新運動이지만, 청조를 인정하고 있다는 점에서 체제내적 개량주의의 틀 안에 머물고 있다는 한계를 안고 있었다. 즉, 變法維新은 洋務運動의 그것을 비판적으로 계승한 부르주아적 민족주의운동이었다. 변법유신은 淸日戰爭의 패배라는 충격을 딛고 나온 개혁운동이라는 점에서 당시 중국사회의 지식인들의 공감을 광범위하게 불러 모았다. 光緖帝를 움직여 1898년에는 전면적으로 그들의 정책이 채용되었다. 그러나 불과 100일 만에 西太后 등 보수파의 반격을 받아 變法維新은 '100일 천하'로 막을 내렸다.

變法維新의 부르주아적 민족주의를 비판적으로 계승한 것은 辛亥革命의 민족주의였다. 異民族인 청조를 무너뜨렸다는 점에서, 그리고 루쉰의 많은 소설의 시간적 배경이 된다는 점에서 辛亥革命은 주목할 필요가 있다. 義和團農民戰爭이 8개국 연합군에 패배한 이후 중국은 한층 더 제국주의 열강의 침탈, 간섭을 받게 되었다. 이와 같은 상황에서 중국인의 손에 의한 민족국가의 건설을 지향하는 혁신청년층이 탄생하여 곳곳에서 혁명운동이 일어났다. 국내외의 각 지역에서 혁명단체들이 출현했다. 대표적인 혁명단체는 하와이의 華僑와 꾸앙둥(廣東)省 출신자를 중심으로 결성된 興中會, 후난(湖南)성 창사(長沙)의 華興會, 쩌장(浙江)성 상하이(上海)의 光復會 등이었다. 1908년 8월 20일 일본 도쿄 아카사카(赤坂) 靈南坂에서 300여명의 중국혁명가들이 모인 가운데 혁명계열 연합단체 中國革命同盟會(활동의 편의를 위하여 뒤에 '革命' 두 자를 삭제했다. 이하 '동맹회'로 줄임)가 결성되었다. 동맹회는 민주공화제를 채택함으로써 명실공히 중국 근대적 민족주의의 산실이 되었다. 특히 장타이엔(張太炎)이 주필로 있던 기관지「民報」는 동맹회의 4대강령 "달로를 몰아내고 중화를 회복하며 민국을 창립하여 지권을 평균한다(驅除韃虜 恢復中創立民權平均地權)"중 '달로를 몰아내고 중화를 회복한다'는 민족주의, '民國을 창립한다'는 民權主義, '地權을 평균한다'는 民生主義라고 설명했다. 쑨원(孫文)이 제창한 三民主義에 기초한 근대적 민족주의가 이념으로 채택된 것이다. 동맹회의 민족주의를 혁명적 민족주의로 지칭할 때, 일찍이 양무운동, 변법유신의 부르주아적 민족주의를 계승하였던 루쉰은 동맹회 회원으로서 이전의 민족주의를 극복하고 혁명적 민족주의를 계승하게 된다.

1911년 10월 10일 우창(武昌)봉기를 시작으로 일어난 辛亥革命은 260여년에 걸친 외세인 만주족 지배와 2천년 이상에 이르는 봉건주의적 황제지배를 소멸시키는 데는 성공한 혁명이었다. 그러나 청조의 실력자로서 위안스카이(袁世凱)를 대총통으로 취임함으로써 실패한 혁명이었다. 위안스카이 정권은 이념 및 정책적으로 양무파 관료의 유산을 물려받은 위안스카이와 변법유신파의 유산을 물려받은 입헌파와의 야합정권이었다.[353] 그리고 열강과의 야합정권이었다는 점도 지적되어야 한다. 19세기 말 20세기 초의 한국은 물론 중국과 같은 植民地·半植民地 국가에서 근대적 민족주의는 침략적 제국주의에 대응하기 위한 反封建·反帝的 요소가 가장 큰 요인으로

---

353) 佐伯有一 外,『中國現代史』, 吳相勳 譯(서울: 한길사, 1980, p. 219.

작용한다고 할 때, 위안스카이정권은 오히려 전근대적 민족주의로 후퇴한 것이었다. 결국 위안스카이의 대통총 취임은 反革命시대의 서막이었고, 또한 혁명세력 해체의 개시이기도 하였다.[354] 1903년 이래 계속되어 왔던 공화혁명이 처음 목적으로 하였던 국민합의에 의한 국민국가체제 수립은 좌절하게 된 것이다.[355] 辛亥革命 실패와 관련하여 한 가지 지적되어야 할 사항이 있다. 우창봉기를 비롯하여 각 省의 독립, 중화민국의 성립, 그리고 급전환으로 이어지는 혁명의 과정에서 특히 많은 하층민중들이 참가하여 혁명의 진행을 도왔다. 그러나 권력을 장악한 각 省, 각 府州縣의 독립정권은 모두 농민봉기를 진압하는데 앞장섰다. 민중적 민족주의 세력을 배제하고 부르주아적 민족주의 세력만으로 혁명을 이루고자 했던 辛亥革命의 실패는 예정된 길이었다.[356]

---

354) "신해혁명에 관해서는 자주 '좌절했다'든가 '실패했다' 혹은 '불철저하다'는 형용사적 한정을 붙여 평가하는 일이 많다. 좌절이라든지 실패, 불철저라는 것도 요컨대 그 혁명이 맡았던 과제 또는 맡을 것으로 기대된 과제와의 관계에서 그것을 어디까지나 해결했는지에 따라 부여되는 평가임에 틀림없다." 掘川哲男, 앞의 책, pp. 169-203.

355) "공화혁명은 현실정치에서 그 정치적 목적달성의 차원에서 분명 실패한 것이었으나 오랫동안 지속된 황제체제를 무너뜨리고 근대국민국가의 건설의 시작이었다는 역사적 지향성의 차원에서는 큰 의미를 가진다." 민두기, 『辛亥革命史 - 中國의 共和革命 (1903-1913)』(서울: 민음사, 1994), p. 301.

356) 이와 같은 사정은 루쉰의 소설에서도 묘사될 것이다. 쑨원은 비교적 이와 같은 사실을 잘 지적하고 있다. 1920년 11월 4일 「章程改修에 대한 설명」에서 쑨원은 "우창혁명이 일어난 지 3개월도 안되었을 때 나는 상하이에 가서 어떤 여론을 들었다. 역시 혁명당과 혁명당에 부화뇌동하는 무리들이 만든 것인데, '혁명군이 일어나자 혁명당은 사라진다'라는 것이었다. 지금까지 보면 우리들의 실패는 이 점에 있었던 것이다. 그러한 때 혁명당은 이어 계속하지 않았다"고 지적했다. 이와 관련하여 姬田光義 外는 "우창봉기 이전부터 쑨원과 대립했던 광복회의 章炳麟도 혁명발발 후에는 '혁명군이 일어나면 혁명당은 소멸한다'는 등 혁명당의 독자적인 역할을 부정하는 발언을 행하여 원세개가 대총통에 취임하는 것을 지지했다"고 기록하였다. 姬田光義 외, 앞의 책, p. 162. 어떤 식으로든 신해혁명을 주도했던 부르주아적 민족주의 세력이었던 革命軍은 民衆的 민족주의세력을 배제하고 있었다는 근거이다.

2) 反封建

1918년 5월 『新青年』에 발표된 중국 최초의 근대소설 「狂人日記」는 1923년 8월 『吶喊』이란 題號로 베이징 新潮社에서 첫 창작집이 출판되었을 때, 첫 작품으로 수록되었다.[357] 『吶喊』은 辛亥革命에서 5·4 신문화운동 전후에 이르기까지의 중국사회의 광활한 화면을 반영, 제국주의와 봉건주의의 중압 하에 점차 파산되어 가는 낡은 농촌과 市井의 서로 다른 계급의 인물, 심리를 그려 내었으며, 또 출로가 막힌 지식인과 城市의 빈민의 형상을 묘사함으로써 5·4시대의 철저히 비타협적인 반제·반봉건정신을 집중적으로 표현하고 있다는 평가를 받고 있다. 일본유학을 마치고 귀국한 이후 줄곧 '비애와 적막'속에서 살았던 루쉰의 첫 소설집 제목이 『吶喊』이었다는 것은 시사적이다.

> 나 자신은 현재 이미 절박한 상황에 이르렀음에도 결코 아무 말도 하지 못하는 사람은 아니라고 생각한다. 그러나 어쩌면 아직 그때 나 자신이 가졌던 적막한 비애를 잊을 수가 없기 때문에 때로는 어쩔 수 없이 몇 마디 고함을 지르지 않을 수 없는 것인지도 모른다. 그것은 적막 속에서 치닫는 용사들에게 약간의 위로가 되고 그들이 앞장서서 달려가는 데 거리낌이 없게 하고자 하는 것이기도 하다. 나의 함성이 용맹스러운 것인지, 슬픈 것인지, 증오스러운 것인지, 가소로운 것인지를 돌아볼 겨를이 없다. 그러나 함성인 이상에는 당연히 지휘관의 명령을 들어야 하므로, 가끔 曲筆을 들어 「藥」속에 나오는 위얼(瑜兒)의 무덤에 이유 없이 꽃다발을 놓거나, 「明天」에서 산쓰(單四) 부인이 아들을 만나는 꿈을 꾸지 못했다고 쓰지 않았던 것은 그 당시의 대장이 소극적인 것을 주장하지

---

357) 루쉰의 첫 소설집 『吶喊』에는 15편의 작품이 실렸다. 후에 「不周山」을 제외시켜 『故事新編』에 포함시키고 제목을 「補天」으로 바꾸었다.

않았기 때문이다. 나 자신으로서도 내가 겪기에 고통스러웠던 적막감을, 내 젊은 시절과 같이 꿈에 부풀어 있는 젊은이에게 결코 다시 전염시키고 싶지 않았기 때문이다. 이렇게 이야기하고 보면, 나의 소설이 예술과는 거리가 멀다는 것을 상상할 수 있을 것이다.(…) 그래서 나는 나의 단편소설들을 모아 인쇄에 붙이고, 또 앞에서 말한 연유로 해서 『吶喊』이라 이름붙이기로 했다.358)

「狂人日記」 탄생 전후는 물론, 첫 창작집 집필기간의 루쉰의 내면풍경을 이해할 수 있는 자료다. 「狂人日記」를 집필하기 전에 루쉰이 간직하였던 '비애와 적막'이 얼마나 처절한 것이었으며, 당시 얼마나 외치고 싶었는지 자신의 심경이 잘 드러나 있다. 「狂人日記」는 물론 그의 첫 소설집 『吶喊』 은 이와 같이 긴 고통의 산물이었으므로 더욱 빛나는 것이다. 「狂人日記」는 액자소설이다. 겉이야기에 해당하는 서문과 속이야기에 해당하는 일기부분으로 구성되어 있으며 전체적으로 액자형식을 취하고 있는 것이다. 후자의 일기부분은 이 작품의 '이야기 세계'이며 전자는 '이야기세계'를 감싸고 있는 담론공간으로서 현실세계와 '이야기세계'를 경계지워주는 역할을 하고 있다.359)

---

358) 在我自己, 本以爲現在是已經幷非一个切迫而不能已于言的人了, 但或者也還未能忘怀于當日自己的寂寞的悲哀罷, 所以有時候仍不免吶喊几聲, 聊以慰藉那在寂寞里奔馳的猛士, 使他不憚于前驅。至于我的喊聲是勇猛或是悲哀, 是可憎或是可笑, 那倒是不暇顧及的 ; 但旣然是吶喊, 則当然須听將令的了, 所以我往往不恤用了曲筆, 在「藥」的瑜儿的墳上平空添上一个花环, 在「明天」里也不叙單四嫂子竟沒有做到看見儿子的夢, 因爲那時的主將是不主張消極的。至于自己, 却也幷不愿將自以爲苦的寂寞, 再來傳染給也如我那年靑時候似的正做着好夢的靑年。這樣說來, 我的小說和藝術的距离之遠, (…) 所以我竟將我的短篇小說結集起來, 而且付印了, 又因爲上面所說的緣由, 便称之爲『吶喊』。「吶喊-自序」, pp. 419-420.

359) 李珠魯, 「魯迅의 『狂人日記』 다시 읽기 - 그 의사소통구조를 중심으로」, 한국중국현대문학학회 제7차 국제학술대회(한국중국현대문학학회, 2001), p. 2. ; http://modern.

겉이야기는 文言文으로 쓰였고, 속이야기는 口語文으로 쓰였다. 이와 같은 특이한 구조 때문에 선행연구는 이 작품의 겉이야기를 크게 주목하지 않았다.[360] 그러나 작가의 전기적 사실은 물론 이 작품의 전체적인 서사구조와 관련하여 몇 가지 문제점이 지적될 필요가 있다. 첫째, 文言文으로 쓰였다는 점이다. 5·4시기 문학혁명의 거점이었던 『新靑年』에서 후스가 「文學改良芻議」에서 口語文(白話文) 사용을 주장하였고, 그것을 이어 받아 츠언뚜시우가 「文學革命論」을 발표하여 이른바 '3대주의'를 제창하였다는 것은 논의한 바와 같다. 즉, 口語文 사용은 5·4시기 문학혁명의 중요한 사상거점 중의 하나였다. 루쉰 역시 口語文 개혁을 찬성했고, 실제로 「狂人日記」 속이야기를 口語文으로 썼을 뿐만 아니라 그의 전 문학적 생애를 볼 때 口語文 사용에 공감했던 것은 물론이다.[361] 소세키가 당시 일본문단의 주류였던 언문일치를 부정하였다는 것은 논의한 바와 같지만, 같은 맥락에서 루쉰이 「狂人日記」 바깥 이야기를 文言文으로 썼다는 것은 문제적이라고 할 수 있다. 루쉰의 동생 쩌우쭈오런에 기대면 적어도 5·4운동 초기였던 당시에 루쉰은 口語文 개혁에 크게 흥미를 갖지 않았다. 즉, 문학혁명을 口語文 개혁과 사상혁명으로 나눌 때, 루쉰은 전자보다 후자에 공감하고 있었던 것이다.[362] 루쉰의 이와 같은 입장은 그가 문학혁명이 일어난 지-『新靑年』

---

sinology.or.kr/(검색일자: 2001. 9. 10.)

360) "이로 인해 그동안 서문을 텍스트로 인정할 것이냐 아니면 백화문 부분만을 텍스트로 삼을 것이냐는 다소 안일한 문제의식이 장기간 폭넓게 있어왔다." 이욱연, 「『광인일기』해석의 몇 가지 문제 - '광인'의 상징을 중심으로 - 」, 『노신의 문학과 사상』, 중국현대문학학회 엮음(서울: 백산서당, 1996), p. 238.

361) "중국에는 문자가 있긴 하되 이미 대중과는 관계없는 것이 되어 버려서 진부한 내용을 난해한 고문의 형식에 담은 것뿐이기 때문에 모든 소리가 과거의 소리이며 거의 제로와 같습니다.(中國雖然有文字, 現在却已經和大家不相干, 用的是難懂的古文, 講的是陳旧的古意思, 所有的聲音, 都是過去的, 都就是只等于零的。)" 「无聲的中國」(『三閒集』), 『魯迅全集』第四卷, p. 12.

(1915) 창간을 기점으로 할 때- 3년 뒤에서 참여한 것과 무관하지 않을 것이다. 「自選集-自序」에서 당시 문학혁명에 대해서 별로 정열을 갖지 않았으며, 그가 치엔시엔퉁의 청탁을 받아 「狂人日記」를 쓰게 된 것은 문학혁명을 전개하는 '전사'들의 열성, 그들의 사고가 틀리지 않았다는 공감, 따라서 '그들에게 소리를 높여 가세해 주자'는 생각 때문이었다는 루쉰 자신의 언술 또한 앞의 문제제기를 뒷받침하고 있다. 결국 「狂人日記」는 루쉰이 文言文으로 쓴 첫 소설 「懷舊」와 연장선상에서 파악되어야 한다. 따라서 口語文 개혁과 관련하여 볼 때, 「狂人日記」는 文言文/口語文의 과도기에 위치한 작품이다.

---

362) "노신은 문학혁명, 즉 구어문으로 개혁한다는 문제에 대해서는 당시 별로 흥미를 갖지 않았다. 그러나 사상혁명에 대해서는 크게 중요시하고 있었다. 이것은 그가 『新生』을 발간하려 했을 때부터 간직했던 소원이었다." 周作人, 「魯迅의 古家」 ; 丸山昇, 앞의 책, p. 131, 재인용. 루쉰연구에 큰 영향을 끼친 마루야마 노보루는 그러나 구어문 개혁에 대한 루쉰의 입장에 대한 논지는 흐트러져 있다. 그는 쩌우쭤런의 이 글에 대해 "악의에 찬 단순화가 가해진 설명"이라고 지적하면서 "문학혁명을 구어의 제창과 사상혁명으로 나누어 노신은 후자에 공감했다고 하는 것만으로 이 시기에 이르는 노신의 반생이 문학혁명에 끼쳤던 독특한 색깔이나, 그 결과로 나온 그의 소설이나 잡감(雜感)이 이 시기의 사상계, 문화계속에 독특하게 점하고 있는 지위가 간과되어버린다"고 주장하였다. 기본적으로 쩌우쭤런의 주장을 인정하는 입장에 위치하고 있는 노보루는 그 근거로 루쉰의 「소리 없는 중국(无聲的中國)」에서 "(후스가 주장한 구어문 개혁의-인용자주) 문학혁신만으로 충분하지 않습니다. 이렇게 말하는 것은 부패한 사상은 고문으로도 쓸 수 있지만 구어로도 쓸 수 있기 때문입니다. 그 때문에 이윽고 사상혁신을 주창하는 사람이 나타났습니다. 그리고 사상혁신의 결과 사회혁신 운동이 발생하고…"라는 글과 또한 「狂人日記」에 문어체 서두를 붙인 사실을 근거로 "노신이 구어제창에 대해서 품고 있던 비판의 일단이 엿보인다"고 결론내린 것이다. 즉, 이 문제에 관한 한, 노보로의 분석과 결론은 문제점으로 지적될 수 있는 것이다. 그가 근거로 제시하고 있는 루쉰의 글에 대한 분석도 나무만 보고 숲을 보지 못할 결과이다. 「소리 없는 중국」에서 노보루가 인용한 것은 구어문개혁을 주장하는 하나의 과정이었다. 루쉰은 같은 글에서 다음과 같이 결론을 맺는다. "우리에게는 이제 두 가지 길만이 있을 뿐입니다. 고문(문언문-인용자주)을 품고 죽느냐, 그렇지 않으면 고문을 버리고 사느냐 입니다.(我們此后實在只有兩條路:一是抱着古文而死掉, 一是舍掉古文而生存。)" 「无聲的中國」, p. 15. 丸山昇, 앞의 책, p. 132.

둘째, 「狂人日記」의 겉이야기는 "민국(民國) 7년 4월 2일"로 시작된다. 이 시간은 속이야기를 포함한 소설 전체의 그것이다. 화자인 '나'는 까마득히 잊고 있었던 중학교 때 친한 친구 형제중 한 친구가 큰 병을 앓는다는 소식을 듣고 귀향길에 문명을 갔다. "병을 앓았던 것은 그의 아우라고 했다. 일부러 먼 곳에서 병문안을 와주어 감사하지만, 그는 이미 완쾌되어 某地에 가서 임관을 기다리는 중이라고 하였다."363) 「狂人日記」가 겉이야기에 이어 속이야기가 서술된 다음, 다시 겉이야기로 돌아가지 않고 끝나버리는 '열린 액자소설'이라고 할 때, 앞의 지문은 이야기의 중심이 되는 속이야기의 결론에 해당한다.364) 주목되는 것은 소설과 작가의 현재적 시간이다. '민국 7년'은 1918년 즉, 작가가 「狂人日記」를 집필하는 현재적 시간이다. 이 작품의 주인공은 물론 속이야기의 화자인 '광인'이다. 그는 이미 정상인으로 돌아와 '모지(某地)에 가서 임관을 기다리는 중'이다. 곧 논의하겠지만, 루쉰 스스로 밝힌 바와 같이 "「狂人日記」의 의의는 가족제도와 禮敎제도의 폐해를 폭로하는 데 있다."365) 즉, 앞에서 지적한 바와 같이 「狂人日記」는 『新靑年』지에서 전개했던 문학혁명의 연장선상에 위치하는 작품이다. 여기서 문제적인 것은 문학혁명의 동기 중에 하나가 유교적 질서의 부활을 시도하는 위안스카이정권에 저항하는 의미에 있다고 할 때, 겉이야기에서 보여주는 바와 같이 정상인으로 돌아온 '광인'이 '모지(某地)에 가서 임관을 기다리는

---

363) 言病者其弟也。勞君遠道來視，然已早愈，赴某地候補矣。「狂人日記」，『魯迅全集』第一卷, p. 422.

364) 프레드릭 제임슨(Fredric Jameson)이 「狂人日記」의 결론은 최후의 외침과 서문 부분의 둘이라고 한 것도 이와 관련된다. Fredric Jameson, Third-Wored Literanture in the Era of Multinational Capitalism, Social Text, Vol 15, Fall, 1986. p. 77. 이욱연, 앞의 논문, p.238, 참고

365) 「狂人日記」意在暴露家族制度和礼教的弊害，『『中國新文學大系』小說二.集序」(『且介亭雜文二集』)，『魯迅全集』第六卷, p. 239.

중'이라는 것은 겉이야기와 속이야기가 일관성의 원칙을 지키지 않고 있다는 지적이 가능하다. 즉, 禮敎를 비판했던 '광인'이 정상인이 된 후에 禮敎를 숭상하는 위안스카이정부—1918년 당시는 뚜안치루이(段祺瑞)정부에 합류한 것을 의미한다. 물론 '광인'이 봉건정부로 전향 내지 굴복했다고 할 수도 있다. 만약 그렇다면 「狂人日記」의 전체적 의미가 손상될 위험이 제기될 수 있다.

'광인'의 봉건정부로의 전향 내지 굴복—혹은 回歸라는 의미도 가능하다. '그는 이미 완쾌되어 某地에 가서 임관을 기다린다고 했다'라는 지문('임관을 기다린다'로 번역한 원문 '候補'는 문자 그대로 첫 임관을 의미하는 후보가 아닌 淸代官制를 의미한다)에서 내포 의미를 분석하면 回歸라고 할 수도 있기 때문이다. 즉, 광인은 병을 앓기 전에 이미 (봉건정부의) 관리였다는 추측도 가능하기 때문이다—을 어떻게 설명할 것인가? 먼저 작가의 전기적 사실과 관련이 있는 것으로 분석된다. 「狂人日記」 집필 당시 루쉰은 뚜안치루이내각의 교육부에 몸담고 있었다. 반혁명적 뚜안치루이 내각에 불만이 있었고, 결과적으로 문학혁명전선에 합류하여 「狂人日記」를 집필했다고 해도 그가 몸담고 있었던 곳은 뚜안치루이 내각이었다. 사상과 행동이 다른 이중적인 모습이다. 여기에는 家長 즉, 현실적으로 '아비'되기라는 걸림돌이 작용한 것으로 보이지만, 작가와 작품이라는 상관관계를 놓고 볼 때 왕푸런이 "만약 우리가 루쉰의 가장 깊은 곳에 있는 내밀한 정신적 체험으로 들어갈 수 있다면 「狂人日記」의 '광인'은 바로 그의 내면의식 가운데 존재하는 또 하나의 자아, 즉 현실 속에서는 완전하게 표현해낼 도리가 없는 루쉰 자아라는 것을 느낄 수 있을 것"[366]이라고 지적한 바와 같이 '광인'은

---

366) 王富仁, 「『狂人日記』細讀」, 『魯迅硏究年刊』 1991-1992年合本(北京: 中國平和出版社, 1992). 이 논문은 국내에 번역되었다. 왕푸런, 「『광인일기』 자세히 읽기」, 유세종

곧 작가의 투영이라는 근거가 발견된다.[367]

「狂人日記」의 속이야기의 화자는 '나'라고 하는 광인이다. 겉이야기에서 제시한 바와 같이 '나'는 피해망상증 환자이다. 굳이 「狂人日記」의 주인공을 광인 아닌 '광인'으로 설정한 것은 깊은 논의가 필요하겠으나 굳이 지적하면 일종의 소설적 장치에 다름 아닐 것이다. 이 작품의 액자형식을 분석하는 李珠魯는 허구적 이야기에 현실감을 불어넣기 위한 것이 하나이고, 당시 현실사회의 검열을 통과하기 위한 은폐전략으로 분석 가능하지만, 후자의 기능이 잘 발휘되고 있다고 결론지었다.[368] '광인'에 대해서는 선행연구들에 의해서 다양하게 분석되어 왔다. 루쉰 소설에 전개되고 있는 민족주의적 관점에서 「狂人日記」의 주인공 광인-'나'는 루쉰 전체소설에 전개되는 민족주의의 한 원형이다. 일본의 루쉰연구가 이토는 '광인'이 곧 작가일 뿐만 아니라 「狂人日記」는 곧 작가의 자전적 작품이며, 이후의 작품은 「狂人日記」의 변형이라는 분석과 같은 맥락에 위치한다.[369]

옮김, 『루쉰』, 전형준 엮음(서울: 문학과 지성사, 1997), pp. 212-213.

367) "「광인일기」는 일종의 관념소설로 그(루쉰-인용자주)가 파악하고 있었던 현실의 추상화된 모습을 추상 그대로 투영한 것이다." 丸山昇, 앞의 책, p. 138. 한편, '광인'의 모델이 작가의 외사촌 동생 지우쑨(久孫)이라는 주장도 있다. 산시(山西)성의 한 관청에서 보조원으로 그가 갑자기 피해망상증에 걸렸다. 그가 주위사람들이 모두 자기를 해치려 한다고 생각하고 베이징으로 도망쳐 왔다. 어느 날 새벽에 루쉰을 찾아와서 "저들이 오늘 나를 끌어다 목을 자르려 한다"고 울부짖었다. 그는 유서까지 써가지고 와서 어머니에게 전해 달라고 했다. "(…) 읍내 인사들과 상업계가 모여 어떻게 사람을 잡을 것인가를 모의해서 결정했습니다. 자금을 모은 후 거리에서 뇌물을 주면서 형님과 동생을 죽이려 하고 있습니다." 루쉰은 그를 이케다(池田)병원에 데리고 가서 치료하였으나 효과가 없어 고향으로 돌려보냈다. 「丙辰日記(一九一六年) 十月 三十日 - 十日月 五日」(『日記』), 『魯迅全集』 第十四卷, pp. 237-238. 왕스징, 앞의 책, pp. 103-104.

368) 李珠魯, 앞의 논문, p. 4.

369) "「狂人日記」의 주인공 즉 작자 본인은 자기의 청춘 (…) 청춘의 '공허화'로 인해 자라난 작자가 '적막'이라 불렸던 생존위기를 벗어나기 위해, 새로운 자아를 획득하기 위해

근대적 민족주의가 反封建·反帝를 근간으로 한다는 것은 누차 지적한 바와 같지만, 이 경우 '광인'은 전자와 관계가 깊다. '광인'이 反封建 '정신계의 전사'라는 점은 기존 연구결과도 견해를 같이 한다. 물론 이와 같은 연구는 '광인'을 현실주의의 전형적 현상으로 이해했고, 현실주의적 방법으로 그것의 예술적 완결성과 통일성을 파악한 결과이다. '광인'에 대해 선행 연구는 대략 세 가지 입장으로 나뉘어졌다. 첫째, '광인'은 정신병자이지 反封建 전사는 아니며, 작가는 단지 그의 입을 통해 봉건예교를 폭로했을 뿐이라는 입장이다. 둘째, 反封建 전사이지 정신병 환자가 아니라는 입장이다. 셋째, 광인은 정신분열증을 앓고 있는 反封建 전사로 보는 견해다.[370] 이 가운데 둘째, 셋째 견해가 중심을 이루었고, 특히 셋째견해가 주도해 왔다. 즉, 봉건사회란 식인사회이고, 그 식인의 원리는 가족제도에까지 적용되므로 식인사회가 철폐되는 참인간들을 희망하는 작품이라는 분석이다.[371]

여기서는 기본적으로 세 가지 견해를 모두 수용하는 입장에 있다. 그동안 셋째 입장을 견지해 왔던 왕푸런은 '광인'이 정상인으로 돌아온 뒤 봉건정부에 합류했다는 점에서 스스로의 입장을 철회하였다.[372] 왕푸런의 철회입장

어쨌든 자전적(?) 작품을 창작할 수밖에 없었다. 이렇게 이해해야만 작자가 이후에 「孔乙己」에서 시작하여 「阿Q正傳」을 정점으로 한 일련의 作品을 연속창작한 점을 이해할 수 있다. 이 점에서 「狂人日記」의 주인공, 즉 작자는 새로운 위치(자유)에서 '광인'의 눈으로 중국사회 암흑의 내막을 총체적으로 파악하고 그것을 각종 형상으로 변형시키고, '각성한 리얼리즘'(즉 과학적 방법)으로 하나하나 재현(재창작)해냈다. 이는 魯迅이라는 리얼리즘 작가의 탄생을 의미한다." 伊藤虎丸, 「『狂人日記』-'狂人' 康復의 記錄」, 『魯迅, 創造社與日本文學』(北京: 北京大學出版社, 1995), p. 151.

370) 王富仁, 앞의 논문, p. 266. ; 왕푸런, 앞의 논문, p. 211. ; 嚴家炎, 「狂人日記的思想和 藝術」, 『魯迅研究學術論著資料匯編』 第四卷(北京: 中國文聯出版公社, 1987), pp. 815-823.

371) 王瑤, 『中國新文學史稿』(上海: 上海文藝出版社, 1982), p. 98. ; 劉綬松, 『中國新文 學史初稿』(北京: 人民文學出版社, 1982), p. 41. 왕푸런, 앞의 논문, p. 211.

372) "사실, 그것 역시 소설 텍스트 속에서 어떤 근거도 찾을 수 없는 것이었다. 만약 그가

을 일정부분 인정하지만, 그것은 작가의 전기적 사실과 연결지었을 때 해당한다. 즉, '광인'이 곧 루쉰이고, 루쉰이 곧 '광인'이라는 전제하에 얻어진 결과이다. 「狂人日記」를 루쉰과 독립된 세계로 이해할 때, '광인'의 반봉건 전사의 역할은 속이야기안에서 끝나고 있다. '광인'은 현실사회는 물론 역사, 자신의 가족사회가 '吃人(사람을 먹는다)'의 그것이라는 사실을 발견하고, 그 해결책까지 제시하는 것이다. 즉, '광인'은 反封建 전사라는 임무에 충실히 복무한 뒤 소설의 결말과 함께 사라진다. 나머지는 독자의 몫이다. 결론적으로 「狂人日記」라는 소설 안에서 '광인'은 反封建 전사였고, 작가 루쉰의 민족주의사상이 그에게 반영되었음은 물론이다.

> 오늘밤은 참 달이 밝다. 달을 보지 못한 지가 벌써 30년이나 되었다. 오늘 보니 기분이 유난히 상쾌하다. 지나온 30여 년 동안을 완전히 昏迷 속에서 지내왔음을 이제 겨우 알았다. 하지만 어디까지나 조심하지 않으면 안 될 것 같다.[373)]

속이야기가 출발하는 장면이다. 모든 문학작품은 시간 속에서 전개되지만, 「狂人日記」에서 시간은 러시아형식주의에서 일컫는 '낯설게 하기'를 철저하게 보여주고 있는 작품이다. 가장 먼저 지적할 수 있는 것은 속이야기가 일기체 형식이라는 점이지만, 날짜가 생략되어 있으므로 시간을 해체하고 있다.[374)] 따라서 속이야기의 시작부분이 정확하게 언제인지는 확인할 수 없

반봉건 전사였다면 병이 완쾌된 후 보다 명료하게 각성한 의식으로 반봉건투쟁에 투신하는 것이 순리일 것이다. 그러나 루쉰은 분명하게 그가 '어떤 지방의 후보로 부임해' 관료가 되었다고 말하고 있다. 이는 그가 병이 완쾌된 후 결코 이지(理知)를 갖춘 반봉건 전사가 되지 않았음을 말해준다." 위의 논문, p. 212.

373) 今天晚上, 很好的月光。我不見他, 已是三十多年 ; 今天見了, 精神分外爽快。才知道以前的三十多年, 全是發昏 ; 然而須十分小心。「狂人日記」, p. 422.

다. 한 가지 확실한 것은 겉이야기에서 제시했던 1918년 이전이라는 점이다. 범박하게 1918년을 기준으로 잡는다고 해도 '광인'이 혼미속에서 살아온 30년이라는 기간은 1888년이 된다. 작가 루쉰이 1881년생이고, '광인'은 친구의 아우라고 할 때, 그가 태어난 이후를 가리킨다는 것을 알 수 있다. 여기서 '혼미'는 물론 정신이상 혹은 피해망상증과 연결되는 문제는 아닐 것이다. 왕푸런은 이 장면과 관련하여 "정신병자의 초기 발병 때의 심리상태지만 동시에 정신반역자가 초보적으로 각성한 후의 모습"[375]이라고 분석한다. 그의 분석은 인정한다고 해도 '광인'의 과거 30년 동안의 '혼미'는 정신이상과는 무관하다. 그럼에도 불구하고 혼미속에서 살아왔다는 것은 곧 '광인' 내지 작가의 과거와 관련이 있을 것이다. 즉, 현실주의 입장에서 그것은 전근대/근대 전환기의 중국현실과 무관하지 않다.

왕푸런은 인용문의 현재 단계가 '광기발병'이라고 하였고, 지금까지의 「狂人日記」 연구 대부분이 '광인'이 정신병자라는 견해이지만, 혼미속에 싸인 과거 30년을 '이제 겨우 알았다. 하지만 어디까지나 조심하지 않으면 안 될 것 같다'는 '광인'의 다짐에서 광기발병 내지 정신병을 찾는 것은 무리일 것이다. 물론 서사 자체는 정신병자와 같은 행동으로 진행된다. '짜오가(趙哥)네 집 개'가 그를 쳐다보는 것에 신경을 쓰는 것도, '짜오궤이(趙貴) 영감의 눈초리가 이상했다'는 등 평소 같으면 예사로 보아넘길 문제에 신경을 쓰는 따위가 그러하다. 그러나 '광인'은 "모든 일이란 연구해 보아야 비로소 알 수 있는 것이다"[376]고 생각하듯이 연구하는 광인이다. 이 작품에

---

374) 「狂人日記」의 시간에 대한 연구는 다음 논문을 참고할 것. 李珠魯, 「魯迅의『狂人日記』의 문학적 시공간연구」, 『中國現代文學』 14(서울: 中國現代文學會, 1998. 6).
375) 왕푸런, 앞의 논문, p. 221,
376) 凡事須得研究, 才會明白。「狂人日記」, p. 423.

는 '광인'이 "(…)연구해 보아야 한다"거나 "(…) 연구해 보기로 했다"는 진술이 3회나 반복되고 있는데, 이와 같은 진술은 그가 '광인'이 아니라는 것을 입증할 수 있는 근거이다. 과연 연구하는 광인, 일기를 쓰는 광인을 상상하기란 쉽지 않다. 더구나 광인의 연구결과는 놀라운 내용이다. 첫 번째 연구결과에서 '광인'은 그가 살고 있는 사회가 '吃人(사람을 먹는)사회'라는 것을 발견한다.377) 두 번째 연구결과 인류(중국)역사가 吃人의 그것이었다는 것을 발견한다.

옛날부터 사람을 잡아먹어 왔다는 것은 나도 기억하고 있었지만, 그렇게 확실하지는 않았다. 역사책을 펼쳐서 조사해 보았더니, 이 역사책엔 연대도 없고 각 페이지마다 비스듬하게 '仁義道德'이라는 글자가 쓰여 있었다. 나는 잠을 잘 수 없기 때문에 오밤중까지 자세히 살펴보다가 비로소 글자와 글자 사이에서 또 다른 글자를 찾아냈다. 책 가득히 쓰여 있는 두 개의 글자는 '食人'이라는 것이었다.378)

「狂人日記」연구에서 자주 인용되는 장면이다. 루쉰소설의 특성중의 하나

---

377) "그들 중에는―. 현감에게 칼을 씌우는 형벌을 받은 자도 있고, 유지에게 뺨을 맞아본 자고 있고, 말단관리에게 아내를 빼앗긴 자도 있으며, 양친이 채권자에게 빚에 몰려 죽은 자도 있다. (…) 오늘에야 비로소 그들의 눈초리가 밖에 있는 사람들과 아주 똑같다는 것을 알았다. 생각하니 머리끝에서 발끝까지 소름이 끼친다. 그들이 사람을 잡아먹을 수 있다면 나라고 못 잡아먹을 리가 없을 것이다.(他們――也有給知縣打枷過的, 也有給紳士掌過嘴的, 也有衙役占了他妻子的, 也有老子娘被債主逼死的；他們那時候的臉色, 全沒有昨天這么怕, 也沒有這么凶。(…) 今天才曉得他們的眼光, 全同外面的那伙人一模一樣。想起來, 我從頂上直冷到脚跟。他們會吃人, 就未必不會吃我。)」「狂人日記」, pp. 423-424.

378) 古來時常吃人, 我也還記得, 可是不甚淸楚。我翻開歷史一查, 這歷史沒有年代, 歪歪斜斜的每叶上都寫着"仁義道德"几个字。我橫竪睡不着, 仔細看了半夜, 才從字縫里看出字來, 滿本都寫着两个字是"吃人"！「狂人日記」, pp. 424-425.

는 대부분의 작품에서 이항대립이 '1/1'이 아니라 '1/다수'로 일어난다는 점이다. 즉, 「狂人日記」에서 '狂人/그들'이 그것이다. 이와 같은 이유는 작가의 '정신계의 전사'待望論과 무관하지 않을 것이다. 작가의 내적 요인으로서 그것은 또한 '아비'되기에서 유래한 측면이 있다. 한 가정에서 아버지는 일단의 가족을 거느린다. 소년시절부터 家長경험을 한 루쉰은 그의 소설에 등장하는 작중인물을 1/다수로 구성해 놓고, '1'을 '아비'로 설정하여 '訓戒'하는 식의 서사구조를 자주 취하곤 하는 것이다. 대표적인 경우가 「狂人日記」이다. 인용문의 '역사책'도 마찬가지다. 단순한 '역사책'이 아니라 '연대가 없는 역사책'이라면 다수에 해당한다. 즉, 정체성이 일관되어온 사회를 의미한다.[379] 仁義道德은 물론 전근대적 봉건사회의 질서를 유지해온 儒家思想의 핵심이다. 문제는 '광인'이 연구조사를 거듭한 결과, '글자와 글자 사이에서 또 다른 글자를 찾아냈다. 책 가득히 쓰여 있는 吃人이라는 글자'를 발견했다는 점이다. 그것은 광인이 찾을 수 있는 '발견'이 아니다. '광인'이 정상인을 넘어 反封建 '전사'로 발전하는 이유는 여기에 있다. 그는 단순히 역사책속의 '吃人'발견으로 그치지 않는다. 거기에서 자아를 발견하는 것이다. 즉, 세 번째 연구결과, 다른 사람이 아닌 자신의 가족들이 吃人의 장본인이었다는 것을 발견한다.[380]

吃人의 역사와 사회를 발견한 '광인'은 "나는 그놈들의 수법을 깨달았다. (…) 나는 사람 잡아먹는 사람을 저주해도 우선 형으로부터 시작해야겠고, 사람 잡아먹는 것을 말리는 것도 우선 형부터 손을 써야겠다.[381]"고 해결책

---

379) 金河林, 앞의 논문, p. 117.

380) "사람을 잡아먹는 사람이 내 형이다. 나는 사람을 잡아먹는 사람의 동생인 것이다.(吃人的是我哥哥！我是吃人的人的兄弟！)"「狂人日記」, p. 426.

381) 我曉得他們的方法 (…) 我詛咒吃人的人，先從他起頭；要勸轉吃人的人，也先從他下手。「狂人日記」, pp. 427-428.

에 임해서 작은 것에서 큰 것으로 나아가는 방법을 자각한다. 그는 형을 찾아가 자신의 생각 가운데 후자를 실천에 옮기지만 실패한다. 그는 다시 주위사람들을 설득한다.

　　"너희는 고칠 수 있어! 진심으로 마음을 고쳐 먹으라고! 이제 멀지 않아 사람을 잡아먹는 놈들은 이 세상에서 살아갈 수 없게 되리라는 것을 깨달아야 해! 너희가 마음을 고치지 않으면 자기 자신도 결국 먹혀버리고 말거야. 설사 줄줄이 낳아서 늘어놓는다 해도 참인간들에게 멸망당하게 될 거야! 마치 사냥꾼이 늑대를 모조리 잡아 죽이듯이─벌레처럼 말이다!"382)

　'광인'의 두 번째 시도 역시 실패한다. 형의 방해로 실패한 것이다. 여기서 주목되는 것은 '참인간들(眞的人)'이다.383) 吃人하는 가족과 주위(사회)사람들의 설득에 실패한 '광인'이 희망을 잃지 않는 것은 미래의 '참인간들'이 있기 때문이다. 그러나 여기서는 지적될 부분이 있다. 이 장면에는 사회진화론이 반영되어 있다. 작가 루쉰이 옌푸의 『天演論』을 통해 사회진화론을 수용하였고, 그것이 제국주의이론이라는 한계 또한 지적한 바 있지만, 인용문에서는 바로 그와 같은 한계가 지적되어야 한다. '마음을 고쳐먹지 않는 너희들'이라고 해서, 참인간들이 '사냥꾼이 모조리 잡아 죽이듯이─벌레처

---

382) "你們可以改了，從眞心改起！要曉得將來容不得吃人的人，活在世上。你們要不改，自己也會吃盡。使生得多，也會給眞的人除滅了，同獵人打完狼子一樣！－－同虫子一樣！"「狂人日記」, pp. 430-431.

383) 선행연구들은 12장의 '難見眞的人'의 해석에 대해 관심을 기울여 왔다. 여기에 대해서는 다음 논문을 참고할 것. 金河林,「魯迅『狂人日記』의 해석과 수용에 관한 연구」, 『中國現代文學』16(서울: 中國現代文學會, 1999. 6). 그러나 10장의 '眞的人' 역시 같은 의미로서 유의할 필요가 있을 것이다.

럼' 죽이고 멸망시킨다는 것은 지극히 제국주의적인 발상에 다름 아니다.

「狂人日記」 제10장은 봉건제하의 가족들이 禮敎질서에 희생당했던 사실을 자기 가족의 예를 들어 고발하고 있다. 10장은 2장에 대한 구체적인 사례를 드는 장면이다. 즉, 2장에서 "아이들이 두려워하고 해치려는 것도 같은 이상한 눈초리로 나를 쩨려봄으로써 나를 두렵게 하고 어리둥절하게 하며, 또 마음 아프게" 했었다. 그때 '광인'은 "알겠다! 이것은 그들의 애비·어미가 가르친 탓일 것이다"[384]고 결론 내린다. 즉, 아이들은 원래 '참사람'이었는데, 봉건가족제도 밑에서 부모들이 禮敎(孝道)라는 이름 하에 잘못 가르쳤기 때문에 아이들은 성장하여 '참사람'이 되지 못하고 '吃人'이 된다는 것이다. 결국 '광인'이 희망을 거는 것은 아이들이다. 아이들이야말로 '참사람'인 까닭이다. 「吶喊自序」에서 '희망에 대해서 말하자면 그것을 말살시킬 수는 없는 것이다. 왜냐하면 희망이라는 것은 미래를 향하는 것'이라는 진술이 그의 작품에 반영된 것이다.

> 4천년동안 사람을 잡아먹는 이력을 가진 나는 애초에는 참인간을 만나
> 기 어렵다는 것을 몰랐지만, 지금은 똑똑히 알고 있다! 사람을 잡아먹
> 어 본 적이 없는 아이들이 혹 아직도 있을른지? 아이들을 구해야지…[385]

모든 아이들이 '참사람'인 것은 아니다. 봉건주의적 예교윤리에 물들었다면 그는 이미 '참사람'이 아니다. 결국 아이들ㅡ'참사람'을 구해야 한다는 '광인'의 목소리는 작아질 수밖에 없다. 이와 같은 '광인'의 목소리는 작가의

---

384) 我明白了。這是他們娘老子教的！「狂人日記」, p. 423.

385) 有了四千年吃人履歷的我, 当初雖然不知道, 現在明白, 難見眞的人！ 沒有吃過人的孩子, 或者還有？救救孩子…. 「狂人日記」, p. 432.

전기적 사실에서 우러나오는 그것이 더욱 격렬하다.386) 참사람을 찾는 이
장면에는 진화론이 자리잡고 있다. 지적했다시피 여기에는 작가 내지 이
작품의 화자인 '광인'이 인식하지 않았다고 해도 제국주의적 인식이 작용하
고 있다. 물론 작가 내지 '광인'의 이와 같은 인식에는 反封建的 민족주의가
기초한다.

「狂人日記」는 중국 최초의 근대소설로서 문학사적 의미가 있으나387) 발
표 당시에 문단의 이해를 구하는 데는 실패한 작품이었다. 당시 문단에는
리우판눙(劉半農), 후쓰를 위시해서 루쉰문체와 이전 문체의 차이점을 판별
할 수 있는 사람은 아무도 없었다.388) 작가 루쉰이 문단의 호응을 받기 위해

---

386) "크고 작은 무수한 人肉의 잔치자리에 文明이 시작된 이래 연연하게 오늘날까지 이어
지고 있다. 그 자리에서 사람은 남을 먹고 자기는 남에게 먹힌다. 여자나 아이들은
말하지 않아도 알죠다. 그 人肉의 饗宴은 지금도 베풀어지고 있으며, 많은 사람들이
줄곧 베풀어나가려 하고 있다. 이 '食人者'를 소탕하고 宴會를 뒤엎어버리고, 그 주방
을 짓부수는 것이 오늘날 靑年들의 사명이다.(大小无數的人肉的筵宴, 卽從有文明
以來一直排到現在, 人們就在這會場中吃人, 被吃, 以凶人的愚妄的歡呼, 將悲慘
的弱者的呼号遮掩, 更不消說女人和小儿。這人肉的筵宴現在還排着, 有許多人還
想一直排下去。掃蕩這些食人者, 掀掉這筵席, 毁坏這廚房, 則是現在的青年的使
命!)"「灯下漫筆」(『墳』), 『魯迅全集』 弟一卷, p. 217.

387) "「狂人日記」는 한 시대의 획을 긋는 의의를 지닌 작품으로, 한 새로운 문학시대가
시작됨을 선언하는 것이었다. 문학혁명은 한편으로 봉건적 구문학을 비판하면서 다른
한편으로는 신문학을 창조하여야만 그 임무를 완성할 수 있는 것이다. 「狂人日記」는
곧 문학혁명 최초의 빛나는 성과였다. 작자 루쉰은 이 이후 문학창작의 커다란 업적으
로, 문학혁명에서 영향력이 가장 큰 작가로 중국현대문학의 가장 중요한 창시자가
되었다." 黃修己, 앞의 책, p. 45.

388) 金龍雲, 「魯迅創作意識研究 -『吶喊』『彷徨』『故事新編』을 중심으로 -」(서울: 成均
館大 大學院, 博士, 1990), p. 22. "「광인일기」는 발표 당시 동시대로부터는 이해되지
못했다. 일부 무명의 청년에게 충격을 주었을 뿐 문단에서는 전혀 무시되었다. 여하튼
『신청년』그룹중 과거에 자신이 희곡을 쓴 경험이 있는 문필가는 노신 외에는 劉半農,
한 사람 정도이고 문체의 신구의 차이를 투시할 수 있는 눈을 가진 사람은 호적을
포함해 어떤 논객도 없었다." 丸山昇, 「解說」, 『魯迅文集』 제1권, p. 318. "「狂人日記
」가 현대문학상 최초의 백화소설인 것은 아니다. 1917년 6월 여류작가인 츠언헝져

서는 다음 작품을 기다려야 했다. '광인'형 민족주의는 바로 이어지는 단편 「쿵이지(孔乙己)」의 주인공 쿵이지로 변형된다.

「孔乙己」는 「狂人日記」 이후 거의 1년만인 1919년 4월 『新靑年』(제6권 4호)에 발표된 작품이다. 1인칭 시점으로 「狂人日記」에서 화자 '광인'이 식인사회를 고발하고 있는 반면, 「孔乙己」에서 주인공 쿵이지(孔乙己)는 주변인물인 咸亨酒店의 어린 점원의 눈을 통해 묘사되고 있다. 이 작품은 辛亥革命 전후의 중국 농촌사회를 그리고 있다. 쿵이지는 몰락한 봉건인텔리계층의 일반적 특성을 고루 갖춘 인물이다. 농촌에서 자라난 쿵이지는 과거 지망생이었으나 중도에 몰락하여 마침내는 생계조차 이을 수 없는 폐인으로 전락한 인물이다. 그럼에도 불구하고 쿵이지는 자신이 몰락했다는 사실조차 파악하지 못하는 과거 지향적 인물이다. 항상 더럽고 너덜너덜한 長衫을 벗지 않았고, 말은 다른 사람들이 알아듣지도 못하는 文語투성이다. 게다가 술 마시기만을 좋아하고 일하기를 싫어한다.

> "자네 또 남의 물건을 훔친 게로군." 쿵이지는 눈을 부릅뜨면서 대답한다. "왜 또 터무니없이 남의 청렴을 더럽히려 하는고…? 책을 훔치는 건 도둑질이라고 할 수 없지…책을 훔치는 건! …讀書人이 하는 일이야. 어떻게 훔쳤다고 할 수 있나." 그리고 잇달아 알아듣기 어려운 말을 하는데, '군자는 원래 가난하다'라느니, 무슨 '…이리오?' 등의 문자를 중얼거려서, 모두들 껄껄대고 웃도록 만들고 그러면 가게 안팎에는 유쾌한 분위기가 가득 차는 것이었다.[389]

(陳衡哲)가 『留美學生季報』에 현장소설 紀實小說 「하루(一日)」을 발표하였다. 백화를 사용하였을 뿐만 아니라 구소설의 양식을 완전히 타파하였는데, 묘사한 내용은 미국 여대생의 신변잡사였다. 「狂人日記」 이전의 시가·신문 중에서도 백화의 새로운 작품이 출현하였다." 黃修己, 앞의 책, p. 51.

389) "你一定又偸了人家的東西了!" 孔乙己睜大眼睛說, "你怎么這樣凭空汚人淸白…

작가는 쿵이지를 통해 전근대적 봉건사회의 인물을 마음껏 戲畵化한다. 그러나 철저하게 희화화된 쿵이지의 모습을 보고 작중인물들이 유쾌한 분위기에 웃는 것과는 반대로 독자는 서글픔을 느끼게 된다. 쿵이지가 봉건사회 제도를 대변한다고 할 때, 작가는 쿵이지가 얼마나 철저하게 몰락하는가를 이 작품에서 적나라하게 보여준다. 쿵이지는 아이들에게 말을 걸어보지만, 아이들은 그를 상대해 주지도 않는다.[390] 전근대 지향적인 인물 쿵이지가 근대 자본주의사회에서 더 이상 머물 곳이 없을 때, 그는 결국 어디론가 사라질 수밖에 없었을 것이다.[391] 즉, 작가 루쉰이 "復古運動의 대표자라고 한다면, 다만 복고파의 가련한 꼴을 볼 수 있을 뿐"[392]이라고 꾸짖었던 언술에서 드러나는 바와 같이 쿵이지는 몰락이 예정된 인물이었다. 「狂人日記」의 주인공 '광인'이 '反封建 전사'로서 군중들 앞에 모습을 드러내고 식인사회를 고발하고 있다면, 쿵이지는 봉건주의 행태를 보여줌으로써 독자에게는 反封建 메시지를 전달해주는 인물이다. 물론 쿵이지는 '전사'의 모습은 아

…"什么淸白?我前天親眼見你偸了何家的書, 吊着打。" 孔乙己便漲紅了臉, 額上的靑筋條條綻出, 爭辯道, "竊書不能算偸……竊書!……讀書人的事, 能算偸么? "接連便是難懂的話, 什么"君子固窮"[3], 什么"者乎"之類, 引得衆人都哄笑起來：店內外充滿了快活的空气。「孔乙己」(『吶喊』), 『魯迅全集』弟一卷, 435.

390) 쿵이지는 스스로 그들과는 이야기 상대가 되지 않는다고 여기고는 아이들에게만 말을 걸었다. 한번은 내게 물었다. "너 글을 배운 일이 있냐?" 내가 고개를 약간 끄덕이자, 그는 "글을 배웠다고! …그럼 내 너를 시험해 보겠다. 회향두의 '회'자는 어떻게 쓰지?" 하고 물었다. 나는, 거지나 다름없는 사람이 날 시험한다고 생각하니 참을 수 없어 고개를 돌리고 상대하지 않았다.(孔乙己自己知道不能和他們談天, 便只好向孩子說話。有一回對我說道, "你讀過書么?"我略略点一点頭。他說, "讀過書, ……我便考你一考。茴香豆的茴字, 怎樣寫的?"我想, 討飯一樣的人, 也配考我么?便回過臉去, 不再理會。)「孔乙己」, p. 436.

391) 나는 지금까지도 끝내 그를 못 보았다. 쿵이지는 아마 틀림없이 죽었을 것이다.(我到現在終于沒有見――大約孔乙己的确死了。)「孔乙己」, p. 438.

392) 倘說這是復古運動的代表, 那可是只見得復古派的可憐, 不過以此當作計聞, 公布文言文的气絶罷了。「答KS君」(『華盖集』), 『魯迅全集』第三卷, p. 112.

니다. 그가 봉건사회로의 회귀적 인물임에도 불구하고 역설적으로 '광인'형이라고 분석하는 것은 적어도 反封建的 민족주의에 기반을 둔 계몽주의의 역할을 담당하고 있기 때문이다.

단편소설 「藥」은 1919년(民國 8) 4월에 집필되어 5월 『新靑年』(6권 5호)에 발표된 작품이다. 바로 5·4운동 기간 중이었다. 5·4운동은 대외적으로는 1919년 1월 파리강화회의에서의 산둥(山東)반도문제가 중국의 기대와는 달리 일본의 주장대로 처리됨으로써 주권을 위협받게 되었고, 대내적으로는 통일정부 수립을 기대하기 어려운 상황에서 중국인들이 새로운 돌파구를 찾아야 하는 시점에 이르렀을 때, 베이징대학생들을 중심으로 대대적인 시위가 전개됨으로서 일어난 사건이다. 『新靑年』을 중심으로 신문화운동의 사상적 기반이 뒷받침되면서 5·4운동은 이후 중국인 대부분에게는 민중저항의 대표적인 상징이 되었으며, 동시에 시위가담자 자신과 그러한 행위를 알게 되는 민중들에게 국가와 민족에 대한 일치감을 상상할 수 있도록 자극하는 선동적인 사건이었다.393)

5·4운동 당시 교육부 관리였던 루쉰의 반응은 두 가지로 나타나고 있다. 하나는 작가로서 자기 역할을 하고 있었다는 점이다. 그해 5월 『新靑年』(제6권 제5호)에 탕치아오(唐俟)라는 필명으로 발표한 隨感錄 「圣武」에서 5·4운동으로 舊中國의 암흑 속에서 '新世紀의 曙光'을 보게 되었다는 언술이 그것이다.394) 즉, 辛亥革命의 실패 이후 큰 실의에 빠져 있던 루쉰으로 하여

---

393) "중국인에게 가장 숨 가쁜 순간이면서, 동시에 커다란 영향을 발휘했던 사건으로는 1911년 10월 10일 辛亥革命, 1949년 10월 1일의 중화인민공화국 성립과 함께, 1919년 5월 4일 5·4운동을 꼽을 수 있다." 신승하·임상범·김태승, 『20세기 中國』(서울: 서울대학교 출판부, 1998), p. 75. "5·4운동은 위대한 애국반제정치운동이었으며, 이는 반대로 다시 신문화운동의 발전을 촉진하였다. 문학혁명은 바로 이러한 구체적 배경 하에서 일어났으며, 따라서 5·4문학혁명이라 불리기도 한다." 黃修己, 앞의 책, p. 32.

금 5·4운동이 새로운 희망을 갖게 했다는 것이다. 그러나 비교적 최근의 연구는 다른 하나의 반응을 추가하였다. 루쉰이 5·4운동에 대해 일정한 거리를 유지한 채 냉담하게 관망하였다는 것이다.[395] 실제로 5·4운동 1년 뒤인 1920년 5월 4일에 루쉰이 쩌쟝(浙江)의 兩級師範學堂에 재직할 당시의 제자였던 宋崇義에게 보낸 편지내용에는 그때까지도 부정적으로 보았다는 근거가 제시되고 있다.

요즘 들어 국내사정이 평안치 못하고, 학계에도 그 영향이 미쳐서 벌써 1년간이나 혼란스럽기만 하다네. 保守派라는 자들은 이것을 혼란의 진짜 원인이라고 생각하고 維新하는 자들은 이것을 드높이 찬양하고 있다네. 전국의 학생들은 재앙의 싹이라 불리기도 하고 志士로 떠받들어지기도 한다네. 그러나 내가 보기에는 이 일은 중국에 전혀 아무런 영향도 끼치지 못할 것이며, 잠시 지나가는 현상일 뿐이라네. 志士라고 하는 것도 물론 지나치게 칭하는 말이고, 재앙의 싹이라고 하는 것 또한 너무 억울한 일인 것이야.[396]

5·4운동에 대해 '중국에 전혀 아무런 영향도 없을 것'이고, '일시적인 현상'이라고 판단한 것이다. 21세기 현재적 시점에서 중국인이 근대 이후 가장 큰 영향력을 발휘했던 사건으로는 辛亥革命, 중화인민공화국, 그리고 5·4운동을 꼽는다고 할 때, 두 역사적 사건은 루쉰이 활동했던 시기에 일어났다. 그리고 루쉰의 관심은 5·4운동보다 辛亥革命에 가 있었다. 첫 소설집 『吶

---

394) 便是新世紀的曙光。曙光在頭上，不抬起頭，便永遠只能看見物質的閃光。「隨感錄 五十九 "圣武"」(『熱風』), 『魯迅全集』第一卷, p. 356.

395) 柳中夏, 「魯迅 前期文學硏究」(서울: 延世大學校 大學院, 博士, 1993), p. 46. 왕샤오밍, 앞의 책, pp. 88-89.

396) 「一九二〇年 致宋崇義」(『書信』), 『魯迅全集』第十一卷, p. 369.

266 동아시아 민족주의와 근대소설

喊』에 실려 있는 대부분의 작품의 무대가 辛亥革命 전후였다는 점이 근거이다. 또한 5·4운동을 정점으로 하는 5·4신문학운동에 대해서도 크게 정열을 갖고 있지 않았으며 다만 문학혁명을 전개하는 열성 있는 전사들에게 '가세해 주자'는 식의 참여를 했다는 루쉰 자신의 언술에서도 보았던 것처럼 루쉰에게 더욱 큰 의미가 주어졌던 것은 5·4운동이 아니었다. 문학혁명의 수확을 거의 독차지하다시피 하는 루쉰의 이와 같은 시각은 아이러니다. 왜 그러한가? 일차적인 원인은 辛亥革命에 대한 절망 때문이라고 할 수 있다. 즉, 실패한 辛亥革命의 연장선상에서 문학혁명은 물론 5·4운동을 파악한 것이다. '나무'를 보면 그러하지만, 숲을 보면 원초론적 민족주의에서 비롯되었다는 점을 지적할 수 있다. 물론 5·4운동 역시 민족주의를 비켜갈 수는 없다. 그러나 260여 년 동안 漢民族을 지배했던 淸朝에 대한 민족적 감정이 비교적 최근에 점령당한 산둥반도문제와 비교할 수는 없다. 『新青年』그룹의 서구주의적 경향은 논의한 바와 같지만, 그들이 주장하는 바가 옳았다고 주장하는 루쉰 역시 기본적으로 서구지향적인 인물이었다는 점을 전제한다면—그의 소설에서 反封建的 민족주의는 두드러지게 나타나지만, 反帝的 민족주의는 찾아보기 어렵다는 점과 무관하지 않다—, 적어도 민족주의적 관점에서 그의 관심은 5·4운동보다 辛亥革命쪽으로 기울어질 수밖에 없었을 것이다. 그럼에도 불구하고 루쉰은 5·4운동을 전후하여 왕성한 창작의욕을 보였다. 첫소설 「狂人日記」에서 「白光」에 이르기까지 4년 동안 10편이 넘는 소설을 써내려 간 것이다. 그리고 소설을 쓴 것은 그의 첫 소설집 제목과 같이 '외침'에 있었다고 밝히기도 하였다.[397] 즉, 루쉰이 「나는

---

397) 「吶喊自序」에서도 밝혔지만 다른 지면을 통해서도 밝힌 바 있다. "항상 말하듯이 나의 문장은 샘솟는 것이 아니라 짜낸 것이다. 이렇게 말하면 사람들은 내가 겸손해 하고 있는 것으로 오해하는 것 같은데 그것은 진심이다. 나에겐 무엇인가 말하고 싶은 것,

왜 소설을 쓰는가?」에서 밝힌 바 있듯이 그의 소설쓰기는 민족주의적 계몽주의와 관련이 있는 것이다.[398]

단편 「藥」은 1919년 5월에 발표된 작품이다. 즉, 작가 루쉰이 문학혁명에 참여한 이후 4년 동안 왕성한 창작의욕을 보였던 「阿Q正傳」에서 「白光」사이에 위치하고 있는 작품이다. 「藥」은 작가 루쉰이 당시까지 발표한 3편의 작품 중에 처음으로 나타나는 3인칭 소설이다. 이 작품에서 '광인'의 변형이라고 할 수 있는 시아위(夏瑜)는 중심인물중의 일부를 차지하고 있지만, 서사의 전면에 등장하지 않는다. 서사의 큰 줄기는 폐병에 걸린 어린아이 샤오수안(小栓)을 두고 후아라오수안(華老栓)과 후아(華)서방 아내를 중심으로 진행된다. 그러나 이 작품에서 전달하고 하는 메시지는 중심인물인 시아위와 후아라오수안가족이 아닌 주변인물을 통해 전해진다. 이와 같은 서사진행은 무지몽매한 민중을 고발하기 위한 작가의 치밀한 의도에서 나온 것으로 보인다.

또는 쓰고 싶은 것이 있는 것이 아니다. 그저 일종의 자학취미로 남에게 원기를 북돋아 주기 위해서 일부러 고함(외침)을 지르는 일이 있는 것뿐이다. 이를테면 오랫동안 부려 먹은 소와 같다고나 할까.(我常常說, 我的文章不是涌出來的, 是擠出來的。听的人 往往誤解爲謙遜, 其實是眞情。我沒有什么話要說, 也沒有什么文章要做, 但有一 种自害的脾气, 是有時不免吶喊几聲, 想給人們去添点熱鬧。譬如一匹疲牛罷)" 「 『阿Q正傳』的成因」(『華盖集續編的續編』),『魯迅全集』第三卷, p. 376.

398) "루쉰은 무척 독특한 방식으로 5·4시대 계몽가의 행렬에 참가한 셈이었다. 이 독특함 은 다른 곳에 있었다. 그것은 바로 계몽에 대한 믿음이 사실 남보다 적었으며, 중국의 미래를 남들보다 참담하게 바라보았다는데 있었다. 가장 격정적으로 계몽을 외치면서 도 그는 이 외침이 별다른 반응을 일으키지 못하리라는 것을 똑똑히 예상하고 있었다. 그는 가장 열정적으로 미래를 확신하면서도 그것을 의혹의 눈초리로 바라볼 수밖에 없었는데, 이 세상에는 어둠과 허무만이 영원토록 존재하리라는 생각 때문이었다. 운 명이 그의 이러한 독특한 면을 만들어 낸 것이었다. 하지만 5·4 이후 중국의 역사는, 루쉰의 예지가 다른 사람들을 뛰어넘는 것이었다는 사실을 증명해 주었다." 왕샤오밍, 앞의 책, p. 104.

"─그 죽을 놈도 얼간이 같은 놈이더군! 감옥에 갇혀서도 간수들에게 반란을 일으키라고 꼬드겼다니." "허! 그 놈 대단하군." 뒤쪽 탁자에 앉아 있던 스무 살 남짓한 젊은이가 몹시 화가 난 듯한 표정으로 말했다. "다들 알아 두시오 뻘건 눈의 아이(阿義)가 일의 전말을 자세히 조사하려고 갔더니, 그 놈이 도리어 아이에게 이런저런 말을 걸면서, '이 청나라의 천하는 우리들 모두의 것이다'라고 말하더라는 거야. 생각해 보시오 그게 사람의 소리요? 뻘건 눈의 아이도 그 놈 집에 늙은 어미밖에 없다는 걸 알고 있었지만, 설마 그렇게까지 가난한 줄은 몰랐다고 합디다. 아무리 쥐어짜도 기름 한 방울 안나오는 판이라 잔뜩 화가 올라 있는데, 그 놈이 이러쿵저러쿵 잔소리를 늘어놓았으니 호랑이 코를 쑤셔놓은 꼴이지. 결국 아이에게 볼따귀를 두어 차례 얻어맞았다고 하더군!" "아이는 주먹이 센데 두 대나 맞았으면 뻐근하겠는걸." 구석에 앉아 있던 꼽추가 신이 나서 지껄였다. "그 머저리 같은 놈이 맞으면서도 겁도 안내고 도리어 가엾다, 가엾다고 중얼거렸다더군요."399)

캉대숙, 젊은이, 꼽추 등의 대화를 통해 혁명가 시아위의 성격을 간접적으로 보여주는 장면이다. 그들의 '보여주기'에 기대면 시아위는 청렴한 혁명가로서 감옥에 갇혀서도 자신의 혁명의지를 굽히지 않는 인물이다. 특히 '이 청나라의 천하는 우리들 모두의 것이다'라는 진술로 보면, 그는 反淸革命家로서 종족적 민족주의사상을 갖고 있다. 즉, 이 작품은 辛亥革命을 시대적 배경으로 하는 작품으로 反滿意識 즉, 종족적 민족주의사상이 반영되어 있

---

399) "─這小東西也眞不成東西！關在牢里, 還要勸牢頭造反." "阿呀, 那還了得."坐在后排的一个二十多歲的人, 很現出气憤模樣."你要曉得紅眼睛阿義是去盤盤底細的, 他却和他攀談了. 他說：這大淸的天下是我們大家的. 你想：這是人話么？紅眼睛原知道他家里只有一个老娘, 可是沒有料到他竟會那么窮, 榨不出一点油水, 已經气破肚皮了. 他還要老虎頭上搔痒, 便給他兩个嘴巴！" "義哥是一手好拳棒, 這兩下, 一定够他受用了."壁角的駝背忽然高興起來.「藥」(『吶喊』),『魯迅全集』第一卷, pp. 445-446.

음을 확인할 수 있다.[400]

작가는 이 작품에서 크게 두 가지의 메시지를 담고 있다. 하나는 군중의 몽매함에 대한 고발이다. 폐병에 사람의 피를 먹으면 낫는다는 俗說을 믿고 처형되는 혁명가의 피를 얻어 자식의 병을 고치려는 무지한 군중의 이야기이고, 다른 하나는 辛亥革命의 실패에 대한 교훈이다. 그러나 작가는 혁명의 실패에 대하여 끝까지 희망을 포기하지 않는다. 혁명가 시아위의 무덤에 붉고 흰 꽃들이 꼭대기를 에워싸고 있는 반면, 후아서방 아내의 아들의 무덤을 비롯한 다른 무덤들에는 단지 추위를 겁내지 않는 몇 송이 작은 파랑꽃들이 드문드문 피어있게 함으로서 희망을 분명하게 했다. 더구나 "그녀는 마음속에 갑자기 어떤 아쉬움과 공허감이 퍼져가는 것을 느꼈다. 하지만 그 까닭은 캐고 싶지 않았다"[401]고 묘사함으로서 무지한 민중에게 각성하는 기회도 주고 있다. 작가는 마지막으로 희망을 더욱 분명하게 묘사하고 있다.

그녀가 주위를 둘러보니 한 마리의 까마귀가 잎사귀 하나 남아있지 않은 나무위에 앉아 있었다. 그녀는 다시 말을 계속했다. "알겠다. —위얼(瑜兒)아. 너를 모함한 놈들이 가엾구나. 그 놈들은 이제 곧 천벌을 받을 테니. 하느님은 모든 걸 다 알고 계신다. 너는 편안히 눈을 감으렴. —만약 정말 네가 여기에 있어서 내 목소리를 들을 수 있다면 저 까마귀를 네 무덤 뒤에 날게 하여 나에게 보여 다오." (…) 두 사람이 미처 스무 발짝도 못 옮겼을 무렵에 별안간 등 뒤에서 "까악—"하는 큰 울음소리가 들렸다.

---

400) 이 작품에 등장하는 혁명가 시아위의 모델은 1907년에 안후에이성(安徽省) 경찰국장 겸 경찰학교 교장 쉬시린(徐錫麟)이 反淸革命을 일으켜 巡撫인 언밍(恩銘)을 죽이고 거사했으나 실패했을 당시, 혁명사건에 참여했던 여자혁명가 치유진(秋瑾)으로 알려지고 있다. 치유진은 작가 루쉰과 같은 고향 사오싱사람으로 그곳에서 체포되어 사형당했다.

401) 便覺得心里忽然感到一种不足和空虛, 不愿意根究. 「藥」, p. 448.

두 사람이 흠칫하여 돌아보니, 그 까마귀가 두 날개를 펴고, 몸을 쭉 편
채 곧바로 먼 하늘을 향해 쏜살같이 날아가고 있었다.[402]

   5·4운동이 일어나 전국에 파급되어 갈 무렵인 1920년(民國 9) 6월, 루쉰
은 소설 「내일(明天)」을 『新潮』(제2권 1호)에 발표하였다.『新潮』는 베이징
대학 학생들이 『新靑年』을 모방하여 발행하는 잡지였다. 「明天」은 산쓰(單
四)라는 한 농촌과부의 소외된 삶을 통해 전근대적 삶의 무지몽매를 고발하
는 작품이다. 재작년에 청상과부가 된 산쓰는 자신의 희망을 아들에게 의탁
하고 근근이 살아간다. 그의 희망이라는 것은 세살짜리 아들이 장성하여
효도를 해주기를 바라는 것이다. 그러나 아들은 병을 얻게 되고, 재물만 탐
내는 무성의한 의원의 비과학적인 처방 때문에 아들은 죽고 만다. 결국 산쓰
에게는 한 희망마저 사라져버린 것이다. 결국 전근대적 삶의 결과는 작품
말미에 "산쓰 아주머닌 벌써 잠이 들었다. (…) 루진은 완전한 정적 속으로
떨어졌다. 다만 저 어두운 밤만이 내일을 기약하며 여전히 정적 속으로 달리
고 있었다."[403]는 묘사가 암시하고 있듯이 '어두운 밤만이 내일을 기약'할
뿐이다. 이 작품에서 '광인'형 인물이 등장하는 것은 아니다. 그럼에도 불구
하고 '광인'형으로 분석되는 것은 서술자의 反封建的 민족주의사상이 표현
되어 있기 때문이다.
   「흰빛(白光)」의 주인공 천스청(陳士成)은 같은 '광인'형 가운데서도 특히

---

402) 只見一只烏鴉, 站在一株沒有叶的樹上, 便接着說, "我知道了。--瑜儿, 可怜
   他們坑了你, 他們將來總有報應, 天都知道;你閉了眼睛就是了。--你如果眞在
   這里, 听到我的話, --便教這烏鴉飛上你的墳頂, 給我看罷。" (…) 他們走不上
   二三十步遠, 忽听得背后"啞--"的一聲大叫;兩个人都竦然的回過頭, 只見那烏
   鴉張開兩翅, 一挫身, 直向着遠處的天空, 箭也似的飛去了。「藥」, pp. 449-449.
403) 單四嫂子早睡着了, (…) 這時的魯鎭, 便完全落在寂靜里。只有那暗夜爲想變成明
   天, 却仍在這寂靜里奔波.「明天」(『吶喊』), 『魯迅全集』 弟一卷, p. 456.

쿵이지를 직접적으로 계승한 인물이다. 1922년 7월『東方雜誌』(제19권 13호)에 발표된 단편「白光」에서 작가는 쿵이지와는 달리 상징적 수법을 취함으로서 소설기법의 변화를 보여주고 있다. 천스청은 오직 과거급제에만 뜻이 있는 인물이다. 16차례나 과거에 응시하여 낙제하였으나 입신출세의 뜻을 버리지 못한다. 자기가 낙제한 것은 문장을 알아보는 시험관이 하나도 없는 탓으로 합리화한다. 그럼에도 불구하고 과거를 통한 출세의 꿈을 버리지 못함으로써 천스청 역시 '예정된 몰락'의 길로 간다. 과거에 이성을 잃고 보물을 찾기 위해 굴을 파다가 호수 속에 빠져 죽는 것이다. 이 작품은 천스청을 통해 직접적으로는 과거의 폐해를 보여주지만, 과거 자체에 머무는 작품으로 이해하는 독자는 없을 것이다. 결국 反封建的 민족주의계열에 있는 천스청은 가깝게는 쿵이지형, 넓게는 '광인'형이라고 할 수 있다.

작가 루쉰의 두 번째 소설집『彷徨』은 1926년에 출간되었다. 첫 소설집『吶喊』과 제2소설집『방황』의 제목을 연계하여 보면 작가의 의도가 무엇인가 내포하고 있음을 발견할 수 있다. 왜 彷徨인가? 1924년에서 1926년까지 발표된 작품을 수록한『彷徨』에는 서문 대신 戰國時代 楚나라의 저항시인 취위엔(屈原)이 지은『楚辭』가운데 "길은 아득하여 멀고도 멀도다/나는 장차 오르고 내리면서 찾아 구하고자 하노라(路漫漫其修遠兮, 吾將上下而求索)"라는「離騷」의 두 구절을 싣고 있다. 루쉰은 1932년「自選集自序」에서 제2창작집『彷徨』의 제호에 대해 다음과 같이 설명했다.

『新靑年』그룹은 뿔뿔이 흩어졌다. 혹자는 출세하고, 혹자는 은퇴하고, 혹자는 전진했다. 같은 싸움터의 동지들마저 이러한 변화가 있을 수 있음을 나는 또다시 경험한 셈이다. (…) 얼마만큼 정리된 재료가 발견되면 역시 단편소설로 만들었다. 단지 파르티잔이 되어버려서 전열을 짤 수 없었기 때문에 技術은 비록 옛날보다 보다 나아졌고, 생각도 비교적 구속

됨이 없는 것 같았으나 전투의 意氣의욕은 오히려 전보다 냉각되었다. 새로운 戰友는 어디 있는가? 나는 이것을 매우 좋지 않은 일이라고 생각하였다. 그래서 이 시기의 작품 11편을 모아 책을 만들었을 때『彷徨』이라는 제목을 붙였다. 앞으로 다시는 이러한 처지가 아니기를 하는 마음으로.404)

5·4운동 이전부터 문학혁명의 진원지였던 『新青年』 해체 이후 작가 루쉰의 삶이 곧 방황이었고, 그것이 곧 제2소설집 제목 『彷徨』이었다는 것이다. 그의 문학적 생애뿐만 아니라 전기적 사실도 방황이었다. 그것도 '전망부재의 암흑성' 속에서의 방황이었다. 넓게는 구질서의 파괴와 서구문물의 대량 유입으로 혼란과 모색과 좌절이 연속되었던 중국의 近·現代史, 좁게는 루쉰이 살다간 시대가 암흑의 시대였지만,405) 더욱 좁게는 『彷徨』 출현 전후야말로 루쉰에게 있어서 가장 처절한 암흑의 시대요, 그곳에서 루쉰은 절망에의 방황을 하고 있었던 것이다.

첫 소설집 『呐喊』을 출간하던 1023년, 루쉰은 北京女子師範學校(1924년 5월 女子師範大學으로 개편되었다) 강사로 초빙되었다. 당시 교장은 루쉰의 절친한 친구 쉬저우샹(許壽裳)이었다. 그러나 루쉰은 이 학교에서 강사를 하는 동안 그의 인생에서 처음으로 실천적 운동에 참여하게 되었다. 1925년에서 발생하여 1926년 까지 1년 동안이나 끌었던 北京女子師範大

---

404) 『新青年』的團体散掉了, 有的高升, 有的退隱, 有的前進, 我又經驗了一回同一戰陣中的伙伴還是會這么變化, (…) 得到較整齊的材料, 則還是做短篇小說, 只因爲成了游勇, 布不成陣了, 所以技術雖然比先前好一些, 思路也似乎較无拘束, 而戰斗的意气却冷得不少. 新的戰友在那里呢? 我想, 這是很不好的. 于是集印了這時期的十一篇作品, 謂之『彷徨』, 愿以后不再這模樣. 「自選集-自序」, p. 456.

405) 劉世鍾, 「魯迅『野草』의 象徵構造 研究 – 시대와 작가의식 그리고 문학적 대응양식을 중심으로」, 『中國現代文學』(한국·서울: 中國現代文學學會, 1992), p. 173.

學事件(이하 '여사대사건'으로 약칭)은 외견상 루쉰의 절친한 친구였던 혁명파 쉬저우상(許壽裳)퇴임/復古派의 지지를 받고 있던 양인유(楊蔭榆) 부임에서 촉발되었고, 후자의 퇴임운동으로 전개된 사건이었지만, 넓게는 혁명파/복고파, 더욱 넓게는 제국주의세력의 비호를 받는 국내 봉건통치세력/이를 저지하려는 민족주의세력과의 투쟁이었다. 물론 루쉰은 후자에 가담했고, 이로 인해 교육부 僉事職을 박탈당하기까지 하였다. 그것은 루쉰의 '절망에의 방황'의 시작에 불과하였다. 뒤이어 불어 닥친 3·18참변406)의 충격, 특히 제자들의 주검을 보고 루쉰은 충격을 넘어 분노와 시대적 암흑성을 뼈저리게 느끼지 않을 수 없었다. 3·18참변이 일어나던 날 루쉰은 방안에서 雜感「꽃없는 장미 2」를 집필 중이었다. 그때 참변소식이 전해졌고, 제자들이 학살당했다는 소식을 전해 들었던 루쉰은 「꽃없는 장미 2」를 집필도중에 필봉을 바꾸었다.

이젠 「꽃없는 장미 2」따위를 쓰고 있을 때가 아니다. 설사 쓰는 것이 가시투성이더라도 화평스런 마음은 있어야 한다. 지금 베이징시내는 대대적인 살육이 자행되고 있다고 한다. 내가 위에서 쓴 것과 같은 무료한 글들을 엮고 있을 바로 그때, 많은 청년들은 총탄과 총검의 세례를 받은 것이다. 아아, 사람과 사람의 혼은 서로 통하지 않는 것일까? 중화민국 15년 3월 18일, 段祺瑞정부는 호위병들로 하여금 소총과 대검을 들고 국무원 문앞에서 외교를 원조하기 위해 맨손으로 청원에 나선 청년남녀들을 포위하여 수백 명이나 학살케 했다. 더구나 체포령까지 내리고 그들을 '폭도'라고 중상한다. (…) 중국은 애국자와 함께 멸망할 것이다. 도살자는 축적한 재물로 비교적 오랫동안 자손을 양육해 나가겠지만 올 것은

---

406) 1927년 3월 北京政府의 對外屈服에 항의하는 市民集會가 軍警과 충돌한 사건이다. 軍警의 발포로 사망자 47명, 부상자 150여명에 이른 참변이었다.

반드시 오고야 만다. (…) 만약 중국이 그래도 멸망하지 않는다면, 그 장래
는 반드시 도살자의 예상 밖의 것이 된다는 것을 지난 역사는 우리에게
가르쳐 주고 있다. 그것은 사건의 결말이 아니고 사건의 발단이다. 먹으
로 쓴 거짓말이 피로 쓴 사실을 감출 수 없다. 피의 빚은 반드시 같은
것으로 갚아야 한다. 그리고 그 갚음이 늦으면 늦을수록 이자는 늘어나기
마련이다.407)

루쉰은 이후 "나는 실로 할 말이 없다. 나는 단지 내가 사는 곳이 인간세
상이 아니라는 것만을 느낄 뿐이다. 40여 명의 청년들의 피가 내 주위에
차고 숨이 막히고 눈을 뜨고 보지 못할 지경인데 내게 무슨 할 말이 있겠는
가?"408) 등과 같이 사회와 국가를 통박하는 글을 잇달아 발표하였다. 루쉰이
'아비'된 자로서 이처럼 큰 '비애와 절망'으로서 분노하고, 준열한 꾸짖음으
로 세상을 통박한 일은 드물었다. 이 시기만큼 낡은 사상과 낡은 세력에
대한 폭로와 풍자를 뒤섞는 가운데 루쉰의 전투적 글쓰기가 빛났던 때는
드물었다.409) 3·18참변 이후 베이징의 분위기는 더욱 살벌해졌다. 뚜안치루

---

407) 已不是寫什么"无花的薔薇"的時候了。雖然寫的多是刺，也還要些和平的心。現在
，听說北京城中，已經施行了大殺戮了。当我寫出上面這些无聊的文字的時候，正
是許多靑年受彈飮刃的時候。嗚呼，人和人的魂灵，是不相通的。中華民國十五年
三月十八日，段祺瑞政府使衛兵用步槍大刀，在國務院門前包圍虐殺徒手請愿，意
在援助外交之靑年男女，至數百人之多。還要下令，誣之曰"暴徒"！(…) 中國要和
愛國者的滅亡一同滅亡。屠殺者雖然因爲積有金資，可以比較長久地養育子孫，然
而必至的結果是一定要到的。(…) 如果中國還不至于滅亡，則已往的史實示敎過我
們，將來的事便要大出于屠殺者的意料之外－－這不是一件事的結束，是一件事的
開頭。墨寫的謊說，決掩不住血寫的事實。血債必須用同物償還。拖欠得愈久，就
要付更大的利息!)"「无花的薔薇之二」(『華盖集續編』)，『魯迅全集』 第三卷，pp.
262-263.

408) 可是我實在无話可說。我只覺得所住的幷非人間。四十多个靑年的血，洋溢在我的
周圍，使我艱于呼吸視听，那里還能有什么言語？「記念劉和珍君」(『華盖集續編』)，
『魯迅全集』第三卷，p. 273.

이 정부는 이 사건이 꾸앙동(廣東)혁명정부를 지지하고 軍閥지배에 대한 반대운동으로 발전되는 것을 막기 위해 광범위한 탄압정책을 취했다. 3월 26일자『京報』에 보도된 수배자 대학교수 50명의 명단에는 루쉰의 이름도 들어 있었다. 루쉰이 14년 동안 살았던 베이징은 더 이상 살아갈 수 있는 곳이 아니었다. 그해 6월 17일 루쉰은 李秉中에게, "나는 정말 지쳤습니다. 쉬고 싶다는 마음이 간절합니다. 가을에는 어딘가로 갈지 모릅니다. 장소는 아직 결정되지 않았지만, 아마 남쪽이 되겠지요"410)라고 심경의 일단을 피력하였다. 8월 26일 루쉰은 그의 두 번째 부인이 될 쉬구앙핑(許廣平)과 함께 '도망치듯' 베이징을 떠났다. 1개월여 뒤인 9월 4일 시아먼(廈門)에 도착했고, 곧 廈門大學 文科 교수로 부임하였다.

『彷徨』이 출판된 것은 바로 이때였다. 작가의 전기적 사실에서도 방황이 시작된 것이다. 루쉰의『彷徨』시대는 곧 산문시『野草』시대이기도 하였다. 이 시대는 루쉰의 내면갈등이 첨예하게 대립된 시기였으며 적막감이 '마치 독사처럼 그의 영혼을 칭칭 휘감는' 고독과 암흑이 극에 달한 시기였다. 적막과 절망의 병행 속에서 탈피하고자 복잡한 심적 경로를 계속하여 겪었던 시기에 있어서 내면기록인『野草』가 루쉰의 원형으로 이해될 수 있다면,411)『彷徨』역시 예외는 아니다. 즉,『彷徨』의 문학적 이해를 위해서는 같은 시기에 쓰인 산문시『野草』에 대한 이해가 병행되어야 한다.

침묵하고 있을 때 나는 充溢을 느낀다. 입을 열려하자마자 공허를 느

---

409) 雜文集『華盖集』(1925),『華盖集續編』(1926),『墳』의 대부분(1924-1926), 그리고 散文詩『野草』(1924-1926), 제2소설집『彷徨』(1924-1925)도 이 시기에 썼다.
410) 「致李秉中」(『書信 :一九二六年六月』),『魯迅全集』第十一卷, p. 468.
411) 劉世鍾, 앞의 논문, pp. 176-177.

낀다. 지나간 생명은 이미 死滅하였다. 나는 이 사멸을 기뻐한다. 그것으로써 일찍이 그것이 생존했었다는 것을 깨달을 수 있으므로 사멸한 생명은 이미 腐朽하였다. 나는 이 부후를 기뻐한다. 그것으로써 아직도 그것이 공허가 아님을 알 수 있으므로. 생명의 진흙은 땅에 버려지고 喬木은 자라지 않고 다만 野草만 생겨난다. 이것은 나의 죄다. 野草는 그 뿌리가 깊지 아니하고 꽃과 잎이 아름답지 아니하고, 더구나 이슬을 마시고 물을 마시고 죽은 지 오래인 사람의 피와 살을 먹고 마시며 제각기 자기 생명을 얻어낸다. 그 생존마저도 짓밟히고 꺾이어 마침내는 사멸하여 부후할 뿐이지만. 나는 나의 야초를 사랑한다. 허나 야초를 裝飾으로 여기는 땅을 미워한다.[412]

『野草』에 대한 연구는 이미 많이 축적되었다. 지금까지의 주된 연구경향은 적극적인 반항전투와 풍자, 비판의 정신으로 결론을 내리면서도 이면에 보이는 소극적인 면—공허와 실망, 암흑의 중압감 등—을 『野草』 사상의 한 측면으로 이해하는 것이다. 이와 같은 소극적 측면은 루쉰이 스스로 밝힌 바 있는 '自我解剖'의 정신으로부터 가능할 수 있었던, 전사로서의 루쉰의 자기혁명의 과정이었다는 것이다.[413] 작가 루쉰이 '사랑한다'는 '野草' 자체의 상징성은 여러 가지로 분석이 가능하겠지만, 루쉰 자신의 표현을 빌려 유추한다면 그것은 곧 '민중'이라고 할 수 있다. 즉, "野草는 그 뿌리가 깊지

---

412) 当我沉默着的時候, 我覺得充實; 我將開口, 同時感到空虛. 過去的生命已經死亡。我對于這死亡有大歡喜, 因爲我借此知道它曾經存活. 死亡的生命已經朽腐. 我對于這朽腐有大歡喜, 因爲我借此知道它還非空虛. 生命的泥委弃在地面上, 不生喬木, 只生野草, 這是我的罪過. 野草, 根本不深, 花叶不美, 然而吸取露, 吸取水, 吸取陳死人的血和肉, 各各奪取它的生存. 当生存時, 還是將遭踐踏, 將遭刪刈, 直至于死亡而朽腐. 但我坦然, 欣然. 我將大笑, 我將歌唱. 我自愛我的野草, 但我憎惡這以野草作裝飾的地面.「題辭」(『野草』), 『魯迅全集』第二卷, p. 159.

413) 李何林, 『魯迅「野草」注解』(北京: 西人民出版社, 1985), pp. 3-7. ; 孫玉石, 『「野草」研究』(北京: 社會科學出版社, 1982). ; 劉世鍾, 앞의 논문, p. 178.

아니하고 꽃과 잎이 아름답지 아니하고, 더구나 이슬을 마시고 물을 마시고 죽은 지 오래인 사람의 피와 살을 먹고 마시며 제각기 자기 생명을 얻어낸 다"고 했을 때, 소설 「藥」에서 혁명가의 피를 폐병에 걸린 아들에게 먹여 살리려고 하는 무지몽매한 민중들의 모습에 다름 아니다. 그럼에도 불구하 고 작가는 野草를 사랑한다고 했다. 비록 무지몽매하여 혁명가의 피로 만두 를 빚어먹는 민중들이지만, 그들은 곧 민족을 이루는 근간이다. 그들이 없으 면 민족이 없고, 민족주의가 없고, 또한 계몽의 대상도 없어질 것이다. 그것 은 곧 작가 루쉰의 존재의미 자체이기 때문이다.

『彷徨』도 예외는 아니다. 문학적으로 제1소설집『吶喊』과 비교할 때, 『彷 徨』은 크게 달라진 것은 없다. 작가가 밝힌 그대로 '기교면에서 좀더 숙련되 고 묘사도 보다 깊이가 있지만,'『吶喊』에 비해 '한편으로는 열정이 식은' 작품이 많다는 점도 작가의 언술 그대로이다. 같은 시기에 쓰인『野草』와 『彷徨』을 병행하여 이해해야 한다는 지적이 타당하다면, 『彷徨』이해의 출 발점은 작가의 野草사랑 곧, 민중사랑이요, 좀 나아가면 민족사랑이 될 것임 은 당연하다. 단편소설 「福을 비는 제사(祝福)」는 1925년 3월 25일『東方雜 誌』(제21권 6호)에 발표된 작품으로『彷徨』에 가장 먼저 실려 있다. 『彷徨』 이 첫 소설집『吶喊』과 달리 지식인이 바라본 농민계급의 소외를 다룬 작품 집이라고 할 때, 이 작품이야말로『彷徨』의 전형이다.414) 이 작품 역시 농촌 의 가난하고 무지한 과부가 봉건사회의 윤리도덕의 희생물이 되어 결국 죽 음이라는 비극에 이른다는 내용으로『吶喊』에서 보여주었던 '광인'형과 크 게 달라진 것은 없다. 그러나 이 작품은 기교가 매우 뛰어난 것으로 평가되 며 농촌을 소재로 한 루쉰의 작품 중 걸작으로 꼽히고 있다.415)

---

414) 金龍雲, 앞의 논문, p. 44.
415) 김시준, 앞의 글, p. 549.

이 작품의 화자는 오랜만에 고향에 돌아온 지식인 '나'이다. '내'가 보는 주인공 시앙린(祥林) 아주머니의 운명은 역시 비극적이다. 물론 그는 봉건사회가 만들어낸 희생물이다. 시앙린 아주머니는 '내'가 잠시 머물고 있는 루쓰(魯四) 어른댁 식모다. 나무꾼으로 열 살이나 아래였던 남편과 사별하고 시댁을 도망쳐 나와 루쓰댁에 식모를 살고 있는 그녀는 봉건사회의 중압에 눌려 살 수밖에 없다. 그는 일을 하지 않으면 심심해서 견디지 못하는, 남자 못지않게 일을 하면서도 항상 얼굴에 미소를 잃지 않는 봉건적 노예성을 띤 인물이다. 급료를 받아도 쓸 줄 모른다. 어느 날 시어머니가 나타나 급료를 가로채는 한편, 허라 오리우(賀老六)에게 80냥을 받고 교환하듯 시집보냈다. 두 번째 결혼을 한 후 좀 행복해지는가 했을 때, 남편이 열병으로 죽었고 아들 아마오(阿毛)조차 늑대가 물어가버렸다. 죽은 둘째 남편의 큰아버지에게 재산을 빼앗기고 쫓겨난 그는 다시 루쓰댁 식모로 왔다. 결국 봉건사회의 노예로서 희생물이 되어버린 시앙린 아주머니가 갈 곳은 쿵이지, 천스청의 뒤를 따르는 것이다.

단편 「長明燈」 역시 反封建이라는 메시지를 담고 있다. 1925년 2월에 쓴 작품으로 미발표로 있다가 『彷徨』에 실렸다. 이 작품은 「狂人日記」를 그대로 계승한 소설이다. 즉, 1919년부터 1925년까지 작가의식이 변하지 않았음을 말해주고 있다. 작가 루쉰에게 있어서 反封建的 민족주의는 그만큼 줄기찬 과제였던 것이다. 長明燈은 마을을 수호하는 사당에 밤낮없이 켜놓는 봉건사회의 상징물이다.416) 큰 변화를 보이지 않는 『吶喊』/『彷徨』에

---

416) "장명등을 꺼버리면 우리 지꾸앙마을이 무슨 '길한 빛' 마을이 되겠나. 끝나고 마는 게 아닌가? 노인들의 말로는 이 등은 양나라 무제(武帝)가 켠 이래 지금까지 쭉 전해오면서 한번도 꺼뜨려본 적이 없다지 않나. 장발적의 난 때도 꺼지지 않았다더군…. 보라고 저 푸른빛이 정말 아름답지 않은가. 다른 지방에서 온 사람들이 이곳을 지나면서 보고는 모두 칭찬을 하거든…. 쳇, 얼마나 좋은가 말이야. 지금 그 자가 소란을 피우다

대한 비교 우위적 차이점에 대해서는 지적한 바 있지만, 그것은 「阿Q正傳」/ 「長明燈」에서도 명확하게 드러난다. 역시 기교면에서 후자가 전자보다 크게 앞서있다. 작가는 작품을 시작하면서 무대가 되는 지꾸앙(吉光)마을의 봉건성, 그리고 대립적 상황을 구체적으로 제시한다.417) 즉, 봉건유물을 파괴하려는 혁신파/지키려는 마을의 尊長 및 土豪들 사이의 갈등을 묘사하고 있는 것이다. 그러나 전자는 결국 광인으로 몰려 마을에서 용납되지 못한다. 작가가 아이들에게 희망을 갖는 구조도 「狂人日記」에서 크게 벗어나지 않는다.418) 발전적이라면, 「狂人日記」에서는 주인공 '광인'이 직접 '아이를

니 도대체 무슨 속셈이 있는 거야?"("吹熄了灯, 我們的吉光屯還成什么吉光屯, 不就完了么？老年人不都說么：這灯還是梁武帝［3］点起的, 一直傳下來, 沒有熄過；連長毛［4］造反的時候也沒有熄過……。你看, 嘖, 那火光不是綠瑩瑩的么？外路人經過這里的都要看一看, 都称贊……。嘖, 多么好……。他現在這么胡鬧, 什么意思？", 「長明燈」(『彷徨』), 『魯迅全集』第二卷, p. 57.

417) "그 불을 꺼버려!" 그러나 물론 마을사람들 모두가 그런 것은 아니었다. 이 마을의 주민들은 그다지 나다니지를 않는다. 움직이려고 하면 역서(曆書)를 뒤져서 혹시 그곳에 '외출하면 좋지 않다'라고 씌여있지 않나 하고 살핀다. 설령 역서에 쓰여 있지 않다 해도 외출할 때는 반드시 그 해의 간자(干支)에 따라 좋다는 방향으로 가서 경사스런 일을 맞는 것이었다. 금기에 구애받지 않고 찻집에 앉아있는 사람은 마음이 트이고 자신이 있는 몇 젊은이들에 불과했다. 그러나 집에 들어앉아 있는 사람들은 마음속으로 그들 하나하나가 모두 집안 망치는 자식들이라고 생각하는 것이었다.("熄掉他罷!" 但当然幷不是全屯的人們都如此。這屯上的居民是不大出行的, 動一動就須查黃歷, 看那上面是否寫着"不宜出行"；倘沒有寫, 出去也須先走喜神方, 迎吉利。不拘禁忌地坐在茶館里的不過几个以豁達自居的靑年人, 但在蟄居人的意中却以爲个个都是敗家子.)「長明燈」, p. 56.

418) 아이들이 사당 밖으로 달려 나와 멈춰 서서, 손을 잡고 천천히 자기의 집을 향해 걸어갔다. 모두가 웃으면서 입에서 나오는 대로 노래를 엮어 합창했다. "하얀 뜸배, 맞은편 언덕에 잠시 쉬고/지금 곧 끈다. 내가 끈다./희문의 한 구절을 노래하네./불을 질러버린다. 하하하!/불불불. 과자를 조금 먹고는,/희문을 한 구절을 노래하네./…" 從此完全靜寂了, 暮色下來, 綠瑩瑩的長明灯更其分明地照出神殿, 神龕, 而且照到院子, 照到木柵里的昏暗。孩子們跑出廟外也就立定, 牽着手, 慢慢地向自己的家走去, 都笑吟吟地, 合唱着隨口編派的歌: "白篷船, 對岸歇一歇。此刻熄, 自己熄。戲文唱一出。我放火！哈哈哈！火火火, 点心吃一些。戲文唱一出。…"「長明燈」, p. 66.

구하라'고 외치지만, 이 작품에서는 아이들이 직접 등장하여 反封建 대열에 합류하여 민족주의를 구현하고 있다는 점이다.

3) 啓蒙主義

루쉰의 유일한 중편소설 「阿Q正傳」은 巴人이라는 필명으로 1921년 12월 4일부터 1922년 2월 12일까지 『晨報副刊』에 每週 혹은 隔週로 연재했던 작품이다. 널리 알려진 바와 같이 「阿Q正傳」은 작가 루쉰의 대표작이다. 이 작품은 제목에서 드러난 바와 같이 '正傳' 형식으로 구성되어 있다. '正傳' 형식으로 쓴 이유에 대해서 이 작품 「第一章 序」에서 상세히 설명했다.[419] 작품 안에서는 '正傳' 형식이라고 했으나, 문학적 용어로는 1인칭 부인물 시점소설이다. 그러나 부인물 시점이라고 해도 이 작품의 경우는 특수하다. 일반적으로 부인물 시점에서 주인물의 마음속에 일어나는 일을 부인물인 화자로서는 잘 알 수가 없다. 화자인 부인물이 없는 곳에서 발생한 사건에 대하여 알 수 없기 때문이다. 물론 이 작품은 '正傳' 답게 줄곧 阿Q에게 초점이 맞추어져 있다. 그럼에도 불구하고 화자는 부인물의 역할을 넘어서 있다. 예를 들어 「第七章 革命」에서 阿Q가 공상하는 장면이 그것이다.

---

419) '공자께서 말씀하시기를 '이름이 바르지 않으면 말이 순조롭지 못하다'고 하셨다. 이 것은 마땅히 매우 주의를 필요로 하는 것이다. 傳의 이름은 매우 많다. 列傳, 自傳, 內傳, 外傳, 別傳, 家傳, 小傳…, 그러나 애석하게도 이들 모두가 적합하지 않다. (…) 그래서 학자 축에도 못 끼는 소설가들이 쓰는 '閑談은 그만두고 正傳으로 돌아가서'라 는 틀에 박힌 문구에서 '正傳'이라는 두 글자를 끄집어내어 제목으로 삼은 것이다.(孔子曰, "名不正則言不順". 這原是應該极注意的. 傳的名目很繁多：列傳, 自傳, 內傳, 外傳, 別傳, 家傳, 小傳…, 而可惜都不合. (…) 便從不入三敎九流的小說 家所謂'閑話休題言歸正傳'這一句套話里, 取出"正傳"兩个字來, 作爲名目)" 「阿 Q正傳」, 『魯迅全集』 第一卷, pp. 437-438.

즉, 화자는 주인물 阿Q의 마음속에 들어가 있는 것이다. 결국 이 작품에서 「第一章 序」를 제외하면 전지적 시점이 되는 것이다.

이 작품은 "내가 阿Q를 위하여 正傳을 쓰려고 한 것은 이미 한두 해의 일이 아니라 훨씬 오래 전의 일이었다"[420]라는 서두로 시작된다. 작가가 직접 작품 안에 개입하고 있는 장면이지만, 물론 그는 화자이다. 그러나 여기서 화자를 작가와 동일시할 때, 그는 이 소설의 창작배경을 밝히고 있는 것이다. 루쉰은 후에 「『阿Q正傳』의 내력(阿Q正傳的 成因)」에서도 "阿Q의 이미지는 아마 내 마음속에 꽤 이전부터 간직되어 있었던 것으로 여겨지지만 써 볼 생각은 일어나지 않았었다. 그런데 이 의뢰(『晨報副刊』의 원고청탁-인용자주)를 받고 갑자기 생각이 나서 당장 그날 밤으로 붓을 들었다. 그것이 「第一章 序」이다"[421]고 밝혔다. 「阿Q正傳」이 창작되던 1921년에서 '재작년'이라면 1919년이다. 즉, 루쉰이 「阿Q正傳」을 창작하려고 했던 것은 5·4운동 전후였던 것이다.

앞에서 5·4운동을 보는 루쉰의 부정적인 관점에 대해 상세히 논의한 바 있다. 「阿Q正傳」은 바로 그와 같은 논의를 뒷받침하는 작품이다. 즉, '중국인 대부분에게는 민중저항의 대표적인 상징'이었고 '민중들에게 국가와 민족에 대한 일치감을 상상할 수 있도록 자극하는 선동적인 사건'이었던 5·4운동의 희망찬 열기 속에서 루쉰은 (이제 밝혀지겠지만) 阿Q라는 봉건노예의 상징적인 인물을 구상하고 있었던 것이다. 앞에서 우리는 辛亥革命/5·4운동을 두고 루쉰의 관심이 후자보다 전자에 가 있는 종족적 민족주의적

---

420) 我要給阿Q做正傳, 已經不止一兩年了。「阿Q正傳」, p. 487.

421) 阿Q的影像, 在我心目中似乎确已有了好几年, 但我一向毫无寫他出來的意思。經這一提, 忽然想起來了, 晚上便寫了一点, 就是第一章：序。「『阿Q正傳』的成因」(『華盖集續編的續編』), 『魯迅全集』第三卷, 378.

입장을 논의한 바 있지만, 5·4운동 속에 잉태된 '阿Q'는 일본유학시절부터 그가 발견한 '국민성' 개조사상과 무관하지 않다. 反封建사상과 함께 '국민성 개조'사상은 루쉰의 전기적 생애에 있어서 항상 중심을 차지하였다.[422] 전자의 대표적인 인물이 '광인'이라면 후자의 대표적 인물이 곧 '阿Q'다.

일반인민은 마치 바위 밑에 깔린 풀처럼 묵묵히 살다가 노랗게 시들어 갈 뿐이다. 그러고 그런 상태가 이미 4천년이나 계속되고 있다. 그처럼 침묵하는 국민의 혼을 묘사하기란 중국에서는 참으로 어렵다. 왜냐하면 이미 말했듯이 우리는 무엇보다도 아직 혁신을 겪지 않은 케케묵은 나라의 인민이며 따라서 상호이해가 이뤄지지 않을뿐더러 나아가선 자기의 손이 자기의 발을 이해하지 못하는 정도이기 때문이다. 나는 애써 사람들의 혼을 모색하려고 유념했지만 언제나 마음에 걸리는 것은 아무리 해도 뛰어넘을 수 없는 장애가 있다는 것이었다. 높은 벽에 둘러싸여 있는 많은 사람들이 일제히 눈을 뜨고 벽밖으로 뛰어나와 일제히 입을 열 때가 언젠가는 틀림없이 오겠지만, 지금은 아직 소수이다. 그 때문에 나도 남의 감각을 바탕으로 해서 단독으로 내 눈을 통과한 중국인의 인생 바로 그것을 쓸 수밖에는 다른 방법이 없다.[423]

「阿Q正傳」의 시대적 배경이 辛亥革命 전후라고 할 때, 작가는 '4천년동안이나 계속된 케케묵은 나라의 人民'이야말로 辛亥革命을 통과해 근대화

---

422) 러저허우, 앞의 논문, p. 3.

423) 至于百姓, 却就默默的生長, 萎黃, 枯死了, 像壓在大石底下的草一樣, 已經有四千年！要畵出這樣沉默的國民的魂灵來, 在中國實在算一件難事, 因爲, 已經說過, 我們究竟還是未經革新的古國的人民, 所以也還是各不相通, 并且連自己的手也几乎不懂自己的足. 我雖然竭力想摸索人們的魂灵, 但時時總自慊有些隔膜. 在將來, 圍在高墙里面的一切人衆, 該會自己覺醒, 走出, 都來開口的罷, 而現在還少見, 所以我也只得依了自己的覺察, 孤寂地姑且將這些寫出, 作爲在我的眼里所經過的中國的人生.「俄文譯本『阿Q正傳』序及著者自叙傳略」(『集外集』), p. 82.

의 길로 나아가지 못하는 근본요인이며, 이 작품에서 '침묵하는 국민의 魂'
을 묘사하려고 했다는 것이다. 즉, 「阿Q正傳」에 대한 작가의 창작의도는
국민성 개조에 있었던 것이다. 이것은 「阿Q正傳」 집필당시에만 해당하는
것이 아니라 그의 일생을 관통하는 것이었다. 루쉰이 1925년 3월 31일 그의
아내 쉬구앙핑에게 보내는 편지에서, "차후에 가장 중요한 일은 국민성의
개혁이요 그렇지 않으면 專制건 共和건 무엇이건 간에 간판은 바뀌더라도
상품은 그대로일 것이니 정말 그렇게 해서는 아니되오"[424]라고 했을 때,
그것은 20세기 초 도쿄에서 쉬서우상 등에게 이 문제를 제시한 지 꼭 20년
이 되었지만 문제는 여전히 똑같았다.

    阿Q는 집도 없이 미장의 祠堂에서 살고 있었으며 일정한 직업도 없었
  다. 다만 날품팔이를 하면서, 보리를 베라면 보리를 베고, 쌀을 찧으라면
  쌀을 찧고, 배를 저으라면 배를 젓기도 했다. 일이 좀 오래 걸릴 때는
  임시로 주인집에서 묵기도 했으나 끝나면 곧 돌아갔다. 그러므로 사람들
  은 바쁠 때에는 阿Q를 생각을 해내나, 그것도 시킬 일이 있을 때뿐이지
  그의 '행적'에는 관심조차 없었다. 꼭 한 번 어느 노인이 "阿Q는 정말
  일꾼이야!"하며 칭찬한 적이 있었다. 이때 阿Q는 온통 웃통을 벗은 채로
  멋쩍은 듯이 말라빠진 몰골로 그 노인 앞에 서 있었는데, 다른 사람들은
  이 말이 진심인지 빈정거림인지 잘 짐작이가지 않았으나 阿Q는 대단히
  기뻐했다.[425]

---

424) 此後最要堅的是改革國民性, 否則, 無論是專制, 是共和, 是什么什么, 招牌强換, 貨
   色照旧, 全不行的. 「兩地書 八」, 『魯迅全集』 第十一卷, p. 31.

425) 阿Q沒有家, 住在未庄的土谷祠里 ; 也沒有固定的職業, 只給人家做短工, 割麥便
   割麥, 春米便春米, 撑船便撑船. 工作略長久時, 他也或住在臨時主人的家里, 但
   一完就走了. 所以, 人們忙碌的時候, 也還記起阿Q來, 然而記起的是做工, 并不
   是"行狀" ; 一閑空, 連阿Q都早忘却, 更不必說"行狀"了. 只是有一回, 有一个老
   頭子頌揚說 : "阿Q眞能做 !"這時阿Q赤着膊, 懶洋洋的瘦伶仃的正在他面前, 別

「阿Q正傳」의 공간적 배경은 辛亥革命 전후의 봉건주의 말기 중국 농촌의 보편적이고 본질적인 온갖 모순을 지닌 한 벽촌마을 未莊이다. 작가는 전형적인 환경 속에서 전형적인 인물 阿Q를 설정하여 보편성(共性)과 특수성(個性)이 예술적으로 조화된 문학작품을 성공적으로 창조해 내고 있다.[426] 阿Q는 어떤 면에서 단편 「祝福」의 시앙린 아주머니와 같은 봉건적 노예성을 지닌 인물이다. 그럼에도 불구하고 시앙린 아주머니를 反封建 전사 '광인'형으로 분석한 것은 그가 봉건예교의 희생물인 반면, 이제 밝혀지겠으나 阿Q의 비극은 봉건제도 자체가 아닌 '국민성'에 기인하였기 때문이다. 阿Q가 '베라면 베고, 찧으라면 찧고, 저으라면 젓는' 것은 봉건적 노예성이지만, 어느 노인의 칭찬에 기뻐하는 것은 봉건성이라기보다는 그의 개성의 문제이다. 기왕에 봉건적 노예성을 지닌 阿Q는 초기 서사진행에서는 과거 지향적 인물이다. 다른 사람과 말다툼할 때는 눈을 부릅뜨며, "우리 집도 그 전에는…네까짓 놈보다는 훨씬 더 잘 살았어! 네 따위가 무어야!"[427]라고 말하는 것이 그것이다. 그는 스스로 '옛날에는 잘 살았고, 견식도 높고, 완벽한 인간'이라고 생각하는 것이다. 阿Q는 또한 자존심이 강했다. 未莊 주민들은 하나같이 눈에 차지 않았고 주민들로부터 존경받는 짜오 나으리에 대해서도 존경심이 없었다. 성안 사람들까지도 경멸하였다.[428] 화자의 풍자성이 일정부분 개입된 阿Q의 자존심은 그를 더욱 과거 지향적으로 회귀하려고 하는 動因이 된다.

人也摸不着這話是眞心還是譏笑, 然而阿Q很喜歡.「阿Q正傳」, p. 490.

426) 李英子,「『阿Q正傳』研究」,『中國現代文學』4(한국·서울: 中國現代文學學會, 1990), p. 8.

427) "我們先前－－比你闊的多啦！你算是什么東西！"「阿Q正傳」, p. 490.

428) 阿Q又很自尊, 所有未庄的居民, 全不在他眼睛里, 甚而至于對于兩位"文童"也有以爲不値一笑的神情. (…) 然而他又很鄙薄城里人.「阿Q正傳」, pp. 490-491.

건달들은 그것으로 그치지 않고, 그를 계속 놀려대어 마침내 치고받는 싸움이 된다. 그러나 阿Q는 형식상으로는 패배한다. 놈들은 노란 변발을 낚아채고, 벽에 퍽퍽 그의 머리를 너댓번 짓찧는다. 건달들은 그러고 나서야 만족하여 의기양양해 돌아간다. 阿Q는 잠시 동안 우두커니 서서, '내가 자식 놈에게 얻어맞은 걸로 치지. 요즘 세상은 돼먹지 않았어…'하고 생각한다. 그리고 나서는 그도 만족해서 의기양양해 가버린다.[429]

阿Q의 精神勝利法이요, 논자들에 의해 '阿Q主義'로 지칭되는 그것이다.[430] 阿Q는 "자기야말로 자신을 경멸할 수 있는 제1인자라고 생각한다. '자신을 경멸할 수 있다'는 말을 생략하면 남는 것은 '제1인자'라는 말이다."[431] 즉, 자신이 처해 있는 상황을 정확하고 냉정하게 인식하는 것이 아니라 자기기만으로 만족하며 위로부터 압박이 있어도 그것과 싸울 줄을 모르고 자기의 동료 또는 자신보다 약한 자에게 그것을 전가시키는 일종의 노예근성이다.[432] 阿Q의 이와 같은 정신승리법은 곧 중국 국민성의 결점을 지적한 것임은 물론이다. 자신의 결점을 사실 그대로 시인하는 것이 아니라 자기기만이나 공상적 방법에 의해 합리화시키는 것이다. 그것은 華夷思想 즉, 중국의 전근대적 민족주의에서 연원을 두고 있다.[433] 중국 국민들 사이

---

429) 閑人還不完, 只撩他, 于是終而至于打。阿Q在形式上打敗了，被人揪住黃辮子，在壁上碰了四五个響頭, 閑人這才心滿意足的得胜的走了, 阿Q站了一刻, 心里想，"我總算被儿子打了，現在的世界眞不像樣……"于是也心滿意足的得胜的走了。阿Q想在心里的, 后來每每說出口來「阿Q正傳」, p. 492.

430) "「阿Q正傳」에서 가장 荒唐하고 可笑로운 것은 阿Q의 精神勝利法인데, 이를 보통 '阿Q精神', '阿Q主義', '阿Q相'이라고 한다. 이렇게 볼 때 阿Q典型의 핵심은 역시 精神勝利法이라고 할 수 있다." 韓武熙, 「阿Q精神과 精神勝利法」,『中國文學報』 6(서울: 檀國大學校 中文科, 1988), p. 130.

431) 他覺得他是第一个能够自輕自賤的人, 除了"自輕自賤"不算外, 余下的就是"第一个"「阿Q正傳」, p. 492.

432) 丸山昇,『魯迅評傳』, p. 158.

에서 정신승리법이 표면적으로 나타난 것은 阿片戰爭 이후 서구 열강의
침략을 받고 반식민지상태에 놓였을 때였다. 당시까지 華夷사상에 自尊自
大하였던 중국의 지배층은 깊은 패배주의에 빠졌다. 그러나 4천년동안 지속
되어왔던 中華意識이 하루아침에 사라지는 것은 아니었다. 그들은 스스로
과거의 환상에 사로잡혀 자신의 결점을 감추고 자신을 합리화하기에 바빴
다. 이른바 정신승리법이다. 지배층의 이와 같은 정신승리법은 아래로 영향
을 주었다. 처음 지배층이 제국주의로부터 비롯된 정신승리법이 피지배층의
입장에서는 지배층의 억압에 대한 정신승리법으로 변형되었다. 阿Q式 정신
승리법이 그것이다.434) 이와 같은 정신승리법으로 봉건노예성에 길들여져
있는 阿Q에게 저항성을 찾는다는 것은 무망한 노릇이다. 물론 그에게 혁명
의지가 있을 리 없다. 未莊에 (辛亥)革命軍이 닥쳤을 때 阿Q의 반응이 근거
이다.

    阿Q의 귀에도 혁명당이라는 말은 벌써부터 들려오던 터였다. 금년에
  는 혁명당원이 살해되는 걸 제 눈으로 보기도 했다. 그러나 그는 어디서
  얻은 생각인지는 몰라도 혁명당이란 바로 반란을 일삼는 무리들이며 반

---

433) "중국의 지위를 보면 사방 오랑캐들은 종주국으로 받들면서 회개하여 복종하러 오는
    경우도 있었고, 또는 야심이 발동하여 침략의 야망을 품은 경우도 있었지만, 문화의
    발달 면에서 진실로 견줄만한 것은 없었다.(中國之在天下，見夫四夷之則效上國，革
    面來賓者有之；或野心怒發，狡焉思逞者有之；若其文化昭明，誠足以相上下者，
    盖未之有也。)"「文化偏至論」(『墳』),『魯迅全集』第一卷, p. 44.

434) 물론 정신승리법이 중국 국민성에만 존재하는 것은 아니다. 일부 논자들은 정신승리법
    을 超階級, 超時代의 것으로서 東西古今을 막론하고 각 계급사이에 존재하는 것이라
    고 지적한다. 즉, 정신승리법은 인류의 보편적 약점이라는 것이다. 또한 루쉰 역시
    정신승리법을 「阿Q正傳」에서 처음 제기한 것은 아니었다. 1907년에 쓴 「文化偏至論
    」,「摩羅詩力說」 등에서도 '정신승리법'이라는 표현은 하지 않았다고 해도 이미 지적
    한 내용이었다. 이후에도 「隨感錄 四十八」(『熱風』),『兩地書』) 등에서 같은 주장을
    반복했다. 韓武熙, 앞의 논문, pp. 130-132, 참조할 것.

란은 그에게 고난을 가져온다고 여겼으므로 그러기 때문에 그는 줄곧 이를 몹시 증오하고 있었다. 헌데 뜻밖에도 백 리 사방에 그 이름을 떨치는 거인 나으리까지도 그토록 두려워한다니 그로서는 신명이 나지 않을 수가 없었다. 게다가 未莊의 어중이떠중이가 당황해 하는 모습을 보노라면 阿Q는 더욱 유쾌해지는 것이다. '혁명이란 것도 괜찮구나.' 하고 阿Q는 생각했다. '이런 빌어먹을 놈들을 죽여 버리자! 더러운 놈들을! 미운 놈들을…. 나도 혁명당에 투항해야지.' (…) 그는 기쁜 나머지 크게 부르짖지 않을 수가 없었다. "반란이다. 반란이야!"[435]

봉건통치하에서 줄곧 억압만 받으면서 살아온 피지배계급 阿Q는 상황의 변화에 따라 본능적으로 변화의 필요성을 조금씩 의식하기 시작한다. 그러나 阿Q의 변화에는 한계가 있을 수밖에 없다. 작가는 이 작품에서 辛亥革命의 실패원인에 대해 다양한 모습을 보여주지만 목적하는 바 민족주의 대상과는 다르므로 논의는 생략한다. 다만 작가의 전기적 사실을 논의하는 과정에서 辛亥革命이 실패한 원인 중에 하나는 혁명군 지도부의 민중에 대한 인식부족, 즉 民衆的 민족주의를 외면한 부르주아적 민족주의의 한계를 지적한 바 있지만, 이 작품에서도 혁명군 지도부와 민중간의 괴리를 묘사하고 있다는 점은 주목된다. 그러나 민중의 각성에 대한 책임소재를 제기했을 때 문제는 더욱 복잡해질 것이다. 이 작품에서는 일차적으로 민중 자신의 책임으로 돌리고 있다. 인용문의 阿Q가 한 전형이다.[436]

---

435) 阿Q的耳朵里, 本來早听到過革命党這一句話, 今年又親眼見過殺掉革命党。但他有一种不知從那里來的意見, 以爲革命党便是造反, 造反便是与他爲難, 所以一向是 " 深惡而痛絶之"的。殊不料這却使百里聞名的舉人老爺有這樣怕, 于是他未免也有些 " 神往"了, 況且未庄的一群烏男女的慌張的神情, 也使阿Q更快意。"革命也好罷, "阿Q想, "革這伙媽媽的的命, 太可惡 ! 太可恨 ! 要投降革命党了。" (…) 他得意之余, 禁不住大聲的嚷道 :"造反了 ! 造反了 !" 「阿Q正傳」, p. 513.

436) "未莊은 반식민지 봉건사회의 보편적인 갈등을 생생히 드러내는 신해혁명 시기 중국

민족주의적 관점에서 논의할 때, 阿Q와 같은 인물에게 근대적 민족주의가 반영되었다고 보기는 어렵다. 그럼에도 불구하고 '阿Q'型 민족주의라고 명명하고 논의하는 것은, 阿Q형을 창조하는 작가의 민족주의적 계몽의식때문이다. 그것은 독자의 입장도 마찬가지다. 즉, 阿Q라는 주인공에게 민족주의가 반영된 것은 아니지만, 작가는 阿Q라는 봉건적 노예성을 가진 인물을 통해 '국민성 개조'라는 메시지를 전달하고 있는 것이다. 이와 같은 지적은 논의가 계속되는 阿Q형 전체에 해당한다. 논의를 덧붙인다면, 루쉰소설에서 阿Q는 원형은 아니다. 「阿Q正傳」 이전에 이미 阿Q형이 등장했던 것이다. 다만 「阿Q正傳」이 작가의 대표작으로 평가받고 있는 점, 또한 작가가 阿Q를 통해 가장 집약적으로 '국민성 개조'문제를 표현하고 있다는 점에 유의하여 그의 이름을 빌렸을 뿐이다.

「阿Q正傳」 직전에 발표된 단편소설 「故鄕」의 중심인물은 룬투(閏土)이다. 「故鄕」은 1921년 5월 『新靑年』(제9권 1호)에 발표된 작품이다. 이 작품은 작가의 전기적 사실이 반영되어 있으며, 작품 자체에 작가가 화자의 입장이 되어 개입하고 있는 것이 근거이다. 즉, 「故鄕」은 루쉰이 가족과 함께 베이징으로 이사하기 전의 마지막 귀향을 고향과 룬투에 대한 기억과 절망으로 묘사하고 있다. 작품에서 화자인 지식인 '나'는 20년만에 처음으로 고향을 찾아왔다. 그러나 그의 추억이 아로새겨진 고향은 그에게 실망만을 안겨줄 뿐이다.[437] 루쉰은 첫 소설집 『吶喊』 「自序」에도 첫 문장을 "나도

사회의 축소판이라 할 수 있다. 그리고 阿Q의 억압받는 삶은 그 시대 중국의 물질적, 정신적 희생자인 농민의 가련하기 그지없는 생활을 집약적으로 표현한다. 魯迅은 당시 중국사회의 보편적 모순을 집약적으로 드러내는 未莊농촌을 배경으로 阿Q의 形象을 창조함으로써 중국국민성의 결점을 극명하게 보여주고 있다." 李英子, 앞의 논문, p. 25.

437) "하늘 아래 여기저기 쓸쓸하고 황폐한 마음이 생기를 잃은 채 가로누워 있었다. 내

어렸을 때 많은 꿈을 가졌었다"고 시작한다. 이어서 "추억이란 사람을 즐겁게 만들기도 하지만, 때로는 적막하게 만들기도 한다"고 썼다. 그는 또한 "그것을 완전히 잊어버리지 못한 데에서 나는 오히려 고통을 느낀다"고 했다.438) 「故鄕」에서 '나'의 눈에 비치는 고향은 적막이다. '나'는 성격은 다르지만 「阿Q正傳」의 정신승리법과 비슷한 고의적 인식전환을 시도한다.439)

전기적 사실에서 루쉰의 고향은 그에게 있어서 두 가지 의식이 싹트게 했다. 나이보다 성숙할 수밖에 없었던 '아비'체험과 농촌에 대한 아름다운 추억이 그것이다.440) 소박한 농촌 환경과 성실한 농촌의 친구들, 전원의 풍경441)과 민간연극 등은 어렸을 적부터 작가의 민감한 영혼에게 잊기 어려운

가슴엔 울컥 슬픔이 솟아올랐다. '아! 이것이 내가 20년 동안이나 늘 그리워하던 고향이란 말인가?' 내가 기억하던 고향은 전혀 이렇지 않았다.(蒼黃的天底下, 遠近橫着几个蕭索的荒村, 沒有一些活气. 我的心禁不住悲凉起來了. 阿! 這不是我二十年來時時記得的故鄕? 我所記得的故鄕全不如此.)"「故鄕」,『魯迅全集』弟一卷, p. 476.

438) 我在年靑時候也曾經做過許多夢, (…) 所謂回憶者, 雖說可以使人歡欣, 有時也不免使人寂寞, (…) 而我偏苦于不能全忘却,「吶喊自序」, p. 415.

439) "그 옛날의 고향도 아마 이랬을지 모른다. 그래서 난 스스로를 위로하며 이렇게 해석하는 것이었다. ―고향은 원래부터 이랬었다. 발전이 없는 대신에 지금 내가 느낀 것과 같은 쓸쓸함도 없는 것이다. 단지 달라진 것은 내 자신의 심경일 뿐이다.(仿佛也就如此. 于是我自己解釋說：故鄕本也如此, ――雖然沒有進步, 也未必有如我所感的悲凉, 這只是我自己心情的改變罷了)"「故鄕」, p. 476.

440) "내 모친의 본가는 농촌이어서 나는 가끔 많은 농민들과 서로 친밀히 지낼 수 있었다. 그로 인해 그들이 평생 동안 압박과 고통을 받고 있음을 점차 알게 되었다.(但我母親的母家是農村, 使我能够間或和許多農民相親近, 逐漸知道他們是畢生受着壓迫, 很多苦痛, 和花鳥幷不一樣了.)"「一九三三年 英譯本『短篇小說選集』自序」(『集外集拾遺』),『魯迅全集』第七卷, p. 389.

441) "나는 농촌에서 성장하였다. 원숭이 울음소리를 듣기 좋아했는데, 깊은 밤에 멀리서 우는 것을 들으면 기분이 즐거웠다. 옛사람들이 말했던 '개 짖는 소리가 마치 표범 같다'라는 말이 바로 이런 것일 것이다(我生長農村中, 愛听狗子叫, 深夜遠吠, 聞之神怡, 古人之所謂"犬聲如豹"者就是.)"「秋夜紀游」(『准風月談』),『魯迅全集』第五卷, p. 251.

위안과 따뜻함을 주었고, "모두 나로 하여금 고향을 그리워하게 만드는 고혹적인 것들이었고", "그것들이 내 일생을 속인다 하더라도 나로 하여금 수시로 그것들을 그리워하게 할 것이다."[442] 증오와 사랑, '세상 사람들의 면면'에 대한 통찰과 증오, 농민에 대한 친근감과 동정, 그것들의 상호 교차는 훗날 '국민성' 문제에 착안케 하는 중요한 요소가 되었음은 물론이다. 루쉰의 개성적 특징과, 불같은 열정을 얼음 같은 냉정 속에 담고 있었던 작품의 미학적 풍격은 바로 이런 어린 시절 소년기의 생활이 각인시킨 흔적으로까지 소급해 볼 수 있을 것이다.[443] 바로 그 소년시절의 체험에서 '국민성'을 발견한 작품이 「故鄕」이다.

> 그는 멈춰 섰다. 기쁨과 처량함이 섞인 표정이 얼굴에 역력히 드러났다. 입술을 움직이긴 했지만 그도 역시 아무 소리도 못했다. 마침내 그는 공손한 태도를 취하더니 분명히 이렇게 말했다. "나으리!" 나는 오싹 소름이 돋는 듯했다. 우리 둘 사이가 슬프게도 두터운 장벽으로 막혀져 있다는 것을 알고 나는 말도 나오지 않았다.[444]

여기서 '그'는 룬투(閏土)다.[445] 룬투는 '나'의 30년 전의 '친구'였다. 당

---

442) 都曾是使我思鄕的蠱惑。后來, 我在久別之后嘗到了, 也不過如此 「小引」(『朝花夕拾』, 『魯迅全集』 第二卷, p. 229.

443) 리저허우, 앞의 논문, p. 2.

444) 他站住了, 臉上現出歡喜和凄凉的神情；動着嘴唇, 却沒有作聲。他的態度終于恭敬起來了, 分明的叫道："老爺！……" 我似乎打了一個寒噤；我就知道, 我們之間已經隔了一層可悲的厚障壁了。我也說不出話。「故鄕」, 『魯迅全集』 第一卷, p. 482.

445) 실명은 章運水, 그의 부친은 章福慶이다. 루쉰은 다른 글에서 룬투의 아버지에 대한 일화도 회고했다. 這是閏土的父親所傳授的方法, 我却不大能用。明明見它們進去了, 拉了繩, 跑去一看, 却什么都沒有, 費了半天力, 促住的不過三四只。閏土的

시 '나'의 집으로 일하러 다녔던 忙月446)의 아들이었으나 '나'보다 두 살 위인 룬투는 '모르는 것이 없었고', 친구라기보다는 '나'는 그를 형같이 생각하고 따랐다. 그는 '뜰 안의 높은 벽에 둘러싸인 네모진 하늘만 바라보고 살아온 나'를 고향의 모든 것과 이어주는 '영웅'이었다.447) 그러나 30년이 지나서 만난 지금, '나'의 의지와는 상관없이 나으리와 忙月 – 주인과 '노예' 사이가 되어 있는 것이다. 즉, 세월이 흐름에 따라 룬투는 오히려 봉건노예가 되어 있었다.448)

父親是小半天便能捕獲几十只，裝在叉袋里叫着撞着的。我曾經問他得失的緣由，他只靜靜地笑道：你太性急，來不及等它走到中間去。「從百草園到三味書屋」(『朝花夕拾』),『魯迅全集』第二卷, p. 280. ; pp. 282-283, 각주

446) "우리 고향에서는 고용인을 세 가지로 나눈다. 일 년 내내 일정한 집에 고용되어 일하는 사람을 長年이라 부르고, 날짜를 정해서 남의 집에 고용되어 일하는 사람을 短工이라 부른다. 자기농사를 지으면서 정월이나 명절 때, 또는 도지료를 받아들일 때만 일정한 집에 가서 일하는 사람을 忙月이라 한다.(我們這里給人做工的分三种：整年給一定人家做工的叫長年；按日給人做工的叫短工；自己也种地，只在過年過節以及收租時候來給一定的人家做工的称忙月)"「故鄉」, pp. 477-488.

447) "아아. 룬투의 가슴속엔 나의 보통친구들이 모르는 신기한 일들이 무진장 간직되어 있는 것이다. 룬투가 바닷가에 있을 때, 그 애들은 아무 것도 모르는 채 나처럼 마당에 둘러친 높은 담장위의 네모진 하늘만 바라보고 있었던 것이다. (…) 안타깝게도 정월은 지나버리고 룬투는 집으로 돌아가야 했다. 나는 어쩔 줄을 모르고 큰소리로 엉엉 울었다. 그 애도 부엌에 숨어서 울 뿐, 돌아가려 하지 않았다. 하지만 결국 그 애 아버지에게 끌려가버리고 말았다. (…) 그 뒤로 다시 만나지 못했다.(阿！閏土的心里有无窮无盡的希奇的事，都是我往常的朋友所不知道的。他們不知道一些事，閏土在海邊時，他們都和我一樣只看見院子里高墻上的四角的天空。(…) 可惜正月過去了，閏土須回家里去，我急得大哭，他也躲到廚房里，哭着不肯出門，但終于被他父親帶走了。(…) 但從此沒有再見面.)"「故鄉」, p. 479. 룬투가 '나'의 영웅이었다는 것은 이 소설의 결말 부분에 묘사된다.

448) "노마님. 보내주신 편지는 벌써 받았습니다. 정말 어쩌나 기뻤는지. 나으리께서 돌아오신다는 것을 알고…" 룬투는 이렇게 말했다. "아니, 왜 이렇게 서먹하게 구나. 자네들 옛날에는 너나하고 부르지 않았나? 옛날같이 쉰(迅)이라 하게." "노마님두 무슨 말씀을…. 그런 법이 어디 있습니까. 그땐 어린아이여서 아무 것도 모르고…"("老太太. 信是早收到了. 我實在喜歡的了不得，知道老爺回來…" 閏土說. "阿，你怎的這樣

이 작품에서 농민에게 보내는 '나'의 시선은 따뜻하다. 그러나 '인간성'마저 말살시키는 봉건적 노예성을 피부로 느끼는 '나'에게서 어릴 적 친구 룬투와의 거리는 멀어져만 갈 뿐이다. 고향을 떠나기 전에 '내'가 갖는 것은 룬투로부터 비롯된 외로움, 절망, 적막감뿐이다. '나'는 차라리 빨리 고향을 빨리 떠나고자 한다.[449] 그러나 작가는 이 작품을 절망으로 끝내지 않는다. '나'와 룬투는 서로 다른 길을 가고 있었지만, 어린아이들의 마음이 하나로 이어져 있는 것이다. '나'의 조카 홍얼(宏兒)과 룬투의 아들 쉐이성(水生)이 친해진 것이다. 「故鄕」은 루쉰 소설에서는 보기 드물게 서정적이고, 희망의 소리가 작품 밖으로 넘어 나오는 작품이다. 미래의 아이들에게 희망을 기대하는 '나'는 고향을 떠나는 배위에 누워 '짙은 쪽빛 하늘에 걸려 있는 황금빛 보름달'을 보면서 생각 속에서 희망을 이야기한다.

나는 생각했다. 희망이란 것은 본래 있다고도 할 수 없고, 없다고도 할 수 없다. 그것은 마치 땅위의 길과 같은 것이다. 본래 땅위에는 길이 없었다. 걸어가는 사람이 많아지면 그게 곧 길이 되는 것이다.[450]

客气起来。你們先前不是哥弟称呼么？還是照旧：迅哥儿." 母親高興的說. "阿呀, 老太太眞是……這成什么規矩. 那時是孩子, 不懂事……閏土說着, 又叫水生上來打拱, 那孩子却害羞, 緊緊的只貼在他背后.)"「故鄕」, p. 482.

449) "옛집은 점차 내게서 멀어졌다. 고향의 산천도 점차 내게서 멀리 멀어져 간다. 하지만 나는 아무런 미련도 느끼지 않았다. 나는 단지 보이지 않는 높은 담장에 둘러싸여 외톨이가 되어 몹시 숨 막히는 것 같은 자신을 느낄 뿐이었다. 저 수박밭위에 은 목걸이를 한 작은 영웅의 영상은 무척 또렷했었는데, 지금은 그것조차도 갑자기 흐릿해지며 나를 매우 슬프게 만들었다.(老屋离我愈遠了；故鄕的山水也都漸漸遠离了我, 但我却并不感到怎樣的留戀. 我只覺得我四面有看不見的高墻, 將我隔成孤身, 使我非常气悶；那西瓜地上的銀項圈的小英雄的影像, 我本來十分淸楚, 現在却忽地模糊了, 又使我非常的悲哀.)"「故鄕」, p. 485.

450) 我在朦朧中, 眼前展開一片海邊碧綠的沙地來, 上面深藍的天空中挂着一輪金黃的圓月. 我想：希望是本无所謂有, 无所謂无的. 這正如地上的路；其實地上本沒有

이밖에 阿Q형으로 「술집에서(在酒樓上)」의 뤼웨이푸(呂緯甫), 「孤獨者」의 웨이리엔쑤(魏連殳), 「端午節」의 팡쉬엔차오(方玄綽), 「비누(肥皂)」의 쓰밍(四銘) 등이 있다. 이들의 공통점은 지식인이라는 점이다.[451] 이들은 모두 5·4시기에 이상을 품고 봉건세력에 대항하였던 인물들이다. 혁명의 시기가 지났을 때, 그들은 갈 곳을 잃어버린다. 사회에서 용납되지 않았고 일반대중의 무리 속으로 합류할 수 없는 것이다. 대체로 新/舊시대의 모순 속에 혁명전선에 뛰어 들었으나 후자의 압력과 도전에 파멸하거나 혹은 타협, 투항의 길로 가다가 마침내 비극적인 종말을 맞게 되는 인물들로서 또 다른 '국민성'을 보여주고 있다. 이들 지식인들이 첫 소설집 『吶喊』보다 제2 소설집 『彷徨』에서 많이 등장하는 것도 루쉰의 시대정신과 작가의식의 변화과정을 읽을 수 있는 한 자료다. 즉, 『彷徨』은 주로 지식인들의 굴절된 삶의 단면들을 묘사하고 있는 작품집이다.

「在酒樓上」은 1924년 5월 『小說月報』(제15권 5호)에 발표된 작품으로 『彷徨』에 실렸다. 辛亥革命에 참여했던 화자 '나'의 눈에 비친 주인공 뤼웨이푸의 변화를 묘사한 작품이다. 한때 진보적인 청년전사였던 뤼웨이푸는 혁명기에 원대한 뜻을 품고 열정적인 활동을 전개하였다. 그러나 혁명은 실패하고 봉건세력이 헤게모니를 잡게 되었을 때, 자기의 주장을 포기하고 현실과 타협해버린다. 현실은 그를 따뜻하게 받아들이지 않는다. 그는 지난 날에 대한 절망과 회의, 좌절 속에서 고통스러워하며 미래에 대한 희망을 접고 하루하루를 살아가고 있다.[452] 나약하고 기회주의적인 지식인의 속성

路，走的人多了，也便成了路。「故鄉」, p. 485.

451) 루쉰소설에 등장하는 지식인은 이들 외에도 「孔乙己」의 쿵이지, 「白光」의 천스청이 있다는 것은 논의한 바와 같다. 루쉰소설의 작중인물을 지식인과 농민으로 구분할 때, 농민들은 阿Q, 룬투, 「風波」의 치진(七斤: 엄밀하게 말하면 그는 농민이 아니라 뱃사공이다), 「내일(明天)」의 산쓰, 「祝福」의 시앙린, 「離婚」의 아이꾸(愛姑) 등이 있다.

을 보여주지만, 한편으로는 뤼웨이푸와 같은 인물 역시 국민성 개조의 대상
이 아닐 수 없다.

단편소설 「孤獨者」의 주인공 웨이리엔쑤는 뤼웨이푸와는 또 다른 관점
에서 개조되어야 할 지식인의 전형이다. 역사교사였던 웨이리엔쑤는 직장에
서 해고된 뒤 경제적 압박을 견디지 못하고 軍閥 뚜(杜)사단장의 고문이
되어 자신이 증오했던 모든 것을 직접 실천하는 이중적 인물이다. 결국 그는
비참한 종말을 맞이하였다. 이 작품에서 화자인 '나'는 웨이리엔쑤에 대해
주로 주위사람들의 이야기를 통해 전달한다. 그의 성격에 대해서도 '나'는
이야기를 듣는 것으로 묘사한다. "모두들 그를 무척 괴팍한 사람으로 말했
다. 동물학을 전공했는데도 중학교에서 역사 선생을 하고 있다느니, 사람에
대해 호감을 주지 못하면서도 쓸데없이 남의 일에 참견하기를 좋아한다느
니, 노상 가정같은 것은 부셔버려야 한다고 말하면서도 월급만 타면 꼭 그
즉시 할머니께 돈을 부쳐 주는데 하루도 어기는 일이 없다느니 하는 말이었
다."453) 軍閥 뚜사단장 고문을 할 때는 그의 이중성이 더욱 잘 드러났다.
상대가 누구든지 보복의 총을 겨누었으나 동시에 더욱 고독의 늪에 빠지는
것이었다. 그는 겉으로는 화려하지만 내면적으로 참담한 당시의 심경을 '나'
에게 편지에 적어 보냈다.454) 즉, 辛亥革命의 이상을 포기하지 못하면서도

---

452) "앞으로? …나도 모르겠어. 자넨 우리들이 미리 예상했던 일 중에서 마음먹었던 대로
된 게 하나라도 있나? 난 지금 아무 것도 모르겠네. 내일 어찌 될 지조차도 모르겠고,
당장 1분후의 일마저도…"("以后？－－我不知道。你看我們那時豫想的事可有一件
如意？我現在什么也不知道，連明天怎樣也不知道，連后一分….") 「在酒樓上」(『彷
徨』), 『魯迅全集』 第二卷, p. 34.

453) 都說他很有些古怪：所學的是動物學，却到中學堂去做歷史教員；對人總是愛理不
理的，却常喜歡管別人的閑事；常說家庭應該破坏，一領薪水却一定立卽寄給他的
祖母，一日也不拖延。「孤獨者」,『魯迅全集』第二卷, p. 86.

454) "무척 유쾌하고 상쾌하오 나는 이미 나 자신이 이전에 증오하던 것, 반대하던 것들,
번부를 몸소 실행했소 그리고 내가 이전에 존경하고 주장했던 모든 것을 거부했소

봉건적 軍閥막료로 살아갈 수밖에 없는 현실 앞에서 일으킬 수밖에 없는 자기분열에 대한 비애와 적막에 대한 외침이요, 방황이었다. 여기서 '비애와 적막에 대한 외침이요, 방황'이라고 했을 때, 그것은 곧 루쉰소설 전체를 관통하는 작가의식의 배경이 됨은 물론이다.

'내'가 웨이리엔쑤를 찾아갔을 때는 그의 장례식장이었다. 문상객들이 이야기하는 고인의 인물됨 역시 이중적이다. 결국 작가에게 웨이리엔쑤와 같은 이중적 성격도 개조의 대상일 수밖에 없다. 작품 전체의 침울하고 무거운 분위기에 비해서 '나'가 웨이리엔쑤에게 보내는 시선은 의외로 따뜻하다. 오랫동안 교육부에서 재직했던 작가의 자전적 사실이 투영된 것으로 보이는 이 작품에서 웨이리엔쑤는 자신이 개조의 대상임에도 불구하고 아이들에게 '중국의 희망'을 의탁함으로써 역시 루쉰소설을 관통하는 희망의 연장선상에 있다.455) 즉, 「孤獨者」는 전체적인 루쉰소설의 비극성과 함께 희망의 여운을 남겨준 작품이다. 그럼에도 불구하고 웨이리엔쑤가 생전에 보여주었던 이중성—그것이 웨이리엔쑤 개인의 것이 아니라 중국 國民性의 일부라고 보았을 때, 그것은 작가 루쉰이 추구했던 '국민성 개조'사상의 대상이

나는 이제 완전히 실패한 것이오. —하지만 난 승리한 것이오 (…) 나는 지금도 그 응접실을 사용하고 있소. 이곳에는 새로운 손님, 새로운 선물, 새로운 찬사, 새로운 정치운동, 새로운 인사, 새로운 마작판과 노름, 새로운 차디찬 눈과 구역질, 새로운 不眠과 咯血이 있소….(快活极了，舒服极了；我已經躬行我先前所憎惡，所反對的一切，拒斥我先前所崇仰，所主張的一切了。我已經眞的失敗，——然而我胜利了。(…) 這里有新的賓客，新的饋贈，新的頌揚，新的鑽營，新的磕頭和打拱，新的打牌和猜拳，新的冷眼和惡心，新的失眠和吐血….)"「孤獨者」, pp. 101-102.

455) "어른들의 나쁜 버릇이 아이들에게는 없어요. 자라면서 나빠지는 것이오. 당신이 평소에 공격하는 것 같은 나쁜 것은 환경이 나쁘게 가르친 것이오. 원래는 결코 나쁘지 않았어요. 천진스럽게요…. 중국에 희망이 있다면, 이것 말고는 없다고 나는 생각하고 있어요.(大人的坏脾气，在孩子們是沒有的。后來的坏，如你平日所攻擊的坏，那是环境敎坏的。原來却幷不坏，天眞……。我以爲中國的可以希望，只在這一点。)"「孤獨者」, p. 19.

됨은 물론이다. 앞에서 '국민성 개조'사상이 민족주의에 뿌리 내리고 있음을 지적한 바 있다. 결국 소설쓰기의 처음부터 끝까지 '몸'으로는 反封建투쟁을 전개했고, '정신'적으로는 '국민성 개조'를 외쳤던 작가 루쉰의 그와 같은 革命精神은 곧 계몽주의적 민족주의에 위치하고 있었던 것이다.

결론 IV

　동아시아 근대소설의 형성기—또한 근대적 민족주의 형성기였다—의 대표적인 작가 이광수·나쓰메 소세키·루쉰은 시기적으로 근대 전환기에서 활동하였던 작가들이었다. 그들이 활동하던 시간적 배경은 비슷했으나 공간적 배경은 각자 달랐다. 이광수는 완전식민지가 된 망국민족의 처지에서 작가활동을 했고, 나쓰메 소세키는 침략적 제국주의 국가에서, 그리고 루쉰은 半植民地 국가에서 작가활동을 하였다. 3인 작가들이 처했던 국가가 다르고, 민족이 달랐으므로 그들이 추구했던 이데올로기로서의 민족주의는 달랐고, 다를 수밖에 없었다. 그럼에도 불구하고 3인 작가들의 작품에는 '민족주의'라는 공통분모가 발견된다.

　본격적인 논의에 있어서 이광수·나쓰메 소세키·루쉰 3인 작가가 소속된 국가의 민족주의 특성에 대해 논의한 결과. 동아시아 민족주의는 서구이론이 적용되지 않는 특수성을 인정해야 한다는 결론을 얻었다. 군이 서구이론을 도입할 때, 도구론적 민족주의보다 원초적 민족주의일 수밖에 없다는 점을 먼저 지적했다. 따라서 근대의 산물인 서구의 민족주의이론과 다른 동아시아 민족주의적 특성에 주목하고 전근대적(고전적)/근대적 민족주의로 구분하여 후자에 중점을 두고 논의하였다. 한국의 근대적 민족주의는 부르주아적 민족주의와 민중적 민족주의 두 경향으로 전개되어 왔다.

중국의 민족주의 특성 역시 한국과 유사점이 발견된다. 중국의 전근대적 민족주의는 곧 中華思想으로 요약된다. 근대적 민족주의가 전근대적 민족주의의 극복과정에 위치한다고 할 때, 중국의 민족주의는 한국의 그것과 차이점이 나타난다. 즉, 중국의 근대적 민족주의는 한국의 그것과 같은 反封建·反帝라는 두 가지 과제에 덧붙여 전근대적 민족주의의 연장선상에 있는 反滿洲族(種族的) 민족주의 해결이라는 또 하나의 과제를 안고 있었던 것이다. 아편전쟁 이후 반식민지상태에서 전개된 근대적 민족주의는 洋務運動, 變法維新, 그리고 혁명적 민족주의를 거쳐 辛亥革命의 민족주의로 표출된 부르주아적 민족주의와 太平天國農民戰爭, 義和團農民戰爭으로 이어지는 민중적 민족주의의 두 경향으로 전개되어 왔다.

동아시아 민족주의를 전근대적/근대적 민족주의 구분한다고 했을 때 한국과 중국은 그 구분이 비교적 명확하지만, 일본의 경우 특수한 민족주의 경험을 하고 있다. 일본 민족주의는 오히려 1945년 태평양전쟁 패전을 기점으로 戰前 민족주의와 戰後 민족주의로 구분된다. 이 경우 戰前 민족주의는 대외팽창이라는 침략적 제국주의로 나아간 한편, 대내적으로는 「帝國憲法」과 「敎育勅語」에서 함축적으로 드러나는 바와 같이 가족국가사상에 기반을 둔 국가주의라는 전근대적 민족주의를 지속해 왔다.

이광수·나쓰메 소세키·루쉰의 작품을 논의하기 전에 먼저 작가의 민족주의사상과 문학적 출발배경을 논의하였다. 먼저 3인 작가들은 부르주아적 민족주의를 계승하였다는 공통점이 발견된다. 구체적으로 이광수의 민족주의사상은 문명개화에 입각한 계몽주의적 민족주의라고 할 수 있다. 실천적 여부와 상관없이 이광수는 3인 작가들 가운데 누구보다 크게 목소리를 높여 민족주의를 외쳤던 작가였다. 나쓰메 소세키의 경우는 일본 특유의 가족국가사상에 기초한 제국주의, 국가주의라고 할 수 있다. 루쉰의 경우는 혁명적 민족주의, 종족적 민족주의에 기초한 계몽주의적 민족주의였다. 따라서 이광수와 루쉰의 경우 계몽주의적 민족주의라는 공통점을 발견할 수 있다. 또한 이들의 '계몽주의'에는 反封建的 민족주의라는 공통점이 발견된다. 이광수와 루쉰의 이와 같은 공통점은 소세키와의 두드러진 차이점이다. 즉, 소세키로부터 문학적 영향을 받은 이광수·루쉰은 적어도 민족주의적 관점에서 다른 길로 갔다고 할 수 있다. 이유는 그들이 소속된 민족적 환경 때문일 것이다. 즉, 제국주의 국가 일본의 민족주의와 植民地·半植民地 국가였던 한국과 중국의 차이점이다.

문학적 출발의 경우, 3인 작가들이 '餘技'로 시작했다는 공통점을 갖는다. 출발은 餘技였으나 누구보다도 활발하게 작가활동을 하였고, 그만큼 문학적 성과를 거두었다는 점도 공통점이다. 문학을 계몽의 수단으로 선택했다는 공통점도 있다. 이광수에게 있어서 소설은 '餘技'論에 입각한 계몽의 수단이었고 나쓰메 소세키는 러일전쟁의 승리소식으로 흥분한 상태에서 서양컴플렉스를 벗어나기 위한 나름대로의 계몽주의적 사명감을 가지고 출발했다. 루쉰은 그의 종족적 민족주의가 한껏 충일되었던 辛亥革命이 실패한 뒤 비애와 적막속에서 5·4시기를 맞이하였고, 당시 전개되고 있던 신문학운동에 목소리를 더해 주겠다는 비교적 소극적인 자세로 출발했으나 센다이의전 시절 '환등기사건' 이후 개인보다는 민족을 치료하겠다는 계몽주의적 사명감에 불타고 있었다. 3인 작가의 이와 같은 민족주의적 첫 번째 결과물이 「無情」과 「고양이」, 그리고 「狂人日記」였다.

작품분석에 있어서 기존의 연구와는 다른 방법을 적용하였다. 즉, 동아시아 민족주의의 특성을 인정하는 바탕위에서 서구이론을 그대로 적용하는 방법을 지양하고 민족운동사적 관점에서 분석한 것이다. 본격적인 논의에 있어서는 각 작가의 작품에서 작중인물을 중심으로 민족주의의 원형을 추출하고, 그 '원형'적 민족주의가 다른 작품에서는 어떻게 변형되어 나타났는가를 구조주의와 원형비평적 관점에 기대어 분석하였다. 그 결과 이광수 소설의 경우 민족주의의 '원형'인물은 「無情」의 작중인물 이형식과 김병욱이다. 물론 두 작중인물의 민족주의에는 작가의 그것이 투영되어 있다. 「無情」에서 이형식 자체의 민족주의는 계몽주의적 민족주의에 위치하고 있다. 이형식형 민족주의는 「開拓者」에서 김성재라는 인물로 변형되었다. 김성재의 민족주의는 과학입국을 실현하고자 하는 실천적 민족주의다. 김성재의 민족주의는 「再生」의 신봉구로 변형된다. 그는 3·1운동에 적극적으로 참여하였고, 그 결과 3년 동안 감옥살이를 했던 적극적인 민족운동가로서 이광수가 창조한 인물 중에서 드물게 나타나는 민중적 민족주의다. 그는 사랑하는 한 여성에게 그의 민족주의를 헌신함으로써 민족주의 자체에 등을 돌리기도 하지만, 대단원에 이르러 민족개량주의적 민족주의로 전환하였다. 신봉구의 민족주의를 이어받은 인물은 「흙」의 허숭이다. 허숭의 민족주의는 島山思想의 실력양성론에 기초한 민족개조사상이다. 즉, 신봉구가 지침을 제공한 민족개량주의이다. 그것은 1920년대에 인구에 회자되었던 문화운동의 실천자로서 '문화적 민족주의'라고 할 수 있다.

김병욱형 민족주의에서, 김병욱 자신의 민족주의는 反封建的 민족주의다. 같은 작품에서 김병욱형은 박응진, 함상모이다. 박응진의 민족주의는 전근대/근대의 과도기적인 그것으로서 문명개화론에 기초한 애국계몽운동의 민족주의다. 대성학교 교장인 함상모의 민족주의는 島山思想과 밀착해 있다. 작품 외적으로 박응진(오산학교 설립자 남강 이승훈)이 곧 함상모(도산 안창호)의 '제자'였으므로 박응진과 함상모의 민족주의가 크게 다르지는 않다. 이들은 이광수소설 전체를 관통하는 '민족주의 교사'그룹으로서 하나의 원형을 이루고 있다. 「開拓者」에서 김병욱형은 閔殷植으로 변형된다. 사회진화론에 바탕을 둔 閔殷植의 민족주의는 반봉건으로 나아가지만, 이상주의적 민족주의에 머물고 있다. 閔殷植의 민족주의는 「흙」에서 韓民教로 변형된다. 韓民教의 민족주의는 '朝鮮主義'로 표현된다. 그것은 島山思想에 기초한 부르주아적 민족주의系列의 민족개량주의이다. 즉, 위에서 아래로의 '민족개조'사상으로서 민족개량주의적 민족주의다. 이광수의 각 소설에서 민족주의 양상은 이와 같이 다양하게 나타나지만 이형식의 민족계몽과 김병욱형의 민족개조를 하나로 묶어 계몽주의적 민족주의로 요약할 수 있다.

나쓰메 소세키 소설의 민족주의 원형은 첫 소설 「고양이」의 주인공 구샤미와 고양이화자 '와가하이'이다. 이른바 '太平의 逸民'이었던 구샤미의 민족주의는 계몽주의에 기초한 개인주의적 민족주의다. 구샤미형은 「草枕」의 주인공 '나'로 변형된다. '나'의 민족주의는 自己本位主義에 기초한 '日本主義'이다. '나'의 일본주의를 이루는 자기본위에는 물론 계몽의식이 바탕에 깔려 있다. 소세키 소설에서 또 하나의 민족주의 원형인 '와가하이'의 민족주의는 종족적 민족주의에 기초한 침략적 제국주의다. '와가하이'형은 「산시로」에서 히로타로 변형된다. 그의 민족주의는 원초론에 입각한 문화적 민족주의로서 계몽주의에 위치한다. '와가하이'형은 「마음」에서 '先生'으로 변형된다. 그의 민족주의는 가족국가사상에 기초한 일본 특유의 천황제 민족주의-국가주의이다. 즉, 작가의 '아비'찾기의 투영인 先生은 최후의 '아비' 천황이 가장으로 군림하는 (일본)국가라는 가정으로 복귀한 것이다. 소세키 소설 전체의 민족주의 역시 계몽주의적 민족주의로 요약할 수 있다.

루쉰 소설의 민족주의 원형은 그의 첫 소설 「狂人日記」의 주인공 '광인'

이다. 루쉰의 언술에 따라 '反封建 전사'로 지칭될 수 있는 '광인'의 민족주의사상은 反封建的 민족주의다. '광인'형의 첫 번째 민족주의 '보여주기' - 문학적 용어의 '보여주기'가 아닌 문자 그대로의 의미이다. 루쉰소설의 일부분은 작중인물 자체가 민족주의를 표현하지는 않는다. 오히려 민족주의와 반대의 입장에 있다. 따라서 그것은 작가 내지 서술자의 입장에서 '보여주기'가 되는 것이다-의 변형은 「孔乙己」의 쿵이지이다. 쿵이지는 反封建的 민족주의에 기반을 둔 계몽주의를 보여준다. '광인'형의 또 다른 변형은 「藥」의 작중인물 시아위(夏瑜)다. 시아위의 민족주의는 反淸혁명가로서 종족적 민족주의사상을 반영하고 있다. 이밖에 '광인'형으로서 민족주의 '보여주기'는 「明天」의 산쓰, 「白光」의 천스청, 「祝福」의 시양린 등이 있다. 그리고 「長明燈」의 '광인' 역시 反封建的 민족주의를 보여주고 있다. 물론 反封建的 민족주의의 바탕에는 계몽주의가 자리잡고 있다.

루쉰소설에서 또 하나의 민족주의 '보여주기'의 원형은 「阿Q正傳」의 阿Q이다. '정신승리법'으로 표현되는 阿Q형 민족주의 '보여주기'는 '국민성' 개조이다. 즉, 작가의 '국민성 개조'사상의 전범이 되는 인물들이다. 阿Q적 민족주의 '보여주기'형은 「故鄕」의 룬투, 「在酒樓上」의 뤼웨이푸, 「孤獨者」의 웨이리엔쑤 등이 있다. 이들이 국민성 개조사상의 대상이라고 할 때, 그들을 움직이는 (내포)작가 내지 서술자가 의도하는 것은 계몽주의적 민족주의다.

이상과 같이 이광수·나쓰메 소세키·루쉰 소설에서 전개되는 민족주의 양상을 고찰할 때, 몇 가지 공통점과 차이점이 드러나고 있다. 먼저 제기될 수 있는 공통점은 이광수·나쓰메 소세키·루쉰 소설이 계몽주의적 민족주의에 위치하고 있다는 점이다. 그것은 3인 작가의 전기적 사실에서 부르주아적 민족주의-그러나 각 작가들이 소속된 민족의 성격에 따라 그들의 민족주의적 기반이 다름은 물론이다—를 계승하고 있다는 점과 연장선상에 있다. 3인 작가의 전기적 사실 비교와 마찬가지로 문학작품에서도 2인 작가의 공통점과 1인 작가의 차이점이 확인된다. 이광수와 소세키 소설은 부르주아적 민족주의로 일관하였다는 공통점이 있다. 부르주아적 민족주의와 민중적 민족주의 두 경향이 골고루 분포되어 있는 루쉰 소설과 차이점이다. 그러나 소세키 소설의 경우, 부르주아적 민족주의 경향을 띠고 있음에도 불구하고 비판적 자세를 견지함으로써 비교적 객관성을 유지하려고 한 반면, 이광수 소설은 지나친 민족주의 '설교'에 주관적으로 흐르고 있다는 한계가 지적된다. 이광수와 루쉰 소설의 경우 '민족 개조', '국민성 개조'사상이라는 공통점과 소세키 소설의 문명비판은 차이점이라고 할 수 있다. 민족 개조의 관점에서 이광수는 '위에서 밑으로'의 '민족주의 교사적' 계몽주의를 결과한 반면, 루쉰의 경우 처음부터 끝까지 '국민성 개조'로 일관했음에도 불구하고 서사의 초점을 민중적 민족주의에 둠으로써 차이점을 보여주고 있다. 여기에 고아였던 이광수가 주로 '아비'들의 사상을 차용하여 '민족주의 교사'가 되었다는 점에 유의한다면, 그의 민족개량주의의 현주소가 어디에 위치하는가를 쉽게 파악할 수 있다. 즉, '아비'찾기의 관점에서 이광수는 '아비'들의 사상에 의존함으로서 스스로 고아'되기'에 머물렀고, 루쉰은 '아비'의 입장에서 훈계하는 식의 서사방식을 취함으로써 '아비'되기를 실천하고 있다. 이유는 그들의 문학적 출발과 관련이 있을 것이다. 약관 10대에 작가로 등장한 이광수와 30대 후반의 성숙한 나이에 작가로 등장한 루쉰의 차이점이 그것이다. 이 점에서는 소세키 역시 루쉰과 공통점이 발견된다. 루쉰과 같은 나이에 작가로 등장한 소세키는 '自己本位'主義를 개발하여 계몽주의적 민족주의를 실천하려고 했던 것이다. 이광수·루쉰 소설이 反封建的 민족주의를 유지한 공통점이 있고, 소세키 소설의 일부 작중인물이 제국주의로 나아간 것은 큰 차이점이다. 물론 이와 같은 결과는 그들이 소속된 민족적 상황과 무관하지 않다.

작품 외적으로 논의한다면 당시 식민지의 피지배 국민으로서, 혹은 작가로서 이광수가 추구해야 했던 민족주의는 어떤 명분에도 불구하고 나라 찾기, 즉 反帝투쟁이 일차적 과제였다고 할 수 있다. 그것은 半植民地 국가의 작가였던 루쉰도 크게 다르지 않다. 그러나 두 작가의 소설이 反帝를 외면하고 反封建的 민족주의로 일관했다는 것은 한계로 지적될 수 있다. 나쓰메 소세키 역시 당대의 지식인―교수·작가로서 침략적 제국주의, 국가주의를 보다 객관적으로 직시하고 침략적 제국주의의 흘러넘치는 '제방' 틀어막기가 일차적 과제였다고 할 수 있다. 그러나 그의 소설 역시 제국주의에 동조한 것은 한계로 지적된다. 이와 같은 한계는 그들의 전기적 사실과도 일맥상통하는 점이다.

이광수의 경우, 망국민족의 작가로서 민족개조를 외치고, 부르주아적 민족주의로 일관했을 때, 그의 민족주의가 결과한 것은 친일이라는 反민족주의였다. 물론 친일은 친일로서 끝날 일이 아니었다. 우리 현대사에서 민족주의가 가장 처참하게 붕괴된 이른바 同族相殘의 비극 속에서 그가 북으로 납치되었던 것도, 후학들로 하여금 문학적 평가마저 망설여지게 하는 것도 그의 친일―반민족주의가 결과한 것임은 물론이다. 결국 이광수는 '아비'로서 찾았던 민족주의를 잃어버리고 다시 영원한 고아로 돌아갔다. 3인 작가들 가운데 누구보다도 민족주의를 외쳤고, 자신의 소설이 곧 민족주의를 밀수입한 포장이라고 했던 그가 反민족주의자가 되고, 그것이 죽은 뒤에까지 문학사적 평가에서조차 멍에가 되었다는 것은 아이러니요, 그가 남긴 교훈이다. 그가 말년에 귀의했던 불교적 용어를 빌리면 因果應報에 다름 아닐 것이다.

나쓰메 소세키는 자기에게 주어진 과제에 어느 정도 자기역할을 수행하고 있었다. 그의 작품에 나타나는 '와가하이'형의 문명 및 현실비판이 그것이다. 그러나 그들의 목소리는 소수의견에 지나지 않았고, 말년에 그가 나아간 것은 '則天居士(자기를 버리고 하늘의 뜻에 따른다. 민족주의 양상을 분석하는 목적과 다르므로 여기에서는 논의에서 제외하였다)'사상이었다는 것은 충분히 수긍할만하다. 영국유학시절 이후 계속 서양컴플렉스에 시달렸던 그는 결국 '自己本位'主義, 日本主義라는 '아비'가 기다리고 있는 親家로 귀가한 셈이다. 임종을 맞이한 소세키는 평소 부부사이가 좋지 않았던 아내 교꼬의 요구로 遺體가 해부되어 젊은 시절 그가 교수로 재직했던 東京帝大 醫科大學에 신체일부(뇌, 위)가 기증됨으로써 영원한 '本家'를 찾아갔다. 그의 작가적 생애는 12년이라는 짧은 기간이었으나 일본 근대소설중에서 가장 특이한 개성을 지닌 작가로서 평가받고 있을 뿐만 아니라 오늘날 일본 사람이 가장 많이 사용하는 1千 円짜리 일본지폐위에 그의 초상화가 인쇄되고, 국민작가라는 평가를 받는 것도 결코 우연한 일은 아닐 것이다.

루쉰이 反封建的 민족주의─阿Q형 민족주의가 보여주었던 국민성 개조 역시 반봉건과 직접적으로 관련되어 있다. 그것은 곧 봉건 노예성을 지칭하기 때문이다─로만 일관한 반면, 反帝的 민족주의를 등한시했다는 점은 그의 민족주의의 한계로 지적될 수 있지만, 본고에서 대상으로 한 텍스트만을 가지고 결론을 내린다는 것은 성급하다. 그의 문학적 생애가 1918년부터 타계하던 1936년이었다고 할 때, 제2소설집『彷徨』을 출간한 것이 1926년으로서 중간에 해당하는 시기이다. 따라서 前期만을 가지고 그의 후기의 문학적 생애까지 평가한다는 것은 무리일 수 있다. 그럼에도 불구하고 前期는 곧 後期를 이해할 수 있는 근간이 된다. 루쉰은 그의 문학적 생애의 前期에 발표한 두 작품집에서 전혀 흐트러짐 없이 反封建 민족주의에 시종했다.

그는 늘 '아비'였다. 反帝的 민족주의를 등한시한 한계는 후기에 계급주의
에로의 사상전변과정을 통해 해소된다. 루쉰이 1936년 10월 19일 타계했을
때, 그의 棺 위에 덮인 '民族魂'이라는 깃발이 그의 문학적 생애를 집약적으
로 표현해주고 있는 것이다.

    동아시아 3국, 작가 이광수·나쓰메 소세키·루쉰, 그리고 3인 작가들의 소
설에 반영되어 있는 민족주의에서 공통점과 차이점도 있다는 것을 확인하였
고, 그 결과 역시 검토하였다. 여기서 그들의 민족주의 자체를 평가하기는
쉽지 않다. 문제는 이광수·나쓰메 소세키·루쉰이 활동하였던 시기는 민족주
의의 시대요, 제국주의의 시대로서 민족주의가 곧 푸코적 '권력의 담론'이었
다는 점이다. 한 세기가 지난 오늘날 21세기는 이미 국제화의 시대요, 세계
화 시대이다. 다문화주의, 다원주의 시대이다. 그럼에도 불구하고 민족주의
자체가 '권력의 담론'에서 사라진 것은 아니다. 다문화주의 자체가 문화적
서구 제국주의 현상을 띠고 있기 때문이다. 동아시아 민족주의가 역사와
지역, 특히 민족적 성장과정의 특성상 원초론적 민족주의를 크게 벗어나
수 없다고 할 때, 차이점은 그것대로 인정되어야 한다. 그러나 공통점 또한
없지 않으므로, 공통점 또한 공통점으로 발전시켜 가깝게는 동아시아 연대
로, 멀리는 국제화·세계화 시대에 부응하는 문화권적 정신으로 발전시킬 수
도 있을 것이다. 문학 역시 예외가 아니다. 중심/주변의 경계를 무너뜨려야
한다는 다문화주의 시대를 맞이한 지금, 이미 민족문학 자체로서 고립할
수 있는 시대는 지났다. 물론 일련의 준비과정이 없이 다문화주의의 한복판
으로 뛰어들 수는 없다. 먼저 민족정체성을 확고하게 정립하여 자국문학의
융성에 바탕을 두고, 가깝게는 인접한 동아시아 문학으로, 멀리는 국제화·세
계화속의 문학으로 발전해야 한다고 할 때, 동아시아 민족주의는 21세기
현재진행형으로서 큰 의미가 있다. 동아시아 초기 근대소설을 논의의 대상

으로 한 이 논문은 주변/중심문학 내지 자국(민족)/세계문학의 중간지점에 대한 연구이다. 이 논문이 전자에서 후자로 나아가는 담론의 작은 출발점이 되기를 희망한다.

참고문헌*

1. 기본자료

李光洙.『李光洙全集』第二十卷(서울: 三中堂, 1966).

_____.『李光洙全集』第十卷 및 別卷(서울: 三中堂, 1971).

_____.「사랑인가(愛か)」. 김윤식 옮김.『문학사상』(서울: 문학사상사, 1981. 2).

夏目漱石.『漱石全集』第十六卷(東京: 岩波書店, 1966).

_____.『夏目漱石全集』全十券(東京: 筑摩書房, 1988).

_____.『나는 고양이로소이다(吾輩は猫である)』. 유유정 옮김(서울: 문학사
상사, 1997).

_____.『산시로』. 최재철 옮김(서울: 한국외국어대학교 출판부, 1995).

_____.『마음·그후(「こころ」·「それから」)』. 서석연 옮김(서울: 범우사, 1999).

魯　迅.『魯迅全集』第十六卷(北京: 人民文學出版社, 1981).

_____.『魯迅文集』Ⅰ. 竹內好 譯註. 김정화 옮김(서울: 일월서각, 1985).

_____.『魯迅文集』Ⅱ-Ⅵ. 竹內好 譯註. 한무희 옮김(서울: 일월서각, 1985).

_____.『루쉰(魯迅)소설전집』. 김시준 譯(서울: 서울대학교 출판부, 1996).

---

* 중국·일본 인명은 편의상 한자음을 우리말 표기 순으로 하였다. 또한 논문의 성격상「기
본자료」,「일반논문」,「단행본」자료는 한·중·일 자료를 포괄적으로, 그 외의 자료를「기
타자료」로 정리하였다.

2. 학위논문

權赫律. 「춘원과 노신의 계몽적 성격에 관한 대비적 고찰」(仁川: 仁荷大 大學院, 碩士, 2000).

金宣咏. 「夏目漱石의 『吾輩は猫である』論」(忠南大學校 敎育大學院, 碩士, 1992).

金龍雲. 「魯迅創作意識研究 -『吶喊』『彷徨』『故事新編』을 중심으로 - 」(서울: 成均館大 大學院, 博士, 1990).

김우태. 「한국민족주의연구」(부산: 부산대 대학원, 박사학위논문, 1984)

金春燮. 「李光洙의 民族主義와 人道主義 文學思想研究」(서울: 高麗大學校 大學院, 博士, 1992).

金河林. 「魯迅文學思想의 形成과 轉變研究」(서울: 高麗大學校 大學院, 博士, 1992).

卞善英. 「夏目漱石 研究;『三四郎』을 中心으로」(大田: 韓南大 大學院, 日語日文學科, 碩士, 1989)

宋明姬. 「李光洙의 文學批評研究 -民族主義 文學思想을 중심으로-」(서울: 高麗大學校 大學院, 博士, 1985).

宋熙眞. 「나쓰메 소세키(夏目漱石)의 『산시로(三四郎)論 - 미네코(美禰子)像의 분석 - 」(서울: 高麗大 大學院, 碩士, 2001).

안태정. 「1920년대 이광수의 민족운동론의 성격-논설을 중심으로-」(서울: 高麗大學校 大學院, 碩士, 1986).

嚴英旭. 「魯迅文學의 現實主義 研究」(광주: 전남대 대학원, 박사학위논문, 1993).

吳 敬. 「漱石文學의 家族關係 研究」(서울: 高麗大學校 大學院, 博士, 1999).

劉麗鴉. 「魯迅과 春園의 比較研究」(서울: 서울대 대학원, 碩士, 1984).

柳中夏. 「魯迅 前期文學研究」(서울: 延世大學校 大學院, 博士, 1993).

趙培原.「修養同友會·同友會硏究」(서울: 成均館大學校 大學院, 碩士, 1998).

胡啓建.「韓中兩國의 近代初期文學 比較硏究」(서울: 서울대 대학원, 碩士, 1980).

3. 논문

姜萬吉.「한국독립운동의 역사적 성격」『아세아연구』59(서울: 아세아문제연구소, 1978).

_____.「독립운동 과정의 민족국가 건설론」『韓國民族主義論』Ⅰ. 宋建鎬·姜萬吉 編(서울: 창작과비평사, 1982).

권택영.「탈식민주의와 문화비평-이론과 실천-」.『계간 현대시사상』26(서울: 고려원, 1996. 3).

權赫律.「춘원과 노신 소설의 계몽적 성격」.『仁荷語文硏究』5(仁川: 仁荷大學校文科大學國語國文學科仁荷語文硏究會, 2001. 5).

고병익.「동아시아 나라들의 상호 疏遠과 통합」.『창작과 비평』79호(서울: 창작과 비평사, 1993, 봄호).

고부응.「서구의 제3세계담론: 제이미슨, 아마드, 스피박」.『문학과 사회』36(서울: 문학과 지성사, 1996. 겨울호).

_____.「초민족시대의 민족 정체성과 비교문학 연구」.『比較文學』24(한국비교문학회, 1999).

丘仁煥.「春園의 處女作攷」.『李光洙硏究(下)』東國大學校附設 韓國文學硏究所 編(서울: 太學社, 1984).

권혁건.「한국에 있어서 나쓰메 소세키(夏目漱石) 문학연구의 성과와 과제」.『나쓰메 소세키(夏目漱石)文學硏究』창간호(서울: 제이앤씨, 2001. 5).

吉見俊哉.「速度の都市-漱石のなかの東京·硏究ノート」.『漱石硏究』第五號

(東京: 翰林書房, 1995).

김광억. 「동아시아 담론의 실체: 분석과 해석」. 『상상』 통권16호(서울: 살림, 1997. 여름호).

김규창. 「춘원과 소세키의 문학론 Paralleilisme」. 『서울: 서울教大論文集』 제13집(서울: 서울교육대학, 1980).

김기봉. 「'정치종교'로서의 민족주의 - 독일 민족주의를 중심으로 - 」. 『서양에서의 민족과 민족주의』. 한국서양사학회 편(서울: 까치글방, 1999).

김기승. 「1920년대 안광천의 방향전환론과 민족해방운동론」. 『역사와 현실』 제6호(서울: 한국역사연구회, 1991. 12).

김명섭. 「두 개의 헤게모니 세력, 미국과 중국」. 『교수신문』 제189호(서울: 교수신문사, 2000).

金英文. 「중국의 전통의식과 낭만주의 變容 -「麻羅詩力說」을 중심으로 - 」. 『中國現代文學』 10(중국현대문학학회, 1996).

金鵬九. 「新文學 初期의 啓蒙思想과 近代的 自我」. 『韓國人과 文學思想』(서울: 一潮閣, 1964).

김영민. 「춘원 이광수 관계연구 자료목록」. 『춘원 이광수문학연구』. 연세대 국학연구원 편저(서울: 국학자료원, 1994).

金允植. 「近代文學에 있어서의 韓·中·日 三國의 關係檢討와 그 問題點」. 『韓國文學의 理論』(서울: 一志社, 1974).

金宇鍾. 「李光洙의 계몽의식」. 『崔南善과 李光洙의 문학』. 金烈圭·申東旭 編(서울: 새문사, 1981).

_____. 「民族文學과 훼절」. 『李光洙研究 (上)』. 東國大學校附設 韓國文學研究所 編(서울: 太學社, 1984).

_____. 「『無情』의 테크닉」. 『이광수』. 김현 엮음(서울: 문학과 지성사, 1995).

김은실. 「'동아시아 담론'의 문화정체성에 대한 문제제기」. 『발견으로서의 동아시아』. 정문길·최원식·백영서·전형준 엮음(서울: 문학과 지성사, 2000).

김태연. 「구사마쿠라(草枕)론 - 완성되었을 그림의 사상을 중심으로 - 」. 『나쓰메
　　　소세키(夏目漱石)文學硏究』. 權赫建 編(서울: 제이앤씨, 2001).

노양환. 「春園年譜」. 『李光洙全集』 別卷(서울: 三中堂, 1971).

도진순. 「북한학계의 민족부르주아지와 민족개량주의 논쟁」. 『역사비평』(서울:
　　　역사비평사, 1988년 가을호).

델파리리서치/한중일공동연구결과. 「동아시아문명진단 - 한·중·일 공동연구결과
　　　비교」. 『포럼 21』 제14호(한백연구재단, 1995. 가을·겨울호).

러저허우. 「루쉰(魯迅)사상 발전 약론」. 『중국근대사상사론』. 임춘성 옮김(중국현
　　　대문학회, www.sinology.or.kr/modern/indox.htm, 검색일자-2002. 2. 8).

문기상. 「독일민족주의와 국민국가(1871-1918)」. 『서양에서의 민족과 민족주의』.

毛澤東. 「新民主主義論」. 『毛澤東選集』 2(北京: 人民出版社, 1969).

朴明愛. 「『흙』과 『阿Q正傳』의 比較硏究 : 啓蒙性과 革命性을 中心으로」. 『檀
　　　國大國文學論集』 16(서울: 檀國大學校 國文學科, 1999. 8).

박유하. 「『인디펜던트』의 함정 - 나쓰메 소세키의 전쟁·문명·제국주의 - 」. 『나쓰
　　　메 소세키(夏目漱石)文學硏究』.

박찬승. 「총론, 식민지 시기의 지성사와 민족해방운동」. 『역사와 현실』 제6호(서
　　　울: 한국역사연구회, 1991. 12).

_____. 「1910년대 말 - 1920년대 여운형의 민족해방운동론」. 『역사와 현실』 제
　　　6호.

石原千秋. 「『こころ』論爭以後」. 『漱石硏究』 弟六號(東京: 翰林書房, 1996. 5).

小宮豊隆. 「『吾輩は猫である』解說」. 『漱石全集』(東京: 岩波書店, 1938).

손순옥. 「漱石文學에 있어서의 '我'의 問題 -『こころ』를 中心으로 - 」. 『日語日
　　　文學硏究』 3(한국일어일문학회, 1982. 11).

宋敏鎬. 「春園의 初期作品攷」. 『李光洙硏究(下)』.

_____. 「春園의 習作期作品과 長篇 「無情」」. 『李光洙硏究(下)』.

신인철. 「성서적 진리는 신화적 진리이다」. 에드먼드 리치 『성서의 구조인류학』

(서울: 한길사, 1996).

신춘호. 「민족문학의 정통성. 단재, 춘원을 중심으로」. 『국제어문』 1집(서울: 국제
　　대, 1979).

愼鏞廈. 「民族形成의 理論」. 『民族理論』. 愼鏞廈 編(서울: 문학과 지성사,
　　1985).

＿＿＿. 「韓末義兵運動의 起點의 새 提案」(獨立紀念館開館慶祝 심포지엄 주
　　제발표문, 1987. 8. 5).

＿＿＿. 「新民會의 獨立軍基地 創建運動」. 『1900年代 愛國啓蒙運動硏究』. 趙
　　恒來 編(서울: 아세아문화사, 1993).

＿＿＿. 「한말애국계몽운동과 민족의 발전」. 『한국근대사회의 구조와 변동』(서
　　울: 일지사, 1994).

安藤久美子. 「『草枕』ノート - 非人情美學 -」. 『國文學 海汐と鑑賞』 53卷8號
　　(1988).

양문규. 「애국계몽기의 서사문학」. 민족문학강좌』 下. 민족문학사연구소 엮음(서
　　울: 창작과 비평사, 1995).

양중해 외. 「민족주의적 측면에서 본 한국문학」. 『제주대논문집』 제5집(濟州: 濟
　　州大學校, 1973).

嚴家炎. 「狂人日記的思想和藝術」. 『魯迅硏究學術論著資料匯編』 第四卷(北
　　京: 中國文聯出版公社, 1987).

嚴　復. 「序」. 『天演論』. 申一澈. 『申采浩의 歷史思想硏究』(서울: 高麗大學校
　　出版部, 1981).

嚴英旭. 「魯迅과 李光洙 文學의 페미니즘 比較硏究」. 『中國現代文學』 14(한국
　　·서울: 中國現代文學學會, 1998. 6).

염무웅. 「민족문학, 이 어둠속의 행진」. 『월간중앙』(서울: 중앙일보사, 1972. 3).

오현수. 「夏目漱石의 西洋 벗어나기에 관한 一考察 -『草枕』을 중심으로 -」.
　　『日語日文學硏究』 32(韓國日語日文學會, 1990. 6).

王富仁. 「『狂人日記』細讀」. 『魯迅硏究年刊』1991-1992年合本(北京: 中國平和出版社, 1992). ; 「『광인일기』 자세히 읽기」. 유세종 옮김. 『루쉰』. 전형준 엮음(서울: 문학과 지성사, 1997).

龍錫仁. 「明治知識人들의 煩悶 −「吾輩は猫である」를 중심으로−」. 『日語日文學硏究』11(한국일어일문학회, 1087. 8).

越智治雄. 「猫の笑い、猫の狂氣」. 『漱石私論』(東京: 角川書店, 1971).

柳相熙. 「『Pride and Prejudice』와 『虞美人草』와 『無情』의 比較文學的 考察」. 『瑞松李榮九博士華甲紀念論叢』(瑞松李榮九博士華甲紀念論叢刊行委員會, 1991. 11).

_____. 「『傲慢과 偏見』과『虞美人草』와『無情』」. 『人文論叢』22(全州: 全北大學校, 1992. 12).

劉世鍾. 「魯迅『野草』의 象徵構造 硏究 - 시대와 작가의식 그리고 문학적 대응 양식을 중심으로」. 『中國現代文學』(한국·서울: 中國現代文學學會, 1992).

유유정. 「장건한 사상성과 다채로운 언어구사로 인간심리의 불안과 고뇌를 그려 낸 천재적 작가 소세키의 최대명작」. 나쓰메 소세키.『나는 고양이로소이다』. 유유정 옮김(서울: 문학사상사, 1997).

윤해동. 「3·1운동과 그 전후의 부르주아민족운동」『남북한 역사인식 비교강의』(서울: 일송정, 1989).

이기백. 「민족성과 민족개조론」. 『새교육』(1968. 1).

이기택. 「민족의식과 대외반응(외교)에 대한 역사적 성격」.『사회과학논총』제5집(서울: 연세대 사회과학연구소, 1972).

伊藤虎丸. 「『狂人日記』-'狂人'康復的記錄」. 『魯迅, 創造社與日本文學』(北京: 北京大學出版社, 1995).

이미경. 「나츠메 소오세키(夏目漱石)의 『마음(心)』고찰 - 세 사람의 죽음을 통해서 본 '메이지(明治)정신'을 중심으로」.『일본근대문학산책』제5호(서

울: 일본근대문학회, 1999. 3).

李敏鎬.「우리에게 민족이란 무엇인가?」.『서양에서의 민족과 민족주의』. 한국서
　　양사학회 편(서울: 까치글방, 1999).

李相信.「민족주의 역사적 발전국면과 그 기능」.『서양에서의 민족과 민족주의』.

李善榮.「丹齋의 思想과 文學」.『신채호』. 강만길 편(서울: 고려대학교출판부,
　　1990).

李英子.「『阿Q正傳』研究」.『中國現代文學』 4(한국·서울: 中國現代文學學會,
　　1990).

이용희.「한국민족주의의 제문제」.『국제정치논총』 제7집(국제정치학회, 1967).

이욱연.「『광인일기』해석의 몇 가지 문제 - '광인'의 상징을 중심으로 - 」.『노신
　　의 문학과 사상』. 중국현대문학학회 엮음(서울: 백산서당, 1996).

李珠魯.「魯迅의『狂人日記』의 문학적 시공간연구」.『중국현대문학』 14(서울:
　　중국현대문학회, 1998. 6).

_____.「魯迅의『狂人日記』다시 읽기 - 그 의사소통구조를 중심으로」. 한국중
　　국현대문학학회 제7차 국제학술대회(한국중국현대문학학회, 2001) ;
　　http://modern.sinology.or.kr/(검색일자: 2001. 9. 10).

이준형.「이광수의 민족문학적 특징과 똘스또이즘」.『어문논집』5호(釜山: 부산외
　　대, 1989).

이지원.「일제하 안재홍의 현실인식과 민족해방운동론」.『역사와 현실』제6호(서
　　울: 한국역사연구회, 1991. 12).

이청원.『조선에 있어서 프로레타리아트의 헤게모니를 위한 투쟁』(평양: 과학원,
　　1955).

_____.「이청원저 "조선에 있어서 프로레타리아트의 헤게모니를 위한 투쟁"에
　　대한 합평회」.『력사과학』제1호(1957).

임경석.「식민지시대 한국의 민족주의와 민족운동」.『東·西洋의 民族主義와 民
　　族運動』. 인문과학연수고 제19회 학술심포지움(서울: 성균관대학교 인

문과학연구소, 1999. 11).

임춘성. 「동아시아문학론의비판적 검토와 가능성 시탐(試探)」. 목포대학교 아시
　　아문화연구소 포럼 발표문(목포: 목포대학교 아시아문화연구소, 2001.
　　4. 17).

張南瑚. 「나츠메 소세키(夏目漱石)연구 :『坊つちやん(도련님)』과 이광수의
　　『무정』의 교를 중심으로」.『인문학연구』제28권(大田: 忠南大學校人
　　文科學研究所, 2001. 6).

全光鏞. 「百年來 韓中文學 交流考」.『比較文學』5(서울: 韓國比較文學會,
　　1980).

田大雄. 「春園의 作品과 宗敎的 意義」.『東西文化(1)』(서울: 동서문화사, 1967).

錢玄同. 「通信」.『新靑年』第五卷 弟六期(1918. 12).

전형준. 「같은 것과 다른 것 - 방법으로서의 아시아」.『동아시아인의 '동양'인식:
　　18-20세기』(서울: 문학과 지성사, 1997).

정상철. 「나쓰메 소세키(夏目漱石)문학과 일본의 국어교육 -『고코로(心)』을 중
　　심으로」.『나쓰메 소세키(夏目漱石)文學研究』.

조동일. 「중국·한국·일본 '小說'의 개념」.『한국문학과 세계문학』(서울: 지식산
　　업사, 1991).

조병한. 「90년대 동아시아 담론의 개관」.『상상』통권 16호.

조성원. 「다문화주의와 (한국)비교문학」.『비교문학』24(한국비교문학회, 1999).

鳥井正晴. 「『こころ』わどう平價するか」.『國文學』(1981).

趙存茂. 「1980-1985年魯迅硏究述評」.『中國現代文藝硏究』. 王瑤 外(北京: 中
　　國社會科學出版社, 1989).

진명순. 「한시에 나타난 소세키의 문학사상-초기한시를 중심으로-」.『나쓰메
　　소세키(夏目漱石)文學研究』.

車基璧. 「전환기 맞는 90년대 韓國民族主義」.『新東亞』(서울: 동아일보사,
　　1990. 1).

車相轅.「韓·中 新文學運動의 比較硏究」.『中國學報』第5輯(1974).

최 연.「나쓰메 소세키(夏目漱石)의『산시로(三四郎)에 타나는 異文化에 대한 兩義性의 문제」.『나쓰메 소세키(夏目漱石)文學硏究』.

최원식.「한국문학의 근대성을 다시 생각한다」.『민족문학과 근대성』. 민족문학 사연구소 엮음(서울: 문학과 지성사, 1995).

_____.「한국발(發) 또는 동아시아발(發) 대안? - 한국과 동아시아」.『발견으로 서의 동아시아』. 정문길·최원식·백영서·전형준 엮음(서울: 문학과 지성 사, 2000).

최재철.「방황하는 청춘『산시로』의 의미」. 나쓰메 소세키.『산시로』(서울: 한국외 국어대학교 출판부, 1995).

板垣直子.「漱石文學の背景」.『近代作家硏究叢書』41(東京: 日本圖書ヒンタ -, 1990).

韓武熙.「阿Q精神과 精神勝利法」.『中國文學報』6(서울: 檀國大學校 中文科, 1988).

한상무.「이광수의 민족주의와 소설형식」.『어문학보』12호(春川: 江原大學校, 1989).

한승옥 편저.「이광수소설의 의미와 구조」.『이광수문학사전』(서울: 고려대학교 출판부, 2002).

한정일.「한국민족주의운동과 학생과의 관계」.『국제정치논총』제2집(국제정치 학회, 1983).

홍석준.「한국에서의 '동아시아' 담론의 역사적 형성과 문화적 의미: '동아시아' 문화론에 대한 비판적 고찰」(목포대학교 아시아문화연구소 포럼 발표문, 2000. 4. 17).

丸山眞男.「일본의 내셔널리즘-그 사상적 배경과 전망」.『民族主義란 무엇인 가』. 백낙청 편(서울: 창작과 비평사, 1981).

황장엽·김후선.「이청원저 "조선에 있어서 프로레타리아트의 헤게모니를 위한

投쟁"에 관하여」『근로자』제12호(1957).

荒正人. 『夏目漱石必携』. 竹盛天雄 編(東京: 學燈社, 1980).

4. 저서

加藤周一. 『日本文學史序說』 1·2. 김태준·노영희 譯(서울: 시사일본어사, 1996).

江藤淳. 『漱石とその時代』第1-4部(東京: 新潮社, 1970-1996).

_____. 『夏目漱石』(東京: 講談社, 1971).

_____. 『夏目漱石』(東京: 新潮社, 1975).

姜東鎭. 『日帝의 韓國侵略政策史』(서울: 한길사, 1980).

강만길. 『한국민족운동사론』(서울: 한길사, 1985).

_____. 『조선민족혁명당과 통일전선』(서울: 화평사, 1991).

姜在彦. 『朝鮮近代史硏究』(東京: 日本評論社, 1970).

고미숙. 『한국의 근대성 그 기원을 찾아서 - 민족·섹슈얼리티·병리학』(서울: 책세상, 2001).

丘仁煥. 『李光洙小說硏究』(서울: 三英社, 1983).

掘川哲男. 『中國近代史』. 李陽子 譯(서울: 三知院).

國史編纂委員會 編. 『韓國獨立運動史 資料集』1-35(國史編纂委員會, 未完, 1970-98).

_____ 編. 『韓民族獨立運動史資料集』1-36(國史編纂委員會, 未完, 1986-98).

權赫建. 『일본근대소설연구 - 나쓰메 소세키를 중심으로 - 』(大邱: 學士院, 1996).

_____. 『나쓰메 소세키 文學世界』(대구: 학사원, 1998).

吉林大學 中文系. 『中國現代文學史』(長春: 吉林人民出版社, 1959).

吉田精一. 『鷗外と漱石』(東京: 樓楓社, 1981).

김대환. 『통일을 위한 민족주의 이념』(서울: 을유문화사, 1993).

김동성. 『한국민족주의연구』(서울: 오름, 1995).

金東仁. 『春園硏究』(서울: 新丘文化社, 1956).

金思燁. 『國文學史』(서울: 正音社, 1956).

김용욱. 『민족주의·민주주의』(서울: 박영사, 1979).

金宇鍾. 『韓國現代小說史』(서울: 宣命文化社, 1968).

金允植·김현. 『韓國文學史』(서울: 민음사, 1973).

김윤식. 『이광수와 그의 시대』 1-2(서울: 솔출판사, 1999).

김재용 외. 『한국근대민족문학사』(서울: 한길사, 1993).

金采洙. 『동아시아의 文化와 文學』 I-II(서울: 보고사, 2001).

김필동. 『근대일본의 출발』(서울: 일본어뱅크, 1999).

김형효. 『구조주의의 사유체계와 사상 - 레비 스트로스, 라깡, 푸코, 알뛰쎄르에
        관한 연구 - 』(고양: 인간사랑, 1989).

노태구. 『한국민족주의 정치이념 - 동학과 태평천국혁명의 비교』(서울: 새밭,
        1981).

_____. 『세계화를 위한 한국민족주의론 』(서울: 백산서당, 1995).

大岡昇平. 『小說家 夏目漱石』(東京: 筑摩書房, 1988).

獨立運動史編纂委員會 編. 『獨立運動史資料集』 1-8(獨立運動史編纂委員會,
        1970-74).

東京外國語大學 編. 『留學生のための日本史』(東京: 山川出版社, 1990).

毛澤東. 『毛澤東選集』 第2, 3卷(北京: 人民出版社, 1969).

武田信明. 『三四郎の乘つた汽車』(東京: 敎育出版, 1999).

민두기. 『辛亥革命史 - 중국의 共和革命(1903-1913)』(서울: 민음사, 1994).

박지향. 『제국주의 신화와 현실』(서울: 서울대학교 출판부, 2000)

백낙청 편.『民族主義란 무엇인가』(서울: 창작과 비평사, 1981).

朴玄埰.『한국자본주의와 민족운동』(서울: 한길사, 1984).

朴玄埰·鄭昌烈.『韓國民族主義論』 III-IV(서울: 창작과 비평사, 1985).

박호성.『남북한 민족주의 비교연구』(서울: 당대, 1997).

白鐵.『增補 新文學思潮史』(서울: 民衆書館, 1953).

柄谷行人.『日本近代文學の起源』(東京: 講談社, 1980) ; 기라타니 고진.『일본
　　　　근대문학의 기원』. 박유하 옮김(서울: 민음사, 1997).

山邊健太郎.『日本統治下의 朝鮮』(東京: 岩波書店, 1971).

山田輝彦.『近代文學 14-夏目漱石』(東京: 樓楓社, 1984).

成滉鏞.『日本의 民族主義』(서울: 明知社, 1986).

小森陽一.『夏目漱石』(東京: 岩波書店, 1994).

_____.「個人と國家」.『漱石を讀みなおす』(東京: ちくま書房, 1995).

小西甚一.『일본문학사』. 김분숙 옮김(서울: 고려원, 1995).

宋建鎬.『韓國民族主義의 探求』(서울: 한길사, 1977).

宋建鎬·姜萬吉.『韓國民族主義論』 I-II(서울: 창작과 비평사, 1982, 1983).

孫玉石.『「野草」研究』(北京: 社會科學出版社, 1982).

孫中田 主編.『中國現代文學史』(上海: 高等教育出版社, 1988).

松島隆裕 外.『동아시아사상사』. 조성을 譯(서울: 한울, 1991).

松本三之介.『明治井神の構造』(東京: 日本放送出版協會, 1981).

송명희.『이광수의 민족주의와 페미니즘』(서울: 국학자료원, 1997).

宋河春.『1920年代 韓國小說研究』(서울: 高麗大學校 民族文化研究所 出版部,
　　　　1985).

守本順一郎.『일본사상사』. 김석근·이근우 옮김(서울: 이론과 실천사, 1988).

水川隆夫.『漱石「こころ」の謎』(東京: 彩流社, 1994).

愼鏞廈.『한국근대사회의 구조와 변동』(서울: 일지사, 1994).

申一澈.『申采浩의 歷史思想研究』(서울: 高麗大學校 出版部, 1981).

十四院校編寫組. 『中國現代文學史』(崑明: 雲南人民出版社, 1981).

藝術新聞社 編. 『墨コレクション』第一號(東京: 藝術新聞社, 1994. 7).

오태공. 『우리들 모두는 한 가족이다』(서울: 민족문화사, 1988).

王富仁. 『中國反封建思想革命的一面鏡子 -『吶喊』『彷徨』綜論』(北京: 中國社
　　　會科學出版社, 1986).

_____. 『중국의 노신연구』. 김현정 옮김(부산: 세종출판사, 1997).

王士菁. 『魯迅傳』(北京: 中國靑年出版社, 1979).

王瑤. 『中國新文學史稿』(上海: 上海文藝出版社, 1982).

유병용. 『한국근대사와 민족주의』(서울: 집문당, 1997).

유상희. 『나쓰메 소세키(夏目漱石)연구』(서울: 보고사, 2001).

劉綏松. 『中國新文學史初稿』(北京: 人民文學出版社, 1982).

尹弘老. 『韓國近代小說硏究』(서울: 一潮閣, 1980).

윤호병. 『비교문학』(민음사, 1994).

李歐梵(Lee, Leo Ou-fan), Introduction, Lu Xun and His Legacy(Berkeley/Los
　　　Angeles/Londen: University of California Press, 1985).

李揆東. 『위대한 콤플렉스』(서울: 금조출판사, 1987).

이병기. 『가람일기』(서울: 신구문화사, 1976).

李秉岐·白鐵. 『國文學全史)(서울: 新丘文化社, 1960).

李用熙 外. 『韓國의 民族主義』(서울: 한국일보사, 1975).

李用熙. 『韓國民族主義』(서울: 瑞文堂, 1977).

李人稙. 『血의 漏』(서울: 을유문화사, 1969).

李澤厚·劉綱紀. 『中國美學史』. 權德周·金勝心 譯(서울: 大韓敎科書株式會社,
　　　1992).

李何林. 『魯迅「野草」注解』(北京: 西人民出版社, 1985).

임지현. 『민족주의는 반역이다 - 신화와 허무의 민족주의 담론을 넘어서」(서울:
　　　소나무, 1999).

林志浩 主編.『中國現代文學史』(北京: 中國人民大學出版社, 1981).

林志浩.『魯迅傳』(北京: 北京十月文藝出版社, 1991).

李春植.『中華思想』(서울: 교보문고, 1998)

장을병.『인물로 본 한국민족주의』(서울: 범우사, 1988).

曺南鉉.『小說原論』(서울: 고려원, 1982).

趙東杰.『韓國民族主義의 成立과 獨立運動史研究』(서울: 知識産業社, 1989).

_____.『韓國民族主義의 발전과 獨立運動史研究』(서울: 知識産業社, 1993).

조동일.『한국문학과 세계문학』(서울: 지식산업사, 1991).

趙演鉉.『韓國現代文學史』(서울: 成文閣, 1969).

趙潤濟.『國文學史』(서울: 東國文化社, 1953).

趙存茂.「1980-1985年魯迅研究述評」,『中國現代文藝研究』, 王瑤 外(北京: 中
        國社會科學出版社, 1989).

佐伯有一 外.『中國現代史』. 吳相勳 譯(서울: 한길사, 1980).

竹內好.『魯迅』(東京: 日本評論社, 1944).

曾慶瑞.『魯迅評傳』(成都: 四川人民出版社, 1981).

陳德奎.『現代民族主義와 理論構造』(서울: 知識産業社, 1981).

陳德奎 外.『韓國의 民族主義』(서울: 現代思想社, 1976).

車基璧.『韓國民族主義의 理論과 實態』(서울: 까치, 1978).

坂本浩.『夏目漱石 - 作品の深層世界 -』(東京: 明治書院, 1975).

崔文煥.『民族主義의 展開過程』(서울: 三英社, 1959).

최재철.『日本文學의 이해』(서울: 민음사, 1995).

彭定安.『魯迅思想論稿』(杭州: 浙江文藝出版社, 1983).

平川祐弘 外.『漱石「こころ」』(東京: 新潮社, 1994).

한점수.『민족주의·민족이념: 한국민족주의의 이데올로기』(서울: 법문사, 1983).

韓興壽.『近代韓國民族主義研究』(서울: 延世大學校出版部, 1977).

許壽裳.『我所認識的魯迅』(北京: 人民文學出版社, 1953).

華中師範學院 中文系.『中國現代文學』(華中: 華中師範學院出版社, 1963).

黃修己.『中國現代文學發展史』, 高大中國語文硏究會 譯(서울: 범우사. 1991).

黃搖.『中國新文學史稿』(上海: 上海文藝出版社, 1951).

檜山久雄.『루쉰과 소세키 동양적 근대의 창출』. 정선태 역(서울: 소명출판, 2000).

姬田光義 外.『中國近現代史』. 일월서각편집부 옮김(서울: 일월서각, 1984).

5. 외국저서 및 논문

Anderson, Benedict. *Imagined Communities: Reflections on the Origin and Spread of Nationalism*(London: Verso, 1983) ; Anderson, Benedict.『민족주의의 기원과 전파』. 윤형숙 譯(서울: 사회비평사, 1991).

Barnet·Berman·Burto. *An Introduction to Literature*(Boston, 1967).

Behr, Edward.『히로히토(*Hirohito Behind the Myth*)』. 유경찬 옮김(서울: 을유문화사, 2002).

Bernheimer, Charles. (Ed). *Comparative Literature in the Age of Multiculturalism* (Baltimore & London: The John Hopkins University Press, 1995).

Booth, C. Wayne. The Rhetoric of Fiction(Chicago : The University if Chicago Press, 1983) ;『小說의 修辭學』. 李慶雨·崔在錫 옮김(서울: 翰信文化社, 1987).

Bracher, Hans. *Rohmenerzählung und Verwandtesm*(Leipzig, 1909).

Chatman, Seymour. *Story and Discourse: Narrative Structure in Fiction and Film*(Cornell U. P. 1978) ;『영화와 소설의 서사구조』. 김경수 옮김(서울: 민음사, 1990).

Craig, Albert. *Choshu in the Meiji Restoration*(Combridge: Mass, 1961).

다니, 존 J. 「동아시아 문학 연구의 방법과 의의」. 『동아시아의 文化와 文學』 Ⅱ. 金采洙 편역(서울: 보고사, 2001).

Derrida, Jacques. Structure, Sign, and Play in the Discourse of the Human Sciences. *Contemporary Literary Criticism : Modernism through Post-Structuralism*. ed. Robert Con Davis(New York: Longman, 1986).

두으스, 피터. 『日本近代史』. 金容德 譯(서울: 지식산업사, 1983).

Deutsvh, Karl W. Nationalism and Social Communication. *An Enquiry into the Foundations of Nationality*(Cambridge MA, 1953).

Doyle, Michael W. *Empires*(Ithaca: Cornell University Press, 1986).

딜릭, 아리프 「아시아-태평양이라는 개념」. 『창작과 비평』 79호.

Eliot, T. S. *Critical Essays*(Londen: Faber & Faber, 1932). p. 15.

Foecault, Michel. Two Lecture, ed., Colin Gordon, Power ; *Knowledge: Selected Interviews and Other Writings 1972-1977 by Michel Foecault*(Londen: Harvester Wheatsheaf, 1980).

_____. *The History of Sexuality*, vol. Ⅰ: An Introduction(London: Penguin, 1984).

_____. *Pawer and Sex*, in L. Knizman ed., Foecault, Michel. ; *Politics, Philosophy, Culture: Interviews and other Writings 1977-1984*(London: Routhedge, 1988).

_____. 『감시와 처벌 - 감옥의 역사』. 오생근 역(서울: 나남출판, 1994).

_____. 『지식의 고고학』. 이정우 옮김(서울: 민음사, 2000).

Fridell, Wilbur M. *Government Ethies Textbooks in Late Meiji Japan, Journal of Studies*(1970. 8).

Frye Northrop ed. *Selected Poetry and Prose of blake*(New York: Random House, 1953).

프라이, 노스럽. 『비평의 해부』. 임철규 옮김(서울: 한길사, 2000).

Gallagher, John. *The Decline, Rvival and Fall of the British Empire*(Cambrige University Press, 1982).

Gallagher, John & Robinson, Ronald. The Imperialism of Free Trade. *Economic History Review* vi, 1(1953).

_____, *Africa and the Victorians*(Doubleday, 1961).

_____, The Partition of Africa. in *The New Cambridge Modern History*. vol. xi.(Cambrige University Press, 1980).

Gass, William H. *The concept of characters in fiction, Issues in cintem porary literary critisism*, ed. by Gergory T. Polletta(Little Brown and Company, 1973).

Gellner, Ernest. *Thought and Change*(London: Weidenfeld and Nicholson, 1964) ; 겔너, 에네스트 「근대화와 민족주의」. 『民族主義란 무엇인가』.

_____. *Nations and Nationalism*(Oxford, 1983).

Goethe, J. W. Über Kunst ind Altertum. *J. W. von Goethe Werke* 12(München: Deutscher Tuschenbuch Verlag GmbH & Co., 1982).

Gooch, G. P. *Studies in Mordern History*(London: Longmans, 1931).

고든, 콜린. 『권력과 지식: 미셸 푸코와의 대담』. 홍성민 옮김(서울: 나남, 1993).

Guillérn. Claudio. *Enter lo uno y lo diverso : Introducción a la Literatura vomparada* (Barcelona : Editorial Critica, 1985).

Hayes, Carlton J. *Essays on Nationalism*(New York: Macmillan, 1926).

Herder, J. G. Spracbe als Werkzeug der Literatur einer Nation, Fragment, Wilhelm Dobbek Ausgabe ; Herder, J. G. *Werke in fünf Bänden*. Bd. 2(Berlin/Weimar, 1964).

Heyes, Carleton B. The Historical Evolution of Modern Nationalism(New York, 1944).

Hobsbawm, Eric John. *The Age of Revolution 1789~1848*(London: Weidenfeld & Nicolson, 1962) ;『혁명의 시대』. 정도영·차명수 옮김(서울: 한길사,

1998).

_____. *The Age of Capital 1848~1875*(London: Weidenfeld & Nicolson, 1975) ; 『자본의 시대』. 정도영 옮김(서울: 한길사, 1998).

_____. *The Age of Empire 1875~1914*(New York: Pantheon Books, 1987) ; 『제국의 시대』. 김동택 옮김(서울: 한길사, 1998).

Hobson, J. Atkinson. 『帝國主義論』. 신홍범·김종철 옮김(서울: 창작과 비평사, 1982).

Hroch, M. *Social Preconditions of Nationalism Revival in Europe*(Combridge, 1985).

Hughes, Helen Sard. The Middle Class Reader and the English Novel, JEGP, ⅩⅩⅤ(1926).

Huntington, Samuel P. 『문명의 충돌(*The Clash of Civilizations*)』. 이희재 옮김(서울: 김영사, 1997).

Jameson, Fredric. *Third-Wored Literanture in the Era of Multinational Capitalism*, Social Text, Vol 15, Fall(1986).

Jenkins, Brain. *Nationalism in France* : Class and Nation Since 1789(London, 1990).

카프라, 프리초프 『현대물리학과 동양사상』. 이성범·김용정 옮김(서울: 범양사출판부, 1979).

Kayser, Wolfgang. *Das sprachliche Kuunstwerk*(Bern, 1971).

Kiernan, V. G. *Marxism and Imperiaialism*(New York: st. Martin's Press, 1974).

Kohn, Hans. The Idea of Nationalism. *A Study in its Origin and Background*(New York: Manmillan, 1944) ; Kohn, Hans. Introduction: The Nature of Nationalism. 『民族主義란 무엇인가』.

Lancan, Jacques. *Écrits*(Paris: Seuil, 1966).; Lancan, Jacques. *Écrits : A Selection*, trans. by Alan Sheridan(London: Trvistock, 1977).

라이샤워. 『일본 근대화론』. 이광섭 옮김(서울: 소화, 1997).

Leach, Edmind, *Structuralist Interpretation of Biblical Myth*(Cambridge : Cambridge University Press, 1985) ; _____.『성서의 구조인류학』. 신인철 옮김(서울: 한길사, 1996).

Levin, Harry. *Grounds for Comparison*(Cambridge, Mass. : Harvard University Press, 1972).

로빈슨, M.『일제하 문화적 민족주의』. 김민환 譯(서울: 나남출판, 1990).

Magdoff, Harry. *Imperialism : From the Colonial Age to the Present*(New York: Monthly Review, 1978).

Nairn, Tom. *The Break-up of Britain*(London: New Left Books, 1997) ; 네언, 톰.「민족주의의 양면성」.『民族主義란 무엇인가』.

Palmer, R. R & Coton, Joel. *A History of Modern World*(N.Y. : 1971).

파일, 케네스 B.『근대일본의 사회사』. 박영신·박정신 옮김(서울: 현상과 인식, 1986).

Remark, Henry H. H. Comparative Literature: Its Definition and Function. *Comparative Literature: Method and Perspective*. des., Newton P. Stalknecht and Horst Frenz(Carbondale & Edwardsville, Ill.: Southern Illionis University Press, 1971).

Robinson, Ronald. Non-European Faundations of European Imperialism: sketch for a theory of collaboration. *in Studies in the of Imperialism*. des.(Owen & Sutcliff, Longman: 1972).

_____, The Excentric Idea of Imperialism, with or without Empire. in *Imperialism and After*. eds.(W. Mommsen & J. Osterhammel, Allan & Unwin, 1986).

사이드, 에드워드『오리엔탈리즘』. 박홍규 역(서울: 교보문고, 1991).

_____.『문화와 제국주의』. 김성곤·정정호 옮김(서울: 창, 1995).

Scalapino, Robert A. Ideology and Modernization: The Japanese Case, ed. David

E. Apter, *Ideology and Discontent*(New York: 1964).

Stephen, Leslie. *English Literature and Society in the Eigsteenth Century*(London, 1904).

토인비, 아놀드. 『세계의 절반 : 중국과 일본의 문화와 역사』(London: Thames & Hudson, 1973).

Watson, Hugh Seton. *Nations and States, An Enquiry into the Origins of Nations and the Politics of Nationalism*(Boulder, CoLo. : Westvivew Press, 1977).

Wellek. René. Name and Nature of Comparative Literature. *Discriminations: Further Concepts of Criticism*((New Haven: Yele University Press, 1971).

Woodberry. George Edward. Editorial. *In Comparative Literature : The Early Years, An Anthology of Essays*. eds. Hans Joachim Schulz and Phillip K. Rein(Chapel Hill: University of Carolina Press, 1973).

ABSTRACT

The Early Modern Novels in East Asia and Their Aspects of Nationalism : A Comparative Study on the Novels of Lee Kwangsu, Natsume Soseki and Lu Xun

Roh, Jong Sang*

Modern novels in East Asia were formed in the late nineteenth through the early twentieth century, a time when East Asia was dominated by aggressive imperialism alongside the rise of nationalism against it. In addition, the feudal system showed signs of a downfall in East Asia around this time.

For the purpose of participating in the current East Asian discourse and in line with the trend of pluralism, this article aims at the comparative study on the aspects of nationalism mirrored in the novels of three East Asian writers: Lee Kwangsu, a pioneer of modern novels in Korea, Natsume Soseki, the father of the modern novel and national writer of Japan, and

* Department of Comparative Literature. Graduate School. Korea University

Lu Xun, the father of modern Chinese novels.

These three writers were all active during the transition period from the premodern to modern ages with different spatial backgrounds: Lee Kwangsu produced his literary works as a national of a colony; Natsume Soseki, as a resident of a colonial ruler, and Lu Xun, a national of a "semi-colony". As a result, the characteristics of nationalism they pursued as an ideology cannot be the same. Despite their differences, however, they can be placed under the same category of "nationalism in East Asia."

Unlike conventional comparative literature, which views the relationship among these three writers as that of influencer and receiver, this study takes the stand of progressive comparative literature. Also, to understand nationalism as a literary thought, a critical review was done in chapter two, concerning the Western concept of nationalism, that is, the heretofore paradigm of nationalistic theories. The conclusion is that it is not appropriate to apply the Western theories to East Asian nationalism. If one really wants to apply any Western concepts, then it should be that of primordialism rather than instrumentalism. Accordingly, this article develops from the standpoint of nationalist movements and for the sake of convenience, it focuses on modern nationalism instead of premodern ones.

In chapters three, four and five, before full-fledged discussion began, analyses were done concerning the characteristics of the countries to which these three writers belonged. In the case of Korea or China, two types, i.e. bourgeois nationalism and mass nationalism existed. In Japan, the emperor nationalism was formed. In relation to the three writers, Lee Kwangsu's works show bourgeois nationalism based on civilization; Natsume Soseki, imperialism on the basis of the emperor nationalism; and Lu Xun, enlightening nationalism rooted in race. Their first outcomes were novels like The Heartless, I am a Cat and Diary of a Madman respectively.

In comparing these writers, the archetypes of nationalism were first drawn from the main characters of their works and then from the viewpoints of structuralist criticism and archetypal criticism, the changes that occurred in these archetypes were analyzed: In Lee Kwangsu's works, the archetypes of nationalism in his novels are either "Lee Hyungsik" or "Kim Byunguk" types from The Heartless; in the case of Natsume Soseki, "Kushami" or the cat narrator, "Wagahai" types from I am a Cat; and Lu Xun, "Madman" type from Diary of a Madman or "Ah Q" type from The True Story of Ah Q.

According to the analyses of the respective nationalisms, the most remarkable similarity is that the works of the three writers show nationalism rooted in illuminism. Both Lee Kwangsu's and Natsume Soseki's consistently mirror bourgeois nationalism, while Lu Xun's show both bourgeois and mass nationalism evenly. The difference between Lee Kwangsu's and Natsume Soseki's is that the latter takes on critical nationalism to maintain

objectivity, while the former leans toward inculcating nationalism, thus becoming subjective. Next, both Lee Kwangsu's and Lu Xun's show "reform of the nation or the national characters" and anti-feudal nationalism. On the other hand, Natsume Soseki's were more interested in imperialism and criticism of civilization. The difference between Lee Kwangsu's and Lu Xun's is that the former ended in illuminism based on "top-to-bottom" inculcating nationalism and the latter focused more on mass nationalism. These results reflect on the national circumstances under which each writer was placed.

With reference to the biographic realities, the primary task of Lee Kwangsu and Lu Xun, being the nationals and writers of a colony or a "semi-colony", was to recover their national sovereignty through anti-imperialism. But both have limitations in that they sought only anti-feudal nationalism in their literary works. In the case of Natsume Soseki, an intellectual, a professor and a writer, his primary task was to maintain objective views on "emperor nationalism"-based imperialism and to defend against overflowing nationalism, i.e. imperialism. However, his also had limitations of sympathizing with imperialism. The limitations of the three writers were also those of their countries and nations. Such facts will provide a guideline for the East Asian discourse in this age of pluralism.

노종상

소설가. 고려대(박사)

1987. 5. 종합문예지 월간 『문학정신』 추천당선(중편 「욕계의 늪」)

1982. 1. 계간 『시와 의식』 신인상 당선

1988. 4. 계간 『외국문학』 소설 현상공모 당선(장편 「임진강」)

연구논저로는 『남도부』(전2권, 1993), 『고수부연구』(2003)

소설집(필명 노가원)으로는 『아리랑』(1988), 『임진강』(1989), 『붉은 까마귀』(전5권, 1989), 『사상의학』(전5권, 1994), 『풀잎은 바람에 눕지 않는다』(전7권, 1995), 『천국의 시간』(전3권, 1997), 『태양인 이제마』(전3권, 2002)

동아시아 민족주의와 근대소설

인쇄일 초판 1쇄 2003년 10월 01일
　　　　 2쇄 2015년 08월 10일
발행일 초판 1쇄 2003년 10월 15일
　　　　 2쇄 2015년 08월 20일

지은이 노 중 상
발행인 정 찬 용
발행처 국학자료원
등록일 2006.113.02 제2007-12호

서울시 강동구 성내동 447-11 현영빌딩 2층
Tel : 02-442-4623~4 Fax : 02-6499-3082
www.kookhak.co.kr
E- mail : kookhak2001@hanmail.net
ISBN : 978-89-541-0114-1 *93800
가 격 19,000원